Dieser Titel ist auch als Hörbuch erhältlich

Über den Autor:

Jeremiah Pearsons Karriere als Schriftsteller begann als Schüler von Stephen King. Schließlich folgte er dem Ruf Hollywoods und arbeitet seitdem mit großem Erfolg als Drehbuchautor von Kino- und Fernsehproduktionen, so schrieb er u.a. das Drehbuch zu *Auf der Flucht* mit Harrison Ford. Jeremiahs Leidenschaft für das europäische Mittelalter mündete irgendwann in der Idee zur Freiheitsbund-Saga, seinem Herzensprojekt, mit dem er nun die Leser von epischen historischen Romanen begeistert.

JEREMIAH PEARSON

DIE TÄUFERIN

DER BUND DER FREIHEIT

Historischer Roman

Übersetzung aus dem
amerikanischen Englisch von Axel Merz

BASTEI LÜBBE TASCHENBUCH
Band 17352

Dieser Titel ist auch als Hörbuch und E-Book erschienen

Vollständige Taschenbuchausgabe
der im Gustav Lübbe Verlag erschienenen Hardcoverausgabe

Copyright © 2013 by Jeremiah Pearson
Titel der amerikanischen Originalausgabe:
»The Villeins Trilogy: The Brethren«

Dieses Werk wurde vermittelt durch die Literarische Agentur
Thomas Schlück GmbH, 30827 Garbsen

Für die deutschsprachige Ausgabe:
Copyright © 2016 by Bastei Lübbe AG, Köln
Lektorat: Wolfgang Neuhaus/Judith Mandt
Kartenzeichnungen und Vignetten: Markus Weber,
Agentur Guter Punkt München
Umschlaggestaltung und Umschlagmotiv:
Johannes Wiebel, punchdesign, München,
unter Verwendung von Motiven von shutterstock.com
Satz: Dörlemann Satz, Lemförde
Gesetzt aus der Berkeley Oldstyle
Druck und Einband: GGP Media GmbH, Pößneck
Printed in Germany
ISBN 978-3-404-17352-5

5 4 3 2 1

Sie finden uns im Internet unter www.luebbe.de
Bitte beachten Sie auch: www.lesejury.de

Ein verlagsneues Buch kostet in Deutschland und Österreich
jeweils überall dasselbe.
Damit die kulturelle Vielfalt erhalten und für die Leser bezahlbar bleibt,
gibt es die gesetzliche Buchpreisbindung. Ob im Internet, in der Großbuch-
handlung, beim lokalen Buchhändler, im Dorf oder in der Großstadt –
überall bekommen Sie Ihre verlagsneuen Bücher zum selben Preis.

*Mit all meiner Liebe meiner Frau Velvalea gewidmet,
ohne die dieses Buch niemals das Licht der Welt
erblickt hätte*

Jeremiah Pearson

… sind es die Götter, die dieses Feuer in uns pflanzen?
Oder ist es vielmehr so, dass eines jeden Mannes
unermüdliches Verlangen gleich einem Gott für ihn wird?

– Vergil

HISTORISCHE ANMERKUNGEN

Vor fünfhundert Jahren wurde die Welt durch drei epochale Erfindungen für immer verändert: Kompass, Schießpulver und Druckerpresse.

Die Meere wurden befahren, Gold strömte aus der geplünderten Neuen Welt in die Alte, Armeen kämpften mit mächtigen Geschützen, und eine nie gekannte Woge der Gewalt überzog den Globus.

Doch die bei Weitem dramatischste Veränderung wurde durch die Druckerpresse bewirkt. Plötzlich überfluteten Flugblätter und Bücher aus großen und kleinen, regulären und illegalen Druckereien die Städte und das Land.

Zum ersten Mal lernten Menschen aller Klassen und Schichten das Lesen. Das Ergebnis war ein verändertes Bewusstsein, das Unmut gegen die Herrschenden nach sich zog, denn Kirche und Staat besaßen die absolute Macht. Und diese Macht, diese Tyrannei basierte auf dem Glauben der einfachen Leute. Dem Glauben, dass sie den Herrschenden zu dienen hatten, ohne eigene Stimme, ohne Rechte, so wie ihre Väter und Vorväter und so, wie die Kirche es von ihnen verlangte.

Das Heilige Römische Reich Deutscher Nation kämpfte in zahlreichen Kriegen gegen Spanien, Frankreich und Italien. Nach den unseligen Kreuzzügen wurden die Grenzen des Reiches im Süden ständig von den Türken bedroht. Seit mehr als einhundert Jahren hatte sich das Osmanische Reich entlang der Donau ausgebreitet. Für die Deutschen waren die Türken ein machtvoller Gegner, den sie noch mehr fürchteten als die Juden in ihren Ghettos, die immer wieder unter Ausbrüchen bestialischer Gewalt litten und starben.

Priester, dem Glauben an die Macht des Klerus und der Fürsten verhaftet, predigten den Heerscharen der Armen, Rechtlosen und Ungebildeten, die weder lesen noch schreiben konnten, ihr Schicksal sei von Gott gewollt und dass es ihre Pflicht sei, dem Adel zu dienen.

Fortschrittliche Prediger riskierten Folter und Tod, wenn sie Bildung für alle forderten, ohne Rücksicht auf Stand oder Herkunft. Die Strafe für Laien, die in der Bibel lasen, war der Tod auf dem Scheiterhaufen.

Staat und Kirche, die verschmolzen waren zum *unum corpus christianum*, der Einheit von geistlicher und weltlicher Gewalt, durften nicht zulassen, dass Laien lesen und schreiben lernten. Man stelle sich vor, der Pöbel käme auf den Gedanken, Christus hätte so etwas wie Nächstenliebe angemahnt! Wenn das gemeine Volk lesen und selbst über die Wahrheit befinden konnte, würde es das Heilige Römische Reich von innen aushöhlen, und das durfte nicht geschehen.

Doch aller Folter und Unterdrückung, allem Leid und Tod zum Trotz zogen Gruppen tapferer Männer und Frauen durch das Land, die es sich zur Aufgabe gemacht hatten, dem gemeinen Volk die Fackel des Wissens zu reichen und die Botschaft von der Gleichheit aller vor Gottes Angesicht zu verbreiten – dem Leser wird in diesem Zusammenhang vor allem der Begriff *Täufer* geläufig sein. Die Mächtigen von Kirche und Staat schimpften diese Reformatoren *Ketzer* und *Aufrührer* und verdammten ihre Lehren und ihr Eintreten für Gewaltlosigkeit als Bedrohung. Denn wie sollte man Armeen rekrutieren, wenn die Menschen keine Kriege mehr führen wollten?

Die »Rebellen« wurden gnadenlos verfolgt, viele starben qualvoll auf dem Scheiterhaufen. Dennoch entstanden immer neue Gruppen, die ihre ketzerischen Schriften im Verborgenen druckten und auf den Schutz jener hofften, die sie von den Fesseln der Unfreiheit zu befreien versuchten, indem sie ihnen das Lesen und Schreiben beibrachten und ihnen damit einen neuen Blick auf Gott und die Schöpfung, auf Kirche und Staat gewährten.

Zu diesen mutigen Lehrern gehörten ebenfalls die so genannten *Böhmischen Brüder.*

Im fruchtbaren Südwesten des Reiches, in der Pfalz, in Schwaben, Franken und Thüringen, lebten die Bauern als Sklaven auf den Gutshöfen – geboren auf fremdem Grund und Boden, mit Haut und Haar Eigentum eines Adeligen oder eines Klosters, gebunden durch die Gesetze des *corpus christianum* und ohne das Recht, den Herrn zu verlassen, dem sie gehörten. Sie waren Analphabeten. Sie waren rechtlos. Ihr Körper und ihr Verstand waren unfrei, wie seit alters her. Sie wurden Hörige genannt.

Doch dank der missionierenden Brüder und anderen Täufern, die ihr Leben für Freiheit und Gleichheit aufs Spiel setzten, sollten die Unwissenheit der Hörigen und ihre bleierne Untertänigkeit bald ein Ende haben.

Für das Heilige Römische Reich stand die Macht über das Volk auf dem Spiel.

Für die Hörigen ging es um ihre Rechte als Menschen und Geschöpfe Gottes.

DRAMATIS PERSONAE

Es folgt eine Aufstellung der wichtigsten Figuren, wobei die historischen Personen mit einem * gekennzeichnet sind

IN KUNWALD, BÖHMEN, 1517
DIE MISSIONSZELLE DER
BRÜDER-REFORMATOREN

KRISTINA
17, wurde mit 12 zum Waisenkind, als ihre Eltern und ihre Schwester wegen Ketzerei auf dem Scheiterhaufen starben. Aufgewachsen in einem Konvent unter der Obhut Hannahs, einer fortschrittlichen Nonne, flieht Kristina nach Kunwald, wo sie die Kunst des Druckens erlernt und zur Leselehrerin ausgebildet wird.

BERTHOLD
34, ehemaliger Priester und Reformator, geflohen vor einer Anklage wegen Häresie, nunmehr Anführer der geheimen Zelle der Brüder in Kunwald und späterer Ehemann Kristinas.

MARGUERITE
genannt Grit, 43, ehemalige Sängerin und gefeierte Schönheit, branntweinsüchtig, gerettet von den Brüdern, überzeugte Reformatorin, Papiermacherin und Druckerin.

FRIEDA
18, hübsche Tochter des Druckermeisters Johannes und seiner Frau Rita, in der Ausbildung zur Leselehrerin.

OTT
22, Ehemann Friedas, Gelehrter.

RUDOLF
46, bekehrter Ex-Magistrat, Leselehrer.

SIMON
39, Drucker, geflohener Höriger und Rudolfs bester Freund.

IN KUNWALD GEBLIEBEN

Friedas Eltern: JOHANNES, 55, Druckermeister der Synode der Böhmischen Brüder, und seine Frau RITA, 53, Oberdruckerin.

IM KRIEG IM UMKÄMPFTEN DONAUTAL, 1517

LUD
28, aus Giebelstadt, Höriger und Reisiger seines Herrn, des Ritters Dietrich Geyer, entstellt durch die Pocken, die ihm auch Frau und Kinder geraubt haben. Kann weder lesen noch schreiben, ist aber von rastlosem, scharfem Verstand.

DIETRICH GEYER, RITTER ZU GIEBELSTADT*
48, freigeistiger Herr der Hörigen von Giebelstadt, Ehemann der Freifrau Anna, Vetter des Fürst Konrad.

FREIHERR VON BLAUER
53, Obrist auf dem Kriegszug.

ALBERT VON HERZEBURG
Profos auf dem Kriegszug.

WALDO
aus Giebelstadt, 44, stumm, Dietrichs Stallmeister und Pferdeliebhaber, Vater einer Tochter namens Kella.

MAHMED BEY
37, türkische Geisel in Händen des Bistums, osmanischer Edelmann, Offizier der Janitscharen, vierter Sohn eines Arztes, Gelehrter und Schachmeister.

ULRICH
28, Söldner, Kommandant der berittenen Landsknechte, liebt Duelle.

DIE SPIEßGESELLEN VON GIEBELSTADT

AMBROSIUS
16, Enkel des leibeigenen Schusters und Zeugmachers Gerhard, träumt davon, lesen zu lernen.

FRIDEL
17, Sohn der Hebamme und Weberin Almuth.

HERMO
17, Zwillingsbruder von Fridel.

FRIX
Sohn von Ackerbauern.

DER »KLEINE« GÖTZ
16, hünenhafter Sohn der Töpfer Franz und Berta.

STEFAN
22, Bauernsohn, ältester der Spießgesellen.

JAKOB
17, Pflüger.

KASPAR
15, Jüngster aus dem Heerbann des Dorfes, Sohn des Müllers Sigmund, verlobt mit der Schwester von Fridel und Hermo.

LINHOFF
18, Sohn des Ackerbauern Thomas.

MATTHES
17, Sohn der Kerzenmacherin Ruth.

MAX
16, Narr, Sohn der Käser.

TILO
17, Sohn von Gerstenbauern.

IN DER STADT WÜRZBURG UND DER FESTUNG MARIENBERG, IM SÜDLICHEN FRANKEN, HEILIGES RÖMISCHES REICH DEUTSCHER NATION

KONRAD II. VON THÜNGEN*
Vetter von Dietrich und Anna, Taufpate ihres Sohnes Florian, wird nach dem Tod Lorenz von Bibras zum Fürstbischof, gründet die Buchdruckerei Veritas (= *Wahrheit*).

LORENZ VON BIBRA*
Fürstbischof von Würzburg, liberaler Reformer und aufgeklärter Förderer der Kunst.

TILMAN RIEMENSCHNEIDER*
Bildhauer, Schnitzer und Rat der Stadt Würzburg.

BRUDER BASIL
Mönch, persönlicher Diener Konrads.

MARTIN LUTHER*
Priester, Gelehrter und Reformer, der die Welt verändern wird.

WERNER HECKS DRUCKEREI IN WÜRZBURG

WITTER
ein Mann mit vielen Geheimnissen. Drucker, Künstler, Sprachgenie.

WERNER HECK
wohlhabender Drucker, Reformator und heimlicher Anhänger der Brüder.

STEINER
Drucker, heimlicher Anhänger der Brüder, Vater von Heck.

BRUNO
Drucker, heimlicher Anhänger der Brüder, Onkel von Heck.

MAGDALENA
Druckerfrau, heimliche Anhängerin der Brüder, Tante von Heck.

AUF DEM BESITZTUM DER GEYER VON GIEBELSTADT, SÜDLICH VON WÜRZBURG, 1517

SCHLOSS GEYER

ANNA VON SECKENDORF*
schöne Ehefrau des Dietrich Geyer, Mutter des Florian, fromme Christin, kann weder lesen noch schreiben.

LURA
Annas Dienstmagd.

IM DORF GIEBELSTADT

VATER MICHAEL
Geistlicher des Dorfes.

ALMUTH
Hörige, Weberin, Hebamme, Mutter von Fridel, Hermo und Greta.

GRETA
Hörige, Tochter von Almuth, Verlobte von Kaspar.

RUTH
Hörige, Mutter von Matthes, Kerzenmacherin.

MERKEL
Höriger, Grobschmied.

SIGMUND
Höriger, Müller, Vater von Kaspar.

GERHARD
Höriger, Schuster und Zeugmacher, Großvater des Ambrosius.

FRANZ
Höriger, Töpfer, Vater des Kleinen Götz.

BERTA
Hörige, Töpferin, Mutter des Kleinen Götz.

THOMAS
Höriger, Großvater von Linhoff.

HUBER
Höriger, Vogt.

DER ALTE KLAUS
Händler und Verteiler von Flugblättern.

Feder und Schwert

1.

KUNWALD, BÖHMEN, ANNO DOMINI 1517

Kristina

Seine Gestalt versperrte die offene Tür. Es gab kein Entkommen.

»Vergib mir, was ich dir antun muss«, sagte er.

Kristina bemühte sich nach Kräften, seinem Blick standzuhalten, wie sie auf der einfachen Holzbank saß, allein mit ihm in dem Holzschuppen, in dem es nach trockenem Heu roch. Angst stieg in ihr auf wie beißende Galle. Sie musste schlucken. Der süße Geschmack eines Apfels, den sie am Morgen gegessen hatte, brannte in ihrer Kehle. Sie war siebzehn; ihr junger Körper pulsierte vor Verlangen nach Leben, und nun war sie dem Tod so nahe.

»Bist du bereit, die Prüfung auf dich zu nehmen?«, fragte der düstere, hochgewachsene Mann.

»Ja.« *Nein! Bin ich nicht. Werde ich nie sein.*

Wieder musste sie schlucken. Ihre Stimme klang in ihren eigenen Ohren wie die eines Kindes. Schwach, dünn.

Irgendwo draußen krähte ein Rabe, als wollte er sie verspotten. Vor Angst zitternd, zwirbelte sie eine Strähne ihres braunen, lockigen Haares um den Zeigefinger, während sie gegen das Verlangen kämpfte, aufzuspringen und zu fliehen.

»Ausflüchte schützen dich nicht vor der Folter«, sagte der Mann, dessen lange braune Haare zu einem strengen Pferdeschwanz nach hinten gebunden waren. »Ebenso wenig deine Jugend. Und wenn du mich zu täuschen versuchst, machst du alles nur noch schlimmer.«

Kristina konnte es nicht fassen. Berthold Moser, ihr gütiger, sanfter Lehrmeister, hatte sich in einen erbarmungslosen Inquisitor verwandelt. Sein weißes Gesicht war eine Fratze der Herablassung. Kristina konnte seinen Anblick nicht mehr ertragen. War *das* der Mann, den sie so sehr zu lieben glaubte?

Sie schloss die Augen, atmete tief ein. Die Luft im Schuppen war erfüllt mit den Gerüchen von Leben, von sonnengedorrtem Heu, von Haustieren und eingelagerten Äpfeln. Doch unter alldem lag ein Hauch von Fäulnis und Verwesung, wie von einer längst gestorbenen Kreatur.

Kristina schauderte, atmete aus.

»Mach die Augen auf«, befahl Berthold.

Sie gehorchte. Er war jetzt näher gekommen, ein düsterer Schatten, der alles Licht zu verschlucken schien. In seinem langen schwarzen Umhang ging er auf und ab, ohne den Blick von ihr zu wenden, die Arme hinter dem Rücken verschränkt. Bei jedem Schritt wippte er auf den Zehen, sodass es aussah, als hüpfe ein riesiger schwarzer Rabe mit einem weißen Gesicht aus Stein durch die Hütte.

»Ich bin dein Inquisitor, mein Kind. Du wurdest verhaftet, weil du ketzerische Gedanken verbreitet hast. Weil du andere das Lesen gelehrt und ihren schwachen Verstand verwirrt hast, was unserem Heiland am Kreuz zusätzliche Qualen bereitet. Deshalb haben wir dich in dieses Verlies bringen lassen, wo du allein mit uns bist.«

Eisiges Entsetzen erfasste Kristina. Sie saß ganz still da, spürte die Blicke aus seinen kalten Augen wie einen Frosthauch auf der Haut.

Berthold blieb vor ihr stehen, beugte sich zu ihr hinunter. »Wir sind hier unter der Burg. Es gibt kein Entrinnen, es sei denn, wir erbarmen uns deiner. Wir haben dir die Werkzeuge gezeigt, die wir benutzen werden, wenn du versuchst, ausweichende Antworten zu geben ...«

»Die Wahrheit ist meine einzige Verteidigung. Wenn Ihr so barmherzig seid, wie Ihr behauptet, warum benutzt Ihr dann solche Instrumente, um anderen Schmerz zuzufügen?«

»Um dich zu reinigen, zu läutern und zu erleuchten. Um dir zu helfen, damit du *siehst*.«

»Um mir zu helfen?«

»Ja. Auf dass du bereits hier auf Erden erkennst, welche

Qualen eine verlorene Seele erdulden muss, wenn die Dämonen der Hölle sie für alle Ewigkeit bestrafen. Und nun suche in deinem Verstand und deinem Herzen und beantworte aufrichtig meine Fragen.«

Kristinas Hände lagen fest ineinander verschränkt im Schoß, als wollte sie sich ans Leben klammern, ihre Gedanken festhalten, ihre Entschlossenheit stärken. Sie nickte wortlos. Sie wollte, dass es schnell ging, wollte den Schmerz hinter sich bringen.

Die Zeit ihrer Ausbildung war fast zu Ende. Volle zwei Jahre, die ihr wie eine Ewigkeit erschienen, während ihr Körper und ihr Verstand gewachsen und herangereift waren.

Wir sind in Kunwald sicher, unserer kleinen Siedlung in einem Tal in den Bergen Böhmens, unserem Zufluchtsort fern vom Reich, geschützt vor Verfolgung. Das hier ist nur eine Übung. Die Gefahr ist nicht wirklich. Wenn ich will, kann ich aufstehen und nach draußen gehen, ins Sonnenlicht, aber das werde ich nicht. Ich unterwerfe mich, bereite mich auf die Missionsreise vor.

Kristina würde bald aufbrechen, zusammen mit einer kleinen Schar Brüder und Schwestern, angeführt von Berthold, der nun den Inquisitor spielte. Dies hier war nur eine Übung, auch wenn sie anders war als alle Übungen zuvor. Es war die letzte, furchterregendste Probe. Wie schrecklich es sein muss, überlegte Kristina, tatsächlich vor einem Inquisitor zu stehen, unaussprechliche Qualen und einen grauenhaften Tod vor Augen.

Nur eine letzte Übung, um dich vorzubereiten, hatte Berthold gesagt. Auf das, was dich draußen in der Welt erwartet. Genauso werden die anderen vorbereitet, die mit uns gehen.

Kristina dachte daran, wie sie Berthold zum ersten Mal begegnet war, vor fünf Jahren. Damals war sie zwölf gewesen. Sie war seine Schülerin geworden, war gereift in dieser Zeit. Sie war kein Mädchen mehr und Berthold kein Jüngling; sie war eine junge Frau, er ein Mann. Doch er war doppelt so alt wie sie, vierunddreißig, ein Gelehrter auf vielen Gebieten. Kristina empfand eine beunruhigende Angst, wie sie hier auf der Bank saß und sein Spiel über sich ergehen ließ. Berthold hatte eine befremdliche, harte Seite. Wenn er in die Rolle des Inquisitors schlüpfte, legte er eine beängstigende Perfektion an den Tag. Kristina konnte kaum glauben, wie überzeugend er eine bedrohliche Miene aufsetzen konnte, wie kalt seine Stimme wurde und wie leicht es ihm fiel, einen unbarmherzigen religiösen Fanatiker zu verkörpern.

Kristinas Zuneigung zu ihm erkaltete immer mehr. Sie spürte, wie sie auf der harten Bank erstarrte. Fröstelnd zog sie das Hemd aus ungefärbtem Flachs straffer um sich.

»Du stehst hier vor Gericht, Kristina. Ist dir das klar?«

»Bei allem Respekt, Herr, erlaubt Ihr mir eine Frage?«

»Nur zu.«

»Geht es diesem Gericht um Gerechtigkeit oder um Gewalt?«

Sie sprach die Worte aus, wie er es sie gelehrt hatte, und doch hörte sie das Beben ihrer Stimme und war überrascht, als sie bemerkte, dass sie zitterte. Sie umklammerte ihre Hände im Schoß, während sie ihre Panik zu verbergen suchte.

»Was für eine Frage. Wir vertreten die Gesetze Gottes und des Kaisers.«

»Dann sagt mir bitte, warum man mich festgenommen hat. Warum droht Ihr mir? Habe ich jemandem etwas getan? Was werft Ihr mir vor? Mord? Raub?«

»Nein, mein Kind, wir wissen nichts von einer solchen Tat.«

»Warum bin ich dann gefangen, Herr?«

»Du kennst den Grund sehr gut und wirst Rede und Antwort stehen müssen. Du bist eine Widersacherin unseres allerheiligsten Beschützers, des Kaisers. Oder bestreitest du das?«

»Ich bin niemandes Widersacherin, Herr.« Kristina zwang sich, diese Worte auszusprechen. Ihre Stimme klang belegt, ihr Mund war trocken.

»Du predigst deine Irrlehren in Hütten und Scheunen und verborgenen Winkeln, sogar in den Wäldern. Du lehrst unwissende Seelen das Lesen. Du druckst deine fehlerhaften Übersetzungen der Heiligen Schrift und bringst sie unter das Volk. Du behauptest, deine Gebete geradewegs an Gott zu richten, obwohl diese Gebete nichts anderes sind als Ketzerei. Du verhöhnst Gott, unseren Herrn! Du dichtest eigene Lieder, angeblich, um den Herrn zu preisen, dabei sind es Worte voller Spott. Es würde mich nicht wundern, wären sie an den Teufel gerichtet statt an Gott. Der Satan hat es dir eingeflüstert, nicht wahr? Oder streitest du das ab?«

»Soll ich Gutes abstreiten? Wenn ich kann, lehre ich. Wenn ich Gottes Liebe spüre, singe ich. Wenn ich Leid sehe, versuche ich es zu lindern. Was soll daran verkehrt sein?«

Er schüttelte den Kopf und lächelte abschätzig.

Kristina vergaß völlig, dass alles nur gespielt war. Zorn stieg in ihr auf und ließ sie ihre sorgfältig zurechtgelegten Antworten vergessen. Zugleich legte sich Angst wie ein eiserner Ring um ihre Brust, zog sich zusammen und brachte Schmerz und das schreckliche Gefühl der Verlorenheit.

»Du würdest sogar Hörigen das Lesen beibringen, ist es nicht so?«, fragte Berthold mit einem abschätzigen Lächeln. »Oder willst du das abstreiten?«

In diesem Augenblick kochte der Zorn in ihr über, und sie verließ endgültig den Pfad kühler Argumentation. Sie wollte doch nur das Gedenken an ihre Mutter ehren! Sie wollte hinausgehen in die Welt und sich selbst finden, indem sie das Werk weiterführte, für das ihre Mutter gestorben war! Es war wie die Suche nach einem Pfad, wenn man sich im tiefen Wald verlaufen hatte. Dem Pfad, den ihre Mutter beschritten hatte. Doch dieser Pfad hatte sie zu einem schrecklichen Ende geführt, und mit einem Mal fürchtete Kristina ihn fast so sehr, wie sie Berthold fürchtete. Doch ihr Zorn war stärker als die Furcht und verlieh ihr neue Kraft, nicht nur das eigene Leben zu verteidigen, sondern auch das Gedenken an ihre Mutter.

»Habt Ihr Angst, was die Hörigen entdecken könnten, wenn sie das Lesen und Schreiben beherrschen?«, fragte Kristina. Es war nicht das, was Berthold ihr vorgegeben hatte, und doch klangen die Worte wahr und richtig. »Fürchtet Ihr, die Leibeigenen, Unterdrückten, Gequälten könnten auf eigene Faust nach der Wahrheit suchen?«

»Du hast Versammlungen abgehalten, hast diese neuen ... *Lehrsätze* verkündet«, er spie das Wort hervor wie eine Abscheulichkeit. »Es ist des Kaisers Wille, dass dies nicht gestattet sei!«

»Der Kaiser ist ein Mensch und steht nicht höher in Gottes Gunst als ein Höriger oder eine andere von Gott erschaffene Kreatur.«

»Was redest du!« Berthold war sichtlich schockiert. Seine dichten Brauen hoben sich, seine Augen weiteten sich vor Erschrecken.

»Ihr habt es gehört. Gott hat dem Kaiser nicht die Macht gegeben, solche Gebote zu erlassen. Er überschreitet die Befugnisse, die der Herr ihm verliehen hat. In dieser Frage erkennen wir die Hoheit des Kaisers nicht an.«

»Du fürchtest dich nicht vor der kaiserlichen Rache? Vor den Folterinstrumenten, die wir dir gezeigt haben? Oder gar dem Scheiterhaufen?«

Jetzt gab es kein Zurück mehr. »Unser Leben ist nur ein Wimpernschlag in der Ewigkeit, dann zerfällt unser Körper. Unsere Seele aber wird die Ewigkeit schauen, wenn es Gott gefällt, und die Seele könnt nicht einmal Ihr verbrennen!«

»Hättest du je einen Scheiterhaufen brennen sehen, würdest du dir deinen Trotz verkneifen.«

»Das habe ich«, sagte sie mit plötzlich dünner Stimme und heftig pochendem Herzen.

»*Was* hast du?«

»Es gesehen.«

»*Was* gesehen?«

»Wie Menschen verbrannt werden.« Es schnürte Kristina die Kehle zu. Je verzweifelter sie versuchte, die Tränen zurückzuhalten, desto stärker strömten sie. Doch es waren Tränen des Zorns, nicht der Angst. Abrupt erhob sie sich von der Bank. Das

Möbel scharrte laut über den Steinboden. Sie funkelte Berthold an, wütend über sich selbst.

Alle gespielte Überheblichkeit, aller vorgetäuschter Zorn fielen von ihm ab. Mit einem Mal blickte er beschämt drein. Güte und Milde erschienen wieder in seinem Gesicht, und der Ausdruck seiner Augen wurde weich. Da war er wieder, der Berthold, den Kristina kannte und dem sie zu vertrauen gelernt hatte. Er versuchte, ihre Hand zu nehmen, doch sie zog sie zurück.

»Ich war einmal Priester«, sagte er leise. »Auch ich habe Scheiterhaufen brennen sehen. Bei Gott, ich habe *Menschen* brennen sehen. Ich wünsche mir, du hättest das nicht erleben müssen.«

»Sei doch still!«, sagte sie.

Sie kam sich kindisch vor, weil sie für einen Augenblick die Fassung verloren hatte, und setzte sich wieder auf die Bank, wo sie sich mit den Handrücken übers Gesicht wischte.

»Ich bin zu weit gegangen«, sagte Berthold.

»Nein. Alles ist wahr.«

Jetzt war er wieder Berthold, ihr kluger Lehrmeister, nicht der fanatische Inquisitor. Er wirkte bestürzt, als er sie aus seinen dunklen Augen anschaute, als wäre ihm bewusst, dass er versagt hatte. »O Gott …«, flüsterte er. »Vielleicht bist du zu jung für das alles.« Tränen standen ihm in den Augen.

Die erschreckten Kristina. Es war beängstigend, ihn so zu sehen, wie einen verschüchterten kleinen Jungen, wo er doch so viel wusste über Gott und die Welt.

Und nun bemerkte sie auch, dass er verlegen war.

»Zorn ist nicht die Antwort. Das hätte ich dich lehren müssen, aber ich habe versagt. Es ist allein meine Schuld.«

Kristina bemerkte einmal mehr, wie sehr er sie brauchte. Er war unvollkommen ohne sie, und diese Erkenntnis ließ ihren Zorn versickern wie Wasser in trockenem Sand.

Sie erhob sich, ging zu ihm und schloss ihn in die Arme. »Wir gehen hinaus zu den Menschen, gemeinsam, als wärst du bei mir, als wären wir eins«, sagte sie und tröstete ihn in ihrer Umarmung. »Bete für mich, Berthold. Hilf mir, dass ich mich noch mehr anstrenge.«

»Kristina … Schwester«, sagte er leise, streckte aber nicht die Arme aus, um sie an sich zu drücken, obwohl sie sich nichts sehnlicher wünschte. »Du bist noch so jung und hast schon so viel Schreckliches mit ansehen müssen. Wenn es dir nicht gelingt, deine Angst zu besiegen, kannst du dich meiner Gruppe nicht anschließen. Liebe kennt keine Angst. Vollkommene Liebe vertreibt alle Furcht aus dir.«

Er nannte sie oft *Schwester*, so wie sie ihn *Bruder* nannte; so hielten es alle bei ihren Gesprächen, es sei denn, sie waren verwandt oder verheiratet. Aber Kristina spürte jedes Mal, dass es Berthold nicht reichte.

»Liebe?«, erwiderte sie leise. »Liebe kann die Ungerechtigkeit nicht aufhalten. Das kann nur das Streben nach Wissen und Wahrheit. Dazu aber müssen die Menschen lesen und schreiben lernen. Nur dann können sie die Wahrheit sehen und weitergeben – und nur die Wahrheit wird sie befreien.«

»Du liebst die Wahrheit, aber es gibt viele Spielarten der Liebe«, erwiderte Berthold. »Die Liebe zu Gott. Die Liebe zwischen Bruder und Schwester. Die Liebe zwischen Ehemann und Ehefrau. Die Liebe zu deinem Nächsten. Ist es nicht so?«

Kristina schüttelte den Kopf. »Die Liebe ist zu kostbar, als dass man sie immer wieder für alles herhalten lassen darf. Das geht so lange, bis die Liebe kein Gewicht mehr hat und stirbt. Sie ist kein Apfel, in den man hineinbeißen und ihn dann achtlos zur Seite werfen kann.«

Sie verstummte, wappnete sich gegen Bertholds heftigen Widerspruch. Stattdessen blickte er sie schweigend an. Nickte. Für einen Moment richtete sein Blick sich nach innen.

»Das war eine kluge Bemerkung. Oft bin ich zu seicht, zu oberflächlich. Und ich weiß, dass du Schmerz leidest, der noch längst nicht versiegt ist – aus Wunden, die viel zu tief sind für einen so jungen Menschen wie du es bist.«

Kristina atmete langsam aus. Sie dachte an ihre Mutter, die sie in den Händen von Mönchen und Magistraten zurückgelassen hatte und die lieber in den Tod gegangen war, als zu widerrufen. Kristina hatte Berthold die Geschichte erzählt. Jetzt wünschte sie sich, sie hätte es nie getan. Sie empfand bitteren Hass auf diese Mörder, die Priester, Mönche und Magistrate mit ihren hohlen, auswendig gelernten Floskeln und ihrer falschen Frömmigkeit, die sie vor sich hertrugen wie Masken, während sie mit unfassbarer Grausamkeit ihre Privilegien schützten, ihre Scheinheiligkeit und ihr Leben im Überfluss.

Du warst so tapfer, Mutter, so wundervoll, dachte Kristina. Ihr Gesicht zuckte, und sie kämpfte gegen neue Tränen an. Ihre Mutter war eine schöne Frau gewesen, voller Sanftmut und Güte. Nicht einmal für ihre Folterer und Mörder hatte sie ein böses Wort gehabt.

Bertholds Stimme riss Kristina aus ihren süßen und zugleich schmerzhaften Erinnerungen.

»Lass es mich auf andere Weise sagen«, begann er, als hätte er ihre Gedanken gelesen. »Wie deine Familie vor dir wirst auch du dich zahlreichen Feinden gegenübersehen. Wie willst du dich vor ihren falschen Wahrheiten verteidigen? Es gibt nur einen wahren Weg, Kristina, den der Liebe. Du musst deine Feinde lieben. Du musst für die beten, die dich verfolgen, so wie Christus es uns gelehrt hat.«

»Ich hasse niemanden.«

Aber das war eine Lüge. Kristina war nicht wie ihre Mutter. Sie kannte die Angst, und sie kannte den Hass. Sie verdammte all jene, die ihre Mutter, ihre Schwester und ihren Vater verbrannt hatten, und wünschte sie in die tiefste Hölle. Es wäre unnatürlich, solche Peiniger zu lieben. Doch ihre Mutter hatte genau das getan.

Wenn ich doch ihre Kraft hätte, dachte Kristina. *Ihre Liebe, ihre Güte, ihr Wissen. Vielleicht kann ich das alles ja finden in ihrem Werk.*

»Ich will nicht hassen«, sagte sie, und diesmal sprach sie die

Wahrheit. »Meine Mutter hat auch nicht gehasst. Sie war voller Liebe.«

»Siehst du?«, entgegnete Berthold. »Womit wir wieder bei der Liebe wären. Du liebst deine Mutter noch immer. Sie ist jetzt im Himmel, denn sie hat denen vergeben, die ihr so Schreckliches angetan haben. Kannst du ihnen nicht auch verzeihen?«

Kristina schwieg. *Sie ist meine Mutter*, dachte sie. *Du hast kein Recht, sie gegen mich zu benutzen.*

»Wenn du es nicht aus Liebe tust, warum erbietest du dich dann, hinauszugehen und die Menschen das Lesen zu lehren? Warum riskierst du dann, was deine Mutter riskiert hat?«

Genau darüber hatte Kristina lange und angestrengt nachgedacht, und sie hatte diese Frage erwartet – eine Frage, die sie sich selbst schon viele Male gestellt hatte.

»Weil die Menschen leiden«, antwortete sie. »Und sie leiden, weil sie nicht lernen können. Und sie können nicht lernen, weil sie nicht lesen können.«

»Mir wäre lieber, du würdest hinausgehen, um ihre Seelen zu retten«, sagte er.

»Es ist Sache des Einzelnen, sich um seine Seele zu kümmern, aber es ist Sache der Gemeinschaft, Wissen und Wahrheit zu verbreiten.«

Berthold lächelte. »Du bist die klügste Schülerin, die ich jemals hatte. Du versteckst dich vor mir, und doch fühle ich mich sehr zu dir hingezogen.«

Kristina hob den Blick, schaute ihm ins Gesicht und sah, dass er sich verändert hatte: Er blickte sie nicht mehr an wie ein Lehrer, sondern wie ein Mann.

Er beugte sich vor, sah ihr in die Augen. »Du bist zart und zierlich und bewegst dich voller Anmut, und dein Gesicht ist sehr hübsch. Doch deine Augen sind noch viel hübscher als alles andere.«

Sie starrte ihn an, erstaunt, verwirrt, und wusste nicht, was sie sagen sollte. Sie spürte die Wärme seiner großen Hände, die sich behutsam auf die ihren legten, die sie noch immer im Schoß gefaltet hatte.

»Es gibt die Liebe von Brüdern und Schwestern in Christus«, sagte er. »Und es gibt die Liebe zwischen Mann und Frau.«

Sie blickte in seine Augen und sah, dass er sie liebte. Es war das erste Mal, dass er ihr auf diese Art und Weise die Hände gedrückt hatte. Und dann, unvermittelt, kniete er sich vor sie hin.

»Kristina, Liebste«, sagte er. »Darf ich hoffen, dass du den Namen Moser als deinen annehmen wirst?«

Da war es. In diesem Moment hatte sich ihr Leben verändert. Eine Tür hatte sich halb geöffnet, doch Kristina hielt sie fest, denn sie wagte sich noch nicht hindurch. Ihr war plötzlich warm und schwindlig.

Sie erhob sich, drückte Bertholds Arme von sich weg.

Auf seinem Gesicht zeigte sich Bestürzung. »Was muss ich tun?«, fragte er flüsternd. »Bitte, sag es mir.«

Sie wandte sich von ihm ab und ging über das schmutzige Stroh hinaus ins helle Tageslicht. Eine Hühnerschar und eine Ziege wichen vor ihr zur Seite. Sie überquerte den Hof. Dann stand sie in der frischen Brise, die von den Hügeln kam, und ihre Haare wehten im Wind und flatterten ihr ins Gesicht. Sie blickte über die Wiese hinweg in die Ferne.

Unter ihr öffnete sich das Tal zu einem schwindelerregenden Abgrund, eingefasst von grünen Hügeln. Sie sah die Schieferdächer des kleinen Dorfes Kunwald mit seinen Menschen, die in brüderlicher Nächstenliebe alles miteinander teilten. Sie blickte hinaus über das Tal und erschauerte angesichts der grünen Weite der Berge und der Welt dahinter, wo das Unbekannte wartete. Eine Kuh rief muhend nach ihrem Kalb. Schwalben flitzten durch die Luft und jagten pfeilschnell unsichtbare Insekten.

Kristina blickte nach vorn, ohne darauf zu warten, ob Berthold ihr folgte.

Wenn er jetzt wiederkommt und die Arme um mich legt, sage ich Ja.

In diesem Moment hörte sie seine Schritte. Spürte, wie er sich von hinten näherte. Spürte seine starken Arme. Spürte, wie er sie mit überraschender Kraft an sich drückte und das Gesicht in ihren Haaren vergrub. Für einen Moment wollte sie sich von ihm lösen. Noch war es nicht zu spät, um alledem Einhalt zu gebieten. Dann aber ergab sie sich in ein Gefühl überwältigender Erleichterung.

»Kristina«, flüsterte er. »Liebste. Wende dich nicht von mir ab. Ich könnte es nicht ertragen.«

Seine Stärke bot ihr Sicherheit, sein Begehren weckte ihr Vertrauen, und seine Klugheit machte die Welt zu einem sicheren Ort. Noch immer mit dem Rücken zu ihm, fragte Kristina: »Bist du sicher?«

»Oh, Kristina, liebste Kristina ...« Seine kräftigen Arme hielten sie ganz fest. Sie spürte, wie er zitterte, während er ihr ins Ohr raunte: »Ich könnte nicht zulassen, dass du Kunwald verlässt und hinausgehst in eine Welt voller Hass und Grausamkeit, ohne eins mit mir zu sein.«

Sie drehte sich in seinen Armen um, und er war ihr so nah, dass sein Bart und seine Brauen ihr Gesicht berührten. Er wagte nicht, sie zu küssen. Dieser Moment gehörte ihr, nicht ihm.

Kristina gab sich ihren Gefühlen hin. Jetzt *war* er ein Mann, nicht bloß ein Lehrer. Sie sah, wie er ihren Blick suchte; sie spürte, wie sehr er sie begehrte, und sein Verlangen weckte ein Gefühl von Geborgenheit und tiefer Liebe in ihr. Sein Gesicht ... so weich, so warm, so vertraut.

In diesem Augenblick erkannte Kristina, dass es dieses Gefühl war, das man Liebe nennt, und dass es nur eine Antwort darauf gab.

»Bitte«, sagte Berthold. »Lass uns eins sein.«

Kristina spürte, wie sich die Tür in ihrem Inneren ganz öffnete.

»Eins«, sagte sie.

2.

AUF DER ALTEN RÖMERSTRASSE INS DONAUTAL,
WEIT SÜDLICH VON WIEN, IM UMSTRITTENEN
GRENZGEBIET

Lud

*M*arsch der Heiligen Befreiung – so nannten die Priester
und Adligen die Reise. Lud erinnerte sich an andere Feldzüge,
andere Namen. Die *Heilige Interventionskampagne,* die *Ewige
Herrlichkeit* und wie sie alle geheißen hatten.

Lud bewegte sich leise und bedächtig über den Höhenrü-
cken oberhalb der Armee, die unten auf der Straße schlief. Immer wieder hielt er inne, um zu lauschen und seine Umgebung
zu beobachten, kaum seines Körpers gewahr oder der alten
Narben, die in der Kühle der Nacht schmerzten. Seine Wahr-
nehmung war schärfer geworden in den drei Jahrzehnten seines
Lebens, in denen er so oft in der Nähe des Todes gewesen war.
Was das anging, war Lud wie ein wildes Tier, hellwach und un-
gezähmt. Er hörte einen Kauz rufen – einmal, zweimal, dreimal.
Der Ruf blieb ohne Antwort.

Die schlafende Armee lag unter ihm ausgebreitet mit ihren
Karren und Zelten. Lud dachte daran, wie überheblich sie losmarschiert waren. Die Streitmacht von sechstausend Mann war
mit großem Trara aus Würzburg losgezogen, voller Siegesge-
wissheit. Lud starrte von seinem Aussichtspunkt über einem
felsigen Steilhang auf die Armee hinunter. Hier und da durch-
stach das Licht einer einzelnen Laterne oder eines erlöschenden
Lagerfeuers die Dunkelheit. Die Nachtwache war voller schwarzer Löcher.

Sie liegt da wie ein Betrunkener, ging es Lud durch den Kopf,
*die Kehle ungeschützt, sodass man sie blitzschnell aufschlitzen
kann.*

Lud war ein einfacher Reisiger, unter dessen Befehl zwölf
Spießträger standen, doch in dieser Nacht waren zwei seiner

Jungen auf Horchposten, und er musste wissen, wie die Lage war.

Sein Ritter, der Herr Dietrich, hatte Lud hinausgeschickt, damit er ihm einen morgendlichen Bericht ablieferte. »Wir sind seit Wochen unterwegs«, hatte Dietrich gesagt. »Noch immer gibt es keine Spur von den Türken, und Erschöpfung schläfert die Aufmerksamkeit ein. Es ist die gefährlichste Zeit für Männer auf Posten, hier draußen, entlang der Grenze, wenn alle ermattet sind vom ständigen Marschieren und benommen von der Gleichförmigkeit der Tage.«

Die Männer marschierten durch das Land und zerstörten alles auf ihrem Weg, bis sie Befehl erhielten, umzukehren und nach Hause zu gehen. Die ganze Zeit bestand die Gefahr eines Angriffs durch die Türken. Der Streit zwischen Habsburgern und Türken schwelte schon länger, als irgendein lebender Mensch sich erinnern konnte. Je tiefer sie in feindliches Gebiet vordrangen, desto mehr war mit einem Angriff der Türken zu rechnen. Da half nur ständige Wachsamkeit.

Während Lud seinen Weg entlang des Hügelkammes fortsetzte, suchte er beständig das Lager ab und prägte sich die größten Lücken in der Aufstellung der Wachposten ein. Es war gut, sich mit dieser Aufgabe zu beschäftigen. Dann konnten einem keine störenden Gedanken die Zeit stehlen – nicht, wenn so viele Leben auf dem Spiel standen. Die Dunkelheit war Luds Freund. Er hatte das Kundschaften gelernt, als er dem Knabenalter gerade erst entwachsen war – durch die nächtliche Jagd, wenn Geduld und Geistesgegenwart im Wettstreit mit der Schnelligkeit und Kraft der Tiere standen.

Die rechte Hand griffbereit auf der Parierstange seines Schwertes, lauschte Lud dem Läuten der Mitternachtswache. Zwölf Schläge. Unter seinem gesteppten Umhang sammelte sich Schweiß. Er kratzte sich an den Rippen und unter den Armen. Der Kettenpanzer rieb und juckte an den Stellen, wo die Flöhe saßen und sich satt fraßen. Lud vermisste die schlichte Arbeitskleidung von zu Hause, das derb gewebte Hemd aus Flachs. Wenigstens hatte er seine kurze Wollhose mitgenommen und seine einfachen alten Bundschuhe aus Rohleder. Keine Stiefel. Ritter und Soldaten trugen Stiefel, nicht aber Männer wie er.

Die Wolken rissen auf, und eine Flut von Sternenlicht ergoss sich über das Land. Lud erstarrte inmitten der milchig weißen Felsen und wartete. Als er die Sterne sehen konnte, stellte er fest, dass sie die gleichen Muster bildeten wie zu Hause: ein riesiges Rad aus winzigen Punkten, das sich ganz langsam über ihm drehte. Doch das Land hier unten war fremd. Fremd und gefährlich.

Unten an der Straße standen die Zelte der Magistrate und Edlen. Die Laternen schimmerten durch die derb gewebten Wände. Lud wusste, dass die hohen Herren noch auf waren und Wein tranken.

Wie viele von ihnen könnte ich töten, bevor sie erkennen, wer ich bin?

Er hörte den Schrei einer Frau. Wahrscheinlich machte einer der Magistrate sich über eines der Mädchen her, die sie in den niedergebrannten Dörfern gefangen genommen hatten. Die Bewohner versuchten ihre Vorräte zu verstecken und ihre Töchter zu verbergen. Als Vorwand für die Gräuel und Plünderungen – falls überhaupt Ausreden erforderlich waren – wurden die Dörfler verhört, gefoltert und wegen Spitzeln, Mohammedanismus oder Satansanbetung hingerichtet. Das Ziel war, alles zu vernichten, was der Streitmacht in den Weg geriet.

Lud beteiligte sich nicht an den Gräueln. Er war Reisiger. Aber so war nun mal das Leben in der Armee, war es immer gewesen. Der Geist stumpfte ab, während der Körper seinen Dienst leistete.

Über ihm zogen Wolken dahin und verdeckten den Sternenhimmel. Nebel senkte sich ins Tal und über die Straße.

Ein guter Zeitpunkt, um weiterzugehen.

Im Schutz der tiefen Dunkelheit umrundete Lud das vordere Ende des Feldlagers, wo die Hügelkette sich absenkte. Verstohlen näherte er sich den flackernden Rändern des rauchenden

Lagerfeuers. Schlüpfte durch den Dunst und behielt die nur verschwommen erkennbaren Gesichter der müden Wachposten im Auge, die auf allem saßen oder lehnten, was sich dazu benutzen ließ.

Ihr Narren. Seht ihr mich denn nicht?

Sobald sie die Köpfe in seine Richtung drehten, erstarrte Lud zur Reglosigkeit. Blickten sie in eine andere Richtung, huschte er weiter. Es war kinderleicht.

Römische Sklaven, so hatte man ihm erzählt, hätten diese Straße erbaut, vor mehr als tausend Jahren. Die Namen der geplünderten und niedergebrannten Dörfer klangen fremd, das gesamte Tal der Donau hinunter. Das Weinen der Kinder und Frauen jedoch klang immer gleich, genau wie die Schreie, die hin und wieder aus den Zelten der Magistrate drangen und bald darauf verstummten.

Denk nicht daran. Es ist nicht deine Sache, das zu begreifen. Du musst nur gehorchen. Gedanken, die dich quälen und dich von deiner Aufgabe ablenken, zählen nicht.

Bei Tag kroch die Armee über die Straße aus geborstenen Steinen wie eine gigantische, mit Eisen und Stahl gespickte Schnecke. Spießträger und Kanonen, Kavallerie und Karren, alles fein säuberlich nach Rängen geordnet, wirbelten dichten gelben Staub auf, der den Tross einhüllte, diesen zerlumpten, wilden Haufen der nachfolgenden Marketender und Lagerbummler und Huren, und ihn vor fremden Blicken verbarg.

Hinter der Riesenschnecke blieb eine Schleimspur aus Tod und Verwüstung, Ruinen und verbrannten Dörfern zurück. Wohin die Kreatur auch kam, sie fraß alles. Rauchsäulen stiegen in den Himmel, und der Schein der Feuer hinter ihr war in Nächten weithin sichtbar. Der Feind musste nur den Blick zum Horizont heben, um diese Fanale des Schreckens zu entdecken. Oder den riesigen Heerwurm, wenn sie einen Blick nach hinten warfen.

Lud kletterte über einen weiteren Kamm und sah in einiger Entfernung einen Lichtschein, ein stumpfes, schwaches Orange wie ein schwelendes Lagerfeuer.

Dann wurde ihm klar, dass der Horchposten, nach dem er suchte, direkt vor ihm sein musste. Im letzten Licht der Abenddämmerung hatte Lud dort zwei seiner Leute postiert und sich die Lage des Felsens und eines großen, umgestürzten Eichenstammes eingeprägt, sodass er den Posten auch in der Dunkelheit wiederfinden konnte.

Haltet die Augen offen, Männer, jetzt komme ich.

Hoffentlich bemerkten sie ihn. Aber er würde ihnen nicht dabei helfen, indem er absichtlich Geräusche machte. Er bewegte sich blind, nur nach der Erinnerung, an den Felsen vorbei, die jetzt als dunkle Schatten erschienen.

Da seid ihr ja. Ich sehe euch. Seht ihr mich auch? Hört ihr mich?

Vor einem helleren, undeutlichen Hintergrund sah Lud zwei dunkle Gestalten – die eine groß, die andere klein – auf dem umgestürzten Baumstamm sitzen. Sie stützten sich auf ihre Spieße. Verblüfft stellte er fest, dass er ihre jungen Stimmen hören konnte.

»Sie verschwindet hinter den Bergen im Westen.«

»Die Berge erheben sich, um sie zu verbergen?«

»Berge bewegen sich nicht, Dummkopf.«

»Nenn mich nicht Dummkopf! Am Morgen geht die Sonne im Osten auf. Wie kommt sie in der Nacht von Westen auf die andere Seite?«

Luds Gesicht brannte vor Scham. Schweigen war die wichtigste Verhaltensregel auf Horchposten. Die schrille Stimme des Fragers gehörte Kaspar, seinem jüngsten Spießbuben, dem Lud seinen alten abgelegten Brustpanzer zum Tragen gegeben hatte. Die tiefere Stimme war die von Götz, den alle spöttisch »Kleiner Götz« nannten wegen seiner großen, schlaksigen Gestalt. Lud hatte die beiden gemeinsam zur Wache eingeteilt in der Hoffnung, Kaspar würde Führungseigenschaften entwickeln. Doch wie alle zwölf Männer Luds waren sie zu jung; außerdem war es ihr erster Feldzug. Kaspar war gerade fünfzehn und der Kleine Götz noch keine siebzehn.

»Die Sonne schwimmt durchs Meer«, sagte Kaspar mit seiner hohen Stimme. »Die Priester sagen, Gott hat es so eingerichtet.«

»Müsste das Meer denn nicht das Feuer der Sonne löschen?«, entgegnete der Kleine Götz.

»Frag die Priester, nicht mich.«

Lud kauerte in den Schatten und lauschte den beiden über das heftige Pochen seines Herzens hinweg. Er kämpfte gegen seine Wut. Bevor sie aufgebrochen waren, hatte er sein Bestes gegeben, sie auf den Einsatz vorzubereiten, und jeder ihrer Fehler war auch sein Fehler.

Ich gebe euch noch eine letzte Gelegenheit, mich zu entdecken, ihr zwei Dummköpfe.

Fast lautlos arbeitete Lud sich durch die dunstigen Schatten bis hinter den Baumstamm. Dann kam er herum, in den schwachen Lichtschein vom Lagerfeuer, nah genug, um den beiden die Hälse durchzuschneiden. Sie redeten munter weiter.

»Wie können die Priester so etwas wissen?«

»Wie wohl? Weil sie lesen können.«

Lud war mit seiner Geduld am Ende. Er schnippte einen Stein in Richtung der Jungen. Sie zuckten zusammen, fuhren herum. Doch ehe sie ihn sahen, war Lud um den Stamm herum und versetzte beiden schallende Ohrfeigen.

Sie heulten vor Wut und Schmerz. Kaspar versuchte, seinen Spieß abwehrend herunterzunehmen, doch Lud schnellte vor und rammte ihn mit dem Ellbogen zur Seite. Kaspar taumelte rückwärts, ließ den Spieß fallen und landete mit dem Hintern auf dem Baumstamm.

»Bist du das, Lud?« Kaspars verblüffte Stimme war schrill wie die eines Mädchens.

Beide Jungen blinzelten Lud im flackernden Licht des Feuers an. Der Kleine Götz hielt sich die brennende Wange und ächzte angstvoll. Lud bemerkte einen dunklen Fleck, wo der Junge sich die Lederhose eingenässt hatte.

»Schwachköpfe!«, schimpfte Lud. Seine Hand schmerzte, so hart hatte er zugeschlagen.

»Lud!«, rief der Kleine Götz. »Du bist es wirklich! Gott sei Dank!«

»Was hat Gott mit eurer Nachlässigkeit zu tun?«, entgegnete Lud und musterte die beiden mit einer Mischung aus Mitleid und Zorn. Er machte sich Vorwürfe. Er war ihr Kommandant. Er hatte versucht, sie vorzubereiten, so gut er konnte, aber die Zeit hatte offensichtlich nicht gereicht.

»Wir haben geredet, weil wir Angst hatten, sonst einzuschlafen«, sagte Kaspar, wobei er sich hochstemmte. Er kämpfte um Würde, doch seine Stimme war schrill, und Verlegenheit schwang darin mit. »Wir haben unsere Pflicht getan.«

Lud starrte den Jungen an. Kaspar war der jüngste Sohn des Müllers Sigmund im Dorf Giebelstadt. Er führte ein träges, ereignisloses, vorhersehbares Leben als Sohn eines einflussreichen Vaters, Hunderte von Meilen entfernt; nun schien er zu glauben, dass er hier draußen auf dem Feldzug noch immer dieses Privileg besaß.

»Hör zu, Müllerjunge«, sagte Lud. »Hier draußen gibt es keine zweite Chance. Wäre ich jemand anders, wärt ihr jetzt tot.«

»Bitte verzeih, Lud«, sagte der Kleine Götz und meinte es aufrichtig. »Ich ...«

»Maul halten! Alle beide!«

Lud blickte in ihre müden, ausgezehrten Gesichter und wusste, dass sie den ganzen Tag marschiert waren. Es war eine Dummheit des Obristen, eines adligen Herrn, dass er diese erschöpften Jungen zur Nachtwache abgestellt hatte. Doch Befehl war Befehl, und die Männer hatten zu gehorchen. Sie waren rechtlose Leibeigene, einfache Dorfbewohner, zum Dienst gepresst, und Lud kannte sie von Geburt an. Doch ein Reisiger stellte die Entscheidungen eines Edlen nicht infrage. Stattdessen tat er alles, um die Dinge in Gang zu halten.

»Wer auf Wache ist, trägt die Verantwortung für das Leben seiner Kameraden. Hätte ich eure nutzlosen Hälse durchgeschnitten, würden die anderen Wachen ihre Aufgabe gewiss ernster nehmen. Aber ich überlasse es den Türken, eure Mütter und Schwestern zum Weinen zu bringen.«

Ohne ein weiteres Wort wandte er sich ab. Die Jungen starrten ihm hinterher wie Fische am Haken. Leise stieg Lud zu der im Dunst liegenden Straße hinunter und kehrte in das Lager mit der langen Reihe von Maultierkarren zurück.

Er kam an zwei weiteren Wachposten vorbei, ohne dass er gesehen wurde.

Unglaublich. Wenn ich mich im Schatten halte und kein Geräusch mache ... als wären sie taub und blind.

Lud erreichte das schlafende Lager. Seine Beine zitterten vor Müdigkeit, und es kostete ihn Mühe, sich leise zu bewegen. Doch auch hier schlug niemand Alarm. Niemand rief ihn an. Der Nebel war zu dicht.

Wenn doch nur der Regen endlich aufhören würde.

Es war Wahnsinn, in diesem Schmuddelwetter zu kämpfen.

Aus dem Dunst drang der vertraute Mief schlafender Männer hervor, vermischt mit dem Gestank des kalten Rauchs der Lagerfeuer vom Vorabend und dem Geruch gekochten Breis.

Es wurde Zeit, den Karren zu überprüfen, wo die zehn anderen Jungen schliefen. Sie waren allesamt junge Dörfler, die im Namen des Ritters Dietrich, ihres Herrn, den Langspieß trugen. Die meisten hatten bereits Wache geschoben. Lud hatte ihnen den Befehl erteilt, sich auszuruhen, doch in manchen Nächten war ihre Angst zu groß. Am nächsten Tag dann, ohne Schlaf, trotteten sie stumpfsinnig dahin wie Maultiere.

Leise bewegte sich Lud die lange Reihe der Karren entlang. An jeder Ladeklappe leuchtete eine gedämpfte Laterne. Die Männer schliefen unter ihren jeweiligen Gerätewagen. Jedes Dorf, jede zum Dienst verpflichtete Gruppe brachte eigene Vorräte mit – gesalzenen Fisch, Hafer, Gerste, Bohnen. Das Bier hielt nicht lange vor, und Wein war den Priestern und Magistraten vorbehalten. Wasser aus Bächen, Flüssen oder Brunnen musste vor dem Trinken abgekocht werden, damit niemand krank wurde oder sogar an blutigem Durchfall starb.

Lud erreichte den Karren von Giebelstadt und fand die Gestalten seiner jungen Truppe, nur schemenhaft erkennbare Bündel in der Dunkelheit unter der Pritsche.

Die Jungen aus Giebelstadt. *Seine* Jungen. Hier draußen bemühte er sich, sie als Soldaten zu sehen, nicht als die Jungen von den Höfen oder aus dem Dorf. Er versuchte ihre Eltern zu vergessen, ihre Mädchen, und sie als das zu betrachten, was sie nun waren – ein Trupp von Spießträgern. *Spießbuben.*

Die jungen Spießträger schliefen im Trockenen unter dem langen Maultierkarren, der ihre gesamten Vorräte und die Ausrüstung für den Feldzug enthielt. Jeder hatte eine Wolldecke um sich gewickelt, und sie lagen dicht an dicht, Arme und Beine um ihre langen Spieße geschlungen. Einige schnarchten, andere schmatzten. Lud schmunzelte liebevoll angesichts dieser Geräuschkulisse.

Sie waren alle Leibeigene – Hörige, genau wie er selbst: Söhne von Unfreien, von Bauern und Dörflern, die ihrem Grundherrn Zins und Arbeit schuldeten und an das Land gebunden waren. Schlechtes Wasser konnte sie krank machen. Wunde Füße konnten sie verkrüppeln. Schlechtes Essen konnte sie vergiften. Dumme Befehle ihrer Kriegsherren konnten ihnen den Tod bringen. Unachtsamkeit auf Horchposten jedoch konnte ihr Ende durch eigene Schuld bedeuten.

Lud drehte sich um und verharrte wie angewurzelt, als er Linhoff erblickte. Kaspar und der Kleine Götz hatten seinen Zorn geweckt und bereiteten ihm Sorge, aber das hier war noch schlimmer.

Teufel noch mal, wenn sie nicht auf Horchposten plappern, schlafen sie auf der Nachtwache ein.

Der junge Soldat, den Lud mit der Wache betraut hatte, saß zusammengesunken in der Nähe der Wagenlaterne auf dem Hintern, den Spieß an das Rad gelehnt. Sein Mund stand offen, sein Kinn war nass wie bei einem schlafenden Kind.

»Linhoff! Wach auf, zur Hölle!«

Linhoff war ein geschickter Handwerker, der alles reparieren konnte und sich als Bursche bei Merkel, dem Schmied, verdingt hatte. Außerdem war er ein notorischer Einzelgänger. Seine Eltern waren Ackerbauern, doch Linhoff träumte von Höherem. Außenseiter wie er wurden an das Ende einer Linie gestellt, wo sie für die anderen kämpfen mussten, trotz ihres einzelgängerischen Wesens.

»Ich habe gesagt, du sollst aufwachen! Hoch mit dir!«

Lud blickte hinunter auf die schlaffe Gestalt und zog den Langspieß aus den nachgebenden Fingern des Jungen. Lud war wütend, wusste aber, dass er Linhoff die Situation begreiflich machen musste. Ihm war danach, dem Jungen ins Gesicht zu treten, aber nur für einen Moment.

»Linhoff«, sagte Lud und beugte sich tiefer über den Jungen.

Linhoff hatte sich einen Bart stehen lassen, doch der dichte Flaum ließ ihn irgendwie noch jungenhafter aussehen, beinahe kindlich. Lud drückte ein paar Kinnhaare zwischen Daumen und Zeigefinger und riss sie dem Jungen mit einem Ruck heraus.

»Autsch!«, rief Linhoff, schrak hoch und klappte den Mund zu. Als er Lud sah, traten ihm die Augen aus dem Kopf, und er tastete blind nach seinem Spieß. »Ich … ich hab nur gedöst«, stammelte er, »nicht geschlafen …«

Lud drückte ihm ungehalten den Schaft des Spießes in die Hände.

»Junge«, sagte er. »Ich habe Männer für geringere Vergehen hängen sehen.«

»O Gott …«, flüsterte Linhoff. »Verzeih, Lud. Es wird nicht wieder vorkommen. Ich weiß gar nicht, wie ich eingeschlafen bin.«

»Ja! Und du hättest in der nächsten Welt aufwachen können!«, stieß Lud hervor. »Das Leben der anderen unter diesem Karren liegt in deiner Hand, wenn du Wache hast. Das nächste Mal werde ich auf dich pinkeln, um dich wach zu kriegen. Oder besser noch, ich schneide dir ein Ohr ab!«

»Ich verdiene beides«, sagte Linhoff eingeschüchtert. Seine

vor Furcht geweiteten Augen schimmerten im flackernden Licht der Laterne.

»Leg dich schlafen. Ich übernehme deine Wache.«

»Ich hab den Schlaf nicht verdient.«

Lud packte den Jungen im Nacken und riss ihn zu sich hoch.

»Schlafen ist alles, wozu du taugst! Bis zur Morgendämmerung sind es höchstens noch zwei Stunden.«

Lud wartete, bis Linhoff mit seinem Spieß unter den Karren gekrochen war, sich zwischen die protestierend murmelnden Kameraden drängte und zu einem Teil des schlafenden Knäuels geworden war. Dann setzte er sich auf die Heckklappe des Karrens und versuchte sich zu beruhigen, während er über den Bericht nachdachte, den er am Morgen abliefern sollte.

Wenn du ihm die Wahrheit sagst, wird er die Jungen hart bestrafen.

Sollte er seinem Herrn alles erzählen? Ritter Dietrich Geyer von Giebelstadt war der klügste Mann, dem Lud jemals begegnet war. Ja, er würde dem Ritter berichten müssen, dass die Nachtwache ein Witz war. Er musste nicht einmal übertreiben. Es würde den Druck von seinen eigenen Leuten nehmen, und es entsprach der Wahrheit. Er konnte Dietrich ohnehin nicht belügen, selbst wenn er wollte. Der Ritter schien ihn stets zu durchschauen.

Ich hätte ein Dutzend Kehlen durchschneiden können, ohne dass jemand etwas bemerkt hätte. Und an die Zelte der hohen Herren heranzukommen wäre noch einfacher gewesen.

Luds Brustpanzer quietschte und knarrte, als er die Arme reckte, und er löste ihn. Es war ein alter, gewöhnlicher Panzer, doch immer noch gut in Schuss: geschmiedeter schwarzer Stahl, nicht genietet, sondern geschweißt. Ein Geschenk Dietrichs, als der sich zögerlich einen neuen Panzer ausgewählt hatte, einen von der glänzend polierten Sorte, wie es heutzutage von höherrangigen Rittern erwartet wurde.

Lud hatte im Gegenzug seine eigene gehämmerte Brustplatte an Kaspar weitergegeben, weil Kaspar der Jüngste in seinem

Trupp war. Lud trug seinen Brustpanzer stolz über dem Kettenhemd – die Glieder konnten zwar einen Armbrustbolzen oder eine Bleikugel stoppen, aber sie wurden dabei ins Fleisch getrieben.

Die älteren Jungen waren wegen des Panzers eifersüchtig auf Kaspar gewesen, doch Lud hatte ihnen erklärt, dass die Jüngsten seiner Überzeugung nach den besten Schutz haben sollten. Kaspar war begierig darauf gewesen, in den Kampf zu ziehen, und jetzt stand der arme Tropf draußen in der Dunkelheit auf Horchposten und kämpfte gegen niemand anderen als den Schlaf und seine eigene Müdigkeit.

Lud legte sich hin und dachte daran, wie Dietrich für ihn sorgte und wie er ihn schätzte. Lud wusste, dass er von anderen weder Fürsorge noch Wertschätzung erwarten konnte. Wie die meisten in seinem Dorf und überall im Land war er als Höriger geboren, als Leibeigener, durch das Gesetz an den Grund und Boden seines Herrn gebunden und ihm verpflichtet sogar für das Brot, das er aß. Dem Herrn gehörten das Land und alle, die darauf arbeiteten. Die meisten Hörigen besaßen kaum mehr als das eigene Leben. Und da Lud wusste, dass das Schicksal nichts als Unglück für ihn bereithielt, war es keine Überraschung für ihn gewesen, als die Mütter des Dorfes während der kaiserlichen Musterung für diesen Krieg an ihn herangetreten waren und ihn angefleht hatten: »Im Namen Jesu, Marias und Josefs, beschütze unsere Söhne, denn sie sind alles, was wir im Alter haben!«

Da war es also, sein Schicksal. Es legte ihm sämtliche Schuld auf, die die Zukunft brachte.

Wie beginnen Dinge wie diese?, fragte sich Lud. *Wo nehmen sie ihren Anfang?*

Als der Ruf nach Krieg aus Würzburg gekommen war (per Dekret des Bischofs und im Namen des Kaisers Maximilian in Wien – ein Name, so fern für die Bewohner von Giebelstadt, dass sie ihn beinahe mit Gott gleichsetzten), war Lud von Dietrich zum Reisigen ernannt worden. Es war nicht das erste Mal, dass sie gemeinsam in den Krieg gezogen waren, aus den üblichen vorgeblich patriotischen Gründen. Jedes Mal wurden Fußvolk und Spießträger von den Gütern verpflichtet. Was bedeutete, dass die Höfe und die Zurückgebliebenen leiden mussten. Auf der anderen Seite gab es für jede Einberufung Geld. So war es schon immer gewesen. Die Angelegenheiten von Reich und Kirche waren zu kompliziert und verwirrend, als dass sich der Versuch gelohnt hätte, sie auch nur im Ansatz zu verstehen.

Aber diese jungen Soldaten hier, das war eine andere Sache. Ihr Leben hing von ihm ab.

Und so hatte Lud die kräftigen jungen Männer in Form gebracht. Der Zensus hatte alles in allem zwölf Mann verlangt. Nur dass sie keine Männer waren, sondern Jungen, einfache Hörige, Freiwillige aus ihren Dörfern und von den Feldern. Der Herr bezahlte die Schmiede, die den Jungen Spieße fertigte, schwere Waffen aus Eisen, wie sie schon zur Römerzeit in Gebrauch waren. Spieße, die gegen Dreschflegel und Schaufeln getauscht wurden und deren Träger in den vorderen Reihen marschierten, um die kostbaren Schusswaffen dahinter zu schützen.

Was Rüstungen betraf, konnte Lud nicht viel für seine Jungen tun. Er musste nehmen, was die Waffenkammer der Burg hergab, ein Raum voller alter Brustpanzer und Topfhelme ohne Visier. Doch er hatte die Jungen gut gedrillt und ansonsten nichts weiter tun müssen, als ihnen einen Hauch von Vernunft einzubläuen. Die meisten von ihnen waren gute Jungen, die es liebten, miteinander zu raufen wie Brüder. Sie waren zwölf, und doch waren sie wie einer. Sie teilten alles miteinander – das Bier, die Fliegen, das Bettzeug, das Essen und die Flöhe. Sie alle trugen stolz den Widderkopf, derb gestickt in hellem Faden von ihren Frauen und Schwestern und Müttern auf ihre groben Leinenumhänge. Der silberne Widderkopf war das Wappenzeichen ihres Herrn, des Ritters Dietrich Geyer zu Giebelstadt. Das Wappenzeichen ihrer Heimat, des Besitzes, auf dem sie alle geboren und aufgewachsen waren und zu dem sie gehörten.

Wie alle Leibeigenen waren sie wie Tiere aufgezogen worden, und sie lebten, um die Arbeit von Tieren zu verrichten, seit sie laufen konnten. Man hatte sie nicht zu denken gelehrt, sondern zu schuften und zu gehorchen.

Ihre Väter erwarteten von ihnen, dass sie in den Krieg zogen, wie sie es selbst als junge Männer getan hatten. Ständig gab es irgendwo Krieg, und immer gab es junge Männer. Viele hatten verkrüppelte Väter, manche überhaupt keinen mehr. Es waren die Mütter und Schwestern, die Jungen gebaren und die Heilige Jungfrau anflehten, sie zu erretten und zu Männern werden zu lassen. Und es waren ihre Schwestern, die verheiratet wurden und Kinder bekamen – und alles ging von vorne los.

Lud lag auf der Pritsche des Maultierkarrens. Seine Gedanken ließen ihn nicht zur Ruhe kommen. Er hätte keinen Schlaf gefunden, selbst wenn er gewollt hätte. Die Sterne leuchteten und funkelten wie die Feuer eines Armeelagers.

Ob die Sterne wohl Engel sind?, fragte sich Lud. *Oder Teufel? Blicken sie zu uns Menschen herunter und beobachten alles? Lachen sie über das, was sie sehen? Oder ärgern sie sich darüber? Oder ist dort oben am Ende gar nichts?*

Lud spürte kalte Nässe an den Füßen. Seine Bundschuhe waren durchweicht von der nächtlichen Runde. Er setzte sich auf, um die Schnürung des Schuhwerks zu lösen, das aus derbem Rohleder bestand und mit einer dünnen Lage Stroh gepolstert war. Die edlen Herren trugen weiche, gewienerte Stiefel. Ein Blick allein genügte, um die Herkunft eines Mannes zu enträtseln. Luds Herr hatte neue Bundschuhe aus zähem Harnischleder für ihn anfertigen lassen. Lud musste sie tragen; er durfte sie nicht für festliche Gelegenheiten aufheben, weil er und seine Jungen vielleicht nie mehr nach Hause kamen. Die neuen Schuhe waren in den Steigbügeln einigermaßen erträglich, waren aber noch nicht richtig eingelaufen und hatten Lud eine Menge neuer Blasen an den Fersen eingebracht.

Er zog das nasse Stroh aus den Schuhen und schnürte sie wieder zu. Seine jungen Soldaten trugen die gleichen derben

Rohlederschuhe wie alle Hörigen – die gleichen Schuhe, wie Lud sie früher getragen hatte.

Dann saß er da und dachte an die Füße seiner Jungen. Er schaute sich ihre Füße jeden Tag an – manchmal mehrmals, wenn der Weg steinig war – und untersuchte sie auf Blasen, Entzündungen, brandige Stellen. Die Jungen reagierten verlegen, doch er wusste, dass sie insgeheim stolz waren auf seine Fürsorge. Wenn ein roter Zeh aus einem neuen Loch lugte, ließ Lud sie das Loch mit einem Stück Leder flicken.

Kurz entschlossen schwang Lud sich vom Wagen. Wenn er schon nicht schlafen konnte, konnte er genauso gut die Füße der Jungen überprüfen. Das musste so oft wie möglich geschehen. Sie waren *seine* Jungen. Mit kranken Füßen konnten sie nicht marschieren.

Lud nahm die Laterne vom Haken am Heck des Wagens.

Die Füße seiner Leute schauten zu beiden Seiten unter dem Wagen hervor. Die Jungen lagen dicht an dicht unter dem trockensten Stück des Karrens – wie Pfähle, bereit zum Einschlagen. Der Herr Dietrich Geyer Ritter zu Giebelstadt kannte nur einen oder zwei von ihnen mit Namen. Lud kannte sie alle. Er kannte ihre Stärken und Schwächen, ihre Vorlieben und Abneigungen, ihre Ängste und Hoffnungen.

Ihr dummen, tapferen, prachtvollen Kerle, was um alles in der Welt macht ihr hier draußen? Warum seid ihr nicht zu Hause bei euren Mädchen oder Frauen? Warum seid ihr nicht auf den Feldern?

Einige stöhnten oder bewegten sich im Schlaf, als Lud ihnen die Socken auszog und ihre Füße im Laternenlicht hin und her drehte. Andere lagen da wie tot.

Zu viele Blasen. Viel zu viele. Sie haben das Stroh nicht gewechselt, wie ich es ihnen gezeigt und befohlen habe.

Nun, die Jungen würden es lernen, wie er selbst es gelernt hatte. Auf die harte Art. Manchmal wollten sie am Lagerfeuer Geschichten hören. Geschichten über ruhmreiche Siege.

Siege. Ruhm. Lud schüttelte den Kopf. Die Kriege, in denen

er gekämpft hatte, hatten ihn ernüchtert. Krieg machte nicht härter. Er machte weich. Er beugte. Er bestrafte.

Lud hatte den Jungen erzählt, die Langspießtaktik sei älter als die Römer, älter sogar als die Griechen. Jedenfalls hatte Dietrich ihm das gesagt, als Lud noch ein Knabe gewesen war und die Erwachsenen manchmal zur Wildschweinjagd begleiten durfte. Ein Mann bewies seinen Mut, wenn ein Keiler angriff, und der Mann nahm diesen Angriff mit dem Spieß an, sodass ein zweiter Spieß dem Keiler den Garaus machen konnte. So ging das.

Seine schäumende Wut hatte den Keiler das Leben gekostet, seine Raserei, sein blinder Zorn, der ihn zum Angriff verleitet und dazu gebracht hatte, seine Deckung zu vernachlässigen.

Lud hatte den Jungen erzählt, wie er damals am Grillfeuer gesessen und beobachtet hatte, wie die traurigen kleinen Augen des Keilers verschrumpelten, wie sein Fett in die Glut tropfte und zischend verdampfte, und wie die Jäger große Stücke rauchenden Fleisches aus ihm herausgeschnitten hatten. Mit vollem Mund hatte der Herr Dietrich Geschichten erzählt, Geschichten von Cäsar beim Überqueren des Rubikon oder von Josua vor den Toren Jerichos, vom Kampf der Dreihundert gegen ganz Persien, von einer Frau so schön, dass eintausend Schiffe ihretwegen in See gestochen waren, und von der Begierde eines Königs, die den Tod großer Krieger zur Folge gehabt hatte zu einer Zeit, als Kriege noch eins gegen eins ausgefochten wurden wie in einem Duell. Genau wie der Keiler hatte dieser König seine Deckung vernachlässigt. Raserei und Begierde hatten ihn das Leben gekostet.

»Man darf niemals so sein wie der Keiler oder dieser König«, hatte Dietrich gesagt.

Lud sah, wie eine Sternschnuppe über den Nachthimmel huschte und einen gelben Schweif hinter sich her zog.

Er dachte an die Scharen von Männern, die wegen der Liebe ihres Königs zu einer Frau starben, wegen seiner Eifersucht oder seinem Stolz. Oder für irgendeine höhere Sache, die gewöhnliche Männer, einfache Hörige wie Lud, niemals verstehen würden.

Der schmerzliche Gedanke an seine Frau und Kinder drängte sich in Luds Inneres. Er sah das runde Gesicht der gutherzigen, fleißigen, liebevollen Lotte mit ihrem langen strohblonden Haar vor sich … und Albrecht, den älteren seiner beiden Söhne, der mit fünf schon sein eigenes Pferd haben wollte … und den kleinen Gunther, der gerade erst laufen gelernt hatte. Immer wenn Lud an sie dachte, stöhnte er laut auf. Diese Gedanken brachten süße Erinnerungen, doch der Preis bestand darin, erneut die Folter zu durchleiden, die die Pocken über sie gebracht hatten.

Obwohl Lud an der Existenz Gottes zweifelte, hatte er zu ihm gebetet und ihn angefleht, sich seiner zu erbarmen und den Fluch von ihm zu nehmen, um seiner beiden Jungen willen. Fragen konnte ja nicht schaden und kostete nichts. Auf der anderen Seite zog man durch inbrünstige Gebete vielleicht die unerwünschte Aufmerksamkeit finsterer Mächte auf sich.

Und jetzt befand er sich schon wieder auf einem Feldzug tief in Feindesland. Diesmal jedoch trug er die Verantwortung für zwölf Jungen, und das …

Halt.

Irgendetwas drang in seine sorgenvollen Gedanken.

Was ist das?

Ein Geräusch, draußen in der Dunkelheit …

Lud kniete auf dem Boden, den blasenübersäten Fuß eines Jungen in der Hand, und erstarrte. Leise ließ er den Fuß sinken. Wie eine Katze huschte er an der Seite des Karrens entlang. Die Laterne blieb zurück.

Draußen im Dunst, entlang der endlosen Reihe von Maultierkarren, waren Schritte zu vernehmen. Männer, die sich in der Dunkelheit bewegten.

Zwei, vielleicht drei. Und sie kamen näher.

Da. Schon wieder.

Bewegung. Ein Knarren wie von Leder.

Lud kauerte sich hin, machte sich bereit.

Sein Schwert lag im Wagen, aber er hatte seinen Dolch aus der Gürtelscheide gezogen. Jetzt musste er von hinten an die Gegner herankommen. Wenn es feindliche Kundschafter waren, musste er schnell sein, sehr schnell.

Der Nebel in seinem Kopf wurde von einem Sturmwind plötzlicher Angst zerrissen.

Er blinzelte. Drei schemenhafte Gestalten schälten sich aus der Dunkelheit. Eine, die voranging, war klein und dick. Ihr folgten zwei weitere von normaler Gestalt.

Lud ließ sich auf alle viere nieder, kroch tief geduckt um die Schemen herum, schlich sich in den Rücken der schattenhaften Gestalten.

Sie kamen geradewegs auf den Karren zu. Die Sorge um seine schlafenden Jungen lichtete den Nebel in Luds Kopf noch mehr.

Ein Stoß durch die Kehle, unter dem Kinn angesetzt, bis hinauf ins Hirn. Oder von hinten, vom Nacken durch das dichte Haar bis hinauf unter die Schädeldecke ...

Aber der Rand eines Panzers machte jeden Dolchstoß zu einer schwierigen Angelegenheit. Außerdem waren sie zu dritt. Er musste schnell sein, die Überraschung vollkommen. Zwei würde er schaffen, der Dritte würde ihn wahrscheinlich erwischen, doch ein letzter Hieb, vielleicht in die Gedärme, würde zumindest dafür sorgen, dass seine Jungen sicher waren.

Dies alles schoss Lud schnell wie ein Blitz durch den Kopf, während die Gestalten näher und näher kamen. Lud schob sich lautlos hinter sie. Er bemerkte das Leuchten von Laternen.

Laternen?

Seltsam. Das war alles andere als heimlich.

Wer sind diese Leute?

Lud war ihnen jetzt so nah, dass er den Atem des Mannes im Gesicht spürte, bevor er erkannte, wer es war. Der Mann drehte sich um, starrte Lud geradewegs in die Augen und stieß einen erschrockenen Laut aus. Dann plusterte er sich auf, wich einen

Schritt zurück, verlegen zuerst, dann verwirrt. Die Laternen schwankten wild an ihren Stäben.

Es war der alte Obrist, Freiherr von Blauer, mit zwei seiner jüngeren Trabanten. Alle drei zogen ihre Schwerter. Lud hob entschuldigend die Hände, ließ den Dolch aber nicht fallen. Die Gesichter der drei Männer zeigten Erstaunen. Die Augen waren weit aufgerissen, die Münder standen offen.

»Du wagst es, mich anzugehen?«, fragte Obrist von Blauer. Er war ein fetter Kerl in einer glänzenden, zu großen Rüstung, die viel aufwändiger verziert war als die des Ritters Dietrich. Sein Bart war kunstvoll getrimmt, um die schlaffen Wangen zu kaschieren. »Tollpatsch! Dummkopf! Du wagst es, mit einem Dolch auf mich loszugehen?«

Lud nahm die Arme herunter und steckte den Dolch in die Scheide. Er roch Wein und – unglaublich! – Parfum. Stenze, Drittgeborene Söhne wahrscheinlich, behütet aufgewachsen. Sie wussten nichts über das Kämpfertum; sie waren nur dabei, um ihre Männlichkeit zu beweisen oder um an irgendeinem Hof voranzukommen und einen Posten zu ergattern. Ihre Sorglosigkeit gefährdete Luds Jungen und alle anderen mit.

Lud hielt seine Zunge im Zaum.

»Ich wollte Euch nichts Böses, Herr«, sagte er vorsichtig. »In einer Nacht wie dieser ist es schwer, Freund und Feind zu unterscheiden.«

»Du hast Glück, dass wir dich nicht umgehauen haben!«

»Das ist wahr, Herr. Großes Glück«, antwortete Lud leise. Er spürte, wie sein Blut in Wallung geriet und Hitze in seinem Gesicht brannte. »Aber die Nachtwache ist an manchen Stellen so dünn und lückenhaft, dass ein Kind sie überwinden könnte.«

Seine Gedanken beschäftigten sich noch immer mit der nunmehr überflüssigen Frage, wie er die drei Männer am schnellsten töten konnte. Lud wusste, dass sie keine Gegner für ihn waren. Schließlich verscheuchte er diese Gedanken und befasste sich mit dem, was nun geschah.

»Ich bin einer der Führer dieses Kriegszuges!«, plusterte der

Dicke sich auf. »Die Nachtwache untersteht *meinem* Befehl, wer immer du sein magst.«

Lud wusste, dass er dieses selbstherrliche Großmaul beleidigt hatte, und jetzt würde er dafür bezahlen. Hätte er doch den Mund gehalten! Stattdessen musste er die Strafe auf sich nehmen und sich demütig geben.

»Wie ist dein Name, Kerl?«

Der bärtige alte Narr war so überheblich, wie seine Aufmachung vermuten ließ: Er trug Falkenfedern auf dem Helmkamm wie ein Geck, um seinen Rang oder seinen Titel oder was auch immer zur Schau zu stellen. Die Trabanten des Obristen – beide jung und wahrscheinlich zwangsverpflichtet – feixten, hielten sich aber zurück. Der Obrist brachte sein fettes Gesicht ganz nah an das von Lud, mit zur Seite geneigtem Kopf, und seine vom Bier benebelten Augen spähten Lud aus schmalen Schlitzen an, während er die rauchende Laterne in die Höhe hielt.

Wie nahe dieser Narr dem Tod gewesen ist, dachte Lud. *Und ich, ein noch größerer Narr, wäre für seinen Tod gehängt worden.*

»Sag deinen Namen, Kerl!«

»Lud.«

»Lud?«

»Ja. Lud aus Giebelstadt.«

Der Rauch brannte in Luds Augen, und das Flackern der Laterne machte es ihm unmöglich, in ihrem grellen Licht etwas zu sehen.

»Haben die Pocken auch deine Zunge weggefressen?«, fragte der Obrist feixend. Seine beiden Speichellecker kicherten beflissen, hielten sich aber weiterhin zurück.

»Ich bin Lud aus Giebelstadt«, sagte Lud erneut. »Kundschafter zu Pferd des Herrn Dietrich Geyer, Ritter zu Giebelstadt. Bitte schafft dieses höllische Licht aus meinen Augen!« Lud schob die Laterne beiseite.

»Soso, Lud aus Giebelstadt. Dann weiß ich jetzt Bescheid«, sagte der Obrist. »Ich werde dein Gesicht nie mehr verwechseln können, nicht einmal in einem Albtraum.«

»Vergebt mir, dass ich Euch erschreckt habe.« Lud wappnete sich innerlich. Er wünschte sich inbrünstig, er hätte geschwiegen. Warum konnte er sein loses Mundwerk nicht zügeln?

»Wenn ich erschrocken bin, dann wegen des grausigen Anblicks deiner Visage«, sagte der Obrist, wobei er sich halb zu seinen beiden Trabanten umdrehte, als stünde Lud nicht zum Greifen nahe vor ihm. »Lud aus Giebelstadt, du sagst, die Nachtwache ist lückenhaft? Wo? Zeig mir den Mann, der unaufmerksam und pflichtvergessen auf seinem Posten ist, auf dass ich ihn bestrafen kann.«

»Ich meinte nur ...«

»Was meintest du, Reisiger Lud?«

»Spießträger, die den ganzen Tag marschiert sind, sollten nicht des Nachts Wache stehen müssen.«

Zuerst starrte der dicke Mann ihn fassungslos an. Dann lachte er ungläubig auf.

»Du stellst meine Befehle infrage?« Der Obrist beugte sich drohend vor. »Sollte deine Einschätzung von Bedeutung für mich sein?«

Halt den Mund, beschwor sich Lud. *Halt nur ein einziges Mal dein dummes Maul.*

Er stand da wie erstarrt, während sein Verstand raste.

Erzürne nie. Sag nie mehr als nötig. Das verschafft nur deinem Gegner einen Vorteil. Wenn du einen Mann am Boden hast, tritt nicht mehr auf ihn ein, denn das könnte ihn so sehr in Rage versetzen, dass er sich ein letztes Mal erhebt und gegen dich wendet und dich mit in den Tod reißt.

Das alles hatte Dietrich ihm immer wieder eingetrichtert. Es waren harte Lektionen, die Lud auf harte Weise gelernt hatte. Und er versuchte, niemals einen Fehler zu wiederholen. Also tat er alles, um dem Dicken die Beleidigungen nicht mit gleicher Münze heimzuzahlen und stattdessen den Mund zu halten. Und ganz abgesehen davon – er war ja wirklich entstellt. Diese Gedanken waren ihm nicht neu. Doch je stiller er wurde, desto mutiger wurde der Obrist und desto vehementer stürzte er sich auf Lud. Es war wie eine Mauer, die langsam auf ihn kippte.

»Er kann seine Maske nicht abnehmen«, sagte der Obrist großspurig zu seinen beiden Trabanten. Die Männer grinsten. »*Deshalb* war ich so verblüfft. Ihm ist die Fratze auf dem Gesicht festgewachsen!«

Lud vergaß sein Gesicht oft. Jetzt betastete er es. Es war tatsächlich wie eine Maske, die er niemals absetzen konnte. Seine rissigen Fingernägel strichen über die vernarbte, von Kratern überzogene Haut und lockten dabei die schlimmen Erinnerungen an die Oberfläche. Die Pockennarben waren wie Maulwurfslöcher, Dutzende fibröse Klumpen, die ineinander übergingen. Es waren die gleichen Pocken gewesen, die vor ein paar Jahren seine gute Frau und die lieben Jungen dahingerafft hatten. Überdies zog sich auf seiner linken Wange eine lange Narbe hin, die von einem Messerkampf herrührte. Sie stammte nicht aus dem Krieg, sondern von einer Rauferei in einer Schänke in Würzburg, bei seinem ersten Besuch in der großen Stadt, als er nicht älter gewesen war als die Jungen in seinem Trupp heute. Ein Stadtbewohner hatte ihn beleidigt. Nur Luds Schnelligkeit und Beherztheit hatten ihm eine durchgeschnittene Kehle erspart.

Als er jetzt sein Gesicht betastete, stellte er verwundert fest, dass er sein Aussehen tatsächlich immer wieder vergaß – zumindest so lange, bis er die Blicke der anderen bemerkte, ihr Starren, und ihre Bemerkungen hörte. Mehr als ein Mann wünschte sich im Nachhinein, er hätte nicht so reagiert. Andererseits war Luds entstelltes Gesicht nicht nur ein Fluch: Soldaten unter seinem Kommando wagten nie zu widersprechen, denn sie fürchteten einen Mann mit einem so furchtbaren Antlitz. Menschen wurden nun einmal nach ihren Gesichtern beurteilt. Ein attraktiver Mann wurde geachtet, ein hässlicher gemieden. Einzig Dietrich schien es egal zu sein. Dietrich schien niemanden nach Äußerlichkeiten zu beurteilen.

»Seht nur, wie er seine Fresse befummelt«, sagte der Obrist. Seine Kriecher lachten.

Lud nahm die Hand vom Gesicht. Seine Augen brannten vor Zorn. Er zwang sich, den Blick zu senken, als hätte er Angst, das Feuer seiner Empörung könnte den Dicken und seine Speichellecker töten.

Lud wusste, er musste etwas erwidern. Irgendetwas, damit die Kerle endlich gingen.

»Verzeiht, wenn ich Euch gekränkt habe, edler Herr«, sagte er. Er wollte nur noch seine Ruhe vor diesen Gecken.

Doch der andere wollte nicht lockerlassen. Wie die meisten Feiglinge war er darauf bedacht, seine Würde zu schützen, und überaus mutig, wenn er sich durch andere im Rücken gestärkt fühlte.

»Mich? Gekränkt? *Du?*« Der Obrist schnaubte verächtlich. »Ein Höriger *mich* kränken? Wie sollte so etwas möglich sein?«

»Ich bin einfacher Reisiger, edler Herr«, sagte Lud und blickte zu Boden, damit der Dicke den Hass nicht sah, den Lud verspürte. Dabei bemerkte er, dass der Obrist glänzende Stiefel trug, keine gewöhnlichen Bundschuhe. Natürlich. Der Dickarsch war ein Edler.

Die Bitterkeit über den Tod seiner Frau und seiner Kinder klang immer noch in Luds Innerem nach. Die Erinnerung an die Pocken. An den Verlust, den unsäglichen Schmerz. Und dieses Großmaul vor ihm wollte nicht aufhören, ihn zu verhöhnen …

»Ein einfacher Reisiger, sagst du? Na, *das* ist mal ein wahres Wort«, sagte Blauer. »Möge Gott den richtigen Soldaten helfen, wenn Schiebochsen wie deine zwölf verstandlosen Bauerntrampel für unsere heilige Sache marschieren.«

Du vollgefressener Sack redest von einer heiligen Sache?, dachte Lud und versuchte verzweifelt, den Strom seiner Gedanken aufzuhalten. *Du armseliger Wicht … du fetter Arsch …*

»Hast du mich nicht verstanden, Kerl?« Der Obrist verspottete ihn nun ganz offen, stieß seine beiden Trabanten in die Rippen, versuchte, sein Gesicht zurückzugewinnen, das er verloren hatte.

53

»Ich habe Euch verstanden, Herr«, sagte Lud.

»Sind sie etwa keine Schiebochsen, deine Leute? Ist es nicht ihr erster Feldzug als Spießgesellen? Sind sie nicht gewöhnliche Hohlköpfe aus deinem Dorf?«

Lud biss die Zähne zusammen. Er hätte sich vielleicht im Zaum gehalten. Dann aber sah er seine Jungen, die wach geworden waren und unter dem Wagen hervorspähten. Sie mussten alles gehört haben. Ihre verschlafenen Gesichter zeigten Erschrecken, Zorn, Bestürzung, Scham.

Lud wusste, dass er nicht mehr schweigen konnte.

»Jeder meiner Jungen ist tapferer als zehn von euch.«

»Was sagt er da? Hat der Tölpel den Verstand verloren?«, fragte einer der beiden Begleiter Blauers.

»Meinst du, er hat Verstand?«, spottete der Obrist.

Lud konnte nicht mehr an sich halten. Seine Unbeherrschtheit riss die Herrschaft über seine Zunge an sich, und jegliche Vorsicht war vergessen. Er konnte gerade noch verhindern, dass er den Mann anbrüllte. Stattdessen sagte er mit gedämpfter Stimme: »Ihr habt mich genau gehört, edler Herr. Ihr seid ein dickes, fettes Schwein.«

Da. Jetzt war es heraus. Nun würde er den Preis dafür bezahlen. Einen höllischen Preis.

»Habt ihr das gehört?«, rief einer der Speichellecker.

»Oh ja«, sagte Blauer. »Klar und deutlich.«

Lud rauschte das Blut in den Ohren. Er spürte eine Bewegung im Rücken und drehte den Kopf in Richtung des Wagens. Die Gesichter seiner Jungen waren hellwach und aufmerksam, einige wagten sogar zu grinsen. Lud schaute wieder nach vorn und sah den Obristen blinzeln. Der fette Kerl verlagerte sein Gewicht. Seine beiden Wachen beobachteten ihn, um herauszufinden, was er als Nächstes zu unternehmen gedachte.

»Dafür könnte ich dir die Zunge herausreißen«, sagte der Obrist. »Und dir die Eier abschneiden, falls du welche hast.«

Versuch es, wenn du kannst, dachte Lud.

Seine Worte waren eine Herausforderung gewesen. Aber das

hatte er vorher schon gewusst. Er hatte dem Obristen gar keine Wahl gelassen.

Wärst du doch still gewesen. Aber du kannst das Maul ja nicht halten.

Der Obrist blickte ihn an und lachte. Es war ein triumphierendes Lachen. Zuerst wusste Lud nicht, welchen Grund es dafür geben könnte. Dann dämmerte es ihm.

»Giebelstadt gehört dem Ritter Dietrich Geyer, sagst du? Nun, dann werde ich es ihm überlassen, dich zu bestrafen, denn das ist unter meiner Würde. Und noch etwas. Jeder von deinen Schiebochsen ist tapferer als zehn meiner Männer, sagst du? Das ist gut! Sehr gut sogar! Wir sind nämlich tief in umkämpftem Gebiet und werden sehr wahrscheinlich bald angegriffen.«

»Herr …«, begann Lud reumütig, wohl wissend, dass es zu spät war, das Gesagte ungeschehen zu machen.

Der Obrist lächelte und heuchelte Zufriedenheit. »Ich brauche gute, tapfere Spießträger in den vordersten Reihen der Kolonne. Und genau da werden du und deine Schiebochsen morgen marschieren. In der Vorhut.«

Er wandte sich ab. Augenblicke später war er mitsamt seinen beiden Wachen in der Dunkelheit verschwunden. Einzig die schwankenden Laternen waren noch für kurze Zeit zu sehen, während gedämpftes Lachen durch die Nacht hallte.

»Da soll doch der Türke auf der Hut sein und sich bloß nicht bücken!«, hörte Lud einen der Magistrate sagen, begleitet von bierschwerem Gelächter. »Maultierbumsende Schiebochsen auf dem Weg zu den Osmanen … im Namen unseres Herrn Jesu Christi!«

Lud stand wie benommen da. In ihm gärte bittere Reue.

Warum konnte ich nicht still sein.

Dann drehte er sich um und bemerkte die Jungen, die ihn von ihrem Platz unter dem Wagen her beobachteten. Im Lichtschein der Laterne am Heck wirkten ihre verschlafenen Gesichter kindlich und unschuldig, als sie ihn voller Verwunderung musterten.

»In der Vorhut?«, flüsterte Linhoff. Auf seinem Gesicht stand Angst.

Lud schämte sich, dass sein Hochmut und seine Unbeherrschtheit Schaden über seine Jungen gebracht hatten.

»Sei ein Mann«, sagte er.

»Dann sag nicht mehr Junge zu mir«, entgegnete Linhoff.

Lud wandte sich ab.

*

Kurz vor Anbruch der Morgendämmerung, in der dunkelsten und stillsten Stunde der Nacht, lag Lud auf den rohen Brettern des Wagenbodens, den Kopf auf Getreidesäcke gebettet, und blickte hinauf zu den Sternen. Der Geruch von modernder Gerste hing schwer in der Luft.

Im Lauf der Jahre hatte Lud sich in zahllosen Nächten mit Erinnerungen an Lottes Wärme und Weichheit in den Schlaf gewiegt, Erinnerungen daran, wie wunderbar ihre Küsse sich angefühlt hatten, an den süßen, mädchenhaften Geschmack ihrer Brüste, an den wundervollen Duft nach frischem Heu, wenn sie ihr liebliches Gesicht an seine Brust schmiegte ...

Doch diese Erinnerungen waren abgetragen wie ein zu oft benutzter Lieblingsumhang. Die Schönheit und Leidenschaft waren in zu vielen einsamen Nächten verblasst. Warum war er am Leben geblieben? Welchen Streich hatte Gott ihm gespielt, so es Ihn gab? Er war nur ein Spielzeug. Ein hässliches Ding, erschaffen zur Belustigung anderer.

Wie nutzlos ich bin. Ich weiß nichts, ich kann nichts, und die Welt ist ein einziges Rätsel für mich.

Und dann kamen die wirklich schlimmen Bilder, die ihn laut aufstöhnen ließen ... wie seine Liebsten auf ihren Strohlagern in der Hütte aus Flechtwerk litten, voller Verzweiflung, während er selbst halbtot dalag und es nichts gab, gar nichts, was die Fliegen von ihrem Festmahl abhielt. Und schließlich der Schock, als Einziger überlebt zu haben, Frau und Kinder begraben zu müssen, einsam und verloren zurückzubleiben und den Rest seines Lebens ohne Sinn, ohne Freude und Liebe erdulden zu müssen, während ein grauer Tag auf den anderen folgte.

Lud setzte sich auf, hielt das Gesicht in den Händen, wehrte sich gegen aufwallende Tränen. In Nächten wie dieser, wenn der Schlaf sich nicht einstellen wollte, fand er oft Trost in dem Gedanken, sich selbst töten zu können, jederzeit und überall. Aber das bewies letzten Endes nur, wie sehr er sich danach sehnte, gebraucht zu werden, so sehr er sich selbst auch verabscheute. Diese Jungen unter dem Wagen, *seine* Jungen, die auf ihn angewiesen waren … das war die Insel, auf der er stand, inmitten eines Meeres, das ihm gleichgültig war. Er würde alles tun, um diese Jungen am Leben zu halten.

Und jetzt hatte er trotz aller guten Vorsätze durch sein großes Maul dafür gesorgt, dass sie in der Vorhut marschieren mussten, anstatt sie nach Kräften zu schützen.

Warum konnte ich bloß nicht still sein?

3.
Kristina

Sie erwachte vor Anbruch der Morgendämmerung in ihrem Strohbett auf dem Dachboden der Scheune und hörte die Tauben rufen, als wäre dieser Tag genau wie alle anderen. Aber so war es nicht. Sie hatte Berthold versprochen, heute mit ihm fortzugehen, als seine Frau. Sie würden den sicheren Hafen von Kunwald gemeinsam verlassen und hinausziehen in ein Heiliges Reich, in dem Gewalt und Gier herrschten.

Kristina lag auf dem Bett, während die Stimme ihrer Mutter zu ihr sprach. Natürlich, das konnte nicht sein; schließlich war ihre Mutter tot, verbrannt auf dem Scheiterhaufen. Und doch war die Stimme klar und deutlich:

Kristina, meine über alles geliebte Tochter, weißt du denn nicht, welche Schrecken dich da draußen erwarten?

Kristina erhob sich von ihrem Lager und wusch sich in der Holzschale mit kaltem Brunnenwasser das Gesicht. Dann schlüpfte sie in ihr Leinengewand, setzte die Leinenhaube auf, steckte ihr langes Haar darunter und ging nach unten. Die Eier mussten eingesammelt und die Kühe gemolken werden.

Warum hast du dich bereit erklärt, wieder zurückzugehen?

Die Welt trieb sie vor sich her. Alles ging zu schnell.

Am Tag zuvor, nachdem Berthold um ihre Hand angehalten und sie Ja gesagt hatte, waren sie auf der Stelle zum alten Johannes gegangen, dem Druckermeister, der Kristina sein Handwerk beigebracht hatte und immer nach Druckerschwärze stank. Hinter seinem Rücken wurde Johannes *der Bischof* genannt, doch wenn er das hörte, wehrte er jedes Mal ab. »Nein, nein, das erinnert mich viel zu sehr an die Kirche und ihr hässliches, obszönes Verschmelzen mit dem Reich. Es erinnert mich an Machtgier und Unterdrückung. Doch Christi Gebot der Nächstenliebe steht über allem, auch über der weltlichen Macht. Jeder von uns ist für seine Taten nur seinem Schöpfer gegenüber verantwortlich, niemandem sonst.«

Auch für Kristina war Johannes der Bischof. Er war einer der Ältesten, doch sein Gesicht war von altersloser Klarheit. Er ging vornübergebeugt von alten Verletzungen, die er unter der Folter erlitten hatte, hieß es. Johannes selbst sprach niemals darüber. Man wusste lediglich, dass er als junger Mann in der Nähe von Wien von Häschern aufgegriffen worden war. Sie hatten ihn peinlich befragt, und er war von einer teuflischen Maschine schlimm verletzt worden. Dann war er zusammen mit anderen Verbrechern irrtümlich freigelassen worden – sicherlich ein Wunder, bewirkt durch die Gnade Gottes. Halb gehend, halb kriechend hatte Johannes den Weg zu einer Zelle der Brüder gefunden, die ihn dann hierher nach Kunwald gebracht hatten.

Noch heute zwang ihn die Rückenverletzung, sich wie eine Krabbe voran zu bewegen, vornüber gebeugt und seitlich, doch sein entstellter Körper konnte ihn nicht davon abhalten, an der Druckerpresse zu arbeiten oder wo sonst es gerade erforderlich war.

Kristina bewunderte ihn aus tiefstem Herzen. Johannes war viel zu bescheiden, um mit seiner Behinderung hausieren zu gehen. Stattdessen teilte er sein Wissen über die Kunst des Druckens und Lesens bereitwillig und voller Geduld und fand für jeden seiner Schüler aufmunternde Worte.

Johannes hatte Kristina und Berthold in seinen Garten geführt, wo er seine Kräuter zog. Er zupfte Unkraut, während er geduldig seine Fragen an die beiden stellte.

»Seid ihr euch eurer Liebe vollkommen sicher? Sicher genug, um einander euer Leben zu geben, trotz aller Gefahren, die auf euch lauern, solange ihr auf Erden weilt?«

»Ja«, sagte Kristina.

»Ja«, sagte auch Berthold.

Johannes blickte ihn an und stellte ihm weitere Fragen, und Berthold beantwortete sie alle. Der alte Mann machte einen besorgten Eindruck, schien sich nicht sicher zu sein. Schließlich aber gab er sich zufrieden. Sein gebeugter Rücken schien sich ein wenig zu straffen, als er lächelnd nickte.

Sie würden heiraten, bevor sie abreisten. Alles war besiegelt. Und doch kehrte Kristinas Furcht immer wieder zurück, und die Stimme ihrer Mutter mahnte weiterhin.

Unfassbar, mein Kind, dass du das wirklich tun willst.

Kristinas Mut schwand. Was Berthold betraf, war alles gut und richtig, doch was die wartende Welt dort draußen anging, hatte sie ein schlechtes Gefühl. Vielleicht war es der Leibhaftige, der sie zu überlisten versuchte, indem er seine Stimme als die ihrer Mutter tarnte?

Kristina hatte den Wunsch, auf die grünen Hügel zu steigen und längere Zeit allein zu sein mit ihren Gedanken. Das Leben im Dorf war hart, dafür aber war sie frei. Sie durfte glauben, was ihr beliebte. Sie durfte so zu Gott beten, wie es ihr gefiel.

Als sie mit den eingesammelten Hühnereiern in die große Gemeinschaftsküche kam, wartete Berthold bereits auf sie.

»Darf ich dich auf deinem Spaziergang begleiten?«, fragte er mit beinahe bittendem Unterton, als befürchtete er, sie könnte ihre Meinung ändern, was die Hochzeit anging.

Doch Kristina wollte jetzt nicht mit ihm reden, wollte sich von ihm nicht in eine Ecke drängen lassen. Erst musste sie die eigene Angst in den Griff bekommen.

»Sei mir nicht böse«, sagte sie, »aber ich hätte gern ein bisschen Zeit für mich allein.«

»Das verstehe ich.« Berthold senkte den Blick. »Mir gibt der Gedanke Mut, dass wir nach dem heutigen Tag nie wieder getrennt sein werden, bis zu unserem Tod.«

»Dafür bete ich.«

»So wie ich, Kristina. Ich will nicht unser beider Leben wegwerfen. Besonders nicht deines.«

Und dann hatte er gelächelt und Kristina ziehen lassen. Sie stieg alleine die Hügel hinauf, die sie so lieben gelernt hatte, wanderte über den Schäferpfad hinaus aus dem Dorf, an den Steinmauern vorbei und entlang der sanften Biegung eines Kammes. Sie kam an einer weidenden Herde von Schafen vorüber, die sie aus glänzenden schwarzen Augen beobachteten, während sie unablässig mit ihren weichen Lippen Gras rupften.

Kristina blickte hinaus auf das ausgedehnte Land, das sich hinter den Hügeln erstreckte. Der Wind drückte das Leinen ihres Gewands gegen ihre Brüste und Schenkel. Sie fragte sich, was Berthold wohl empfand, so, wie er sie hin und wieder anschaute. Es kam ihr vor, als wäre nur sehr wenig Zeit vergangen, seit sie ein Kind gewesen war.

Tief unter ihr funkelten die letzten Ausläufer des Heiligen Reiches. Die Fenster in den Gebäuden abgelegener Dörfer spiegelten das Sonnenlicht. Seit den Jahren der Verfolgungen waren die Überlebenden in diese Berge geflüchtet, und nun lebten sie hier oben zusammen, so gut es ging. Das Heilige Reich, das waren der Staat und die Kirche, die miteinander verschmolzen waren – ein seltsames Gebilde, das alles und jeden beherrschte. Die Soldaten des Heiligen Reiches kontrollierten das Land, das sich nun unter Kristina ausbreitete, mit unvorstellbarer Grausamkeit. Wenigstens hatte man sie hier oben in den einsamen Hügeln in Ruhe gelassen.

Bis jetzt.

Kristina dachte an den Tag vor vielen Jahren zurück, als die Brüder sie gefunden hatten. Sie hatten eine Schafherde vor einem aufziehenden Sturm in Sicherheit gebracht. Die Abenddämmerung hatte bereits eingesetzt, kurz vor dem ersten Schnee des Winters, und der Regen war von Eis durchsetzt. Kristina war allein gewesen, hungrig, halb erfroren, zitternd vor Kälte und Fieber, und hatte ihre Beine nicht mehr gespürt.

Sie war wütend gewesen auf Gott, weil er den Menschen, die sie liebte, so schreckliche Schmerzen zufügen ließ. Die Nonnen hatten Kristina nach dem Tod ihrer Eltern zu Schwester Hannah gebracht. Die Schwester hatte das Mädchen an ihren großen warmen Busen gedrückt und ihr Geschichten von Maria und Josef erzählt, vom Himmel und von den wundervollen Zeiten, die bald anbrechen würden.

Manchmal, wenn sie allein waren – erst recht nach einem besonders harten Tag –, spielte Schwester Hannah für das Mädchen zum Trost auf der Harfe. Auf die Bitte Kristinas hin brachte Hannah ihr das Harfespielen bei. Zuerst waren es nur einfache Melodien gewesen; schließlich aber hatten Kristinas geschickte Finger ihrer Musik einen ganz eigenen Klang verliehen.

Als sie größer wurde, gewöhnte sie sich an die harte Arbeit im Konvent. Eines Abends erzählte Schwester Hannah ihr, sie habe früher einmal ein Kind von einem jungen Priester erwartet. Der Priester hatte mutige Ideen gehabt – zu mutig, ähnlich wie Kristinas Vater und Mutter. Er war abgeholt und fortgebracht worden, und Hannah hatte ihr Kind verloren. Niemand hatte je ein Wort darüber gesprochen, als wäre schon der Gedanke verboten.

Hannah sagte auch, es gäbe keinen dauerhaften Schutz für die Kinder von Ketzern, die auf dem Scheiterhaufen verbrannt worden waren. Und Kristina könne niemals Nonne werden. Sie würde ein Leben als Sklavin führen, bis zum Ende, ohne Aussicht auf Erlösung.

Noch heute dachte Kristina oft daran, wie schwer die Nonnen schufteten. Sie liebten das Singen, beteten zu Gott, speisten die Armen, reinigten Wunden, pflegten Kranke und waren barmherzig. Sie waren gute Menschen, die gute Werke taten. Doch Kristina entging nicht, dass sie von den Nonnen gemieden wurde und dass man sich insgeheim vor ihr fürchtete, der Brut von Ketzern. Doch weder die Nonnen noch die Priester würden sie jemals dazu bewegen können, ihre Eltern als Geschöpfe des Bösen zu betrachten.

»Kind, du bist durchdrungen von Ketzerei. Wir müssen dich erretten«, pflegte die Mutter Oberin in schriller Verzweiflung zu klagen, wenn Kristina sie fragte, ob Christus denn nicht alle Menschen gleich liebte. Warum Adlige und Bischöfe dann über den anderen Menschen stünden. Warum nicht alles geteilt wurde. Warum in Christi Namen so viele Grausamkeiten begangen wurden. »Sie haben mich meinen Eltern weggenommen, meine ältere Schwester Ruth verbrannt und mich von meinem kleinen Bruder getrennt. Soll Gott das alles vergeben?«

»Dieses Leben ist vorbei, hörst du, mein Kind? Suche nicht mehr danach, blicke nicht zurück, denn es wird niemals wiederkommen, das sage ich dir um deines Seelenheils willen.«

Kristinas Brüste wuchsen, und als das erste Blut kam, fürchtete sie sich. Hannah sagte ihr, es wäre der wundersame Saft des Lebens, der aus der Erde selbst durch ihre Beine nach oben in ihren Leib stiege, und dass sie von nun an sehr vorsichtig sein müsse, und niemals allein in der Nähe eines Mannes, weil der Verstand der Männer wie der wilder Hunde sei.

Eines Nachts kam Schwester Hannah in der Dunkelheit und legte sich zu Kristina auf das Lager aus Stroh, um ihr mit gedämpfter Stimme zu berichten, dass die Nonnen sie bald wegzuschicken gedachten, um sie beide voneinander zu trennen. Die Mutter Oberin könne die Bürde nicht länger tragen, erzählte Hannah, solch ein störrisches Kind wie Kristina aufzuziehen.

Hannah schluchzte, dann wurde sie wütend und warnte Kristina vor dem, was auf sie zukam: entweder Knochenarbeit als Spülmädchen in der Küche eines Adligen, ständig den Männern des hohen Herrn ausgeliefert, oder Plackerei und Mühsal im nahen Mönchskloster, wo sie von einem Mönch zum anderen weitergereicht wurde, bis sie ein Kind trug, um dann als Dirne verstoßen zu werden und dem Hungertod ausgeliefert zu sein oder ein jämmerliches Dasein als Bettlerin zu fristen. »Und wenn du gegenüber den Leuten in der Burg oder den Mönchen die Worte deines Vaters wiederholst, dass vor den Augen Gottes alle Menschen gleich sind, so wie du es hier tust, werden sie dich nicht nur hungern lassen oder auspeitschen. Nein, mein Kind, dann werden sie dich auf grausamste Weise missbrauchen und foltern, und wenn sie deiner überdrüssig sind, werden sie dir den Prozess machen und dich auf dem Scheiterhaufen verbrennen.«

Schwester Hannah hielt sie fest an sich gedrückt und erzählte ihr von den verurteilten Ketzern, von den wenigen, die unter der Folter widerrufen, und von den vielen anderen, die für ihre Folterknechte gebetet hatten. Einmal, als Hannah Essen in die Verliese brachte, hatte ein Ketzer flüsternd von einem Ort im Osten erzählt, einem Land namens Böhmen, ganz am Rand des Heiligen Reiches, wo die Fürsten Reformatoren waren und den »Brüdern«, wie sie sich nannten, großzügige Rechte einräumten, und wo Männer und Frauen alles brüderlich miteinander teilten, genau wie die frühen Apostel es getan hatten. Jeder konnte lesen, jeder war sein eigener Priester. Und jeder betete direkt zu seinem Gott und las die Heilige Schrift aus seiner eigenen Bibel, übersetzt in die eigene Sprache, unbefleckt vom Kirche-Staat-Dogma des Heiligen Reiches.

Schwester Hannah sagte, viele der gefangenen Brüder hätten sich geweigert zu widerrufen, trotz der Folterqualen. Sie war tief bewegt und erzählte, wie sie die Gefangenen getröstet und heimlich mit ihnen gesprochen hatte, wann immer sie konnte.

Schließlich hatten sie Hannah den Weg zu einem Ort namens Kunwald verraten, einer Zuflucht in einer Gegend mit Namen Böhmen. Hannah wusste, dass es kein Wunschdenken war, keine erfundene Geschichte, denn die Ketzer litten furchtbar und waren dennoch bemüht, die Wahrheit zu sagen, wie sie sie kannten, bevor sie von ihren Folterknechten endgültig zerbrochen wurden.

Zuerst hatte Kristina befürchtet, es könnte eine Täuschung sein, um sie auf die Probe zu stellen; dann aber schenkte sie der Nonne Glauben. Schwester Hannah hasste die Verbrennungen und Foltern, und sie strebte danach, Gott näher zu sein.

Also stahlen sie sich eines Tages in einer mondlosen Herbstnacht durch die Gärten des Konvents davon. Sie nahmen Brot, Käse, dicke Schultertücher und die kostbare Harfe mit und entkamen in die tiefen Wälder. Hannah meinte zuerst, die Harfe sei zu schwer und sie könnten sich die Bürde nicht erlauben, doch Kristina trug das kleine Instrument die meiste Zeit über, selbst als ihr Sack mit dem Brot leer war.

Dann erkrankte Schwester Hannah an einem Husten und wurde so schwach, dass sie kaum noch gehen konnte. Bald hustete sie Blut, und die beiden kamen immer langsamer voran, während es unablässig regnete.

Schließlich hieß Kristina die Schwester ausruhen und stahl Äpfel aus umliegenden Obstgärten. Sie aßen sich satt, schliefen unter Tannenbäumen. Kristina versuchte Hannah zu schützen, so gut sie konnte, während sie betete und Gott um Hilfe anflehte.

Die schreckliche Reise schien kein Ende zu nehmen. Immer weiter ging es nach Osten, der aufgehenden Sonne entgegen. Dann, eines Morgens, wachte Hannah nicht mehr auf. Ihr Gesicht war weiß wie gebleichter Knochen, und ihre blauen Augen waren leer und starrten ins Nichts. Kristina sprach ein Gebet und zwang sich, alleine weiterzuziehen. Sie ging wie in einem Traum, als wäre auch sie gestorben, und trug die kleine Harfe, als wäre sie ein Teil ihres Körpers.

Irgendwann erreichte sie Kunwald, doch sie war unterwegs selbst schwer erkrankt. Sie hatte sich bereits niedergelegt und war dem Tod näher als dem Leben, als die Brüder sie fanden ...

Kristina kehrte in die Wirklichkeit zurück. Ihr wurde bewusst, dass sie lange Zeit reglos dagestanden hatte. Ihr Körper fühlte sich steif an. Die Erinnerung an Hannah und die beschwerliche Reise nach Kunwald hatte sie nahezu gelähmt. Sie sank auf die Knie, atmete tief die klare Bergluft. Ihr Gesicht war heiß und nass, ihre Augen feucht.

Kristina hörte einen Vogel schreien und hob den Blick. Es war ein Sperling, der wilde Kapriolen schlug und versuchte, einen Falken zu vertreiben. Der größere Raubvogel bemühte sich vergeblich, den tapferen kleinen Vogel zu greifen.

Gott hat dem Sperling viel Mut gegeben, überlegte Kristina. Selbst ein so winziger Vogel warf sein Leben in die Waagschale, um seine Jungen zu verteidigen. Hatte das nicht auch ihre Mutter geglaubt? Warum hatte sie es dann nicht getan?

Warum hast du dein Leben für diese Sache riskiert, Mutter, obwohl du wusstest, dass du mir weggenommen wirst? Hast du mich denn nicht geliebt?

Kristina zwang sich aufzustehen und ihre Wanderung fortzusetzen.

Der Pfad wand sich am Kamm entlang. Tief unten bahnte sich die blau-graue Orlice ihren Weg durch die Adlerberge. Dort waren Kristina und die anderen wiedergetauft und von ihren Sünden reingewaschen worden, als sie die Heilige Schrift selbst lesen und ihren Glauben hatten finden können, unter Wasser gedrückt in einem kalten Wirbel zwischen zwei Felsen.

Vor Kristina öffnete sich ein breiter Geröllpfad. Niemals würde sie den Tag vergessen, an dem Berthold ihr auf diesem Pfad entgegengekommen war. Das war jetzt über zwei Jahre her. Sie war fast noch ein kleines Mädchen gewesen, und Berthold so etwas wie ein Vater.

Sie hatte damals gespürt, dass er nur so getan hatte, als wäre die Begegnung zufällig, hier draußen, fernab vom Dorf.

»Setz dich und sprich mit mir, während ich mich ausruhe«, hatte er gesagt. »Wer war die wichtigste Person in deinem Leben?«

Irgendwie hatte Kristina gespürt, dass er sich wünschte, sie würde seinen Namen aussprechen. Doch so viel er ihr auch bedeutete, es gab einen Menschen, der noch tiefer in ihrem Herzen lebte.

»Meine Mutter. Sie war voller Güte und Liebe.«

Berthold hatte seine Hände auf die ihren gelegt. »Deine Mutter war bestimmt ein wundervoller Mensch.«

Sie hatte genickt. »Deshalb kann ich nicht vergessen, was man ihr angetan hat. Kein Tag ist vergangen, keine Stunde, in der ich nicht daran gedacht hätte.«

»Was hat deine Mutter über die Angst gesagt?«

»Über die Angst?«

»Ja. Hat sie dich vor den Gefahren der Angst gewarnt?«

Kristina hatte kurz nachgedacht und genickt. »Es war, nachdem die Häscher uns alle gefangen hatten. Mutter sagte: ›Wenn deine Angst jemals zu groß wird, dann singe, mein Kind, und Gott wird dich hören.‹«

Mit der Erinnerung war die Dunkelheit gekommen, und Kristina war ein Schauer über den Rücken gejagt. Sie hasste dieses Gefühl.

»Erinnere dich nur an die guten Dinge«, hatte Berthold gesagt, der ihr Unbehagen bemerkt hatte. »An deiner Mutter Liebe.«

»Ja.«

Bertholds Augen waren weich geworden und hatten jenen Ausdruck angenommen, der in Kristina die Liebe zu ihm als Mann erweckt hatte, nicht nur als Lehrer. »Ich hätte deine Mutter gerne kennengelernt. Hör zu, Kristina, wenn du bereit bist für die Taufe, hoffe ich sehr, dass du mich erwählst, dich unterzutauchen.«

Und so war es gewesen. Zwei Wochen später, gleich nach ihrem fünfzehnten Geburtstag, hatte Berthold ihren Kopf gehalten, ihr Haar nach hinten gestrichen und sie im Wasser der Orlice getauft. Ihr schlichtes weißes Büßerkleid klebte nass an ihrem Körper, schwer und kalt, als Berthold sie in den Armen hielt.

Kristina würde den Schock des eisigen Wassers nie vergessen, genauso wenig den wundervollen Gesang der Brüder und Schwestern, die auf den Felsen standen.

Seit jenem Tag war Berthold stets in ihrer Nähe gewesen. Er lehrte Kristina und andere das Lesen und Schreiben, deutsche Dialekte sowie Französisch und Latein.

»Wenn ihr fertig ausgebildet seid und hinauszieht in die Welt, müsst ihr wenigstens ein paar der Mundarten kennen, die von den Menschen gesprochen werden, die euch unterwegs begegnen. Manchmal können ein oder zwei Worte den Unterschied zwischen Leben und Tod ausmachen. Was Lesen und Schreiben angeht, ist Latein am wichtigsten. Es ist die Sprache der Gelehrten, der Händler, der Reisenden und sämtlicher Höfe.«

Bertholds ermutigende Anleitungen spornten Kristina an, zu lesen und zu lernen, während sie zur Frau heranwuchs. Sie hatte neben dem Unterricht weitere Verpflichtungen – Arbeit in den Gärten, Putzen, Waschen, Unterricht in der Behandlung und der Versorgung von Krankheiten und Wunden –, doch wann immer sie konnte, las sie, verschlang jedes Buch und jedes Traktat, das sie in der Bücherei der Gemeinde entdeckte. Meistens handelte es sich um Schriften der Brüder, die von der Liebe und der Gleichheit aller Menschen vor Gott handelten. Einige Bücher jedoch waren viel älter, Überbleibsel aus längst vergangener Zeit, älter sogar als die Schriften der Apostel. Es waren Werke der alten Griechen und Römer über Philosophie, Geschichte und Poesie.

Kristinas Körper war gereift, doch viel mehr noch ihr Verstand. Außerdem arbeitete sie mit Feuereifer an der Druckerpresse, wo die Flugblätter entstanden, die anschließend an die Brüder verteilt wurden, die dann in kleinen Gruppen hinauszogen ins Heilige Reich. Die meisten von ihnen kehrten nie mehr zurück.

Kristina liebte den Geruch von Öl und Ruß, aus denen die Druckerschwärze hergestellt wurde, und ihre Finger waren immerzu schwarz. Papier war kostbar; deshalb fertigten die Brüder es selbst aus Leinen und Zellstoff. Die bleiernen Lettern waren für Kristina wie Zauberei, denn je nachdem, wie man sie zusammenfügte, bildeten sie ein Universum aus Wörtern. Es schien keine Grenze zu geben für die Zahl der Begriffe, die sich aus den Lettern bilden ließen.

Kristinas Leben war wie ein Kreis, der sich nun endlich geschlossen hatte. Bevor ihre Eltern getötet worden waren, hatte sie viel gelesen, vor allem mit ihrer Mutter, die ihr obendrein viele Wörter und deren Bedeutung beigebracht hatte. Doch in den Jahren, die Kristina nach ihrer Mutter Tod bei den armen Nonnen verbrachte – Jahre voller Mühsal und Arbeit –, hatte sie keine Zeile mehr gelesen.

Nun aber, hier in Kunwald, hatte sie wieder mit dem Lesen angefangen, kaum dass sie bei Kräften war und noch bevor sie ihre Pflichten zugeteilt bekommen hatte. Jedes Buch war ein

Schatz, und jede Seite öffnete ihren Verstand ein bisschen weiter, wie eine Tür zu einer dunklen, geheimnisvollen Kammer. Mit jedem Buch fiel mehr Licht in diese Kammer und enthüllte ihr Inneres. Kristinas Entdeckung, dass die Möglichkeit, Wissen zu erlangen, grenzenlos war – ein Festmahl für den Geist aller, die lesen konnten –, weckte ein unstillbares Verlangen nach Büchern in ihr und den Wunsch, eigene Gedanken zu entwickeln, statt immer nur die vorgekauten Argumente der Priester und Mönche nachzubeten, die ohnehin nur die offiziellen Lehren der Kirche verbreiteten.

Kristina hatte nie von ihrem Traum abgelassen, eines Tages selbst zu schreiben, zu drucken und andere mit ihren Schriften zu erreichen.

Meine Gedanken gehören mir, ging es ihr durch den Kopf, *auch wenn andere sie früher schon gedacht haben. Sie sind mein, weil sie sich mir allein enthüllt haben, also steht es mir frei, sie weiterzugeben.*

Sie blieb vor der massiven Felswand stehen, wo der Geröllpfad endete, und blickte hinaus über das grüne Tal. Tief unter ihr rannte ein schwarzer Hirtenhund umher und trieb eine Schar weißer Schafe zusammen.

Es waren auch Hunde bei den Magistraten gewesen, die sie damals abgeholt hatten. Eine der Bestien hatte sich sogleich auf ihre Mutter gestürzt. Als ihr Vater das Tier vertreiben wollte, war ein zweiter Hund auf ihn losgegangen, und schließlich war er von den Magistraten niedergeknüppelt worden. So hatte ihre Gefangenschaft begonnen. Dann hatten die Verhöre angefangen, die »peinlichen Befragungen« unter der Folter durch Mönche und Inquisitoren, der Albtraum des Prozesses und schließlich das Grauen des Scheiterhaufens. Die zähnefletschenden Hunde kamen häufiger als alles andere in Kristinas Träumen vor, aber das fürchterliche Feuer war die lebendigste Erinnerung.

Die Welt da draußen hatte nicht nur ihre Familie vernichtet, sondern unzählige andere Leben.

Es steht mir frei, zu gehen oder zu bleiben, dachte sie. *Ich muss nicht gehen. Niemand würde mich zwingen, wenn ich es nicht selbst aufrichtig wünsche.*

Sie setzte sich auf einen Felsvorsprung. In den Spalten wuchsen Blumen. Der Fluss tief unten war kaum mehr als ein silberner Faden. Eine frische Brise wehte ihr die Haare ins Gesicht, und sie zwirbelte geistesabwesend eine Locke um ihren Finger, kaute auf den Haarspitzen und dachte nach in dieser Abgeschiedenheit.

Nach einer Weile traf sie eine überraschende Entscheidung.

Sie würde Kunwald nicht verlassen.

Und Berthold?

Berthold kann mit ihnen gehen oder hier bleiben als mein Ehemann, überlegte sie. *Er hat einen freien Willen, genau wie ich, und kann tun, was ihm beliebt.*

Sie betete um Vergebung für ihre Angst und ihre Schwäche, bat ihre Mutter um Rat. Sie weinte vor Verzweiflung und wünschte sich, ihre Mutter wäre bei ihr geblieben, für immer, egal um welchen Preis.

Wenn wir den Menschen helfen könnten, weniger grausam zu sein, würde ich nicht so von Zweifeln und Unsicherheit geplagt.

Sie erschauerte, als ihr bewusst wurde, dass das, was ihre Mutter hatte bewirken wollen, noch immer nicht getan war, nicht dort unten, wo nichts sicher war – und auch nicht hier oben, wo das Leben eine Insel des Lernens und Glaubens war. Da wusste sie, dass sie nicht in Kunwald bleiben konnte. Nur wenn sie fortging, würde sie sich selbst finden.

Bei Sonnenuntergang machte Kristina sich auf den Heimweg und ging über den Geröllpfad nach Kunwald zurück. Plötzlich bemerkte sie Berthold, der ihr entgegen kam.

»Kristina«, sagte er und nahm ihre Hand. Er schnaufte ein wenig. »Ich ahne, was in dir vorgeht. Doch bitte hör mir zu. Wer hat deine Eltern getötet? *Was* hat deine Eltern getötet? Ich will es dir sagen. Hass. Furcht. Unwissende Menschen. Eine machtlose Kirche, geknechtet vom Reich. Eine gleichgültige, genusssüchtige Geistlichkeit. Ein habgieriger Adel, süchtig nach Reichtum und Schwelgerei, und ein teilnahmsloses Volk.«

»Aber wir sind so wenige, und sie sind so stark ...«

»Eben deshalb müssen wir diese Zuflucht verlassen und die Hochburgen der Gotteslästerer erstürmen. Das Werk deiner Eltern und vieler anderer muss fortgeführt werden, damit die Welt sich endlich zum Guten verändern kann.«

Manchmal klangen Bertholds Worte hochtrabend und schwülstig, doch in diesem Moment waren sie stark und wahr. Er deutete mit der rechten Hand hinunter ins Tal.

»Dorthin müssen wir. Dort hinunter und noch viel weiter, um zu tun, was in unserer Macht steht. Tief in deinem Herzen spürst du, dass du es tun musst ... dass *wir* es tun müssen.«

Sie schaute Berthold an, und einmal mehr wurde ihr bewusst, wie sehr sie ihn liebte. Er erwiderte ihren Blick, und sein hartes Gesicht wurde weich.

»Was immer mit uns geschieht«, flüsterte er. »Ich bete, dass Gott uns zusammensein lässt.«

Hand in Hand gingen sie zurück nach Kunwald. Kristinas Angst war immer noch nicht ganz verflogen. Aber sie würde sich auf den Weg machen, gemeinsam mit Berthold, selbst wenn dieser Weg in den Tod führte.

Nach langer Zeit hörte sie wieder die Stimme ihrer Mutter.

Hab keine Angst, mein Kind. Ich bin bei dir.

4.
Lud

*M*it seinen ledernen Bundschuhen stapfte Lud durch den zertrampelten Matsch. Der Gestank des Urins von Männern und Pferden, Maultieren und Ochsen stach mit jedem Atemzug in seiner Nase. Bei jedem Schritt schwirrten Fliegen hoch und suchten in seinem Gesicht nach Nahrung oder salzigem Schweiß.

Das Lager erwachte im aufklarenden Morgendunst, und die ersten Kochfeuer wurden errichtet. Die Männer trafen Vorbereitungen zum Essen und zum Aufnehmen der Waffen. An den Blicken anderer Reisigen und ihrer Fußsoldaten erkannte Lud, wie froh sie waren, nicht in die Vorhut befohlen worden zu sein wie er und seine Leute. Er bemerkte, wie sie den Blick von ihm abwendeten und ihm auszuweichen versuchten.

Also wissen sie es schon.

Ein Heer, das durch fremdes Territorium zog, war wie ein wanderndes Dorf, und Gerüchte machten schneller die Runde, als man denken konnte.

Lud nahm Dietrichs glänzenden Brustpanzer vom Wagen des Schmieds, der die locker gewordenen Nieten der Rückenplattenbefestigung erneuert hatte. Der Widderkopf des Hauses Geyer war kunstvoll in den Panzer graviert. Die Nieten des Rüsthakens, der Lanzenhalterung auf der rechten Seite von Dietrichs Panzer, hatten sich ebenfalls losgerissen, wie es häufig der Fall war durch das beständige Schaukeln eines Kriegsrosses und das Gewicht der schweren Lanze; deshalb hatten auch die Nieten ersetzt werden müssen.

Luds eigener schmuckloser Panzer, den er von Dietrich bekommen hatte, saß ebenfalls zu locker, was aber nicht an den Nieten lag, sondern an gedehnten Lederriemen. Er konnte einfach neue Löcher hineinmachen und die Riemen enger schnallen.

Auf dem Rückweg über den aufgeweichten Boden ruhten

wieder die neugierigen Blicke der anderen Reisiger auf ihm. Einige sahen weg, als Lud an ihnen vorbeistapfte. Sein Zorn war noch immer nicht verraucht, aber er hatte sich mit der Strafe abgefunden. Wer war er denn schon? Es stand ihm nicht zu, die Entscheidungen der hohen Herren anzuzweifeln. So war es eben.

An den Bierwagen wurde ausgeschenkt. Lud nahm eine der großen Ziegenlederblasen, warf sie sich über die Schulter und setzte seinen Weg fort. Wieder blickten ihm viele Kameraden hinterher, doch niemand sagte ein Wort.

Bei den Pferden angekommen, schnallte er Ritter Dietrich, seinen Herrn, im klaren Licht der Morgendämmerung in seine taufeuchte, schimmernde Rüstung. Das Gras war abgefressen und nass. Anders als andere Ritter hatte Dietrich von Geyer kein Zelt auf den Feldzug mitgenommen. Zelte erforderten weiteres Fußvolk zum Errichten und Abschlagen. Genau wie Lud schlief Dietrich auf dem Boden oder in einem Wagen, und wenn es regnete, benutzte er einen Umhang mit großer Kapuze.

»Herr, Ihr seid nass«, sagte Lud.

»Na und? Wenn ich zu alt bin, um die Nässe ertragen zu können, werde ich niemanden mehr ins Feld führen«, erwiderte Dietrich. »Meine Männer schlafen auch nicht in Zelten. Ich muss spüren, was sie spüren, damit ich ihre Nöte kenne.«

»Es gibt aber auch Nöte, von denen Ihr nicht wisst«, sagte Lud, straffte die Lederriemen, die Dietrichs Rüstung aus gehämmertem Stahl hielten, und zog die Schnallen fest. Das polierte Metall schimmerte im Licht der Lagerfeuer. Es war die gleiche Prozedur wie jeden Morgen, bevor Dietrich mit den anderen Kundschaftern losritt.

»Nur zu, spuck es aus«, sagte Dietrich und grunzte, als Lud einen Brustriemen festzurrte. »Du platzt noch aus den Nähten, wenn du es zurückhältst.«

»Obrist Blauer hat meine Jungen und mich in die Vorhut befohlen«, sagte Lud. »Er will mich auf diese Weise bestrafen.«

»Er ist ein Obrist, Lud. Und ja, ich habe davon gehört.«

»Aber es ist nicht redlich, Herr.«

»Redlich, sagst du? *Redlich?*« Dietrichs tief liegende Augen wurden hart. Er schüttelte die Arme, um sie in den stählernen Manschetten zu lockern, und bedachte Lud mit einem tadelnden Blick, der schmerzte und doch zugleich Kameradschaft erkennen ließ. »Du hast ihn beleidigt.«

»Er will nicht hören, Herr. Männer, die den ganzen Tag unter dem Langspieß marschieren müssen, sollten nicht des Nachts auf Wache stehen.«

»Wer dann? Du hast es ebenfalls getan, bevor du zu meinem Reisigen wurdest. Und andere tun es auch.«

»Aber es ist unklug, Herr, und gefährlich.«

Dietrich erhob sich. »Ich muss scheißen.«

Er drehte sich um, und Lud löste den Beinharnisch. Darunter kamen das Kettenhemd und das Hosenstück zum Vorschein. Dietrich bückte sich, packte eine Handvoll Blätter und ging ein paar Schritte zur Seite, um sich hinzuhocken.

Lud schwieg, während er wartete und Dietrich seinem Geschäft nachging. »Verdammte Fliegen«, vernahm er Dietrichs Murren zwischen vereinzeltem Stöhnen und Grunzen. »Und was Blauer angeht, er ist ein Edler. Der Bruder eines Herzogs.«

»Aber Ihr seid Vetter eines Fürsten«, sagte Lud.

»Ja. Der arme Hund, ich würde nie mit ihm tauschen wollen. Ich bin Ritter. Mein einziger Ehrgeiz besteht darin, so viele Männer lebendig zurückzubringen, wie ich kann, und so viele Feinde zu erschlagen wie nur möglich. Blauer ist ein Feigling, sonst hätte er dich herausgefordert. Aber es steht dir nicht zu, ihn anzusprechen oder gar zu beleidigen. Du hättest zu mir kommen sollen. Aber nein, Lud kann wieder mal sein Maul nicht halten! Was hast du erwartet?«

Dietrich kam zurück. Seine offenen Beinlinge flatterten beim Gehen.

»Beordert mich allein in die Vorhut, Herr«, sagte Lud. »Nicht unsere Jungen.«

»Dieser beschissene Harnisch«, fluchte Dietrich und setzte

sich auf einen Felsen, ohne den Beinharnisch zu schließen. Dann zupfte er seinen grauen Bart und schüttelte den Kopf.

»Indem du so derb auf die Nachlässigkeiten bei der Einteilung der Wache hingewiesen hast, hast du Blauer vor seinen Lakaien blamiert.«

»Aber ich hatte doch recht, Herr!«

»Oh ja. Die Einteilung der Wachen ist eine geradezu frevlerische Nachlässigkeit, von der ich aufrichtig hoffe, dass sie abgestellt wird.«

»Seht Ihr? Genau das wollte ich von Blauer zu verstehen geben.«

»*Mir* sollst du berichten, Lud, nicht dem Obristen ... Schande über seinen fetten Arsch.«

»Herr, ich bitte Euch, hört mich an. Keiner unserer Jungen hat eine richtige Schlacht gesehen. Können sie nicht bleiben, wo sie sind? Sollten nicht erfahrene Veteranen die Vorhut bilden? Schon um der Sicherheit aller willen?«

»Nun, ich könnte Fürsprache einlegen. Sie zurückversetzen an ihre alte Position in der Mitte der Marschlinie. Aber sie wären für alle Zeiten als Feiglinge gebrandmarkt, und das will ich ihnen nicht antun.«

»Dann müssen sie in die Vorhut? Ganz gleich, wie unerfahren sie sind?«

»In der Vorhut bekommen sie wenigstens nicht so viel Staub zu fressen«, sagte Dietrich.

»Es ist nicht richtig, unsere Jungen für mein vorlautes Mundwerk zu bestrafen, Herr.«

»Die Mitte einer Linie ist oft der Punkt, der zuerst angegriffen wird«, sagte Dietrich. »Bete, dass es auch diesmal so sein wird, wenn die Türken kommen.«

»Wir haben noch keinen Zipfel von ihnen gesehen, Herr. Vielleicht kommen sie ja gar nicht.«

»Wenn sie in unser Land eingefallen wären und mit unseren Dörfern gemacht hätten, was wir ihren Dörfern angetan haben, würdest du sie dann nicht angreifen?«

»Oh doch. Ich würde jeden umbringen, den ich zu fassen bekäme.«

»Siehst du? Falls die Sonne nicht am Himmel stehenbleibt und mit ihr die Zeit – und damit ist nicht zu rechnen –, werden sie kommen, und zwar genau dann, wenn sie meinen, den größten Vorteil auf ihrer Seite zu haben«, sagte Dietrich. »So. Und jetzt schnall meine Beine zu. Ich hab Hunger und Durst. Wir müssen etwas zwischen die Zähne kriegen, du und ich.«

Lud kniete sich hin und zog die Lederriemen fest. Dietrich stapfte probeweise zwei-, dreimal im Kreis, wobei die breiten Gelenke der Rüstung quietschten, und nickte zufrieden.

Weiter unten waren Pferdeknechte damit beschäftigt, die Kriegsrosse mit Hafer zu versorgen. Die Tiere waren an langen Leinen zusammengebunden und an den Vorderbeinen gefesselt.

»Der Zug wird sich bald formieren«, sagte Dietrich. »Nimm das Bier mit. Ich habe Fleisch und Zwieback. Lass uns eine Stelle finden, an der es nicht so stinkt.«

Dietrich nahm einen kleinen Beutel und schritt den Hang hinauf.

Lud warf sich die dicke Ziegenhaut mit dem Bier über die Schulter und folgte seinem Ritter. Sie stiegen bis zum Kamm hinauf und fanden einen Platz, von wo aus sich der gesamte Tross auf der Straße unter ihnen überblicken ließ. Auf der anderen Seite konnte Lud den Landstrich sehen, durch den der Heerwurm gezogen war. Noch immer stiegen zwei Rauchsäulen in den Himmel, wo sie Dörfer geplündert und gebrandschatzt hatten – schwarze Flecken im rosa-goldenen Morgenhimmel. Lud wollte gar nicht daran denken. Erst recht nicht an das, was sie in den Dörfern getan hatten.

Sie setzten sich auf einen breiten, flachen Felsblock und tranken aus der Ziegenhaut. Lud beobachtete die Pferdeknechte bei der Arbeit. Die Schlachtrosse mussten in ihren schweren Gelieger gepackt werden, ihre Rossharnische. Die jüngeren Knechte beruhigten die Tiere, streichelten und striegelten sie, überprüf-

76

ten die Hufe auf Steine und säuberten die abgeschnittenen Schweife vom Dung.

»Das Bier wird bald schlecht«, bemerkte Dietrich.

»Besser saures Bier als blutiger Durchfall von einem Brunnen mit schlechtem Wasser«, sagte Lud, riss einen Streifen vom getrockneten Fleisch ab und kaute darauf. »Wenn wir je einen von den Bastarden schnappen, der tote Tiere in die Brunnen wirft, wird er den Tag seiner Geburt verfluchen, das schwöre ich Euch.«

Lud verstummte und kaute auf dem zähen Fleisch. Er hatte schon wieder zu viel gesagt, wurde ihm bewusst. Zu viele Einwände gemacht. Niemand außer Dietrich hätte sich so viele Worte von einem Unfreien gefallen lassen.

Lud seufzte. *Wenn ich mal sterbe*, dachte er, *müssen sie mein Maul extra totschlagen.*

Zu oft sprach er unbedacht aus, was ihm durch den Kopf ging. Genauso hatte er zum Obristen gesprochen. Doch wenn er die unausgesprochenen Worte für sich behielt, erfüllten sie seinen Verstand und erstickten ihn.

Seine Mutter, so hatte man ihm erzählt, war bei einer Flussüberquerung während eines Hochwassers ertrunken. Sein Vater war von einem durchgehenden Ochsen totgetrampelt worden. Lud war Waise und zunächst bei Almuth aufgewachsen, der Weberin und Hebamme seines Dorfes. Er war ein starker Junge und längst aus dem Haus gewesen, als Almuth ihre eigenen Zwillinge zur Welt gebracht hatte, Hermo und Fridel. Die beiden waren heute Teil seiner zwölf Spießgesellen und marschierten als Spießträger mit auf dem Kriegszug.

Als Lud acht Jahre alt gewesen war, hatte Ritter Dietrich ihn bei einer Rauferei beobachtet und unter seine Fittiche genommen. Er hatte Lud streng erzogen und in den ritterlichen Kampfkünsten ausgebildet. Lud war dankbar dafür. Er hatte seinem Ritter zuerst als Fußsoldat, dann als Leibwächter und schließlich als Reisiger gedient. Er hatte gelernt zu töten, ohne selbst getötet zu werden. Ihm wurde bewusst, dass dies seine ein-

77

zige Fähigkeit war, seine einzige Sicherheit. Hier im Krieg wurde er gebraucht. Hier draußen waren Dietrich und die jungen Spießgesellen seine Familie. Zu Hause in Giebelstadt hatte er niemanden.

Dietrich stieß ihm den Ellbogen in die Rippen und riss ihn aus seinen Gedanken.

»Was ist mit meiner alten Rüstung?«, fragte er. »Scheuert sie, oder passt sie halbwegs?«

»Besser, als ich es mir hätte träumen lassen, Herr. Ich bin Euch sehr zu Dank verpflichtet.«

»Das schwarze Eisen mag viele Schrammen und Beulen haben, aber es sitzt gut auf den Schultern mit seinen ledernen Scharnieren, nicht wahr? Dieser glänzende neue Stahl hier ist stark, aber er weckt zu viel Aufmerksamkeit beim Feind. Andererseits erwartet man wohl genau deshalb, dass ich ihn trage.«

Die Worte sprudelten aus Lud hervor: »Herr, meine Jungen haben nur Langspieße, sonst nichts. Wir bleiben immer auf der gleichen Straße, Tag für Tag. Als würden wir den Feind einladen, uns anzugreifen.«

»Und was ist neu daran?«

»Es ist eine törichte Art zu kämpfen, Herr. Und jetzt sollen wir auch noch ganz vorne marschieren!«

»Deine Meinung ändert nichts, Lud, nicht das Geringste. Der Obrist wollte dich auspeitschen lassen. Ich habe ihm untersagt, dich wegen Insubordination zu bestrafen, weil du mein Höriger bist. Nur mein Wort hat dich verschont.«

Ausgepeitscht! Allein die Vorstellung verschlug Lud die Sprache. An ein Wagenrad gefesselt und mit einem Riemen blutig geschlagen zu werden war grausam. Und schlimmer noch war das Lachen der Männer, sobald die Schreie erklangen, wenn der Schmerz so schlimm wurde, dass man sich nicht mehr beherrschen konnte.

Lud spürte, wie sein Gesicht glühend heiß wurde. Er empfand tiefe Dankbarkeit gegenüber Dietrich, weil der ihn vor der Schande bewahrt hatte.

»Seit ich ein Knabe war, Herr, stehe ich in Eurer Schuld. Und jetzt auch noch das.«

»Du musst eben lernen, den Mund zu halten, Lud«, erwiderte Dietrich. »Unser Auftrag besteht darin, die Osmanen herauszufordern und sie wissen zu lassen, dass wir auf dieser Straße sind. Wir wollen ihnen zeigen, dass es *unsere* Straße ist. Deswegen kriechen wir mit Fußvolk und Reiterei mitsamt unserem Tross hier entlang. Sollen sie es nur wagen, uns anzugreifen.«

Lud drehte sich auf dem Felsblock zur Seite und schaute zurück in die Richtung, aus der sie gekommen waren und wo in der Ferne die zwei niedergebrannten Dörfer schwelten.

»Die Straße ist Hunderte von Meilen von Giebelstadt entfernt, Herr.«

»Sieh nicht zurück, Lud, das bringt nichts. Schau immer nur nach vorn.«

»Warum riskieren wir so viel für diese Straße? Sogar das Leben unserer Jungen.«

»Du kannst nicht damit aufhören, was?«

»Ist es falsch, nach dem Grund zu fragen?«

»Nein, deshalb will ich es dir sagen: Wenn wir die Türken nicht hier aufhalten, haben wir sie irgendwann in unseren Betten. Möchtest du das? Möchtest du, dass sie unsere Frauen vergewaltigen und versklaven, uns das Essen wegnehmen und uns verhungern lassen? Nein, das möchtest du nicht. Genauso wenig wie unsere Jungen es möchten. Nur dass sie keine Jungen mehr sind, Lud, sondern Männer, erwachsene Männer.«

Lud runzelte die Stirn. Er hatte diese Begründung so oft gehört, dass sie ihm zum Hals heraushing, deshalb konnte er nicht schweigen. »Die Türken aufhalten? Es ist *ihr* Land, Herr. Sie werden es niemals aufgeben, und sie kennen jeden Zoll.«

»Also schön«, sagte Dietrich, und zu Luds Erstaunen legte sich ein Lächeln auf sein Gesicht. Er schlug Lud auf den Rücken wie ein geduldiger Vater. Dietrichs langes, schmales Gesicht konnte eine ernste Würde ausstrahlen, die Lud das Gefühl vermittelte, im Vergleich zu ihm ein einfältiger Hohlkopf zu sein. »Wir kennen einander zu gut, als dass ich dich mit diesen leeren Worten abspeisen könnte, nicht wahr? Also gut, ich will es dir genauer erklären: Die Straße, auf der wir marschieren, ist eine wichtige Handelsroute. Und die Händler und Bischöfe und Fürsten wollen nicht auf den Profit verzichten, den diese Handelsroute ihnen einbringt. Aber sie würden ihn verlieren, wenn die Türken den Handel übernähmen. Darum geht es. Aber wir tun, was man uns sagt. Wir jammern nicht und meckern nicht wie Ziegen.«

»Und die gebrandschatzten Dörfer? Legen sie Zeugnis ab für unseren glänzenden Gehorsam?«

Dietrichs Lächeln wurde säuerlich. »Priester und Prediger und Banner und Trommeln, es ist doch immer das Gleiche, egal auf welcher Seite. Predigten von gerechten Kriegen und von reicher Belohnung im Himmel für gute Soldaten – ha! Was macht dir wirklich zu schaffen, Lud? Steigen dir die Fürze von all den Bohnen zu Kopf, die wir gegessen haben?«

»Ich will die Jungen lebend wieder nach Hause bringen, Herr. Nur darum geht es mir.«

»Diese Jungen haben sich freiwillig gemeldet. Niemand hat sie gezwungen. Sie haben das Geld genommen und sind losmarschiert. Einige von ihnen werden sterben. So ist das nun mal.«

»Zu viele Gedanken bringen Verwirrung«, sagte Lud.

»Das zeigt, dass du einen guten Verstand hast. Ich fülle meinen Kopf mit Gedanken, wenn ich lese. Die Klarheit kommt mit der Zeit.«

»Lesen ist nicht für uns Unfreie, Herr.«

»Nicht, wenn ihr es nicht lernen wollt.«

»Wünscht Ihr, dass ich es lerne?«, fragte Lud überrascht. Dietrich hatte ihm dieses Angebot noch nie gemacht, nicht einmal andeutungsweise. Bestimmt hatte er seinen Herrn missverstanden.

»Ich wünsche mir ein erfülltes Leben voll Glück für dich«, sagte Dietrich.

Lud spürte, wie ihn bei Dietrichs Worten Wärme durchflutete wie nach einem kräftigen Schluck Branntwein. Es waren unerwartete, wunderbare, väterliche Worte, die er nur zu gerne vernahm. Dietrich war und blieb ihm ein undurchdringliches Rätsel, obwohl Lud ihn schon sein Leben lang kannte. Er war voller Tiefe und besaß eine Fülle an Wissen, dessen Umfang Lud nicht annähernd ermessen konnte. Dietrichs Verstand schien die Bedeutung aller Dinge zu erfassen. Vielleicht lag es daran, dass er lesen konnte. Lud erinnerte sich an seinen ersten Feldzug, als junger Mann, noch keine zwanzig. Kundschafter hatten drei Einheimische gefangen und in Ketten gelegt. Man hatte sie dabei erwischt, wie sie Gefallene auf dem Schlachtfeld ausgeplündert hatten. Sie sprachen kaum ein Wort verständliches Deutsch. Viele Soldaten, einschließlich Lud, hatten bei der Folter zugesehen. Es war faszinierend und entsetzlich zugleich, sodass so viele blieben und gafften, obwohl sie sich im Grunde lieber abgewendet hätten. Einige machten abfällige Bemerkungen und Witze, um ihre Abscheu zu verbergen. Doch Dietrich hatte Lud unter den Gaffern entdeckt und ihn zu sich befohlen.

»Folter bringt nur Lügen hervor«, sagte er zu Lud.»Fleisch ist Fleisch. Jeder sagt alles, nur damit es aufhört. Das gilt auch für dich und mich. Und je mehr wir foltern, desto mehr foltert auch der Gegner, und viele finden dabei den Tod. Wir brechen unsere Eide gegenüber Gott. Also halte dich von den Folterungen fern und behalte deine Ehre.«

Doch es war derselbe Dietrich, der immer wieder»Töte, um zu leben!« sagte.

Lud fragte sich, ob er diesen Mann, den er so sehr verehrte, jemals verstehen würde – ein Mann, der unberechenbar war, es sei denn, er hatte auf irgendetwas sein Wort gegeben. Dietrichs Wort war unverbrüchlich wie Stahl, was auch kommen mochte.

»Die Kolonne nimmt Marschformation ein«, bemerkte Dietrich in diesem Moment und riss Lud aus seinen Gedanken.

»Komm, lass uns nach unten gehen.« Er erhob sich mit einem leisen Stöhnen und lachte über sich selbst. »Das Alter wartet auf niemanden, Lud. Nutze deine Jugend gut.«

Von unten kam ihnen Waldo entgegen, Dietrichs Pferdeknecht, in einem schlichten gelben Umhang ohne Panzer. Er brachte das gesattelte Schlachtross des Ritters. Waldo war ein spindeldürrer Mann, stumm, aber stark wie ein Ochse. Er behandelte die Pferde, als könnte er ihre Gedanken lesen und sie die seinen; vielleicht war es für Waldo eine Art Ausgleich für seine stumme Zunge.

Waldo nickte ihnen zu. Lud erwiderte das Nicken. Er sah in Waldos Augen, dass auch er bereits über die Geschehnisse der Nacht Bescheid wusste. Worte hätten nicht mehr aussagen können. Vor langer Zeit hatte Waldo ihm das Reiten beigebracht. Waldo schlief bei den Pferden und blieb für sich, sogar daheim in Giebelstadt. Die meiste Zeit schien er buchstäblich unsichtbar zu sein. Er meldete sich nur dann, wenn er sah, wie ein Pferd misshandelt wurde. Dann sprachen seine Fäuste oder seine Peitsche. Einige behaupteten, dass er manchmal auf geheimnisvolle Art mit einem Pferd redete, sodass es seinen Reiter abwarf. Lud hatte es mit eigenen Augen gesehen.

»Also dann, hilf mir rauf«, sagte Dietrich zu Waldo.

Waldo nickte und half dem Ritter in den Sattel, indem er ihn mit einer Hand an der Stahlrüstung abstützte. Als Dietrich saß, tätschelte er den dicken schwarzen Hals seines Rosses an der Stelle, wo er zwischen den Nackenplatten des Harnischs freilag.

»Ich werde sein Leben nicht unnötig aufs Spiel setzen, Waldo.« Er wandte sich an Lud. »Und du sag ja nichts mehr zu Blauer, hörst du? Er wird ohnehin voller Häme sein, der Hohlkopf. Hast du verstanden?«

»Ja, Herr.«

»Gut. Und jetzt führe unsere Jungen zu den vorderen Rängen, und tu es mit Würde. Der Preis muss bezahlt werden, weiß Gott. Also lass sie stolz sein, solange sie können. Zeig ihnen nicht, dass du Angst um sie hast.«

»Ich habe sie von klein auf heranwachsen sehen, Herr.«

»Genau wie ich dich, Lud. Aber deine Angst um die Kameraden ehrt dich. Es zeigt, dass du ein guter Kerl bist. Aber das wusste ich vorher schon.«

Lud senkte den Kopf, beschämt wegen des Ärgers, den sein Stolz über seine Jungen und seinen Ritter gebracht hatte.

Dietrich stellte sich im Sattel auf und galoppierte in Richtung der ritterlichen Reiterei davon. Lud sah ihm hinterher. Das graue Haar des Ritters flatterte unter dem Helm wie ein Banner im Wind, während das mächtige Ross laut wieherte und ein paar Äpfel schiss.

Lud sah, wie Waldo ihrem gemeinsamen Herrn stolz lächelnd hinterherblickte und sich dann umwandte, um zu den Pferden zurückzukehren.

Lud atmete tief durch. So viele Leben lagen in seinen Händen – Hände, die von den Kriegspfarrern mit Weihwasser bespritzt worden waren und dennoch nicht beteten. Hände, die wussten, wie man den Boden bestellte und die Ernte einbrachte und die doch nur noch zum Töten dienten.

Luds Gesicht war ausdruckslos, als er seine Jungen erreichte. »Heute gehen wir in die Vorhut«, verkündete er, obwohl sie es längst wussten, denn sie alle hatten Blauer in der Nacht zuvor gehört. Trotzdem erteilte Lud nun den entsprechenden Befehl; er sollte von ihm selbst kommen, nicht von dem Obristen.

»Spieße vor die Brust! In Linie antreten! Und los!«

Lud ging zu Fuß. Er führte sein eigenes Schlachtross Jax hinter sich her, während er seine zwölf nach vorne zur Vorhut führte. Sie marschierten an den anderen Kommandanten mit ihren Trupps vorbei. Lud wusste, dass seine Jungen über die Beleidigungen des Obristen und das ihnen zugedachte Schicksal genauso wütend waren wie er selbst, doch ihre Köpfe waren hoch erhoben und ihre Spieße kerzengerade aufgerichtet, so wie Lud es ihnen beigebracht hatte. Die Jungen hatten Lud bewundert, seit sie laufen und sich in gespielten Schlachten mit

Steinen bewerfen konnten. Ihr Respekt vor ihrem Kommandant war gewaltig, war aber auch auf ihre Unerfahrenheit im Krieg und ihre Angst vor Schmerz und Tod zurückzuführen.

Jetzt gab Lud ihnen das einzige Geschenk, das er ihnen machen konnte. »Männer aus Giebelstadt«, sagte er so laut, dass alle zwölf es hörten. »Lasst alle wissen, wer in der Vorhut marschiert. Nennt eure Namen, abwechselnd nach rechts und links!«

Die zwölf marschierten an den Reihen vorbei und riefen stolz ihre Namen, und bei jedem Namen schnappte der Langspieß des jeweiligen Trägers himmelwärts.

»Götz!«

»Matthes!«

»Frix!«

»Stefan!«

»Tilo!«

»Hermo!«

»Fridel!«

»Max!«

»Ambrosius!«

»Kaspar!«

»Jakob!«

»Linhoff!«

Die Namen kamen in rascher Folge. Ihre Stimmen klangen zu hell, ihre Gesichter sahen zu jung aus, und sie schienen nicht kräftig genug, um in der Vorhut zu marschieren, ja, überhaupt beim Feldzug dabei zu sein.

Lud musste sich Dietrichs Worte ins Gedächtnis rufen: *Sie sind Männer, keine Jungen mehr.*

Lud stieg auf sein Ross. Jax erbebte unter ihm, prustete und schnaubte.

»Reißt euch zusammen!«, sagte Lud. »Das ganze Heer beobachtet euch!«

Er ließ die zwölf in einer Reihe an allen anderen vorbeimarschieren bis zur Vorhut, der Spitze des Trosses.

Der Obrist kam mit einem fetten, höhnischen Grinsen vorbeigeritten und winkte Lud zu. Federn prangten auf dem Kopf seines tänzelnden Pferdes. Die bunten Flaggen und Wimpel von Würzburg, Wien und des Heiligen Römischen Reiches wehten in einer frischen Brise. Die Trommeln dröhnten. Als wären sie mit einer unsichtbaren Leine aneinandergebunden, ging ein Ruck durch die gesamte Kolonne von Männern und Tieren. Alle setzten sich zum Trommelschlag in Bewegung.

Lud lenkte sein Pferd an die Seite.

»Die Köpfe hoch, Männer aus Giebelstadt!«

Das Kinn erhoben, marschierten sie mit forschem Schritt. Sie waren jung und stolz, in der vordersten Reihe zu sein. Ihre Zuversicht war größer als die Angst vor einem Angriff, der sie als Erste töten würde. Hinter ihnen kamen weitere Reihen von Spießträgern aus vielen anderen Dörfern, zwölf auf zwölf auf zwölf, und schon bald verschwanden sie im Staub der alten römischen Straße.

Nach den Spießträgern kam die lange Schlange von Karren gleich dem aus Giebelstadt, einhundert an der Zahl, in Zweierreihen nebeneinander. Die von Maultieren gezogenen Wagen ächzten unter der Last der Kanonen, Pulverfässer und Kugeln, von Getreide und Hafer für Mensch und Tier und von Werkzeugen zur Reparatur von Rüstungen.

Auf diese Weise verging der Morgen. Es wurde heißer und heißer, und nichts geschah, was die Eintönigkeit vertrieben hätte. Die Kommandanten saßen während des Marsches zu Pferde, um schnell manövrieren zu können. Lud fand es beinahe angenehm hoch oben im Sattel. Das Schaukeln seines Schlachtrosses machte ihn schläfrig. Er besaß kein eigenes Pferd zu Hause in Giebelstadt. Als der Feldzug befohlen worden war, hatte Dietrich seinen Pferdeknecht angewiesen, ein gutes, sattelfestes Tier für Lud auszusuchen.

Auf Jax zu reiten, hoch über den Reihen der Fußsoldaten, war um vieles angenehmer, als unten zusammen mit den Jungen durch den Schmutz und die Hitze der Straße zu marschieren. Hier gab es keinen Staub. Keine Fliegen, die vom Dung aufstoben. Das Dröhnen der Trommeln bestimmte die Marschgeschwindigkeit. Lud versuchte, wachsam zu bleiben, doch die Trägheit, die sich in seinem Inneren ausbreitete, wurde immer stärker.

Gegen Mittag geschah etwas.

Der Obrist schickte den Galgenwagen nach vorn. Er wurde von einem Henkersknecht gelenkt, der für die Bestrafung von Deserteuren und Aufrührern verantwortlich war. Die Jungen würden den ganzen restlichen Tag auf den Wagen schauen müssen.

Wie eigenartig, dachte Lud. Der Galgen sah fast aus wie ein Kreuz. Wie das Ding, an das der Herr Jesus Christus geschlagen worden war, wie es hieß, und zu Tode gefoltert. Zwei baumelnde Gestalten, kaum noch als menschliche Überreste zu erkennen, hingen mit gesenkten Köpfen an den Armen des Galgens, als schämten sie sich. Es waren einheimische Bauern, die versucht hatten, sich dem Plündern der Wintervorräte für ihre Familien zu widersetzen. Ein großer Schatz an Bohnen war die Beute gewesen. Besser als der gekochte Gerstenbrei, der Tag für Tag ausgeteilt wurde. Lud bekam die widerlich schmeckende Pampe nur mit Mühe herunter, doch die Bohnen der beiden Gehenkten waren auch nicht viel besser. Die Töchter der beiden toten Bauern waren Gefangene im Freudenwagen, wie manche ihn nannten. Andere nannten ihn ein rollendes Lusthaus.

Wenigstens konnte ich meine Jungen bis jetzt von diesem traurigen Ding fernhalten, dachte Lud. *Ein Junge verliert dort mehr, als er gewinnt.*

Lud versuchte sich auf andere Sachen zu konzentrieren, beispielsweise ihr Überleben. Er ritt neben seinen Männern her und ließ sich nichts anmerken. An seinem reglosen Gesicht konnte niemand ablesen, dass unbeantwortete Fragen in ihm brannten.

Wind kam auf, und die Seile mit den Toten knarrten. Als der

Wagen weiterfuhr, schaukelten die beiden Leichen immer stärker und prallten gegeneinander wie betrunkene Tänzer.

Mehrmals kam der Obrist vorbeigeritten. Lud wusste, dass dieser miese fette Mann den Kummer in seinem Gesicht sehen wollte.

»Das könntest du sein, da oben am Strick, Bauerntölpel«, sagte der Obrist. »Aber ich bin ein großzügiger Mensch. Also sei dankbar und kümmere dich gut um deine Schiebochsen. Sie werden einen ruhmreichen Tod sterben, so viel ist sicher.«

Lud hob nicht den Blick zu seinen Soldaten, um zu sehen, wie sie die neuerliche Beleidigung aufnahmen. Stattdessen schaute er von Blauer mit ausdrucksloser Miene an, bis der sich abwandte und davonritt. In Lud brannte ein ganz und gar unchristlicher Hass, und für einen Moment stellte er sich vor, wie er den Mistkerl bei lebendigem Leibe ausweidete. Wie er heulen würde, wie er sich winden würde!

Er lässt seine eigenen Leute auspeitschen, der verdammte Narr, dachte Lud voller Zorn, *wo doch jeder Einzelne bei besten Kräften sein sollte und hellwach nach dem Feind Ausschau halten muss.*

Lud wusste, dass viele Befehlshaber der Meinung waren, das Hängen selbst kleinerer Missetäter würde die Disziplin verbessern. Doch Auspeitschen und Brandmarken für unbedeutende Vergehen hatte lediglich zur Folge, dass die geschundenen Männer noch weniger nützten. Abgesehen davon waren die meisten in ein unfreies Leben hineingeboren und an solche Behandlung gewöhnt.

Lud wusste auch, dass die Besten niemals aus Angst heraus kämpften. Sie kämpften auch nicht aus Treue und Ergebenheit zu ihrem Fürsten, sondern aus kameradschaftlicher Verbundenheit untereinander. Genau aus diesem Grund schickten die Adligen Männer aus ein und demselben Dorf gemeinsam in den Krieg. Denn wie konnte ein Feigling jemals nach Hause zurück, um für den Rest seines Lebens der Spott des gesamten Dorfes zu sein?

»Ich wünsche mir ein erfülltes Leben für dich, Lud«, hatte Dietrich zu ihm gesagt.

Gab es in Büchern Antworten auf alle Fragen? Waren die Worte in seinem Kopf die gleichen wie in den Büchern? Er würde es niemals erfahren. Dietrich las Bücher. Priester lasen Bücher. Unfreie lasen keine Bücher. Es war nicht nötig, und sie hätten auch gar keine Zeit dafür.

Unfreie mochten arme Menschen sein, doch sie schätzten ihre Würde weit mehr als alle Besitztümer, von denen sie ohnehin kaum welche hatten. Das Gesetz besagte, dass ein Unfreier sich aus der Leibeigenschaft lösen konnte, wenn es ihm gelang, sich ein volles Jahr lang zu verstecken. Manche flohen in die Städte. Doch nur zu oft fanden sie dort keine Arbeit, litten Hunger und wurden zu Verbrechern. Deshalb galten sie in den Städten als Abschaum, als Galgenvögel und Schlitzohre. Doch auf dem Land, unter ihresgleichen, galten sie als gute, verlässliche, hart schuftende Männer. Sie waren keine Hohlköpfe, wie der Obrist es gesagt hatte, ganz und gar nicht.

Schließlich ließ die Erschöpfung Luds Gedanken versiegen. Irgendwann kam der Befehl zum Halten und Aufschlagen des Nachtlagers. Er überlegte, wer diese Nacht mit der Wache an der Reihe war. Wahrscheinlich Tilo, aber der war so langsam, dass niemand Schlaf finden würde, wenn er wusste, dass Tilo auf Wache war. Also teilte er Stefan ein, den ältesten seiner Jungen, auch wenn er lediglich älter war als die anderen, nicht besser. Lud würde wie üblich mehrmals in dieser Nacht voller Unruhe aufwachen.

Dann lag er auf der Ladefläche des Wagens von Giebelstadt, blickte hinauf in die schwarzen Tiefen der Nacht und fühlte sich wie immer klein und verloren angesichts der Unermesslichkeit des Sternenhimmels. Er wirkte so gewaltig, so erhaben und gleichzeitig so schrecklich gleichgültig den Menschen und ihrem Schicksal gegenüber. Wie konnten die belanglosen Angelegenheiten auf Erden irgendeine Bedeutung für die Gestirne haben? Doch so einfach ließen die Sterne Lud nicht davonkommen. Er konnte der tieferen Bedeutung seiner Frage nicht entrinnen. Denn lebte nicht Gott im Himmel, falls es ihn gab? Kamen die Seelen der Menschen nicht dorthin? Wie aber konnten sie an einem Ort leben, an dem die Welt nichts zählte? Die Bürde seines Verstandes brannte in ihm wie der Schmerz einer alten Wunde.

Als er alleine in der nächtlichen Kühle lag, fielen ihm die Mütter und Schwestern ein, die Väter und Großväter, die voller Sorge waren. Viele hatten geweint. Doch besonders die Tränen der Mütter und Schwestern mit ihren sanften Augen und den abgearbeiteten Händen gingen ans Herz. Manche hatten nur geklagt, die Mutter Linhoffs zum Beispiel: »Wenn Linhoff in der Schlacht stirbt, wer soll dann für den Müller arbeiten, um den Zehnt für das Mahlen des Getreides zu entrichten?« Andere hatten ihm Versprechungen gemacht: »Wenn unser Jakob rechtzeitig zurück ist, um das Feld für die Gerste zu pflügen, bekommst du einen Anteil an der Ernte.« Wieder andere hatten sich ihm in ihrer Verzweiflung angeboten: »Bring mir meinen Bruder zurück, und ich lege mich ein Jahr lang alle zwei Wochen zu dir und bereite dir eine Nacht voller Freuden.«

Wenn es doch nur um meinetwillen gewesen wäre, dachte Lud, *und nicht aus Angst um die Söhne oder Brüder. Wenn es doch nur ehrlich gewesen wäre, oder wenn es um etwas anderes gegangen wäre ...*

Lud hatte ihre Angebote ausgeschlagen und ihnen den gleichen Sermon aufgetischt, den die Kriegsgeistlichen auch immer erzählten, damit sie endlich Ruhe gaben: »Es liegt in Gottes Hand.«

*

Der nächste Tag kam, und der übernächste, und es wurde immer heißer und trockener. Lud ritt in der Vorhut auf Jax, während vor ihm die Leichen am Galgenwagen baumelten. Ihr Gestank hing wie eine fette, klebrige Wolke über ihnen.

Die Jungen marschierten im Gleichschritt mit der Armee hinter ihnen durch Staub und Sonnenglut wie eine unaufhaltsame Naturgewalt. Alles war ruhig, während Lud seine Jungen über diese unbekannte Straße führte, im Takt der Trommeln mit ihrem unablässigen, monströsen Herzschlag, den man nach ein paar Stunden gar nicht mehr bewusst wahrnahm.

Das Schicksal hatte ihnen dieses Leben bestimmt, also machte es keinen Sinn, sich zu fragen, was man daran ändern könnte.

Ein Tag nach dem anderen verstrich in gleichförmiger Monotonie. Jeden Abend gab es das gleiche schale Bier, den gleichen pampigen Eintopf, die gleichen wenigen Minuten gestohlenen Schlafs im Maultierkarren, während Lud sich unablässig sorgte, seine Jungen auf Wache kontrollierte und sich mit jedem Tag ein wenig betäubter fühlte als am Tag zuvor. Es war immer das Gleiche.

Seine Jungen wurden von der erbarmungslosen Hitze und dem endlosen Marschieren zermürbt. Ihre Gesichter wurden immer hagerer, ihre Kleidung immer zerlumpter. Sie starrten vor Schmutz und Ungeziefer. Lud brüllte sie an, wenn sie ihre Spieße sinken ließen oder wenn andere Anzeichen nachlassender Wachsamkeit und Disziplin zu erkennen waren. Er kam sich schäbig vor, weil er ihnen so zusetzte, obwohl sie am Ende ihrer Kräfte waren, aber es ging nicht anders; es musste getan werden, solange es dauerte.

Der Obrist sorgte in boshafter Rachsucht dafür, dass jede Nacht wenigstens zwei oder drei von Luds Jungen Wachdienst hatten.

»Sag nichts«, hatte Dietrich ihn gewarnt. »Sonst machst du es nur noch schlimmer.«

Lud hatte genickt, doch für ihn war es wie die Peitsche.

*

Es war der vierte eintönige Tag des Marschierens an der Spitze, kurz nach der Mittagspause.

Lud bemerkte plötzlich Rauch am Horizont, weit voraus. Er stellte sich im Sattel auf und schirmte die Augen mit der freien Hand ab. Die Jungen blickten einander an und begannen zu murmeln. Lud brachte sie mit einem barschen Befehl zum Schweigen. Eine Staubwolke kam näher. Lud entdeckte schwarze Umrisse in der flirrenden Hitze, unscharf und verschwommen wie Geister. Ein paar Minuten später wurden die Umrisse zu Reitern, die zur Marschkolonne zurückkehrten.

Ein Horn erklang, und die Trommeln verstummten. Die gesamte riesige Kolonne kam klirrend und rasselnd zum Stehen.

Dietrich war unter den zurückgekehrten Reitern. Er löste sich aus der Gruppe und lenkte sein Pferd im Trott zu Lud und den Jungen aus Giebelstadt. Dietrichs Schlachtross war schweißnass und von Schaum bedeckt, und seine Augen schimmerten schwarz durch die Löcher in der Rossstirn, der Panzerplatte, die den Kopf des Tieres schützte. Die beiden Pferde begrüßten sich schnaubend.

»Ein fettes Dorf, ein paar Meilen die Straße hinauf«, sagte der Ritter. »Bestimmt gibt's dort reiche Beute.«

Es war heiß, und Dietrichs Haare – so lang wie die mancher Frau – klebten nass unter dem offenen Visier seines Helmes. Doch es war nichts Weiches und Weibliches an Dietrich, mit Ausnahme der Fürsorge für seine Männer. Der bloße Anblick seines Ritters erweckte in Lud den Wunsch zu lächeln.

»Gibt es Wasser im Dorf?«, fragte Lud. »Wurde der Feind schon gesichtet?«

»Noch nicht. Aber sie haben ein paar Kerle geschnappt, von denen es heißt, sie hätten den Brunnen vergiftet. Sie wurden in die Moschee geschafft, wo sie verhört werden. Halte unsere Jungen fern, verstanden?«

»Jawohl, Herr.« Lud hatte nur zu gut verstanden.

Der Heerwurm zog weiter.

Je näher sie der Ansiedlung kamen, desto dichter wurde der Rauch. Fliegenschwärme hingen wie ein Schleier vor dem Ortsrand. Jax schnaubte und peitschte die Plagegeister mit dem Schweif weg.

Dann hörte Lud die Schreie, leise und jämmerlich. Es war eine Lüge, dass man sich an diese Dinge gewöhnte. Vielleicht galt das für bestimmte Leute; Lud wusste schließlich nicht, was andere fühlten. Aber er selbst fürchtete sich, näher heranzugehen.

»Wer schreit denn da?«, fragte Max und versuchte, seine Furcht durch ein zittriges Lächeln zu überspielen. »Ist da ein Feldscher zugange?«

»Ruhe in der Linie!«, befahl Lud.

Er kannte diese Art von Schreien, und sie machten ihm jedes Mal aufs Neue zu schaffen. Sie wurden lauter, dann wieder leiser, ein grässliches Heulen und Kreischen wie von unsichtbaren Kreaturen in der Düsternis von Albträumen.

In *diesem* Albtraum, das wusste Lud, war er eins mit den Ungeheuern.

5.
Kristina

Sie stand auf dem Dorfplatz von Kunwald, im Licht der hellen Morgensonne, die über die Berge gestiegen war. Ringsum spielten zahlreiche Brüder und Schwestern jeden Alters auf ihren Lauten, ihren Glockenspielen, ihren Flöten, Violinen und Trompeten. Zum leidenschaftlichen Konzert der Instrumente gesellte sich lautes Singen. Einige Stimmen waren süß und hell, andere laut und brüchig, doch alle klangen überschäumend, als wollten sie die ganze Welt mit ihrer Freude erfüllen. Kristina empfand tiefe Innigkeit angesichts dieses Frohlockens, fühlte sich erhoben von dieser Vereinigung der Geister und wünschte sich, niemals fortgehen zu müssen, während sie zugleich wusste, dass ihr keine Wahl blieb. Sie spürte, wie der frische Wind von den Bergen durch ihr leichtes Sommerkleid wehte und ihren Körper streichelte, der noch der ihre war, jungfräulich und unberührt, geschützt durch schlichtes, schmuckloses Leinen.

Ich vereine mein Leben mit dem Bertholds, und seine Zukunft wird die meine sein.

Er stand neben ihr, und seine warme rechte Hand hielt die ihre umschlossen. Sie spürte, wie er sie fest drückte, während der alte Johannes mit gebeugtem Rücken lispelnd die rituellen Worte sprach. Kristina musste die linke Hand heben; dann drückte Berthold den Fingerhut, das Zeichen der Eheschließung, fest auf ihre Fingerspitze.

Jetzt gehörte sie ihm, ganz und gar.

Gib, dass er freundlich, sanft und zärtlich ist. Gib, dass ich seine Liebe spüre.

Viel später, nach den Glückwünschen und dem Liebesmahl, als Kristina endlich allein im Zimmer mit ihm war und ihre Hochzeitsnacht bevorstand, hatte Berthold zuerst die Kerze gelöscht, bevor er sie bat, sich auszuziehen.

Sie streifte ihr Kleid von den Schultern, stand da, wie Gott sie erschaffen hatte, und wartete ab, was er tun würde. Sie hörte das Rascheln seiner Kleidung und wusste, dass er sich ebenfalls auszog. Vor Erregung und banger Erwartung schlug ihr das Herz bis zum Hals.

Sie hörte, wie sein Atem schneller ging, und seine Hände fanden sie. Er war unsicher, ungeschickt, zittrig. Als er Kristina rücklings aufs Hochzeitsbett legte und sich auf sie schob, dunkel und riesig, stöhnte er vor Lust, doch es gelang ihm nicht, in sie einzudringen, so unsicher und aufgeregt schien er zu sein. Kristina versuchte es ihm leichter zu machen, indem sie sich ihm entgegenreckte, doch es half nichts. Er konnte nicht, was sie so begierig von ihm erwartete.

»Tut mir leid«, flüsterte er und hielt inne.

»Schon gut«, sagte sie leise. Aber nichts war gut. Sie wollte ihn näher bei sich, wollte ihn in sich spüren, war ganz versessen auf dieses neue, fremde Gefühl, die Körperlichkeit zwischen ihnen. Sie waren nicht mehr Lehrer und Schülerin, sondern Mann und Frau.

Kristina spürte, wie Berthold sich von ihr freimachen wollte.

»Hör nicht auf, bitte«, flüsterte sie.

Doch er löste sich von ihr, richtete sich auf und saß neben ihr, mit hängenden Schultern. Sie versuchte ihm den Rücken zu streicheln, doch er schob ihren Arm weg. Vielleicht weinte er; sie wusste es nicht.

»Liegt es an deinem Zölibatsgelübde?«, fragte sie schließlich.

»Kann sein. Ich weiß es nicht.«

»Aber heute hast du einen neuen Eid abgelegt, einen Eid als mein Ehemann, so wie ich einen Eid als deine Ehefrau abgelegt habe. Ich bin dein, Berthold.«

Er erwiderte nichts. Schließlich legte er sich neben sie, ohne sie zu berühren. Eine Stunde verging, die Kristina wie eine Ewigkeit erschien. Sie konnte nicht schlafen. Bertholds Gegenwart war überwältigend, berauschend. Doch zum ersten Mal wurde ihr bewusst, dass sie ihn nicht kannte, nie richtig gekannt hatte.

Ihr Versuch, die Ehe zu vollziehen, war gescheitert. Kristina hatte alles getan, ihm zu helfen, doch es schien ihn nur umso mehr zu verunsichern. Und das verletzte sie. So lagen sie nebeneinander in der stillen Dunkelheit. Irgendwann spürte sie, wie seine Schultern bebten, und hörte sein leises Schluchzen. Sie ergriff seine Hand, und er hielt ihre, bis sein Atem sich beruhigte und er einschlief. Im Schlaf drehte er sich zu ihr, und sein langer, starker Arm zog sie an sich wie ein Kissen. Schließlich fing er leise zu schnarchen an.

»Berthold?«, flüsterte Kristina in die Dunkelheit hinein.

Er antwortete nicht.

Kristina seufzte. All seine Klugheit half ihm nicht, wenn es darum ging, mit einer Frau zu schlafen, das hatte sie soeben festgestellt. Kristina wusste nur wenig über das, was im Bett zwischen Mann und Frau vor sich ging, aber manche Dinge geschahen von ganz allein, ohne dass man darüber nachdenken musste; offenbar gab es ein Wissen, das in jedem Menschen schlummerte. Sie hatte sich ihm angeboten als Frau, war nur zu bereit gewesen, ihm Zugang zu den Tiefen ihres Körpers und ihres Inneren zu gewähren, wie sie es sich niemals hätte vorstellen können.

Trotzdem war es ihnen nicht gelungen, sich körperlich zu vereinigen. War es ihre Schuld gewesen? Schließlich war Berthold älter und erfahrener als sie.

Jedenfalls war es eine bittere Erfahrung für sie, und sie machte sich zum ersten Mal Sorgen über ihre gemeinsame Zukunft. Bestimmt hatte sie Berthold enttäuscht. Aber woher hätte sie die Feinheiten kennen sollen, die eine Frau wissen musste, wenn sie mit einem Mann zusammen war, wo sie ihre Mutter schon vor so langer Zeit verloren hatte? Sie war noch zu klein gewesen, um von ihrer Mutter über Männer aufgeklärt zu werden, und ihre Ersatzmutter Hannah hatte mit ihr niemals über die Geheimnisse der Fleischeslust gesprochen. Kristina lächelte wehmütig. Eine keusche Nonne konnte sie auf diesem Gebiet schwerlich instruieren. Also war ihr nichts anderes übrig geblieben, als ihren eigenen Weg zu finden, mithilfe von Schriften, ihren natürlichen Regungen und ihrem Gespür.

Sie nahm Bertholds Arm und legte ihn über ihren Leib, als hätte er es im Schlaf selbst getan.

In der Dunkelheit, als er leise schnarchend neben ihr lag, kam ihr der Fingerhut in den Sinn. Sie drehte ihn sanft auf der Fingerspitze.

Am meisten spürte sie das unerfüllte Verlangen in den Tiefen ihres Körpers, doch sie tröstete sich mit dem Gedanken, dass der Fingerhut von heute an ein Symbol für ihr gemeinsames Leben war.

Du darfst nicht schon nach einer einzigen Nacht urteilen. Es war deine Erwartung, die dich jetzt enttäuscht, nicht Bertholds Art, mit dir umzugehen. Er war sanft und behutsam, bis ihn die Verzweiflung über sein Unvermögen übermannt hat. Lass ihm Zeit.

Sie würde die kleine Lippe am Ende des Fingerhuts abschneiden und als Ring tragen. Die Kappe mit den kleinen Noppen würde sie zum Nähen benutzen. Dann waren das Praktische und das Sinnliche vereint, die Arbeit und die Liebe.

Ja, die Liebe würde sie führen – in dieser Sache wie in allen anderen. Sie würde Berthold eine gute Frau sein. Sie musste in sich gehen und sich mit ihm verbinden, wie sie es vor dieser Nacht getan hatte. Wo er stark war, würde sie seine Stärke nehmen, und wo er schwach war, würde sie ihm Stärke geben. Er würde ihr ein guter Ehemann sein. Gemeinsam würden sie stärker sein als die Summe ihrer Teile.

Jede Nacht ist eine neue Gelegenheit.

Mit diesem Gedanken schlief auch Kristina ein.

Als sie erwachte, schimmerte das erste Licht des Morgens durch das Fenster. Berthold stand angezogen neben dem Bett und hatte die Decke hochgehoben, um sie über Kristina zu ziehen. Ihr wurde bewusst, dass sie nackt eingeschlafen war, ohne in der Dunkelheit ihr Nachtgewand anzulegen.

»Es wird Zeit, die letzten Vorbereitungen für unseren Aufbruch zu treffen«, sagte er. »Wir müssen uns anziehen.«

Sie zog ihr Nachthemd nicht sogleich an, als hoffte sie, dass er selbst jetzt noch, im ersten Tageslicht, zu ihr kam.

Vielleicht geschieht es ja wirklich.

»Verzeih«, sagte er. »Immer muss ich den Schulmeister spielen.«

»Der Ehemann gefällt mir besser«, sagte sie.

Er setzte sich auf die Bettkante, drehte mit einer Hand ihr Kinn zu sich. »Wir ziehen hinaus in eine feindliche Welt, in der wir alles aufs Spiel setzen. Wie könnten wir es da verantworten, neues Leben zu erschaffen, wo wir unseres Glaubens wegen vielleicht schon sehr bald sterben müssen?«

»Aber ...« Sie suchte nach Worten. »Wir sind Mann und Frau.«

»Schau in dein Herz, Kristina«, erwiderte er. »Möchtest du ein Kind gebären und es verlassen, damit andere es aufziehen, wie deine Mutter es mit dir getan hat? Sie kannte die Gefahr. Du kennst sie auch.«

Kristina presste die Lippen zusammen und sagte nichts, doch seine Worte trafen sie ins Mark. Es war, als hätte er einen eisigen Speer in ihr Herz gerammt.

Er lächelte, verschränkte die Arme hinter dem Rücken wie ein Rabe die Flügel.

»Denk nicht an Begierden und Wünsche«, hörte sie ihn sagen, »oder an die Vergangenheit. Deine Zukunft liegt bei mir. Ganz gleich, welches Übel uns erwartet, wir werden es gemeinsam ertragen.«

»Berthold ...«

»Ja?«

»Ich weiß nicht, wie ich es sagen soll ...«

»Dann lass mich es für dich sagen. Die Worte, die du so angestrengt suchst. Höre sie jetzt, höre sie wohl, und vergiss sie nicht.«

Sag nur, dass du mich liebst. Mehr will ich gar nicht hören.

Sie sehnte sich danach, dass er sie berührte und sie spüren ließ, dass er sie begehrte, aber er tat es nicht. Stattdessen wandte er sich ab und hob die Arme, als wollte er die ganze Welt umarmen.

»Dann wird man euch in große Not bringen und euch töten«, zitierte er aus dem Evangelium des Matthäus, »und ihr werdet von allen Völkern um meines Namens willen gehasst. Und weil die Missachtung von Gottes Gesetz überhandnimmt, wird die Liebe bei vielen erkalten. Doch wer bis zum Ende standhält, der wird gerettet.«

Ein bitterer Geschmack war Kristina auf die Zunge gekrochen, und sie konnte Berthold nicht länger ansehen.

6.
Lud

Schreie drangen aus der kleinen Moschee in der Mitte des Dorfes, nicht weit entfernt von dem vergifteten Brunnen. Die Häuser aus Stein und Lehm schwelten noch immer, doch die Feuer waren im Verlauf der letzten beiden Tage erloschen.

Lud beschäftigte seine Jungen beim Maultierkarren, indem er sie die Spieße mit Sand entrosten ließ. Die Schreie in der Moschee verstummten derweil, doch jedes Mal, wenn Lud dachte, es wäre endlich vorbei, setzten sie wieder ein, lauter und schriller als zuvor. Er wusste, dass diese Schreie seine Jungen unruhig machten, und auch Lud schlugen sie auf den Magen.

Wenigstens gab es genug zu tun, um die Zeit totzuschlagen. Die Karren, die Tiere, die Reiter, das Fußvolk und der Tross lagerten auf den Feldern, auf denen die Ernte der Dorfbewohner niedergetrampelt worden war. Zelte waren errichtet worden, und Pferde weideten frei laufend, doch mit zusammengebundenen Vorderbeinen. Feuerholz musste geschlagen, Nahrung aufgetrieben werden, um die Vorräte zu ergänzen.

»Wir werden wenigstens noch einen Tag in diesem verdammten Dorf bleiben, Lud«, sagte Dietrich. »Lass unsere Jungen nach Nahrung suchen. Der Vetter irgendeines Bischofs hat blutigen Durchfall. Die Kriegspfaffen hocken bei ihm, und der Feldscher lässt ihn zur Ader oder verpasst ihm einen Einlauf mit Wein oder irgendeine andere erlauchte Kur.«

Lud wünschte, er hätte darüber lachen können. Dietrich konnte ihn fast immer zum Lächeln bringen, und es bewirkte meist Wunder, was Luds Stimmung anging, nur diesmal nicht, an diesem traurigen, verlorenen Ort.

Diese Schreie, dachte Lud, *wann hören sie endlich auf?*

»Deine Blicke gehen immer wieder zur Moschee«, stellte Dietrich fest, als hätte er wieder einmal Luds Gedanken gelesen. »Halte dich fern, hörst du? Das ist keine Arbeit für Krieger wie uns. Sie versuchen, Angaben über den Verbleib der gegnerischen Kräfte aus den Überlebenden zu pressen. Überlass das den Pfaffen und ihren Magistraten. Und halte unsere Jungen davon fern.«

»Was haben sie herausgefunden?«, fragte Lud.

»Nichts. Und alles. Was du von einem Mann hören willst, bekommst du unter der Folter auch zu hören. Er wird die Wahrheit mit Ausflüchten und Lügen vermischen, nur damit die Schmerzen aufhören, und dich auf eine Schnitzeljagd nach deinem eigenen Schwanz schicken wie einen verlausten Köter. Was für eine Verschwendung! Uns bleibt nichts anderes übrig, als den Hirngespinsten nachzujagen, die sie in ihrem Schmerz ausgespuckt haben. Eine Armee hier, ein befestigter Posten da … sehr wahrscheinlich alles Lügen. Wir müssen trotzdem hin und nachsehen. Ich reite selbst mit den Kundschaftern hinaus, um zu sehen, was es zu sehen gibt.«

Als Dietrich fort war, nahm Lud seine zwölf Jungen und durchsuchte mit ihnen die schwelenden Überreste der Hütten und Häuser.

»Schneidet frische Stöcke und hebelt damit die Bodendielen auf«, wies Lud sie an. »Durchsucht die Ruinen nach versteckten Lebensmitteln … Getreide, Bohnen, alles, was essbar ist.«

Jeder trug sein eigenes Kurzmesser. Am Rand eines verrußten Weidendickichts schnitten sie ihre Stöcke. Dann führte Lud sie zu den schwelenden Ruinen. Er nahm den weiten Weg über die Felder, um genügend Abstand zur Moschee zu halten.

Die meisten Häuser hatten Böden aus gestampftem Lehm, auf denen normalerweise dicke Teppiche lagen. Die Teppiche waren allesamt verschwunden. Lud befahl seinen Jungen, nach Ruinen mit Holzböden zu suchen, weil Holzdielen mehr Wohlstand bedeuteten und höchstwahrscheinlich mehr verstecktes Getreide, gepökeltes Fleisch oder sogar Honig. Doch selbst von hier waren die Schreie aus der Moschee hin und wieder zu hören. Manche erinnerten mehr an ein langgezogenes Stöhnen. Andere verklangen so abrupt, als wäre jemand mitten im Schrei gestorben.

Lud sah, wie seine Jungen bei jedem Schrei zusammenzuckten.

»Ich hasse die Türken«, murmelte Linhoff.

»Hört nur, wie sie heulen! Wie Säuglinge!«, spie Stefan hervor.

»Haltet die Klappe«, befahl Lud.

»Was für Feiglinge«, sagte Linhoff.

Lud verspürte Abscheu. »Jeder heult unter der Folter. Jeder.«

»Nicht Linhoff«, sagte Jakob spöttisch. »Linhoff ist so tapfer, dass er nicht einmal dann einen Laut von sich gibt, wenn sie ihm sein Ding abschneiden.«

»Ich trete dir gleich in den dürren Arsch, Jakob!«

»Das reicht jetzt!«, sagte Lud. »Los, zurück an die Arbeit, ihr alle!«

Für einen Moment war Lud unschlüssig, ob er Linhoff und Jakob aufeinander losgehen lassen sollte. Wenn sie sich eine Weile prügelten, würde ihre Wut verrauchen. Jakob war ein kräftiger Junge, der viel Zeit am Pflug verbracht hatte. Sein Vater war ein guter Freund von Lud gewesen, doch er war in einem anderen Krieg gefallen. Bei den Übungen mit dem Langspieß hatte Jakob zwei im Feuer gehärtete Escheschäfte zerbrochen. Doch Courage war mehr als Kraft; allein die Schlacht konnte den wahren Charakter eines Mannes offenbaren. Jakob würde Linhoff zweifellos eine Lektion erteilen, sobald die beiden allein waren. Solche Dinge waren schlecht für die Disziplin.

Lud entschied sich dagegen, einen Kampf zuzulassen. Kämpfe verstärkten nur den Groll, ganz gleich, was die Leute über beglichene Rechnungen und dergleichen erzählten. Lud hatte nur einen Wunsch: aus diesem elenden Dorf verschwinden, so schnell wie möglich.

Es war gut, die Jungen zu beschäftigen, doch es gab nichts zu entdecken unter den versengten Dielen. Sie fanden Hohlräume und Spuren von herausgefallenem Getreide, doch was immer die Bewohner in den Verstecken gehortet hatten, war längst verschwunden.

Unvermittelt brüllte eine Stimme: »Du da, Reisiger von Giebelstadt! Nimm deine Schiebochsen und komm mit!«

Lud drehte sich um und sah, dass die Stimme einem der beiden Speichellecker des Obristen gehörte, dem Gecken mit dem fliehenden Kinn und der kostspieligen Rüstung. Irgendein dritter Sohn von irgendeinem Sohn von einem königlichen Schleimer, ohne Zweifel. Lud spürte, wie sein Herz schneller schlug. Er tat, als hätte er den Kerl nicht gehört.

»Macht mit der Arbeit weiter«, sagte er zu seinen Jungen.

»Bist du so taub wie du dumm bist, du Hanswurst?«, brüllte der Geck. »Ich sagte *mitkommen!* Auf Befehl des Obristen von Blauer. Gehorche oder er wird dich hängen und deine Schiebochsen auspeitschen lassen!«

»Unser Ritter hat uns mit dieser Aufgabe betraut«, entgegnete Lud halsstarrig.

Die zwölf Spießgesellen aus Giebelstadt standen da, die Stangen in den Händen, die Augen weit aufgerissen, die Gesichter rußgeschwärzt vom Wühlen in den verkohlten Trümmern.

»Gehorche, Reisiger!« Es war der Obrist selbst, der mit breitbeinigen Schritten und wippenden Helmfedern herbeistolziert kam, dicht gefolgt von seinem zweiten Trabanten. »Die Priester brauchen ein paar kräftige Rücken, Männer mit starken Mägen, und du hast mächtig angegeben mit deinen Schiebochsen.«

Lud hatte keine Wahl. Entweder gehorchen oder alle töten.

»Kommt«, sagte er zu seinen Jungen.

Lud folgte dem geckenhaften Kriecher über den Dorfplatz und vorbei an dem Brunnen, wo zwei Männer mit Schaufeln standen und auf irgendetwas warteten. Der Geck führte Lud auf direktem Weg zur Moschee. Wenigstens waren keine Schreie mehr zu hören.

»Lud, bitte ...«, sagte jemand hinter ihm.

Lud drehte sich um und sah Ambrosius, der hinter den anderen zurückgeblieben war. Ambrosius war schüchtern, der Denker der zwölf, Enkelsohn des Geschirrmachers und Schusters Gerhard. Er war ein wissbegieriger Junge, der unbedingt lesen lernen wollte. Lud sah Ambrosius oft beten und wusste, dass er zum Dorfgeistlichen gehen und sich von ihm unterrichten lassen würde, sobald sie zurückgekehrt waren – falls sie zurückkehrten.

Und wie fast immer stand Tilo hinter Ambrosius, ein kleiner, dünner, ein wenig begriffsstutziger Junge, der den Mund nicht aufbekam; wenn doch, redete er langsam und schleppend. Er stammte aus einer Familie von Ackerbauern. Lud hatte ihn mit Ambrosius zusammen in die Reihe gestellt, um Tilo Sicherheit zu geben. Die beiden bildeten das linke Ende der Linie. Lud wusste, dass Ambrosius seinen Freund als eine Art Glücksbringer betrachtete.

Jetzt war Tilo zusammen mit Ambrosius zurückgefallen. Die Gesichter der beiden waren blass vor Entsetzen beim Anblick der Moschee.

»Was stimmt nicht mit diesen beiden Trotteln?«, fragte der Geck.

»Das ist nicht die richtige Arbeit für Krieger«, antwortete Lud.

»Unsinn! Mach ihnen Beine! So eine faule Bande von Schweinehirten und Furchenziehern!«

Lud drehte sich um, schob und stieß seine Leute in Richtung der Moschee. Der gewölbte Eingang war mit leuchtend bunten Fliesen verkleidet, die ein komplexes Muster bildeten, wie eine Himmelsschrift.

»Die Arbeit wartet drinnen«, sagte der Geck. »Die Priester werden euch sagen, was ihr zu tun habt.« Er blieb neben dem Eingang stehen.

Lud trat ein. Ihm schlug ein Gestank entgegen, als wäre er gegen eine Mauer gerannt. Die bunten Glasfenster der Moschee waren zerschlagen, sodass Licht in gezackten Mustern ins Innere fiel und die Konturen kenntlich machte. Lud sah die zahlreichen am Boden liegenden Toten. Sie waren nackt und grässlich verstümmelt. Einer atmete noch in den letzten Zügen. Er zuckte und spuckte Blut.

Drei Magistrate – Folterknechte und Henker, Untergebene

des Obristen und der Kriegspfaffen – standen in ihren blutbesudelten ledernen Wämsern und Beinlingen da wie Fleischer nach getaner Arbeit. Sie wirkten vollkommen erschöpft. In einer Ecke knieten zwei Geistliche in schwarzen Roben. Sie schauten dem letzten Gefangenen beim Sterben zu.

»Ihr seid ungeschickte Trampel!«, sagte einer der Kriegspfaffen zu den Magistraten. »Er stirbt. Dabei war er drauf und dran, den Mund aufzumachen.«

Die Magistrate schwiegen. Ihre Blicke waren stumpf und finster. Der Sterbende zuckte ein letztes Mal, dann erstarrte sein Körper, und er atmete nicht mehr.

Der Geistliche bemerkte Lud und wies ihn an: »Schafft diesen Abschaum nach draußen. Wenn diese Heiden schon nicht bei Jesu Christi Arbeit helfen wollen, sollen sie den Brunnen füllen, den ihre Brüder im Geiste ohnehin vergiftet haben.«

»Den Brunnen?«, fragte Lud ungläubig. Er hatte nach dem ersten Atemzug versucht, die Luft anzuhalten, und bemühte sich nun, die bleichen, nur noch entfernt menschlichen Umrisse nicht anzustarren. Doch irgendwann musste er Luft holen – und in diesem Moment brach der entsetzliche Gestank über ihn herein.

»Ruf deine Männer«, befahl der ältere der Magistrate. »Sie sollen die Leichen zum Brunnen schaffen.«

Lud wandte sich hastig um und marschierte nach draußen an die frische Luft. Seine Jungen standen da und warteten. Als sie ihn erblickten, wichen sie unwillkürlich einen Schritt zurück. Lud wurde bewusst, dass er am ganzen Leib zitterte.

»Hier draußen seid ihr Krieger und Soldaten, keine Bauern. Tut, was ich euch sage, und macht schnell. Bringen wir es hinter uns, so rasch es geht.«

»Was sollen wir denn tun?«, fragte Stefan.

»Die Leichen nach draußen schaffen. Sie sollen in den Brunnen geworfen werden«, sagte Lud.

»Bitte, nicht ich«, sagte Matthes. Auf seinem weichen Gesicht spiegelte sich Fassungslosigkeit.

»Es sind nur tote Türken«, sagte Jakob spöttisch, machte aber keine Anstalten, sich in Bewegung zu setzen.

»Stefan, du bist der Älteste«, sagte Lud. »Führ sie hinein.« Lud hatte gehofft, dass Stefan die anderen von allein führen würde. Er trug als Zeichen seines Alters einen mächtigen schwarzen Bart, durchsetzt mit ersten silbernen Strähnen trotz seiner jungen Jahre. Außerdem wurde er bereits kahl, was dazu beitrug, ihn wesentlich reifer erscheinen zu lassen, als er war. Zu Hause war er nur ein einfacher Getreidebauer, doch Lud hatte Mühe, den anderen klarzumachen, dass Stefans Aussehen nichts mit Reife zu tun hatte. Stefan war klein und untersetzt und marschierte in der Mitte. Er bildete den Ankerpunkt der Linie, zusammen mit Frix, einem zähen Jungen, dem zweitältesten Sohn eines Ackerbauern. Doch jetzt waren sie beide keine Soldaten, sondern verängstigte Jungen vom Lande. Lud musste etwas unternehmen.

Stefan rührte sich nicht. Lud versetzte ihm einen derben Stoß.

»Die Arbeit eines Soldaten ist nie getan«, sagte Stefan in dem Versuch, seine Würde zurückzugewinnen. Er sah verängstigt aus und versuchte dennoch, zuversichtlich zu klingen.

Lud trat vor und packte Jakob am Arm, um ihn in Richtung der Moschee mit sich zu zerren. Es musste getan werden, daran führte kein Weg vorbei.

»Muss ich euch erst in die dürren Ärsche treten?«, fragte Lud.

Die anderen drängten sich zusammen und folgten zögernd. Als Erster kam Linhoff, dann die Zwillinge Hermo und Fridel. Der Kleine Götz und Kaspar kamen als Nächste. Ihnen folgte Ambrosius, hastig, um nicht allein zurückzubleiben. Als Letzter kam Max, den alle wegen seines ewigen schiefen Grinsens *Narr* nannten.

»He, Matthes, Tilo«, sagte der Narr. »Habt ihr euch etwa vollgepisst?«

»Niemand hat gesagt, du sollst das Maul aufmachen«, wies Lud ihn zurecht.

Max der Narr betrat die Moschee. Lud ließ Matthes und den kleinen Tilo draußen warten. Was machte das schon? Weshalb sollte er die beiden zu dieser scheußlichen Arbeit zwingen? Er kannte sie alle von Geburt an – eine Bande von zerlumpten kleinen Bengeln, die sich auf ihn gestürzt hatten, als er zum ersten Mal aus dem Krieg heimgekehrt war. Sie hatten Soldat gespielt und ihm Löcher über die Schlacht in den Bauch gefragt. Zweifellos war Lud um die eine oder andere Ecke mit jedem von ihnen verwandt. Und nun waren sie alle zusammen Hunderte von Meilen östlich von zuhause, um zu töten oder getötet zu werden. Alles für eine Straße, auf der Händler ihre Waren befördern wollten, um Geschäfte zu machen, von denen der Adel und die Geistlichkeit ihren Anteil erhielten.

Und als wäre das nicht genug, waren sie jetzt auch noch Handlanger der Folterpriester.

Lud betrat die Moschee, und ein weiteres Mal traf ihn der Gestank wie ein Fausthieb. Es war düster. Er sah seine Jungen an der Wand stehen, so weit weg von den verstümmelten Leichen, wie es nur ging. Fliegen, unsichtbar im Dämmerlicht, summten laut durch das Innere der Moschee. Es hörte sich an, als würden sich Tausende winziger Sägen durchs Holz fressen.

»Ich … ich kann keine Ketzer berühren«, flüsterte Kaspar.

Kaspar und Ambrosius waren die besten Freunde, beinahe unzertrennlich. Tilo versteckte sich hinter Ambrosius.

»Heilige Mutter Gottes«, stieß Ambrosius heiser hervor.

»Sie sind unrein«, jammerte Kaspar, »und abscheulich.«

»Denk nicht darüber nach«, sagte Lud. »Tu es einfach.« Er versuchte einzuatmen, ohne sich sogleich zu übergeben, während er Kaspar fest in die Augen blickte. Der Müllersohn war zu Hause ein Liebling der jungen Frauen, und er tanzte so schwungvoll zu den Weisen, die Ambrosius spielte, dass sogar Lud manchmal den Wunsch verspürte, es ihm nachzumachen.

Lud ließ die beiden nebeneinander marschieren, wie ihre Väter ihn gebeten hatten. Wenn beide den Tod fanden, weil sie mit ihrer Freundschaft beschäftigt waren anstatt mit Kämpfen, war es das Problem der Väter, nicht das von Lud. Ihre Familien waren recht wohlhabend nach den Standards der gemeinen Unfreien von Giebelstadt, zu denen die meisten der anderen Jungen gehörten, einschließlich Lud selbst. Zu Hause hatte er ein kleines Stück Land, das er beackern durfte – gegen einen Zins, den er abzuliefern hatte.

Kaspar rührte sich nicht von der Stelle.

»Worauf wartet ihr?«, fragte einer der Kriegspfaffen. Er hatte ein Gesicht wie eine Dörrpflaume, und auf seinem Schädel wuchs ein schütterer Kranz schneeweißer Haare. »Sie waren allesamt Teufelsanbeter, nur dass sie den Leibhaftigen Allah nannten und alle guten Christenmenschen verflucht haben. Sie haben es selbst zugegeben, genau wie ihre anderen Schandtaten. Jetzt heulen ihre Seelen in der Hölle. Ihr seid sicher vor ihnen, geschützt durch die Heilige Jungfrau Maria. Nehmt sie und tragt sie nach draußen zu dem Brunnen, den sie vergiftet haben. Morgen werden wir diesen alten Imam, ihren Anführer, auf dem Scheiterhaufen verbrennen.«

Nachdem sich Luds Augen an das Dämmerlicht gewöhnt hatten, bemerkte er tiefer in der Moschee hinter den Kriegspfaffen eine kleine, zusammengesunkene Gestalt. Zuerst hielt er sie für einen Haufen Lumpen, doch sie besaß Augen. Und diese Augen waren lebendig. Es war der Imam. Er war halbnackt und saß an eine Wand gelehnt.

Mit einem Mal war Lud wie hypnotisiert vom Funkeln dieser dunklen Augen. Vielleicht hatte der Mann Schmerzen und litt. Lud vermochte es nicht zu sagen.

Der Imam entdeckte Lud. Seine Augen schienen förmlich nach ihm zu greifen. Dann fing der Mann zu Luds unaussprechlichem Schrecken zu reden an. Er sprach direkt zu Lud, als wären sie ganz allein an diesem Ort des Schreckens, und seine Worte waren klar und deutlich.

»Mit jeder bösen Tat übergebt ihr eure Seele ein Stück mehr an Satan«, sagte die kleine Gestalt mit heller, bebender Stimme in einem Deutsch, das so gelehrt und unglaublich perfekt klang, als würde Ritter Dietrich sprechen.

Sieh mich nicht an, dachte Lud. *Bitte, sieh mich nicht an und sprich nicht mit mir.*

Doch der kleine Mann redete weiter.

»Nach dem Krieg kommt die Pestilenz. Der Teufel ist mächtig geworden, sehr mächtig. Kannst du ihn nicht spüren, hier, an diesem Ort? Kannst du nicht sehen, dass er sich an seinem Werk ergötzt?«

Lud fuhr heftig zusammen, als der weißhaarige Kriegspfaffe keifte: »Hört ihr, wie er mit den Kräften seines Herrn aus der Hölle prahlt?« Er drehte sich zu einem dicken Magistraten um. »Verschließe ihm das ketzerische Mundwerk!«

»Ich bete für ihre Seelen, und für deine«, sagte der kleine Mann zu Lud und verstummte.

Der dicke Magistrat grunzte von der Anstrengung der Bewegung, als er sich hinkniete und einen spitzen Holzspieß durch beide Wangen des kleinen Mannes rammte. Der Imam gab ein gurgelndes Geräusch von sich. Lud wandte den Blick ab. Er war sicher, dass er sich jeden Augenblick übergeben würde. Doch die Arbeit musste getan werden, bevor er aus der Moschee fliehen durfte.

»Sehen wir zu, dass wir es hinter uns bringen. Rasch«, sagte Lud und würgte.

Die Jungen standen da wie Statuen und blinzelten in ungläubigem Entsetzen.

»Tut, was man euch befiehlt!«, brüllte einer der Magistrate. Diese Pfaffenknechte waren die gefürchtetsten Männer im gesamten Heer, denn sie erledigten die Drecksarbeit für die Kriegsgeistlichen, die *Verteidiger des Glaubens*. Sie exekutierten Gefangene und hängten gefasste Deserteure auf. Sie waren es, die dieses Gemetzel veranstaltet hatten, und ihre Hände waren dunkel und nass vom Blut.

»Schaut nicht in die Gesichter«, sagte Lud. »Tut, was von euch verlangt wird.«

Er schob die widerstrebenden Jungen vor.

Er selbst wählte einen Leichnam, dessen Füße nicht verbrannt und dessen Knochen nicht gebrochen waren, und schleifte ihn an den Knöcheln hinter sich her nach draußen, während er den Blick von einem Etwas abwandte, das vor kurzer Zeit noch ein menschliches Wesen gewesen war. Das Fleisch des Toten war warm, feucht und klebrig. Stolpernd zerrte Lud ihn hinter sich her, während eine neuerliche Woge von Übelkeit in ihm aufstieg. Er schluckte und kämpfte verzweifelt dagegen an. Weder die Folterknechte noch seine eigenen Leute sollten seine Schwäche bemerken und mit ansehen, wie er seinen Magen entleerte.

Sie schafften zwei Dutzend verstümmelte Leichen nach draußen. Die Männer beim Brunnen kippten die Toten einfach über den Rand. Jedes Mal war aus der Tiefe ein lautes Platschen zu hören, wenn ein weiterer Leichnam unten aufschlug. Als sie endlich fertig waren, führte Lud seine Männer zurück zum Karren von Giebelstadt. Fliegen folgten ihnen auf Schritt und Tritt. Sie klatschten sie weg.

Lud blickte den Jungen nicht in die Augen. Er wollte nicht, dass sie die Scham und Schwäche sahen, die ihm deutlich ins Gesicht geschrieben stand, wie er genau wusste. Bis zu diesem Augenblick waren die Jungen ein willkommener Hafen der Vertrautheit in einem schrecklichen, fremden Land gewesen. Nachdem Lud mit ihnen aus Giebelstadt aufgebrochen war, waren sie zu Soldaten geworden, und er hatte sich bemüht, sie nicht mehr als Dorfjungen zu sehen. Jetzt aber musste er daran denken, wie einige von ihnen als Heranwachsende die Schlachtfeste genossen hatten; wie sie sich gegenseitig verspottet hatten, wenn der eine oder andere davor zurückgeschreckt war. Er musste daran denken, wie sie Tiere beworfen, getreten, geschlagen und zerhackt hatten, so wie es Bauernjungen tun, um endlich ihre Weichheit abzulegen. Bei Lud war es in jungen Jahren nicht anders gewesen.

Nun wischten sie sich das Blut und die Hautreste von den

Händen an den Beinlingen und Wämsern ab und verspotteten sich gegenseitig wegen ihrer Angst. Alle hatten geächzt und gewürgt, doch nur drei hatten sich tatsächlich übergeben – Ambrosius und die Zwillinge Hermo und Fridel. Lud hoffte sehr, dass es kein Fingerzeig war, wie diese drei sich in ihrem ersten Kampf verhalten würden.

Fridel und Hermo, die Zwillinge, waren unzertrennlich. Man konnte sie nur an Hermos großen Hasenzähnen unterscheiden, und das auch nur, wenn Hermo lachte. Lud hatte seiner Ziehmutter Almuth, bei der er aufgewachsen war, in die Hand versprochen, auf die beiden aufzupassen. Almuth war nicht nur Weberin, sie war auch die Hebamme des Dorfes und hatte die Hälfte der zwölf Jungen auf die Welt geholt. Sie kannte jeden von ihnen. Sie hatte Lud einen warmen Wintermantel versprochen, wenn er ihr die Zwillinge heil zurückbrachte. Er hatte gelobt, alles zu tun, Fridels und Hermos Leben zu schützen – nicht wegen des Wintermantels, obwohl er ihn dringend gebrauchen konnte, sondern für Almuth, die gute Seele.

In der Linie marschierten die Zwillinge Seite an Seite, unzertrennlich, wie sie waren. Und so war es unausweichlich, dass der andere sich ebenfalls übergab, wenn der eine damit anfing.

Nun stanken sie alle wie ein Haufen Eingeweide und wurden von Fliegen geplagt. Irgendjemand kicherte. Lud blickte sich um und sah, dass es Max war. Über das Gesicht des Jungen strömten Tränen; gleichzeitig giggelte er wie ein Narr. Seine Hände waren blutbesudelt, als er sie beschämt hob, um mit ihnen sein Gesicht zu verbergen. Als er sie sofort wieder herunternahm, waren seine Wangen rot verschmiert.

»Meine Hand ist von dem Toten abgeglitten, den ich getragen habe, und … und …«, stammelte Max.

»Und was?«, fragte Stefan spöttisch.

»Und in ihn hineingerutscht«, fuhr Max fort und kicherte wieder. »Er war in Stücke geschnitten.«

»Hast du denn nie eine Ziege oder ein Schaf geschlachtet?«, fragte Frix. »Oder einem Schwein die Schwarte abgezogen?«

Frix war der Stenz in der Gruppe, eitel und ein wenig hochnäsig, weil die Mädchen seine Schlafzimmeraugen bewunderten und auf sein ansteckendes Lächeln flogen. Einige der anderen Jungen neideten ihm diese äußerlichen Vorzüge. Doch hier draußen gab es keine Mädchen; deshalb versuchte Frix, die anderen zu beeindrucken, als hinge sein Leben davon ab – was irgendwie auch der Fall war. Lud erinnerte sich an ein Spiel, bei dem die Jungen ein schreiendes, blökendes Lamm durch die Luft getreten und geschleudert hatten. In allen Dörfern stellten die Jungen grausame Dinge mit Tieren an, wenn die Älteren nicht da waren. Jagen, Schlachten, Metzeln – führte das alles irgendwie hierher? Zu der grauenhaften Erfahrung von heute?

»Schafe sind keine Menschen«, sagte Lud. »Und kein Wild.«

»Ich fürchte mich nur vor lebenden Feinden«, sagte Linhoff.

»Hat dieser alte Teufelsanbeter uns mit einem Fluch belegt?«, wollte Hermo wissen.

»Ich hab gehört, was er gesagt hat«, verkündete Fridel. »Dass nach dem Krieg die Pestilenz kommt.«

»Jeder kennt dieses alte Sprichwort«, sagte Stefan.

Fridel und Hermo nahmen Spott gutmütig hin, denn sie waren Zwillinge, froh, zusammen zu sein und später einmal die kleine Weberei zu übernehmen, die ihre Mutter besaß.

Lud beobachtete, wie die Jungen nach und nach zu ihrem gewohnten Maulheldentum zurückfanden. Er wusste, dass sie auf diese Weise ihre Angst verarbeiteten und sich abhärteten – so, wie junge Bäume mit dem Alter eine immer dickere Rinde bekamen. Dass sie grausamer wurden als ihre Altersgenossen, die daheim blieben, war eine Folge des Krieges mit seinen Gräueln, nicht des Erwachsenwerdens.

»Habt ihr gehört, wie er mit den Kräften seines dunklen Herrn geprahlt hat?« Der Pfaffe hatte die Worte des kleinen Mannes als böse hingestellt, doch Lud hatte ein Flehen darin gespürt, einen Aufruf an die Vernunft, aber keine Prahlerei und erst recht keinen Fluch.

»Beten sie denn nicht Satan an, wie die Priester gesagt haben?«, fragte Max und kicherte wieder.

Max war der Sohn des Käsers. Er war spindeldürr, weil seine Mutter Brigitta ein Geizkragen war. Der Junge bekam nicht einen Krümel von dem vielen Käse aus Ziegen- und Kuhmilch. Niemand mochte ihn wegen seiner Narrenrolle, denn er verspottete und verhöhnte jeden, der ihn nicht gleich verprügelte. Lud hatte ihn früh gewarnt, die anderen könnten sich von ihm zurückziehen, ihn gar in der Linie im Stich lassen, falls es zu einem Angriff kam, wenn er sein lockeres Mundwerk nicht im Zaum hielt. Derartige kleine Racheaktionen waren nicht ungewöhnlich in einer Schlacht. Lud hatte es vor vielen Jahren selbst getan.

Nun trat er an Max heran und legte ihm eine Hand auf die Schulter.

»Das sind nur Geschichten, um kleinen Kindern Angst zu machen«, sagte er in der Hoffnung, dass es stimmte.

»Entschuldige«, sagte Max an Matthes gewandt. »Ich bin ein Narr, du kennst mich ja.«

»Schon gut«, murmelte Matthes, und Tilo nickte.

Linhoff und Stefan stießen leise, spöttische Pfiffe aus.

»Das reicht jetzt!«, sagte Lud. »Wir müssen uns den Dreck abwaschen, und wenn wir dazu unser letztes Bier benutzen.«

»Erlaub mir, dass ich es lieber trinke«, schnaubte Frix.

»Deinen Dreck oder dein Bier?«, fragte Kaspar.

»Mach so weiter, und ich gebe dir *meinen* Dreck zu fressen«, gab Frix zornig zurück.

»Der Haufen totes Fleisch hat mich jedenfalls ziemlich durstig gemacht«, warf Stefan ein.

Einige der anderen Jungen lachten verlegen.

So ist es immer, dachte Lud. *Sie bauen den Druck ab. Erst das Entsetzen, dann das Prahlen. Sie wollen als harte Männer erscheinen.*

Schließlich saßen die Jungen um den Karren herum, während sie versuchten, so lange mit ihrem Bier auszukommen, wie

Tageslicht herrschte. Lud brachte es nicht übers Herz, ihnen irgendeine Aufgabe zuzuweisen, nur damit sie beschäftigt waren, wie es eigentlich von den Zugführern erwartet wurde. Er trank sein Bier aus einer ausgehöhlten Kalebasse. Es war warm wie Pisse, war aber nicht bitter und schmeckte nicht faulig – noch nicht. Er ließ die Jungen ihren Anteil trinken, doch es brauchte etwas Stärkeres als Bier, diesem Tag ein wenig von seinen Schrecken zu nehmen. Sie schnitten durch Luds Verstand wie Glasscherben.

Die Dämmerung war bereits hereingebrochen, als Dietrich zurückkehrte. Waldo nahm sein Pferd. Der Ritter war erschöpft und verschwitzt und sah im rotgoldenen Licht der untergehenden Sonne gebeugt und älter aus. Lud musste lächeln, als er Dietrich erblickte. Hier draußen wusste man nie, ob man jemanden wiedersah, wenn er sich vom Heerwurm entfernte.

»Herr ...«, sagte Lud.

»Lud, mein guter Lud.« Dietrich versetzte ihm einen freundlichen Stoß gegen die Schulter. »Gott allein weiß, wie viele Meilen ich heute geritten bin. Hilf mir aus der verdammten Rüstung, bevor ich einen Krampf in den Eingeweiden kriege. Mein Panzerrock unter dem Leibgurt hat sich halb durch meinen Balg gescheuert.«

Dietrich musterte die Jungen aus Giebelstadt. Sie erhoben sich und neigten respektvoll die Köpfe. Dietrich winkte freundlich ab, worauf die Jungen sich wieder setzten und die Schultern hängen ließen.

Lud machte sich daran, die Schnallen der Rüstung seines Ritters zu öffnen. Die gepolsterte Weste unter dem Harnisch war durchnässt. Lud öffnete die knarrende Brustplatte, und der saure Geruch nach Schweiß schlug ihm entgegen. Das Kettenhemd klebte an der durchgeschwitzten Polsterung. Dietrich musste sich weit zurücklehnen, um sich von den Ketten zu befreien.

Als er fertig ausgerüstet war, entfernte er sich vom Lagerfeuer und den dort ruhenden Jungen. Lud folgte ihm, und sie redeten in leisem, verschwörerischem Tonfall miteinander.

»Berichte mir, was es heute gegeben hat«, sagte Dietrich und kratzte sich unter den Achseln. »Unsere Jungen scheinen nicht in bester Stimmung, im Gegenteil.«

»Sie haben ihre ersten Toten gesehen«, erklärte Lud.

Dietrich spie aus und blickte säuerlich drein.

»Keine ehrenhaften Toten, keine Schlacht. Es muss schlimm gewesen sein. Diese verdammten Pfaffen! Ich habe davon gehört, als unsere Patrouille zurückkam. Konntest du nicht verhindern, dass die Jungen diese Drecksarbeit machen?«

»Befehl von oben.«

»Verdammte Scheiße«, fluchte Dietrich. »Ich wünschte, wir wären zu Hause.«

»Habt Ihr etwas Neues erfahren?«, fragte Lud.

»Nicht viel. Nur dass wir ausgekundschaftet werden. Wir sehen ihre Reiter, und dann wieder nicht. Als *wollten* sie, dass wir immer weiter vorrücken.«

»Ich … ich meinte eigentlich die Verhöre«, sagte Lud stockend.

»Die Verhöre?« Dietrichs Augen blitzten im Schein der Feuer, und sein Gesicht lief dunkelrot an. »Glaubst du allen Ernstes, ich hatte damit zu tun?«

Lud antwortete erschrocken: »Nein, Herr, natürlich nicht! Ich dachte nur, Ihr hättet vielleicht etwas gehört. Werden wir angegriffen? Kommt eine Streitmacht des Feindes, um uns zu stellen?«

»Natürlich habe ich was gehört. Ein Elender sagt das eine, der andere sagt etwas anderes. Männer unter der Folter sagen alles, was du hören willst. Du solltest es besser wissen, als mir eine so törichte Frage zu stellen, Lud.«

Dietrich packte mit beiden Händen einen Kübel Bier, legte den Kopf in den Nacken und trank das Gebräu in einem Zug. Lud beobachtete, wie der Kehlkopf seines Ritters unter dem grauen Bart wütend auf und ab tanzte. Dietrich setzte den Kübel ab, musterte Lud ausdruckslos und gab einen langgezogenen Rülpser von sich.

»Was getan ist, lässt sich nicht ungeschehen machen«, sagte er. »Jetzt ist es für die Jungen an der Zeit, zu Männern zu werden. Lass nicht zu, dass sie über dem Erlebten brüten, Lud. Ich habe gehört, was ihr tun musstet. Bier ohne Nahrung ist nicht gut. Es beschwört Angst und Argwohn herauf. In der Feldküche gibt es einen Vorrat an Bohnen. Sieh zu, dass die Jungen essen.«

»Wie lange müssen wir noch hier bleiben, Herr?«

»Wir brechen in der Morgendämmerung auf und marschieren zu den Römischen Brunnen. Sie wurden noch nie vergiftet, aus Tradition, und wir brauchen sauberes Wasser. Das hier ist unser letztes Bier. Auf einem Feldzug sterben mehr Leute an blutigem Durchfall als an Blei oder Eisen, das weißt du.«

»Ja, Herr.« Dietrich hatte wie immer recht.

Der Ritter wandte sich zu den Jungen um. »Männer, es gibt heiße Bohnen!«, rief er mit erhobener Stimme. »Ich musste die Köche bedrohen und bestechen, damit sie uns einen Eintopf zubereiten. Außerdem bringen sie das letzte Bier.«

Glückliche Gesichter blickten dankbar zu ihm auf.

Die Nacht brach herein, als die Kochgesellen mit weiteren Krügen Bier, den halb garen Bohnen und großen Schöpfkellen kamen. Die jungen Männer von Giebelstadt füllten ihre Holzschalen und aßen.

Überall ringsum wurden Lagerfeuer entfacht. Ein paar Männer stimmten Lieder an. Andere fluchten über den Gesang; wieder andere legten sich unter ihren Wagen schlafen.

Lud saß auf der anderen Seite des Karrens mit Dietrich zusammen. Sie beobachteten die Jungen beim Essen und Trinken. Ihre Stimmung hatte sich erkennbar gebessert. Vereinzelt lachten sie sogar wieder. Ihre Gesichter leuchteten blutrot im flackernden Licht der Lagerfeuer.

»Was denkst du?«, fragte der Ritter.

»Ihr solltet bei den Magistraten sein und guten Wein trinken, Herr«, antwortete Lud.

»Mir gefällt es hier bei euch. Hier kann ich sein, wer ich bin, anstatt Spielchen um Macht zu spielen und Ränke zu schmieden. Nun sag schon, Lud, woran denkst du?«

Lud überlegte, blickte hinauf zu den Sternen und den fliegenden Funken und sagte schließlich leise:»Ich denke dauernd daran, dass ich sie alle seit ihrer Geburt kenne.«

»Ich auch«, sagte Dietrich.»Sie haben etwas verloren, das sie nun durch etwas anderes ersetzen. Wenn ich zusehe, wie sie sich die Bäuche vollschlagen, wie ihre Jugend in ihnen stirbt, empfinde ich etwas für sie, das Liebe sein muss. Etwas Beängstigendes, Verletzliches.«

»Mir wär's lieber, sie wären Fremde.«

Dietrich lehnte sich gegen den Karren.

»Ich weiß, was du empfindest. Es ist schwer genug, sich um sein eigenes Leben kümmern zu müssen. Lass die Jungen ihre Last selbst tragen. Das mussten wir auch, du und ich. Das muss jeder Mensch. Hör ihnen einen Moment zu. Sie versuchen, erwachsen zu werden. Hör ihnen zu und lerne.«

Die beiden verstummten, und Lud lauschte.

»Beschissene Bohnen«, sagte Kaspar. »Männer wurden für diese stinkenden Bohnen in Stücke geschnitten. Und dieser Fraß ist halb gar.«

»Das waren keine Männer wie wir, das waren Satansanbeter«, sagte Max.

»Ich sehe keine Männer. Ich sehe nur Max«, sagte Linhoff.

»Rohe Bohnen, wie du eine bist«, sagte der bärtige Stefan. Lud bemerkte, wie er sein Alter betonte, sein Aussehen in die Waagschale warf und klug tat, als er die anderen über seinen schmalen Nasenrücken hinweg musterte.

»Bohnen sind kein Fleisch«, brummte Frix.

»Wenn du Fleisch brauchst, findest du welches im Brunnen«, sagte Max.

Niemand lachte.

»Frix hat recht.« Linhoff schniefte.»Wir marschieren hier für Bohnen, während in der Kate meiner Mutter geräucherter Schinken und gutes Brot auf mich warten.«

»Und richtiges Bier, nicht diese Pferdepisse hier.« Tilo seufzte sehnsüchtig. »Kalt und kühl und frisch aus dem Keller, in großen Krügen.«

»Ich vermisse meine Greta. Hier gibt's ja nur die alten Schabracken im Tross, die man vögeln kann«, sagte Kaspar. Hermo und Fridel, die Zwillinge, erröteten, wagten es aber nicht, hier draußen die Ehre ihrer Schwester gegen Kaspar zu verteidigen. Stattdessen grinste Hermo und zeigte seine großen Zähne.

»Du meinst wohl deine Schafe, Kaspar«, sagte der Kleine Götz, und diesmal lachten einige.

Lud spürte, wie Dietrich ihm den Ellbogen sanft in die Rippen stieß. »Das reicht jetzt. Zeit, die Kleinen ins Bett zu bringen.«

Dietrich erhob sich und ging zu den Jungen. Kaum sahen sie ihn, versuchten sie hastig aufzustehen.

Dietrich bedeutete ihnen mit einem Wink, sitzen zu bleiben. Nie waren sie mehr wie kleine Jungen, als wenn sie ihren Helden vor sich hatten, ihren Ritter.

Es war herzerfrischend zu sehen, wie Dietrich inmitten dieser Hölle fest wie ein Fels beim Feuer stand und die Jungen freundlich anlächelte. Seine väterliche Stimme war stark, aufrichtig und tröstend zugleich.

»Lud meinte, ich hätte zu den anderen Magistraten gehen und mit ihnen Wein trinken sollen. Aber warum? Ich gehöre hierher, zu euch. Giebelstadt ist unser Zuhause. Das Geyerschloss ist unsere Burg. Euer Dorf ist mein Dorf. Eure Leute sind meine Leute. Und es ist unser gemeinsames Los, über diese alte Straße zu ziehen – aus Gründen, die ihr nicht versteht und auch nicht wissen müsst. Die Männer zu eurer Linken und eurer Rechten, *sie* sind der Grund, dass ihr kämpfen müsst. Ihr seid jetzt keine Bauern mehr, sondern Männer unter Waffen. *Männer*, sage ich, keine Jungen. Denn ihr *seid* Männer. Wir sind eins. Wir sind Giebelstadt.«

Lud beobachtete, wie die müden Gesichter aufleuchteten, während sie Dietrich voller Respekt und Bewunderung musterten. Lud hatte seinen Ritter niemals mehr geliebt als in diesen Augenblicken.

Dietrich kniete nieder, nahm einen Stock und schürte das Feuer. Seine Stimme wurde leiser, als er beinahe verschwörerisch fortfuhr: »Ich möchte kühne Taten sehen, morgen, übermorgen, an jedem Tag. Ich möchte lebendige Bauern und Töpfer und Müller und Treiber sehen, die mit mir losziehen und mit mir nach Hause zurückmarschieren auf unser Gut.«

Unser Gut. Das sagte Dietrich immer. Als gehörte es allen gemeinsam.

»Tote Helden können den Acker nicht bestellen, können nicht ernten und das Korn nicht mahlen. Also kämpft, um zu überleben. Tötet, um zu überleben. Bleibt in eurer Linie wie ein Mann. Spießt ihre Pferde auf, wie Lud es euch gelehrt hat, bewegt euch wie eine Wand aus Langspießen und bringt sie zu Fall.«

Lud sah, wie ihre Augen im flackernden Schein des Feuers glänzten.

»Und noch etwas, meine jungen Brüder«, sagte Dietrich. »Ich bin nie weit von euch entfernt. Wenn wir nach Hause zurückkehren, werden euch die Mädchen anbeten, und das Bier wird eine ganze Woche lang freizügig fließen, während wir unseren Sieg feiern. Aber jetzt muss ich pinkeln und mich mit meinem guten Pferd zusammen hinlegen, um mich auszuruhen für den morgigen Tag.«

Dietrich lachte, und die Jungen fielen ein. Dann erhob er sich und zwinkerte Lud verstohlen zu, um auch ihm zu zeigen, dass er eins mit ihm war, dass Lud sein Reisiger war, der Mann, der über den Jungen stand. Dann wandte er sich ab und verschwand in der Dunkelheit des Lagers.

»Brüder!«, rief der Kleine Götz aufgeregt. »Er hat uns Brüder genannt!«

Ihre lärmende Unterhaltung setzte wieder ein, befeuert vom Bier und Dietrichs Schmeichelei.

»Ich hol mir ein Türkenohr«, sagte Stefan. »Das nehme ich mit nach Hause!«

»Du hättest heute so viele Türkenohren haben können, wie du willst, und nicht nur die Ohren«, sagte Max.

»Nicht *diese* Ohren«, murmelte Tilo.

Kaspar spuckte ins Feuer. »Die Priester erzählen, dass die Türken gläubige Christen gefangen nehmen, sie zu Sklaven machen und mit Zaubern belegen, sodass sie ihren Herren willenlos zu Diensten sind. Diese Teufel verdienen es nicht besser!«

Die Kriegspfaffen, dachte Lud. *Sie schicken uns in den Kampf und verkaufen uns eine Eintrittskarte in den Himmel. Ein gutes Geschäft – für beide Seiten?*

»Wenn ich doch nur Priester wäre«, sagte Jakob. »Ich hätte täglich Wein, saftiges Fleisch und alles, was das Herz begehrt, aber bestimmt keinen Krieg.«

»Ich würde gerne lesen können«, warf Ambrosius ein.

»Du? Nur Priester müssen lesen und schreiben können«, sagte Kaspar.

»Es würde mein Wissen mehren und meinen Verstand schärfen«, erwiderte Ambrosius. »Dann könnte ich begreifen, warum manche Dinge sind, wie sie sind.«

»Es wäre wahrscheinlich besser, Kerlen wie dir einen dicken Stein auf den Schädel zu hauen, als zu versuchen, dir das Lesen beizubringen. Oder mir. Oder sonst jemandem hier.«

»Priester erzählen immer Geschichten ...«, sagte Hermo.

Sein Bruder Fridel beendete den Satz: »... um die Kleinen und Unwissenden in Furcht und Schrecken zu versetzen.«

Stefan zupfte an seinem zottigen Bart. »Priester wissen genau, wie man liest«, sagte er. »Anders als du oder ich.«

»Sie wissen viele Dinge, von denen wir nicht mal was ahnen«, pflichtete der Kleine Götz ihm bei.

»Stimmt schon«, sagte Ambrosius kauend. »Weil sie lesen können.«

»Aber verwirrt das Lesen denn nicht den Verstand?«, wollte Hermo wissen.

Darauf schien keiner eine Antwort zu haben.

Lud dachte über diese Worte nach. Vielleicht wäre sein Leben anders, wenn er lesen könnte. Auf der anderen Seite waren jene, die lesen gelernt hatten, schwer beladen mit Verantwortung. Dietrich hatte in seiner Burg ein ganzes Zimmer voller Bücher und konnte sogar einfache Kommandos im Feld nachlesen.

»Wer zum Islam übertritt, der kommt nach dem Tod in die heißesten Winkel der Hölle, sagen die Priester. In einen Bottich voll geschmolzenen Bleis.« Die Jungen hatten das Thema gewechselt.

»Ich hoffe nur, dass ihr Hörigen auch wirklich kämpft, wenn es so weit ist«, sagte Stefan.

»*Ein* Türke, und du scheißt dir in die Hose«, erwiderte Kaspar spöttisch. »Du bist genauso ein Höriger wie wir.«

Lud erhob sich, spuckte aus und stapfte los. Er hatte den Jungen genügend lange Leine gelassen. Jetzt war es an der Zeit, sie wieder kurz zu nehmen.

»Habt ihr nicht die Worte unseres Ritters gehört?«, rief er. »Oder habt ihr Ochsendung in den Bumsköpfen, wie der Obrist behauptet? Hört genau zu, was ich euch jetzt sage, euch allen!« Er zeigte mit dem Finger auf jeden Einzelnen. »Ich sage es als einer von euch, deshalb merkt euch meine Worte. Eure Kameraden hier draußen runterzumachen und sich selbst zu brüsten ist Narretei. Ihr seid keine Knaben mehr, die den Krieg nur spielen. Euer Leben steht auf dem Spiel, an jedem Augenblick eines jeden Tages. Der Feind wartet nur darauf, euch abzuschlachten. Ihr seid stark von der Arbeit auf den Feldern, aber es braucht viel mehr als nur Kraft, wollt ihr im Kampf bestehen.«

Die jungen Gesichter starrten ihn erschrocken an. Lud blickte ihnen fest in die Augen und versuchte, so zu ihnen zu reden, wie Dietrich oft zu ihm gesprochen hatte.

»Schaut auf euren Nebenmann.« Lud war halb betrunken, und die Worte sprudelten aus ihm heraus. Vielleicht klangen sie töricht, aber er gab einen Dreck darauf. »Der Mann neben euch – *er* ist derjenige, der euch am Leben erhält oder euch sterben lässt. Warum ihn verspotten, sich über ihn lustig machen?

Kein Bruder ist euch näher als euer Nebenmann. Ihr seid Hörige, genau wie ich. Keiner hier hatte eine härtere Kindheit als ich, und niemand war ein dümmerer Junge, und wenn du dumm bist, musst du stark sein.«

Lud wartete und wurde mit dem Grinsen seiner Jungen belohnt.

»Es ist so. Ihr haltet eure Spieße ausgestreckt, wenn der Feind kommt, und dann seht ihr, wie die Augen der Türken hervorquellen, wie ihr Blut spritzt, wenn ihr die Eingeweide aufspießt, und ihr hört, wie sie brüllen. Männer in Stiefeln sterben genauso wie Männer in Bundschuhen.«

»Es ist das Warten«, sagte Kaspar mit belegter Stimme.

Sie hatten die Köpfe jetzt gesenkt und beobachteten Lud unter den Augenbrauen hervor.

»Der Angriff kommt, wenn ihr am wenigsten damit rechnet. Wenn ihr vor euch hin träumt oder einen Schuh repariert oder an ein Mädchen denkt. Aber glaubt ihr, so ein Türke ist stärker als die Ochsen, auf denen ihr zum Spaß geritten seid, wenn der Aufseher nicht in der Nähe war? Stärker als ein Wildschwein, das ihr mit dem Spieß erlegt, wenn ihr wildert? Nein, ist er nicht.«

Lud war müde, todmüde.

»Wenn die Höllenhunde doch endlich kämen«, sagte der Kleine Götz.

Ein Scheit im Feuer barst, und Funken stoben in die Höhe. Alle zuckten zusammen.

»Sie *werden* kommen«, sagte Lud.

Sie starrten ihn aus geweiteten Augen an.

»Woher weißt du das?«, fragte Linhoff.

»Die Grasnarbe ist reif. Immer dann macht sich die türkische Reiterei auf den Weg. Dann können ihre Kanonen die befestigten Straßen unter Feuer nehmen. Und wenn sie kommen, steht nur der Spieß in euren Fäusten zwischen ihnen und euch, zwischen Leben und Tod. Sie werden über uns hereinbrechen wie ein wütender Schmerz ...«

Alle verstummten. Die Jugend in ihren Augen war besudelt

von etwas Uraltem, Dunklem, das sich irgendwann setzen und zu etwas Bleibendem würde, für den Rest ihres Lebens. Die Jungen, die aus Giebelstadt aufgebrochen waren, kamen nie mehr nach Hause. An ihre Stelle waren diese Männer getreten.

»Geht schlafen«, sagte Lud. »Und vergesst nicht, von heute an bis zum Erreichen der Römischen Brunnen werden wir alles abkochen, was wir trinken. Ich schlage jeden nieder, den ich dabei erwische, wie er Wasser aus einem stehenden Tümpel oder einem Graben trinkt.«

Sie krochen unter den Karren, und Lud legte sich auf die Pritsche darüber.

Wieder einmal war er allein in dunkler Nacht. Er spielte mit seinem Dolch und versuchte, nicht bei jedem Geräusch im Lager hochzuschrecken: dem Klappern eines Harnischs, dem Knacken und Knistern eines erkaltenden Feuers. Er dachte an die Verfehlungen des Tages und an die Türken, den näher rückenden Feind. Er konnte spüren, dass sie beobachtet wurden.

Die toten Männer, die sie in den Brunnen geworfen hatten ... waren es Leibeigene gewesen? Bauern wie er und seine Jungen? Ihre Hinterbliebenen würden nach Rache und Vergeltung schreien. Sie würden danach hungern wie Wölfe, die auf den richtigen Moment lauerten, um eine unbewachte Schafherde zu reißen.

Schließlich übermannte ihn traumloser Schlaf, in dem er sich verstecken konnte.

Irgendwann in der Nacht schrak er hoch. Er hörte ein schniefendes Geräusch, ein unterdrücktes Wimmern, und für einen Moment war er nicht sicher, ob er es selbst gewesen war. Dann erklang der seltsame Laut noch einmal. Es kam von unter dem Wagen. Lud beugte sich nicht über die Seite, um nachzusehen – es konnte jeder von seinen Jungen sein. Lud erinnerte sich, dass es bei ihm selbst vor vielen Jahren nicht anders gewesen war. Der Tod der Kindheit fühlte sich an, als würde etwas Lebendiges aus einem herausgerissen. Dann folgte ein Schmerz, wie man ihn nie gekannt hatte. Irgendwann vernarbte die

Wunde, und das Gewebe wurde hart wie die Pockenmale, die Luds Gesicht verunstalteten.

Am nächsten Morgen, als die Armee sich marschbereit machte, wurde die kleine Moschee in Brand gesteckt. Lud befahl seinen Leuten mit energischer Stimme, den Blick nach vorn zu richten und ja nicht zu gaffen. Er wusste, dass der alte Mann, den sie Imam nannten, im Inneren der Moschee war.

Der Teufel ist mächtig geworden. Kannst du ihn nicht spüren, hier, an diesem Ort? Kannst du nicht sehen, wie er sich an seinem Werk ergötzt?

Lud ritt aus dem Dorf. Er hörte keine Schreie mehr, nichts außer dem lauten Prasseln und Knistern der brennenden Moschee und dem dumpfen Rollen der Trommeln. Seine Gefühle lagen im Widerstreit.

Wie viele Christen mögen sie getötet haben? Werde nicht schwach. Verschwende deine Zeit nicht mit Erbarmen und Mitleid. Du bist Soldat.

Lud hatte sich noch nie so allein gefühlt. Sein Dorf, seine Heimat lag unendlich weit hinter ihm. Und was immer die Jungen hier draußen tun würden – es würde sie für den Rest ihres Lebens verändern.

Fragte sich nur, wie lange dieses Leben noch währte.

Lud saß in seinem knarrenden Sattel und blinzelte. Er ritt durch Holzasche, die durch die Luft schwebte wie grauer Schnee. Eine Qualmwolke – rußiger, beißender Rauch, der nach verbranntem Fleisch stank, fast wie ein Schwein am Spieß – hatte den Weg in seine Augen gefunden. Er drehte sich ein letztes Mal um, und durch den wässrigen Schleier sah er grauen Rauch senkrecht in die Höhe steigen wie den Schaft eines Spießes, der geradewegs in den Himmel führte.

Ich bete für ihre Seelen und für deine, hatte der kleine Mann gesagt.

7.

Kristina

*D*ie einsetzende Kühle der Nacht kroch zwischen die Steinmauern des Schuppens und breitete sich auf dem festgetrampelten Boden aus. Kristina spürte es durch die dünnen Sohlen ihrer Sandalen. Ein Windstoß fuhr durch den an beiden Seiten offenen Raum und ließ die Kerzen flackern, die in der großen Schale in der Mitte der Kammer standen. Das golden schimmernde Licht tanzte über vertraute Gesichter ringsum und ließ sie unter den Kapuzen ihrer schwarzen Umhänge fremd und düster erscheinen.

Kristina hatte sich seit Langem vor der Zeremonie an diesem Abend gefürchtet. Doch es war mehr als Angst und Unruhe, die sie erschauern ließen, mehr als die nächtliche Kühle, die sich in ihre Knochen schlich. Sie fürchtete sich davor, die Reise, die sie ursprünglich hierhergeführt hatte, noch einmal zu durchleben.

Sie kannte jeden der hier Versammelten. Kannte sie von der täglichen gemeinsamen Arbeit auf den Feldern, von gemeinsamen Gebeten und aus dem gemeinsamen Unterricht, wo sie das Drucken gelernt und die Fähigkeit erlangt hatten, anderen das Lesen beizubringen.

Die Brüder und Schwestern hier in Kunwald teilten alles. Kristina kannte sie alle, wusste aber kaum etwas über das Leben, das die anderen geführt hatten, bevor sie nach Kunwald gekommen waren – genauso wenig, wie die anderen etwas über Kristinas Vergangenheit wussten. Viele persönliche Geheimnisse blieben gewahrt, außer in seltenen Gesprächen, wenn man unter vier Augen war, oder – seltener noch – bei öffentlichen Beichten. Solche Dinge blieben besser unbekannt; allzu schnell wurde ein Mensch nach seinem vorherigen Leben beurteilt.

Die schonungslose Aufrichtigkeit kam jedoch spätestens dann, so hatte Kristina jedenfalls gehört, wenn sich eine Gruppe zusammenfand, um gemeinsam fortzugehen und im riesigen

Heiligen Römischen Reich ihr Wissen und ihre Lehren zu verbreiten.

Voller banger Unruhe fragte sie sich, was sie an diesem Abend über die anderen erfahren würde. Würde sie sich ebenfalls offenbaren?

Sie blickte sich unter den Versammelten um. Da war der breitschultrige Rudolf mit seinem Milchauge. Der kleine kahle Simon, verkrüppelt, gebeugt, humpelnd. Die beiden waren oft zusammen, beim Arbeiten und beim Essen, wie befreundete Hunde.

Näher bei Kristina saß Marguerite, hager und geradeheraus. Sie war gebildet und kultiviert, was ihr Vorleben umso rätselhafter machte. Ihr verhärmtes, verschlossenes Gesicht musste einst von großer Schönheit gewesen sein.

Näher bei Berthold saß die hübsche junge Frieda, blond und strahlend neben ihrem frisch angetrauten dunkelhaarigen Ehemann Ott. Beide waren in Kunwald geboren und aufgewachsen und zu Lehrern ausgebildet worden. Ihr Lächeln war noch unbefleckt vom Leben draußen im Reich, und ihre Augen waren voller Erwartung neuer, gemeinsamer Erfahrungen.

Berthold und ich, Rudolf und Simon, Marguerite, Frieda und Ott, überlegte Kristina. *Sieben Seelen alles in allem. Sieben Seelen gegen die ganze Welt.*

Berthold räusperte sich und ergriff das Wort.

»Einige von euch kamen gebrochen an Geist und Körper hierher, doch nun habt ihr die alte Kraft zurückerlangt. Christus unser Herr heißt alle seine Schäflein in seiner Gnade willkommen. Wir sind alle gleich. Ihr wart in Sicherheit hier in unserer Zuflucht, in unserem Hafen Kunwald. Hier seid ihr zu Lehrern geworden, zu Aufklärern, zu Druckern, jeder von euch unter meiner Aufsicht und Anleitung. Mit dem Segen unseres Herrn hat die Synode mir den Auftrag erteilt, eine neue Zelle zu gründen. Ich werde euch führen, auf dass ihr den Menschen das Licht bringt.«

Die Beichte, so wurde es manchmal genannt, wie Kristina

wusste. Berthold selbst hatte es ihr geschildert. In der Nacht, bevor eine Gruppe ins Ungewisse aufbrach, um den Menschen das Lesen beizubringen, versammelten sich die Mitglieder zu einer letzten Aussprache. Geheimnisse wurden erzählt; jede Geschichte kam zur Sprache, jeder heimliche Groll wurde offengelegt, jeder Wunsch, jede Eifersucht, die bisher vor der Allgemeinheit verborgen gehalten worden war. Wer wollte, konnte sich vor den anderen offenbaren, um der Liebe zueinander willen und wegen der schrecklichen Gefahren, die auf sie lauerten.

Kristina saß zusammen mit den anderen sechs in einem Kreis, der Mitte zugewandt. Alle Blicke waren auf Berthold gerichtet. Wenn sie blinzelten, erloschen ihre Augen einen Wimperschlag lang und funkelten dann wieder im Flackerschein der Kerzen wie aufgeschreckte Leuchtkäfer.

»Ihr wurdet nicht nur in der Kunst unterrichtet, andere das Lesen zu lehren«, fuhr Berthold fort, »sondern auch in der Ausübung barmherziger Dienste am Nächsten, der Behandlung von Krankheiten und Wunden. Ihr verfügt über Fähigkeiten, die euch das Überleben ermöglichen und euch in die Lage versetzen, anderen zu helfen, die in Not sind.«

Seine Stimme klang mit einem Mal gepresst. Er erschien Kristina nicht mehr als warmherziger Lehrer und Begleiter, sondern wie ein furchtsamer Mann, der immer wieder voller Unruhe über die Schulter schaut.

Berthold räusperte sich und fuhr fort: »Unser ursprünglicher Plan war, nach Erfurt zu gehen, um uns dort einzurichten und zu lehren. Doch heute kam ein Bote aus Mainz mit schlimmen Nachrichten von unseren geschätzten Brüdern und Schwestern dort.«

Kristina hielt den Atem an, wartete gespannt, was nun kam. Doch Berthold stand nur da, ließ den Blick in die Runde schweifen und schwieg. Es schien, als brauchte er die Unterstützung der anderen.

Es war Marguerite, die schließlich fragte: »Was für schlimme Nachrichten, Bruder?«

Wieder räusperte sich Berthold. »Nun ... Gott hat sie zu sich gerufen. Die Mainzer Zelle wurde gefasst und ...« Er stockte. »Und was?«, flüsterte Marguerite. »Nun sag schon.« »Sie wurden gefoltert und öffentlich auf dem Scheiterhaufen verbrannt.« Kristina spürte, wie etwas Eisiges in ihren Bauch kroch. Niemand sagte etwas. Es war, als wären der Raum und alle darin wie durch einen bösen Zauber zu Eis erstarrt, sodass niemand sich mehr bewegen konnte.

Berthold holte tief Luft, ehe er weitersprach. »Aus diesem Grund habe ich entschieden, dass wir nicht nach Erfurt gehen. Wir ändern unsere Pläne und begeben uns stattdessen nach Mainz, um den Platz jener tapferen Seelen einzunehmen, die auf den Flammen ihrer grausamen Folterer ins Paradies gefahren sind.«

Kristina hielt den Blick gesenkt. Sie beobachtete die Kerzen und spürte die unruhigen Bewegungen der anderen: ein Füßescharren hier, ein Zucken der Hand dort. Sie selbst war traurig und verwirrt, erfüllt von neu erwachter Angst. Wieder sagte niemand ein Wort.

»Es ist ein weiter Weg bis nach Mainz«, fuhr Berthold schließlich fort, »aber wir haben heimliche Verbündete in den Städten und Gemeinden entlang des Weges dorthin. Es sind Brüder, die uns aufnehmen und weiterhelfen. Möchte jemand etwas dazu sagen? Widersprechen? Es ist euer gutes Recht. Wenn ihr etwas einzuwenden habt, dann tut es jetzt, nicht später, nicht unter vier Augen mit mir allein. Jeder muss in seinem Entschluss fest sein, niemand darf wanken.«

Er erhob sich, trat in den Kreis und schaute jedem ins Gesicht. Kristina versuchte, die Augen nicht abzuwenden, als Berthold sie ansah, doch ihr Blick fiel auf die tanzende Kerzenflamme, jenes kleine Feuer, das so voller Leben, Wärme und Licht war.

»Wir alle leben und arbeiten seit vielen Monaten zusammen, einige von uns seit Jahren. Morgen brechen wir auf. Gemeinsam werden wir Schmerz, Trauer und Entbehrungen auf uns nehmen müssen. Deshalb bitte ich jeden von euch, nun die Gelegenheit zu nutzen, den anderen zu sagen, warum er hinaus will in eine Welt, in der jeder Augenblick voller Gefahren für Leib und Leben ist.«

Kristina spürte, dass er etwas sehr Bedeutsames sagen wollte. Etwas Dringendes, das auszusprechen er sich fürchtete. Jetzt war er es, der ihren Blicken nicht standhalten konnte. Plötzlich schien es, als wären sie allein, nicht im Kreis mit den anderen. Doch hier und heute zählte nur die Wahrheit.

»Dann werde ich den Anfang machen«, sagte Berthold. »Wie ihr wisst, war ich Priester, gelehrt durch eben jene Kirche, von der ich so sehnlichst frei sein wollte. Meine Mutter war wohlhabend. Sie hatte bereits alles arrangiert, mich in eine noch wohlhabendere Familie einzuheiraten. Doch ich wollte Priester werden. Ich bettelte darum, nachdem ich in unserer Sankt-Petri-Kirche gewesen war und über deren Erhabenheit und Größe in Verzückung geriet. Das war in Hamburg, meiner Heimatstadt. Als meine Mutter mir den Wunsch nicht erfüllen wollte, weigerte ich mich zwei Wochen lang, Nahrung zu mir zu nehmen, bis sie schließlich nachgab.«

Berthold hielt inne, rieb sich über das Gesicht und sammelte sich wieder. Niemand sprach. Kristina wagte kaum zu atmen, geschweige denn, Berthold zu unterbrechen und ihm womöglich den Mut zum Weiterreden zu nehmen.

Schließlich fuhr er fort: »Als die Zeit gekommen war, legte ich die Gelübde der Armut, der Keuschheit und des Gehorsams ab, außerdem das Schweigegelübde in meinem Mönchskloster. Ich suchte nach Gottes Stimme, doch in der Stille lag nur Qual. Mir wurde bewusst, dass es eitel und selbstgefällig war, alleine nach dem Schöpfer zu suchen, wo uns die Schrift doch befiehlt, die Heiligen Worte mit anderen zu teilen und gemeinsam mit ihnen nach Gott zu streben. Trotzdem schwieg ich und lauschte in mich hinein – sieben Jahre lang.«

Sieben Jahre, dachte Kristina und erinnerte sich an ihre

eigene Zeit im Nonnenkloster, als sie sich geweigert hatte, zu Gott zu beten wie zuvor. Die innere Stille hatte damals ein Gefühl der Leere in ihr hinterlassen.

»Sieben lange Jahre«, fuhr Berthold fort. »In dieser Zeit las ich die Schrift, kopierte sie und half an der Druckerpresse des Klosters. Dabei reifte in mir die Überzeugung, dass jeder Mensch imstande sein sollte, Gott aus der Heiligen Schrift selbst kennenzulernen. Doch ich schwieg weiter. Und dann geschah es. Ich musste mit ansehen, wie ein Mensch auf dem Scheiterhaufen verbrannt wurde.«

Er stockte erneut, und alle schauderten. Berthold kniete inzwischen, als wäre seine Beichte eine Bürde, unter deren Last er nicht mehr stehen konnte.

»Es fand auf dem großen Marktplatz zu Hamburg statt, wie ein Rummel, und das Opfer war die Hauptattraktion. Die Priester und Adligen hatten die besten Plätze oberhalb der Menge. An Ständen gab es Süßigkeiten und Bier zu kaufen für die Gaffer, die sich das Schauspiel nicht entgehen lassen wollten. Oben auf der Bühne, denn nichts anderes ist ein Scheiterhaufen, betete der arme Sünder zu Gott, bis er keine Luft mehr bekam vom Rauch und anfing zu husten. Er schien überhaupt keine Angst zu haben. Ich starrte ihn fasziniert an, und er erwiderte meinen Blick durch die Flammen hindurch, bis er das Bewusstsein verlor und zusammensank. Dann brannten seine Fesseln durch, und er kippte nach vorn, zusammengerollt wie ein kleines Kind, das friedvoll in den Flammen zu schlafen schien. Das war der Augenblick, als ich zum allerersten Mal die Stimme Gottes hörte. Er befahl mir, mich vor aller Welt zu meinem wahren Glauben zu bekennen. Und das tat ich. Ich rief. Ich brüllte. Ich wütete. Sie schafften es nicht, mich zum Schweigen zu bringen.«

»Wie hast du das überlebt?«, platzte es aus Ott heraus.

»Durch göttliche Fügung«, antwortete Berthold. »Der Schmerz war mein Führer.«

»Berthold will uns Angst machen!«, sagte Frieda und funkelte ihn böse an. »Wo andere töricht waren und gescheitert sind, werden wir Erfolg haben. Mein Vater Johannes hat mir viele solche Geschichten erzählt. Wir müssen aus den Fehlern anderer lernen.«

»Oh ja, das müssen wir«, erwiderte Berthold. »Deshalb hört mir zu, Brüder und Schwestern.«

Das Gemurmel der anderen verstummte, wich angespannter Stille.

»Zuerst schickten sie mich zur Kathedrale«, fuhr Berthold fort, »wo ich mir zur Strafe die Beichten anderer Sünder anhören musste. Es waren furchtbare Geschichten, die ich dort Tag für Tag zu hören bekam, doch sie bestärkten mich nur in meinen neuen Überzeugungen. Wer war ich, jenen zu vergeben, die mir Vorbild waren, weil sie sich direkt an Gott wandten? Also lief ich davon. Bevor sie kamen, um mich zu holen, erfuhr ich von anderen Priestern, die der gleichen Überzeugung waren wie ich, jedoch zu klug, um laut darüber zu reden.«

»Oder zu feige«, sagte Simon.

»Nein, Bruder, der Feigling war ich. Ich floh. Ich flüchtete nach Böhmen, hierher nach Kunwald, bevor sie mich fassen und auf dem Scheiterhaufen verbrennen konnten. Verbrennen für meinen Glauben, meine feste Überzeugung, dass jeder Mann, jede Frau fähig sein sollte, die Heilige Schrift zu lesen und sich direkt an Gott zu wenden, ohne Vermittlung von Priestern und Kirche. Ich kam hierher und fand Gott – nicht in neuen Gelübden, sondern in Freiheit.«

Kristina spürte, wie ihre Augen brannten. Ihre Wangen waren nass. Berthold hatte ihr zuvor einen Teil dieser Geschichte erzählt, aber nicht alles. Er hatte nie über seine Mutter gesprochen oder von dem schrecklichen Erlebnis der Verbrennung. Jetzt schaute er sie an, und sie begegnete seinem Blick.

»Ja, ich kam hierher«, sagte er. »Und das größte Wunder von allen war, dass ich dich fand, Kristina.«

Kristina schwieg. Sie wusste, dass Berthold sich wünschte, sie würde nun etwas sagen. Plötzlich stand Kristina das Antlitz ihrer

Mutter vor Augen, und die Worte sprudelten aus ihr hervor. »Wenn wir den Menschen doch nur helfen könnten, weniger grausam zu sein. Das hat meine Mutter immer zu mir gesagt.« »Ja, das wäre was«, sagte Marguerite. »Das wäre wirklich was. Und wenn es nur ein klein wenig wäre.« Sanft berührte sie Kristinas Hand und fragte leise: »Wie ist sie gestorben?«

»Sie wurde verbrannt«, flüsterte Kristina.

»Suchst du nach deiner Mutter?«, fragte Berthold. »Suchst du nach Gott? Oder suchst du nach dir selbst?«

Kristina dachte lange nach, bevor sie antwortete. »Ich suche nach dem Gott meiner Mutter, um mich selbst zu finden.«

»Wenn wir die Menschen lehren und Gutes tun wollen, müssen wir zuerst einmal überleben«, sagte Rudolf. »Wenn wir in Mainz sind – wie können wir vermeiden, gefasst und ermordet zu werden wie unsere Brüder, deren Stelle wir dort einnehmen?«

Alle Augen richteten sich auf Berthold.

»Zweifelst du an unserer Sache?«, fragte er.

Rudolf drehte den Kopf so, dass sein Milchauge Berthold zugewandt war, wie er es zu tun pflegte, wenn er andere zur Rede stellte, weil er nicht der gleichen Meinung war oder sich gar beleidigt fühlte.

»Selbst mit einem Auge sehe ich, dass du nur ein Mensch bist«, sagte Rudolf.

Marguerite meldete sich zu Wort: »Jeder von uns hat sein eigenes Maß an Glauben, Bruder Berthold. Aber wenn wir unsere Ziele erreichen wollen, dürfen wir nicht gefasst werden. Wie sollen wir unter die Menschen gehen, die unseren Tod wollen, ohne dabei den Tod zu finden? Wie können wir für die längst mögliche Zeit am wirkungsvollsten tätig sein?«

»Genau das habe ich gemeint«, sagte Rudolf.

»Richtig«, pflichtete Simon ihnen bei. »Es nutzt Gottes Sache überhaupt nichts, wenn wir zu verwegen sind.«

»Gott wird uns beschützen«, meinte Frieda, und Ott erklärte: »Wir müssen stark sein im Glauben.«

Kristina spürte, wie ihr die Hitze ins Gesicht stieg. Die Naivität des jungen Paares erzürnte sie. Sie ärgerte sich über die behütete Unschuld der beiden. »Ott und Frieda, hört mich an! Ihr seid hier in Kunwald aufgewachsen und wart euer Leben lang in Sicherheit. Ihr wisst nicht, was da draußen auf uns wartet. Ich beneide euch um eure Unerfahrenheit. Aber hört euch wenigstens an, was andere zu sagen haben.«

»Glaube heißt, dass man vertraut, ohne zu sehen«, entgegnete Frieda kühl.

»Das ist leicht gesagt«, meinte Rudolf.

»Verliert ihr den Mut?«, fragte Berthold. »Dann ist jetzt der richtige Augenblick, um es zu sagen. Niemand wird euch einen Vorwurf machen.«

»Ich könnte mir selbst nicht mehr in die Augen schauen, wenn ich nicht tue, was ich beschlossen habe«, sagte Simon. »Das ändert aber nichts an der Frage, was zu tun ist, wenn wir in Mainz die Magistrate auf den Fersen haben.«

»Wir benutzen unseren Verstand, um ihnen zu entgehen«, sagte Marguerite.

»Wir überzeugen sie durch Liebe«, erklärte Ott. »Denn Liebe erzeugt Liebe.«

»Wie schön du das gesagt hast!« Frieda ergriff Otts Hand.

Kristina wäre am liebsten aufgestanden, um das Paar aus seiner Naivität wachzurütteln. Stattdessen nahm sie sich zusammen und beobachtete, wie die Festigkeit aus Bertholds Gesicht wich. Er räusperte sich und blickte ein letztes Mal in die Runde, während er aus dem Evangelium nach Matthäus zitierte: »Seht her, ich schicke euch als Lämmer unter die Wölfe, darum seid listig wie die Schlangen und arglos wie die Tauben.«

Kristina sprach nicht aus, was sie dachte.

Wenn wir sie nicht überzeugen, verbrennen sie uns.

*

Zwei Tage später verabschiedeten sie sich an einem strahlend blauen Morgen auf dem Marktplatz von all jenen, die zurückblieben. Kristina umarmte Freunde und Bekannte, die Lieder aus Freude und Angst sangen. Kristina sah Hoffnung und Furcht in den Gesichtern, denn jeder von ihnen ahnte, was sie erwartete. Die albtraumhaften Geschichten wurden nur im Flüsterton erzählt, und die Schilderungen über das Leiden der Märtyrer wurden in Büchern für die Nachwelt festgehalten.

Berthold war umringt von vielen Menschen, jungen und alten. Kristina sah, wie er in ihrer Liebe und Bewunderung badete. Was wollte er wirklich?

Ich habe einen Mann geheiratet, den ich nicht kenne, ging es Kristina durch den Kopf.

Der kleine robuste Reisekarren mit den zwei Rädern und den beiden langen Zugstangen wurde beladen. Die Gruppe erhielt Abschiedsgeschenke von den anderen Brüdern: eine kostbare illustrierte Bibel, eine Decke, schwere, dunkle Laibe Brot, Äpfel, die bald reifen und noch eine Zeit lang haltbar sein würden, eine regenfeste Ölhaut und dergleichen mehr. Die Nahrung stammte von hier, die Bücher waren hier gedruckt, die Stoffe hier gewebt. Alles kam aus Kunwald.

Zwei junge Mädchen mit frischen Gesichtern, Schülerinnen aus Kristinas Leseklasse, kamen herbeigerannt. Die Jüngere warf die Arme um Kristinas Beine und klammerte sich fest, während die Ältere einen Schritt vor Kristina stehenblieb und zu ihr aufsah. Die beiden waren rothaarig, mit runden Gesichtern voller Sommersprossen. Das kleinere der Mädchen hatte noch Milch auf den Lippen. Es zupfte an Kristinas Harfe. Kristina umarmte die beiden innig. Sie rochen nach Eiern und Blumen.

»Geh nicht weg«, flüsterte die Jüngere. »Wir haben Angst.«

»Ihr habt hier nichts zu befürchten, Liebes«, antwortete Kristina.

»Wir haben Angst um *dich*«, sagte die Ältere.

»Ich muss gehen.«

»Aber warum? Warum?«, fragte die Jüngere und wollte Kristina gar nicht mehr loslassen.

»Weil viel Arbeit auf uns wartet.«

»Du kannst doch hier arbeiten, den Leuten hier helfen«, sagte die Ältere. »Ständig kommen neue, und alle müssen lernen.«

»Du verstehst das nicht«, sagte Kristina, kniete nieder und schloss beide Kinder in die Arme. Sie roch die süße Milch, die sie getrunken hatten. »Ich muss um meinetwillen gehen. Ich muss mich selbst retten. Ich gehe, um mir selbst Gutes zu tun.«

Doch die beiden Mädchen klammerten sich verzweifelt an Kristina, bis ihre Mutter sie wegzog. Das kleinere Mädchen zupfte ein letztes Mal an der Harfe, während ihre Mutter Kristina küsste. Sie musste nichts sagen; in ihren Augen stand alles zu lesen.

Dann kam Berthold mit einer Fuhre seiner Bücher. »Möge Gott uns eine sichere Reise nach Mainz gewähren«, sagte er und blickte Kristina in die Augen. »Und möge er uns die Kraft geben, den Platz jener Tapferen einzunehmen, die als Märtyrer für die Wahrheit gestorben sind.«

Kristina bemerkte, wie sehr er sich auf das Abenteuer freute. »Manchmal bist du ein Träumer, Berthold«, sagte sie. »Manchmal frage ich mich, ob dir wirklich bewusst ist, in welche Gefahr wir uns begeben.«

»Und manchmal frage *ich* mich, ob *du* in deinen siebzehn Lebensjahren vielleicht zu viele schreckliche Dinge gesehen hast.« Er blickte sie an, als wäre es ihre Schuld gewesen, dass sie in der Hochzeitsnacht die Ehe nicht vollzogen hatten. Dann beugte er sich vor und küsste sie auf die Stirn, als wäre sie ein Kind, ehe er sich abwandte, um sich mit weiteren Vorbereitungen für die Reise zu beschäftigen.

Schließlich war der kleine Handkarren fertig gepackt. Im falschen Boden waren Bücher zum Verschenken versteckt, sorgfältig in Ölhaut eingewickelt. Darüber befanden sich Bretter, auf denen Getreide und Schlafrollen lagen, dazu eine Axt zum Schlagen von Pfosten und Feuerholz, eine Schaufel zum Graben von Latrinen sowie kleine Taschen mit persönlichen Dingen. Der Karren war bis obenhin beladen.

Kristina legte ihre Harfe, ihre kostbare Erinnerung an Hannah, behutsam auf die Schlafrollen. Zum Schluss wurde eine Regenhaut über alles gespannt und festgezurrt. »Befolgt die Reinlichkeitsregeln«, mahnte Johannes. »Ihr werdet vielen Leuten begegnen, die so etwas für überflüssig und töricht halten, aber kocht euer Wasser jedes Mal ab, bevor ihr es trinkt, jedes Mal aufs Neue.« Johannes hatte ihnen eigens zu diesem Zweck einen gusseisernen Topf mitgegeben. Außerdem wurde ein kleines Wasserfass mit dichtem Deckel vorn am Karren festgezurrt. »Wenn ihr an einem gefährlichen Ort seid, macht kein Feuer, auch nicht, um Wasser zu kochen. Und gebt niemals der Versuchung nach, aus einem Bach zu trinken, ganz gleich, wie klar und sauber das Wasser aussieht.«

Kristina half, den Eisentopf oben auf der Ladung festzumachen. *Selbst Nahrung und Wasser müssen wir fürchten*, ging es ihr durch den Kopf.

Johannes wickelte Lappen um die Enden der Zugstangen. »Das schont eure Hände«, erklärte er. »Es wird ein langer, weiter Weg.«

»Der Karren ist bereit«, sagte Marguerite schließlich. »Sind wir es auch?«

»Sehe ich so aus, als wäre ich's nicht?«, entgegnete Kristina in der Hoffnung, dass ihr Gesicht nicht ihre wahren Gefühle verriet. Doch Marguerite schien ihre Gedanken zu lesen. »Hab Mut, kleine Schwester. Ich bin ja bei dir«, flüsterte sie ihr zu.

Die Brüder und Schwestern zogen ihre schwarzen, bodenlangen Reiseumhänge über, ein jeder versehen mit Taschen für ein Messer, Salz sowie Nadel und Faden, um zerrissene Kleidung zu flicken oder Wunden zu nähen. Die Männer setzten ihre schwarzen, breitkrempigen Hüte auf, die Frauen wickelten ihr Haar in schwarze Kopftücher.

Berthold, Rudolf, Frieda, Ott, Simon und Marguerite …

Kristina spürte, wie ihre Stimmung sich hob. »Wir sehen aus

wie Raben«, bemerkte sie, als sie ihr Haar ebenfalls unter dem Kopftuch versteckte. Sie lächelte Berthold an, trat zu ihm und drückte seine Hand.

»Wir sehen aus wie Brüder«, entgegnete er.

Eine kühle Brise kam auf. Marguerite trat erneut an Kristinas Seite, drückte ihren Arm und flüsterte ihr ins Ohr: »Die Not eines Mannes brennt so beständig wie das Herz einer Frau. Deshalb wirst du zusammen mit deinem Mann getrennt von uns schlafen, sobald wir unterwegs sind.«

Kristina nickte, auch wenn sie ihre neue Rolle als Ehefrau noch gar nicht übernommen hatte. Sie stand in ihrem neuen Umhang da, den Rucksack mit den wenigen persönlichen Gegenständen zu ihren Füßen, und blickte ein letztes Mal zurück zu den Dächern des Dorfes, in dem man sie aufgenommen und von ihrer Angst und ihren Verletzungen geheilt hatte.

Diesen Ort gab sie nun auf.

Und ihre Mutter und Hannah waren tot.

Jetzt gab es nur noch Marguerite und Berthold, für die sie in ihrem Herzen einen Platz geschaffen hatte.

Berthold stand neben Kristina und hielt ihre Hand. Sie warteten auf Johannes, den Bischof, auf dass er ihre Reise segne. Kristina wusste, dass Berthold Angst hatte. Sie erkannte es an seiner Haltung, hoch aufgerichtet, das Kinn vorgestreckt. Aber diese Angst war verständlich. *Sie ist sogar gut*, sagte sie sich. Angst sorgte dafür, dass man aufmerksam blieb.

Johannes kam aus dem Druckschuppen gehumpelt, die knochigen Hände schwarz von der kostbaren Tinte, die für Kristina wie ein Geschenk Gottes war. Johannes' Lächeln und sein Mut erinnerten Kristina an ihren Vater. Sie würde diesen Mann schrecklich vermissen.

»Wir müssen danach streben, tapfer zu sein und bei klarem Verstand zu bleiben, koste es, was es wolle«, sagte Berthold, eine Hand um Kristinas Taille geschlungen. »Wir müssen die Karten und Namen auswendig können, oder wir werden gefasst, noch ehe wir das Ziel erreichen.«

Dann sprach Johannes zu der kleinen Gruppe. »Brüder und Schwestern«, sagte er und hob die knochigen, tintenfleckigen Hände. »Ich liebe euch alle. Ich werde euch sehr vermissen. Am Abend eurer Beichte hat Berthold mit euch darüber gesprochen, dass ihr nach Mainz reisen werdet. Nun, es gibt zwei mögliche Routen. In Richtung Süden, nach Slowakien, und dann nach Westen – das ist der schnelle Weg, aber dort lauern auch die größten Gefahren. Es gibt Grenzkriege um die einträglichen Handelsrouten. Das Kaiserreich der Habsburger, das die Päpste das Heilige Römische Reich getauft haben, kämpft gegen das noch viel größere Reich der Osmanen. Die Straßen und Flüsse sind ein ständiger Zankapfel. Christliche Nächstenliebe kennt weder der eine noch der andere. Sie kennen nur Hass, und beide morden und plündern mit dem Segen ihrer Herrscher und Priester.«

Ein Anflug von Traurigkeit huschte über Johannes' Gesicht. »Aber wir urteilen nicht, und wir ergreifen nicht Partei. Krieg ist eine Sünde. Die Heilige Schrift ist unmissverständlich. Nichts rechtfertigt die Sünde des Tötens. Und doch schicken die Reichen und Mächtigen ihre Armeen aus, um sich gegenseitig niederzumetzeln. Und Soldaten gehorchen aus purer Unwissenheit. Diese Unwissenheit müssen wir bekämpfen. Euer Wagen trägt in seinem versteckten Bauch die Drucke, die unsere Lehren enthalten. Schützt sie vor Regen und vor denen, die sie vernichten wollen – und euch mit.«

»Wo sollen wir Halt machen?«, fragte Kristina.

»Haltet nicht in Siedlungen«, antwortete Johannes. »Kleine Güter, Dörfer oder Weiler können für euch zur Falle werden. Manchmal verschwinden Reisende dort spurlos, ohne dass man jemals den Grund dafür erfährt. Unwissende Hörige in einsamen Dörfern sind oft gefährlicher, als man gemeinhin denkt.«

»Leben die meisten Hörigen denn nicht auf Gütern?«, fragte Kristina.

»Ja«, räumte Johannes ein. »Aber ich rate euch dringend,

euch so wenig wie möglich sehen zu lassen, bevor ihr Mainz erreicht. Ihr könnt nicht wissen, wem ihr vertrauen dürft und wem nicht. Predigt ja nicht in Dörfern am Wegesrand! Und in Mainz und anderen Städten wendet euch zuerst an die Leute, deren Namen wir euch genannt haben, wenn ihr Unterstützung und Vorräte braucht. Habt ihr verstanden?«

Alle nickten.

»Gut. Ich werde euch jetzt den kürzesten Weg zeigen«, fuhr Johannes fort. »Es ist aber auch der gefährlichste, wie ich bereits sagte. Deshalb würde ich mir an eurer Stelle überlegen, ob ihr nicht besser die längere Route nehmt, auf der ihr sicherer seid.«

Johannes hatte mit Holzkohle eine Skizze auf Pergament gezeichnet und deutete nun auf kleine Kreuze hier und da, die mögliche Zufluchtsorte für Brüder bezeichneten, die in Schwierigkeiten geraten waren.

Kristina sah, dass die Karte ganz Ost- und Zentraleuropa zeigte. Die Hauptstraßen waren dick eingezeichnet, die Nebenwege und Pfade gestrichelt, und einige Linien waren in Rot. Die Grenzen der Karte, wo sie an das Osmanische Reich stieß, waren weniger detailliert und für Reisende kaum zu gebrauchen.

»Berthold kennt den Weg«, sagte Johannes. »Vertraut seiner Führung. Die Pfade der Schafhirten folgen dem Antlitz der Landschaft, aber ihr solltet selbst den Hirten nach Möglichkeit ausweichen. Manche sind vertrauenswürdig, andere aber stehlen und betrügen, wo sie nur können. Beurteilt niemanden nach seinem Äußeren, ob er gut oder böse ist – keiner vermag in das Herz eines anderen zu sehen. Macht kein Feuer, es sei denn, ihr seid ganz allein und euch dessen sicher. Der kurze Weg ist dieser hier. Der lange ist dort. Achtet auf jeden Abzweig. Haltet euch von den in Rot eingezeichneten Grenzstraßen fern. Dort ziehen häufig Armeen umher und liefern sich Scharmützel.«

»Der längere Weg scheint durch raues Land zu führen«, sagte Ott. »Er wäre für Frauen beschwerlich.« Er hatte den Arm um Frieda gelegt, deren Gesicht vor Aufregung gerötet war.

»Aber er wäre sicherer«, sagte Johannes. »Denkt daran, die gefährlichen Gegenden sind rot markiert. Ich schlage vor, ihr reist zunächst ein paar Tage nach Westen, bis der Weg sich gabelt. Dann stimmt ihr darüber ab, welche Route ihr von da aus weiter nehmt.«

»Der längere Weg mag beschwerlich erscheinen«, meinte Berthold. »Auf der anderen Seite sollten wir keine Mühen scheuen, um die Schlachtfelder zu umgehen.«

»Welche Armeen sind zurzeit auf den Grenzstraßen unterwegs?«, fragte Ott.

Johannes legte den Kopf schief und musterte die kleine Schar mit nachdenklichem Blick. Er wollte, dass sie niemals vergaßen, was er ihnen nun sagen würde.

»Hört genau zu«, begann er. »Dies sind meine Abschiedsworte an euch. Vergesst sie niemals. Nationen und Armeen spielen keine Rolle. Es geht nur um die Menschen, die bösen und die guten. Die Bösen tun alles, um andere zu verletzen. Die Guten tun alles, um andere zu heilen.«

*

Und so verabschiedete sich Kristina von ihrem Zufluchtsort, dem Ort ihrer Heilung und Genesung, an dem sie ihre Studien betrieben hatte und zur Frau geworden war.

Während der ersten sechs Tage wanderte die kleine Gruppe zuversichtlich durchs Land, geführt von Berthold und Johannes' Karte. Sie folgten den Wegen der Schafhirten, die sich oberhalb der Baumgrenze entlang der üppigen grünen Hänge wanden. Hin und wieder trafen sie auf Schafherden und mussten im Verborgenen warten, bis die Hirten und ihre Tiere vorbei waren. Manchmal verharrten die Schäferhunde, spitzten die Ohren, schnüffelten und schlugen an, blieben jedoch bei ihren Schafen. Es waren unwillkommene Pausen. Die Hunde jagten Kristina Angst ein und ließen ihre Gedanken zurückkehren zu den Schergen, die ihre Mutter verhaftet und Hunde auf ihren

Vater gehetzt hatten. Einmal biss sie sich auf die Lippen und war überrascht, als sie den kupfrigen Geschmack ihres Blutes auf der Zunge hatte.

Die Gefährten wechselten sich ab beim Ziehen und Schieben des kleinen Handkarrens. Die Holzräder sprangen und hüpften über Stock und Stein und ließen den Rahmen zittern und knirschen. Während sie hintereinander über die schmalen Pfade wanderten, die sich zwischen den dichten Bäumen hindurchwanden, sangen sie leise. Je weiter sie sich von Kunwald entfernten, desto felsiger wurde der Pfad. Immer wieder mussten sie Holz sammeln, um Trinkwasser abzukochen und Haferbrei zuzubereiten – und selbst das war nicht ungefährlich.

»Nur trockenes Holz«, sagte Rudolf. »Es macht weniger Rauch.«

Das heiße Wasser wurde in das Holzfass geschüttet, wo es abkühlte, während sie ihren holprigen Weg fortsetzten. Bald schon hatte Kristina Blasen an den Händen, doch sie wechselte sich ohne Wehklagen mit den anderen ab, zwang sich zu lächeln und verbarg ihre Zweifel.

Manchmal, wenn die Gefährten über ebenes, waldloses Land wanderten und ungehindert bis in die Ferne schauen konnten, wagten sie sogar, sich laut zu unterhalten. Die Erleichterung war beinahe wie ein Zauber.

Manchmal, wenn sie an einem Wildbach rasteten oder das Nachtlager aufschlugen, predigte Berthold: »Seht, Brüder und Schwestern, wir sind die Geschlechter, die seiner Treue währen. Wenn man uns holt, werden andere uns folgen und unsere Stelle einnehmen. Wir alle steigen gemeinsam die Leiter zum Himmel hinauf.«

Es waren ruhige Tage, und die bangen Erwartungen verloren allmählich ihre Schrecken.

Als Kristina eines Nachts neben Berthold in ihrem Schlafsack auf dem harten Boden lag, über ihnen der Sternenhimmel, wagte sie es, die Hand auszustrecken und ihren schlafenden

Ehemann zärtlich zu berühren, ihn zu streicheln, doch er reagierte nicht. Schließlich verlor sie den Mut und drehte sich auf die andere Seite, erfüllt von ungestillter Begierde.

Dann lag sie da und dachte darüber nach, was Marguerite zu ihr gesagt hatte: »Das Verlangen eines Mannes brennt so beständig wie das Herz einer Frau.«

Doch diese Worte ergaben für Kristina keinen Sinn. *Vielleicht weiß ich nicht, was ich tun muss*, überlegte sie. *Deshalb liegt die Schuld bei mir. Vielleicht muss ich geduldig sein und darauf warten, dass er selbst das Heft in die Hand nimmt.*

Am nächsten Tag um die Mittagszeit sammelte Kristina gemeinsam mit Marguerite Feuerholz, als sie bemerkte, dass Marguerite ihr Bündel Holz abgelegt und sich auf einen umgestürzten, moosbewachsenen Baumstamm gesetzt hatte. Sie winkte Kristina herbei und klopfte neben sich auf den Stamm.

»Komm her, setz dich ein wenig zu mir und verrate mir, was dich bedrückt.«

Kristina legte ihr Holz ebenfalls auf den Boden und trat zu ihr.

»Wie kommst du darauf, dass ich Kummer habe?«, fragte sie ausweichend.

»Dein Gesicht spricht Bände«, entgegnete Marguerite.

»Nun ja …«

»Sag schon.«

»Es geht um Berthold. Er ist mein Mann, aber wir können … wir haben noch nicht …« Sie verstummte, rot vor Verlegenheit.

»Du meinst, er hat noch nicht bei dir gelegen?«

Kristina nickte. »Allmählich glaube ich, dass ich zu lüstern bin. Vielleicht sind Männer anders.«

Marguerite lachte. »Männer? Gerade die Männer wollen es! Mehr, als eine Frau jemals verstehen kann.«

»Aber wie soll ich seine Begierde befriedigen, wenn wir nicht zusammenkommen?«

»Sag, Kristina, wünschst du dir ein Kind?«

»Ja. Viel mehr als das andere.«

»Bei unserer letzten Unterhaltung hatte ich dir geraten, dich in Geduld zu üben und ihm die Entscheidung zu überlassen, wann er zu dir kommt. Und er wird kommen, wenn er so weit ist. Berthold ist doppelt so alt wie du und hat dich gerade erst zur Frau genommen. Lass ihm Zeit. Und später lernst du, ihn zu führen.«

»Ihn führen? Wie denn?«

»Du bist eine schöne junge Frau, erst siebzehn. Hast du nie bemerkt, wie die Männer in Kunwald dich begafft haben?«

»Begafft?«

»Ja! Mit Blicken verschlungen. Mein liebes Kind, du weißt nichts über die Männer, und das ist ein Glück für dich.« Sie streichelte Kristinas Hand. »Es wird passieren, Kristina. Manche Männer sind schüchtern, wenn sie einer so schönen Frau wie dir so nahe kommen. Ermutige ihn weiter mit sanften Liebkosungen. Streichle ihn, und er wird riesengroß.«

»Berthold?«, fragte sie verwirrt. »Aber er ist doch schon der Größte von uns allen.«

Marguerite lachte auf. »Nicht Berthold! Das heißt ... natürlich schon. Aber ich meinte das Ding zwischen seinen Beinen.«

Kristina spürte, wie ihr Gesicht brannte. Manchmal kam Marguerite ihr vor wie aus einer anderen Welt, derber und kühner in diesen Dingen, als Kristina es sich je erträumen konnte.

»Oje. Wie du errötest!« Marguerite hob eine Hand und strich ihr die feuchten Haare aus der Stirn. Kristina schaute in das Gesicht der älteren, erfahrenen Frau und sah ein Funkeln, das sie nicht begreifen konnte.

»Liebe, meine kleine Schwester, entsteht zuerst im Verstand und wandert von dort in den Körper.«

Kristina erhob sich und sammelte hastig ihr Bündel Holz, ehe sie an Marguerites Seite zu ihrem kleinen Lager zurückkehrte, wobei ihr der Kopf schwirrte von Fragen, Sehnsüchten und Wünschen.

Die Nacht verging, und diesmal brachte Kristina es nicht über sich, Berthold zu berühren, der wie ein Bär in seinem

Schlafsack lag und leise schnarchte. Marguerites Worte hatten alles irgendwie noch unmöglicher gemacht.

*

Die Tage vergingen, und jeder war anstrengender als der vorherige. Es regnete häufig, und die Gefährten hatten die Kapuzen übergezogen, doch sie rasteten nicht.

»Der Regen verbirgt uns vor fremden Blicken«, sagte Berthold. »Gott segne den Regen.«

Die anderen sagten nichts, trotteten weiter. Frieda jammerte über dies und das, aber Kristina hörte bald gar nicht mehr auf die klagende Stimme, blendete sie völlig aus. Wenn hin und wieder die Sonne hervorkam und Dampf aus der nassen Erde stieg, juckte Kristinas verschwitzte Haut. Und Berthold, wenn er in ihrer Nähe war, roch nach Schweiß wie ein wildes Tier.

Die Tage schienen länger zu werden. Kristina spürte, wie begierig Berthold war, sich endlich bewähren zu können und seinen Glauben und sein Vertrauen in Gott zu beweisen. Sie selbst fühlte sich auf dieser Reise verloren. Das Terrain wurde immer schroffer, es ging mühsam auf und ab. Jede Biegung des Weges führte sie tiefer in jene Welt, die so vieles von dem vernichtet hatte, was ihr lieb und teuer gewesen war.

Kristina wusste schon jetzt, dass die anderen sich für den kürzeren Weg entscheiden würden, durch die Täler nach Westen, entlang der umkämpften Grenzen zwischen dem Osmanischen und dem Heiligen Römischen Reich. Sie wünschte sich, sie hätte die kleine Harfe vom Karren nehmen können, um darauf zu spielen, damit die Harmonien ihrem Verstand Linderung und Trost brachten. Sie sehnte sich nach dem Tag, an dem ihre Reise zu Ende ging, und fürchtete ihn zugleich.

Eines schrecklichen Nachmittags mussten sie sich mehrere Stunden lang in einem Dornengestrüpp verstecken. Keiner von ihnen wagte sich zu rühren. Ein großer Rothirsch hatte ihren Weg gekreuzt, war mit schäumendem Maul an ihnen vorbeigestürmt, gefolgt von einer Meute aus Jägern hoch zu Ross und kläffenden Jagdhunden. Als die Gefährten schließlich vorsichtig ihr Versteck verließen und ihre Wanderung fortsetzten, stießen sie kurz darauf auf eine Burg und waren erneut gezwungen, sich zu verbergen, diesmal bis zum Einbruch der Dunkelheit.

In jener Nacht stand der Mond hell und strahlend am Himmel, und sie nutzten sein silbernes Licht, um die Burg in weitem Bogen zu umgehen. Bei Sonnenaufgang schlugen sie ihr Lager an einem Bachlauf auf und nahmen das schwere, körnerreiche Schwarzbrot aus dem Karren, um es zu brechen und zusammen mit den wilden Kräutern zu verzehren, die sie unterwegs gesammelt und im Wasser des Baches gewaschen hatten.

Berthold hatte die Karte aus Pergament entrollt und studierte sie nachdenklich.

»Ich kann keine Burg sehen an der Stelle, wo dein Finger entlangfährt«, bemerkte Rudolf, der Berthold über die Schulter schaute.

»Es ist nicht alles eingetragen«, erwiderte Berthold und rollte die Karte zusammen.

»Aber doch Burgen, oder?«, meinte Simon.

»Haben wir uns verirrt?«, fragte Frieda mit schriller Stimme.

Berthold schüttelte den Kopf. »Natürlich nicht.«

»Kennst du diesen Weg denn nicht?«, fragte Ott. »Sind wir nicht schon an dieser Burg vorbeigekommen?«

»Es ist der richtige Weg. Wir müssen auf Gott vertrauen.«

»Das tue ich, mein guter Bruder«, sagte Marguerite. »Aber du bist derjenige, der den Weg zu kennen glaubt. Bist du dir deiner Sache sicher?«

»Möchtet ihr vielleicht umkehren?«, entgegnete Berthold ein wenig schroff und schaute die anderen der Reihe nach an. Sein Blick fiel auf Kristina. Sie schlug die Augen nieder, denn sie ertrug diesen harten Blick nicht. »Einen ganzen Tag, vielleicht zwei Tage lang auf unserer eigenen Spur zurück, nur weil ihr Zweifel habt?«

144

»Umkehren?«, jammerte Frieda. »Die ganze Strecke, ständig bergauf?«

»Meine Frieda hat sich Blasen gelaufen«, sagte Ott und rieb Friedas Füße.

»Wer nicht?«, warf Marguerite ein.

»Verzeih, dass ich mit so empfindlichen Füßen geboren wurde«, sagte Frieda.

»Deine Schuhe sind zu klein«, erklärte Simon. »Du musst sie lockerer schnüren.«

Kristina schaute ihn an und bemerkte, dass Simon barfuß ging. Seine schweren Bundschuhe waren zusammengeschnürt und hingen über seiner Schulter. Rudolf trug seine Schuhe auf die gleiche Weise. Die beiden lächelten einander zu und beobachteten Frieda dann kopfschüttelnd. Simon humpelte kaum noch.

»Wir sollten häufiger rasten«, meinte Ott.

»Das würde die Gefahr einer Entdeckung vergrößern«, widersprach Berthold. »Außerdem ist es an der Zeit, dass wir uns entscheiden, ob wir den kürzeren oder den längeren Weg nach Mainz einschlagen. Jeder der beiden Wege birgt seine eigenen Gefahren.«

Kristina meldete sich zu Wort. »Der Karte nach hätten wir längst aus dem Wald heraus sein müssen. Diese Abzweigung vor uns ist nicht die, die auf der Karte eingezeichnet ist.«

»Was willst du damit sagen?«, fragte Berthold.

»Wenn wir falsch abgebogen sind, könnten wir der umkämpften Grenze viel näher sein, als die Karte zeigt«, antwortete Kristina.

»Unmöglich«, sagte Ott.

Schließlich wanderten sie weiter, und vor ihnen öffnete sich das Land. Nach einiger Zeit gelangten sie an ein großes Weingut, das zu einem Kloster zu gehören schien. In der Ferne waren die Gebäude und ausgedehnte Felder zu sehen, auf denen Bauern arbeiteten. Noch weiter entfernt senkte sich das Land bis zu einem im Dunst silbrig glitzernden Fluss. Am Horizont brauten sich Gewitterwolken zusammen. Die Gefährten blieben stehen und ließen verwirrt den Blick schweifen.

»Auf unserer Karte ist kein Kloster eingetragen«, sagte Marguerite tonlos.

»Wir haben uns nicht verirrt, falls du darauf anspielst«, entgegnete Berthold gereizt. Sein Gesicht war rot vor Zorn. Kristina wandte den Blick von ihm ab. So wollte sie ihn nicht sehen. Der Lehrer und Ehemann, den sie so verehrt hatte, verwandelte sich vor ihren Augen in einen reizbaren, schwierigen Mann.

»Was sollen wir jetzt tun?«, fragte Ott.

»Wir müssen uns entscheiden«, sagte Berthold. »Entweder wir nehmen meinen Weg, der in die Täler führt, zu den großen Handelsstraßen, oder wir gehen zurück bis zu der Stelle, an der die Karte uns in die Irre geführt hat.«

»Aber wenn wir weitergehen«, sagte Marguerite, »kommen wir den umkämpften Straßen und der Grenze gefährlich nahe.«

»Und wo es Kämpfe gibt, da gibt es auch Tote und Verwundete«, fügte Kristina hinzu.

»Trotzdem«, erklärte Berthold. »Wir alle sind erschöpft. Der kürzere Weg ist der bessere.«

»Der kürzere Weg führt in den Tod«, sagte Marguerite.

Kristina spürte die eigenartige Stimmung in der Gruppe. Sie liefen Gefahr, ihr Ziel aus den Augen zu verlieren. Die Spannungen hatten wie ein Gewicht auf ihren Schultern gelegen, das mit den Tagen immer schwerer geworden war, je größer die Unsicherheit wurde und je weiter sie sich von der Sicherheit Kunwalds entfernten. Hier draußen rief der Kampf ums Überleben Selbstsucht hervor.

Berthold atmete tief durch und seufzte, als hätte er es mit einer Schar aufsässiger Kinder zu tun. »Wenn ihr nicht Gott und eurem Anführer vertraut, dann lasst uns abstimmen.«

»Ja, lasst uns abstimmen«, sagte Rudolf. »Jetzt gleich.«

Kristina schaute über Bertholds Schulter hinweg und beobachtete, wie er die Karte ausrollte. Sie war klamm; offenbar war sie nass geworden. Einige Linien waren verwischt, und Berthold hatte Mühe, sie zu erkennen. Die anderen sahen es ebenfalls.

In diesem Moment spürte Kristina Angst in sich aufsteigen: Berthold war vom Weg abgekommen.

Sie hatten sich verirrt.

8.
Lud

Gewitterwolken zogen auf. Lud hoffte, dass es bald regnete, damit sie die Wasserfässer wieder füllen konnten. Wasser aus Tümpeln und Straßengräben abzukochen, um damit die Fässer zu füllen, war harte Arbeit. Mehrmals am Tag musste Holz geschlagen und Wasser zu den eisernen Kesseln geschleppt werden, was den anfangs schnellen Vormarsch der Armee in einen langsamen Trott verwandelte. Das kochende Wasser wurde in die bereitstehenden Holzfässer gekippt, wo es abkühlen und sich setzen konnte, noch verschmutzt mit Sand und Erde. Der rostige Beigeschmack aus den Kochkesseln blieb trotzdem in der Kehle haften. Soldatentum bestand zu neunzig von hundert Teilen aus harter Arbeit, zu zehn aus Krieg.

»Wenn die Jungen durstig sind«, sagte Dietrich, »dann erinnere sie daran, dass auf einem Marsch mehr Männer an Fieber sterben, das durch schlechtes Wasser hervorgerufen wird, als von der Hand ihrer Feinde.«

Also hatte Lud, als drei Maultiertreiber an blutigem Brechdurchfall von heimlich getrunkenem Tümpelwasser elend verreckt waren, seine Männer an den flüchtig ausgehobenen Löchern vorbeigeführt und sie einen Blick auf die verwesenden Überreste derjenigen werfen lassen, die zu schwach gewesen waren, um mit trockener Kehle zu marschieren. Schwärme grüner Schmeißfliegen stiegen von den Leichen auf, als sie in ihre Gräber gerollt wurden.

»Trinkt schlechtes Wasser, und ihr seid Fliegenfutter wie die da«, sagte Lud warnend.

Nun standen seine Jungen noch immer in Reih und Glied, ihre Spieße fest in der Hand, obwohl das Heer wegen des drohenden Unwetters bereits vor längerer Zeit angehalten hatte und alles darauf hindeutete, dass heute nicht mehr marschiert werden würde. Der offizielle Befehl zur Auflösung der Formation war bislang ausgeblieben.

Lud stieg gerade aus dem Sattel, als Dietrich herantrabte. »Behalte es für dich«, sagte er zu Lud. »Aber noch ein weiterer Tagesmarsch, und wir kehren um.«

Lud blickte seinen Ritter ungläubig an. Das war zu schön, um wahr zu sein!

»Dir hat es wohl die Sprache verschlagen, was? Aber es stimmt. Unsere Getreidevorräte gehen zu Ende. Glücklicherweise sind auch die Weinvorräte der Magistrate vor zwei Tagen ausgegangen. Also werden wir morgen dieser verdammten Straße den Rücken kehren.«

»Wirklich?«

»Wir füllen unsere Wasserfässer an den Brunnen, wo sich die Römerstraßen kreuzen, und marschieren nach Hause. Wir durchqueren die Hügel und nehmen die Straße am Fluss entlang, wo es reichlich Wasser gibt, anstatt auf dem gleichen Weg durch den von uns aufgewühlten Schlamm zu stapfen. Aber behalte es für dich, hörst du?«

»Es sieht nach Regen aus.«

»Wenn der Regen kommt, füllen wir so viele Fässer und Eimer, wie wir können. Sorge dafür, dass die Jungen bereit sind«, sagte Dietrich und lenkte sein Pferd zum hinteren Teil des Heeres, wo die anderen Ritter sich berieten.

Lud fühlte sich so gewichtslos, als hätte ihm jemand ein schweres Bündel Feuerholz von den Schultern genommen. Er spürte, wie seine Gesichtsmuskeln erschlafften, und ihm wurde bewusst, dass seine Miene angespannt und starr gewesen war wie eine Maske. Seine Jungen waren Bauern, gewöhnt an harte Arbeit auf den Feldern, aber nach Stunden des Marschierens unter dem Langspieß fingen selbst die stärksten unter ihnen zu zittern an. Kein Zweifel, sie tuschelten untereinander über die niedergebrannte Moschee und die zu Tode gefolterten, grotesk entstellten Leichen und über den Fluch, der vermeintlich auf ihnen lastete, doch wenn sie nun umkehrten, würden sie wieder neue Hoffnung schöpfen. Sie konnten für die Zeit zu Hause planen und sich darauf freuen.

Lud beobachtete, wie die Jungen müde ins Leere starrten. Jax, den er neben sich am Zügel hielt, stupste ihm die Nase ins Gesicht und hinterließ einen kühlen Fleck auf seiner vernarbten Wange. Liebevoll strich er dem treuen Tier über den Kopf, bis es plötzlich unruhig wurde.

Was sollte das nun wieder?

Lud sah die Kriegspfaffen mit ihren rasierten Schädeln und den schwarzen Gewändern näher kommen. Einige von ihnen hatten fette Bäuche, andere waren hager, um ihre asketische Lebensweise zur Schau zu tragen – ein Zeichen unverhohlener Eitelkeit. Sie kamen heran, trotteten zwischen den erschöpften Spießträgern hindurch und segneten sie. Die Männer knieten nieder, und die Pfaffen machten das Kreuzzeichen und taten, als sprächen sie für Gott.

»Ihr seid die Soldaten des wahren Christus. Ihr bewacht diese Straße für das Heilige Römische Reich Deutscher Nation. Die Teufelsanbeter sind auf dem Weg hierher, um mit euch zu kämpfen und eure Seelen von der Erde zu rauben. Zerschmettert sie für Jesus Christus! Zermalmt die Gottlosen im Zeichen des Kreuzes!«

Ein weiterer Pfaffe verhökerte Ablässe, die er in einem Kästchen mit sich trug. Sein Anblick entlockte Lud ein bitteres Lachen, wenn auch nur innerlich, denn er wollte auf keinen Fall die Aufmerksamkeit der Pfaffen auf sich ziehen. *Der vorstehende Nagel wird eingehämmert.*

Doch seine Erheiterung brachte ihm wenig Erleichterung, mehrte stattdessen seine Abscheu. Er wusste, die Pfaffen waren darauf aus, an Münzen einzusammeln, so viel sie konnten, bevor die Armee sich auf den Heimweg machte und ehe die Furcht der Soldaten verflog.

»Sofortiger Einlass in das Himmelreich! Nur ein Gulden! Steckt euer Geld in ein goldenes Schloss! Nur ein Gulden für das Himmelreich!«

Vier Pfaffen kamen mit frommen Mienen herangeschlurft. Sie trugen Körbe im Arm, sangen Gebetsstrophen und boten ihre Ablässe zu Schleuderpreisen an, für den Fall, dass einer der armen Bastarde tatsächlich noch Münzen zum Weggeben hatte. Jax zerrte an den Zügeln; Lud beruhigte ihn, indem er den muskulösen Hals des Pferdes tätschelte.

»Hört her«, sagte Lud leise zu seinen Jungen. »Bringt euer Geld nach Hause zu euren Müttern und Schwestern, falls ihr überhaupt noch was übrig habt.«

Der älteste Pfaffe war der mit dem schlohweißen Haarschopf. Er schaute Lud an. »Bist du nicht der, dessen Seele von dem Satanspriester in ihrem Teufelstempel verflucht wurde? Ein Ablass von der heiligen Mutter Gottes für jeden von euch wird eure Seelen reinigen und euren Weg zum glorreichen Licht der Erlösung erleichtern.«

»Spart Eure Ablässe für andere auf, die es nötiger haben«, entgegnete Lud. Er saß auf seinen Münzen, seinem Soldatenlohn von vier Goldgulden, bewahrte sie auf für die Rückkehr nach Würzburg. Falls er so lange am Leben blieb, brauchte er dringend einen Vollrausch und eine Rauferei, um seinem Ärger Luft zu machen, und eine Frau, um ein paar Stunden seine Einsamkeit zu vergessen.

Der Blick des Pfaffen wurde stechend. »Sichere dir deinen ewigen Ruhm durch Christus, den Fürst des Friedens. Sei deinen Männern ein leuchtendes Vorbild.«

»Christi Schutz in der Schlacht?«, fragte Lud, damit seine Jungen begriffen, was die Pfaffen anboten. Er wollte ausspucken, wusste aber, dass die Pfaffen dann ihre Magistrate riefen, sodass ihm eine Strafe blühte. »Ist das gewiss?«

»Nein«, antwortete der Priester. »Aber solltest du in der Schlacht fallen, ist dir ein viel kürzerer Aufenthalt im Fegefeuer sicher. Nur ein Gulden zur Freude Gottes, nur heute zu diesem günstigen Preis. Spüle den unheiligen Fluch des mohammedanischen Teufelsanbeters hinfort!«

Lud suchte nach einer neuen Ausrede, als sich hinter ihm Kaspar zu Wort meldete.

»Darf ich Gott erfreuen?«, fragte er.

»Der Herr segne dich, mein Sohn«, sagte der Pfaffe, wobei er sich zu Kaspar wandte und mit der offenen Hand das Kreuzzeichen machte.

Kaspar ging auf die Knie und reichte dem Priester die Münze. Dann nahm er das kleine, zusammengerollte Papier mit dem roten Band und verstaute es behutsam in seinem Umhang. Die anderen Jungen beobachteten ihn mit neidischen Blicken. Lud wusste, dass Hermo und Fridel, die beiden Zwillinge, ihr Geld ihrer Mutter gegeben hatten, der Witwe Almuth, damit sie es bis zu ihrer Rückkehr aufbewahrte.

»Ich wünschte, ich hätte meine Münzen, um Gott gefällig zu sein«, sagte Hermo.

»Kannst du dir nicht etwas borgen? Gegen ein Pfand?«, schlug der Priester vor.

»Wenn man Gott mit Geld gefällig sein könnte, würde es keine Kriege geben, keine Pestilenz und keine Hungersnöte, nirgendwo auf der Welt«, sagte Lud, der die Geduld verlor.

»Ich bete darum, dass ich tapfer sein kann, das ist alles«, sagte Hermo.

»Auf dass du nicht für zu leicht befunden wirst«, sagte Fridel.

»Die aufrichtigsten Worte, die einer von euch bis jetzt gesagt hat«, stellte Lud fest.

»Dann kaufe einen Ablass für Mut«, schlug der Pfaffe vor. »Auf diese Weise ist dir in der Schlacht für Christus ewiger Ruhm gewiss. Dein Name wird sich für immer unauslöschlich in die Erinnerung aller daheim einprägen.«

»Lasst sie in Ruhe«, sagte Lud zu dem Priester. »Sie sind erschöpft.«

»Wie unser Heiland gelitten hat, so müssen auch wir leiden.« Der Priester war es offensichtlich nicht gewöhnt, dass man ihm die Stirn bot. Er funkelte Lud aus zusammengekniffenen Augen an.

»Und wann beginnt Euer Leiden?«, fragte Lud.

»Der Regen durchnässt mich wie jeden anderen Mann«, sagte der Priester.

Lud sah zu Kaspar, der glückselig die Ausbeulung in seinem Umhang streichelte, unter der sein neu erstandener Sündenablass steckte. Ein Junge zog für einen Dukaten in den Krieg, und die Pfaffen luchsten ihm die Münze sogleich wieder ab, indem sie mit seiner Angst vor dem Tod spielten. Auch Lud war früher einer von diesen Jungen gewesen. Er fragte sich, ob die osmanischen Prediger den Muselmanenjungen die gleichen Geschichten erzählten.

»Reisiger, du hast reichlich Münzen.« Der Priester hatte sich nun Lud zugewandt, zweifellos, um ein Exempel zu statuieren. »Es ist deine heilige Pflicht deinen Leuten gegenüber, ihnen himmlischen Schutz zu kaufen.«

Lud starrte den Priester mit versteinerter Miene an. Jax schnaubte ungeduldig, seine samtige Nase glänzte. Lud sinnierte über die kuriose Tatsache, dass er eine engere Bindung zu seinem Pferd hatte als zu dem Pfaffen.

»Hast du mich nicht gehört, mein Sohn?«, fragte der Pfaffe und trat näher. Lud roch faule Zähne und noch etwas anderes. Wein. Der Wein der Magistrate mochte vielleicht ausgegangen sein, doch die Priester schienen stets mehr als genug davon zu haben. »Warst du etwa so töricht, dein Herz gegen Gott den Herrn zu wappnen?«

Luds Blick hätte ein Loch in die selbstgefällige alte Visage des Pfaffen brennen können. Er dachte an die verstümmelten Toten in der Moschee, an den kleinen, zum Sterben verurteilten Imam, der ihn vor den drohenden Übeln gewarnt hatte, an das betäubte Entsetzen seiner Jungen und den Gestank des verseuchten Brunnens.

Der Priester stupste Lud mit einem krummen Finger an. »Was nutzt es dir, auf der Erde Schätze zu horten, wo alles verrostet und Diebe einbrechen? Möchtest du denn keine Sicherheit für deine unsterbliche Seele auf diesem heiligen Marsch?«

»Gott verspricht all diesen Jungen Sicherheit unter meinem Kommando?«, fragte Lud. »Und Ihr helft uns dabei?«

»So ist es, mein Sohn«, antwortete der Pfaffe.

»Dann helft mir zuerst, die Füße meiner Männer zu versorgen«, sagte Lud.

Als der Priester das hörte, schnaubte er empört, wandte sich ab und stapfte weiter.

Hermo hatte Blut im linken Schuh. Das Stroh rieselte aus einem Loch am Fußballen.

»Warum bist du nicht zu mir gekommen und hast etwas gesagt?«, schimpfte Lud.

»Du hast genug andere Sorgen«, erwiderte Hermo bescheiden.

Lud starrte ihn an. *Das* war Tapferkeit. Und Torheit obendrein. Allzu oft waren beide nicht voneinander zu unterscheiden.

»Wir schneiden ein neues Stück Harnischleder, das wir in den Schuh legen, und wir erneuern das Stroh«, sagte Lud zu Hermo. Dann hob er den Kopf und blickte die anderen der Reihe nach an. »Seid gewarnt, auch blutige Füße werden morgen marschieren.«

Es war wenige Minuten später – Lud war auf den Knien und untersuchte die Füße seiner Jungen –, als die ersten Donnerschläge einer Kanonade über das Tal rollten.

Lud sprang auf wie von einer Hornisse gestochen und packte Jax' Zügel.

Kreischendes Eisen zerriss den dunklen Himmel, bevor es irgendwo weit hinter ihnen auf der Straße in die Formation einschlug.

Stimmen brüllten durcheinander. Über ihnen ertönte ein dumpfes Grollen, und für eine Sekunde dachte Lud, der Gewittersturm wäre endlich losgebrochen. Dann folgten die nächsten Einschläge. Er wusste, dass es feindliche Arkelei war, Artillerie, die sie unter Beschuss genommen hatte.

Jax scheute, drehte sich im Kreis und riss Lud dabei fast die Zügel aus der Faust.

Kugeln schlugen in die Formation ein. Das Zentrum der langen Schlange wurde förmlich zerfetzt. Plötzlich regnete es, doch der Regen war rot.

Der weißhaarige Pfaffe ließ seine kleine goldene Schachtel mit Ablässen fallen und flüchtete Hals über Kopf, rannte mit flatternder Robe davon wie ein Vogel mit gebrochenen Flügeln.

»Lud!«, rief ein Dutzend erschrockener Stimmen.

Seine Jungen standen da, die Spieße kreuz und quer, und starrten ihn aus weit aufgerissenen Augen voller Todesangst an. Lud kämpfte gegen seinen trägen Verstand, als plötzlich von irgendwo fremde Hörner ertönten.

Wieder scheute Jax, und Lud schwang sich in den Sattel, mit solcher Wucht, dass er beinahe heruntergefallen wäre.

»Lud!«, riefen die jungen Spießbuben aus Giebelstadt.

Unvermittelt tauchte eine Schar roter Turbane vor ihnen auf. Feindliche Reiter schwärmten wie Geister in einem Albtraum vom Kamm oberhalb der Straße aus.

Hilf mir ... hilf uns ...

9.

Kristina

*W*ir hatten viel Regen«, versuchte Berthold sich zu rechtfertigen. »Aber nass oder nicht, ich kenne diese Karte. Wenn wir die linke Abzweigung dort nehmen, bleiben wir in sicherem Abstand von den umkämpften Handelsrouten.«

Sie standen am Waldrand. Unter ihnen zog sich ein weites Tal hin. Es gab viele Wege, die hinunterführten – zu viele.

»Du hast schon mal gesagt, du wärst dir sicher«, warf Marguerite ein.

»Die linke Abzweigung führt uns auf dem kürzesten Weg ins Tal«, entgegnete Berthold. »In ein paar Tagen schon können wir in einer größeren Stadt sein, in Sicherheit, im Haus eines heimlichen Verbündeten, anstatt noch wochenlang zu wandern.«

»Wir müssen abstimmen«, sagte Rudolf.

»Unsicherheit«, sagte Simon. »Ich mag keine Unsicherheit.«

»Habt Vertrauen«, ermahnte Berthold die anderen.

»Vertrauen auf Gott«, sagte Ott. »Aber Vertrauen auf eine nasse Karte? Nein.«

Kristina beobachtete ihren Ehemann. Wenn sie sich wirklich verirrt hatten, würde er es niemals zugeben, so gut kannte sie ihn inzwischen. Und doch, trotz allen Misstrauens wurde ihr bewusst, dass sie ihm folgen würde, egal wohin er ging.

»Ich bin für den kurzen Weg«, sagte Berthold. »Unser unerschütterlicher Glaube wird uns helfen, ihn unbeschadet zu meistern.«

»Der Herr wird uns schützen«, sagte Frieda, während Ott ihre Füße rieb und ihre Blasen pflegte. »Auch ich bin für den kürzeren Weg, und mein lieber Ott ist der gleichen Meinung.«

Marguerite stimmte für den langen Weg. »Den Herrn zu versuchen ist niemals klug«, lautete ihr Argument.

»Was Berthold auch entscheidet, ich stimme dafür«, sagte Rudolf und zuckte die massigen Schultern.

»Ich auch«, pflichtete Simon ihm bei. »Wenn die Fakten unbekannt sind, ist ein Wagnis so groß wie das andere. Deshalb ist es Narretei, wenn ich entscheiden soll. Ich bleibe bei Berthold.«

»Kristina?«, fragte Marguerite.

»Wenn wir im Wald die falsche Abzweigung genommen haben, führt uns der kürzere Weg direkt hinunter zu den umkämpften Gegenden.«

Sie bemerkte Bertholds überraschten und verletzten Blick. Er hatte offensichtlich erwartet, dass sie sich ihm anschließen und abstimmen würde wie er.

Doch wie Kristina befürchtet hatte, gab Bertholds Stimme den Ausschlag. Sie würden den kürzeren Weg nehmen. Den einfacheren Weg entlang der umstrittenen Grenze, auf den Straßen, die auf Johannes' Karte rot eingezeichnet waren.

Bitte, Herr, gib, dass es der richtige Weg ist, betete Kristina im Stillen.

Sie wanderten über den Wildwechsel und am Kamm entlang ins Tal. Berthold ging voraus, ohne Kristinas Hand zu nehmen.

Als sie am Abend ihr Lager aufschlugen, hielt es Kristina nicht wie sonst in ihrem Schlafsack. Sie fror erbärmlich. Sie erinnerte sich nicht, wann sie einschlief, nur an Myriaden Sterne, die wie Eissplitter über ihr am Himmel glitzerten, und an eine herabfallende Sternschnuppe, die rasch blasser wurde, bis sie verschwunden war. Als endlich der Morgen dämmerte, war Kristina wie betäubt vor Kälte und erhob sich mit steifen Gliedern, um sich aufzuwärmen.

Berthold blieb stumm. Sie aßen Hartkäse und den letzten Rest Brot, aus dem sie die verschimmelten Stücke brachen. Dann ging die wärmende Sonne auf, und sie setzten ihren Weg fort, schoben und zogen den kleinen Karren mit sich.

An diesem Tag wanderten sie länger als an den Tagen zuvor.

»Morgen steigen wir hinunter in die gefährliche Gegend, wo die Grenzstraßen verlaufen«, sagte Berthold. »Wir müssen sehr vorsichtig sein wegen der Armeen, die über diese Straßen ziehen.«

»Können wir ein Feuer machen?«, fragte Marguerite.

»Ja. Heute Abend kochen wir unsere letzte Gerste. Ab morgen gibt es nur noch Dörrfleisch und Käse. Und keine Feuer mehr.«

Kristina sagte nichts. Sie hatten abgestimmt; die Entscheidung war gefallen, und sie hatte beschlossen, sich klaglos zu fügen. Nach Tagen der Anspannung kehrte wieder ein wenig Harmonie in die Gruppe ein. Vielleicht war das der Grund, weshalb Rudolf an diesem Abend am Lagerfeuer den anderen zum ersten Mal aus seinem Leben erzählte.

»Ich muss endlich darüber reden«, sagte er mit heiserer Stimme, während das Feuer in seinem Milchauge glomm. Er stocherte mit einem Stock in der Glut und drehte den Kopf beinahe wie ein Vogel, um die Gefährten reihum mit seinem gesunden Auge zu betrachten, bevor er weitersprach. Alle hatten ihre Deckenrollen ausgebreitet und alles für den Schlaf vorbereitet, doch jetzt beobachteten sie Rudolf, der immer noch im Feuer stocherte. Seine Stimme klang schüchtern. Der Tonfall wollte so gar nicht zu seinem harten Gesicht passen.

»Schwestern und Brüder, ihr alle kennt meinen Namen, aber viel mehr wisst ihr nicht über mich. Wir haben zusammen Berge von Büchern gedruckt, darunter viele Bibeln, während wir gemeinsam gelernt haben, und ich liebe und achte euch alle. Aber hört mich an. Ich bin kein guter Redner, nicht wie Bruder Berthold. Doch jetzt ist die Zeit gekommen, euch die Wahrheit zu offenbaren.«

»Und wie sieht die Wahrheit aus?«, fragte Berthold.

»Ich war Gehilfe eines Magistraten.«

Rings um das Lagerfeuer wurden entsetzte Blicke getauscht.

Rudolf nickte. »Ja. In jungen Jahren liebte ich das Glücksspiel. Ich kannte Betrüger, Totschläger und Halsabschneider, die mit ihren Taten prahlten, wenn sie getrunken hatten. Ich arbeitete als Karrenlenker und half dem Magistraten dabei, die Dummköpfe festzunehmen, die sich mit ihrem lockeren Mundwerk verrieten, und sie ihrer Strafe zuzuführen.«

»Du hast in den Diensten eines Magistraten gestanden?«, fragte Ott ungläubig.

»Ja, und schlimmer noch. Lasst mich alles erzählen. Als ich immer mehr Geld für mein Spiel brauchte – es gab jedes Mal eine Prämie für die Festnahme von Ketzern –, war ich, Gott möge mir vergeben, ständig auf der Suche nach Menschen, die ketzerische Dinge predigten. Jeder, der lesen konnte, war verdächtig.«

»Gütiger Himmel«, flüsterte Berthold.

Kristina spürte, wie sich ihr Magen verkrampfte. Alle saßen stocksteif da und starrten Rudolf fassungslos an. Kristina musste daran denken, dass Männer wie Rudolf bei der Verhaftung ihrer Familie geholfen hatten.

Alle waren gebannt. Niemand sprach ein Wort.

»Eines Tages, ich sonnte mich in meiner Macht über andere, trank ich zu viel. Ich trank mehr und mehr. Ich wünschte, ich könnte sagen, dass ich Gewissensbisse hatte, weil ich gute, unschuldige Menschen jeden Alters in den Untergang schickte. Ich wünschte, ich könnte sagen, dass das Gesetz mir das Auge nahm als Strafe für mein Fehlverhalten, aber die Wahrheit sieht anders aus. Ich fing an zu stehlen, um mein Glücksspiel bezahlen zu können, und der Magistrat warf mich hinaus. Ich saß auf der Straße. Von einem Moment auf den anderen war ich ein Ausgestoßener, ein Paria. Als ich erwischt wurde, wie ich beim Würfeln mogelte, überwältigten mich die anderen Spieler in der Schänke, hielten mich gegen einen Balken und stachen mir das Auge aus. Sie wollten mir auch das andere Auge nehmen, wie es Brauch ist bei Betrügern, aber ich konnte mich losreißen und fliehen. Einige Brüder fanden mich schließlich vor den Mauern der Stadt Erfurt, wo ich in einem Graben herumkroch. Durch Gottes Gnade und in brüderlicher Nächstenliebe nahmen sie mich auf, pflegten mich und brachten mich nach Kunwald, wo mein gutes Auge heilen konnte. Doch ich sah das wahre Licht immer noch nicht.«

Er verstummte. Kristina spürte, wie ihr Herz schneller schlug. Das Blut rauschte in ihren Ohren.

»Und heute, Bruder Rudolf?«, fragte Berthold. »Wo sind dein Herz und deine Seele heute?«

Rudolf richtete das gesunde Auge auf ihn. Dann schaute er die anderen an, jeden Einzelnen. »Gelobt sei Gott, ich habe seit sechs Jahren nicht mehr gespielt und gestohlen. Als ich wieder laufen konnte, stand es mir frei, fortzugehen oder zu bleiben. Ich entschied mich für das Bleiben. Ich lernte Lesen und Schreiben und das Drucken an der Presse. Das ist der wirkliche Rudolf, der hier und jetzt zu euch spricht. Möge Gott mir meine Sünden vergeben, und möge unser Heiland euch alle segnen.«

Eine Zeit lang sagte niemand etwas. Schließlich meldete Marguerite sich zu Wort. »Dann ist es dir ergangen wie dem unheiligen Saulus, aus dem ein Paulus wurde. Der vom Licht bekehrt wurde und sich zum Guten wandte.«

»Gott segne dich«, sagte Rudolf.

Simon setzte sich auf. Sein Kopf war kahl bis auf dichte Haarbüschel, die aus den Ohren und den Nasenlöchern sprossen. Er war gezeichnet und verhärmt von vielen Jahren Schufterei auf der Scholle. »Ich muss meine Geschichte ebenfalls erzählen«, sagte er.

Kristina beobachtete Simons Gesicht. Sein Blick schien nach innen gerichtet zu sein. Er hüstelte verlegen, räusperte sich und begann.

»Als sie meinen Hof niederbrannten und meine Familie töteten, rannte ich davon. Ich kämpfte nicht gegen sie. Ich bin ein einfacher Bauer und ... ein Feigling.«

»Mord zu widerstehen ist keine Feigheit«, sagte Berthold. »Rache ist die Bürde Gottes, nicht die der Menschen.«

»Dennoch«, beharrte Simon. »Ich bin feige.« Tränen strömten ihm über die Wangen und glänzten im Schein des Feuers wie Tropfen aus geschmolzenem Gold. »Ich wurde gefasst, in den Kerker geworfen und kam auf die Streckbank. Ihr habt vielleicht bemerkt, dass ich manchmal humple, wenn ich erschöpft bin. Das kommt von der Bank ...«

160

Er verstummte, schluchzte leise. Rudolf streckte die Hand aus und rieb ihm tröstend über den Rücken.

»Was wollten sie denn von dir hören?«, fragte Berthold.

Kristina sah, wie Simons Gesicht sich in Erinnerungen voller Schmerz und Grauen verzerrte.

»Sie wollten von mir wissen, ob ich Geld versteckt hätte, aber so war es nicht. Irgendeine arme Seele hatte ihnen unter der Folter wohl erzählt, dass ich ein reicher Mann sei, um selbst von der Streckbank oder den Zangen erlöst zu werden. Unter der Folter sagt man alles, was sie von einem hören wollen. Man erfindet Dinge, nur damit es ein Ende hat. Irgendwann haben sie mit der Folter aufgehört, und ich musste zusammen mit anderen Gräben entlang einer Straße ausheben. Eines Nachts aber konnte ich fliehen.«

»Trotzdem bist du bereit, zurückzugehen und den Unwissenden das Licht der Wahrheit zu bringen?«, fragte Berthold. »Obwohl du noch mehr Folter, sogar den Tod riskierst?«

»Lesen zu lernen hat mein Leben für immer verändert«, sagte Simon. »Jetzt, da ich weiß, was in der Heiligen Schrift steht, will ich mich für den Rest meiner Tage von Hass und Rachewünschen befreien. Wir bringen jenen die Wahrheit, die noch im Dunkel leben. Ich werde nie wieder ein Feigling sein.«

*

Wieder einmal versuchte Kristina neben Berthold einzuschlafen.

Sie hatten ihr Lager unter Fichten neben einem Bach aufgeschlagen. Kristina lag auf dem harten Boden und beobachtete, wie die Sterne hinter schwarzen Wolken verschwanden. Das Flackern ferner Blitze kündigte für den nächsten Tag Regen an.

Sie war überrascht, als Bertholds Hand nach der ihren tastete, sie ergriff und festhielt. Seine Stimme war kaum mehr als ein Flüstern. »Alles wird gut, Kristina. Keine Angst. Alles wird gut.«

Und als in der Nacht eine Zeit lang unheimliche Blitze am Himmel zuckten, nahm er sie endlich wieder zu sich in seinen Schlafsack, doch ohne ihr körperlich näher zu kommen.

Am nächsten Morgen erreichten sie bequemere, ebene Wege, die in die westlichen Täler führten. Sie wichen anderen Reisenden aus und versteckten sich bei jeder möglichen Gefahr. Den Karren zu schieben und zu ziehen war schwere Arbeit, die alle miteinander teilten – bis auf Frieda, die nur so tat, als würde sie schieben, sich in Wirklichkeit aber dagegen lehnte. Kristina sagte nichts dazu.

Eines Abends bemerkten sie am Horizont einen ausgedehnten gelben Lichtschein.

»Was kann das sein?«, fragte Kristina.

»Ein Waldbrand vielleicht«, meinte Rudolf.

»Nein«, widersprach Marguerite. »Das sind Lagerfeuer.«

»Und zwar sehr viele«, pflichtete Rudolf ihr bei.

Simon meinte: »Eine Armee auf dem Marsch.«

»Ja.« Berthold nickte. »Wir müssen ihr ausweichen.«

»Sie wird bei Tagesanbruch weitermarschieren«, sagte Marguerite.

»Dann warten wir«, erklärte Berthold.

Es war, wie sie vermutet hatten. Kurz nach Anbruch der Dämmerung war in der Ferne Trommelwirbel zu hören. Dann sahen sie eine lange Reihe Maultierkarren, Männer und Pferde davonziehen. Die Kolonne bewegte sich eine alte befestigte Straße entlang und verschwand in einem Einschnitt zwischen zwei Bergrücken.

»Von jetzt an müssen wir vorsichtiger sein«, sagte Berthold. »Ich fürchte, wir kommen auf unserem Weg durch gebrandschatzte Dörfer und Siedlungen.«

»Ich hoffe, du irrst dich«, sagte Kristina. »Aber wenn es so sein sollte, ist es unsere Pflicht zu helfen.«

»Auf jeden Fall müssen wir uns von den Armeen fernhalten, ob Freund oder Feind«, erwiderte Berthold. »Wir haben die Pflicht, Mainz zu erreichen und dort Gottes Werk zu tun.«

»Wir haben die Pflicht, alles zu tun, was Gott uns auferlegt, Bruder«, entgegnete Marguerite.

An den darauffolgenden Tagen sahen sie mehrere Armeelager und vernahmen hin und wieder den Trommelwirbel eines Heerwurms, der über die Straßen kroch.

Ein paar Stunden nach einer weiteren mittäglichen Rast machten sie erneut Halt. Vor ihnen öffnete sich ein weites Tal, durch dessen Sohle sich eine graue gepflasterte Straße zog, bis sie im Nebel verschwand.

Plötzlich erklang von irgendwo im Tal rollender Donner, gefolgt von einem eigenartigen Echo – ein scharfes Krachen, das in den Ohren schmerzte.

Kristina erkannte, dass es von unterhalb ihrer derzeitigen Position kam, nicht aus dem dunklen Himmel über ihnen, also war es kein Unwetter. Sie alle waren stehen geblieben.

»Donner«, meinte Berthold. »Ein Gewitter zieht auf.«

Kristina erschauerte, als eine weitere Serie weit entfernter, rasch aufeinanderfolgender dumpfer Schläge die Luft erbeben ließ. Und diesmal folgte dem Krachen ein Schreien aus tausend Kehlen, klagend, schmerzerfüllt, wie ein einziger gewaltiger Tremor gequälter Seelen, die im Feuer der Hölle schmorten.

»Das ist kein Donner«, sagte Rudolf und richtete den Blick aus seinem gesunden Auge nach vorn. Das Milchauge schien Kristina anzustarren, und sein Gesicht wurde hart. »Das sind Explosionen.«

»Nein«, sagte Simon. »Das sind Kanonen.«

10.
Lud

*D*er Himmel über ihm *kreischte.*

Jax drehte sich im Kreis. Irgendwie schaffte es Lud, auf dem Rücken des Tieres zu bleiben.

Von irgendwo hinter den Hügeln erklang krachendes Donnern. Lud wusste sofort, dass es Kanonenfeuer war. Er drehte sich im Sattel um, während er alle Mühe hatte, das scheuende Pferd zu zügeln, und sah die explodierenden Salven in die dichten Reihen aus menschlichem Fleisch einschlagen. Im Zentrum des Heeres wurden breite Schneisen in die Linien gerissen. Männer und Körperteile flogen durch die Luft.

Lud zwang das Pferd, stehen zu bleiben. Die Jungen in der Vorhut, von Grauen erfüllt, drehten sich suchend in sämtliche Richtungen. Einige hätten beinahe ihre Spieße verloren.

»Haltet die Linie!«, brüllte Lud. Doch es gab keine Linie mehr, die sie hätten halten können.

Vom Rücken seines Pferdes aus sah er, dass die Marschlinie durchbrochen und in Auflösung begriffen war. Männer warfen sich zu Boden oder flüchteten, Blei flog sirrend durch die Luft, alles rief durcheinander, viele wurden getroffen und fielen.

Luds Verstand hatte für einen Moment ausgesetzt, doch jetzt nahm er rasend schnell wieder die Arbeit auf, als wollte er die verlorene Zeit aufholen. Seine Gedanken jagten voraus, während er aus zusammengekniffenen Augen das Feld nach Anzeichen von Reiterei absuchte. Dietrich würde zusammen mit den anderen Rittern da sein, zu Pferd. Lud konnte entweder beritten kämpfen oder mit seinen Männern zu Fuß. Beides hatte Vor- und Nachteile, doch er musste seine Spießträger befehligen, und solange er bei ihnen war, würde Jax ihn beim Kämpfen behindern.

»Heute wirst du nicht sterben«, sagte Lud, als er aus dem Sattel stieg. »Heute nicht.« Die Worte galten nicht Jax, sie waren an ihn selbst gerichtet.

Lud beschloss, an diesem Tag gemeinsam mit seinen Männern zu Fuß zu kämpfen. Deshalb wurde Jax hinter dem Hügel unter einem Baum angepflockt, von wo aus er Lud mit unsteten Blicken aus großen schwarzen Augen beobachtete und unruhig mit den Hufen stampfte. Lud stieg der Schweiß von Männern in die Nase, die ängstlich und angespannt auf die Schlacht warteten. Kein Geruch war wie dieser.

Dann setzte prasselnder Regen ein, und die Welt wurde dunkel. Der gefährlichste Augenblick war gekommen.

Blitze zuckten. Männer schrien vor Angst, als der Donner krachend über das Land rollte. Viele wurden von zuckenden Blitzen getötet, denn sie trugen allesamt eiserne Rüstungen und waren mit Stahl bewaffnet.

Von der linken Flanke ertönte ein Rumpeln, gefolgt von schrillen Schreien.

Dann kam Dietrich herangeprescht. »Der Feind greift die linke Flanke an! Sie suchen nach Schwachstellen! Als Nächste sind wir an der Reihe!«

Dietrich verschwand so schnell, wie er gekommen war.

Nun war es an Lud, seine Jungen zu führen. Die Welt war verschleiert von Regen. Von links, weit die Straße hinunter, hörte er Männer brüllen. Durch den Schleier des Wassers, das von seiner Stirn und seinem Helm rann, sah er ein wildes Chaos aus Stahl: Hunderte von Helmen und Spießen und Schwertern in einem Flankenangriff.

Seine Jungen schwenkten herum und gingen in Position. Einige von ihnen ließen sich einen oder zwei Schritte zurückfallen.

Lud bewegte sich die Linie entlang und befahl die Jungen mit Donnerstimme an ihre Plätze zurück.

»Aufgepasst, Männer aus Giebelstadt!«, rief er. »Haltet die Reihen geschlossen und seid auf der Hut!«

»Der Regen«, jammerte Kaspar. »Wir können nichts sehen!«

»Halt den Mund und beschütze deine Brüder! Los, errichtet eure Wand aus Stahl!«

Durch die Schleier von Regen hindurch sah Lud, wie die Hauptmassen der beiden verfeindeten Armeen auf der Straße zusammenprallten. Der silbern schimmernde Stahl und die schwarzen Kreuze der Christen auf der einen Seite, die roten Turbane, wehenden Umhänge und Halbmondbanner der Muselmanen auf der anderen. Ihn überkam das gleiche Gefühl wie immer, wenn eine Schlacht begann. Die Unruhe in seinem Inneren schwand, seine Sinne wurden klar und ruhig, und er war bereit. Diesmal allerdings mischte sich eine kristallklare Erkenntnis in dieses Gefühl: *So also werde ich sterben.*

»Gleich sind wir an der Reihe, Männer! Bald! Habt Acht jetzt! Schließt die Reihen! Die Spieße hoch! Lasst niemanden rein!«

Zur Linken herrschte ein schreckliches Getümmel. Lud erkannte, dass der Gegner in unregelmäßigen Abständen versuchte, durch die Reihen der Spießträger zu brechen. Doch es waren bloß Nadelstiche, um sie zu prüfen. Luds Abschnitt war nur ein kleiner Teil der umkämpften Straße. Es war der reinste Spott, dass der Gegner seit mehr als einer Stunde gelauert haben musste, während Luds Jungen hinter ihm auf das Signal zur Auflösung gewartet hatten. Nun waren sie verängstigt und redeten irgendwelchen Unsinn oder stießen lästerliche Flüche aus, um sich gegenseitig Mut zu machen, ihre eigene Angst herunterzuspielen und den Gegner kleinzureden.

»Tötet, um zu überleben!«, rief Lud. »Kämpft wie ein Mann!«

»Tötet, um zu überleben!« Seine Jungen begannen zu singen, lauter und lauter. »Kämpft wie ein Mann!«

Irgendwo erklangen Kriegshörner – die des Feindes. Aus der entgegengesetzten Richtung war Trommelwirbel zu hören. Der Gesang der Jungen verstummte. Das Gewitter wurde immer stärker, und einmal meinte Lud, undeutlich die Umrisse von Reiterei auf dem Kamm des Hügels über ihnen zu sehen.

Sind es ihre Reiter oder unsere?

Dann wurden die Linien fließend, unberechenbar. Lud rannte

zu dem Baum, band Jax los und stieg in den Sattel des Schlachtrosses. Das nasse Leder war glitschig, der Stahl quietschte.
Verdammter Mist!

Das Pferd drehte sich mit wirbelnden Hufen einmal um sich
selbst. Es war wie eine Stahlfeder, zurückgehalten nur von seinem Reiter. Dann gab Lud die Zügel frei und galoppierte zu seinen Jungen. Sie blickten mit der Angst und dem Hochgefühl
von Männern zu ihm auf, die wussten, dass sie töten oder sterben würden, und die von einem Kämpfer geführt wurden, an
den sie glaubten. Lud wusste, was sie empfanden, denn er selbst
empfand es auch.

Diese Schlacht wurde nicht für Kirche oder Kaiser oder den
Ruhmestraum irgendeines Narren geschlagen, sondern für das
Leben der Hörigen in den eigenen Reihen.

Seine Hörige. Seine Jungen.

»Für Geyer und Giebelstadt!«, brüllte Lud und hörte kaum
die eigenen Worte, so sehr rauschte das Blut in seinen Ohren.
Er schloss das Helmvisier und reckte das Schwert in die
Höhe. Sein Lächeln unter dem Helm war wie erstarrt, eine steinerne Maske, die niemand sah.

Jax unter ihm bäumte sich unruhig auf. Er spürte die Stimmung seines Reiters. Seine Flanken bebten.

Die Männer von Giebelstadt senkten die Spieße, wie Lud es
mit ihnen geübt hatte, und die Wand aus Stahl glänzte nass im
Regen. Bald schon, so wusste Lud, würden sie auf die Probe gestellt. Bald schon würden sie die Schüsse spüren und die Bolzen
der Armbrüste. Doch wie sollte er seine Linie ausrichten? Was
erwartete sie?

Lud musste wissen, aus welcher Richtung der Angriff kam.
Er lauschte so angestrengt, dass es ihm in den Ohren summte,
doch der Gewitterdonner und der prasselnde Regen übertönten
den Schlachtenlärm und machten jeden Versuch zunichte.

Von wo, verdammt? Aus welcher Richtung?

Lud kniff die Augen zusammen. Und dann kamen die Ge-
schosse. Arkebusenkugeln fällten Männer wie unsichtbare

Steine, fetzten in die Leiber von Pferden, durchschlugen knallend Rüstungen und rissen Löcher in Banner.

Lud spornte sein Pferd nach vorn, um besser sehen zu können.

Dann geschah es.

Ohne seinen Befehl und zu seinem ungläubigen Schrecken stürmten seine Jungen brüllend vor. Lud schrie und gestikulierte, doch sie hörten nicht mehr auf ihn und rannten mitten hinein in das Getümmel kämpfender Gestalten. Nun war es zu spät, sie aufzuhalten. Kanonen krachten. Rauch quoll auf und wurde vom heftigen Regen sogleich aus der Luft gewaschen.

Lud empfand Stolz und Angst zugleich. Sie waren seine Jungen aus Giebelstadt, und er ritt mit ihnen. Er rief ihnen zu, die Ränge geschlossen und ihre Spieße nach vorne gerichtet zu halten. Dann ließ er Jax durch den wogenden Rauch nach vorn preschen, wobei er sein Schwert hoch erhoben hielt.

Plötzlich sah er die Schemen feindlicher Pferde und Reiter mit roten Turbanen und bärtigen Gesichtern. Sie erblickten ihn ebenfalls – und sie waren genau das, was er am meisten gefürchtet hatte: keine einfachen türkischen Soldaten, sondern Janitscharen. Berittene Berufssoldaten. Sie würden seine grünen Jungen abschlachten.

Gott steh uns bei.

Lud sandte ein Stoßgebet zum Himmel, bettelte und flehte wie ein Kind.

Dann sprengte er vor, schlug blindlings um sich, versuchte die gegnerischen Reiter abzudrängen, während er abwechselnd betete und Gott verfluchte – jenen Gott, an dessen Existenz er bis vor wenigen Augenblicken nicht mehr geglaubt hatte.

Verdammt sollst du sein, wenn du die Jungen sterben lässt!

Ohrenbetäubendes Geschrei umfing ihn von allen Seiten, auf Deutsch und auf Türkisch. Plötzlich stolperte Jax. Einen Augenblick später sah Lud im schwarzen Regen den Armbrustbolzen, der in Jax' Schädel steckte. Das Pferd war tot, noch bevor es zusammenbrach.

Lud sprang mit einem Satz aus dem hohen Sattel, während Jax zu Boden stürzte wie ein gefällter Baum. Lud landete krachend im schlammigen Dreck. Die halbe Rüstung löste sich von der Wucht des Aufpralls. Die Bastarde hatten Jax getötet! Heiße Wut stieg in ihm auf, als er sich stöhnend auf die Beine kämpfte. Sein Schwert hatte er beim Sturz verloren – Gott allein wusste, wo es war. Er hörte seine Jungen schreien, sah, wie sie sich zusammendrängten. Einige stolperten, andere ließen ihre langen Spieße fallen. Sie waren eingekesselt vom Feind, konnten nicht mehr kämpfen und nicht mehr flüchten.

»Lud! Lud! Hilf uns!«

Seine Jungen riefen nach ihm, riefen seinen Namen, noch im Fallen, zusammengedrängt von feindlicher Kavallerie, von Janitscharen in roter Seide und silbernen Kettenhemden. Sie trieben seine Jungen zusammen wie Schafe in einem Pferch. Nur die Dunkelheit und das Chaos, das der Sturm anrichtete, retteten sie.

Vorerst.

Lud hob einen heruntergefallenen Langspieß auf und durchbohrte einen Turban tragenden Reiter, stieß ihn vom Pferd, durchbohrte den am Boden Liegenden erneut und wand dem Sterbenden das Schwert aus der Hand. Er spürte die eigenartige Ausgewogenheit der fremden Waffe, die leichter und länger war als sein Schwert, mit stark gekrümmter Klinge.

Lud kämpfte sich zu seinen Jungen zurück. Er musste ihnen eine Bresche schlagen, eine Tür in der Schlacht öffnen. Die fremdartige Klinge flirrte durch die Luft wie ein flüchtender Vogel im Chaos des wirren Kampfgetümmels.

Ein Blitz zuckte herab. Für einen Moment hielten die Kämpfenden wie erstarrt inne, als wäre die ganze Welt betäubt, bevor der Donner über sie hinwegrollte und das Gemetzel seinen Fortgang nahm. Freund und Feind fürchteten die grellen Blitze gleichermaßen, die so viele töteten und andere blendeten.

Lud nutzte den Augenblick gleißender Helligkeit, um seine

Jungen ausfindig zu machen. Dann kämpfte er sich im Donnergrollen zu ihnen vor.

In seiner halb herabhängenden Rüstung wütete er mit dem Schwert wie ein Berserker, hackte und parierte, wirbelte herum, schlug zu, klemmte eine gegnerische Klinge unter einem Arm ein, durchbohrte einen Gegner, der gegen ihn taumelte und sich an ihm festklammerte, und schleuderte den Leichnam gegen einen weiteren Angreifer. Er setzte nach, ließ den Feinden keinen Raum, hieb, stieß, fintierte, schlug und hackte, bis er bei seinen Leuten war. Sie waren bis zu einem Karren zurückgewichen, aber selbst dort konnten sie sich der Angreifer nicht erwehren.

»Zu mir!«, brüllte Lud. Es war mehr ein irrer Schrei als ein Befehl. »Zu mir, Männer von Giebelstadt!«

Sie mussten ihn gehört haben, denn Spieße formierten sich ringsum. Einige der Jungen bluteten, konnten sich kaum noch auf den Beinen halten, doch sie richteten ihre Spieße nach vorn. Und dann übermannte sie grelle Wut, und das Kämpfen wurde zu harter, handfester Arbeit wie das Dreschen von Korn, das sie von zu Hause kannten. Sie würden kämpfen und töten, beten, fluchen und weinen.

Und sterben.

Für einen wirren Moment glaubte Lud, sie würden durchbrechen.

Er drängte in ihrer Mitte nach vorn, als er einen Schlag an der linken Schulter spürte, der ihn herumriss. Er sah, dass eine Klinge in einer Platte seines ausgehängten Panzers klemmte, ohne dass er verletzt worden war. Lud parierte einen weiteren Schwerthieb; dann stieß er das Schwert nach oben in einen schwarzen Bart hinein.

Als wieder ein Blitz aufflackerte und die Welt für einen Sekundenbruchteil in blendendem Licht erstarren ließ, sah Lud einen einzelnen Janitscharen auf seinem Pferd, der sie nicht gesehen und nicht damit gerechnet hatte, auf Feinde zu stoßen. Lud sah das Erschrecken und Erstaunen des Mannes, bevor es wieder dunkel wurde und der Schleier aus Regen den Türken verbarg.

Doch in dem Bruchteil eines Augenblicks, als Lud den Janitscharen in seiner roten Weste sah, prägte er sich die Stelle ein, an der sich der Mann befand. Dann bewegte er sich darauf zu, während lebhafte Bilder vor seinem geistigen Auge vorüberflirrten – eine rote Seidenuniform, golden bestickt, eine Pferdemähne mit eingeflochtenen Wimpeln, ein goldener Helm, glänzend poliert wie die Spitze eines Minaretts, wie Lud es einmal in einer Kathedrale auf einem Wandgemälde gesehen hatte, auf dem das Heilige Land zu sehen war. Die silbern blitzende Klinge des Osmanen war gekrümmt wie das Schwert in Luds Hand, und er trug den Bart gestutzt wie ein türkischer Edelmann.

Lud begriff, dass es sich bei dem Janitscharen um einen Offizier handeln musste, einen hohen Offizier, nach seinem Pferd zu urteilen. Der Osmane starrte Lud an und gab seinem Pferd die Sporen, um ihn niederzureiten. Sein Gesicht war dunkel und gut aussehend, und er saß hoch aufgerichtet auf dem Pferd, so wie Dietrich.

Lud überkam ein Anflug von Furcht. Dann schlug der Türke auch schon mit seinem Krummsäbel nach ihm.

Lud duckte sich, hechtete unter der feindlichen Klinge hindurch nach vorn, tauchte unter das Pferd und benutzte den Säbel wie ein Schlachterwerkzeug. Die Klinge durchschnitt das glatte Fell, und er spürte im Stahl den Widerstand harter Muskeln, als er das Schwert nach oben drückte, zwischen den Rippen hindurch, wo es das Leben des Pferdes fand.

Das prachtvolle Tier des türkischen Edelmannes stieß ein gequältes Wiehern aus und taumelte. Ein wilder Huftritt sandte Lud zu Boden.

»Für Jax, du Hurensohn!«, brüllte er, als er sich im blutigen Schlamm abrollte. Das Pferd des Türken setzte über ihn hinweg. Blut spritzte aus der Wunde in seinem Bauch.

Wie ein Junge, der einen Hund jagt, rannte Lud hinter dem

taumelnden Pferd mit seinem Reiter her. Doch der Boden war glitschig. Lud rutschte aus, stolperte über einen Toten. Als er sich aufgerappelt hatte, waren Pferd und Reiter im dichten Regen verschwunden.

Ringsum huschten Schatten umher. Arkebusenkugeln pfiffen durch den Nebel. Luds Arme waren vor Erschöpfung schwer wie Blei. Sogar seine Angst war erschöpft. Jax war tot, seine Jungen besiegt.

Er riss ein paar herabhängende Rüstungsteile ab und schleuderte sie wütend von sich.

Das also ist das Ende, ging es ihm durch den Kopf. Genau wie damals, als er selbst noch ein bartloser Jüngling gewesen war, überwältigt und niedergerungen gleich in seiner ersten größeren Schlacht.

Erschöpft sank er auf die Knie, als er plötzlich von irgendwo gurgelnde Schreie hörte. Er erkannte die nassen, hackenden Geräusche, die jeden der Schreie abrupt beendeten. Irgendwo wurden Männer geköpft.

Gott, wenn du da bist, wenn es dich gibt, lass mich die Jungen retten, und ich verspreche dir, ich glaube an dich, bete zu dir und ehre deinen Namen!

Lud erhob sich, die fremde Klinge in der müden Faust. Er war erschöpft bis auf die Knochen. Er *musste* seine Jungen finden.

Dunstschwaden waberten über den Boden wie Riesenschlangen auf der Jagd nach den Seelen der Gefallenen. Hier und da war das Stöhnen von Männern zu hören. Einer wimmerte leise, ein anderer jaulte wie eine sterbende Katze. Langsam kroch Lud aus dem Graben und über die Leichen der Toten beider Seiten. Verwundete Männer wanden sich in Agonie unter ihm. Er hob ihre Gesichter an, auf der Suche nach seinen eigenen Leuten.

Es war ein grässlicher Albtraum. Alles war zerstört, alle waren tot oder verwundet.

Doch im letzten Licht des Tages, im Toben des Unwetters,

geschah das Wunder. Lud kroch durch einen weiteren langen, mit Leichen gefüllten Graben, als plötzlich einer seiner Jungen vor ihm stand.

»Stefan?«, fragte Lud entgeistert.

Der kahlköpfige, bärtige Mann drehte sich zu ihm um.

»Lud? Bist du das?«

Es war unglaublich, doch da war er. Lud zupfte ihn am Arm, und gemeinsam humpelten sie weiter. Stefan war wie betäubt. Er sagte kein Wort, schien kaum bei Bewusstsein.

Sie stolperten über ein totes Pferd. Dann, hinter einem umgestürzten Karren, fanden sie Kaspar. Er saß da und zitterte wie Espenlaub. Sein Langspieß war verschwunden.

»Lud!«, stieß er hervor. »Lud, Gott sei Dank!«

»Gegen wen kämpfst du hier?«, fragte Lud, doch ein Blick verriet ihm alles. »Dich zu verstecken wird dich nicht retten.«

»Sie kommen in immer neuen Wellen«, sagte Kaspar.

Augenblicke später hörte Lud das Trommeln von Pferdehufen, Dutzende, Hunderte, und ein osmanisches Horn blies seine merkwürdig eingängigen Weisen.

»Hol deinen Spieß, verdammter Narr!«, sagte Lud zu Kaspar. »Steh auf, und stirb mit mir!«

»Mein Bein, Lud … Ich kann nicht stehen.«

»Hoch mit dir, sag ich!«

Lud entdeckte einen herrenlosen Spieß am Boden. Er bückte sich, hob ihn auf. Kaspar mühte sich unsicher auf die Beine und brachte seinen eigenen Langspieß in Anschlag.

»Zurück zum Wagen«, befahl Lud. »Wenn die Bastarde sich schon unser Leben holen, sollen sie wenigstens bluten.«

»Was ist mit dem Türken und dem Mädchen?«, fragte Kaspar.

Lud blieb wie angewurzelt stehen.

»Türke? Mädchen? Wovon redest du, Kerl?«

»Ein Türke ist von einem tödlich verwundeten Pferd gefallen«, berichtete Kaspar. »Das Pferd ist verendet, und dieses Mädchen … es ist ganz in Schwarz gekleidet, und nun versorgt es diesen Türken. Aber vielleicht ist er schon tot.«

An diesem Ort konnte es unmöglich ein Mädchen geben. Und wenn doch, kam sie aus dem Freudenwagen. *Irgendeine arme Seele, dachte Lud, die gehofft hat, im Kampfgetümmel fliehen zu können oder bei dem Versuch zu sterben, weil sie den Tod einem solchen Leben vorzieht.*

»Ein Mädchen?«, fragte Lud noch einmal. Sein Herz raste.

»Wo?«

Kaspar spuckte in die Richtung des umgekippten Karrens.

»Da drüben«, sagte er. »Bei dem Türken.«

Lud sah nur den Karren.

»Auf der anderen Seite, Lud.«

Lud hob das Krummschwert und machte ein paar unsichere Schritte. Und dann, er traute seinen Augen nicht, sah er sie tatsächlich. Er blieb wie angewurzelt stehen und starrte sie an.

Es war der türkische Edelmann, dessen Pferd Lud aufgeschlitzt hatte. Das Tier war verendet und lag nicht weit entfernt. Der rote Umhang des Türken und seine goldbestickte Schärpe starrten vor schwarzem Schlamm.

Es war genau so, wie Kaspar gesagt hatte.

Ein Mädchen war bei dem Türken. Es sah aus, als würde es seine Wunden versorgen. Es war unfassbar, wie in einem verrückten Fiebertraum. Doch es gab keinen Irrtum. Da war es.

Jetzt bemerkte der Türke ihn ebenfalls, und in seinen dunklen Augen blitzte Wiedererkennen.

»Feiger Pferdemörder!«, stieß er mit zorniger, wenngleich schwacher Stimme in akzentfreiem Deutsch hervor. »Feiger Pferdemörder!«

»Du bist das!« Lud grinste, als er bemerkte, dass er den Türken am Bein erwischt hatte. Er erinnerte sich, wie tief die Klinge eingedrungen war, als er das Pferd von unten aufgeschlitzt hatte.

Er hob das Krummschwert, stolperte auf die beiden zu. Sein Blick war unverwandt auf den Türken gerichtet.

»Nein!«, stieß das Mädchen hervor und blickte zu ihm hoch.

Erst jetzt bemerkte Lud, dass das Bein des Türken bandagiert war. Es war nicht zu fassen: Das Mädchen hatte ihn verbunden. Es war jung und offensichtlich fest entschlossen, die Blutung des Türken aufzuhalten. Der Anblick war verrückt, wahnsinnig, unfassbar. Das Mädchen sah deutsch aus, nicht türkisch. Und irgendwie wusste Lud, dass es keine Hure war. Sein Gesicht war frisch, sein Geist ungebrochen.

Lud hielt inne, starrte das Mädchen an.

»Er ist hilflos«, sagte es. »Wenn du ihn noch mehr verletzt, schadest du nur dir selbst.«

Sie war kaum mehr als ein Mädchen, keine reife Frau. Sie hatte ein blasses Gesicht und lange dunkle Haare, und der schwarze nasse Umhang klebte an ihrem zierlichen Körper. Sie sah aus wie eine Geistererscheinung aus den Sturmwolken.

»Wer zur Hölle bist du, Mädchen?«, fragte Lud. »Was hast du hier zu suchen?«

Das Mädchen beachtete ihn nicht, kümmerte sich stattdessen weiter um die blutende Beinwunde des Türken. Der blickte es aus matten Augen an, allem Anschein nach genauso überrascht wie Lud.

Zitternd vor Müdigkeit und Zorn ließ Lud das fremde Schwert fallen und zückte stattdessen seinen Dolch, der sich in seiner Hand gut und vertraut anfühlte.

»Lud!«, rief Kaspar in diesem Moment. »Sie kommen zurück!«

Lud blickte dem Türken fest in die Augen, wie bei ihrem ersten Zusammentreffen. »Wir werden beide sterben«, sagte er. »Aber du bist als Erster an der Reihe.«

»Geh zur Seite«, sagte der Türke zu dem Mädchen.

Das schüttelte den Kopf. »Nein.«

»Er wird auch dich töten«, rief der Türke. »Geh zur Seite. Bitte!«

»Sie kommen wieder!«, rief Kaspar in dieser Sekunde angsterfüllt. »Sie kommen, Lud!«

Lud hob den Blick. Er hörte sie, bevor er sie sah. Dann tauchten ihre grauen Schemen in der Wand aus Regen auf. Lud wusste, dass es die Reiterei der Janitscharen war. Ihm blieb nur noch ein kurzer Augenblick zum Handeln. Er stand mit gezücktem Dolch über dem türkischen Edelmann. Das Mädchen versuchte ihm in den Arm zu fallen. Lud spürte seine kleinen Hände.

»Geh zur Seite, dummes Ding!«, stieß er hervor und wollte das Mädchen vom Türken wegstoßen, doch es war schnell und geschmeidig und wich seiner Hand aus. Dann, mit einer Kraft, die Lud in Erstaunen versetzte, packte es seine Messerhand und verdrehte sie. Seine Hände waren schmal, aber harte Arbeit gewöhnt. Lud drückte dagegen, bis die Klinge an der Kehle des Türken lag.

»Er ist hilflos, siehst du denn nicht?«, schrie das Mädchen. »Hilflos! Hör auf!«

In diesem Augenblick brachen die Janitscharen aus der Nebelwand hervor, die Schwerter erhoben. In einer verzweifelten, sinnlosen Geste riss Kaspar seinen Spieß hoch.

»Ich bin Mahmed Bey!«, rief der türkische Edle den Reitern zu.

Die Janitscharen zügelten ihre Pferde aus vollem Galopp und riefen einander Worte zu, die Lud nicht verstand. Er verharrte, die Spitze der Klinge über der Kehle des Türken, fest entschlossen, dem anderen den Garaus zu machen, bevor die Janitscharen ihn zu fassen bekamen, und wenn es seine letzte Tat auf Erden war.

Lud griff dem Türken in die Haare und riss ihm den Kopf in den Nacken, sodass der Hals ungeschützt dalag. Dann drückte er ihm die Klinge gegen die Haut. »Verschwindet!«, rief er den Reitern zu. »Euer Anführer ist unsere Geisel!«

Die feindlichen Reiter zögerten.

»Also schön, wenn ihr meint, dann kommt und tötet uns!«, rief Lud ihnen zu. »Und seht zu, wie ich ihm zuerst den Hals durchschneide!«

»Sie werden nicht angreifen«, sagte der Janitschar. »Sie sind meine Reiterbrüder, meine Männer. Doch wenn du mich umbringst, wirst du einen sehr langsamen und qualvollen Tod sterben.«

Die feindlichen Reiter riefen Lud Worte zu, die er nicht verstand. Waren es Drohungen? Warnungen?

»Sag ihnen, sie sollen sich zurückziehen«, verlangte Lud. Der Türke rief seinen Männern irgendetwas zu.

So unverhofft, wie sie erschienen waren, verschwanden die Türken hinter einem Vorhang aus Regen und Dunst, als hätten sie sich in Luft aufgelöst.

»Es tut weh«, stöhnte Kaspar irgendwo in der Nähe. »Es tut so weh ...«

Erst jetzt bemerkte Lud das Banner mit dem Widderkopf, das geisterhaft durch den Nebel zu schweben schien. Dann sah er den gepanzerten Kopf eines Schlachtrosses. Es war Dietrich, zusammen mit einem Dutzend weiterer Ritter zu Pferd. Sie griffen die Türken in der Flanke an.

»Siehst du?«, sagte das Mädchen. »Gott hat deine Barmherzigkeit belohnt.«

»Gott?«, sagte Lud und spuckte aus. Wohin er auch blickte, überall lagen Tote. Es war ein Gemetzel, das sich nicht in Worte fassen ließ. »Gott?«

Der Türke beobachtete Lud schweigend wie ein verwundeter Wolf. Lud zog das Mädchen von ihm weg. »Nimm dich vor dem Kerl in Acht. Er ist gefährlich.«

»Du bist genauso gefährlich, vor allem für dich selbst«, erwiderte das Mädchen und wandte sich kopfschüttelnd ab, um weiter die Wunde des Türken zu versorgen.

Dietrich kam herbeigeritten, drehte sich mit seinem Pferd einmal im Kreis, um die Szene in Augenschein zu nehmen, und schwang sich aus dem Sattel.

»Eine Geisel«, sagte Lud.

»Er wird nicht getötet«, sagte der Ritter.

»Sie wollten uns niedermachen!«, stieß Lud hervor.

»Ja, aber deine Geisel hat euch gerettet«, sagte der Ritter.

Lud wusste, dass Dietrich recht hatte. Die Türken hatten sie dezimiert, hatten sie die Straße hinuntergetrieben, hatten sie geschlagen und in Stücke gehackt. Er und seine Jungen lebten nur deshalb noch, weil es diesen türkischen Offizier und Edelmann gab. Er war eine kostbare Beute, eine wertvolle Prise. Lud blickte auf und sah durch den Schleier aus Regen eine Handvoll seiner Jungen herankommen. Sie sammelten sich um ihn. Jeder von ihnen sah zehn Jahre älter aus als eine Stunde zuvor.

Die tropfnassen, blutverschmierten Gesichter blickten von Lud zu dem Türken, dann zu dem Mädchen. Es war dabei, kleinere Schnittwunden an den Armen des verwundeten Türken zu versorgen.

»Ist das eine der Lagerhuren?«, fragte Dietrich. »Wie kommt sie hierher? Warum hilft sie deiner Geisel?«

Lud zuckte mit den Schultern. »Ich dachte zuerst auch, sie wäre aus einem der Freudenwagen oder eine Beutelschneiderin oder eine von den Krähen, die Leichen fleddern, aber so ist es nicht. Als ich dem Türken die Kehle durchschneiden wollte, hat sie mich daran gehindert.«

»Sie hat dich daran gehindert?«

»Ja. Und einen Augenblick später kamen seine Reiter. Aber der Türke rief ihnen einen Befehl zu, und sie preschten davon.«

»Dann hat dieses Mädchen uns gerettet«, stellte Dietrich fest.

Der Türke lag schwer atmend auf dem nassen Boden. Er hatte die Augen vor Schmerz geschlossen; seine geöffneten Hände zuckten. Er war viel jünger, als Lud anfangs geglaubt hatte, aber da war sein Gesicht eine Fratze des Zorns gewesen.

Das Mädchen riss einen weiteren Stoffstreifen von seinem Schultertuch. Jetzt erblickte Lud noch mehr Leute wie sie, Männer und Frauen in schlichter schwarzer Kleidung, die sich um die verwundeten Christen und Türken kümmerten. Er stieß einem Mann gegen die Schulter, der die traurige Miene eines Priesters besaß. Der Mann zuckte zurück, verschränkte die Hände und kniff die Augen zusammen, als rechnete er damit, im nächsten Moment von einem Schwert durchbohrt zu werden. Lud versetzte ihm einen Tritt mit dem Stiefel.

»Sind das Fledderer, Herr?«, fragte er Dietrich. »Aber warum helfen sie dann den Verwundeten?«

»Sie sind keine Leichenfledderer«, antwortete der Ritter. »Eine Laune des Schicksals, nehme ich an. Der Osmane ist gewiss ein Edelmann, ein Anführer der Janitscharen, von großem Wert für seine Leute. Wäre es nicht so, wären du und unsere Jungen jetzt tot. Ich hätte euch nicht rechtzeitig erreichen können. An jeder Ecke wurde gekämpft.«

»Auch der Türke wäre tot«, sagte Lud. »Wenn das Mädchen nicht gewesen wäre.«

»Wie dem auch sei, Lud, du hast deine Sache gut gemacht. Ich bin stolz auf dich.«

Es waren die Worte, für die Lud gelebt hatte und für die er gestorben wäre. Dietrichs Hand auf seiner Schulter nahm den Schmerz fort, und ihm war schwindlig vor Glück.

Unvermittelt erklang ein flehender Schrei.

»Bitte, tötet uns nicht!«, bettelte der Mann, dem Lud den Tritt versetzt hatte. Er stank förmlich nach Priester.

Lud fuhr zornig herum. Seine Hochstimmung verflog.

Der Kleine Götz kam herangehumpelt. Sein linker Arm war blutig und hing schlaff herab. Das Mädchen ging zu ihm und stützte ihn, bevor er zu Boden fallen konnte. Lud beobachtete, wie sie Götz' Wunde untersuchte, während der Junge zu schluchzen begann.

Die anderen Jungen aus Giebelstadt versuchten, Aufstellung zu nehmen. Dass Dietrich bei ihnen war, verlieh ihnen neuen Mut.

Schließlich blickte das Mädchen zu Lud auf, ohne bei seiner Arbeit innezuhalten. Seine Augen blitzten vor Zorn unter den wirren Haarsträhnen, die ihm im hübschen Gesicht klebten.

»Wer bist du, Mädchen?«, fragte Lud.

»Ich heiße Kristina.«

11.
Kristina

*N*ein.« In Simons Augen funkelte Angst. »Das sind Kanonen.«

Kristinas Herzschlag setzte einen Moment aus. Sie blickte auf das weite Tal vor sich.

»Wir dürfen nicht weitergehen«, sagte Frieda ängstlich. »Auf keinen Fall!«

»Stimmt, wir müssen den Kämpfen ausweichen«, meinte Ott. »Oder umkehren.«

»Wenn ihr jetzt schon Angst habt«, warf Berthold ein, »was soll dann erst in Mainz werden. Wir haben eine Aufgabe, Brüder. Los, weiter! Versuchen wir wenigstens, sie zu erfüllen.«

Die anderen gehorchten schweigend. Kristina folgte Berthold; ihnen wiederum folgten Simon und Rudolf und halfen, den Karren zu schieben. Als es zu mühselig wurde, ging Marguerite ihnen zur Hand. Kristina blickte nach hinten und sah, dass Frieda und Ott zögernd stehen geblieben waren; nun setzten sie sich eilig in Bewegung, um zu der kleinen Gruppe aufzuschließen.

Die Gefährten zogen langsam weiter durch den wabernden Dunst, der die Welt um sie her in undurchdringliche Schleier hüllte. Die Schüsse und Kanonenschläge waren jetzt deutlich als solche zu erkennen. Als sie auf einen Hügelkamm gelangten, konnten sie durch Lücken im Dunst beobachten, dass zwei kleine Heere aufeinandergeprallt waren. Eine Streitmacht aus Fußvolk, Berittenen und Maultierkarren war eine Straße hinaufgezogen und wurde nun von zwei Seiten von gegnerischer Reiterei und Arkebusenschützen attackiert. Die Angegriffenen drängten sich zu dichten Gruppen zusammen und kämpften verbissen, aber ohne Ordnung. Der Anblick des Schlachtgetümmels verschwand immer wieder hinter dichten Schleiern aus Regen und Dunst, doch das Krachen der Kanonen, die Schreie der Verwundeten und Sterbenden und das grelle Wiehern der

Pferde ließen nicht nach, sondern schienen mit jeder Sekunde lauter zu werden.

»Kann die Hölle schlimmer sein?«, murmelte Kristina.

Sie schaute zu Berthold und sah zu ihrem Entsetzen, dass er das blutige Schauspiel gebannt verfolgte. »Seht nur, wie sie sich gegenseitig ohne Erbarmen niedermetzeln«, sagte er verächtlich, »wie sie hauen und stechen, reißen und beißen ...«

Die gleiche Faszination zeigte sich in den Gesichtern der anderen Männer, eine Mischung aus jungenhafter Erregung und einem Verlangen, das Kristina zu fremd war, als dass sie es hätte begreifen können. Ihr war, als würde sie die Männer ihrer Gruppe zum ersten Mal sehen.

»Was für ein Gemetzel!«, sagte Rudolf beinahe andächtig.

»Ja«, pflichtete Simon ihm bei. »Die Osmanen verteidigen ihre Grenze. Die andere Armee, die auf der Straße, ist eine christliche Expeditionsstreitmacht – seht nur die Kreuze auf ihren Umhängen. Offenbar sind sie in einen Hinterhalt geraten.«

»Wir werden nicht unbemerkt an den Kämpfenden vorbeikommen«, sagte Berthold plötzlich und riss sich vom Anblick der Schlacht los. »Wir müssen umkehren und einen anderen Weg suchen. Es tut mir leid, ich habe mich geirrt.«

»Nein«, widersprach Marguerite entschlossen. »Dafür ist es jetzt zu spät. Da unten sind Menschen, die unseren Zuspruch und unsere Hilfe brauchen. Viele von ihnen müssen schrecklich leiden, und viele werden sterben.«

»Unsere *Hilfe?*« In Bertholds Stimme lag aufkeimendes Entsetzen. Jegliche Faszination war gewichen. »Was können wir in diesem Gemetzel schon ausrichten? Sie sind wilde Tiere, keine Menschen!« Er packte Kristina bei der Hand und wollte sie mit sich ziehen, doch sie riss sich los.

»Seit wann bist du ein Feigling?«, stieß sie mit blitzenden Augen hervor. »Wir müssen die Verwundeten versorgen, den Sterbenden Trost spenden und helfen, wo wir können, um das Leid zu lindern. Das ist unsere Christenpflicht. Gottes Wille hat uns an diesen Ort geführt.«

Ott löste sich aus Friedas Griff. »Kristina hat recht.«

Berthold stöhnte auf und schüttelte den Kopf.

»Was ist los mit dir, Berthold?«, fragte Simon. »Das ist doch genau das, was du dir gewünscht hast.«

»Nun ja, zwischen Wunsch und Wirklichkeit gibt es oft einen himmelweiten Unterschied«, sagte Marguerite, und ihr Lächeln nahm ihren Worten die Schärfe. »Also kommt. Sehen wir, was wir tun können.«

Sie setzte sich als Erste in Bewegung, gefolgt von Kristina, die Berthold flehentlich ansah, worauf auch er losstapfte. Der Rest schloss sich mehr oder weniger unfreiwillig an, selbst die jammernde Frieda, die aus Angst, zurückgelassen zu werden, hinter den anderen herstolperte.

Durch Dunst und dichten Regen stiegen sie den Hang hinunter zur umkämpften Straße, während Nebelschwaden immer wieder die Sicht auf den Weg verbargen. Die Schreie der Verwundeten, das Krachen der Arkebusen und das Grollen der Kanonenschüsse wurden lauter, je tiefer sie in das nebelverhüllte Tal hinunterstiegen, wo die erbitterten Kämpfe tobten.

Es war Kristina, die auf die ersten zerfetzten Leichen stieß. Eine einzelne Kugel zischte wie eine wütende Hornisse über die Köpfe der Gefährten hinweg, gefolgt von einer zweiten und dritten. Kristina duckte sich, ehe sie weiterschlich, stets darauf gefasst, von einer verirrten Kugel getroffen zu werden. Sie wusste nicht, wie viel Zeit verstrichen war, aber mit einem Mal wurde ihr bewusst, dass die anderen zurückgeblieben waren. Sie war allein inmitten undurchdringlicher, düsterer Nebelbänke. Es regnete noch heftiger als zuvor. Immer wieder zuckten die roten Blitze des Mündungsfeuers im bleiernen Dunst, gefolgt von Kanonendonner und schrillen Schreien. Kristina sah ein, dass sie allein nichts ausrichten konnte, und wollte gerade kehrtmachen, um nach Berthold und den anderen zu suchen, als sie ganz in der Nähe ein Stöhnen hörte.

Sie folgte den Lauten und entdeckte einen jungen Mann, nicht älter als sie selbst. Sein linker Arm war bis auf den Kno-

chen aufgeschlitzt, trotzdem hielt er das abgebrochene Ende
eines Langspießes in der Faust.

»Wer bist du?«, fragte er mit gepresster Stimme und starrte
sie mit schmerzverzerrtem Gesicht an. »Ein Engel?«

»Nein.« Sie lächelte matt. »Ich heiße Kristina.«

»Ich bin ... Götz. Hilf mir bitte, es tut so weh.«
Kristina sah das primitive Messer in seinem dicken Leder-
gürtel. Götz erschrak, als sie es kurz entschlossen aus der genie-
teten Scheide zog, entspannte sich aber, als er sah, wie sie die
Klinge benutzte, um einen Streifen von seinem Umhang zu
schneiden, mit dem sie dann seine Wunde verband. Linkerhand
war im trüben, nasskalten Grau des Nebels ein Wimmern zu
vernehmen, als der Lärm der Kanonenschläge ein paar Sekunden lang verstummte.

»Ich komme gleich zurück«, sagte Kristina, schlich in die
Richtung, aus der das Geräusch gekommen war, und entdeckte
einen zweiten Jungen, der sich hinter einem umgekippten Karren versteckte. Die Zugtiere lagen tot davor; ihr Fell dampfte in
der Kälte. Eines der Tiere zuckte noch.

Der Junge starrte Kristina an wie eine Erscheinung. Er hatte
eine schwere Schussverletzung am Bein; die Kugel hatte das
Fleisch vom bleichen Knochen gefetzt. Benommen vor Schmerz
beobachtete der Junge, wie Kristina ein Banner von einem am Boden liegenden Spieß schnitt und den Stoff als Verband benutzte.

»O Gott, es tut so weh«, jammerte der Junge. Es klang wie
eine Beichte, abgelegt bei unerträglichen Schmerzen und voller
Furcht über das, was kommen mochte. »Die verdammten
Schmerzen ...«

»Lass mich mal sehen«, sagte Kristina.

Der Junge hob die gesunde Hand und flüsterte höflich, fast
verlegen: »Ich heiße Kaspar. Bist du das Mädchen eines Amts-
trägers?«

»Nein. Ich bin Kristina.«

»Kristina ...«, hauchte er. »Kannst du mein Bein verbinden?
Ich will es nicht verlieren.«

Als sie seine Wunde verarztete, stöhnte er so laut, dass der Lärm der Schlacht und das Rauschen des Regens beinahe untergingen. Kristina hatte alle Mühe, ihn halbwegs ruhig zu halten, um ihn behandeln zu können. Sie saß auf seinem gesunden Bein, um ihn am Boden zu halten, während sie versuchte, die Wunde zu reinigen und den gebrochenen Knochen zu richten. Plötzlich stieß Kaspar sie mit einem wilden Kraftausbruch von sich.

»Türken!«, kreischte er voller Entsetzen und starrte über Kristinas Schulter. »Türken!«

Kristina fuhr herum, noch immer das Messer des Jungen in der Hand, und blickte in die Richtung, in die Kaspar mit weit aufgerissenen Augen starrte. Sie zuckte heftig zusammen, als sie sah, dass ein Mann in ihre Richtung gekrochen kam. Als er sie bemerkte, verharrte er erschrocken und brach dann erschöpft zusammen. Er versuchte noch einmal, sich hochzustemmen, fiel aber endgültig in den Schlamm und rührte sich nicht mehr.

Kristina erhob sich und ging langsam und vorsichtig zu ihm. Der Mann trug fremdartige Kleidung, die mit goldenen Fäden durchwirkt war. Er war bei Bewusstsein und beobachtete Kristina aus dunklen, eigentümlich sanften Augen, während er schwer atmend auf dem schlammigen Boden lag. Als er das Messer in Kristinas Hand bemerkte, zog er einen Geldbeutel aus seiner roten Schärpe und hielt ihn ihr hin, doch er fiel ihm aus der kraftlosen Hand. Klimpernd rollten Goldmünzen heraus.

»Nimm das Geld«, sagte er in bestem Deutsch. »Du musst mich nicht durchsuchen. Du kannst ...«

»Seid still«, fiel sie ihm ins Wort.

Ohne die Münzen zu beachten, kniete sie neben ihm nieder, nahm das Messer in eine Hand und zog ihm mit der anderen den blutigen Umhang herunter. Seine Haut war weiß vom starken Blutverlust. Er blickte sie an, schaute auf das Messer in ihrer Hand und wandte das Gesicht zur Seite, um ihr den ungeschützten Hals darzubieten. Offensichtlich nahm er an, dass sie ihn töten würde, und demonstrierte mit letzter Kraft seine Furchtlosigkeit.

Kristina musterte ihn erstaunt. Mit welchem Gleichmut dieser Mann seinen Tod hinnehmen wollte! Offenbar hielt er sie für eine Mörderin. Sie sah, dass die Wunde in seiner Brust oberflächlich war; innere Organe schienen nicht verletzt zu sein. Der Blutverlust rührte von der Wunde an seinem Arm her.

»Geh weg, Mädchen«, sagte er mit schwacher Stimme, als ihm klar wurde, dass sie ihm nicht ans Leben wollte. »Wer bist du überhaupt?«

»Ich verstehe mich auf das Versorgen von Wunden. Eure Verletzung muss behandelt werden.«

»Geh, Mädchen, geh!«, drängte er. »Sie werden mich ohnehin töten ... und dich mit, weil du mir geholfen hast.«

»Ich gehe, wenn ich fertig bin.«

Sie schnitt den Schal von seinem Hals und band die Wunde ab, bis die Blutung gestillt war. Er lag ganz still und beobachtete sie noch immer aus seinen dunklen, sanften Augen.

»Möge Allah dich schützen und segnen«, sagte er. »Ich heiße Mahmed.«

»Ich bin Kristina.«

Kaum war sie verstummt, schälte sich die Gestalt eines Fußsoldaten mit einer langen gebogenen Klinge aus dem Dunst. Er näherte sich in gebeugter Haltung, während der Regen auf seinen breiten Rücken prasselte. Dann entdeckte er Kristina und Mahmed und kam näher. Kristina blickte in ein hartes, von Pockennarben entstelltes Gesicht, in dem die jugendlichen Augen seltsam fremd wirkten. Er stolperte auf Kristina zu wie eine Schreckgestalt aus den Albträumen ihrer Kindertage. Ihr stockte das Herz bei dem Gedanken, dass sie ganz allein war mit diesem entstellten Ungeheuer in diesem von Gott verlassenen Winkel der Welt.

Danach war alles sehr schnell gegangen: Der pockennarbige

Mann wollte Mahmed töten, was Kristina verhindern konnte, und türkische Reiter waren aufgetaucht, die wieder abzogen, als sie bemerkten, dass ihr Anführer als Geisel genommen worden war. Inzwischen hatten auch Berthold und die anderen den umgestürzten Wagen erreicht und kümmerten sich um die Verwundeten. Der pockennarbige Soldat unterhielt sich kurz mit einem Ritter, offenbar sein Kommandant, der mit einer Reiterschar zu ihnen gestoßen war.

»Warum hast du das getan, Mädchen?«, fragte einer der Reiter. »Warum hilfst du einem Muselmanen? Einem Todfeind?«

Mit zitternder Stimme erwiderte Kristina: »Todfeind? Er ist nicht mein Todfeind. Er ist ein Mensch wie Ihr und ich. Wenn Ihr der christlichen Sache dienen wollt, dann lasst ihn am Leben – ihn und meine Brüder und Schwestern. Mehr erbitte ich nicht von Euch.«

Die Männer starrten sie an, als hätten sie eine Verrückte vor sich. Dann rückten ein paar von ihnen vor, knieten um den Türken, stellten ihm Fragen und berieten sich mit leisen Stimmen.

Kristina war bewusst, dass sie diese Mörder verärgert hatte, und sie war wütend auf sich selbst. Dann verrauchte ihr Zorn. Sie fror erbärmlich, war durchnässt bis auf die Haut und zitterte. Plötzlich überkam sie schreckliche Angst. Sie hatte diese Gefahr heraufbeschworen mit ihrem ungezügelten Temperament und ihrer selbstgerechten Empörung. Sie hatte ihre Brüder und Schwestern zum sicheren Tod verurteilt.

Sie eilte zu Berthold, der in der Nähe auf dem Boden kauerte.

»Nur Mut«, flüsterte er und legte den Arm um sie. Kristina sah Furcht in seinen Augen – und Resignation. Genau wie sie selbst schien er sich in sein Schicksal gefügt zu haben. Zu bleiben bedeutete den Tod. Wegzurennen bedeutete zu sterben. Überall ringsum waren Krieger, Verwundete, Schmerz, Leid und Elend.

In Erwartung des Endes empfand Kristina eine eigenartige Erleichterung, dass ihre vielen fehlgeschlagenen Bemühungen, ein guter Mensch zu sein, endlich vorbei waren. Sie empfand einen merkwürdigen inneren Frieden, als sie neben Berthold auf dem Boden saß.

»Hab keine Angst«, flüsterte er. »Was auch geschieht, ich bin bei dir.«

Dann warteten sie gemeinsam darauf, erschlagen zu werden.

12.
Lud

Nach einem Gefecht sah das Schlachtfeld jedes Mal wie die Hölle auf Erden aus, nur dass keine Flammen mehr loderten. Stattdessen waren das Stöhnen und die Schreie Verwundeter und das Röcheln sterbender Pferde zu vernehmen. Die Nacht war bereits hereingebrochen, als große Feuer aus den Trümmern zerstörter Karren angezündet wurden, so als könnte ihr Licht die Furcht vor einem neuerlichen Angriff vertreiben und als könnte das spärliche Licht die Ordnung zurückbringen in eine Welt des Chaos und des Wahnsinns. Wenigstens hatte es aufgehört, zu regnen. Das nasse Holz dampfte und qualmte, und Ruß wogte als schwarze Wolke über das Land. Sogar die Vögel wichen dem Schlachtfeld aus.

Wie viele Männer haben wir verloren?

Lud suchte nach seinen Jungen. Er fühlte sich wie in einem Albtraum gefangen, und sein Schädel pochte. Nach jeder Schlacht gab es einen Kater, schlimmer als nach dem schlimmsten Saufgelage.

»Lud!«, rief eine vertraute Stimme.

Er drehte sich um. Dietrich kam zu Fuß auf ihn zu, während er auf einem harten Stück Zwieback kaute. Er hatte die Rüstung gelockert; an einigen Stellen standen die Panzerplatten offen. Mit müden Schritten schlurfte er durch den Schlamm; im flackernden Licht, umwogt von Rauchschwaden, sah er wie ein Wesen aus der Hölle aus. Er wirkte müde und zugleich so gelassen, als wäre er zu Hause auf seiner Burg. Über seiner Schulter hing ein gefüllter Wasserbeutel.

Die müden Augen des Ritters hellten sich auf, als er Luds Blick begegnete. »Bei Gott, es ist schön, dich immer noch unversehrt zu sehen.«

»Und Euch, Herr«, sagte Lud, dem Dietrichs Anblick wie ein Licht in einer stockdunklen Höhle erschien. »Und Euch.«

Dietrich lächelte, und Lud sah, dass der Ritter seine Stimmung spürte. Zum ersten Mal seit Tagen fühlte Lud sich gut. Es war ein solches Gefühl der Erleichterung, dass er seinen Ritter am liebsten umarmt hätte.

Dietrich schlug ihm kameradschaftlich auf die Schulter. »Meine alte schwarze Rüstung hat dir gute Dienste geleistet, wie ich sehe«, sagte er. »Neue Dellen und Schrammen. Die Rüstung verrät stets die Geschichte einer Schlacht.«

»Eure Rüstung erzählt die gleiche Geschichte, Herr«, sagte Lud.

»Du hast dein Schwert verloren. Ist das eine türkische Klinge?«

»Ja. Sie wird genügen.«

»Sie ist viel leichter und ausgewogener als unsere Schwerter. Außerdem kostbar.«

Lud bot seinem Ritter die Klinge an, doch Dietrich schüttelte den Kopf. »Nein. Es ist deine Beute. Behalte sie.«

Hinter Dietrich stiegen orangefarbene Flammen in den schwarzen Himmel. Schatten huschten über sein Gesicht und ließen die Falten, die zwischen Nase und Mundwinkeln verliefen und in seinem ergrauenden Bart verschwanden, noch tiefer und schwärzer aussehen.

»Wie hoch sind unsere Verluste?«, fragte Dietrich.

Luds Hochgefühl verflog so schnell, wie es gekommen war. »Ich weiß es noch nicht, Herr. Ich suche nach unseren Jungen. Es herrscht ein unbeschreibliches Durcheinander. Noch ein nächtlicher Angriff durch die Türken würde uns den Rest geben.«

»Es wird kein Angriff stattfinden.«

»Wie könnt Ihr sicher sein?«

»Wir haben einen Waffenstillstand ausgehandelt«, sagte Dietrich.

»Einen Waffenstillstand? Wie?«

Dietrich biss ein weiteres Stück von seinem Zwieback. »Ihre Reiterei wollte unsere Geisel freikaufen, diesen Edelmann, aber sie gaben uns nur ihr Wort, nicht ihr Gold, und unsere Ritter wollten die Bürgschaften der Türken nicht akzeptieren. Also kommt die Geisel mit uns. Schon deshalb werden die Türken nicht angreifen.«

»Dann lasst uns nach Hause fliehen.«

»Gewiss.« Dietrich wischte sich Krümel von den Lippen und kratzte sich durch den Bart hindurch am Kinn. »Ich danke deinen Glückssternen, mein Junge. Ich habe auch Gott auf Knien für seine Gnade gedankt. Hättest du diesem Türken die Kehle durchgeschnitten, säßen wir jetzt nicht hier.«

»Wäre es wegen des Gewitters nicht so verflucht dunkel gewesen, hätten wir sie besiegen können, nicht wahr, Herr?«

»Nein. Sie hatten uns in der Zange. Sie haben unser Zentrum bombardiert und dann mit ihrer Reiterei die Vorhut und Nachhut angegriffen. Sie haben das Unwetter ausgenutzt. Ein vorbildlich geführter Angriff, als wir blind waren. Die Türken haben unsere Marschkolonne in Stücke geschnitten wie ein Schneider den Stoff. Seltsam, wie das Leben spielt, Lud – dass du und deine Jungen in der Vorhut waren, hat einigen von euch wahrscheinlich das Leben gerettet.«

Lud spürte, wie sein Schmerz und seine Wut sich regten. »Ihr mögt den Angriff der Türken vorbildlich nennen, aber ich weigere mich, den Feind zu bewundern.«

»Sieg oder Niederlage – nimm aus einem Kampf mit, so viel du kannst, Lud. Verweigere dich niemals dieser Lektion, für die wir bereits einen hohen Preis bezahlt haben. Die Türken haben unsere Spießbuben vor sich hergetrieben wie Hunde eine Schafherde.«

»Die Türken sind blutrünstige Heiden!«

»Ein törichtes Wort, wenn ein Mann im Krieg ist. Eine Ungeheuerlichkeit zieht die nächste nach sich, und der Krieg ist die größte Ungeheuerlichkeit von allen.«

»Warum redet Ihr so bitter, Herr? Eure Worte machen nicht gerade Mut. Dabei müssen wir doch einen starken Glauben haben, um einen guten Kampf zu liefern, ist es nicht so?«

Dietrich legte Lud eine Hand auf die Schulter, und sein hartes Gesicht verzog sich zu einem freundlichen Lächeln, das Lud nur allzu gut kannte. Es war das ebenso müde wie herzliche Lächeln, mit dem Dietrich ihn stets bedachte, wenn er begriffsstutzig oder gar vom Gegenteil dessen überzeugt war, was Dietrich ihm erklärte.

»Lud«, begann Dietrich, »Krieg ist, wo der Glaube stirbt. Und alles, was bleibt, sind wir selbst.«

Lud blickte ihn an. Er wusste nicht, was Dietrich meinte, und war nicht sicher, was er selbst empfand.

Der Ritter drückte ihm zwei Zwiebäcke und den Wasserschlauch in die Hand. »Geh jetzt und such unsere Jungen«, befahl er. »Finde heraus, wer noch am Leben ist.«

Ein letztes aufmunterndes Schulterklopfen, und Dietrich ging davon. Lud schob sich einen Zwieback in den Mund und trank dazu Wasser aus dem Schlauch, um das harte Backwerk aufzuweichen.

Das Leben entwickelt sich niemals so, wie man es erwartet, dachte er. *Niemals. Und der Krieg macht, dass man sich unwissend vorkommt wie ein Knabe.*

Lud schüttelte diese Gedanken ab und machte sich auf die Suche nach seinen Jungen.

Die geschlagene Armee brauchte die ganze Nacht, um sich zu sammeln und den Rückzug vorzubereiten. Überall brannten Laternen, Fackeln und Lagerfeuer und beleuchteten den Ort der bitteren Niederlage.

Lud blieb in Bewegung. Seine wimpernlosen Augen brannten vom Qualm und vom Gestank, ständig musste er blinzeln. Begräbnistrupps hoben tiefe Gräber aus, dann wurden die Toten darin gestapelt. Vier Mann wurden beim Leichenfleddern ertappt und binnen Minuten am Galgenwagen aufgehängt. Ständig kamen stöhnende, um Hilfe flehende Männer aus der Dunkelheit herbeigekrochen wie Dämonen aus der Hölle. Maultiere wurden vor umgestürzte Karren gespannt, um sie wieder aufzurichten, und trampelten dabei auf die Verwundeten. Der Mond warf sein bleiches Licht durch die zwischenzeitlich aufgerissene Wolkendecke. Hin und wieder erklangen Schreie, die jedoch nach und nach in Wimmern übergingen und schließlich ganz verklangen. Lud war müde. Seine Knochen schmerzten. Am schlimmsten aber war, dass er den Mut zu verlieren drohte, denn einige seiner Jungen waren gefallen, davon war auszugehen. Er musste so schnell wie möglich darüber hinwegkommen und durfte sich nicht in der Trauer verlieren.

Die Osmanen waren dafür bekannt, einen Waffenstillstand einzuhalten, und so gab es diesmal keine Nachtwache, nur eine Reihe von Posten an den Rändern des heillosen Durcheinanders. Und tatsächlich gab es keinen nächtlichen Angriff, der dem Heer den Rest gegeben hätte, denn die Osmanen glaubten – so viel wusste Lud –, dass ihre Toten am gleichen Tag begraben werden mussten, an dem sie gefallen waren. So kam es, dass Christen und Muslime ohne Unterschied über das Schlachtfeld zogen und nach Leichen suchten, um sie leise und wortlos in die Dunkelheit davonzutragen.

Lud beobachtete seine Umgebung lediglich aus den Augenwinkeln, denn auf diese Weise konnte er im Dunkeln besser sehen. Außerdem wollte er keinen der Gefallenen, egal auf welcher Seite er gekämpft hatte, direkt anschauen. In seinem Kopf ging es auch so schon wirr genug zu. Es war, als hätte der Tod wahllos zugeschlagen, ohne Rücksicht darauf, welchem Glauben der Tote angehört hatte, für welche Armee er gekämpft hatte, ob er jung oder alt gewesen war, arm oder von Adel: Sie alle mussten nun im Höllenfeuer brennen, oder die Qualen des Fegefeuers über sich ergehen lassen, oder durch die ewigen Schatten des Jenseits wandern.

Einmal prallte Lud mit einem Feind zusammen, einem bärtigen Mann mit Turban, und entschuldigte sich mit einer stummen Geste, genau wie der Gegner. Dann traten beide zur Seite, um den jeweils anderen vorbeizulassen. Doch Lud kam sich mit einem Mal dumm vor und drängte sich rücksichtslos an dem

Türken vorbei. Sekunden später wusste er nicht mehr mit Sicherheit, ob sich der Zwischenfall tatsächlich ereignet hatte.

So streifte Lud durch die schwarze Nacht, eine rußende Laterne in der Hand, und suchte nach seinen Jungen.

*

Er fand den Kleinen Götz in einem Graben sitzend. Er trug einen sauberen Verband, den ihm das Mädchen angelegt haben musste.

»Gut, dich immer noch lebend zu sehen«, sagte Lud. »Hast du inzwischen von den anderen Nachricht?«

Da erst bemerkte er, dass Götz etwas im Schoß hielt und sich schützend darüber beugte. Es war etwas Dunkles, Rundes, wie ein Laib Brot.

»Was ist das?«, fragte Lud.

»Er hat Dreck in den Augen«, murmelte Götz.

»Lass mich sehen«, verlangte Lud.

Götz versuchte, Lud das Ding in seinem Schoß vorzuenthalten.

»Komm schon, ich will es sehen!«

Lud zerrte es ihm aus den Händen, und Götz heulte los wie ein Kind. Das runde Ding war glitschig, klebrig, schlammverkrustet und haarig. Lud drehte es herum und sah die Hasenzähne und die halb offenen, schläfrigen Augen.

Hermo!

Die Wangen waren pockennarbig. Auf einer Seite waren verklebte blutige Haare, auf der anderen Seite das ehemals freundliche Gesicht des Jungen, in einem Ausdruck ewigen Staunens erstarrt. Hermo war stets gehänselt worden wegen seines Sanftmuts ... der Knabe, der einst sogar einem Vogel aus der Schlinge geholfen hatte. Der das Blutgeld und den Langspieß genommen hatte und ausgezogen war, um Menschen zu töten, die er nie zuvor gesehen hatte. Der gehofft hatte, im Angesicht des Feindes tapfer zu sein. Der mit Blut im Schuh marschiert war.

»Wo hast du ihn gefunden?«, fragte Lud. In diesem Moment wurde ihm bewusst, dass Hermo ihm von allen der Liebste gewesen war, obwohl er nicht hätte sagen können, warum. Doch der Anblick von Hermos Leiche schmerzte ihn wie ein Dolchstich.

Der Kleine Götz streckte den Arm aus. »Bei einem Karren«, sagte er schluchzend, »ein Stück in diese Richtung.«

»Komm mit«, befahl Lud. »Lass mich ihn tragen. Ich hab einen gesunden Arm.«

Lud half dem Kleinen Götz auf die Beine und gab ihm den Kopf des Freundes zurück. Dann nahm er die rußende Laterne auf und setzte seine Suche nach den verbliebenen Jungen fort.

Er fand fünf weitere – Frix, Stefan, Max, Jakob und Linhoff. Alle saßen benommen und verdreckt, aber unverletzt neben einem umgekippten Karren. Als sie Lud sahen, wollten sie hastig aufstehen, sanken jedoch kraftlos zurück.

»Wo sind die anderen?«, wollte Lud von ihnen wissen.

Die fünf Jungen schüttelten den Kopf. Sie hatten allen Mut, alle Hoffnung verloren.

»Matthes ist da drüben«, sagte Stefan mit matter Stimme.

Es kam genau so, wie Lud es am meisten gefürchtet hatte. Matthes lag mit aufgeschlitztem Bauch bei dem umgekippten Karren. Fridel lag neben dem kopflosen Leichnam seines Zwillingsbruders Hermo. Es war offensichtlich, dass Almuths Zwillinge zusammen gestorben waren. Beide waren enthauptet worden; Lud erkannte sie an ihren Umhängen. Fridels Kopf lag nicht weit vom Rumpf entfernt in einem Graben. Matthes' Kopf fanden sie nicht, doch sie erkannten seinen Leichnam an dem Fuchsohr-Talisman, den er stets bei sich getragen hatte.

Jetzt blieben nur noch Tilo und Ambrosius

Lud hörte schwere Schritte und drehte sich um. Dietrich kam auf ihn zu.

Lud straffte sich. »Drei tot, zwei vermisst, sieben verwundet oder unversehrt«, meldete er seinem Ritter.

»Nur drei«, sagte Dietrich. »Es hätten alle sein können.«

»Es werden bald alle sein, wenn wir weitermarschieren.«

»Nein. Unsere Heerführer werden den Sieg über die Ungläubigen verkünden und unsere Verluste abschreiben. Wir formieren uns beim ersten Licht des Morgens und marschieren zurück. Also lasst alle Toten liegen, die nicht zu uns gehören. Sieh zu, dass du unsere überlebenden Jungen zusammenkriegst. Dann lässt du sie unsere Toten begraben und die Verwundeten holen. Nach einer Niederlage wie dieser hier werden unsere Heerführer bald nach Versprengten jagen lassen, um an ihnen ein Exempel zu statuieren und sie als Sündenböcke aufzuhängen.«

»Ich verstehe«, sagte Lud.

»Sorg dafür, dass die Jungen den Mund halten. Sie sind verstört und könnten sich verplappern. Unsere Befehlshaber haben ihr Gesicht verloren. Sie haben lauthals mit einem schnellen Sieg geprahlt, bevor wir aus Würzburg losmarschiert sind.«

Also machte Lud sich daran, weiter nach den vermissten Jungen aus seinem Dorf zu suchen.

Hermo, Fridel, Matthes ...

Lud wusste, er würde Almuth Rede und Antwort stehen müssen, der Hebamme und Weberin des Dorfes, der Mutter von Hermo und Fridel, die auch ihn selbst aufgezogen hatte. Und er würde sich vor Ruth verantworten müssen, der Kerzenmacherin und Mutter von Matthes, die ihren Mann, Matthes' Vater, vor langer Zeit in einem anderen Krieg verloren hatte. Beide waren gütige, liebe Frauen, und vor ihnen zu stehen und ihnen die Nachricht zu überbringen würde schlimmer sein als jede körperliche Züchtigung. Aber vielleicht lebten Tilo und Ambrosius ja noch. Vielleicht waren sie nur verwundet.

Vielleicht.

Giebelstadt war wie eine große Familie. Die Leute mochten unterschiedliche Nachnamen haben; trotzdem waren alle auf die eine oder andere Weise voneinander abhängig. Lud würde den Rest seiner Tage in Schmach und Schande leben, weil er die Jungen im Stich gelassen hatte. Ihre Mütter würden ihn verachten, ihn verhöhnen und – was am schlimmsten war – ihn hassen.

Wie aber hatten sie erwarten können, dass alle mit dem Leben davonkamen? Wie konnten sie so tun, als wüssten sie nicht, dass einige der Jungen die Heimat nie wiedersahen? *Sie wussten es verdammt genau! Nie kommen alle zurück, niemals.*

Lud arbeitete mit den unverwundet gebliebenen Jungen. Keiner weinte mehr, alle waren bedrückt und still angesichts der Tatsache, dass sie bis zum Anbruch des Tages Gräber ausheben würden. Frix, Stefan, Linhoff und Max. Lud schickte Jakob los, um Wasser zu suchen.

Die Arbeit würde ihnen helfen, den ersten Schock zu überwinden. Müdigkeit und Erschöpfung würden sie davor bewahren, sich in Selbstmitleid zu ergehen oder Schwäche zu zeigen. Doch selbst wenn sie mit dem Leben davonkamen und es zurück bis nach Hause schafften, würden sie nie wieder die unbeschwerten, fröhlichen Bauernjungen sein, die von ihren Müttern in den Krieg geschickt worden waren. Einige würden sich zu besseren Menschen entwickeln, andere zu schlechteren. Allein die Zeit würde zeigen, wer zu welcher Seite neigte.

Schließlich erschienen Tilo und Ambrosius wie Schatten aus der Dunkelheit. Sie waren von oben bis unten schlammbesudelt, aber unverwundet. Lud erkannte auf den ersten Blick, dass sie sich in einem tiefen Graben versteckt haben mussten. Er freute sich, die Jungen zu sehen, auch wenn er wusste, dass sie vor dem Kampf geflohen waren. Ihre betretenen Gesichter verrieten es genauso wie ihre unverletzten Körper.

Lud blickte sie an. »Sagt nichts.«

»Lud«, stammelte Tilo verzweifelt. »Wir ... wir ...«

»Es gab keine Ordnung mehr, und der Regen ...«, warf Ambrosius ein.

»Sagt nichts. Das ist ein Befehl. Der Profos lässt alle Deserteure als abschreckendes Beispiel aufhängen. Redet mit niemandem. Niemals. Zu keiner Zeit. Oder ich trete euch so fest in den Hintern, dass ihr von hier aus geradewegs bis ins Reich der

Osmanen fliegt. Das gilt auch für zu Hause in Giebelstadt. Und jetzt haltet den Mund und grabt.«

Er sah, wie die anderen Tilo und Ambrosius beobachteten, und bemerkte deren gemischten Gefühle – Freude und Scham. Freude, dass sie am Leben waren; Scham, weil sie sich feige aus dem Staub gemacht hatten.

Tilo und Ambrosius begannen mit Feuereifer zu graben. Niemand sagte ein Wort. Natürlich würde es sich zu Hause in Giebelstadt herumsprechen. Dinge wie diese ließen sich nicht verheimlichen. Die beiden schaufelten schweigend, mit gesenkten Köpfen. Lud taten sie jetzt schon leid. Er wusste, dass sie den Rest ihres Lebens schwer an ihrer Last würden tragen müssen. Er ließ sie weiterschaufeln, auch als sie erschöpft waren.

»Tiefer«, befahl er und wehrte sich gegen den Schmerz, ließ ihn sich nicht anmerken. »So tief, dass weder Tiere noch Fledderer an sie herankommen.«

Also hatte er nur drei seiner Spießbuben verloren. Das war schlimm genug, aber es hätte viel schlimmer kommen können. Er wünschte sich, sie alle wären davongelaufen, nicht nur Tilo und Ambrosius, dann wären jetzt alle noch am Leben. Aber das durfte er nicht laut sagen. Genauso wenig, wie er über seinen Schmerz reden durfte.

Dann war Lud selbst mit Schaufeln an der Reihe. Er streifte seinen Umhang, seinen Kettenpanzer, sogar das gesteppte Hemd ab, trotz der Kühle der Nacht. Dann schaufelte und grub er, als wäre der Teufel persönlich hinter ihm her. Vielleicht half die Arbeit, seine Qualen zu mindern.

Der Boden war felsig; als seine Holzschaufel barst, hob er einen abgebrochenen Spieß vom Boden auf und stellte sich vor, er würde die Stahlspitze in die Eingeweide derjenigen rammen, die seine Jungen umgebracht hatten. So ging es Stunde um Stunde.

Jakob kam mit einem merkwürdig aussehenden Wasserschlauch zurück und berichtete, er habe ihn in einem kleinen Handkarren gefunden, der umgekippt in einem Graben lag. Lud ging mit ihm, um sich die Sache anzusehen.

Er kletterte einen flachen Hügel hinauf und stieg über einen Toten: ein junger Mann in Schwarz, unbewaffnet und mit einer Stichwunde im Hals, lag in seinem Blut.

»Der Mistkerl hat versucht, mich vom Karren wegzustoßen«, berichtete Jakob stolz. »Da habe ich's ihm gegeben!«

»Was? Du hast einen wehrlosen Mann niedergemacht, der dir mit bloßen Händen gegenübergetreten ist? Was wollte er denn beschützen?«, fragte Lud und besah sich den Karren. In diesem Moment bemerkte er, was der Tote hatte verteidigen wollen: eine junge blonde Frau mit verdreckten Haaren, die sich unter dem Karren versteckt hatte.

»Bring sie zusammen mit den anderen zu unserem Wagen. Aber lass die Hände von ihr, verstanden?«, befahl Lud dem jungen Jakob. »Anschließend kommst du zurück und hilfst uns beim Graben. Den da kannst du ebenfalls unter die Erde bringen. Es wäre besser gewesen, du hättest einen Türken getötet, nicht diesen armen wehrlosen Narren.«

Jakob zerrte die Frau an den Händen unter dem Karren hervor.

»Er soll mich loslassen!«, flehte sie, den Blick auf Lud gerichtet. »Er hat meinen Ott umgebracht! Meinen armen Ott! Gottes Strafe soll ihn treffen!«

Lud beachtete sie nicht. Jakob zerrte die Frau mit sich zum Wagen von Giebelstadt, während sie unablässig zeterte und jammerte, nach ihm trat und ihn zu beißen versuchte.

Beim Karren fand Lud Wasser in einer Blase und nahm einen großen Schluck davon. Oben auf dem Karren waren Schlafsäcke und Vorräte verzurrt, doch erst, als er den Karren für ihr Feuer zerlegte, entdeckte er eine kleine Harfe, außerdem Bücher, die in einem doppelten Boden versteckt waren. Beim Anblick der Bücher erstarrte Lud. Er wusste nicht, ob er auf Gold oder eine giftige Schlange gestoßen war. Bücher bedeuteten entweder einen großen Schatz oder ein großes Übel, je nachdem, welchen Inhalts sie waren.

Lud machte sich auf den Weg, um Dietrich ihren Fund zu

melden. Nur ihr Herr konnte lesen, niemand sonst aus Giebelstadt.

»Bücher?«, fragte Dietrich überrascht. »Bist du sicher?«

»Bücher«, wiederholte Lud. »Vielleicht sind sie kostbar.«

»Wir werden sehen, Lud.«

Er und die Jungen begleiteten Lud zu dem Karren. Dort angekommen hielt Lud die rußende Laterne in die Höhe und beobachtete, wie Dietrich ein Buch nach dem anderen nahm, aufschlug und den geheimnisvollen Inhalt studierte. Schließlich hob er den Blick und schaute Lud beinahe verlegen an. »Bücher über den Glauben. Die Heilige Schrift, allerdings in ihren eigenen Worten.«

»In welchen Worten?«

»Nun, für gewöhnlich nennt man diese Leute Ketzer.«

»Ketzer?« Das Wort ließ Luds Inneres zu Eis erstarren. Dann überkam ihn Enttäuschung. Also waren die Bücher wertlos und konnten nicht als Beute aufgeteilt werden.

Dietrich nahm die kleine Harfe zur Hand. Lud beobachtete, wie die Finger des Ritters ein Kreuz nachzogen, das in den gebogenen Hals des Instruments geschnitzt war. Es war ein derbes, beinahe primitives Instrument, von Laienhand gefertigt, doch es war solide und erfüllte seinen Zweck. Dietrich, so wild er in der Schlacht auch sein mochte, behandelte es beinah zärtlich wie eine Frau. Seine Finger strichen über die Saiten, und eine wunderschöne Melodie erklang.

Lud war wie verzaubert. Alle in der Nähe des Ketzerkarrens hielten in ihrer Arbeit inne und drehten sich zu dem Ritter um. Die Melodie schwebte klar und rein über der raucherfüllten Nachtluft, so wie duftende Blumen auf einem schmutzigen Tümpel voll verpestetem Wasser. Dietrich spielte eine Weise, die sie alle aus ihren Dörfern kannten, lieblich und fröhlich zugleich – und auf erschreckende Weise voller Harmonie und Schönheit in diesem Landstrich voller Schmerz, Blut und Grauen.

Unvermittelt blickte der Ritter auf, als wäre er tief in Gedanken versunken gewesen. Lud sah, dass er im ersten Moment verlegen war, dann wütend auf sich selbst. Dietrich blieb ein Rätsel wie eh und je. Beinahe achtlos ließ er die Harfe auf die Bücher fallen. Die Saiten gaben einen letzten wohlklingenden Laut von sich.

»Was gafft ihr?«, rief Dietrich. »Macht weiter!«

Die Männer machten sich wieder an die Arbeit, noch entschlossener als zuvor, als hätten sie Dietrich versehentlich bei irgendeiner Peinlichkeit beobachtet.

Doch Lud konnte wie üblich nicht den Mund halten. »Ich wusste gar nicht, dass Ihr Harfe spielt, Herr«, sagte er.

»Ich habe eine Ewigkeit nicht mehr gespielt.«

»Was ist mit den Büchern?«

»Nichts«, antwortete Dietrich schroff. »Verbrenn alles, ohne Ausnahme.«

»Auch die Harfe?«

»Nein. Nicht die Harfe. Gib sie diesen Leuten zurück.«

Lud nahm das Instrument. In ihm glomm ein letzter Hoffnungsschimmer, dass die Bücher vielleicht doch noch gerettet und für gutes Geld verkauft werden konnten. »Sind die Bücher denn nicht tausend Mal wertvoller als die Harfe, Herr?«

»Höchstens für den Schultheißen oder den Profos. Sie würden dich am Arsch kriegen, solltest du auf den dummen Gedanken kommen, eins davon auf einem Markt feilzubieten. Man würde dich wegen Ketzerei anklagen, und es gäbe keine Verteidigung für dich. Du kannst nicht beweisen, dass du nicht lesen kannst. Und selbst wenn du es könntest – es ist für Menschen niederen Ranges fast überall verboten, wie du sehr wohl weißt.«

»Dann sind diese Leute also Ketzer?«

»Sie sind Täufer. Sie lehnen die Kindertaufe ab. Du musst eins wissen: Wenn wir die Bücher nicht verbrennen, enden ihre Besitzer auf dem Scheiterhaufen. Also verbrenne die Bücher und verstreue die Asche im Wind. Wir können diese armen Wichte gut gebrauchen, Lud. Wie die Dinge stehen, können wir auf niemanden verzichten.«

200

Also schickte Lud die Harfe zum Maultierkarren von Giebelstadt; dann verbrannte er die Bücher in einem hübschen Feuer, bis nichts mehr davon übrig war. Das Licht und die Wärme zogen Dutzende erschöpfter, bis auf die Knochen durchgefrorener Soldaten an, die sich wie Gespenster um die Flammen scharten.

Nachdem die Bücher zu Asche verbrannt waren, kam ein mürrischer alter Priester vorbei, der verloren vor sich hin murmelte. Lud hielt ihn an und führte ihn zu den drei tiefen Gräbern. Die Toten wurden hineingelegt, während der Priester lateinische Gebete murmelte, die niemand außer ihm verstand. Die überlebenden Jungen aus Giebelstadt standen mit hängenden Köpfen da. Sie spürten deutlich, dass der Priester nicht aus dem Herzen sprach; seine Worte waren leere Hülsen, die er schon so oft aufgesagt hatte, dass ihm jedes aufrichtige Gefühl abhandengekommen war. Als er fertig war, stolperte er weiter und setzte sein gemurmeltes Selbstgespräch fort.

»Lasst uns die Gräber füllen«, sagte Lud zu seinen Jungen. Die Toten wurden in die Grube gelassen. Zuerst Matthes, kopflos, mit einem Stein auf dem aufgeschlitzten Bauch. Dann Hermo und Fridel, deren Köpfe auf ihren Leichen wie obszön gaffende Wächter aussahen; es war ein solch grässlicher Anblick, dass Lud den Jungen befahl, die beiden Köpfe in Säcke zu stecken.

Ein paar Jungen hatten Kreuze aus den Brettern zerstörter Karren gezimmert, die sie auf die Gräber stellen wollten.

»Keine Kruzifixe«, entschied Dietrich und schlug dabei das Kreuzzeichen. »Wir dürfen keinen Hinweis für Leichenfledderer zurücklassen. Die letzten Worte müssen reichen. Das überlasse ich dir, Lud.« Er blickte die Jungen an. »Kommt, ihr Helden.«

Endlich war Lud allein. In der Tasche seines Umhangs trug er das Fuchsohr von Matthes. Seine Mutter würde den Talisman vielleicht haben wollen. Das erste Licht des Morgens dämmerte. Die Schatten anderer Gräber und die Leichen noch unbeerdigter Gefallener wurden im Zwielicht erkennbar. Bei diesem Anblick dachte Lud voller Zorn, aber auch mit Erleichterung an den baldigen Rückzug.

Er musste sich beeilen.

»Hermo und Fridel waren Zwillinge«, begann er. »Sie liegen im Tod beieinander, weil sie auch im Leben unzertrennlich waren. Hermo war stets freundlich, ein lieber Junge. Einmal, er war noch klein, habe ich gesehen, wie er einen Vogel aus einer Schlinge befreit hat. Der Vogel hatte einen gebrochenen Flügel und hüpfte davon. Hermo hat geweint …« Lud hielt inne, räusperte sich. »Herr im Himmel, Hermo hat stets an dich geglaubt, gib ihm einen guten Platz nahe bei dir. Und Fridel … er war ein Spaßvogel. Er wird dich zum Lachen bringen, Herr. Aber die vielen Mädchen, die ihn so gern geheiratet hätten, werden traurig sein und ihn vermissen. Und Matthes, den kennst du inzwischen selbst sehr gut, nicht wahr? Er war ein Mann des Verstandes, der eines Tages sogar lesen lernen wollte. Vielleicht kann er es jetzt bei dir, wo er mehr als genug Zeit hat und wo es keinen Schmerz, keine Angst, keinen Hass und auch keine Priester gibt, die dafür sorgen, dass ein Mann sich klein und dumm fühlt.«

Lud hatte geglaubt, er wäre allein, als er sein Gebet sprach, doch als er sich umdrehte, um seine Schaufel zu nehmen und zu gehen, sah er das Mädchen mit den langen schwarzen Haaren und dem nassen Umhang, eine Holzschaufel in den Händen. Offenbar hatte sie ihn beobachtet und seine Worte aufgeschnappt. *Sie ist gar kein Mädchen mehr*, dachte Lud. *Sie ist eine junge Frau.*

Lud war verlegen, weil sie gehört hatte, wie er solche verletzlichen, hoffnungsvollen Gedanken geäußert hatte.

»Sollen wir gemeinsam für sie beten?«, fragte die junge Frau leise. Erst jetzt bemerkte Lud zwei ältere Männer direkt hinter ihr. Als sie ihn sahen, wichen sie einen Schritt zurück und verneigten sich leicht. Die junge Frau verneigte sich nicht.

»Geh zurück zum Wagen«, sagte Lud zu ihr. »Kümmere dich um den Türken.«

Sie rührte sich nicht. »Wir müssen einen der unseren begraben«, sagte sie stattdessen. »Er wurde getötet. Sollen wir nicht gemeinsam beten?«

Lud fühlte sich überrumpelt. »Wieso kümmert dich das überhaupt? Du hast diese Jungen doch gar nicht gekannt. Und was ist mit mir? Sieh mich an! Hast du keine Angst vor mir?«

»Meine Ängste gehen dich nichts an«, antwortete sie.

»Angst kann dich am Leben erhalten, du dummes Ding!« Lud schlug ihr die Schaufel aus der Hand, packte sie am Arm und zerrte sie in Richtung des Karrens von Giebelstadt. Die beiden Männer eilten hinterher, wagten aber nicht zu sprechen oder gar einzugreifen. Die junge Frau wehrte sich nicht, und Luds Wut verrauchte, während er sie hinter sich her zog. Beim Karren angekommen, ließ er sie los. In ihren traurigen Augen stand ein undeutbarer Ausdruck, den Lud nicht ertragen konnte. Er wollte nicht, dass sie ihn weiterhin anschaute. Die beiden älteren Männer waren im Wagen verschwunden und duckten sich unter die Plane.

»Hör zu, Mädchen, was ich dir jetzt sage«, begann Lud. »Soldaten sind in ihrem Übermut unberechenbar, wenn sie in einer Schlacht gesiegt haben. Doch nach einer Niederlage wie dieser musst du unbedingt im Wagen bleiben, bei den anderen. Kümmere dich um den Türken und um meine verletzten Jungen, wenn dir dein Leben etwas bedeutet. Ich schicke dir Wasser. Und sieh mich nicht so an, verdammt!«

»Nur ich allein kann mich verdammen«, sagte die junge Frau. »Du hast keine Macht über mich. Du kannst dich nur selbst verdammen, durch dein Denken und Handeln.«

Ein großgewachsener Mann kam aus dem Wagen. Er schien erleichtert, als er sie sah. »Kristina! Wo warst du?«

»Berthold«, sagte sie anstelle einer Antwort. »Ott ist tot.«

»Ich weiß.«

Lud stieß die Frau vor. Der Mann, den sie Berthold genannt hatte, fing sie unbeholfen auf. Beinahe wären beide zu Boden gestürzt.

Der Mann sah verängstigt aus und sagte irgendetwas auf Latein oder in einer anderen Priestersprache. Es klang wie *Eli, Eli, lama sabbachthani.*

»Hör auf zu faseln, Kerl. Ist das deine Frau?«

Der Mann riss sich zusammen.

»Sie ist meine Frau, ja. Gott segne dich, dass du ihr nichts angetan hast.«

»Ihr könnt meinetwegen beide ins Paradies, mir ist es gleich.«

Der Ehemann der jungen Frau stand tapfer – oder arglos – ohne jede Verteidigung da und antwortete mit einer Beredsamkeit, die Lud auf seltsame Weise wütend stimmte. Er verspürte das heftige Verlangen, dem Kerl einen Schlag in das lange, betrübte Gesicht zu versetzen. Doch er wollte seine Kraft nicht verschwenden; er brauchte sie für Wichtigeres. Was aber hatte diesen Narren geritten, eine so hübsche junge Frau in Zeiten wie diesen in eine solch gefährliche Gegend zu schleppen?

»Binde sie fest, wenn es sein muss, Kerl«, sagte Lud zu ihm.

»Sie ist keine Hündin, Herr. Sie hat das Recht, selbst zu entscheiden.«

»Sag nicht *Herr*, du aufgeblasener Arsch! Sie ist eine leichte Beute, wenn die Soldaten sie heute Nacht hier draußen zu fassen kriegen. Sie werden es mit ihr treiben, jeder von ihnen. Ich bin der Einzige, der euch am Leben hält. Wenn der Türke oder einer meiner Jungen stirbt, seid ihr mir egal. Euer Beten nutzt euch gar nichts gegen ein Messer, einen Hieb oder ein wildes Tier. Und hier draußen sind wir alle wilde Tiere.«

»Du bist ein Kind des Herrn. Du hast eine Seele und wirst geliebt von Gott«, sagte der Mann. »Du bist kein wildes Tier, es sei denn, du selbst glaubst es.«

Lud zog den Rotz hoch und spuckte dem Mann ins Gesicht. Der stand da, als wäre er vom Schlag getroffen. Lud erkannte nun endgültig, dass er einen Weichling vor sich hatte. Die Augen des Mannes wurden nass von Tränen aus verletztem Stolz. Zugleich war er zu Tode verängstigt, und seine Knie zitterten. Trotzdem war er bereit, hier draußen sein Leben aufs Spiel zu setzen und den Tod zu riskieren oder Schlimmeres. Lud verachtete, ja verabscheute ihn und hätte dennoch keinen Grund für seine Abneigung nennen können.

»Du hast gesalbte Worte für all die Toten hier, aber keine Tränen«, sagte Lud.

»Wir haben für ihre Seelen gebetet«, erwiderte der Mann.

»Ach ja? Sprichst du direkt zu Gott? Ist es das? Von Mann zu Mann?«

»Berthold«, sagte die junge Frau und zog am Arm des pferdegesichtigen Mannes, dann blickte sie Lud an. »Wir müssen unseren Bruder Ott begraben.«

»Euer so genannter Bruder ist längst begraben«, sagte Lud und stieß Berthold zurück in Kristinas Arme. Sie stolperten und klammerten sich Halt suchend aneinander.

»Habt Ihr für ihn gebetet?«, fragte Berthold.

»Ihr könnt für ihn beten so viel ihr wollt, aber kommt mir ja nicht in die Quere, zum Teufel!«

Bei Luds Worten zuckte Berthold zusammen. Er wischte sich mit dem Ärmel übers Gesicht, dann hob er die junge Frau in den Maultierwagen.

*

Kurz nach Sonnenaufgang verbreiteten sich Neuigkeiten die Linien des Heeres entlang bis an Luds Ohren. Eine neue Expeditionsstreitmacht von Landsknechten des Schwäbischen Bundes war nicht weit hinter ihnen auf derselben Straße unterwegs, nur einen Tagesmarsch entfernt. Die Würzburger Streitmacht wurde ersetzt und sollte nach Hause zurückkehren.

Lud nahm die Neuigkeiten mit grimmiger Miene auf. Er hörte das leise Schimpfen der anderen in der Dunkelheit. »Und vorher haben die hohen Herren gesagt, es wäre kein Geld für Söldner da«, raunte jemand, »deswegen hätten sie die Dörfer ausgehoben. Jetzt, wo's nicht mehr anders geht, haben sie mit einem Mal Geld ...«

Lud untersuchte die Wunden des Türken und musste zugeben, dass die junge Frau – Kristina – die Blutung fachmännisch gestillt hatte.

»Diese Leute haben seltsame Gewohnheiten, aber sie scheinen harmlos zu sein«, wandte Lud sich an seinen Ritter, nachdem er Kristina und die anderen allein gelassen hatte.

»Arme Teufel, die sich auf hilflose Art Gott beweisen müssen – oder sich selbst«, sinnierte Dietrich.

»Was waren das für Bücher, die wir verbrannt haben?«

»Bibeln, die sie selbst gedruckt haben. Auf Deutsch. Sie lehren andere das Lesen. Sie nennen sich Täufer oder Brüder, aber unsere Priester nennen sie Ketzer.«

Da war es wieder, dieses Wort. *Ketzer.* Als Knabe hatte Lud gehört, wie die alten Frauen im Dorf darüber getuschelt hatten. Die gleichen alten Weiber, die auf dem Dorfplatz zu der großen Linde beteten und von denen einige glaubten, sie könnten die uralten Geister aus längst vergangenen Zeiten heraufbeschwören. Manche nannten sie Hexen. Die meisten von ihnen waren mittlerweile an Altersschwäche gestorben. Dabei hatte Lud immer geglaubt, diese steinalten Frauen könnten gar nicht sterben, wo sie sich doch mit einem Baum unterhielten, der zehn mal hundert Jahre alt wurde, und wenn sie Kräfte besaßen, die ihnen die Macht über Leben und Tod verliehen.

Lud riss sich von dem Gedanken los. »Was sollen wir mit ihnen machen, Herr?«, wollte er wissen.

»Mit ihnen machen?« Dietrich lächelte traurig, als er Luds aufkeimende Angst bemerkte. »Sie ziehen aus Böhmen hinaus ins Reich, um zu missionieren und das gemeine Volk das Lesen zu lehren. Ich habe welche wie sie früher schon gesehen. Sie teilen alles, selbst das Wenige, das sie haben, wie die frühen Christen aus vergangenen Jahrhunderten es getan haben. Sie schwören sämtlichen irdischen Dingen ab, leben aber ohnehin selten lange genug, um sich an ihrem Dasein erfreuen zu können. Wahrscheinlich meinen sie es gut – oder sie streben nach Ruhm, wenngleich es ein zweifelhafter Ruhm ist, in den Flammen zu sterben. Für diese armen Narren ist die Nächstenliebe die Grundlage ihres Handelns und Denkens. Die Prediger benutzen den Begriff der Ketzerei, um Kindern und Willensschwachen Angst zu machen; diese Brüder halten dagegen, dass Liebe die Antwort darauf sei. Liebe! Ha! In unserer Welt, Lud, hat Liebe nichts verloren. Unser Handwerk ist der Krieg.«

Lud war ein wenig verlegen wegen seiner Angst. »Die Frau hat gesagt, wir sollen die Verwundeten lieben und ihnen helfen. Ich glaube, sie versuchen mit ihrer so genannten Liebe Macht über uns zu gewinnen. Sie lassen sich sogar dafür schlagen, ohne sich zu wehren.«

»Es gibt viele Arten, sich zu wehren und zu kämpfen. Liebe kann dich genauso schnell töten wie Hass.«

»Ob sie mit Frauen handeln? Ob sie das mit Liebe meinen?«

»Wie kommst du denn darauf, Lud? Es geht ihnen um Nächstenliebe, nicht ums Vögeln«, entgegnete Dietrich. »Wäre es das, hätten sie sehr viel mehr Anhänger. Aber sie alle können lesen, so viel steht fest. Und was sie gelesen haben – zweifellos aus der Bibel –, hat sie zu diesen Jammergestalten gemacht. Sie versuchen eine Welt zu ändern, die sich niemals ändern wird.«

»Dann bin ich froh, dass ich nicht lesen kann.«

»Das ist kein Grund, froh oder gar stolz zu sein, Lud. Ich hätte dir längst das Lesen beibringen müssen.«

»*Lesen?*« Lud war schockiert. »Ich bin so schon durcheinander genug, Herr. Da muss ich nicht auch noch lesen können.«

Dietrich schlug ihm auf die Schulter. »Mach dich nicht kleiner, als du bist, denn es gibt stets mehr als genug andere, die das für dich tun.«

»Ketzer ...«, sagte Lud, wobei er versuchte, die Tragweite des Gehörten zu begreifen. »Als hätten wir nicht schon genug Schwierigkeiten, unsere Jungen nach Hause zu bringen ... oder das, was von ihnen übrig ist. Übrigens, einer von diesen Ketzern hat einen Fluch ausgestoßen, in irgendeiner fremden Sprache.«

»So? Was hat er denn gesagt?«

»*Eli* irgendwas *Lama*. Ich weiß nicht mehr genau.«

»Eli, Eli? *Eli, Eli, lama sabbachthani?*«

»Ja!« Lud war immer wieder erstaunt über das Wissen seines Ritters. »Woher kennt Ihr diesen Fluch?«

»Es ist kein Fluch, Lud, es ist ein Flehen, ein Gebet. Es bedeutet: *Mein Gott, mein Gott, warum hast du mich verlassen.* Es sind Christi Worte an seinen himmlischen Vater, kurz bevor er am Kreuz starb. Es war eine Bitte um Erlösung.«

»Aber das ist etwas für Priester, nicht für Ketzer!«

»Fügen sie sich deinen Anweisungen?«

»Sie wollen bloß Wunden versorgen und Trost spenden. Ich glaube, sie versuchen uns weichzumachen.«

»Ihre Beweggründe interessieren uns nicht. Wir brauchen sie – jedenfalls für den Augenblick.«

Lud hatte schon öfter von Ketzern gehört, aber dass solche Leute nun eine Rolle in seinem Leben spielten und sogar seine Entscheidungen beeinflussten, war eine neue Erfahrung für ihn. Er musste daran denken, wie die Priester solche Leute nannten: Höllenbrut. Doch sie kamen ihm schwach und harmlos vor. Überdies waren sie nützlich. Abgesehen davon, kaum jemand konnte lesen oder schreiben, mit Ausnahme von Priestern, Schreibern oder Verwaltern. Was hatte das Lesen diesen Unglücklichen gebracht außer Gefangennahme und Elend?

»Halte sie fern von jedem Pfaffen, der zufällig vorbeikommt, hörst du?«, sagte Dietrich. »Steck die Frau mit den dunklen Augen und den dunklen Haaren in unseren Karren. Sie soll den Türken versorgen. Sie scheint eine beruhigende Wirkung auf ihn zu haben. Sag ihr, wenn sie ihn bis Würzburg am Leben hält, lassen wir sie und ihre Leute dort frei. Die anderen sollten sich um unsere verwundeten Jungen kümmern. Sind Wagenlenker unter ihnen? Unsere wurden bei dem Angriff erschlagen.«

»Vielleicht unter den Männern. Ich kümmere mich darum.«

»Einer von denen wurde aufgespießt, nicht wahr?«

»Ja.«

»Wer hat das getan?«

»Jakob.«

»Dieser Narr! Unser tapferer Held Jakob soll ihre Wassereimer und Vorräte holen. Und sorge dafür, dass die Regenplane dicht ist. Die Wunden sind schlimm genug, aber mit jeder Armee reisen Wundbrand und Pestilenz.«

»Was, wenn der Türke stirbt?«, fragte Lud.

»Dann verlieren wir die einzige Prise, die wir in diesem blutigen Gemetzel gewonnen haben. Unser Fürstbischof in Würzburg braucht ihn dringend, um ihn vorzuzeigen, bevor er die Lösegeldforderung stellt. Ich will, dass die Prise von uns kommt, den Männern von Giebelstadt, von niemand anderem. Also sorge dafür, dass sie still sind. Andere könnten versuchen, uns den Türken zu stehlen. Sag das auch diesen Täufern. Ohne unseren Schutz halten sie hier draußen nicht lange durch. Andere könnten sie an die Priester verkaufen. Deshalb pass gut auf.«

Also ging Lud zum Wagen von Giebelstadt, um alles im Sinne Dietrichs zu regeln. Er wusste, dass die Frau und ihre Leute den Türken und die verwundeten Jungen pflegten. Kaspar hatte eine Beinwunde, der Kleine Götz einen schlimmen Schnitt am Arm. Die kleine verrückte Frau hatte ihnen ordentliche, feste Verbände angelegt, doch weder Kaspar noch der Kleine Götz konnten marschieren und mussten im Karren fahren. Bei Götz kam eine besorgniserregende Verwirrung des Geistes hinzu. So etwas kam in jeder Schlacht vor, und bei manchen legte es sich wieder, bei anderen aber wurde es mit der Zeit schlimmer.

Lud kletterte über einen zerstörten Wagen und stapfte an toten Pferden und erschöpften Männern vorbei, die damit beschäftigt waren, Piken zu stapeln. Er sah seine Jungen vor dem Wagen von Giebelstadt. Jakob, Frix, Linhoff und Stefan saßen zusammengesunken im Gras. Tilo und Ambrosius lagen wie Aussätzige auf der anderen Seite. Alle schliefen oder versuchten es wenigstens.

»Hoch mit dir, Jakob«, sagte Lud und zerrte den Angesprochenen auf die Beine.

»Ich bin nicht an der Reihe, Lud! Es ist nicht meine Wache!«

»Du bringst ihnen zweimal am Tag frisches Wasser in den Wagen. Außerdem das Essen.«

»Aber es war ein Missverständnis! Ein Soldat hat einen Fehler gemacht.«

»Soldat? Du?«

»Ja, natürlich. Ich bin Spießträger!«

»Jetzt bist du Pisseträger. Du leerst auch ihre Nachttöpfe. Widersprich mir nicht, du verdirbst mir sonst die gute Laune. Und jetzt mach dich an die Arbeit, du Held.«

Die anderen Jungen grinsten, als Jakob mit gesenktem Kopf davonschlurfte.

Lud stieg in den Wagen. An beiden Enden hingen Laternen und erfüllten das Innere mit bleichem Licht. Er blinzelte, bis seine Augen sich an das Halbdunkel gewöhnt hatten.

Er ließ den Blick über die Brüder schweifen, die allesamt Schwarz trugen. Dann schaute er auf das dunkeläugige Mädchen, das mit dem Türken in einer Ecke saß. Der Türke schien in ihren Armen bewusstlos geworden zu sein. Sie erwiderte Luds Blick ohne jede Spur von Angst. Die blonde Frau lag am anderen Ende des Wagens, starrte dumpf ins Leere und saugte am Daumen.

Der Anführer der Brüder, der Mann, der mit dem dunkeläugigen Mädchen verheiratet war, versorgte den Kleinen Götz, der bei jeder Berührung leise wimmerte.

Kaspars Beinwunde war ernster. Lud sah dunkles rohes Fleisch. Der Junge lag lang ausgestreckt da, ächzte und stöhnte leise und starrte mit fiebrigen Augen zu Lud herauf. Die ältere Frau mit den strohblonden Haaren und den scharfen Gesichtszügen kümmerte sich um ihn. Lud beobachtete, wie sie einen Faden straffzog. Kaspar schrie auf und schluchzte. Die Frau hatte ihm das Hosenbein bis zum Schritt hinauf aufgeschnitten.

Sein Geschlecht lag frei, doch die Frau schien es gar nicht zu bemerken. Sie war ganz auf ihre Arbeit konzentriert und setzte sorgfältig die letzten Stiche, um die Wunde zu schließen. Sie wusste offensichtlich, was sie tat, und Lud war ihr dankbar dafür. Er zeigte es nicht. Er konnte es sich nicht leisten, Gefühle an diese Träumer zu verschwenden, die jederzeit entdeckt, festgenommen und verbrannt werden konnten.

»Lud …«, sagte Kaspar schluchzend.

»Ja, Junge. Ich bin hier.«

»Sie haben sich aus der Linie verdrückt«, ächzte Kaspar voller Zorn und unter hörbaren Schmerzen. »Ambrosius und Tilo …«

»Sei still, Kaspar«, befahl Lud.

»Hermo und ich haben die Stellung gehalten«, sagte der Kleine Götz. »Wir sind nicht weggelaufen. Aber die Türken haben ihn erwischt und …«

»Halts Maul!«, sagte Lud grob und bereute es sofort. Er wusste, dass Götz ein guter Junge war, aufrichtig und ernst. Um ihn zu trösten, beugte er sich vor und tätschelte ihn wie einen Welpen, wie auch Dietrich es getan hätte. »Sei still jetzt, hörst du? Spar dir deine Kräfte. Ihr seid beide verwirrt, du und Kaspar. Ich will nicht, dass ihr jemals wieder darüber sprecht. Nicht hier und nicht zu Hause … falls wir es lebend bis nach Hause schaffen.«

Er musterte die schwarzgekleideten Ketzer mit einem harten Blick.

»Hört genau zu«, sagte er. »Ihr werdet unter unserem Schutz in diesem Wagen bis nach Würzburg mit uns fahren. Die Reise dauert zwei Wochen. Ihr werdet unsere Verwundeten pflegen. Pflegt sie gut. Den Türken auch, aber unsere Leute kommen zuerst. Haltet den Türken bis Würzburg am Leben, und ihr könnt gehen, wohin ihr wollt, sobald wir dort sind. Falls auch nur einer von euch zu fliehen versucht, seine Pflichten vernachlässigt oder nicht sein Bestes gibt, werdet ihr alle den Priestern übergeben oder ihr sterbt durch das Schwert.«

Die Ketzer sahen einander an. Einige streckten die Arme aus und berührten sich gegenseitig an den Fingern, andere reichten einander die Hand. Die blonde Frau schüttelte nur den Kopf und nuckelte weiter am Daumen. Sie wollte nicht reden und niemandem die Hand geben.

Der langgesichtige Anführer schloss die Augen. »Lasst uns für unseren Bruder Ott beten. Nichts bedeutet mir mehr auf dieser Welt, als deinen Willen zu tun, Herr.«

Lud beobachtete staunend, wie alle zur Wagendecke schauten, als könnten sie den Himmel dahinter erblicken. Dann sprachen sie ein Gebet, als würden sie sich wirklich und wahrhaftig mit Gott unterhalten.

»Du aber, Herr«, sagte der Anführer, »wollest deine Barmherzigkeit von mir nicht wenden.«

Worauf die anderen sprachen: »Lass deine Güte und Treue allewege mich behüten.«

Es war eigenartig, aber der Kleine Götz schien tatsächlich Trost zu finden in der sanften Art dieser Verrückten.

Kaspar war inzwischen aufgewacht und riss erschrocken die Augen auf. »Die haben keinen Priester!«, stieß er hervor. »Nur ein Priester darf solche Worte sprechen!«

»Diese Leute haben dein Bein verbunden«, sagte Lud. »Wir brauchen sie.«

»Bitte, Lud, lass mich nicht hier bei denen. Sie sind des Teufels!«

»Sei still. Hast du nicht gehört, was ich gesagt habe? Sie kümmern sich um den Türken, und sie nehmen sich unserer Verwundeten an. Sei vernünftig und bete, dass du dein Bein behältst.«

Das alles war neu für Lud, und er hasste es. Jetzt war er nicht mehr nur Soldat. Jetzt spielte er eine andere, ungewohnte Rolle und fühlte sich verwirrter als je zuvor.

»Lud!«, stieß Kaspar in diesem Moment verzweifelt hervor. »Sie schleichen sich in der Dunkelheit an uns heran und stehlen unsere Seelen!«

»Niemand kann dir deine Seele stehlen«, sagte die kleine Frau, die Kaspars Bein genäht hatte. Ihr ebenmäßiges Gesicht musste früher einmal sehr schön gewesen sein. »Nur du allein, niemand sonst. Also pass gut auf sie auf.«

»Sprich nicht mit mir!«, fuhr Kaspar zornig auf.

»Sei lieber still«, sagte die Frau. »Du bist zu schwach, als dass du deine Kraft verschwenden solltest.«

Lud musste daran denken, was die Priester immer sagten: dass Ketzer das Böse selbst verkörperten, dass ihre Seelen verloren waren und dass ihr einziges Verlangen die ewige Verdammnis war. Aber hier standen sie vor ihm wie Schafe vor dem Schlächter und sprachen Gebete, die frommer und inniger zu sein schienen als die der Priester.

Lud schaute auf die junge hübsche Frau mit den langen Haaren und den dunklen, betörenden Augen. Ihm fielen die Worte eines alten Priesters ein, der gesagt hatte, dass Satan nicht hässlich sei, sondern stets als wunderschöne Kreatur erschiene, voller trügerischer Verlockung und Arglist.

Das Mädchen erwiderte Luds Blick, und ihm wurde bewusst, dass sie sein Starren bemerkt hatte. Doch sie erwiderte seinen Blick ohne jede Furcht.

»Wie heißt du, Mädchen?«, fragte Lud.

»Kristina, Herr. Wie ich Euch bereits gesagt habe.«

»Sie ist meine Frau«, sagte der Mann mit dem langen Gesicht. Doch er sagte es nicht voller Stolz auf ihre Schönheit, sondern belehrend, als würde er mit einem Schwachsinnigen reden.

Lud starrte ihn an. »Ich weiß, dass sie deine Frau ist. Ich habe dich nicht gefragt.«

Der Mann ergriff behutsam die Hände der Frau. Lud sah, dass sie sich nicht gegen diese zärtliche Geste sträubte. Stattdessen begegnete sie Luds Blick, als wollte sie ihm zeigen, dass sie tatsächlich zum Anführer der Ketzer gehörte.

»Mein Name ist Lud«, sagte er. »Und eines solltest du wissen: Hier draußen gibt es keine Liebe unter den Menschen. Alles, was wir an Liebe haben, lassen wir bei unseren Frauen in der Heimat zurück. Euer Leben hängt von denen ab, die ihr pflegen müsst – dem Türken und meinen Leuten. Ist das klar?«

»Wir würden eure Verwundeten ohnehin versorgen, weil sie leiden«, antwortete Kristina.

»Keine Gebete mehr«, befahl Lud.

Er wusste, dass zahlreiche Amtsträger und Unterführer die Reihen der Maultierkarren entlangliefen, um die Marschkolonne neu zu formieren. Deshalb bestand die Gefahr, dass einer von ihnen durch einen dummen Zufall hörte, wie diese Narren ihre Bibelsprüche aufsagten, ohne einen Priester, noch dazu auf Deutsch statt auf Latein, und ohne Erlaubnis der heiligen Mutter Kirche.

»Wer bist du, uns zu sagen, wie wir Gott anzubeten haben?«, fragte die ältere Frau, die Kaspars Bein genäht hatte.

Lud staunte noch immer. Er hatte nie zuvor gesehen, wie aufgerissenes Fleisch zusammengenäht worden war. Es war genauso, wie einen Riss in einem Stück Stoff zu nähen. Die Feldschere gossen kochendes Öl in die Wunden, um die Gefäße zu verschließen, und das Fleisch verschrumpelte wie Baumrinde. Lud selbst war ein Dutzend Mal mit siedendem Öl verbrannt worden, und jedes Mal hatte er aus männlichem Stolz versucht, nicht zu schreien – und hatte doch geschrien, jedes Mal. Kaspar hingegen ächzte und stöhnte, während die Frau sich mit seiner Wunde beschäftigte, aber er schrie nicht.

»Wie ist dein Name?«, wiederholte die Frau ihre Frage.

»Ich bin Lud aus Giebelstadt, und das sind die Spießträger des Ritters Dietrich Geyer.«

»Und wie soll es jetzt weitergehen, Lud aus Giebelstadt?«

»Für den Augenblick brauchen wir euch, so wie ihr uns braucht. Entfernt euch nicht von diesem Wagen. Betrachtet ihn als sichere Insel, und behaltet euren Glauben für euch. Ich für meinen Teil gebe einen feuchten Kehricht darum, was ihr glaubt und was nicht, aber anderen ist es sicherlich ein Dorn im Auge, und das könnte schlimm für euch enden.«

»Warum hast du unseren Karren und unsere Sachen verbrannt?«, fragte Berthold.

»Möchtest *du* lieber brennen? Habt ihr allen Ernstes geglaubt, der doppelte Boden könnte jemanden täuschen? Seid froh, dass wir euch brauchen.«

»Gott segne dich, Lud aus Giebelstadt«, sagte die alte Frau, und dem Klang ihrer Stimme nach meinte sie es ernst. »Einige von uns wissen deine Tat zu schätzen.«

Zur Hölle mit euch Verrückten, dachte Lud. *Ich muss mich um meine Jungen kümmern.*

Er nahm Kaspar den alten Brustharnisch ab. Der Junge wimmerte vor Schmerz, als Lud ihm die Halskette über den Kopf streifte.

»Bitte nicht …«, stöhnte Kaspar.

»Von jetzt an wird Stefan den Harnisch tragen.«

»Lud …«, ächzte Kaspar und ergriff seinen Arm.

»Ruh dich aus.«

»Ich kann nie wieder zur Flötenmusik tanzen … nicht mit diesem Bein. Kein Mädchen will mich mehr.«

Lud riss sich aus Kaspars verschwitztem Griff los. Er fragte sich, wie lange es dauerte, bis sie Kaspars Bein abnehmen mussten. Bei Wunden wie diesen wurde immer amputiert, nie genäht wie bei einem zerrissenen Schuh. Aber warum sollte er dem Jungen noch mehr Angst machen? Es war besser, ihn zu belügen.

»Ich habe schlimmere Wunden gesehen. Kein Grund zum Prahlen. Bald kannst du wieder tanzen.«

Dann drehte er sich zu den Ketzern um und schaute in ihre Gesichter. Sein Blick blieb auf den beiden älteren Männern haften, die in einer Ecke kauerten.

»Ich brauche zwei Kutscher für diesen Wagen«, sagte er.

Die beiden Männer, die bisher kein Wort von sich gegeben hatten, erhoben sich und stellten sich vor. Sie hießen Rudolf und Simon und waren angeblich gute Maultierkutscher. Der mit Namen Rudolf hatte ein Milchauge, schien ansonsten aber gesund und kräftig zu sein. Der andere – er hieß Simon und hinkte leicht – war zäh und hager und erweckte den Eindruck eines Mannes, der sich mit harter Arbeit auskannte.

Lud sagte ihnen, sie müssten den Wagen nach Würzburg zurückbringen, das Leben der Gruppe hinge davon ab. Außerdem wies er sie an, das Essen für alle im Wagen aus der Feldküche zu holen und ansonsten mit niemandem zu reden.

»Wenn der Wagen es nicht bis nach Würzburg schafft«, sagte Lud, »werdet ihr es auch nicht schaffen. Habt ihr verstanden?«

Sie sahen sich an, nickten Lud zu und stiegen aus dem Wagen, um nach den Maultieren zu sehen. Lud beobachtete sie dabei und stellte zufrieden fest, dass diese Leute wenigstens auf diesem Gebiet wussten, was sie taten. Später am Tag erlaubte er allen, den Wagen für kurze Zeit zu verlassen, um sich zu erleichtern und die Exkremente der Verwundeten zu beseitigen. Niemand unternahm einen Fluchtversuch; alle kehrten rasch zum Wagen zurück.

Kurz darauf kam Dietrich herbeigeritten und beobachtete gemeinsam mit Lud die Ketzer bei der Arbeit. »Eins steht fest«, sagte er nach einer Weile. »Verrückt oder nicht, tapfer sind sie. Tapferer als mancher Soldat, der in dieser so genannten Schlacht gekämpft hat.«

»Das ist wahr«, musste Lud zugeben. Insgeheim aber staunte er, dass sein Ritter diesen verweichlichten Ketzern offenbar so etwas wie Bewunderung entgegenbrachte.

Am nächsten Morgen, sobald es hell genug geworden war, um die Hand vor Augen zu erkennen, waren sie wieder unterwegs und zogen über die schmale Gebirgsstraße weg von dem Pass, an dem der Feind ihnen eine empfindliche Niederlage beigebracht hatte. Lud spürte bei seinen Jungen, die auf dem Weg hierher noch so stolz marschiert waren, eine Mischung aus Erleichterung und Scham. Er konnte ihre Empfindungen nachvollziehen; es ging ihm ähnlich.

»Lud? Die anderen haben mich gebeten, mit dir zu reden«, wandte Stefan sich an Lud.

»Und?«

»Wir haben abgestimmt. Tilo und Ambrosius marschieren jetzt hinter uns, hinter dem Wagen.«

»Ach ja? Ihr glaubt, *ihr* könntet das entscheiden? Ihr könntet einfach abstimmen? Wir alle sind Männer aus Giebelstadt. Was hinter uns liegt, bleibt hinter uns zurück. Wir sind Kameraden auf dem Weg nach Hause.«

Lud blickte nach hinten auf die beiden Jungen. Schmach und Schande standen Tilo und Ambrosius in die Gesichter geschrieben. Sie marschierten gebeugt und mit schleppenden Schritten, als hingen Ambosse um ihren Hals.

Linkerhand sah er zwei Dutzend Männer, die nie mehr nach Hause kommen würden – Deserteure, die vor dem Kampf geflohen waren und nach der Schlacht versucht hatten, sich heimlich zu ihren Wagen zurückzuschleichen. Sie waren an dicken Ästen aufgehängt worden, die Hände hinter dem Rücken gefesselt; nun baumelten sie mit gesenkten Köpfen als Futter für die Geier an den Seilen. Alle, die an ihnen vorbeikamen, bekreuzigten sich und machten einen weiten Bogen um die verwesenden Leichen. Beim morgendlichen Rapport waren die Spießträger vom Profos zusammengerufen worden, um der Bestrafung beizuwohnen; jetzt war dieses Spektakel ein weiterer Teil der bleiernen Last, die sie auf dem langen, schweigsamen Marsch nach Hause zu schultern hatten. Die Verbrechen der Delinquenten waren von einem der Priester laut vorgelesen worden, nicht aber ihre Namen, genauso wenig die Namen der Orte, aus denen sie stammten. Der Priester hatte ein letztes Gebet für sie gesprochen, dann waren sie gehenkt worden. Lud wusste, dass diese Strafe vor allem dazu diente, den Soldaten mehr Angst vor ihren Offizieren einzujagen als vor jedem Feind.

»So eine Verschwendung«, hatte Dietrich neben Lud gemurmelt, als die Verurteilten einer nach dem anderen in die Schlingen fielen, zappelten und sich drehten, bis sie als totes, schlaffes Gewicht am Seil baumelten. »Warum nehmen sie den Männern noch mehr Mut, als sie durch die Niederlage in der Schlacht oh-

217

nehin verloren haben? Wo wir sowieso abrücken, sodass sie bald wieder auf den Feldern arbeiten müssen? Mut ist dann nicht mehr verlangt, sondern Zähigkeit und Ausdauer, wenn der Boden beackert werden muss, um ihm Erträge abzuringen.« Lud wusste das alles nur zu gut. Der Krieg änderte alle Dinge. Die Männer erkannten, wie wenig das Leben eigentlich bedeutete. Zu Hause schufteten sie jahrein, jahraus, zeugten Kinder und bewirtschafteten die Felder – und hier im Krieg war so ein Leben in einem einzigen Augenblick für immer zerstört.

Der Tag wurde rasch heißer nach der vorübergehenden Abkühlung durch Sturm und Gewitter. Schwüler Dunst stieg vom Boden auf, und mit ihm kamen die Fliegen.

Auf einem langen, beschwerlichen Anstieg eine felsige Straße hinauf verließ Jakob die Marschformation und kam zu Lud.

»Zurück ins Glied, Jakob!«, befahl Lud.

»Ich bitte um Erlaubnis ...«

»Sei still! Du hattest bei der letzten Pause Gelegenheit zum Scheißen und Pinkeln.«

»Das ist es nicht, Lud.«

»Was dann?«

»Dieses blonde Mädchen im Wagen.«

»Was geht sie dich an?«

»Gestern, als ich das Wasser und das Essen brachte, hat sie mich angeschaut. Ich konnte nicht schlafen vergangene Nacht. Ich musste dauernd an sie denken. Und weil ich ihren Mann niedergemacht habe, dachte ich mir, ich übernehme die Verantwortung dafür und ich ... *ich* nehme sie.«

»Du nimmst sie?«

»Mit nach Hause, ja. Zu mir. Das habe ich beschlossen.«

Lud hätte ihm am liebsten in den Hintern getreten. »Zurück in die Linie, Spießträger! Du bist ein elender Narr, weißt du das? Komm ja nicht auf die Idee, dir von diesem Weibsstück den Kopf verdrehen zu lassen! Sie sind alle verrückt. Wenn sie so weitermachen, enden sie in Würzburg auf dem Marktplatz als Brennholz für die Priester, und du gleich mit.«

»Aber ich will sie doch nur bei mir haben. Ich bin kein Ketzer.«

»Wenn wir wieder zu Hause sind, drücke ich deiner Mutter einen Maultierriemen in die Hand und binde dich höchstpersönlich an einen Baum, bevor ich zuschaue, wie sie dir den Arsch versohlt.«

Lud versetzte Jakob einen Stoß, dass er an seinen Platz in der Linie zurücktaumelte. Als er dann den Blick hob, bemerkte er das zarte, bleiche Gesicht Kristinas, eingerahmt von seidigen dunklen Haaren. Sie hatte unter der Wagenplane hervorgespäht und das Gespräch verfolgt. Nun duckte sie sich weg, als sie sah, dass Lud sie entdeckt hatte.

Lud seufzte tief. Hätte er die Bemerkung über den Marktplatz von Würzburg doch nicht gemacht. Andererseits – es war die Wahrheit.

Gegen Mittag wurde die Marschlinie von der Straße weg unter einen kleinen lichten Wald gelotst, wo sie Halt machte, damit die Soldaten und die Tiere trinken und rasten konnten. Bei jedem Halt gab es neue Arbeit für die Totengräber.

»Runter von der Straße!«, rief Obrist von Blauer. »Trinkpause!«

Seltsam, ging es Lud durch den Kopf. *Was soll das?* Sie hatten kaum eine Stunde zuvor die letzte Trinkpause eingelegt.

Er lenkte sein Pferd neben die Wagen, die unter den Bäumen in den Wald rollten. Zwischen den Stämmen hindurch konnte er die Straße beobachten.

Und dann sah er es.

Trinkpause? Von wegen!

Auf der Hauptstraße kam ihnen die neue Streitmacht entgegen – die Landsknechte aus Nürnberg. Sie marschierten in perfekter Ordnung, die Reihen geschlossen und voller Zuversicht, genau wie ihre eigene Armee erst wenige Tage zuvor. Die Kavallerie vorneweg, dann Trommler und Bannerträger, Maultierwagen und Spießträger, Kanoniere und Arkebusenschützen, alle herausgeputzt und in vorbildlicher Formation.

Jetzt kannte Lud den Grund für den Halt Ihre Befehlshaber wollten nicht, dass die frischen Truppen die geschundenen Überreste der geschlagenen Armee sahen, die aus dem gewaltigen Fleischwolf kamen, in den sie ihre Leute nun geradewegs führten.

Lud sah das Blitzen silberner Rüstungen; keiner der Soldaten schien die alten schwarzen Harnische der niederen Ritter zu tragen. Und alle trugen Stiefel und Sporen, keine Schuhe, sogar die Fußtruppen.

Dann sah er die Banner, die Tuniken, die Arkebusen und Schwerter, die glänzenden Helme. Alles war genau so, wie es sein sollte.

Es waren Elitetruppen. Landsknechte. Söldner und Doppelsöldner mit langen Zweihänderschwertern und durchschlagskräftigen Arkebusen. Erfahrene Berufssoldaten, die zweifellos ausgesandt worden waren, um die Schmach der Niederlage zu tilgen. Sie trugen die geschlitzten Westen und Bundhosen mit den Puffschultern und den ausgestellten Hüften, die unter ihresgleichen als neueste Mode galten.

Im Gepäcktross hinter ihnen kamen die Unterstützungstruppen, die Köche und Prostituierten, die Wagen mit den Zelten und Vorräten und die Schlachttiere an Stricken oder in Käfigen.

Die Fußtruppen hinter der Reiterei sangen stolze Marschlieder. Sie trugen ihre zweihändigen Schwerter und erhielten den doppelten Sold, weil sie in den vordersten Reihen kämpften. Zweifellos hatten sie schon häufiger zusammen gekämpft und zahlreiche Siege errungen, und jeder Erfolg hatte sie härter, besser und teurer gemacht. Das Stampfen ihrer Stiefel und ihre rauen Gesänge ließen die Luft erbeben.

Jetzt seid ihr an der Reihe, dachte Lud. *Eingebildete Bastarde. Kriegshuren, die für Geld kämpfen. Die bezahlt werden, eingekauft für …*

Er hielt inne, als ihm bewusst wurde, dass es Neid war, der ihn so wütend werden ließ – das Gefühl, nicht hierher zu gehören mit seinen besiegten, an Körper und Geist zerbrochenen Jungen. Der Gedanke erfüllte ihn mit Scham. Um sich davon abzulenken, richtete er seine Aufmerksamkeit auf seine Pflichten, zu denen die Versorgung der anderen mit Wasser gehörte. Unter den Bäumen plätscherte ein Bach. Lud befahl seinen unverwundeten Spießträgern, die Maultiere zu versorgen und die Wasserfässer nachzufüllen, die an den Seiten des Wagens festgezurrt waren. Die Jungen waren missmutig und ängstlich zugleich. Sie hatten nichts mehr gemein mit den kampflustigen, zuversichtlichen jungen Männern, mit denen er ins Feld gezogen war. Nie wieder würden sie wie früher sein. Er musste sie ständig im Auge behalten, damit sie nicht in Streit gerieten oder übereinander herfielen. Es kam oft vor, dass auf einem Feldzug unter den Soldaten Feindschaften entstanden, besonders nach Niederlagen; manchmal hielt eine solche Feindschaft im heimatlichen Dorf über mehrere Generationen an. Nur durch strenge Disziplin konnte Lud seine Jungen vor solchen Dummheiten bewahren, bis sie zu Hause waren; das war seine heilige Pflicht ihnen und ihren Müttern gegenüber.

»Wir haben die verdammten Maultiere erst vor einer Stunde versorgt«, sagte Rudolf.

»Ja, genau. Die Maultiere sind in bester Verfassung, verglichen mit unseren Leuten«, sagte Ambrosius, der Enkel des Schusters und Zeugmachers Gerhard. Er hatte sich vor der Schlacht gedrückt; jetzt versuchte er jede Gelegenheit zu nutzen, um seinen Fehler bei den anderen auszubügeln.

Doch Lud beachtete ihn gar nicht. Auch seine Jungen ignorierten ihn. Wie alte, geschlagene Männer saßen sie mit hängenden Schultern da.

»Du widersprichst mir?«, sagte Lud warnend zu Rudolf. »Sei vorsichtig! Meine Stimmung ist so lange mies, bis wir zu Hause sind. Siehst du die Armee da auf der Straße? Sie hat auf Meilen über Meilen jeden Bach vor uns verdreckt und vollgeschissen. Wir holen uns alles an sauberem Wasser, was wir kriegen können. Na los!«

»Lud ...«, sagte Stefan in diesem Augenblick. Die anderen Jungen blickten überrascht auf, und die meisten Fuhrleute hielten in ihrer Arbeit inne.

Von der Straße kamen acht Reiter in den roten Farben der Nürnberger Landsknechte mit federgeschmückten Helmen. Sie ritten mit ihren Tieren geradewegs in den Bach und verschmutzten ihn, sodass Luds Jungen die ihnen erteilte Aufgabe vorzeitig abbrechen mussten.

»He! Lasst meine Jungen zuerst Wasser holen«, rief Lud den Reitern zu.

Die Reiter starrten ihn von oben herab an, als wäre er ein lästiges Insekt; dann lachten sie lauthals. Der Lauteste von allen war ein fescher Kerl mit affektiertem Gehabe. Lud empfand schon beim ersten Anblick dieses Gecken tiefe Abneigung.

»Ist das ein Wassertroll?«, fragte der Schönling, und seine Kameraden lachten. Er ließ sein Pferd im Bach in einem Kreis tänzeln, und das Wasser verwandelte sich in eine gelbbraune Schlammbrühe; dann verneigte er sich im Sattel vor Lud. »Bei den Schlangen der Medusa, er trägt eine alte schwarze Eisenrüstung und hat ein Gesicht, das Kindern Angst macht.«

»Ihr habt meine Worte gehört«, sagte Lud.

»Wir sind aber keine Kinder. Ihr Versager aus Würzburg trinkt als Letzte«, entgegnete der Geck. »Jedes unserer Pferde ist mehr wert als die jämmerlichen Bauerntrampel aus deinen Kuhdörfern.«

Mit diesen Worten wendete er sein Pferd und ritt mit seinen Kameraden die Böschung hinauf in Richtung Straße, mitten durch den Zug der geschlagenen Armee, sodass die Leute zu allen Seiten auseinandersprangen.

Lud fühlte sich innerlich kalt. Doch er war zu erschöpft, um sich groß zu ärgern. Doch die Abscheu über sich selbst blieb. Er hätte den affektierten Gecken zur Hölle schicken sollen.

Rudolf starrte Lud fassungslos an. Das Wasser war eine schlammige Brühe. Lud schüttelte nur den Kopf.

Der Verpflegungswagen kam die Linie entlang und teilte aus

großen Kesseln kalte Bohnen aus. Sie schmeckten säuerlich, doch niemand lehnte ab. Das Brot war längst aufgebraucht. Viele litten an blutigem Durchfall und hockten in den Sträuchern.

Eine Armee ist ein hässliches Ding, überlegte Lud. *Jedes menschliche Bedürfnis wird wie durch ein Brennglas vergrößert.* Er konnte es kaum erwarten, wieder in Giebelstadt zu sein, obwohl er entgegen seinem Versprechen, die Jungen am Leben zu halten, drei von ihnen verloren hatte. Keine noch so triftige Entschuldigung konnte daran etwas ändern.

Er nutzte jede Gelegenheit, um vom Pferd herunter nach den Verwundeten im Wagen zu sehen. Er hob die Plane an und sah, dass der Kleine Götz in den Armen der älteren Frau schlief; Kaspar saß aufrecht da und trank Wasser aus einer Kalebasse, die ihm Kristinas Ehemann hinhielt. Der Türke sah im Licht unter der Plane gelb wie Wachs aus, beinahe wie tot. Lud erschrak und trat mit dem Stiefel gegen die hintere Ladeklappe des Maultierkarrens.

Kristina, die sich um den Türken kümmerte, blickte tadelnd auf und legte einen Finger an die Lippen. Lud begriff, dass der Türke schlief. Er trug frische weiße Kleidung, auf der weniger Blutflecken zu sehen waren als noch ein paar Tage zuvor.

»Wir brauchen frisches Leinen«, sagte Kristina leise zu Lud. »Das war das Letzte von unserem Bettzeug. Und das Essen macht uns krank. Ständig fahren wir an frischem Grün vorbei, das wir pflücken und zubereiten könnten.«

»Ihr bleibt im Wagen. Sagt den Maultierkutschern, was ihr braucht. Sie sollen sich aber zuerst bei mir melden«, wies Lud das Mädchen an und musterte es eingehender. Kristina war vielleicht siebzehn Jahre alt, und der schwarze Umhang verbarg ihre mädchenhafte Figur nur ungenügend. Dann warf er einen flüchtigen Blick auf die blonde junge Frau, die allein und verloren in einer Ecke saß und den Eindruck erweckte, als würde sie sich am liebsten in Luft auflösen. Die Frau war eine ausgesprochene Schönheit. Die meisten Männer hätten sie ohne einen zweiten Blick genommen, doch für Lud war sie bloß ein flacher Teich voller anmutiger Spiegelbilder. Nein, es war Kristina, die einen tiefen Eindruck auf ihn machte. Sie hatte von allem mehr als die blonde Frau. Mehr Mut, mehr Energie, mehr Eigensinn. Sie war nicht so hübsch, doch in ihr steckten Leben und eine Tiefe, in die Lud nicht vordringen konnte. Er fragte sich, wie es sein würde, allein mit ihr in der Dunkelheit zu liegen, in zärtlicher Umarmung. Würde sie ihm nachgeben oder sich wehren? Während er diesen Gedanken nachhing, bemerkte er, dass sie ihn ebenfalls beobachtete. Sie schaute ihn unverwandt an, und ihr Blick hielt dem seinen stand, ohne zu wanken und ohne jede Spur von Zorn. Lud war fasziniert von der Klarheit dieses Blicks. Das Mädchen hatte keine Angst vor ihm, und es schaute direkt durch die Maske aus Narben hindurch, die er niemals abnehmen konnte. Es war, als versuchte es, in seine Seele zu blicken.

Schließlich war es Lud, der als Erster die Augen niederschlug.

»Was brauchst du?«, fragte Kristina leise.

Was ich brauche?

Ihre Augen schienen zu sagen, dass sie etwas in ihm sah und ihm helfen wollte. *Vielleicht*, überlegte Lud, *ist sie verrückt.* Konnte sie denn nicht sehen, dass er ein wildes Tier war? Er dachte an Jakobs törichten Wunsch, die blonde Ketzerin mit zu sich nach Hause zu nehmen, und kam sich wie ein Narr vor. Doch er wusste, solche Dinge geschahen, wenn ein Mann zu lange nicht bei einer Frau gewesen war.

Ein Flüstern riss ihn aus seinen Gedanken. Es war die ältere strohblonde Frau. »Ich werde dich lesen lehren«, raunte sie dem Kleinen Götz zu.

»Lesen wie die Priester?«, fragte Götz.

Lud glaubte seinen Ohren nicht zu trauen.

»Du wirst dein eigener Priester«, sagte sie. »Du wirst lesen und Wissen anhäufen und dann für dich selbst entscheiden, was du glaubst.«

Lud fluchte lautlos in sich hinein. Diese Ketzer waren dabei, zu predigen!

Wieder trat er gegen die Ladeklappe. Die Ketzer und Verwundeten fuhren herum und starrten ihn an. Er spürte, wie die Pockennarben in seinem Gesicht heiß wurden und juckten – entweder aus Zorn oder aus Angst, oder wegen beidem.

»Hört zu, Leute«, sagte er. »Hört mir gut zu, denn ich sage es nicht noch einmal. Was immer euer Glaube sein mag, ob Ketzerei oder was auch immer – ich bin kein Richter und gebe einen Dreck darauf, was die Priester sagen. Aber merkt euch meine Worte. Wenn diese Jungen einen anderen Glauben mit nach Hause in ihre Dörfer nehmen und ihre Mütter mir die Schuld geben und mich dafür verdammen, dann sorge ich dafür, dass ihr auf dem Scheiterhaufen landet. Ich habe bei meinem eigenen Seelenheil geschworen, dass ich auf diese Jungen aufpasse, mit allen Mitteln und nach besten Kräften.«

Die ältere Frau mit den scharfen Gesichtszügen und dem strohblonden Haar fragte geradeheraus: »Dann hast du sie in den Krieg geführt?«

Für einen Moment verschlug es Lud die Sprache, und er starrte die Blonde stumm an. »Hast du mich nicht verstanden?«, stieß er dann hervor, wobei er das unsichere Zittern in seiner Stimme hörte. »Was gibt dir überhaupt das Recht, so zu mir zu reden?«

Die alte Frau antwortete ohne jede Spur von Angst: »Das Bein dieses Jungen war offen bis zum Knochen, und er hat sich mit dieser Wunde durch den Dreck geschleppt. Gott gab mir den Auftrag, sie zu reinigen und zu verbinden, und er gab mir auch das Recht, dir die Wahrheit ins Gesicht zu sagen.«

Lud funkelte sie an – auf eine Weise, bei der die meisten anderen hastig den Blick abgewendet hätten, doch die Frau lächelte nur und schüttelte traurig den Kopf.

»Lud?«, sagte der Kleine Götz. »Sie meinen es nicht böse.«

»Böse?«, mischte Kaspar sich ein. »Dieser Berthold, er sagt Tag und Nacht ketzerische Dinge! Er sagt, wenn wir lesen lernen, können wir für uns selbst die Wahrheit in der Bibel nachschlagen. Als hätten unsere Priester uns nicht die Heiligen Wahrheiten gelehrt. Ich *will* nicht lesen! Ich bin kein Priester! Die heilige Mutter Maria wacht über mich, nicht diese Leute hier!« Er riss die Augen auf. »Ich will raus aus diesem höllischen Wagen! Diese Ketzer stehlen mir meine Seele!«

Lud stieß Kaspar an seinen Platz zurück. »Deine Wunde bricht wieder auf, wenn du nicht vorsichtig bist! Bleib liegen, Schwachkopf!« Dann funkelte er die Ketzer an. »Ich warne euch! Hört auf damit, oder ihr alle landet bei den Pfaffen.« Während er aus dem Wagen stieg, fragte er sich, ob die Priester ihn gleich mit in Arrest nehmen würden, falls man sie entdeckte.

Unterdessen war das Dröhnen der Trommeln oben auf der Straße verhallt, und mit einem Mal setzte der Heerwurm sich wieder in Bewegung, kroch unter den Bäumen hervor, weg vom verschmutzten Bachlauf und zurück auf die Straße.

Der Wagenlenker von Giebelstadt schnalzte mit den Zügeln, und der Maultierkarren machte einen Ruck und rollte los. Lud zog sein Pferd herum und ließ es zurück zu seinem Platz in der Linie trotten, vorbei an den rückwärtigen Reihen der Reiterei, wo die Knechte der Ritter hinter ihren Herren ritten. Hier fühlte er sich endlich wieder lebendig, fern vom Wagen mit der erstickenden Güte und Barmherzigkeit dieser seltsamen Leute. Er brauchte dringend einen Kampf, um wieder zu klarem Verstand zu kommen. Oder eine Frau. Nur dass bei einem Kampf die Fronten klar waren: Entweder man siegte und lebte, oder man unterlag und starb. Bei einer Frau war überhaupt nichts klar. Man konnte den Frauen nur eines rauben – der Rest war ein Geheimnis, das nur sie allein kannten.

Noch acht Tage bis nach Hause, überlegte er. *Bei schlechtem Wetter vielleicht neun oder zehn.*

In dieser Nacht lag er in seinem Schlafsack unter dem Wagen von Giebelstadt und dachte an das dunkeläugige Mädchen, das auf der Pritsche über ihm schlief. Doch als er sich vorzustellen versuchte, es zu nehmen, sperrte irgendetwas seine Gedanken aus. Nein, er konnte dieses Mädchen nicht haben, durfte nicht einmal daran denken. Denn wo andere den Blick abwandten und nur das gewalttätige Tier in ihm sahen, hatte das Mädchen den Menschen Lud gesehen, hatte tief in seine Seele geschaut. Ihre Blicke waren bis unter seine Narben gedrungen, als suchten sie darunter nach einem reinen, unschuldigen Gesicht. Es hatte ihn zutiefst verstört. Der bloße Gedanke, das Mädchen anzurühren oder gar zu verletzen, bereitete ihm körperliche Schmerzen.

So lag er unter dem Wagen und lauschte den Geräuschen der so bitter geschlagenen Streitmacht, dem Stöhnen und Jammern der Verwundeten, den bitteren Lachern an einem der Lagerfeuer, den traurigen Weisen einer Flöte, dem Schnauben eines Maultiers. Ein Gefühl von Schande lag über allem wie eine schmutzige, erstickende Decke.

Aber vielleicht liegt es an mir selbst, sagte sich Lud.

Vielleicht ging ihm das alles zu nah.

*

Ein weiterer Tag auf der Straße verging, dann noch einer und noch einer, und jeder war heißer als der vorhergehende. Dann endlich kam ein Tag, der erfrischenden Regen brachte, gefolgt von Tagen mit mildem Sonnenschein und kühlem Wind, der den Gestank der Armee davonwehte und Lud voller Sehnsucht an die kühlen Wälder zu Hause denken ließ.

Einmal wurde er mitten in der Nacht von Flüsterstimmen geweckt. Er lauschte. Über ihm im Wagen wurde gebetet.

»Herr im Himmel, erbarme dich unserer Verwundeten, unserer Toten, der Ungläubigen, der Verwirrten, der Sterbenden, der Hassenden, jener, die nicht vergeben können, der kleinen Kinder, die hungrig durch die Welt streifen, der Alten, die niemanden mehr haben. Herr, wir bitten dich, gib ihnen Frieden und zeige ihnen dein Licht. Hilf uns zu helfen mit dem Wenigen, was wir haben und können, hilf mit all unseren Schwächen und Ängsten. Gib uns die Kraft, Herr …«

Beim Klang der Stimmen dachte Lud an den warmen Atem, der über Kristinas rosa Zunge und ihre zarten, weichen Lippen strich, und daran, wie süß diese Lippen schmecken mussten. Diese Gedanken waren ihm Nahrung wie einem verhungernden Mann und zugleich ein Weg, der aus innerem Aufruhr in sanften Schlaf führte.

Mit jedem Tag, der hinter ihnen lag, spürte Lud, wie Gewalt und Gefahren zurückblieben, während die geschlagene Armee nach Hause schlich. Die Straße wurde breiter, der Staub zuerst gelb, dann dunkelbraun. Luds Hintern schmerzte vom Reiten und dem eigenwilligen Trott seines neuen Pferdes. Daheim in Giebelstadt würde er das gute Tier belohnen, würde es zu den Stuten auf die Koppel bringen und ihm vielleicht sogar einen Namen geben.

Inzwischen kamen sie durch Dörfer, deren Namen ihnen vertraut waren – unversehrte Ortschaften, in denen Menschen lebten, die sie auf dem Hinweg nicht belästigt hatten. Proviant wurde jetzt nicht mehr geplündert, sondern gekauft. Mit jedem Tag wuchs Luds Erleichterung. Nicht mehr lange, und seine Jungen wären zu Hause. Vielleicht setzten die merkwürdigen Leute im Wagen, die sich um die Verwundeten kümmerten und ihrem seltsamen Glauben an die Macht des Lesens anhingen, ihnen irgendwelche Flausen in den Kopf. Aber vom Lesen war noch niemand gestorben, und es war nichts im Vergleich zu dem, was die Jungen auf diesem Marsch und vor allem in der Schlacht im Gewittersturm durchgemacht hatten. Es kam einem Wunder gleich, dass überhaupt noch welche am Leben waren. Ihre Mütter und Väter und die nicht enden wollende Knochenarbeit auf den Feldern würden im Verlauf der nächsten Jahre alles wieder halbwegs ins Lot bringen.

Trotzdem blieb Lud misstrauisch. Immer wieder schaute er sich um, und dann und wann hob er den Blick, wenn ein Falke oder eine Krähe über den Heerwurm hinwegflog; er war ein

Mann, dem das Pech an den Fersen klebte. Und das Pech kam meist unerwartet wie ein Dieb in der Nacht. Immer dann, wenn ein Mann sich am sichersten fühlte, war die Gefahr für ihn am größten.

Und genauso kam es auch, in einer stillen Nacht, kurz vor dem Einschlafen.

13.
Kristina

*M*itten in einer langen düsteren Nacht, als Kaspar stöhnend dalag, erinnerte Kristina sich an die Worte ihrer Mutter, Worte voll Weisheit:»Wenn deine Angst zu groß wird, sing ein Lied, und Gott wird dich hören.«

Und Kristinas Angst *war* groß, war zu einem lebenden Etwas geworden, das sich in ihr eingenistet hatte, ständig größer wurde, sie schwächte und verhöhnte.

Deshalb entsann sie sich der Worte aus ihrer Kindheit und sang leise ein Wiegenlied, das ihre Mutter immer gesungen hatte, wenn Kristina in ihren Armen lag: *Joseph, lieber Joseph mein, hilf mir wiegen mein Kindelein.*

Kaspar stöhnte lauter. Neben Kristina kramte der Türke in seinem Umhang und brachte einen winzigen seidenen Beutel zum Vorschein. Er griff hinein und reichte Kristina fünf kleine Kugeln aus einer schwarzen Paste.

»Singen lindert seine Schmerzen nicht«, sagte der Türke.

»Was ist das?«, wollte Kristina wissen.

Der Türke schluckte zwei von den Kugeln und nickte in Kaspars Richtung, dessen Stöhnen immer lauter und kläglicher wurde.

Kristina zündete eine Kerze an und betrachtete die schwarzen Kugeln genauer.»Was bewirken sie?«

»Sie bringen ihm Linderung«, sagte der Türke.

Kristina schaute ihn an, überrascht von seiner gewählten Ausdrucksweise. Außerdem erstaunte es sie, dass er seine Hilfe anbot, doch sie vertraute ihm.

»Zeig mal her«, sagte Marguerite.

Kristina reichte ihr die Kugeln, und Marguerite betrachtete sie eingehend.»Opium«, sagte sie.»Das wird ihm helfen.«

Tatsächlich war Kaspar bald darauf eingeschlafen.

Kristina sah dem Türken in die schwarzen Augen und fühlte sich beschämt.»Ich habe nicht gesungen, um seine Schmerzen zu lindern«, gestand sie, »sondern um meine Angst zu bekämpfen.«

Der Türke blickte sie an. Die schmerzlindernde Wirkung des Opiums ließ die harten Linien in seinem Gesicht weicher werden und ihn jünger aussehen.

»Wer hat dich gelehrt, Wunden zu säubern und zu nähen?«, fragte er leise.

»Wir haben stets Nadel und Faden dabei, um unsere Kleidung im Schuss zu halten, aber auch, um Wunden zu nähen, falls nötig«, wich Kristina seiner Frage aus.

»Ich habe das bisher nur in meiner Heimat gesehen. Bei uns steht die Heilkunst seit Hunderten von Jahren in hohem Ansehen, während eure Heiler die Verwundeten auf barbarische Weise quälen, indem sie ihnen siedendes Öl in die Wunden gießen. Wo hast du das gelernt?«

»In unserer Bibliothek gibt es Bücher, die von vielen Leuten aus fremden Ländern mitgebracht wurden und die in den verschiedensten Sprachen geschrieben sind. Wir lernen immer neu hinzu. Während unserer Ausbildung hat man uns gelehrt, wie wir das Leid Verwundeter und Kranker lindern können, nicht nur körperlichen Schmerz, sondern auch das Leid von Geist und Seele.«

»Ihr seid ausgebildet worden, anderen zu helfen?«

»Um näher bei unserem Schöpfer zu sein, ja.«

»Euer Schöpfer. Ich verstehe. Ihr seid Träumer auf der Suche nach Reinheit. Euresgleichen gibt es auch bei uns, im Islam. Wusstest du, dass ich es war, der den Hinterhalt für eure Streitmacht geplant und in die Tat umgesetzt hat? Dass ich persönlich den Angriff der Reiterei geführt habe?«

»Es ist nicht meine Streitmacht. Wir gehören nicht zu dieser Armee. Wir waren auf der Reise und hörten und sahen die Schlacht, das Blut und den Tod, die Schmerzensschreie ...«

»Mein Handwerk ist der Tod. Genau wie das der anderen, denen ihr geholfen habt. Wir alle sind Mörder. Das habt ihr doch gewusst?«

»Ich richte niemanden. Das ist Sache Gottes.«

Der Türke musterte sie eingehend im Halbdunkel des Wagens, schaute ihr tief in die Augen. Dabei kam er ihr so nahe, dass sie das Gesicht zur Seite drehte, um seinen bohrenden Blicken zu entgehen.

»Starr mich nicht so an.«

»Die Weisen sagen, die Augen sind die Tore zur Seele. Doch es ist das Opium, das wundervolle Visionen hervorruft und den Verstand mit Entzücken erfüllt, selbst an einem Ort wie diesem.«

»Schlaf jetzt.«

»In meinem Land werden Frauen geschätzt, insbesondere solche mit wachem Geist und lieblichem Gesicht. Frauen wie du. Sie müssen nicht arbeiten wie Sklaven, nicht einmal Kinder gebären. Sie dienen allein der Anregung von Dichtern und Denkern.«

»Du sprichst die Unwahrheit. Vielleicht bewunderst du die Frauen, aus welchen Gründen auch immer, das weiß ich nicht. Aber ich weiß, dass Frauen bei euch so viel wie Tiere gelten, genau wie hierzulande. Und ihr könnt euch so viele Frauen nehmen, wie ihr wollt.«

»Du blickst sehr tief für jemanden, der so jung ist.«

»Warum versuchst du mir zu schmeicheln? Hältst du mich für schwach?«

»Ich sehe, was ich sehe.«

»Mein Gesicht ist schlicht, genau wie meine Worte«, sagte Kristina.

Die Blicke des Türken ruhten unverwandt auf ihr, funkelnd vor Belustigung oder Neugier oder beidem. »Ich hätte mehr von dir erwartet. Sind dort, wo du herkommst, Frauen also kein Eigentum?«

»Nein. Wir alle sind gleich, Männer und Frauen, ohne Unterschied von Rang und Ansehen. Wir alle haben die gleichen Rechte und Pflichten.«

»Dazu müsstet ihr alle gelehrt sein.«

»Das ist richtig. Und das sind wir.«

»Dann würde es euch in meinem Land wohlergehen. Wir würden euch nicht verbrennen, sondern willkommen heißen.«

»Ein Grund mehr, dass wir in *unserem* Land für unseren Glauben und unsere Überzeugungen kämpfen.«

»Du hast Mut, aber seid ihr alle so? Man nennt euch Ketzer und verbrennt euch auf dem Scheiterhaufen. Doch ihr vergebt jenen, die sich an euch vergehen.«

»Sei jetzt still«, sagte Kristina hastig. »Du bist ein Mörder, du hast es selbst gesagt. Ich will nichts mehr von dir hören. Ich weiß ja nicht einmal, ob ich dir trauen kann.«

»Die Wahrheit führt häufig zu Argwohn. So ist das Leben.«

»Es geht nicht darum, dass ich dir misstraue. Ich habe nicht die Macht, dir auf andere Weise zu helfen als in der Pflege deiner Wunden.«

»Du wirst mir also nicht erzählen, dass dein Glaube der einzige Weg ist, mich vor den Feuern der Hölle zu bewahren? Dass alle anderen außer dir und deinesgleichen der ewigen Verdammnis anheimfallen. Dass dein Weg der einzig wahre ist?«

»Jetzt verspottest du mich.«

»*Inschallah.*«

Er lächelte sie an, zaghaft, beinahe spitzbübisch, dann schloss er die Augen, seine Lider flatterten, und nach einer Weile entspannte sich sein Körper, und er war eingeschlafen.

Kristina fand keinen Schlaf.

Doch ihr vergebt jenen, die sich an euch vergehen, hatte er gesagt.

Kristina konnte nicht vergeben. Ganz leise sprach sie diese Worte aus, doch es lag keine Überzeugung darin. Schließlich schloss sie die Augen und legte sich so weit von dem türkischen Edlen weg, wie der beengte Platz im Wagen es erlaubte.

Ich kann nicht vergeben, dachte sie schläfrig. *Ich kann nicht.*

Irgendwann wurde ihr bewusst, dass sie geschlafen haben musste, denn jemand rüttelte sie sanft und versuchte sie zu wecken. Erschrocken setzte sie sich auf, in der Annahme, es wäre der Türke, der sie berührte. Doch er lag neben ihr und schlief.

Dann sah sie, dass Marguerite zu ihr gekrochen war. Sie blickte Kristina traurig an.

»Vielleicht sterben wir morgen oder in den nächsten Tagen«, flüsterte sie. »Bevor ich den Mut verliere, möchte ich dir von mir erzählen, ja?«

Im schwachen Licht des Lagerfeuers, das von draußen durch die Plane drang, sah Kristina, dass Marguerites Wangen nass von Tränen waren.

»Was ist mit dir?«, fragte sie. »Warum hast du geweint?«

»Ich habe um mein verlorenes Leben geweint, mein liebes Mädchen«, erwiderte Marguerite. »Du denkst, du kennst mich, die wettergegerbte Alte von der Druckerpresse. Du kennst mein Gegacker, mein Hexengesicht, mein beklagenswertes Aussehen. Doch ich war früher eine Schönheit, und ich war eitel, und die Männer unterstützten mich in meiner Verblendung. Mein erster Ehemann war Reitersoldat. Als er in der Schlacht fiel, legte ich mich zu seinem besten Freund und folgte ihm von Lager zu Lager, bis auch er nicht mehr aus der Schlacht zurückkehrte.«

Eine lange Pause entstand. In der tiefen Stille spürte Kristina ihren eigenen Herzschlag. Marguerite betrachtete das Mädchen mit liebevollem Blick aus schmalen, feucht schimmernden Augen. Kristina begriff, welche Erleichterung es Marguerite verschaffte, aus ihrem Leben zu beichten, aber auch, wie viel Überwindung es sie kostete.

»Ich war allein«, fuhr sie schließlich fort. »Ich zog durch die Städte und machte mein hübsches Gesicht zu Geld. Ich war Sängerin in einem so genannten Theater in München, das in Wahrheit ein Freudenhaus war, und manchmal noch Schlimmeres. Ich fing an zu trinken, wurde süchtig nach Branntwein.«

Kristina bemerkte, dass der Türke wach geworden war. Seine Augen waren offen, und er lauschte. Marguerite sah es ebenfalls, doch sie fuhr mit ihrer Beichte fort.

»Eines Tages bin ich in einer Scheune erwacht, schmutzig, verlottert und ohne Hoffnung auf eine Zukunft. Dort waren fremde Leute, die mir helfen wollten. Ich wehrte mich, kämpfte gegen sie, schrie nach Branntwein, nach diesem Gift, das mich langsam umbrachte, doch sie fesselten mich, beteten für mich – und heilten mich. Zuerst durch Gewalt, dann durch Liebe. Sie erzählten mir von Kunwald, dem kaum bekannten Zufluchtsort im Osten des Reiches, wo die Gestrandeten auf Rettung hoffen und vielleicht ein neues Leben anfangen konnten. Ich hatte Angst, dass es nur erfunden wäre, doch ich fasste dennoch den Entschluss, diesen Ort zu suchen. Ich verkaufte meinen letzten Schmuck und fand Kunwald, gerade noch rechtzeitig.« Sie bekreuzigte sich.»Gepriesen sei der Herr, denn er hat mich dorthin geführt.«

»Marguerite«, sagte Kristina und ergriff die knochigen Hände der älteren Frau.

»Grit. Sag Grit zu mir. So nennen mich alle, und es ist mir lieber.«

»Grit?« Kristina hatte nie gehört, dass die alte Frau anders gerufen worden wäre als Marguerite, in all der Zeit in Kunwald nicht.

»Ja, Grit. In meiner Kindheit war ich ein wilder kleiner Teufelsbraten, und meine Eltern nannten mich so. Es ist eine Kurzform von Marguerite. Bald werden wir uns gemeinsam allen Härten stellen müssen. Deshalb ist es an der Zeit, dass ich wieder Grit werde.«

»Grit«, sagte Kristina.

Die alte Frau schluchzte auf, fasste sich aber gleich wieder. »Heute kann ich lesen«, fuhr sie leise fort.»Ich kann lesen und möchte Licht in die Dunkelheit bringen, aus der ich einst gekommen bin. Um den vielen unwissenden Frauen zu helfen, zu denen ich selbst einmal gehört habe. Das wünsche ich mir mehr als alles andere. Und wenn ich vorher gefasst werde und auf dem Scheiterhaufen sterben muss, dann habe ich es wenigstens versucht.«

Kristina hörte diese Worte mit Schrecken. Sie mochte die alte Frau. Sie konnte hart arbeiten, besaß eine freundliche, offene Art und hatte obendrein geholfen, sie, Kristina, das Lesen zu lehren, so gut sie konnte, auch wenn Grits Fähigkeiten auf diesem Gebiet eher beschränkt waren. Gemeinsam hatten sie an der Druckerpresse gearbeitet, waren aufeinander eingespielt und tüchtig gewesen, ohne dass es vieler Worte bedurft hätte.

»Verdamme mich, verurteile mich«, sagte Grit, »aber glaub mir, du kannst mich nicht schlimmer verurteilen, als ich es selbst bereits getan habe. Jetzt will ich versuchen, Wiedergutmachung zu leisten und anderen zu helfen, um mir selbst zu helfen.«

»Grit«, sagte Kristina. Dann noch einmal, lauter und fester: »Grit.«

Grit streckte die Hand aus, und Kristina ergriff sie. Ihre Finger, warm und fest, umschlossen einander.

Dann lagen sie beisammen wie Schwestern, und nach einer Weile schliefen sie ein.

*

Doch es war keine Nacht für ungestörten Schlaf.

Die Stimmen von Männern draußen vor dem Wagen weckten Kristina. Ihr Mund war trocken, und ihre Schulter schmerzte vom Gewicht Grits, die halb auf ihr schlief.

Kristina lauschte.

Die Stimmen der Männer waren zuerst leise, dann wurden sie drängender, lauter und streitbar. Zuerst dachte sie, es wäre die Nachtwache, aber es waren nicht die Stimmen von Kameraden, die miteinander redeten. Diese Stimmen waren zu rau, zu herausfordernd.

»Wir sind wegen dem Türken gekommen.« Die Stimme war die eines älteren Mannes.

»Türke? Was für ein Türke?« Das war Lud.

»Treib keine Spielchen, Kerl. Ich bin Profos Albert von Herzeburg, und du bist ein gewöhnlicher Kommandant von ein paar jämmerlichen Spießern. Du hast die Geisel in deiner Gewalt, der wir den Waffenstillstand zu verdanken haben. Sie hat uns aus der Schlinge gezogen, schön und gut, aber dieser Muselmane ist eine Prise und gehört den Amtsträgern und Priestern, nicht einer Bande von zwangsverpflichteten Hörigen. Wie viele von deinen Trampeln sind gerannt wie die Hühner? Nur ein paar? Oder alle?«

»Keiner ist gerannt. Sie wurden verwundet oder sind gefallen.«

»Abschaum aus den Dörfern? Gefallen? Bestimmt nicht. Das sind doch alles Drückeberger, feige Dummköpfe. Mehr noch, wir haben gehört, dass ihr Ketzer versteckt.«

»Wer hat das gesagt?« Luds Stimme wurde härter, entschiedener.

»Ich muss mich deinesgleichen gegenüber nicht rechtfertigen. Aber einer deiner Verwundeten hat den Jungen auf dem Küchenwagen erzählt, dass ihr Ketzer und einen türkischen Edelmann bei euch habt. Also, denk nach. Wir könnten einen Ast mit dir dekorieren wegen deines Betrugs, aber wir alle sind Soldaten, und wir vergeben dir. Diesmal.«

Kristina blickte zu dem Türken. Sie sah, dass er ebenfalls aufgewacht war und lauschte. Seine Augen funkelten wild.

Auch Grit schlug nun die Augen auf.

Wieder erklang Luds Stimme, entschlossen, voller Kraft, und doch leise und gefährlich. »Bleibt weg von unserem Wagen.«

Jetzt erwachten in der Dunkelheit rings um Kristina weitere Schläfer.

»Außerdem habt ihr Mädchen im Wagen, das wissen wir«, fuhr die Stimme des älteren Mannes unbeeindruckt fort. »Zwei junge Weiber. Wir brauchen sie heute Nacht, für ein zünftiges Gelage der Fußsoldaten. Die Frauen in unserem Freudenwagen sind während der verdammten Schlacht verloren gegangen.«

»Du meinst, sie sind abgehauen«, sagte Lud.

Frieda, inzwischen ebenfalls wach, lauschte mit vor Entsetzen weit aufgerissenen Augen. Der Türke richtete sich auf.

»Bring den Türken raus. Viele von uns haben gute Freunde verloren, einige sogar Brüder. Wir wollen Weiber, und wir wollen den Türken für uns tanzen sehen, diesen vornehmen Edelmann. Keine Sorge, wir werden ihn schon nicht umbringen oder seinen Wert als Geisel schmälern. Aber es wird eine große Feier, das kannst du mir glauben!«

»Jeder in diesem Wagen steht unter meinem Schutz«, sagte Lud mit eisiger Stimme. »Außerdem, was zur Hölle gibt es zu feiern?«

Frieda fing an zu schluchzen. Sie zitterte am ganzen Körper und kämpfte mit ihrer Angst. Grit nahm sie in den Arm. Der Türke saß hoch aufgerichtet da und lauschte mit wachen Sinnen. Kristinas suchender Blick fand einen kleinen Riss in der Plane. Sie beugte sich vor, spähte hinaus. In einem silbernen Streifen Mondlicht sah sie die massigen Gestalten von Männern in ihren eigenen tiefschwarzen Schatten stehen.

»Ich bin der Profos dieses Kriegszuges«, wiederholte die ältere Stimme.

Kristina erkannte Lud. Er stand zwischen den anderen und dem Wagen und wandte ihr den Rücken zu. Ein wenig abseits waren die jungen Spießer unter Luds Kommando versammelt und beobachteten die Szene, ohne sich zu rühren. Vor Lud stand ein älterer Mann mit dickem Bauch und Falkenfedern im Helm. Er trug eine glänzende Rüstung ohne Zierde und wurde von zwei jüngeren Männern flankiert – harten jungen Kerlen wie Lud, mit den Händen an den Griffen ihrer Dolche. Luds alte Rüstung, ramponiert und zernarbt wie sein Gesicht, glänzte stumpf im Licht des Mondes.

Die ältere Stimme wurde schriller, fordernder. »Bei Gott, hol mir diese jungen Karnickel aus dem Wagen, Kerl!«

Im Wagen war die Angst nun mit Händen zu greifen, und Kristina spürte, wie ihr davon übel zu werden drohte. Alle lauschten dem Wortwechsel draußen. Niemand gab einen Laut von sich. Dann hörte sie Frieda wimmern, halb besinnungslos vor Angst. Grit hielt sie fest und versuchte, sie zum Schweigen zu bringen.

Draußen antwortete Lud mit gelangweilter Stimme: »Ihr werdet den Wagen nicht betreten. Er gehört Giebelstadt.«

Der ältere Mann wurde wütend.»Ihr wollt wohl alle Gefälligkeiten für euch behalten, wie? Sämtliche Erlöse aus dem Freudenwagen gehen an die Witwen und Waisen. Bist du Patriot oder nicht? Und nun übergib uns die Weiber und deinen Türken! Das Dorf vor uns ist berühmt für sein Bier. Heute Nacht werden wir ein Fest feiern, dass die Hölle bebt. Wir müssen die Männer aufmuntern, bevor wir in Würzburg einmarschieren, ist es nicht so? Wir dürfen nicht zulassen, dass sie mit hängenden Schultern und gesenkten Köpfen durch die Gegend schlurfen und aussehen wie die jämmerlichen Verlierer, die sie sind. Die guten Bürger könnten sich sorgen und zu Schwarzsehern werden.«

»Ich stehe unter dem Befehl meines Herrn, des Ritters Dietrich Geyer von Giebelstadt«, sagte Lud.

»Dein tapferer Ritter ist aber nicht hier«, erwiderte der Ältere.»Die Ritter sind voraus ins Dorf und erkunden die besten Tavernen. Es ist also nur deine hässliche Visage, Lud aus Giebelstadt, gegen mich und meine beiden Trabanten. Willst du wirklich sterben? Für Fremde?«

»So kommt doch her«, antwortete Lud.»Nur zu, wenn ihr euch traut. Du und deine Köter, ihr müsst euch den Weg über meine Leiche freikämpfen, bevor ihr irgendwen oder irgendwas aus unserem Wagen kriegt.«

»Du meinst, wir können das nicht?«

»Merk dir meine Worte«, entgegnete Lud leise.»Das Mastschwein stirbt zuerst.«

Stahl kratzte auf Stahl, als eine Klinge gezückt wurde.

Kristina sah, wie der fette Kerl mit dem gefiederten Helm hastig einen Schritt zurückwich, während seine beiden Wachen ihrerseits die Waffen zückten und sich schützend vor ihn stellten, ohne Lud auch nur einen Moment aus den Augen zu lassen.

Lud rührte sich nicht von der Stelle. Er hielt die lange, geschwungene Klinge in der Faust. Nun ging er in die Hocke, nahm jene Haltung ein, die Kristina bei der Schlacht im Regen so furchtbare Angst gemacht hatte. Zugleich spürte sie in ihrem Innern etwas Eigenartiges, etwas Verbotenes und Gefährliches.

Sie ertappte sich dabei, wie sie hoffte, dass es zum Kampf käme, damit Lud die Gegner erschlug, sodass niemand mehr sich vor diesen Kerlen fürchten musste.

»Du wagst es, mich herauszufordern?«, erklang die schrille Stimme des Profos.

»Ich habe mein Wort gegeben«, antwortete Lud ruhig.

Kristina beobachtete atemlos. Neben ihr spähte der Türke lächelnd durch einen zweiten Schlitz in der Plane und verfolgte ebenfalls das Geschehen draußen vor dem Wagen.

Nun hob der fette Profos die leeren Hände und wich gespielt gleichgültig mehrere Schritte zurück – was seinen bewaffneten Leibwächtern die Gelegenheit gab, sich vor ihm aufzubauen und ihn gegen Lud abzuschirmen.

»Also schön, du hässlicher, pockengesichtiger Bastard. Ganz wie du willst. Aber du bist unter meiner Würde, du räudiger Hund. Ich stamme aus dem Adelsgeschlecht derer von Cantius. Morgen, am Ende des Marsches, wenn wir frisches Bier haben und die Mannschaften sich zum Feiern sammeln, wird es ein Duell bis zum Tod geben. Du gegen einen Mann meiner Wahl. Der Sieger bekommt alles. Das wird den Truppen gefallen.«

»Hast du Angst, mir selbst gegenüberzutreten?«, spottete Lud. »Ein ganzer Mann und ein so großer Kämpfer wie du?«

»Wenn du erst aufgeschlitzt am Boden liegst, schaffen wir deine kostbaren Häschen in den Freudenwagen. Die restlichen Ketzer verkaufen wir an die Pfaffen. Der Türke kommt in meinen eigenen Wagen. Bist du sicher, dass du so jung sterben willst, Pockenvisage? Oder liegt es daran, dass deine abscheuliche Fresse dir den Lebensmut geraubt hat?«

Eine lange Pause entstand, in der niemand ein Wort sagte. Kristina hörte den Schrei eines Nachtvogels und das Pochen ihres eigenen Herzens in den Ohren.

»Ich habe mein Wort gegeben«, wiederholte Lud, und Kristina meinte, ein Lächeln über seine Lippen kriechen zu sehen.

»So sei es. Morgen Abend, Lud aus Giebelstadt, bist du des Todes.«

14.

FÜRSTBISTUM WÜRZBURG, ZWEI TAGESMÄRSCHE ÖSTLICH DER STADT WÜRZBURG, ANNO DOMINI 1517

Konrad

Er saß hoch aufgerichtet im vergoldeten Sattel seines makellos gestriegelten weißen Schlachtrosses und schwitzte in seiner Prunkrüstung. Seine hohe, leicht nach vorn gebeugte Haltung hatte zur Folge, dass sein Unterzeug unangenehm an den Innenseiten der Oberschenkel scheuerte, aber das war er seit den Kindertagen und dem Anfang seiner Ausbildung gewöhnt. Wichtig war nur, dass seine stolze und selbstbewusste Körperhaltung den Eindruck von Würde und Macht vermittelte, denn das war Teil seiner Pflicht. Es beruhigte alle, die im Rang und Ansehen unter ihm standen, wenn er eine Haltung an den Tag legte, wie man sie von einem mächtigen Adligen erwartete. Nun hatte er seine Pflicht erfüllt und konnte endlich aus dem Sattel steigen.

Der Marsch der heiligen Befreiung hatte einen schweren Rückschlag erlitten, doch Konrad von Thüngen wusste sehr wohl, dass Krieg ein Dauerzustand war – nur unterbrochen von mehr oder weniger kurzen Zeitspannen, die vom gemeinen Volk als »Frieden« bezeichnet wurden. Erfolge wurden nicht an einzelnen Niederlagen gemessen, nicht einmal an Siegen, sondern am Profit der großen Handelsstraßen und den sich daraus ergebenden Steuern. Der Verlust von Menschenleben war vollkommen unbedeutend. Neue Hörige warteten an jeder Ecke. Es waren der Gesichtsverlust und die sich daraus ergebende Gefahr für den eigenen Herrschaftsanspruch, die man unter allen Umständen vermeiden musste. Darum musste man das gemeine Volk stets glauben machen, dass seine adligen Herren einen großen Sieg errungen hatten.

Deshalb hatte auf dem Paradefeld eine prachtvolle Zeremonie stattgefunden, mit den in Formation angetretenen Truppen, den

Unverwundeten und denen, die noch stehen konnten. Die Priester hatten Gott und das Heilige Reich gepriesen, diese mächtige Verschmelzung von Kirche und Staat. Man hatte ein Kreuz aus rohen Balken errichtet und die Flagge des Reiches darumgewunden. Zur Eröffnung hatte ein spektakulärer Schwertkampf die versammelten Ränge unterhalten. Kreuz und Schwerter – sie standen für die Zuverlässigkeit und Treue der angetretenen Armee und ihre Heiligkeit in den Augen Gottes. Die Priester standen an sorgsam ausgewählten Stellen inmitten der Truppen und sprachen mit lauter, kräftiger Stimme ihre Gebete, damit jeder es hören konnte: *Ihr habt die Feinde des Herrn erschlagen. Christus liebt euch für eure Tapferkeit und segnet euch alle.*

Eine Stunde war seitdem vergangen, und Konrad hatte Durst. Seine Bediensteten, Ritter von niedrigem Stand, die zugleich als Leibwachen dienten, schirmten ihren Herrn wie üblich ab, wohin er sich auch wandte. Sie trugen die fürstbischöflichen Umhänge mit den Reichsadlern und saßen knapp außer Hörweite an einem eigenen Tisch beisammen, aufmerksam, ohne sich unter andere zu mischen. Ihre Allgegenwart empfand Konrad mitunter zwar als störend, andererseits hoben Leibwachen den Rang des Fürsten hervor. Abgesehen davon konnte hier draußen, unter den Ausgehobenen, die vor nicht allzu langer Zeit eine vernichtende Niederlage erlitten hatten, alles Mögliche passieren.

Die alte Eiche draußen vor dem Gasthof warf einen kühlenden Schatten auf den Tisch, an dem Konrad von Thüngen und Dietrich Geyer Platz genommen hatten. Konrad spürte, wie sich sein Gesicht entspannte und die glatt rasierten Wangen vom kräftigen Bier warm wurden. Er war als Einziger rasiert; bei allen anderen Männern wucherten die Bärte wie Unkraut – auch der grau melierte Bart Dietrichs von Giebelstadt. Die Erkenntnis, dass Dietrich alt geworden war, erfüllte Konrad mit Wehmut. Er kannte diesen Mann schon sein ganzes Leben.

Typisch für ihn, dachte Konrad, *dass er eine Rüstung von solcher Schlichtheit trägt, dass sie einem niedrigen Adligen und Ritter soeben noch geziemt.*

Konrads eigene Rüstung war verziert mit goldenen Scharnieren und kunstvollen Einlegearbeiten, seinem Rang als Fürst entsprechend. Wenigstens hatte Dietrich die alte schwarze Eisenrüstung abgelegt, die er so lange getragen hatte, zweifellos als Zeichen der Demut und als Absage an jede Form der Eitelkeit, was Konrads Meinung nach aber nicht schicklich war für einen Ritter von so nobler Abstammung wie Dietrich. Eine gute Rüstung, unbeschadet vom Schlachtgetümmel des niederen Volkes, ermuntert den gemeinen Soldaten zum Gehorsam und zu größerer Anstrengung im Kampf. Das war eine bewährte Tatsache.

Konrad von Thüngen kannte seinen eigenen Wert genau. Als Fürst und designierter Nachfolger des Fürstbischofs war er für das Heilige Reich viel zu wertvoll, als dass er sich jemals den Gefahren einer Schlacht hätte aussetzen dürfen. Darüber hinaus litt er unter Asthma, und körperliche oder seelische Anspannungen jeder Art waren jedes Mal der Auslöser, der seine Kehle so sehr zuschnürte, dass er kaum noch Luft bekam.

Konrad trug Einlagen in seinen kostbaren Stiefeln und dicke Schulterpolster unter seiner prachtvollen Rüstung. Als Herrscher und Gebieter war Körpergröße wichtig, und Konrad wusste, wie kleinwüchsig er war. Im Bad oder im Bett fühlte er sich beinahe wie ein Kind.

Dietrich war einen Kopf größer als er, doppelt so stark und viel geschickter im Umgang mit dem Schwert. Und nun machte er sich auch noch über Konrads Pferd lustig. »Ein wunderschönes Ross. Aber wie hält es sich in einer Schlacht? Da zählt Schönheit nichts.«

»Es wird niemals in eine solche Situation geraten«, erwiderte Konrad säuerlich.

»Genau wie du«, sagte Dietrich. »Du siehst wirklich imponierend aus in deiner glänzenden Rüstung.«

»Ich werde eines Tages der Herzog oder Erzherzog sein, wie mein Vater und sein Vater vor ihm. Ich muss meine Rolle spielen, wie es sich für mich geziemt.«

»Ja. Du spielst sie jetzt schon gut.«

Hätte jemand anders diese Worte gesagt, wären sie eine versteckte Beleidigung gewesen; bei Dietrich hingegen waren sie lediglich die Feststellung einer Tatsache, ohne jeden Hintergedanken und ohne Boshaftigkeit.

Konrad lächelte. »Es ist meine Pflicht, andere zu beeindrucken und ihnen dadurch das Gefühl von Sicherheit zu vermitteln.« Er richtete den Blick auf den prachtvollen Schimmel, ein Geschenk des Kaisers persönlich. Sein Stallknecht versorgte das Pferd und tränkte es unter einem schattigen Baum, während er gleichzeitig den Rossharnisch polierte. Jeder, der an dem Tier vorbeikam, blieb kurz stehen und betrachtete es staunend.

»Gib ihm nicht zu viel Wasser!«, rief Konrad dem Knecht zu. »Wenn er strauchelt, bekommst du seine Schmerzen zu spüren!« Er wandte sich an Dietrich. »Er heißt übrigens Sieger. Sein Name sollte ein gutes Omen sein.«

»Du hattest immer einen Hang zur Ironie, mein lieber Vetter«, sagte Dietrich.

»Gott hat jedem von uns einen Platz im Leben und eine bestimmte Gabe geschenkt. Bei dir ist es die Gabe der Kriegskunst.«

»Ja. Ihr Fürsen sitzt zu Hause und reitet auf Paraden herum. Und bei meinesgleichen ... der Ruf der Trommeln, und wir ziehen los, als eure Hunde des Krieges. Und hinterher kommt ihr vorbei, um uns zu trösten.«

»Es ist jedenfalls eure Niederlage, aus der wir irgendwie etwas machen müssen.«

»Ja, richtig. Mit Lügen und Zeremonien, wie üblich.«

»Bei den glühenden Eiern Satans – würde ich dich nicht so lieben, Vetter, ich könnte dich für solche Bemerkungen in den Kerker werfen lassen.«

»Die öffentliche Komödie meiner Hinrichtung würde der Katastrophe einiges von ihrer Bitterkeit nehmen, verstehe ich das richtig?«

Konrad zog es vor, zu schweigen. Er war am Tag zuvor von der Festung Marienberg losgeritten, dem fürstlichen Schloss in Würzburg, um sich hier mit den Rittern und der Armee zu treffen, wie die Kuriere es ausgemacht hatten. Bevor er die Stadt verlassen hatte, war er von Lorenz von Bibra, dem Fürstbischof von Würzburg, eingeladen worden, die Baustelle eines kostspieligen Mausoleums zu besichtigen, gewidmet dem Kaiser Maximilian im fernen Wien. Fürstbischof Lorenz galt als Mann des Friedens und der Gnade – ein Ruf, den zu erwerben er keine Mühen gescheut hatte. Lorenz verabscheute insgeheim die Kriegszüge; Konrad hatte sich häufig seine Klagen über die kaiserlichen Befehle anhören müssen, weitere Truppen für einen weiteren Kriegszug auszuheben. Lorenz war zu weich und deshalb ungeeignet für manche der unangenehmeren Aufgaben eines Bischofs, zum Beispiel, wenn es galt, Härte zu zeigen. Das war der Grund, weshalb der Fürstenbund in der Regel jüngere Amtsträger wie Konrad mit Aufgaben wie dem Aufstellen von Armeen oder dem Eintreiben von Steuern betraute – vorgeblich, um sie zu ertüchtigen.

Doch Lorenz war zugleich ein brillanter Denker, vertraut mit dem päpstlichen Hof, und ein häufiger Gast der Habsburger. Außerdem mochte er Konrad, und das war nützlich, wenn es um Bündnisse, Verträge und dergleichen ging. Es ging um die Nutzbarmachung von Einfluss und Macht, genau wie beim Schach; deshalb musste man ein möglichst guter Spieler sein.

Und Schach spielen konnte Konrad. Mit seinem Gefolge aus persönlichen Leibwächtern, zwei Mönchen und den Trägern des königlichen Banners war er von Würzburg hergeritten, um die geschlagene Armee in Empfang zu nehmen, wie es sich für einen Fürst geziemte. Es hatte sich nicht vermeiden lassen, also wollte Konrad die Gelegenheit nutzen, um seine eigenen Pläne voranzutreiben.

Die Schankmädchen gingen mit ihren großen, mit Käseleinen zum Schutz gegen die Fliegen zugedeckten Krügen von einem Tisch zum anderen und schenkten ungefragt nach. Das Bier war frei; Konrad hatte für die gesamte Armee bezahlt. Freibier war wie kaum etwas anderes geeignet, für gute Stimmung zu sorgen. Doch trotz aller Bemühungen schien das Bier diesmal nicht zu genügen, um die Wut und Enttäuschung aller Männer zu vertreiben.

Konrad trank von seinem Bier und verzog das Gesicht, als er an den süffigen Wein auf der Würzburger Festung Marienberg dachte, wo er weit weg von seinem eigenen Schloss im Norden unter ruinösen Kosten in einem Herrensitz logierte, um die weltlichen Angelegenheiten dieser Gegend zu beaufsichtigen. Der amtierende Fürstbischof von Würzburg, Lorenz von Bibra, war ein alter Mann. Es wurde allgemein erwartet, dass nach seinem Tod der jüngere Fürst das Amt übernahm; dies war der übliche Weg der Nachfolge.

Konrad schüttelte diese Gedanken ab. Sein Hintern schmerzte von dem neuen, unbequemen Sattel, aber das durfte er nicht sagen. Stattdessen erhob er sich von der Tafel.

»Ich muss Wasser lassen«, verkündete er. »Komm, wir gehen ein paar Schritte, während wir reden.«

»Auch ein großer Mann muss gelegentlich pinkeln«, bemerkte Dietrich.

»Nimm deinen Krug mit.«

»Wenigstens den habe ich fest in der Hand«, antwortete Dietrich zweideutig.

Sie kamen an den Schankmädchen vorbei, die ihnen die Krüge nachfüllten, dass das Bier überschwappte und auf den Boden spritzte. Konrad wich einen hastigen Schritt zurück – seine Stiefel aus Hirschleder waren nagelneu und in Italien gefertigt. Er sah, wie seine Leibwächter sich erhoben und Anstalten machten, ihm und Dietrich in diskretem Abstand zu folgen.

Dietrichs Gesellschaft war geradezu eine Wohltat für Konrad. Das Leben im Schloss war selbst in den besten Zeiten mehr als langweilig, und die Tage waren erfüllt von nicht abreißenden Besuchen stumpfsinniger Amtsträger und endlosen politischen Machenschaften. Dietrich hingegen war nie langweilig, nie vorhersehbar im Denken, Reden und Handeln, und hier draußen, unter Soldaten, die zum Kämpfen ausgebildet und zu sterben bereit waren, war ein Mann wie Dietrich, der offen und ehrlich seine Meinung sagte, unschätzbar wertvoll.

»Du verabscheust Kriegszüge«, sagte Dietrich. »Warum bist du dann hergekommen?«

»Um dich zu sehen natürlich. Und wegen des Schauspiels.« Tatsächlich war Konrad aus einem bestimmten Zweck hier und nicht aus Freundschaft oder gar Neugierde, wie er nach außen hin vorgab. Als einer der neun stimmberechtigten Fürsten des Schwäbischen Bundes, der den gesamten südlichen Teil des Reiches beherrschte, musste er die Stimmungslage seines Würzburger Kontingents einschätzen und der vernichtenden Niederlage irgendeinen Anschein von heldenhaftem Untergang und tragischem Ruhm abringen. Vielleicht bot das bevorstehende Duell eine Gelegenheit. Allerdings nur, wenn Dietrichs Vasall einen guten Kampf lieferte, bevor er starb.

»Ich dachte immer, deine Bauern würden sich nur mit Sensen und Mistgabeln duellieren«, sagte Konrad spöttisch, um das Thema anzuschneiden.

Doch Dietrich blieb stumm und erwiderte Konrads Blick mit ernster Miene, ohne auf den Köder anzuspringen.

»Ich kenne diesen Blick sehr gut«, sagte Konrad. »Stolz und Heimat und das alles, nicht wahr? Dein kostbares Giebelstadt, das Herzstück der Geyerschen Ländereien, mit all seinem bäuerlichen Glanz.«

»Du bist Fürst, ich bin nur ein Ritter. Mich zu verhöhnen ist unziemlich für einen wie dich, zumal wir als Knaben miteinander gerungen haben.«

»Ja, und du hast mich jedes Mal besiegt. Oh, wie ich das gehasst habe!«

»Trotzdem konntest du nie genug bekommen.«

»Das stimmt. Als Knabe habe ich es geliebt, dich zu besuchen und durch die tiefen Wälder zu reiten, vorbei an den malerischen Steinhäuschen der Bauern und durch die idyllische Gegend im Süden von Würzburg.«

»Du verspottest mich schon wieder.«

»Ganz im Gegenteil.«

Sie schlenderten über einen Kiesweg und gelangten zu einem Hain aus Weiden, durch den ein Bach plätscherte. Frauen standen bis zu den Waden im seichten Wasser und wuschen. Konrads Leibwache hielt sich in diskretem Abstand, knapp außer Hörweite.

Konrad wandte sich bachaufwärts. Silberne Fische flitzten durch das klare Wasser.

»Unsere Väter waren die besten Freunde und Kameraden«, sagte Dietrich. »Lang lebe ihr Vermächtnis. Sie waren ruhmreiche Männer.«

»Ja, das waren sie. Auch wenn dein Vater nie an Turnieren teilnahm.«

»Turniere sind teuer. Allein die Kosten für Pferde und modische Rüstungen sind ruinös. Meine Bauern schuften sich ohnehin schon den Rücken krumm, und letzten Endes sind sie es, die sämtliche Kosten tragen. Recht und Loyalität sind nicht dasselbe.«

»Großzügig wie immer gegenüber den Gemeinen, Dietrich? Sie sind ihren Gütern verpflichtet, würde mein Vater sagen, während es bei uns umgekehrt ist. Doch trotz unserer Meinungsverschiedenheit haben wir die gegenseitige Zuneigung von unseren Vätern geerbt, nicht wahr?«

»Ja, solange ich nicht mit eingezogenem Schwanz aus einer verlorenen Schlacht zurückkehre.«

Konrad blieb stehen und drehte sich zu Dietrich um. »Ich meine es ernst, Vetter. Euer Anwesen zu besuchen war aufregend und angenehm im Gegensatz zu den trockenen Formalien bei Hofe oder den ewig gleichen Verlautbarungen der Kirche. Du bist einer der wenigen, die sich nicht verstellen, um einem Fürsten wie mir zu schmeicheln, und du bist auf keinerlei Vorteil aus, wenn du mir Gesellschaft leistest.«

»Herzlichen Dank für die Kritik«, sagte Dietrich lachend.

Konrad wandte sich wieder um, und beide Männer gingen weiter. Die Sonne brannte heiß vom Himmel.

»Was genau willst du mit deinem Besuch eigentlich bewirken?«, fragte Dietrich.

»Helfen, wo ich kann. Hinter uns lagert eine geprügelte Armee, die sich herausputzen soll, bevor wir mit ihr in die Stadt marschieren. Außerdem heißt es, ihr hättet einen Wagen voller Pockenkranker in der Nachhut. Gütiger Himmel.«

»Die Pocken begleiten jeden Krieg.«

»Das mag sein, aber die Kranken werden nicht nach Würzburg hereingelassen. Was also habt ihr mit ihnen vor?«

»Die Kranken sind ein gutes Stück hinter dem Tross. Der Wagen steht beim Fluss. Dort bleiben sie, bis sie entweder gesund geworden oder gestorben sind.« Dietrich trank den Rest von seinem Bier in einem einzigen Zug und nickte zornig zur Bekräftigung. »Unsere Jungen sind jedenfalls weit weg.«

Konrad nickte. »Gut so. Spießgesellen sind billig im Krieg, doch auf den Feldern sind sie ihr Gewicht in Gold wert.«

»Oh ja. Sie bauen das Getreide an, aus dem die Steuern für eure kostspieligen Monumente und Kriege kommen.«

»Sei nicht so bitter. Du machst dir keine Vorstellung, was die Söldner den Fürstbischof kosten. Mehr als einige seiner geliebten Monumente und Ikonen. Ich habe gleich zu ihm gesagt, er solle Söldner in Dienst nehmen, anstatt die Landbevölkerung auszuheben. Damit wäre Würzburgs Anteil an diesem elenden Krieg beglichen gewesen.«

»Er ist niemals beglichen. Es geht immer weiter und weiter.«

»Nun, die Grenzen müssen geschützt werden, die Handelsrouten offen gehalten, das weißt du. Und Armeen müssen nun mal irgendwann nach Hause zurückkehren, ob geschlagen oder als Sieger.«

In der Nähe der Straße saßen und lagen vierzig Ritter an Tischen, unter Bäumen oder im Gras und betranken sich. Die Niederlage haftete an ihnen wie ein Gestank, und Konrad sah ihre gereizte Stimmung, hörte ihr verdrießliches Lachen, bemerkte ihre zornigen, ja hasserfüllten Blicke. Das bevorstehende Duell –

die brutale Gewalt, das Blutvergießen – schien das Einzige zu sein, worauf sie sich freuten.

Sie überquerten einen im grellen Sonnenlicht liegenden Hof, auf dem Hühner nach Würmern und Insekten pickten, und kehrten schließlich zu der Taverne mit ihrem hohen Dach und der offenen Tür zurück.

»Lass uns hineingehen«, sagte Konrad.

Dietrich blickte zweifelnd drein. »Bei den vielen Betrunkenen? Er sterben mehr Ritter an den Folgen von Tavernenschlägereien als an Schwertwunden und Schussverletzungen in der Schlacht. Und noch mehr sterben an schlechtem Essen und schlechtem Wasser.«

»Mit dir an meiner Seite, lieber Vetter, fürchte ich nicht einmal die Fliegen.«

Am dunklen Schlund der Tür blieb Konrad stehen. Die Leibwachen verneigten sich. Die eine Hälfte trat vor Konrad ein, die andere Hälfte wartete, bis er in der Taverne verschwunden war, um ihm dann zu folgen. Es war ein schützender Kokon, den sie um ihren Fürsten bildeten, und er bezahlte sie gut dafür.

»Ein abgeschiedener Tisch hinten im Raum«, sagte Konrad zu dem kleinen Mann, der katzbuckelnd herbeigeeilt kam, um sie zu begrüßen, während er sich die Hände an einem Lappen abwischte.

In der Kaschemme roch es nach abgestandenem Bier, aber immerhin war es angenehm kühl.

Die Leibwachen setzten sich an einen Tisch, während Konrad sich in einer Nische niederließ. Dietrich nahm ihm gegenüber Platz. Frisches Bier kam, und es war kühler, stärker und das Schankmädchen bedeutend hübscher als ihre Kolleginnen, die draußen bedienten. Dietrich dankte dem Mädchen.

In der Stadt genoss Konrad von Thüngen seine Rolle als Fürst und designierter Nachfolger des Fürstbischofs mitsamt all der schmierigen Unterwürfigkeit, die ihm Ratsleute, Priester und Händler entgegenbrachten, doch hier draußen auf dem Land zählte es mehr, wenn er sich ungeachtet seines Standes mit einem Ritter aus dem niederen Adel an einen Tisch setzte und einem alten Freund Respekt erwies. Das verschaffte ihm die Achtung der anderen Ritter, und deren Wohlwollen konnte in den kommenden Jahren voller Streitigkeiten und Probleme von größter Bedeutung für Konrad sein.

Konrad streckte die Hand aus und legte sie auf Dietrichs muskulösen Unterarm.

»Es ist eine ernste Angelegenheit, wie das Heer sich der Bevölkerung präsentiert«, sagte er. »Die Bewohner der Stadt dürfen es nicht in diesem jämmerlichen Zustand sehen.«

»Sie sind ein trauriger Anblick, keine Frage«, räumte Dietrich ein. »Es ist mehr als eine verlorene Schlacht, viel mehr. Das Schießpulver hat die gesamte Kriegsführung verändert. Die Ritter haben viel von ihrem Stolz verloren. Und unsere Bauernjungen mit ihren Spießen hätten erst gar nicht ausgehoben werden dürfen. Sie sind nur noch Kanonenfutter.«

»Niemand hat sie gezwungen. Jeder Junge sehnt sich nach Ruhm.«

»Ja, und das haben wir ausgenutzt. Wir haben sie ausgebildet, bis sie reif genug waren, um niedergemetzelt zu werden.«

»Die Welt ist im Wandel, mein Freund. Schießpulver verändert die Kriegsführung, wie du schon richtig bemerkt hast, und unsere Ritter mit ihren Pferden und ihren Vorstellungen von Hochherzigkeit und Ehre müssen immer größeren Kanonen weichen. Der Kompass verändert die Landkarte der Welt, und jedes Jahr kommen neue Entdeckungen hinzu, neue Kontinente, neue Eroberungen. Die größte Veränderung von allen aber, darin sind sich die führenden Köpfe einig, sind der Buchdruck und die Tatsache, dass immer mehr Menschen lesen können. Und die Dinge, die man lesen kann, sind immer leichter zugänglich, während sie zugleich immer gefährlicher werden.«

»Wie kann die Fähigkeit zu lesen eine Gefahr für den Geist der Menschen sein?«

»Willst du mich auf den Arm nehmen? Die Druckerpresse verändert das Bewusstsein der Menschen. Aber wir müssen uns an Gottes Plan halten. Wir müssen wachsen und gedeihen, oder wir werden ausgelöscht.«

»Und welcher außergewöhnliche Sterbliche besitzt diese gewaltige und absolute Kenntnis von Gottes Plan?«

Das hübsche Schankmädchen kam mit frischem Bier. Konrad bemerkte, dass sie länger als nötig am Tisch verweilte. Sie verbeugte sich tiefer, als erforderlich war, wobei ihr Busen von innen gegen die weiße Bluse drückte. Konrad wies sie an, das Bier wieder mitzunehmen und Wein zu holen – den besten, den die Taverne zu bieten hatte.

»Wein und Wissen«, bemerkte Dietrich. »Ich wünschte, jeder könnte es genießen.«

»Dietrich, alter Freund, es sieht dir ähnlich, dass du den Wunsch hast, den Pöbel an deinem Wein und deinem Wissen teilhaben zu lassen. Aber Wissen ist Macht, und die Macht des Pöbels würde an Schwung gewinnen, je größer sie wird, und könnte dich und mich zerschmettern.«

»Und doch würde ich mein Wissen mit allen teilen, wenn ich könnte.«

»Der Buchdruck macht das gemeine Volk zu hitzig, zu aufgeregt. Immer mehr Gemeine missachten die Verbote und lernen heimlich zu lesen. Sicher, der Buchdruck kann zum Guten führen, er kann aber auch eine Verführung für schwächere Geister sein – nicht nur zur Ketzerei, sondern zum Aufruhr gegen die weltliche Macht. Warum kann nicht Gehorsam der Weg des Fortschritts sein? Geh mit der Zeit, mein Freund, aber verliere nicht den Sinn für die Richtung.«

Dietrich lächelte und schüttelte den Kopf.

Konrad erkannte, dass er so nicht weiterkam. Dietrich stemmte sich mit aller Macht gegen seine Argumente. Also wechselte Konrad die Richtung.

»Du bist aufgebracht wegen des Zweikampfs, nicht wahr?«, fragte er. »Bedeutet das, du hast Angst um deinen Mann?«

Dietrichs Miene wurde ernst. »Ich brauche ihn. Lud ist ein guter Mann. Und er ist mir treu ergeben.«

»Meine Leibwachen sind mir auch treu ergeben.«

»Ja, aber du bezahlst sie dafür. Das ist ein Fehler. Ergebenheit kann man nicht mit Geld kaufen.«

»Ihre Familien würden den Preis bezahlen, sollte mir etwas zustoßen. Das wissen diese Männer.«

Das Schankmädchen brachte neuen Wein. Konrad beobachtete, wie sie versuchte, sich am Tisch seiner Leibwachen vorbeizuschieben, doch drei von ihnen hatten die Hände an ihr, bevor sie entwischen konnte.

Der neue Wein war sauer, doch Dietrich trank ihn, und so nippte auch Konrad widerwillig an seinem Krug. Er musste sich Dietrich wohlgesonnen machen, um ihn für seine Pläne zu gewinnen.

»Lass uns zurück an die Sonne, Vetter«, sagte er plötzlich. »Die Düsternis hier drin bringt Männer auf finstere Gedanken, wo sie dringend Kühnheit und Zuversicht brauchen.«

Der kleine Tavernenwirt stürzte zur Tür und verbeugte sich tief. Die Leibwachen Konrads stießen ihn unsanft zur Seite.

»Ich zahle nicht für schlechten Wein«, sagte Konrad. »Und auch nicht für schlechtes Bier. Hast du verstanden, Kerl?«

Dann waren sie draußen, die Leibwächter im Gefolge. Der Wirt stand in der Tür und blickte ihnen mürrisch und gequält hinterher. Konrad hieß seine Wachen und Dietrich zu warten, denn seine Gedärme rührten sich. Nachdem er sich erleichtert hatte, hielt er auf den Tisch unter der großen Eiche zu, an dem sie bereits zuvor gesessen hatten. Konrad und Dietrich nahmen ihre alten Plätze ein.

»Dieser Hörige in deinen Diensten, wie hieß er gleich?«, fragte Konrad.

»Lud«, antwortete Dietrich. »Das ganze Dorf hat ihn aufgezogen. Ich hasse den Gedanken, ihn niedergehauen zu sehen, nur weil er Wort gehalten und meinem Befehl gehorcht hat.«

»Sehen wir es von der praktischen Seite. Eine geschlagene Armee braucht Ablenkung, Zeitvertreib, Kurzweil. Dieser Zweikampf ist wie geschaffen dafür. Er wird dafür sorgen, dass die

Männer eine Zeit lang nicht an ihre schändliche Niederlage denken. Wie es heißt, kann dein Höriger kämpfen, und gar nicht schlecht für einen Gemeinen.«

»Lud kennt sich mit dem Langmesser aus«, sagte Dietrich. »Auch mit dem Schwert. Ich selbst habe ihm Unterricht im Schwertkampf erteilt, als er noch ein Junge war.«

»Wie sind seine Aussichten?«, fragte Konrad, obwohl er wusste, dass die Wetten vier zu eins gegen Lud standen. Seinen Gegner, einen Landsknecht, hatte der Profos zusammen mit dem Oberst von Blauer höchstpersönlich ausgewählt. Blauer behauptete, selbst noch eine Rechnung mit dem Hörigen offen zu haben.

Dietrich schüttelte den Kopf und schwieg.

»Ich habe gehört, die Wetten stehen vier zu eins gegen deinen Mann. Offenbar hat er keine großen Aussichten.«

Unvermittelt hob Dietrich den Kopf und starrte sein Gegenüber an. Seine Augen funkelten. »Abwarten. Lud ist ein tüchtiger Mann. Er hat besondere Fähigkeiten.«

»Fähigkeiten? Er ist ein Höriger, ein Mann niederer Herkunft, ungebildet und unfrei. Genauso gut könnte man sagen, ein Jagdhund hat besondere Fähigkeiten.«

»Du kennst Lud nicht.«

»Und du bist Ritter und kennst ihn nur zu gut. Wie kam es überhaupt zu diesem Zweikampf? Es kann doch nicht nur Befehlsverweigerung gewesen sein?«

»Nach einer verlorenen Schlacht gibt es immer böses Blut. Ich weiß nichts Genaues von der Sache. Vielleicht sagt Lud es mir, wenn ich zurück im Lager bin, vielleicht auch nicht. Er war schon immer halsstarrig in solchen Dingen.«

»Aber er ist dein Höriger.«

»Wenn es um die Ehre geht, ist er sein eigener Herr. Das respektiere ich.«

»Du wirst von Jahr zu Jahr nachsichtiger. Das sage ich dir als Freund und voller Sorge. Nicht, um dich zu beleidigen.«

»Vielleicht werde ich großmütiger, aber nicht nachsichtiger.«

»Dietrich, Dietrich.« Konrad lachte leise, doch er war auf der Hut wie stets, wenn er mit Dietrich debattierte, einem erfahrenen Mann, der mehrere Kriegszüge hinter sich hatte und dessen liebenswürdiges Auftreten aus Selbstbewusstsein herrührte, nicht aus Schwäche. »Ehrlich, das ist so, als würde man behaupten, ein Ackergaul ist so gut wie ein Schlachtross.«

»Eben hast du noch Jagdhunde zum Vergleich herangezogen.«

»Es muss eine Ordnung der Dinge geben. Aus dem gleichen Grund wird es immer Edle und Gemeine geben. Jene, die wissen, wie man denkt, und jene, die wissen, wie man gehorcht. So ist es zum Besten aller. Wenn wir jeden tun ließen, wozu er Lust hat, jeden denken ließen, was er denken will, jeden lernen ließen, was er lernen möchte – wohin soll das führen? Die göttliche Ordnung würde auf den Kopf gestellt.«

»Das Lesen verändert einen Menschen«, warf Dietrich ein, »nicht aber einen Fisch.«

Konrad lachte. »Dich wird nie etwas verändern.«

»Allenfalls Gott. Der Herr allein weiß, wer als Nächstes aufsteigt oder fällt.«

Konrad bemerkte, wie ihn das Gespräch allmählich ermüdete. Am liebsten hätte er sich unter einen der Bäume gelegt und in Erinnerungen an seine unbeschwerten Kindertage geschwelgt, an damals, als er mit Dietrich zusammen durch die Wälder von Giebelstadt getobt war. Schwäche konnte er sich allerdings nicht leisten, vor allem nicht in Zeiten wie diesen. Eine Menge Arbeit wartete auf Konrad. Die Handelsrouten mussten geschützt werden, denn es gab Bestrebungen, sie zu erweitern und die Osmanen im Süden und Osten zurückzudrängen – und das war nur eins der vordringlichen Ziele, die der Kaiser verfolgte.

Erschwert wurde Konrad seine Arbeit manches Mal vom Würzburger Fürstbischof. Konrad hatte Lorenz von Bibra viele Male gedrängt, sich dem Schwäbischen Bund anzuschließen, der über den Süden des Reiches herrschte. Doch Lorenz war unerschütterlich. Er weigerte sich standhaft, Kirche und Staat so eng zu verbinden.

»Ich bin die Kirche«, hatte er zu Konrad gesagt. »Du möchtest, dass Würzburg sich dem Schwäbischen Bund anschließt? Nun, das wird nicht geschehen, solange ich der Fürstbischof bin. Wenn du dennoch im Namen Würzburgs handeln und eine Armee aufstellen willst, musst du sie aus eigener Tasche bezahlen.«

Jetzt, an der Tafel unter dem Baum, wünschte sich Konrad, der Fürstbischof wäre hier und könnte sehen, was er sah: Würzburgs geschlagene Mannen, zerlumpt und am Boden.

»Wie geht es Florian?«, fragte Konrad, um das Thema zu wechseln.

Florian war Dietrichs Sohn und Konrads Patenkind. Es war ein wunder Punkt zwischen ihnen, dass Dietrich seinen Sohn nach England geschickt hatte anstatt nach Würzburg, wo Konrad die Fortschritte des Jungen hätte im Auge behalten können. England war kostspielig, doch eine Ausbildung dort konnte sich für den Sohn eines einfachen Ritters als vorteilhaft erweisen.

Dietrich zupfte an seinem Bart. »In seinem letzten Brief schrieb er voller Begeisterung über Philosophie und andere schöne Dinge.«

»Andere schöne Dinge? Wahrscheinlich fängt er an, sich für Mädchen zu interessieren.«

Wie aufs Stichwort kam ein junges Mädchen mit einem Korb voller Äpfel vorbei. Dietrich nahm einen heraus und biss hinein. Er bot der Kleinen eine Münze an, doch sie wehrte ab und eilte davon.

Konrad blickte dem Mädchen lächelnd hinterher. »Scheu wie ein Fohlen.«

»Florian studiert Jurisprudenz«, fuhr Dietrich kauend fort. »Mein Sohn interessiert sich brennend für alles, was mit Recht und Gesetz zu tun hat. Und die beste Ausbildung gibt es nun mal in Oxford. Ich hätte Florian auch lieber in meiner Nähe. Aber wir schreiben uns häufig.«

»Wenn ich doch auch solch einen Sohn hätte«, sagte Konrad und seufzte tief. »Zweifellos wird er sich eines Tages seinen ihm zustehenden Platz bei Hofe erobern. Ich war dagegen, den Jungen nach England zu schicken, wie du weißt, aber er wird zu gegebener Zeit eine Bereicherung sein. Vielleicht wird er sogar Diplomat am Hof des Kaisers, wenn er nach Hause kommt. Wann wird er zurückkehren?«

»Sobald seine Ausbildung in England abgeschlossen ist«, antwortete Dietrich. »Komm uns besuchen, wenn das Fiasko hier vorbei ist. Anna freut sich ganz bestimmt über jede Neuigkeit, die es vom Hof zu berichten gibt. Sie erkundigt sich oft nach dir.«

»Anna«, murmelte Konrad. »Meine liebe Kusine.«

»Ja, sie ist eine gute Frau«, sagte Dietrich.

Der Gedanke an Anna ließ Konrad innehalten. Sie war seine Kusine ersten Grades. Mit vierzehn war er unsterblich in sie verliebt gewesen, doch sie hatte seine Gefühle nicht erwidert. Es hatte nie einen Kuss gegeben. Und je behutsamer Annas Zurückweisungen gewesen waren, desto verzweifelter hatte Konrad sich nach ihr gesehnt.

Dann war sie Dietrich begegnet, und beide hatten sich Hals über Kopf ineinander verliebt. Für Konrad war es wie in einem Albtraum gewesen. Er hatte sich gefühlt wie ein Mann, der zwischen zwei Felsen gefesselt ist, die ihn langsam zermalmten, unaufhaltsam.

Schließlich löste Konrad sich aus diesen bitteren Erinnerungen. »Richte Anna meine herzlichen Grüße aus. Ich kann euch vorerst nicht besuchen, denn dieses Fiasko, wie du es nennst, hält mich hier fest. Die Händler verlangen, dass ihre Routen sicher sind. Unsere Steuereinnahmen sind zurückgegangen, und die Kosten für die Verteidigung des Reiches steigen und steigen, nachdem die neuen Schwarzpulvergeschütze immer größer und besser werden. Tagein, tagaus höre ich Beschwerden über die Kosten.« Er lächelte. »Umso schöner ist es, dich zu sehen und mit dir zu reden und zu trinken, wie in alten Zeiten an der

Akademie. Wenn ich doch nur so fleißig studiert hätte wie du, mein lieber Dietrich.«

»Ich bin nur ein Ritter. Und du, Konrad, solltest dein Licht nicht unter den Scheffel stellen. Wenn Lorenz von Bibra stirbt, wirst du der neue Fürstbischof, das steht fest.«

»Ich? Niemals. Was für ein Gedanke!«, wehrte Konrad ab und spürte, wie er errötete.

»Nein, das sagen alle. Und ich weiß, dass du es dir sehnlichst wünschst. Außerdem bist du der Richtige. Du leitest ja schon die weltlichen Angelegenheiten des Fürstbistums, zusammen mit deinen Magistraten und Mönchen.«

Konrad täuschte ein unsicheres Lächeln vor. Das gehörte zum Spiel – Bescheidenheit.

All die Jahre, die sie miteinander gefochten hatten, egal mit welchen Waffen, hatte Konrad nie den Sieg davongetragen. Ihr Waffenmeister hatte sie in den klassischen Disziplinen nach den Schriften des Fechtmeisters Hans Talhoffer unterrichtet: Kampf mit dem Langschwert, dem Kurzschwert, dem Dolch, Ringen, Kampf in Rüstung mit Speer oder Zweihänder. Und immer hatte Dietrich gesiegt, ohne Ausnahme. Hatten sie jedoch mit Worten gefochten, mit Gedanken, war stets Konrad als Sieger aus dem Streit hervorgegangen. Das war die Grundlage ihrer unerschütterlichen Freundschaft. Der eine glänzte dort, wo der andere schwach war.

Politik, so hatte Konrad bald herausgefunden, war seine wahre Bestimmung. Wenn man der Macht folgte, gelangte man zur Macht, doch ohne das erdrückende Gewicht der Verantwortung. Dietrich war zu sehr Träumer. Und genau dafür liebte Konrad ihn.

»Jedenfalls würdest du einen guten Bischof abgeben«, sagte Dietrich.

»Auf jeden Fall würde ich einiges ändern.«

»Und was?«

»Fürstbischof Lorenz ist zu nachsichtig gegenüber den Feinden des Glaubens.« Konrad führte diesen Gedanken nicht weiter aus, wohl wissend, dass er sich damit auf gefährliches Terrain begeben würde.

Dietrich schien zu verstehen. »Komm«, sagte er plötzlich. »Lass uns aufbrechen. Es ist spät geworden.« Er stand auf und reckte sich. Konrad tat es ihm gleich. Auf sein Zeichen erhoben sich auch seine Leibwachen und folgten ihnen in respektvollem Abstand.

»Erzähl mir mehr über diesen Hörigen Lud«, bat Konrad.

»Lud ist ein Ehrenmann, der zu seinem Wort steht. Er ist ohne Eltern aufgewachsen, eine Rotznase, die vom ganzen Dorf aufgezogen wurde. Ich habe ihn zu mir genommen und ausgebildet. Lud ist ein harter und gefährlicher Kämpfer, bei Gott. Er hat die Pocken überlebt, die seine Frau und seine zwei kleinen Kinder dahingerafft haben, als er gerade zwanzig war. Sein Gesicht ist von Narben entstellt. Er war zu stark, um zu sterben. Und weil es niemanden gab, den er töten konnte, um Rache zu nehmen, ist er seit damals voller Zorn.«

Dietrich ging zu einem Brunnen neben der Taverne. Er zog einen Eimer Wasser hoch, steckte den Kopf hinein, zog ihn wieder heraus und prustete. Wasser tropfte aus seinem zotteligen Haar. Er schüttelte sich wie ein Hund und besprühte Konrad mit einem Schauer kalter Tropfen.

»Waren es die Maibaumpocken von vor über sieben Jahren, an denen Luds Familie gestorben ist?«, fragte Konrad.

»Genau die«, antwortete Dietrich. »Die Maibaumpocken. Die Seuche hatte Giebelstadt verschont, aber Lud war mit seiner Familie zur Maifeier in Würzburg. Sie hatten in dem Jahr den höchsten Baum aufgestellt, und die Leute kamen in Scharen zum Feiern und Tanzen. Dort hat er sich dann die Pocken geholt, und seine ganze Familie starb. Er wird kämpfen wie ein Mann, der nichts zu verlieren hat. Das macht ihn so gefährlich ... und so wertvoll für mich. Schau dir den Kampf an!«

»Ich muss zurück nach Würzburg.«

»Nein. Du bist mein Gast und wohnst bei mir im Zelt. Mit zu viel Wein und Bier auf leeren Magen solltest du nicht reisen.

Heute Abend wirst du zu essen bekommen, was die Soldaten auf dem Marsch essen.«

Konrad nickte und lächelte. Sein Plan war aufgegangen.

*

Stunden später saßen sie auf weichen Fellen in Dietrichs Zelt im Lichtschein einer qualmenden Laterne. Es roch nach Ruß und nach Ochsen am Spieß. Konrad genoss das Gefühl von Mannhaftigkeit und die raue Kameradschaft mit einem echten Krieger. »Roter Wein. Der Beste aus Giebelstadt«, sagte Dietrich und prostete Konrad zu. »Wir haben ein ganzes Fass mitgebracht, und es ist noch reichlich davon da. Ich trinke nie auf dem Marsch oder vor der Schlacht.« Dietrichs glasige Augen verrieten Konrad, dass der Ritter angetrunken war.

Vortrefflich, dachte Konrad, genau der richtige Moment, mein eigentliches Anliegen vorzubringen. »Mir ist zu Ohren gekommen, dass du einen hochrangigen Osmanen als Geisel genommen hast. Warum hast du mir nichts davon erzählt? Oder stimmt es gar nicht?«

Dietrich setzte den Zinnbecher ab und blickte Konrad ausdruckslos an. »Ich habe mich bereits gefragt, wie lange es dauert, bis du davon erfährst.«

»Der Profos hat es mir gesagt. Stimmt es?«

»Ja. Ein osmanischer Edelmann. Ich wollte ihn als Überraschung präsentieren, wenn wir in Würzburg einziehen. Als Geschenk an den Bischof.«

»Verstehe.« Konrad nickte. »Hör zu, Vetter, ich möchte dir eine Wette vorschlagen.«

»Eine Wette?«

»Ja. Zwischen uns beiden. Wenn dein Kämpfer, dieser Lud, das Duell verliert, werden wir den Türken dem Fürstbischof als mein Geschenk übergeben. Ich sollte ohnehin gegen deinen Mann wetten, denn er hat keine Chance gegen diesen Landsknecht.«

Dietrich funkelte ihn an. Er mochte es nicht, wenn man seinen Hörigen von vorneherein abschrieb. Das war offensichtlich – und darauf setzte Konrad.

»Ach ja? Wenn du dich da nicht mal in ihm täuschst«, antwortete Dietrich.

»Oder du in ihm, Vetter. Ich bin mir meiner sogar derart sicher, dass ich eine beträchtliche Summe auf die Niederlage deines Hörigen setzen werde, so du dich auf die Wette einlässt.«

»Und wenn mein Mann siegt?«, fragte Dietrich.

»Dann ist dieser Türke ein Geschenk Giebelstadts an den Fürstbischof, und du bekommst das Geld, das ich dann beim Wetten gegen Lud verloren habe. Eine Menge Gold. Überleg, wie viel Gutes du deinen Bauern damit tun könntest ...«

Dietrich dachte kurz nach. »Einverstanden«, sagte er schließlich. »Aber nur, dass du es weißt: Mich schert dein Gold einen feuchten Kehricht. Ich kenne Lud. Er wird mich nicht enttäuschen.«

»Du setzt großes Vertrauen in ihn. Er kann sich glücklich schätzen.«

»Glücklich?« Dietrich lachte bitter auf. »Keine Mutter, kein Vater, aufgezogen wie ein Wilder. Lud hat sein Mädchen in jungen Jahren zweimal geschwängert, nur um seine ganze Familie an die Pocken zu verlieren, zusammen mit seinem Gesicht. Und der Kriegszug, von dem wir gerade zurückgekehrt sind ... Lud hat drei unserer Jungen in der Schlacht gelassen. Er ist ein guter Kämpfer mit einem guten Herz, aber das ist auch schon alles an Glück, was er bisher im Leben hatte. Und nun hat er auch noch dieses verfluchte Duell vor sich.«

»Was ist mit den Ketzern in deinem Wagen?«

Dietrich stellte seinen Zinnbecher hart ab und starrte Konrad an. Seine Überraschung konnte er nicht ganz verbergen. »Nur ein paar harmlose Eiferer. Brüder auf Wanderschaft. Sie versorgen unsere Verwundeten. Sie haben dem Türken das Leben gerettet – und unseres gleich mit. Ich habe ihnen mein Wort gegeben, sie freizulassen, sobald wir kurz vor Würzburg sind.«

»Eiferer sind selten harmlos«, entgegnete Konrad. »Aber ich werde nicht darauf bestehen, dass du, mein Freund, dein Wort brichst.«

»Es ist auch Luds Wort, Konrad. Brich niemals das Wort eines guten Mannes, oder er ist hinterher nichts mehr für dich wert.«

»Wenn dein Lud überlebt, halte dein Wort und übergebe diesen Türken dem Fürstbischof als Geschenk von Giebelstadt. Und lass die Ketzer laufen, ein paar mehr oder weniger machen keinen Unterschied. Abgesehen davon bleiben diese Narren nie lange still. Man wird sie bald genug aufgreifen, weil sie das Maul wieder aufreißen und ihren gotteslästerlichen Unsinn predigen. Aber dieser Türke, der osmanische Edelmann ... wir werden ihn gemeinsam nach Würzburg führen, hoch zu Ross, und alle werden uns zujubeln, wie es sich geziemt.«

»Ja«, sagte Dietrich. »Das werden sie. Wie es sich geziemt.«

Konrad spürte das Missfallen in seinen Worten.

»Überleg doch, Dietrich. Hätten wir genügend Einkünfte oder das Geld des Fürstbischofs, hätten wir nicht in die Dörfer gemusst, um junge Bauern für unsere Armee auszuheben.«

Dietrich bedachte ihn mit einem bitteren Blick. »Ja, damit sie für euch sterben.«

Konrad schnaubte verärgert. »Hör zu und merk dir meine Worte! Morgen werden wir erleben, wie der auserwählte Kämpfer eines Edlen über einen unbedeutenden Hörigen siegt. Der umgekehrte Fall, der Sieg deines Bauernjungen, wäre schlecht für die Moral, das weißt du so gut wie ich. Dieser Lud mag seine Träume haben, aber er muss wissen, wo sein Platz ist. Sein Tod wird wie ein Elixier für dieses Zerrbild von einer Armee sein.«

Dietrich starrte ihn an, als wäre er ein Fremder. »Sein Tod? Du hast seinen Tod bereits eingeplant?«

Konrad erkannte, dass er zu weit gegangen war, und bedachte Dietrich mit einem falschen Lächeln. »Sei nicht beleidigt, alter Freund. Lass uns den Abend genießen. Dein Mann wird seine Chance bekommen.«

»Wir verdanken ihm den Türken«, sagte Dietrich gepresst.

Plötzlich schien er es eilig zu haben. »Aber jetzt muss ich zurück ins Lager. Ich will Lud bei seinen Vorbereitungen für den Kampf helfen.«

Konrad erhob sich. »Wunderbar. Ein Höriger, ein einfacher Reisiger, gegen den Elitesoldaten zweier Edler, beide Helden in einem glorreichen Feldzug.«

»Helden? Glorreich? Wovon redest du? Dieser Landsknecht, der für Obrist von Blauer und den Profos kämpft, war doch noch gar nicht in der Schlacht.«

»Egal. Ich werde es der bischöflichen Druckerei so melden. Umso mehr Flugblätter werden dann auf dem Marktplatz verkauft. Die Menschen brauchen Helden. Gib mir fünf Minuten. Ich schließe meine Wette gegen deinen Jungen ab, dann reite ich mit dir. Und ich schicke einen Arzt vorbei, der sich um den Osmanen kümmert.«

»Meinetwegen. Solange die kaiserlichen Blutsauger ihn nicht zu Tode verarzten. Immerhin haben wir ihn in einem Stück zu übergeben.«

»Ich habe gehört, diese Ketzer hätten ihn mit Nadel und Faden zusammengenäht wie einen Mantel.«

»Was immer sie getan haben, er ist auf dem Weg der Besserung.«

»Schön. Nun, ich werde heute Abend nicht nach Marienberg zurückkehren. Es ist spät, und ich möchte ausgeruht sein, um mir dieses Duell anzusehen.«

Konrad wandte sich zum Gehen.

»Morgen also«, sagte Dietrich.

»Ja«, antwortete Konrad. »Morgen.«

Bevor er das Zelt eines der höherrangigen Ritter übernahm, um darin zu schlafen, ging Konrad zu dem Priester, der das Blutgeld für die Wette verwaltete. Er setzte einen hohen Betrag gegen Dietrichs Jungen, der nur noch wenige Stunden zu leben hatte, davon war er überzeugt. Dann ritt er zusammen mit Dietrich und den übrigen Rittern zurück ins Lager, legte sich auf die Matte, die er für die Nacht in Beschlag genommen hatte, und atmete den sauren Schweiß ihres Besitzers ein, während die Unruhe nach und nach von ihm abfiel. Alles entwickelte sich so, wie er es sich gewünscht hatte. Die Niederlage würde zu einem Sieg werden.

Konrad lächelte in sich hinein, denn er wusste bereits, wer der auserwählte Krieger war, der Dietrichs Jungen töten würde. Er würde nicht gegen irgendeinen Tavernenschläger antreten. Dieser tölpelhafte Hörige würde sich einem rücksichtslosen Landsknecht gegenübersehen, einem Meister seines Fachs, jung und frisch, stark und handverlesen. Derartige öffentliche Darbietungen waren Staatsangelegenheiten; deshalb durfte nichts dem Zufall überlassen werden, schon um der allgemeinen Ordnung willen.

Der Hörige würde einen blutigen Tod sterben, zum Beweis der Überlegenheit von Söldnern und Landsknechten, und er, Konrad, würde den Türken als Prise erhalten, um sie dem Fürstbischof zu übergeben. Die geschlagene Armee würde unter dem Jubel der feiernden Bevölkerung in Würzburg einziehen. Das Volk musste glauben, dass der Marsch der heiligen Befreiung ein triumphaler Sieg gewesen war.

Denn eines wusste Konrad: Mehr als alles andere, mehr als Kanonen oder Gold war es die Macht des Glaubens, die diese Welt beherrschte.

Zufrieden schloss er die Augen. *Schachmatt, Dietrich,* war das Letzte, was ihm durch den Kopf ging, bevor er einschlief.

15.
Lud

*H*ör zu, und merke dir meine Worte genau«, sagte Dietrich. »Ein verzagter Mann wird bei einem Zweikampf stets verlieren, ungeachtet seines Geschicks.«

»Ich habe keine Angst«, antwortete Lud. »Ich fürchte nicht um mein Leben.«

Er sprach die Wahrheit. Er fürchtete sich nicht vor dem Duell, vor den Wunden, dem Schmerz, dem Gejohle und der Wildheit des Kampfes. Es kümmerte ihn nicht, ob er im Duell getötet wurde, solange er sein Bestes gab und tapfer kämpfte. Wenn der Gegner besser war, konnte er nichts dagegen tun. Lud fürchtete sich nur davor, Dietrich zu enttäuschen. Und diese Gefahr war groß.

Dietrich beugte sich vor. »Ich sagte *verzagt*, nicht ängstlich. Dass du keine Angst hast, weiß ich.«

Es war heiß draußen. Sie waren allein in Dietrichs Zelt, um die letzten Vorbereitungen für den Kampf zu treffen. Das Licht fiel golden durch Wände und Dach. Lud hielt die Arme waagerecht von sich gestreckt, während der Ritter ihm die Rüstung anlegte. Es war Dietrichs Rüstung, und die Schnallen und Riemen mussten angepasst werden. Dietrich war um die Hüften herum fülliger geworden, während Lud kein Gramm Fett am Leib trug. Es war ein merkwürdiges Gefühl für Lud, weil normalerweise er es war, der seinem Herrn auf diese Weise in die Rüstung half. Niemand, ganz zu schweigen von einem Ritter, hatte Lud jemals in seine Rüstung geholfen.

Dietrich nahm ein Scheit Feuerholz und klopfte die Rüstung damit ab, wobei er auf Hohlstellen lauschte. Lud betrachtete die drahtigen ergrauten Barthaare seines Ritters, die sonnenverbrannte Haut auf dem Nasenrücken und das breite Kinn, das die untere Hälfte des ernsten, ovalen Gesichts beherrschte. Jenes Gesichts, das er liebte und immer geliebt hatte.

»Vergebt mir, Herr, dass ich Euch Sorgen mache«, sagte Lud.

»Aber wenn ich getötet werde, muss ich wenigstens nicht vor die Mütter von Hermo, Fridel und Matthes treten.«

»Hör auf, Lud! Denk an das Leben, an die Zukunft, an zu Hause. Du hast alles von mir gelernt, was du wissen musst, um deinen Gegner zu besiegen. Er wird überheblich sein, angeberisch und selbstsicher, um seinen Ruf als unbesiegter Streiter zu wahren. Stürz dich nicht überhastet in den Kampf. Sei überlegt. Suche seine Schwachstellen, lass dich von ihm in die Enge treiben, sogar verwunden, wenn es sein muss, und warte ab. Irgendwann wird er ungeduldig, und dann hast du ihn. Ich wünschte, ihr würdet mit Spießen kämpfen. Das würde ihn aus dem Gleichgewicht bringen.«

»Ich werde erst mehr wissen, wenn ich sehe, wie er sich bewegt«, sagte Lud. »Und ich werde versuchen, Eure Rüstung zu schonen, Herr.«

»Zur Hölle mit der Rüstung!«, schimpfte Dietrich. »Ich kann mir eine neue kaufen. Einen neuen Lud bekomme ich nicht.«

»Ich kämpfe, weil ich mein Wort gegeben habe, und ich kämpfe für Eure Ehre und die von Giebelstadt. Diese Last liegt schwer auf mir, und das ist genug.«

»Das ist nicht genug! Kämpfe um dein Leben!«

Lud spürte, wie Dietrich in seinem Rücken den Brustpanzer festzurrte. Er sog die Lunge voll Luft und hielt den Atem an, während er an sich hinunter auf die kostbare Rüstung blickte, die im gelben Licht funkelte und glänzte. Der Kettenpanzer darunter hatte seine Haut anfangs gekühlt, doch mittlerweile war der Panzer so warm wie sein Körper.

Dietrich schnallte die Riemen fest, und Lud atmete aus. Er schwitzte, wo die gesteppte Weste drückte. Der Tag schien plötzlich noch heißer zu sein, als er ohnehin schon war.

War das Angst?

»Ich will dir sagen, wofür du zu leben hast«, sagte Dietrich in Luds Gedanken hinein. »Wofür es sich zu leben lohnt. Sobald wir wieder zu Hause sind und uns eingewöhnt haben, werde ich dir das Lesen beibringen.«

»Ich soll *lesen* lernen?«, fragte Lud und runzelte ungläubig die Stirn.

Dietrich tat etwas, was er noch nie zuvor getan hatte: Er hob die Hände und hielt Luds Gesicht wie das eines geliebten Sohnes, während er ihm tief in die Augen blickte.

»Sei guten Mutes, Lud, und sieh nach vorn. Ein neuer Tag zieht herauf. Eine neue Welt wird geboren, und du bist ein Teil davon. Ja, du wirst lernen zu lesen, du wirst unbekannte, unfassbare Dinge erfahren, du wirst wieder eine Frau bekommen und Kinder, und sie werden aufwachsen und lesen und lernen. Also kämpfe! Kämpfe für die vielen guten Jahre, die noch vor dir liegen!«

Nach diesen Worten zog Dietrich ihn an sich und küsste ihn auf beide Wangen. Lud spürte die Borsten seines Bartes und den warmen Atem jenes Mannes, den er mehr verehrte als jeden anderen.

In diesen Augenblicken empfand er eine schier überwältigende Liebe zu Dietrich, und es kostete ihn alle Mühe, nicht in Tränen auszubrechen.

*

Zwei frisch gezimmerte Särge aus hellem Holz lagen außerhalb des Kreidekreises, der den Platz des Zweikampfs eingrenzte. Lud starrte auf die für ihn vorgesehene Totenkiste, als er daran vorbeikam. *Schlampige Arbeit, genau wie der ganze Kriegszug und alles, was damit zu tun hat.*

Der Platz, an dem der Kampf stattfinden sollte, lag am Rand des Lagers, in einer flachen Senke zwischen zwei Anhöhen. Am Boden der Senke gab es einen ebenen Bereich; ringsum verteilten sich die Truppen an den Hängen. Die Ritter und andere niedere Adlige saßen dem Kreis am nächsten, sodass sie die beste Sicht auf das Geschehen hatten. Lud, den Helm unter dem Arm, das türkische Krummschwert gesenkt in der rechten Faust, hatte keinen Blick mehr für ihre Gesichter. Alle seine Sinne waren auf den Mann gerichtet, der ihm gegenüber in den flachen, platt getretenen Kreidekreis getreten war.

»Du!«, sagte Lud.

»Ja, ich, Schiebochse«, erwiderte der Landsknecht. Sein Helm glänzte in der Sonne wie ein polierter silberner Schädel. Das hochgeklappte Visier gab den Blick frei auf den modisch gestutzten Bart, der seinen grinsenden Mund umrahmte. Es war der Reiter vom Bachlauf, der mit seinen Kumpanen zu Lud und dem Karren aus Giebelstadt geritten war und ihnen das Trinkwasser verdorben hatte. Offenbar hatte man ihn für den Zweikampf zurückbeordert. Seine Anhänger hockten hinter ihm am Hang, johlten und riefen Lud Beleidigungen zu. Er wusste, dass sie fest damit rechneten, ihn sterben zu sehen, sonst wären sie nicht so dreist gewesen.

Der Landsknecht lachte ihn unverhohlen aus. »Du armseliger Schlappschwanz!«, höhnte er.

»Du hast unser Trinkwasser schmutzig gemacht, Mann«.

»Ich heiße Ulrich.« Der Landsknecht bekreuzigte sich. »Verzeih mir, was ich dir gleich zufügen werde. Es ist nichts Persönliches, nur dass der Tod halt immer persönlich ist ... für den, der sterben muss.«

»Angeberische Worte gewinnen keine Zweikämpfe«, entgegnete Lud.

»Ist das ein osmanisches Schwert?«, fragte Ulrich, als er die Klinge in Luds Faust bemerkte.

»Es ist mein Schwert.«

»Du trägst ein Schwert des Feindes? Hörige brauchen keine solche Waffe. Gib es her.«

Lud tat so, als hätte er ihn nicht gehört. »Wir müssen nicht kämpfen«, sagte er stattdessen. »Wenn wir beide übereinkommen, die Sache auf sich beruhen zu lassen, soll es gut sein. Wir sind beide Krieger.«

»Betteln wird dich nicht retten, Pockenfresse.«

»Hör mich an. Benutz deine Ohren. Wir haben keinen Streit, du und ich.«

»Alle Welt wartet darauf, dass ich dich auseinandernehme, Pockenfresse. Der Profos und ein Obrist deines Kriegszuges haben für eine gute Schau bezahlt.«

»Sie haben bezahlt, weil sie Feiglinge sind und nicht gegen mich kämpfen wollen.«

»Genug der Worte, Schiebochse. Bereite dich auf den Tod vor.«

»Du willst also nicht hören.«

»Ich schneide dir die Maske aus der Visage.« Ulrich fletschte die Zähne und lachte dann laut.

Jetzt sah Lud, wie sein Ritter, der Profos und Obrist von Blauer sich aus der Menge lösten. Ein weiterer Mann, seiner Kleidung nach ein hoher Adliger, begleitete sie.

»Ich bin Konrad, Fürst von Thüngen«, sagte der Mann. »Der Herausgeforderte, Lud von Giebelstadt, hat die Wahl der Waffen bei diesem Zweikampf auf Leben und Tod.«

Landsknecht Ulrich verneigte sich übertrieben. »Mein Fürst, soll der Furchenzieher meinetwegen wählen, welchen Tod er sterben mag, ob schnell oder langsam. Ich werde ihm seinen Wunsch gerne erfüllen.«

Gelächter kam aus den Reihen von Ulrichs Freunden.

»Schaff ihn unter die Erde, damit es hier oben schöner wird!«, grölten sie.

Dietrich blickte zu Lud. Erst jetzt wurde Lud bewusst, dass es ein Geschenk war, eine Überraschung, ihm die Wahl der Waffen zu überlassen. Rasch ging er die Möglichkeiten durch. Er sah den Blick seines Ritters, als wollte der ihm eine stumme Nachricht schicken.

Lud blickte auf das Schwert, das er in der Faust hielt. Er war nicht vertraut mit dieser langen, geschwungenen und überraschend leichten Türkenklinge. Er kannte die Hiebe, Finten und die Paraden gut, doch seine Beinarbeit war nur durchschnittlich. Auch seine Ausweichbewegungen und Gegenangriffe mit dem Schwert waren bestenfalls Mittelmaß. Doch im Messerkampf war ihm niemand ebenbürtig.

»Nun? Welche Waffe soll es sein, Lud von Giebelstadt?«,
riss Fürst Konrad ihn aus seinen Gedanken.

Es dauerte nur eine Sekunde, bis Lud sich antworten hörte:
»Der Dolch. Und wir kämpfen ohne Rüstung.«

»Was sagt der Schiebochse?«, fragte Ulrich der Landsknecht.

»Nein, Lud!« Dietrich verzog erschrocken das Gesicht.

»Dolch, sagst du?«, mischte sich der Profos ein. »Das hier ist
keine Tavernenschlägerei, Kerl!«

»Einmal Bauer, immer Bauer«, sagte von Blauer verächtlich.

»Dummes Geschwätz«, entgegnete Lud und spie in den
Schmutz.

»Das ist kein Geschwätz«, zischte Dietrich ihm ins Ohr,
als er ihm half, die Rüstung abzulegen. »Dieser Ulrich hat seine
eigene Kampfschule. Er ist ein berüchtigter Messerkämpfer in
den Tavernen diesseits von Würzburg. Der Dolch ist eine Waffe
der allerletzten Wahl. Ich habe dich wählen lassen in der Hoffnung, du würdest dich für den Spieß entscheiden, von dem ein
Edler keine Ahnung hat.«

»Den Spieß?«

»Ja, Herrgott noch mal! Du hast deine Jungen daran ausgebildet!«

»Oh ja, und wie gut ich sie ausgebildet habe«, sagte Lud bitter.

»Mach dich nicht über dich selbst lustig, verdammter Stur-
kopf«, schimpfte Dietrich. »Verdammt, verdammt und noch
einmal verdammt.« Er schleuderte seine kostbare Rüstung aus
dem Kreis in das Gras, wo sie scheppernd landete.

Lud hatte keine weiteren Worte mehr. Seine Gedanken waren
bei seinem Dolch. Sein Körper fühlte sich leicht und wunderbar
frei an in der Jacke und der hautengen Hose. Er hatte mit dem
Messer gekämpft, solange er denken konnte. Mit kalten Augen
beobachtete er den Landsknecht, der nun von seinen Freunden
entrüstet wurde. Der Kerl blies ihm einen Kuss zu und machte
auf Höhe des Unterleibs eine obszöne Geste mit dem Dolch.

Letzte Wetten wurden ausgerufen, doch niemand setzte mehr auf Lud.

Leise hörte Lud Dietrich neben sich raunen. »Wenn er dich links bearbeitet, bring ihn dazu, nach rechts auszuweichen. Mach, dass die Schnitte sich anfühlen wie Eis, nicht wie Feuer. Teile deine Kräfte ein, dann wirst du diesen Angeber am Ende besiegen.«

Drei Priester traten aus der Menge hervor, knieten nieder, segneten die Kämpfer und machten Kreuzzeichen, die Lud aber nichts bedeuteten. Einer der drei hielt Lud ein silbernes Kruzifix hin. Lud wusste, was der Priester von ihm wollte. Er küsste das Kreuz, ohne hinzuschauen. Stattdessen waren seine Blicke unverwandt auf den Mann gerichtet, der ihn töten wollte.

Es sei denn, du tötest ihn ...

Ulrich war ein schneidiger, gut aussehender Bursche. Gott hatte ihm ein edles Antlitz geschenkt. Warum nicht das passende Herz dazu?

Lud ignorierte das Gegröle und die Anfeuerungen. Sie bedeuteten nichts. Er war die Pockenfresse, der Schiebochse, der Bauerntrampel, der Hörige – ein Niemand für diese feinen Leute. Stattdessen richtete Lud alle Sinne auf den Gegner, der prahlerisch fintierte und mit blitzender Klinge Stiche und Schnitte in der Luft vollführte. Einige Zuschauer stießen begeisterte Rufe aus, doch Lud hörte sie kaum. Er schätzte Ulrichs Klinge eine Handbreit länger als seine eigene ein. Und sie war kunstvoller, schlanker und spitzer – nicht die Arbeit eines einfachen Dorfschmieds wie sein eigener, unverwüstlicher Dolch.

Gut so.

In Augenblicken wie diesen waren seine Sinne so scharf, als betrachtete er die Welt durch ein Vergrößerungsglas. Der kostbare Dolch des Landsknechts hatte Parierstangen oben und unten, um die Hand zu schützen. Das Ende des Knaufs war ein kunstvoll verzierter Löwenkopf, während Luds Dolch eine massive Kugel zum Schlagen hatte.

Doch Lud trug seinen Dolch schon sein halbes Leben, und er

trug ihn mit Stolz. Er hatte ihn zum Erntedankfest gewonnen, bei einem Ringerwettkampf in Giebelstadt. Der wertvolle Dolch des Landsknechts kostete ohne Zweifel den Jahreslohn eines einfachen Bauern, aber die Klinge war möglicherweise nicht so hart und fest wie Luds, dessen Klinge kurz war und einen dreieckigen Querschnitt besaß. Dieser Dolch war dazu gedacht, zwischen den Gliedern eines Kettenpanzers hindurch den Weg ins Fleisch des Gegners zu finden. Luds Dolch war nahezu unzerbrechlich.

Bei diesem Gedanken wurde Lud vollkommen ruhig.

Wenn er starb, dann mit der Waffe eines Hörigen.

Und wenn er überlebte ...

Dann, um lesen zu lernen, dachte er.

Alle verließen den Kreis bis auf einen Priester, der eine lange Weidengerte zwischen die beiden Männer hielt, zum Zeichen, dass der Kampf noch nicht begonnen hatte. Die Zuschauer nahmen an den Hängen Platz und verstummten erwartungsvoll.

Lud ging in die Hocke, beide Arme angewinkelt, die Messerhand hinten, die Abwehrhand vorn, das Gewicht gleichmäßig auf beide Füße verteilt, um schnell reagieren zu können und zur Seite auszuweichen, nach der schwachen Seite seines Gegners hin. Er richtete den Blick in das grinsende Gesicht vor ihm, denn die Augen verrieten stets die Richtung des geplanten Angriffs. Luds Dolch war nun ein Teil von ihm geworden, und ringsum schien die Zeit langsamer abzulaufen.

Lud beobachtete seinen Gegner, während der Priester Worte sprach, die keine Bedeutung für Lud hatten und keinen Sinn für ihn ergaben: »Möge Gott dem Gerechten den Sieg gewähren und den Besiegten von allen irdischen Sorgen befreien.«

Dann riss der Priester die Gerte hoch und sprang rückwärts aus dem Kreis. Die Menge brüllte auf, und der Kampf begann.

Ich werde dir das hübsche Gesicht in Streifen schneiden, ging es Lud durch den Kopf.

Doch der Kampf entwickelte sich ganz anders und völlig unerwartet. Wie alles in Luds Leben.

Der Landsknecht schwenkte nach links, wollte den Gegner umkreisen, also bewegte Lud sich nach rechts. In diesem Moment erfolgte der erste überfallartige Angriff Ulrichs, ein Stich von oben. Lud wehrte ihn mit dem Unterarm der Messerhand ab. Die gegnerische Klinge zuckte dicht vor seinen Augen vorbei und verfehlte sein Gesicht nur knapp. Er versuchte den Arm des Angreifers einzuklemmen, indem er sich zur Seite warf, doch der Landsknecht entwand sich seinem Griff, und seine Klinge schlitzte beim Zurückziehen Luds Arm auf. Es war der erste Schnitt, und Lud nahm ihn hin, ohne mit der Wimper zu zucken. Der Landsknecht jedoch zwinkerte ihm spöttisch zu und setzte sein Umkreisen fort, umrundete Lud wie ein Wolf das Schaf, bevor er es tötet und frisst.

Die Menge johlte.

»Willst du mich mit deinem Schweinemesser beleidigen, Schiebochse? Ich kann kaum kämpfen vor Lachen, und dein Sterben dauert mir zu lang. Ich habe Besseres zu tun, als Pockenfressen abzustechen.«

Seine längere Klinge brachte ihm einen Vorteil in der Reichweite. Lud wusste, der Landsknecht würde versuchen, diesen Trumpf auszuspielen.

Er wird zustoßen und mich beim Zurückziehen der Klinge schneiden, um meine Deckung zu schwächen.

Lud bereitete sich auf weitere Verletzungen vor.

Der zweite Schnitt kam, als der Landsknecht einen überraschenden Ausfall zur Seite machte, den langen Dolch hinter dem Rücken. Der Mann war unglaublich schnell. Lud spürte eine heiße Woge von Schmerz, und seine Hüfte blutete. Lud war bei Weitem nicht so schnell wie sein Gegenüber, doch jetzt kannte er den Mann und wusste, wie er ihn töten konnte. Es war geradezu lächerlich einfach.

»Ulrich! Ulrich! Ulrich!«, feuerte die Menge den Landsknecht an.

Der hübsche Landsknecht stellte sich vor seinen Bewunderern zur Schau, als wäre Lud gar nicht da, und zeigte Kunststücke mit dem Dolch. Urplötzlich drehte er sich, täuschte einen Angriff vor, der auf Luds Unterleib zielte, dann auf sein Gesicht, mit blitzschnellen Schritten und unglaublichem Geschick. Lud drehte sich mit ihm, geduckt, schlurfend, nach außen hin plump.

Ihre Klingen prallten klirrend gegeneinander.

»Du armer Narr. Aber es ist ja nicht deine Schuld, was hier geschieht«, schnaufte der Landsknecht, während er Lud weiter umkreiste und sein Dolch zischend die Luft durchschnitt. »Wir alle werden mit bestimmten Gaben geboren, selbst Trolle wie du.«

Lud hörte das Gelächter kaum. Linkisch wich er den Angriffen aus, nahm kleinere Schnittwunden in Kauf und verzog jedes Mal in gespielter Angst das Gesicht. Doch sein Verstand war hellwach, sein Körper voller Kraft und Leben, und er spürte keine Schmerzen – die würden erst später kommen.

Dann legte er seinen Köder aus. Er wusste, dass das Blut aus seinen Wunden tropfte, während er unsicher kreiste und seine Bewegungen fahrig aussehen ließ, als wäre er bereits ein geschlagener Mann. Immer wieder warf er gehetzte Blicke nach außerhalb des Kreises, als wollte er fliehen.

Aus der Menge ertönten Lacher und Stöhnen. Lud wich zurück, stolperte ein wenig, als hoffte er darauf, dass irgendein Wunder ihn vielleicht doch noch retten könnte. Das Lachen wurde lauter. Einige Zuschauer zischten, andere pfiffen und buhten.

Lud sah, wie sein Fisch, der Landsknecht, auf den Köder ansprang. Sein schönes Gesicht war voller Überheblichkeit – ein schneidiger Stenz, der seinen Freunden eine Freude machen und dieses Duell nun rasch beenden wollte.

Lud sammelte all seine Kraft, die er sich in zwei Jahrzehnten brutaler Schinderei erworben hatte – Jahrzehnte des Pflügens, Säens, Erntens, Dreschens von Sonnenaufgang bis Sonnenuntergang, in strömendem Regen und sengender Sonne, bei eisiger Kälte und in dichtem Schnee. Er hatte Feuerholz geschlagen, das hart wie Eisen gefroren war, hatte dicke Eisschollen gebrochen, hatte Lasten geschleppt, unter denen zwei normale Männer zusammengebrochen wären, hatte den steinharten Boden beackert, bis er Leben und Nahrung hervorbrachte.

Lud wappnete sich, täuschte Schwäche vor und spannte seinen harten Leib wie eine Stahlfeder vor dem einen, entscheidenden Hieb, den er am besten beherrschte und auf den er nun sein Leben setzte.

Ulrich gähnte demonstrativ, wie gelangweilt. Die Menge johlte.

»Mir reicht's jetzt, Schiebochse«, verkündete er. »Ich habe Durst. Es wird Zeit, deine hässlichen Eingeweide zu verspritzen.«

Und mit diesen Worten attackierte der Schönling, lachend und siegesgewiss. Unter dem Jubel seiner Anhänger stürzte er sich auf sein vermeintliches Opfer, um ihm den Gnadenstoß zu versetzen.

16.
Kristina

Kristina hatte schon den ganzen Tag die aufgeregten Stimmen der Männer vernommen. Dann, am späten Nachmittag, war Lud verschwunden. Nur Tilo war beim Wagen geblieben, ein verdrießlicher junger Bursche, der in der Schlacht unverletzt geblieben war. Lud hatte ihm befohlen, die Insassen des Wagens zu bewachen und ihnen zu helfen, falls nötig.

Kristina fragte Rudolf und Simon, doch beide schüttelten den Kopf. Sie wussten von nichts. Und Tilo wollte nicht antworten, als sie ihn fragte, was los sei. Auch Kaspar wollte nicht mit ihr reden.

»Was geht da vor?« Kristina ließ nicht locker.

»Wir dürfen nicht darüber sprechen«, sagte der Kleine Götz. »Lud hat es verboten.«

»Und wir verpassen alles«, fügte Tilo mit säuerlicher Miene hinzu. »Leider.«

»Möge Gott ihnen vergeben«, sagte Berthold leise.

Mit einem Mal wusste Kristina, was Luds Abwesenheit zu bedeuten hatte. Sie hatte drei Abende zuvor den Streit der Männer draußen vor dem Wagen und die damit einhergehende Herausforderung mitbekommen. Gleich am nächsten Morgen hatte sie mit Lud geredet, hatte ihn angefleht, niemanden zu töten und sich nicht um ihrer Leute willen umbringen zu lassen. Doch Lud hatte nur stumm den Kopf geschüttelt.

»Ist es wahr, was man sich erzählt?«, hatte er schließlich gefragt. »Ihr alle könnt lesen?«

»Ja«, hatte Kristina geantwortet.

»Und doch begreift ihr nichts«, hatte Lud gesagt und sich abgewandt.

»Ein Zweikampf«, sagte Rudolf nun düster. »Das ist alles, was ich weiß. Irgendjemand wird sterben.«

»Ja, ein Duell«, sagte der Osmane leise. »Ein Kampf um die Ehre, auf Leben und Tod. Es würde euch nicht gefallen.«

»Gefallen?« Kristina fragte sich, wie um alles in der Welt jemand Gefallen an etwas so Schrecklichem haben konnte.

Sie hörte das ferne an- und abschwellende Johlen der Männer, das vom Wind herangetragen wurde.

Das Duell.

Lud kämpfte um Leben und Tod.

Kristina hatte den Profos gehört, drei Abende zuvor, draußen vor dem Wagen, im Streit mit Lud. Der dicke Mann hatte ihm gedroht, ihn gegen einen gefährlichen, unbesiegten Landsknecht kämpfen zu lassen.

Jetzt war es so weit.

Kristina sprang aus dem Wagen. Hinter sich hörte sie die gedämpfte Stimme ihres Mannes.

»Bleib hier«, raunte Berthold. »Wohin gehst du? Komm sofort zurück!«

Sie bewegte sich zwischen den Zelten und den anderen Karren hindurch. Sie sah einen Eimer, hob ihn auf und durchquerte damit das nahezu verlassene Lager. Die meisten Soldaten hatten das Lager verlassen, um sich den Zweikampf anzuschauen. Wenn jemand zu ihr blickte, würde er sie für irgendeines der Mädchen im Lager halten, das Wasser holen ging.

Ihr drängte sich der Gedanke auf, dass Lud für sie und die anderen kämpfte. Oder hatte er die Herausforderung aus Stolz angenommen? Wie dem auch sei – wäre Lud der Aufforderung des dicken Profos nachgekommen und hätte sie, Kristina, und die anderen Frauen den Soldaten überlassen, wären sie nun Vergewaltigungen und Demütigungen ausgeliefert, und Lud würde nicht dem Tod oder schwerer Verwundung ins Auge blicken.

Kristina wollte nicht, dass dieser Zweikampf stattfand, wollte nichts davon sehen … und doch musste sie weiter, musste irgendwie Luds Angst und Schmerz teilen.

Unbehelligt bewegte sie sich zwischen den Zelten und Wagen hindurch und näherte sich dem Hügel, hinter dem der Lärm erklang. Als Kristina das Lager hinter sich gelassen hatte, ließ sie den Eimer fallen, kletterte den Abhang hinauf und bahnte sich einen Weg durch das Gestrüpp bis ganz nach oben auf die Kuppe.

Dort angekommen, hielt sie inne und sank auf die Knie. Unter ihr, auf den Hängen rings um eine Senke, hatte sich eine riesige Menge eingefunden, die lautstark die beiden Kämpfenden anfeuerte. Zwei frisch gezimmerte, schmucklose Holzsärge lagen gleich hinter dem markierten Kreis, in dem die beiden Gegner einander lauernd umkreisten.

Plötzlich war Bewegung neben Kristina. Sie blickte auf und sah Grit, die ihr gefolgt war. Sie ging neben Kristina auf die Knie, und gemeinsam schauten die beiden Frauen durch das Gestrüpp nach unten in die Senke.

»Männer!«, flüsterte Grit mit trauriger Bitterkeit in der Stimme. »Meine beiden Männer sind auf diese Weise gestorben. Für nichts und wieder nichts.«

Kristina beobachtete das Geschehen unter ihr. Sie sah zwei Gegner, die einen seltsamen Tanz in dem Kreis vollführten. Einen wilden Tanz mit Messern, die nur silberne Schemen waren. Einer der Männer war Lud, und es war offensichtlich, dass er nicht so gut tanzte wie der andere.

Ich darf nicht hinschauen, dachte sie.

Doch sie konnte den Blick nicht abwenden. Sie wollte näher heran und erhob sich, doch Grit packte sie bei der Hand und hielt sie fest.

Kristina beobachtete, wie Lud von einem geschickten, weit überlegenen Gegner immer und immer wieder verwundet wurde. Doch Lud kämpfte weiter, unbeirrt, nahm Schnittwunde um Schnittwunde hin, Spott und Hohngelächter, und jedes Mal stöhnte Kristina auf.

Irgendwann schien Lud langsamer zu werden. Offenbar verließ ihn der Mut. Schließlich schien sein Gegner des Kampfes überdrüssig zu werden und machte Anstalten, ihn zu beenden.

Lud stirbt.

Kristina wollte schreien, und vielleicht schrie sie auch, doch jedes Geräusch wurde übertönt vom Johlen, Pfeifen und Grölen der Soldaten, die sich dort unten um das Spektakel drängten. Noch immer auf den Knien, verfolgte Kristina den Kampf. Sie konnte nicht beten, denn wozu hätte sie ein Gebet sprechen sollen? Dafür, dass einer der beiden starb, damit der andere am Leben blieb?

Du darfst nicht sterben, Lud. Du bist ein guter Mann.

Das Lärmen der Zuschauermenge erreichte einen neuen Höhepunkt.

»Jetzt ist es so weit«, flüsterte Grit neben ihr. »Gleich kommt der Todesstoß.«

Lud blutete heftig an der Hüfte, und sein linker Arm war übel zugerichtet. Er hing kraftlos an seiner Seite herab, als er sich drehte.

Lachend, im sicheren Gefühl des Triumphs sprang der andere vor, um Lud den Rest zu geben.

Doch mit einem Mal straffte Lud sich, als hätte er nicht die kleinste Wunde davongetragen. Beinahe spielerisch fing er den Arm des Landsknechts mit der linken Hand ab, klemmte ihn ein wie in einem Schraubstock. Und dann, mit einer ebenso plötzlichen wie gewaltsamen Drehung, schleuderte er seinen völlig überraschten Gegner mit wilder Kraft zu Boden und rammte ihm das Knie mit dem ganzen Gewicht seines Körpers auf die Brust. Die Klinge segelte flirrend durch die Luft. Der Landsknecht riss Mund und Augen auf. Im gleichen Augenblick war das grässliche Krachen splitternder Knochen zu hören, laut wie ein umstürzender Baum, das bis zu Kristina heraufhallte.

»Mein Gott ...«, flüsterte Grit, gebannt von diesem unglaublichen Schauspiel.

Die unerwartete, brutale Gewalt von Luds Gegenangriff ließ die Menge verstummen. Manch einer stand starr vor Schrecken da.

Kristina versuchte wegzuschauen, doch sie konnte es nicht. Lud kniete auf der Brust seines besiegten Landsknechts und beugte sich langsam zu ihm hinunter. Sein Blut tropfte vom verletzten Arm in die Haare des Gegners, als er mit der linken Hand dessen Schopf packte und den Kopf des Mannes nach hinten riss. Mit einer blitzschnellen Bewegung lag die Klinge seines kurzen Dolches an der Kehle des Landsknechts. Doch statt ihm die Gurgel durchzuschneiden, fuhr die Klinge an der Seite nach oben, und das Ohr des Mannes fiel in einem Schauer aus Blut zu Boden.

Die Zuschauer in der Nähe wichen entsetzt zurück.

Der geschundene Landsknecht bockte und kreischte in Luds unbarmherzigem Griff wie ein sterbendes Tier.

»Er braucht keine Ohren!«, brüllte Lud in wilder Wut. »Er wollte ja nicht hören!«

Lud saß auf seinem Gegner wie auf einem bockenden Pferd, hielt ihn eisern fest, zwang den Kopf des Mannes herum und schnitt ihm auch das andere Ohr ab. Dann nahm er beide Ohren, erhob sich und schleuderte sie in die Menge. Einige versuchten sie aufzufangen, andere duckten sich entsetzt zur Seite.

Lud stand tief gebeugt über dem sich am Boden windenden Mann, der jämmerlich stöhnte und sich mit blutigen Fingern den Kopf hielt.

»Pockenfresse, Bauerntrampel, Schiebochse … ja, das alles bin ich, Lud aus Giebelstadt. Aber sieh dich an. Wie wird man *dein* Gesicht in Zukunft nennen?«

Noch immer gelang es Kristina nicht, den Blick abzuwenden; wie gebannt schaute sie nach unten in die Senke.

»Gütiger Gott«, hörte sie Grit neben sich flüstern.

Kristina sah, wie Lud stolperte, wie seine Beine nachgaben. Er blickte sich um, als versuchte er sich zu erinnern, wo er war.

Sie sah, wie der Ritter mit Namen Dietrich in den Kreis trat, um Lud zu stützen – der Erste, der ihm half.

Sie spürte, wie Eiseskälte in ihr Herz kroch.

So viel Gewalt, so viel Unbarmherzigkeit.

Warum lässt du so etwas zu, Gott?

»Gib ihm den Rest! Los, töte ihn!«, rief in diesem Augenblick eine Männerstimme ganz in der Nähe.

Kristina blickte erschrocken auf und sah Rudolf, der neben Grit kauerte. Sein milchiges Auge blinzelte wie das eines Dämons, und seine Kiefer mahlten. »Töte ihn! *Töte ihn!*«

Ohne nachzudenken, sprang Kristina auf und rannte den Hang hinunter, zwischen den Männern hindurch. Ihr langes schwarzes Reisegewand flatterte hinter ihr wie eine schwarze Flagge, die den Tod ankündigte.

17.
Lud

*I*n seiner grellen Wut hatte Lud dem Gegner die Ohren genommen und ihn für immer verunstaltet. Der besiegte Landsknecht zappelte und hielt seinen Kopf umklammert. Blut strömte zwischen seinen Fingern hindurch. Lud spürte, wie die Erschöpfung ihn übermannte und der Anblick des geschlagenen Mannes seine Wut verrauchen ließ. Der Stolz seines Gegners war gebrochen – für immer und alle Zeit. Nie wieder würde er jemanden verhöhnen. Mit seinen hervorquellenden Augen und seinen winselnden Schreien sah er aus wie ein kleiner Junge – ein geschlagenes Kind, das zappelte, schrie und heulte.

»Jetzt bist du an der Reihe, mein Hübscher«, sagte Lud, wobei er sich über den Landsknecht beugte. »Jetzt bist du an der Reihe, den Troll zu spielen.«

Ringsum an den Hängen tobte die geschlagene Armee. Die Männer johlten, klatschten, brüllten. Lud spürte sie rings um sich her, hörte sie wie das Grollen und Fauchen einer riesigen, wütenden Bestie, doch er sah sie nicht. Er sah nur, was er getan hatte. Er hatte ein menschliches Antlitz verstümmelt. Welche Schönheit dieses Gesicht auch besessen hatte, nun war es für immer hässlich, unaussprechlich hässlich.

Wie er selbst.

»Ulrich!«, tobten die Freunde des Landsknechts. »Hoch mit dir!«

»Töte ihn, Lud! Schick ihn zur Hölle!«, rief die Gegenseite, die Soldaten der geschlagenen Armee.

Lud trat zurück. Er beachtete die Rufe nicht. Mit einem Mal fühlte er sich wie an einem fremden Ort unter fremden Menschen. Er fühlte sich allein. Er empfand keinen Siegesrausch, nur Erleichterung und die vertraute Scham, die ihn nach einem Kampf stets überkam.

Tiefe Müdigkeit erfasste ihn, als die Spannung von ihm

wich. Zugleich spürte er, wie Bitterkeit und Zorn aus ihm strömten wie das Blut aus seinen Wunden.

Es war vollbracht. Und er hatte überlebt.

Das Gebrüll verstummte nach und nach, wich Raunen und Gemurmel. Lud wusste, was er da hörte: Wetten wurden eingelöst.

Diese Erkenntnis brachte ihn wieder zu sich. Unsicher richtete er sich auf. Hände schlugen ihm auf den Rücken, und er hörte raue Stimmen, die ihn hochleben ließen, doch er wollte das alles nicht. Er suchte nur nach dem einen, dem einzigen Menschen, dem er vertraute und den er liebte …

»Dietrich«, sagte er mit schwacher Stimme. »Dietrich …«

Nie hatte er mehr Abscheu und Ekel verspürt als in diesen Augenblicken. Diese Männer hatten ihn beschimpft, verspottet und verhöhnt, und jetzt kamen sie herbeigerannt, um ihn hochleben zu lassen, ja, ihn anzubeten. Jetzt war er ihr Held.

Lud stieß sie alle von sich bis auf den Ritter, auf den er sich stützte und auf dessen Kleidung nun sein Blut tropfte.

»Dietrich«, sagte er noch einmal. »Dietrich …«

Es war kaum mehr als ein Flüstern.

»Bring es zu Ende«, sagte Dietrich leise. »Töte ihn.«

»Nein«, sagte Lud. »Er soll wissen, wie es ist.«

»Was soll er wissen?«

Doch Lud antwortete nicht mehr. Seine Knie gaben nach. Er wollte einfach nur schlafen. Zahlreiche Fremde sprangen herbei, um ihn zu stützen. Dabei trampelten und stampften sie um den sich windenden, jammernden Landsknecht herum, als wäre er ein Niemand.

»Männer aus Giebelstadt!«, rief Dietrich in die Menge und stieß seinerseits fremde Männer von sich, die Lud berühren wollten. »Hierher! Wir brauchen eure Hilfe! Nur Männer aus Giebelstadt, hört ihr?«

Endlich griffen starke Hände zu und trugen Lud durch das grelle Sonnenlicht. Aller Schmerz war verschwunden.

»Lasst mich zu ihm! Lasst mich durch«, hörte er eine Frau rufen. Oder war es nur Einbildung? Lud fühlte sich schläfrig und angenehm leicht, als er in den Armen der anderen über dem Boden schwebte. Er sah die Welt wie durch ein trübes Glas, und die Blätter der Baumwipfel tanzten träge in der heißen Sonne.

Dann wurde ihm kalt, und er fing an zu zittern. Unter ihm gähnte mit einem Mal undurchdringliche, lockende Dunkelheit und friedliche Stille. Für einen Moment kämpfte er dagegen an, dann ließ er los, sank tiefer und tiefer, während es immer kälter wurde, immer stiller, bis alles so kalt und lautlos war wie der Tod.

Würzburg

18.
Konrad

*K*onrad stand auf dem Wall der Festung Marienberg, hoch über der Stadt Würzburg, wo er als Gast des Bischofs in einem Turmquartier logierte, das seinem fürstlichen Rang durchaus angemessen war.

Er blickte von der hohen Mauer hinaus auf die Dächer der großen Stadt und den Main mit seiner massiven Steinbrücke. Der Fluss schimmerte grün im Licht der Sonne. Hier oben fühlte Konrad sich stark. Hier oben war die Welt rein. Hier oben war er größer und näher am Himmel, näher bei Gott, fern vom Schmutz und Unrat der Welt unter ihm mit all dem Blut, den Plagen, Ängsten, Schmerzen und Entbehrungen.

Wie hatte Gott nur eine so mangelhafte Wirklichkeit erschaffen können?

Neben Konrad raschelte Stoff. Fürstbischof Lorenz von Bibra rührte sich. Der asketische, drahtige Mann war glatt rasiert wie Konrad, doch er war älter, noch hagerer und in seinem Verhalten mitunter unberechenbar, was Konrad oft verärgerte.

Im Westen hingen bedrohliche schwarze Wolken. Eine frische Brise hatte sich erhoben und zupfte an der Kleidung der beiden Männer. Ein blasser junger Priester hielt die lange Schleppe des Fürstbischofs.

»Da!«, sagte Konrad, als er den fernen, an- und abschwellenden Trommelwirbel vernahm, dessen Geräusch der Wind herantrug.

Am Wasser unweit der Brücke versammelten sich die Schiffer, und die Stadtbevölkerung war herbeigeeilt, um ihre heimgekehrte Armee zu begrüßen und das Freibier zu genießen, das zur Feier der Ankunft freigebig ausgeschenkt wurde. Die ganze Stadt war auf den Beinen, um der langen Kolonne zuzuschauen, die sich Würzburg näherte.

Der Fürstbischof wandte sich an den blassen Priester. »Bruder Basil, wurden die Flugblätter verkauft?«

Konrad lächelte, als er an die Flugblätter aus der klösterlichen Druckerpresse dachte mit den kitschigen Geschichten über tapfere Ritter, die böse Türken niedermetzelten und gefangene Jungfrauen aus den Händen finsterer Kalifen befreiten. Konrad staunte nicht wenig darüber, dass Menschen, die wohlhabend genug waren, um lesen und schreiben zu können, so einfach zu täuschen waren. Dass Lesen und Schreiben immer größere Verbreitung fand, trug jedenfalls nicht zur Vertreibung von Dummheit und Ignoranz bei.

»Jawohl, hochwürdigster Herr«, beeilte sich der Priester zu antworten. »Sie waren recht schnell ausverkauft.«

»Ausgezeichnet«, sagte der Fürstbischof zufrieden.

»Nichts anderes habe ich erwartet«, schmeichelte der Priester. »Immer denkt Ihr weiter voraus als alle anderen, Exzellenz. Gott segne Euch. Könnten mehr Leute lesen, würden wir noch mehr Exemplare verkaufen.«

»Mag sein, aber nur ein gefestigter Geist oder der eines Edlen sollte lesen können«, sagte der Fürstbischof belehrend. »Ein Feuer wärmt den Herd, doch es ist das gleiche Feuer, das ein Haus zum Einsturz bringen kann. Das Lesen ist wie eine Flamme, die man stets unter Kontrolle haben muss, damit sie nicht wild um sich greift.«

»Wahr gesprochen, Exzellenz.«

Der Bischof wandte sich Konrad zu. »Hat dein Asthma dich beeinträchtigt auf deiner Reise?«, erkundigte er sich.

»Ich halte es unter Kontrolle, wie ich auch mich selbst in allen anderen Dingen unter Kontrolle halte«, erwiderte Konrad. Er war ein wenig verärgert angesichts der Erwähnung seiner Schwäche, ließ sich aber nichts anmerken. »Euer Gnaden«, fügte er eilig hinzu.

»Gut. Ich habe für dich gebetet.«

»Und ich für Euch, Euer Gnaden.«

»Was denkst du, mein lieber Konrad? Sollen wir die Ritter später im Kiliansdom willkommen heißen, vor der heiligen Maria? Oder lieber bei Adam und Eva am Südportal?«

288

»Eine Taverne wäre besser geeignet, wage ich zu behaupten«, erwiderte Konrad.

»Ritter!«, stieß Fürstbischof Lorenz hervor. »Sie sind wild und hochmütig. Und doch können wir ohne ihre Hilfe nicht regieren. Aber im Ernst, mein lieber Fürst. Welches Bildnis hat deiner Meinung nach die nachhaltigste Wirkung auf die Stimmung der Männer?«

»Ich würde die Madonna empfehlen, um uns ihren Respekt zu erhalten. Eva war immer zu hübsch für meinen Geschmack. Die Gedanken der Ritter würden vom Bildnis Evas ... nun ja, irregeleitet. Sie betrinken sich, um ihren Zorn zu bekämpfen, Euer Gnaden, und sie haben lange keine Frauen gesehen. Lust, Zorn und Bier sind gefährliche Drillinge.«

»Dann also die Madonna. Sie ist keusche Vollkommenheit in der heiligsten und reinsten Form.«

In diesem Moment sah Konrad die ersten Truppen bei der Brücke auftauchen. Vorne waren die Ritter auf ihren erschöpften Pferden. Sie paradierten nicht, boten aber auch so noch einen imposanten Anblick in ihren Prunkrüstungen.

»Nicht übel«, sagte der Fürstbischof. »Die Mannschaften sehen ganz ordentlich aus, die Spieße hoch erhoben, und die Männer singen, wenn auch nicht aus vollem Herzen, aber immerhin. Gut gemacht, Konrad.«

»Oh nein, Euer Gnaden, das alles ist allein Euer Verdienst«, antwortete Konrad. »Die Verwundeten sind in den Wagen draußen vor den Toren der Stadt zurückgeblieben, und wir haben neue Banner ausgegeben. Unsere kleine Armee kehrt nach Würzburg zurück und bietet den Stadtbewohnern den Anblick eines siegreichen Heeres.«

Der Bischof saugte zischend Luft durch die Schneidezähne, wie häufig, bevor er eine Entscheidung traf. Konrad wartete.

»In der Tat«, sagte der Bischof schließlich. »Lass während der abschließenden Zeremonien bei der Madonna Belohnungen für Tapferkeit austeilen. Aber vergiss nicht, die ausgehobenen Hörigen sind arme Leute. Sie kämpfen wie Maultiere. Die Ritter dort unten hingegen, die brauchen wir wieder, und zwar schon bald.«

»Zu welchem Zweck benötigen wir unsere Ritter schon so bald wieder, wenn ich mir die Frage erlauben darf?«, wollte Konrad wissen.

»Ein neues Edikt wurde erlassen. Bei Hofe hat man das Gefühl, dass die Grenzstreitigkeiten schlecht sind für die allgemeine Stimmung in der Bevölkerung. Es ist Zeit für eine neue Inquisition. Ketzer haben sich unter den Druckern der Stadt eingenistet. Tag für Tag finden sich ihre Pamphlete auf dem Marktplatz. Sie verkaufen ein Mehrfaches an Blättern als die heilige Mutter Kirche, wurde mir berichtet. Nun, wir werden dem bald ein Ende bereiten. Die Ritter erhalten eine Gelegenheit zur Wiedergutmachung.«

Konrad dachte an die Vereinbarung, die er mit Dietrich getroffen hatte. Lud, der Hörige des Ritters, hatte den Landsknecht ehrlich und anständig besiegt, und die Wette lief, dass der Türke ein Geschenk Giebelstadts war und nicht Konrads. Seine Spione im Lager der Armee hatten ihm berichtet, dass Dietrich die Ketzer getreu seinem Wort draußen vor der Stadt freigelassen hatte, als Dank für die Pflege seiner Verwundeten und des Türken. Wenigstens das hatte Konrad gegen Dietrich in der Hand, falls es zum Streit um den Türken kam. Er hätte diese Ketzer der Kirche ausliefern müssen.

Konrad wandte sich dem Fürstbischof zu. »Wir bringen euch ein ganz besonderes Geschenk, Euer Gnaden.«

»Ein Geschenk? Was für ein Geschenk könnte dieses Desaster uns beschert haben?«

»Eine Geisel. Sein Name ist Mahmed. Er ist ein osmanischer Edelmann von niedrigem Rang, aber nichtsdestotrotz eine wertvolle Geisel. Wir haben ihn für Euch gefangen, unseren heiligen Fürstbischof, als ein Zeichen unserer Liebe und Hingabe.«

»Mahmed?« Mit einem Mal schlug die Stimmung des Fürstbischofs um. Sein Missmut wich einem beinahe jungenhaften Frohsinn. »Eine Geisel? Ein Edelmann, sagst du?«

»Ja, Euer Gnaden.«

»Spielt er Schach?«

»Schach?« Konrad blinzelte verwirrt.

»Hat das Duell dich taub gemacht, mein Lieber?«

»Euer Gnaden, ich verspüre nicht das geringste Bedürfnis, die persönlichen Gewohnheiten eines Muselmanen zu erforschen.«

»Du sagst, er ist Osmane, ein Edelmann. Der Name Mahmed wird häufig von sehr vornehm Geborenen getragen. Hast du dich denn nicht mit ihm unterhalten? Welche Schlafgewohnheiten hat er? *Wie* schläft er? Wie gut kann er lesen? Was ist sein Lieblingswein? Habt ihr über Poesie gesprochen?«

»Diese Fragen kann ich nicht beantworten, Euer Gnaden, denn der Muselmane ist verwundet.«

»Verwundet? Wieso?«

»Er hat gekämpft, Euer Gnaden. Er wurde in der Schlacht überwältigt.«

»Tatsächlich? Dann ist er Soldat?«

»Er ist mit den Janitscharen geritten. Man glaubt, dass er den Angriff des Feindes geplant und geleitet hat. Das Zeitfenster war sehr gut ausgewählt – ein kurzer Augenblick der Ruhe in einem Sturm, sodass wir kaum unsere Spießträger in Formation bringen konnten, geschweige denn unsere Reiterei. Sein Plan war ein Geniestreich.«

»Dann ist er zweifellos ein guter Schachspieler. Er wird verwegen angreifen und jedes Zaudern zu seinem Vorteil nutzen.«

»Unsere Truppen haben nicht gezaudert, Euer Gnaden. Die Ritter haben sich formiert, nachdem die Reihen der Spießgesellen durchbrochen waren. Dietrich von Geyer soll gekämpft haben wie ein Wolf, wie mir zu Ohren gekommen ist.«

»Ich weiß, dass ihr beide gemeinsam aufgewachsen seid, also treib keine Spielchen mit mir. Ich weiß auch, dass unsere Anführer überlistet wurden, nicht unser Heer. Unsere Truppenführer sind weiß Gott nicht die hellsten.«

»Ja, Euer Gnaden. Trotzdem, Dietrich hat sich wacker geschlagen. Es ist ihm zu verdanken, dass uns die Vernichtung erspart blieb, indem er den Türken als Geisel nahm.«

»Unsere Geisel, der Osmane. Ein Edelmann mitten im dichtesten Schlachtgetümmel. Man stelle sich vor! Wirklich bemerkenswert. Ich möchte ihn sehen, sobald er wieder in der Lage ist, an einem Tisch zu sitzen. Wer versorgt seine Wunden?«

Konrad dachte daran, was Dietrich ihm erzählt hatte, und empfand Dankbarkeit für die junge Ketzerin, die die Wunden des Türken verbunden und auf diese Weise verhindert hatte, dass er verblutet war. Er fragte sich, was er empfinden würde, wenn er den Todeskampf dieses Mädchens auf dem Scheiterhaufen verfolgte, wenn ihre Haare in Flammen aufgingen, wenn sie sich in den Ketten wand und schrie, wie es sicher bald der Fall sein würde. Denn es war vorhersehbar, dass sie wieder und wieder törichterweise den Mund aufmachen und versuchen würde ihre Irrlehren zu verbreiten, bis man sie zu fassen bekam. So war es bei vielen Ketzern in ihrer Verblendung. Man würde sie verhören und verurteilen, und indem sie auf den Scheiterhaufen ging, würde sie unwissentlich das Werk der heiligen Mutter Kirche tun. Jedenfalls würde ihr Leiden in den feurigen Qualen des Scheiterhaufens und den ewigen Flammen der Hölle die Öffentlichkeit vor Ketzerei und Gotteslästerung warnen. Die Kirchen würden wochenlang bis zum Überquellen gefüllt sein mit den Ängstlichen, Zweifelnden und Zaudernden, die ihre Eide erneuern und eifrig spenden würden. So war es immer schon gewesen nach einer Verbrennung. Der Glaube der Massen wurde in den Flammen geläutert und erneuert.

Lorenz' Stimme riss Konrad aus seinen Gedanken.

»Ich hatte dich gefragt, wer sich um die Wunden des Türken kümmert. Nun?«

»Oh, verzeiht. Unsere besten Chirurgen haben den Muselmanen gerettet«, sagte Konrad. Das stimmte aber nur insofern, als dass der Türke inzwischen in ihrer Obhut war, nachdem Dietrich die Ketzer draußen vor den Stadtmauern freigelassen hatte.

Dem Fürstbischof war anzusehen, dass er sich Sorgen machte. »Unsere Chirurgen behandeln ihn? Heilige Mutter Maria, hab Erbarmen. Die Feldscher tun wenig mehr als Schneiden, Sägen und zur Ader lassen. Das ist alles, was sie können. Er soll sofort von dort weggeschafft werden, hörst du? Lass ihn zu den Ärzten auf der Festung bringen, in meine eigenen Gemächer. Jetzt, auf der Stelle. Er ist unser Gast, und er ist unsere einzige Prise, unser einziger Sieg.«

»Wie viel ist der Türke Eurer Meinung nach an Lösegeld wert?«, fragte Konrad. »Wie ich bereits sagte, hat mein Vetter Dietrich ihn gefangen genommen. Selbstverständlich macht er ihn der heiligen Mutter Kirche zum Geschenk – ein Geschenk Giebelstadts. Wäre es dennoch möglich, Dietrich am Lösegeld teilhaben zu lassen? In Maßen, versteht sich.«

Der Fürstbischof schmunzelte. »Konrad, Konrad. Denkst du denn nur an Geld, von dem wir ohnehin nie genug haben? Du musst eine höhere Warte einnehmen, weiter blicken und denken. Wie der Fürst, der du bist.«

»Verzeiht, aber wie meint Ihr das?«

»Nun, vielleicht können der Osmane und ich gemeinsam über den Frieden verhandeln. Die Ritter wären dann nicht mehr notwendig, und das würde uns Unsummen ersparen.«

»Aber *Ihr* habt unsere Streitmacht hinausgeschickt, um zu kämpfen.«

»Das war notwendig. Der Kaiser hat es von mir verlangt. Ich musste gehorchen, so sehr es mir widerstrebte. Hast du einmal darüber nachgedacht, wie viel Geld ein Friede retten würde? Wie viele Leben verschont blieben? Wie viele neue Denkmäler und Kirchen wir errichten könnten, zum Lobe Gottes und zur Festigung des Glaubens? Du solltest dir allmählich Gedanken darüber machen. Ich werde alt, und du bist mein wahrscheinlicher Erbe im Amt des Fürstbischofs.«

»Euer Erbe? Ich habe keinen dahingehenden Wunsch, Euer Gnaden.« Konrad spürte, dass sein Gesicht rot anlief, denn er fühlte sich ertappt. Seine Antwort war eine Lüge: Er wollte dieses Amt, wollte es mehr als alles andere. »Die Verantwortung, die Ihr tragen müsst, ist erdrückend.«

»Mein guter Konrad, ich habe dieses Amt anfangs aus purem Eigennutz angestrebt, um meine vielen Verwandten zu beschäftigen. Deine Familie wird das Gleiche von dir erwarten, wenn du nach meinem Tod der neue Fürstbischof wirst. Ist es nicht so? Setzen sie dich nicht schon jetzt unter Druck?«

Konrad wollte ihn unterbrechen, doch Lorenz hob Schweigen gebietend die Hand.

»Ich weiß, du möchtest widersprechen, Konrad, aber hör mir zu. Können wir nicht trotzdem zum Wohle aller arbeiten? Um den Glauben zu stärken? Neue Kirchen sorgen für einen festeren Glauben bei den zahllosen Menschen, die nicht lesen können. Sogar bei einigen, die das Lesen und Schreiben beherrschen.«

»Gewiss, Herr«, sagte Konrad. *So ein anstrengender alter Bastard.*

»Falsch zu spielen kann zu einer schlechten Angewohnheit werden«, fuhr der Bischof fort, als hätte er Konrads Gedanken gelesen. »Und jede schlechte Angewohnheit wird irgendwann zu einem Laster, einem Fluch.«

»Gewiss, Euer Ehren«, murmelte Konrad.

»Stell dir vor, all unser Geld würde in Kunst und Bildung fließen, in die Bekämpfung des Analphabetentums, nicht in Armeen und Kriege.«

»Wollt Ihr denn, dass *jeder* lesen kann? Selbst jene, die die Autorität unserer heiligen Mutter Kirche anzweifeln?«

»Fünfzehnhundert Jahre lang hat unsere Kirche die Fackel des Lichts gehalten, um unseren Schäfchen den rechten Weg zum Glauben und zu Gott zu erleuchten. Ich würde gerne *jeden* erleuchten, denn das könnte der Anfang des Himmels auf Erden sein, und das Ende allen Hasses.«

»Ich weiß nicht, wie man beides haben könnte«, sagte Konrad. Er spürte, wie es zwischen seinen Schläfen pulsierte.

»Dann lies mehr, *lerne* mehr. Und vor allem: liebe mehr.«

Diesmal erwiderte Konrad nichts.

19.
Kristina

Nach dem heißen Tag des Zweikampfes hatte es die Nacht über geregnet, wie am folgenden Tag auch, und nun troff die Plane über dem Wagen von Nässe. Während der ganzen Zeit hatte Lud bewusstlos zwischen Kristina und Grit unter einer Laterne am offenen Ende des Wagens gelegen. Die anderen hatten geschlafen oder den beiden Frauen zugeschaut. Der Türke saß aufrecht an seinem Platz und beobachtete Kristina und Grit bei ihrem Tun.

»Ihr habt den Türken gerettet, ihr könnt auch Lud retten. Ihr müsst«, hatte Dietrich gesagt, als er vorbeigekommen war und einen Blick in den Wagen geworfen hatte. Kristina hatte zu zählen aufgehört, wie oft der Ritter seither da gewesen war, um nach Lud zu sehen. »Lebt er?«, fragten andere, und Grit nickte stets nur. Rudolf schien sich die größten Sorgen zu machen. Er war stets in der Nähe, stets bereit, etwas zu holen oder sonst wie zu helfen.

»Damals, als Gehilfe des Magistrats, hatte ich oft derartige Zweikämpfe gesehen, aber Gott hilf mir, das war das erste Duell, bei dem das Leben eines Mannes auf dem Spiel stand, den ich kenne und der mir etwas bedeutet. War es falsch von mir zu wünschen, dass er den Landsknecht tötet, auch wenn es nur zur eigenen Verteidigung geschah?«

»Wir werden gemeinsam beten«, sagte Berthold anstelle einer Antwort.

»Steht nicht im Heiligen Buch, dass selbst ein Vogel das Recht hat, sein Nest zu verteidigen?«, fragte Simon. »Was also soll daran falsch sein?«

»Wo bleibt die Liebe?«, entgegnete Berthold.

Kristina und Grit hatten nicht weniger als sieben Schnittwunden Luds genäht. Grit hatte die Wunden mit abgekochtem Wasser gereinigt und zusammengehalten, während Kristina sie genäht hatte. Fünf Schnitte an den Schultern, den Unterarmen und der Hüfte waren unbedeutend. Die beiden schlimmsten Wunden waren auf der linken Seite, eine am Oberarm, der andere nah bei der Kehle bis hinunter zum Schlüsselbein. Diese beiden Wunden nässten selbst jetzt noch, einen ganzen Tag später, durch sämtliche Verbände hindurch.

»Wird er überleben?«, fragte Kristina in der zweiten Nacht, nachdem Lud die Augen langsam aufgeschlagen hatte, um sie dann sofort wieder zu schließen.

»Sein gestern noch unruhiger Atem geht jedenfalls wieder ruhig und gleichmäßig«, antwortete Grit. »Aber er hat viel Blut verloren.«

»Er hat die Schnittwunden hingenommen und seinem Gegner zur Abwehr die Seite zugewandt«, sagte der Türke leise. »Er wusste, dass der andere ihn verwunden würde. Auf diese Weise hat er gesiegt. Das nenne ich Mut.«

»Niemand hier interessiert sich für die Art und Weise des Tötens«, murmelte Grit.

»In diesem Fall bitte ich um Verzeihung«, antwortete der Türke. »Ich muss mich erleichtern, bin aber noch zu schwach, um mich ohne Hilfe auf den Beinen zu halten. Hilft mir jemand?«

»Ich«, sagte Kristina und führte den verwundeten Mann langsam nach draußen und half ihm behutsam vom Wagen. Er stützte sich schwer auf ihre linke Schulter, um seine verwundete rechte Seite zu schonen. So nah vor Würzburg hatten sie keine Wachen mehr aufgestellt, und Kristina fühlte sich auf seltsame Weise allein mit dem Türken, auch wenn er so schwach war wie ein kleines Kind.

Sie half ihm, hinter einem Strauch in die Hocke zu gehen; dann wandte sie sich ab und blickte zum Himmel. Wolken jagten dahin und rissen da und dort auf; dahinter kamen die funkelnden Sterne zum Vorschein wie winzige Leuchtfeuer auf einem endlosen schwarzen Meer.

Als der Türke fertig war, zog er sich hoch, und sie gingen ein paar Schritte. An einer Lichtung zwischen den Bäumen blieb er unvermittelt stehen.

»Kristina, warum kehrst du mit den Papisten zurück, um dich auf dem Scheiterhaufen verbrennen zu lassen?«, fragte er leise und in makellosem Hochdeutsch.

»Uns wird nichts geschehen. Ihr Anführer hat versprochen, uns vor den Toren der Stadt freizulassen«, antwortete sie. »Lasst uns jetzt zum Wagen zurückkehren.«

»Du erfüllst ihnen ihren Willen, aber sie sind auch nur Soldaten, die Befehle ausführen. Vertraust du ihnen?«

»Ihr seid ebenfalls Soldat, Mahmed. Auch Ihr tötet andere. Auch Ihr führt Befehle aus.«

»Das ist wahr«, sagte der Türke und widersetzte sich ihrem Griff an seinem Arm mit einer überraschenden Kraft, die er bisher verborgen hatte. Sie ließ ihn los, als hätte sie sich an ihm verbrannt. Er blieb stehen und blickte hinauf zu den Sternen, während Kristina unsicher einen Schritt zurücktrat, misstrauisch zwar, doch ohne Angst.

»Ich glaube nur an die Schrift«, sagte sie.

»Glaubst du, dass es einen Himmel gibt?«

»Gott ist überall. Das glaube ich fest.«

»Gott?« Er blickte Kristina ins Gesicht. Sie sah das Licht der Sterne in seinen dunklen Augen schimmern.

»Ja. Gott der Herr.«

»Gott ist überall«, sagte er, als spielte er mit ihrem Glauben, als stellte er ihn auf die Probe. »Selbst im Feuer. Oder in der Schlacht. Im letzten Atemzug eines Königs oder in den Schreien eines Neugeborenen. Hast du gewusst, dass du in meinem Land die Freiheit hättest, Gott anzubeten, wie du es wünschst?«

»Ich habe davon gehört.«

»Und warum begibst du dich dann in Gefahr?«

»Wir gehen dorthin, wohin Gott uns schickt. Wo er uns braucht.«

»Du willst sagen, dass ihr den Willen Gottes kennt?«

»Wir lesen seinen Willen. Und wir beten zu ihm. Was ist mit Euch? Betet Ihr? Ich habe Euch noch nie im Gebet gesehen.«

»Ich habe in meinem Innern gebetet, viele Male, jeden Tag.
Mein Vater betet fünf Mal am Tag, wie es unsere Religion ver-
langt. Ich bin vom rechten Weg abgewichen mit meinen Gebeten, wegen des Kriegsdienstes mit all seinen Verpflichtungen
und Zwängen, doch jetzt brauche ich Trost wegen dem, was mir
vermutlich bevorsteht ... ganz allein.«
»Wir sind niemals ganz allein.«
»Du scheinst oft genauso zu denken wie ich. Vielleicht haben wir den gleichen Gott, nur mit unterschiedlichen Namen.
Unser Prophet wurde vom jüdischen und vom christlichen
Glauben beeinflusst, das macht uns stärker. Wenn ein Jude oder
Christ zum Islam übertritt, vergeben wir seine Sünden – ins-
besondere jenen, die lesen und schreiben und andere lehren
können. Wir erlassen ihnen sogar die Steuern, wusstest du das?
Oder glaubst du immer noch deiner Kirche und deinen Pfaffen?
Glaubst du, dass alle Muselmanen in der Hölle schmoren wer-
den? Dass nur der eine Glaube der wahre und richtige ist?«
»Das zu beurteilen ist Gottes Sache, nicht meine. Ich bin
dankbar, dass er mich von Hass und dem Wunsch nach Rache
befreit hat.«
»Ist das dein Ernst?«
»Ja.«
Er blickte erneut zum Himmel hinauf. »Sieh nur. Manche
Sterne sind blau wie Eis, andere schimmern rot, gelb oder golden. Sie sind wunderschön, nicht wahr? Ich beobachte die
Sterne, seit ich ein kleiner Junge war. Ich kenne all ihre Namen und ihre Bahnen am Himmel. Aber was nützt mir nun all
dieses Wissen? Man wird mich lebendig begraben, in einem
steinernen Verlies irgendwo tief unter der Erde, wo ich den Rest
meiner Tage in Dunkelheit verbringen muss. Ich werde nie
mehr das Licht der Sterne sehen ... oder ein Buch. Hilfst du
mir?«
»Wie könnte ich Euch helfen?«, fragte Kristina verwirrt.
»Was soll ich für Euch tun?«
»Geh zum Wagen zurück und lass mich in Gottes Hand, da-

mit ich mein Glück versuchen kann. Tust du das nicht, zwingst du mich vielleicht, gegen meinen Willen und meine Überzeugung zu handeln und etwas zu tun, was ich lieber nicht tun würde. Ich bin geschwächt und unbewaffnet, aber ich könnte dich blitzschnell zum Schweigen bringen.«

Er bewegte sich nicht, und auch Kristina vermochte sich mit einem Mal nicht mehr zu rühren. Regungslos und stumm standen sie sich im Sternenlicht gegenüber.

»Wenn ich mich nicht ehrenhaft verhalte«, sagte Kristina schließlich, »werden die anderen an die Obrigkeit übergeben und enden auf dem Scheiterhaufen. Eure Freiheit hingegen ist gewiss, sobald das Lösegeld gezahlt wurde.«

»Lösegeld? Ich bin der vierte Sohn eines zweiten Sohnes. Mein Vater ist Arzt, kein Edelmann. Wir sind nur entfernt mit dem Königshaus verwandt. Weißt du, was das heißt?«

Sie schüttelte unsicher den Kopf. »Nein. Aber Ihr seid gebildet.«

»Wie alle in meiner Familie. Aber ich bin kein Erbe von Reichtümern und besitze keinen Wert als Geisel, auch wenn ich sie in dem Glauben gelassen habe – vor allem, weil sie es so wollten. Meine Janitscharen haben so getan, als wären sie bereit, Lösegeld zu zahlen, damit die Papisten mich gehen lassen, aber sie sind nicht darauf hereingefallen. Deine Fürsten sind zu gierig. Sie halten mich für eine fette Beute.«

»Sie sind nicht meine Fürsten. Ich habe keinen Fürsten außer Gott und keine Gebote außer denen, die mein Glaube mir vorschreibt.«

»Deshalb vertraue ich dir ja. Endlich verstehst du.«

»Aber Eure Männer haben den Angriff für Euch abgebrochen.«

»Der Angriff war beendet. Die Reiter waren meine Freunde. Sie waren gekommen, um mich zu retten, aber ich habe sie fortgeschickt.«

»Weil Luds Messer an Eurer Kehle war.«

»Du hast verhindert, dass ich getötet werde. Du hast meine

Blutungen gestillt. Willst du mir jetzt wieder nehmen, was du mir gegeben hast?«

»Eure Wunden sind nur zur Hälfte verheilt. Und es ist nicht an mir, Euch die Freiheit zu schenken.«

Er trat einen Schritt näher.

»Hör mich an. Ich will dir nicht weh tun.«

»Ich glaube nicht, dass Ihr mir etwas tun würdet.«

»Führe mich nicht in Versuchung.« Er packte ihr Handgelenk, und nun hatte Kristina Angst. Sie versuchte sich loszureißen, doch sein Griff wurde fester. »Du kennst mich nicht. Ich fürchte mich vor dem, was deine Leute mit mir machen werden ...«

Eine Stimme erklang in der Stille der Nacht.

»He! Ihr da!«

Mahmed ließ Kristina hastig los.

Es war Ritter Dietrich. Er kam auf sie zu. Kristina sah sein zorniges Gesicht. Er hatte den Dolch gezückt.

»Zurück auf den Wagen! Alle beide, verdammt!«

»Ich habe mich nur erleichtert«, sagte Mahmed und verneigte sich unterwürfig.

»Zurück in den Wagen, sage ich!« Dietrich funkelte Kristina an. Er hielt den langen Dolch an der Seite in der Faust. Die Spitze zeigte nach unten. »Ich habe dir vertraut, Mädchen. Dir und deinen edlen leeren Worten!«

»Sie hat Euer Vertrauen nicht missbraucht«, warf Mahmed ein. »So wie Ihr Kristinas Vertrauen nicht enttäuschen werdet, wie ich hoffe. Ihr habt ihr Euer Wort als Ritter und Edelmann gegeben.«

»Ich habe mein Wort einer Ketzerin gegeben!«, fuhr Dietrich ihn an. Er musterte erst Mahmed, dann Kristina. Seine Stimme bebte vor Empörung. »Was ist das schon wert?«

»So viel, wie Euch Eure Ehre wert ist«, sagte Mahmed. »Euer Wort, das Wort Eures Geschlechts, gegeben im Namen Eurer Ahnen und Eurer Söhne.«

Dietrich stand einen langen Moment unbeweglich da. Dann

schob er den Dolch in die Scheide zurück und schüttelte den Kopf, als verlangte man von ihm eine Antwort auf eine unmögliche Bitte.

»Bei Gott, es braucht einen Heiden, um mich an mein Wort zu erinnern«, sagte er schließlich leise. »Verdammt und zugenäht!«

Gemeinsam kehrten sie zum Wagen zurück. Im ersterbenden Licht der Lagerfeuer beobachtete Kristina Mahmed verstohlen von der Seite und bemerkte den Blick, mit dem er sie seinerseits musterte.

Als sie wieder im Wagen lagen, jeder in seine Decke gehüllt, hörte sie Mahmeds leise Stimme. »Ich habe getan, was in meiner Macht steht, um mich für deine Nächstenliebe zu revanchieren. Doch ich habe noch ein letztes, sehr kostbares Geschenk für dich, das ich dir übergeben möchte, wenn unsere Wege sich trennen.«

»Ich möchte kein Geschenk von Euch. Behaltet es. Und nun versucht, zu schlafen. Der Morgen ist nicht mehr fern.«

»Teure Kristina, du wirst mir noch dankbar sein«, sagte der Türke, dann blieb es still.

Kristina war gleichzeitig aufgewühlt und todmüde. *Ein seltsamer Mann, dieser Mahmed,* dachte sie. *Ein Gefangener wie ich, und doch spricht er von Geschenken.*

Der Abschied kam schneller, als Kristina es erwartet hätte.

*

In der Morgendämmerung standen sie im Licht der Laternen am Wagen von Giebelstadt und warteten, während Dietrich nach einem Pferd für Mahmed schickte. Er hatte bestimmt, dass der Türke zusammen mit den anderen Rittern in ein festes Quartier ziehen sollte.

»Sei stark, meine kleine Ketzerin«, flüsterte Mahmed Kristina zu. »Des einen Mannes Ketzerin ist des anderen Mannes Heilige, vergiss das nie.«

Kristina lächelte ein wenig. »Wenn Ihr es sagt … Dann ist jetzt also der Abschied gekommen.«

»Hör zu. Der Junge, der unser Essen und unser Wasser gebracht hat …«, sagte Mahmed. »Er wurde weggeschickt, zum Pockenwagen, abseits der Marschkolonne.«

»Er heißt Jakob. Ihr meint, er hat die Pocken?«

»Ja. Aber in seinem Fall sind sie nur leicht. Er sah schwach aus, konnte aber noch aus eigener Kraft gehen. Lud hat ihn vor einer Stunde abgeholt.«

»Unser Wasserträger …«, murmelte Kristina.

»Genau der.«

Angst überkam sie. Die Pocken waren unsichtbar, anders als ein Mann mit einem Messer oder ein Feuer oder ein Sturm. Und viel schlimmer. Unsichtbar und doch ansteckend und tödlich. Kristina fürchtete sich ihr ganzes Leben vor dieser Krankheit, genau wie alle anderen. Sie dachte an Luds entstelltes Gesicht und daran, welche furchtbaren Qualen er durchgestanden haben musste. Sicher, er hatte die Pocken überlebt, aber die Krankheit hatte ihre hässlichen Narben hinterlassen, an denen Lud für den Rest seines Lebens tragen musste.

»Ich muss geschlafen haben«, sagte sie.

»Ja. Du hast geschlafen. Und das ist gut.«

Kristina war schon sehr lange todmüde; sie konnte sich nicht erinnern, wann sie das letzte Mal tief und fest geschlafen hatte. Im gelben Licht der Laternen blickte sie Mahmed ins Gesicht und bemerkte, dass er sie aus seinen dunklen Augen musterte. Sein Blick war seltsam ernst.

»Wenn ich dir eine Frage stelle, wirst du mir wahrheitsgemäß antworten?«, wollte er wissen.

Kristina nickte. »Ja, sicher.«

»Trägst du ein Kind in dir?«

»Nein«, erwiderte sie überrascht und stellte fest, wie sehr dieses Wort sie schmerzte.

»Bist du sicher?«

»Vollkommen sicher. Fragt nicht weiter danach, bitte.«

»Dann wollen wir uns zum Abschied die Hände schütteln. Und ich werde zu Allah beten, dass er dir viele starke Söhne schenkt. Und eine Tochter, die so ist wie du selbst. Mutig, stark und wunderschön. Mein Abschiedsgeschenk für dich ...« Schüchtern ließ Kristina es geschehen, dass er ihre rechte Hand ergriff.

Das Stechen der Nadel am Handgelenk war kaum schlimmer als ein Flohbiss, doch Kristina zuckte erschrocken zusammen. Sie blickte auf ihren Arm und sah den einzelnen Blutstropfen; dann entdeckte sie die winzige Nadel in Mahmeds Hand. Es war eine der Nadeln, die sie benutzt hatte, um seine Wunden zu nähen.

»Warum habt Ihr das getan?«

»Das wollte ich nicht. Vergib mir meine Ungeschicklichkeit. Du hast die Nadel im Wagen fallen lassen, und ich möchte sie dir zurückgeben, denn es ist gut möglich, dass du sie wieder benötigst.«

Kristina nahm die Nadel und hielt ihren Arm, rieb die gestochene Stelle.

»Warum?«, fragte sie noch einmal, doch er antwortete nicht.

Sie wusste, dass er es absichtlich getan hatte – es war keine Spur von Ungeschick dabei gewesen, im Gegenteil. Seine Augen verrieten es ihr.

In diesem Augenblick kehrte Dietrich zwischen den glimmenden Lagerfeuern hindurch zurück. Jetzt war keine Zeit mehr zu reden.

»Möge Allah mit dir sein und über dich wachen«, sagte Mahmed.

»Und Jesus mit Euch«, antwortete Kristina.

»Wir müssen gehen«, drängte Dietrich.

Mahmed verbeugte sich ein letztes Mal und ließ sich von Dietrich wegführen.

Getreu seinem Wort entließ der Ritter die Böhmischen Brüder vor den Stadtmauern in die Freiheit. Zuerst lenkte Rudolf den Giebelstadt-Wagen aus der Kolonne auf einen ausgefahrenen Weg, der in ein Waldstück führte. Kristina und die Brüder und Schwestern blickten sich verwirrt und misstrauisch um. Kristinas Handgelenk hatte sich entzündet. Es schmerzte und juckte, und sie kratzte an dem Einstich.

»Los, raus aus dem Wagen«, sagte Rudolf auf dem Kutschbock. »Sie wollen, dass wir verschwinden.«

»Sie werden uns umbringen!«, jammerte Frieda erschrocken.

»Nein«, widersprach Kristina. »Ritter Dietrich ist ein ehrlicher Mann. Er hält sein Wort.«

»Macht voran. Sie wollen den Wagen zurück«, drängte Rudolf. »Sie haben einen anderen Kutscher geschickt, der ihn holen soll. Er wartet schon. Also kommt endlich.«

Kristina raffte ihre Gewänder und stieg vom Wagen.

»Endlich! Gott weiß, dass ich diesen stinkenden Karren satthabe«, sagte Grit, als sie Kristina folgte und Frieda mit sich zog.

Alle stiegen aus. Der fremde Kutscher übernahm die Zügel, wendete den Wagen, fuhr davon und ließ Kristina und die anderen allein zurück.

Kristina fühlte sich auf seltsam angenehme Weise schwindlig im klaren Sonnenlicht. Sie hob die Arme, drehte sich im Kreis, den Kopf in den Nacken gelegt, ließ sich von der morgendlichen Brise erfrischen und von den Sonnenstrahlen wärmen. Sie spürte, wie der Wind in ihren Haaren spielte. Ihre Harfe hatte sie auf den Rücken geschlungen. In den Bäumen zwitscherten Vögel. Die Welt war hell und friedlich.

»Seht nur«, sagte Rudolf. »Der Türke wird fortgebracht.«

Kristina verharrte und schaute zu Mahmed. Obwohl seine Wunden noch nicht ausgeheilt waren, wurde er auf ein Pferd gesetzt, um mit den Rittern zusammen in die Stadt einzureiten. Sie würden ihn zur Schau stellen, als Zeichen ihres Sieges.

Ihr kam es so vor, als hätte Mahmed sich aufgegeben, obwohl er hoch aufgerichtet im Sattel saß. Als er zu ihr schaute, schien sein Blick durch sie hindurchzugehen wie durch eine

Fremde. Sie glaubte das Gewicht seiner Angst zu spüren. Er fürchtete nichts auf der Welt mehr, als den Rest seines Lebens in einem unterirdischen Verlies zu verbringen.

Kristina hatte mehrere Male für ihn gebetet und die anderen gefragt, ob sie mit ihr beten würden, doch nur Grit hatte sich einverstanden erklärt.

»Wir sind alle Geschöpfe Gottes«, hatte Grit gesagt.

Berthold hingegen hatte sich geweigert. »Ich bete höchstens für einen Muselmanen, um ihn zum Christentum zu bekehren«, hatte er erklärt. »Ganz sicher nicht, um ihn davor zu bewahren, ins Verlies geworfen zu werden.«

»Würde unser Heiland ihm nicht auch seine Liebe schenken?«, hatte Kristina ihm entgegengehalten.

Doch Berthold war uneinsichtig geblieben. »Nicht denen, die verdammt sind, in der Hölle zu schmoren.«

Kristina hatte vergeblich mit ihm darüber diskutiert. Sie war bitter enttäuscht über Bertholds unnachgiebige Meinung in dieser Sache. Mehr und mehr fürchtete sie, einen Mann geheiratet zu haben, den sie gar nicht richtig kannte. Er war verbohrt, wo sie geglaubt hatte, er sei vorurteilslos, und sehr von sich und seiner Meinung überzeugt.

Plötzlich war Hufgetrommel zu hören. Dietrich kam herangeritten. Die Brüder wichen ein paar Schritte zurück. Der Ritter bot einen furchterregenden Anblick in seiner vollen Rüstung, als er von seinem gepanzerten Schlachtross auf sie hinunterblickte, düster, stolz, riesig und für nichts anderes geschaffen als dazu, Tod und Vernichtung zu bringen.

Schließlich hob Dietrich sein Helmvisier und schaute geradewegs Kristina an. »Ich habe nichts gegen dich und die deinen, aber kommt mir nicht mehr unter die Augen. Wenn ich dich noch einmal sehe, kenne ich dich nicht mehr, bei Gott. Das gilt für euch alle. Ihr seid frei, und das habt ihr allein Lud zu verdanken. Begreift ihr das?«

»Möge Gott euch beide schützen«, erwiderte Kristina. »Euch und Lud.«

»Und euch vergeben!«, sagte Berthold im stolzen, ja überheblichen Tonfall eines Richters, der einen kleinen Dieb verurteilt.

Kristina erschrak. Sie sah den Blick des Ritters, der auf Berthold hinunterstarrte, als hätte der den Verstand verloren. Dann aber lächelte Dietrich mitleidig und schüttelte traurig den Kopf. »Möge Gott uns *allen* vergeben«, sagte er. »Denn niemand von uns ist ohne Sünde. Nicht ein Einziger.«

»Ihr seid ein guter Mann«, rief Kristina.

»Lebt wohl.« Dietrich klappte sein Helmvisier herunter, spornte sein Schlachtross an und ließ sie zurück.

Sie standen da wie Lämmer, die in der Ferne das Heulen von Wölfen hören. Dietrich und Lud waren mächtige, starke Beschützer gewesen, nun aber waren sie auf sich allein gestellt.

»Du nennst ihn einen guten Mann?«, ereiferte sich Berthold. »Diesen Mörder? Das ist alles nur Täuschung! Er hält sein Wort, indem er uns freilässt, während die Magistrate von Würzburg schon ausschwärmen, um uns zu verhaften, zu foltern und zu verbrennen, damit der Pöbel sich daran ergötzen kann. Wir müssen weiter und versuchen, uns bis nach Mainz durchzuschlagen, wie wir es von Anfang geplant hatten.«

»Dietrichs Wort ist seine Ehre«, widersprach Kristina.

»Kerle wie er *verkaufen* ihre Ehre«, spie Berthold hervor.

Simon streckte sich und rieb sich den schmerzenden Rücken. »Wahrscheinlich hat Berthold recht. Ich fürchte, es ist wirklich eine Täuschung.«

»Was denn für eine Täuschung?«, fragte Kristina. »Wir waren gefangen, jetzt sind wir frei.«

»Ja. Warum sollte dieser Ritter lügen?«, meldete Grit sich zu Wort. »Es wäre doch viel einfacher für ihn gewesen, uns gleich zu töten oder den Bütteln auszuliefern.«

»Wir müssen beten«, mahnte Frieda mit banger Stimme. »Dass uns nichts geschieht.«

»Wir müssen vor allem weiterziehen!«, drängte Rudolf. »Jetzt sofort. Beten können wir später.«

»Ja«, pflichtete Grit ihm bei. »Sie haben uns gebraucht, und jetzt brauchen sie uns nicht mehr. Wir sind ganz auf uns allein gestellt und bedeuten ihnen nichts.«

Und so kam es, dass sie davongingen, unbemerkt und unbehelligt, während sich der lange Heerwurm der geschlagenen Armee die letzte Meile durch den Wald wand bis zum Ufer des Mains, dessen Lauf sie dann folgte.

*

»Und wie soll es jetzt weitergehen?«, fragte Grit, nachdem sie eine Weile gelaufen waren. »Wir sind nackt wie Neugeborene und ohne Mittel, um uns hier draußen am Leben zu halten.«

»Das ist richtig«, antwortete Berthold. »Deshalb müssen wir unseren Verbindungsmann in Würzburg suchen. Bis nach Mainz schaffen wir es nicht ohne Hilfe.«

»Kennst du seinen Namen?«, fragte Grit.

»Werner Heck«, antwortete Berthold.

»Ja, richtig. Ein Drucker«, erinnerte sich Rudolf.

»Er ist möglicherweise nicht leicht zu finden«, sagte Grit. »Vielleicht wohnt er in einer Seitengasse, gut versteckt und unter falschem Namen. Bestimmt wird er sehr vorsichtig sein.«

»Keine Bange«, sagte Berthold. »Wir werden ihn finden und uns bei ihm ausruhen, bevor wir weiterziehen und in Mainz unsere Zelle gründen.«

»Aber wie kommen wir nach Würzburg hinein?«, fragte Simon. »Viele Soldaten der geschlagenen Armee wissen jetzt, wie wir aussehen.«

»Wir müssen auf Gott vertrauen«, sagte Berthold.

»Gott übernimmt keine Verantwortung für Dummköpfe«, schimpfte Grit. »Trotzdem hast du recht, wir *müssen* in die Stadt. Entweder keiner von uns, oder wir alle.«

»Ich gehe bestimmt nicht!«, rief Frieda. »Ich bin euch doch sowieso egal, euch allen ...«

Grit nahm die schluchzende Frieda in den Arm. »Kein

Selbstmitleid. Ist man erst darin gefangen, verliert man den Blick für die Wirklichkeit.«

»Das wäre auch besser so! Denn *diese* Wirklichkeit kann ich nicht mehr ertragen!« Frieda riss sich los und setzte sich ins Gras. »In den Straßen dieser Stadt lauern das Böse und die Pestilenz.« Sie schluchzte, und ihre Schultern zuckten. »Mein Leben lang habe ich gelernt und gelesen und zu Gott gebetet. In meinen Visionen habe ich gesehen, dass wir sicher sind, dass uns kein Leid geschieht, und jetzt sind wir hier. Meine Visionen waren trügerisch. Oder Gott hat uns betrogen ...«

»Unsinn«, sagte Kristina resolut, packte Frieda bei den Händen und zog sie hoch.

»Trotzdem, in gewisser Weise hat Frieda recht«, meinte Berthold. »Wir müssen auf der Hut sein wie ein Hase auf freiem Feld.«

Sie erreichten eine Stelle, wo drei Bäche nebeneinanderflossen, bevor sie in den Main mündeten. Eine grob gezimmerte Holzbrücke überspannte den breitesten Bachlauf. Große Trittsteine lagen in den beiden anderen. Die kleine Gruppe überquerte die Wasserläufe. Im Schutz einer großen Weide am Ufer des Mains legten sie eine Rast ein. Dann kamen sie überein, dass nur einer von ihnen in die Stadt gehen und Werner Heck aufsuchen sollte, um sich mit ihm über das weitere Vorgehen zu beraten.

»Wir losen«, sagte Berthold. »Gott soll entscheiden.«

»Nein, lasst nur. Ich als ehemaliger Magistratsgehilfe kenne die schmalen dunklen Gassen und die Gefahren, die dort lauern«, erklärte Rudolf. »Mehr, als sich jeder von euch auch nur vorstellen kann. Lasst mich gehen und diesen Werner Heck suchen.«

»Ich kenne die Gefahren genauso gut wie du«, widersprach Grit.

»Nicht wir entscheiden, wer von uns geht, sondern Gott der Herr«, bestimmte Berthold. »Er ist unser Fels und unser Stab.«

308

Er sammelte am Flussufer fünf weiße und einen schwarzen Kiesel und legte sie in seinen großen schwarzen Hut.

»Wer den schwarzen Kieselstein zieht, geht in die Stadt«, sagte Berthold.

Einer nach dem anderen zogen sie die Steine, außer Frieda, die sich abgewandt hatte und sich weigerte, mitzumachen.

Irgendwie glaubte Kristina zu wissen, noch bevor sie die Hand öffnete, dass sie den schwarzen Stein gezogen hatte, doch sie irrte sich. Der Kiesel in ihrer Hand war weiß.

Stattdessen erblickte sie in Bertholds Hand den schwarzen Stein, der wie das Auge eines Dämons zu ihm aufblickte. Berthold starrte auf den Stein, als hätte er dort eine fette schwarze Spinne entdeckt.

Kristina hörte Frieda vor Erleichterung seufzen.

»Also gut. Ich gehe nach Würzburg ... die Stadt voller Papisten und Soldaten, Halsabschneider und Schlitzohren, profitgieriger Händler und sündiger Schwelger«, sagte Berthold schließlich.

»Du hast Schauspieler und Musikanten vergessen«, bemerkte Grit säuerlich.

Berthold beachtete sie nicht.»Ich werde in die Stadt gehen und Werner Heck suchen. Gottes Wille geschehe.«

»Ich bin deine Frau. Wir gehen zusammen«, sagte Kristina.

»Oh nein, Kind«, widersprach Grit.»Lass ihn alleine gehen.«

»Grit hat recht«, erklärte Berthold.»Ich als dein Mann befehle dir, bei den anderen zu bleiben.«

Kristina schaute ihn an und sah die Angst in seinen Augen. Sein Gesicht war gerötet und verzerrt von dem halsstarrigen Bedürfnis, das Richtige zu tun und es bis zum Ende durchzustehen. Sein Versuch, auf seine Rechte als Ehemann zu pochen, überraschte sie – er hatte stets Gleichheit und Verantwortung eines jeden gegenüber allen anderen gepredigt.

»Wir hatten einen schlechten Anfang, du und ich, und das ist meine Schuld«, sagte Berthold.»Du bist kaum mehr als ein Mädchen.«

»Ich bin deine Frau!«, entgegnete Kristina. »Das Los ist auf dich, meinen Ehemann, gefallen, und ich werde mit dir gehen.« Sie reichte Grit ihre Harfe. »Bitte bewahre sie gut für mich auf.« Grit nickte und nahm das Instrument behutsam entgegen. »Hör zu, Kristina. Du bist meine Frau, und ich liebe dich. In meinen Jahren als Priester, vor langer Zeit und fern von hier, habe ich genau wie Rudolf und Grit erlebt, wie grausam die Stadtbewohner sein können, wie betrügerisch und voller Intrige. Ich bitte dich inständig … ich flehe dich an, lass mich allein gehen. Gott hat mich auserwählt.«

In diesem Moment spürte Kristina neue Liebe für Berthold, und die Kälte, die zwischen ihnen spürbar gewesen war, verschwand. Sie liebte ihn um seiner selbst willen, weil ihr bewusst wurde, wie viel Angst er allein in der fremden Stadt auf sich zu nehmen bereit war, nur damit sie, Kristina, bei ihren Freunden und in Sicherheit bleiben konnte. Seine Hände zitterten, und er verschränkte sie fest ineinander, damit die anderen es nicht sahen.

Kristina traf ihre endgültige, unumstößliche Entscheidung. Sie wollte Berthold zeigen, dass sie an ihn glaubte, dass sie ihm vertraute, und sie wollte ihm Trost spenden. Also ergriff sie seine Hände, bis sie ruhiger geworden waren.

»Gott hat uns als Mann und Frau bestimmt«, sagte sie. »Und Mann und Frau gehen gemeinsam durch jede Gefahr.«

Berthold ließ die Schultern sacken und nickte dann wortlos.

Grit zog Kristina an sich, strich ihr übers Haar und küsste sie zum Abschied auf die Wange.

»Vertrau niemandem in der Stadt«, sagte sie leise. »Niemandem, hörst du?«

20.
Kristina

*D*er Tag war freundlich und warm, und wie um ihre Angst zu verhöhnen, sangen die Vögel in den Zweigen, als wäre die Welt ein Ort voller Frieden und Liebe. Kristina ging schweigend neben Berthold her. Sie fürchtete sich davor, alleine mit ihm in die Stadt zu gehen, aber das behielt sie für sich. Grit, Rudolf, Simon und Frieda würden am anderen Ufer des Flusses warten. Kristina fühlte sich der Sicherheit im Schoß der Gemeinschaft beraubt und hielt Bertholds Hand fest umklammert.

Worte ihrer Mutter fielen ihr ein, Worte, die ihr mehr und mehr Angst machten und zugleich ihre Entschlossenheit bestärkten.

Wenn wir den Menschen doch nur helfen könnten, weniger grausam zu sein.

Berthold kannte die alte Stadt Würzburg und den Main, den großen Strom, an dessen Ufern die Stadt gedieh. Sie erreichten einen Kai mit Lastkähnen und Schiffen für den Transport von Menschen, Vieh und Warenballen. Hafenarbeiter und Matrosen arbeiteten emsig wie Ameisen.

Die Uferstraße führte zur Brücke, über die sie in die Stadt gelangen würden. Würzburg erstreckte sich zu beiden Seiten des Flusses, von dem es geteilt wurde. Jetzt erblickte Kristina auch die mächtige Festung auf dem Felsen an der linken Seite des Mains mit ihren hohen Kanonentürmen und den gewaltigen Mauern. Unterhalb dieser Mauern erstreckte sich ein steiler Hang, an dessen Fuß prachtvolle Häuser standen.

Kristina blieb stehen und sah, wie Berthold ihrem Blick folgte.

»Das ist der Marienberg«, sagte er. »Die Fürstbischöfe von Würzburg residieren seit über zweihundertfünfzig Jahren dort oben und herrschen über die Stadt.«

»Warum müssen Kirchenfürsten in einer solchen Festung leben?«

»Um ihren Herrschaftsanspruch zu unterstreichen. Die Häuser unter dem Berg gehören niedrigeren Adligen und Rittern. Alles auf der anderen Seite der Brücke hat mit dem Fürstbistum von Würzburg und der Herrschaft über diese Gegend zu tun. Alle dienen dem Kaiser und der Kirche und haben ihre Seelen dem Mammon verschrieben. Sie sind bestechlich und machtgierig wie niemand sonst.«

Seine Worte waren voller Abscheu, und Kristina spürte seine Empörung.

»Aber du selbst hast früher an einem Ort wie diesem als Priester gelebt«, sagte sie.

»Bitte. Sprich nicht über diese Zeit in meinem Leben. Ich war nie auf einem größeren Irrweg als damals.«

Sein Tonfall änderte sich, je näher sie der Brücke kamen; er wurde hochnäsig und behandelte Kristina herablassend. Diese neue Seite an ihm verstärkte noch ihr Gefühl von Angst und Verlassensein. Zorn überkam sie. »Ich bin deine Frau, nicht dein Kind!«

»Dann hör auf, dich wie ein ängstliches kleines Mädchen zu benehmen. Du lenkst nur unnötig Aufmerksamkeit auf uns. Bald überqueren wir die Brücke, und die Magistrate wachen über alle, die kommen und gehen. Benimm dich so unschuldig, wie du es in Wirklichkeit bist, verstehst du?«

Kristina nickte. Sie wollte keinen Streit, also schluckte sie ihre Widerworte herunter. Wie so oft, seitdem sie Kunwald verlassen hatten.

»Auf der anderen Seite des Mains, dort drüben zu unserer Rechten, liegt die eigentliche Stadt. Dort sind die Zwillingstürme des Würzburger Doms, erbaut vor fast fünfhundert Jahren. Seinen Namensgeber, den heiligen Kilian, haben sie ermordet, weil er unbequem war.«

Er hielt ihr wieder einmal Vorträge, aber Kristina wusste, dass seine Gelehrsamkeit ihm Sicherheit verschaffe, und so ließ sie ihn gewähren. Während ihrer Zeit bei den Soldaten war es Berthold gewesen, der ständig Angst gehabt hatte. Jetzt half ihm das

Reden, seinen Stolz und seine Würde wiederzuerlangen. Also lauschte Kristina, und es war in der Tat faszinierend, was er über die Stadt Würzburg und ihre Geschichte zu erzählen wusste.

»Sie bewahren Kilians Gebeine im Dom auf. Sie sind Reliquien und das Ziel vieler Pilger. Das bringt den Mönchen gutes Geld. Vor fast vierhundert Jahren brauchte Kaiser Barbarossa die Erlaubnis der Kirche, sich von seiner Frau scheiden zu lassen. Der Bischof von Würzburg erteilte sie ihm. Im Gegenzug verlieh der Kaiser dem Bischof die weltliche Herrschaft über diesen Teil von Franken und machte ihn zum Fürsten. Seit damals sind die Würzburger Bischöfe zugleich weltliche Herrscher. Nur noch der Kaiser steht über ihnen.«

»Mir schwirrt der Kopf, Berthold. Wir sind so klein und unbedeutend, und diese Stadt ist so gewaltig und machtvoll.«

Berthold tätschelte ihre Hand. »Fürchte dich nicht. Wir haben unseren Herrn Jesus Christus. Sobald wir die Brücke überquert haben, liegt die Festung des Fürstbischofs in unserem Rücken. Also lass deine Angst und deine Sorgen auf dieser Seite des Flusses.«

»Wer war dieser Heilige – *Kilian* –, nach dem der Dom benannt wurde?«

»Ein irischer Mönch, manche behaupten sogar ein Bischof. Damals, vor mehr als siebenhundert Jahren, als der Glaube noch jung und unschuldig war, reisten die Mönche durch die ganze bekannte Welt, um das Wort Gottes zu predigen. Das war lange vor den Kreuzzügen.« Er streckte den Arm aus, offenbar langweilte ihn das Thema. Oder sein Wissen war erschöpft, was er nicht zugeben konnte. »Da, siehst du? Die großen Häuser der Adligen und der Händler liegen am Platz vor dem Dom. Weiter in Richtung Fluss leben und arbeiten die niederen Stände, und ganz unten am Wasser haust der Abschaum, die Armen und Mittellosen, die jeden Tag aufs Neue um ihr Überleben kämpfen.«

Kristina sah die riesige Ansammlung primitiver Hütten, voller Elend und Zerfall, Schmutz und Krankheiten.

»Unter ihnen sind viele geflüchtete Hörige«, fuhr Berthold fort, »die in der Stadt keine Arbeit gefunden haben und jetzt von Diebstahl, Überfällen und anderen Verbrechen leben. Außerdem gibt es viele Trunkenbolde, Halsabschneider und Schlitzohren.«

»Sie alle brauchen Hilfe«, sagte Kristina.

Berthold sah sie von der Seite an und schüttelte den Kopf, als wäre sie begriffsstutzig. »Auf diese Leute wartet nichts außer dem Galgen und der Hölle. Sie fühlen sich wohl in den Tavernen und Hurenhäusern, wo die jungen Frauen sich fremden Männern hingeben und wo Männer ihre Seelen an starken Wein und andere Laster verschleudern. Nein, Kristina, dieses Viertel werden wir meiden, so gut wir können.«

»Aber gerade diese Leute brauchen dringend jemanden, der sich um sie kümmert. Außerdem kann es dort doch nicht nur schlechte Menschen geben ...«, warf Kristina ein.

»Meine liebe Frau und Schwester, richte deinen Verstand auf die vor uns liegende Aufgabe. Um in die eigentliche Stadt zu gelangen, müssen wir über die Brücke. Das ist der Moment der größten Gefahr, weil dort die Magistrate auf der einen Seite, Diebe und Betrüger auf der anderen Ausschau nach Opfern halten.«

Je näher sie der Brücke kamen, desto riesiger wirkte sie. Kristina bewunderte die weiten Bögen des kühnen, immer noch unfertigen Bauwerks. Es verband die beiden Hälften der Stadt und machte sie zu einem Ganzen. Wie viel Mühen, Arbeit, Schweiß und Geld mochte diese Brücke gekostet haben? Wie viele Leben?

»Die Bewohner der Stadt mussten schon oft unter Revolten und Aufständen leiden«, fuhr Berthold mit seinem Vortrag fort. »Sie haben sich im Laufe der Jahrhunderte mehr als einmal gegen ihre Herren aufgelehnt. Doch die Aufstände wurden jedes Mal erbarmungslos niedergeschlagen. Der letzte liegt inzwischen mehr als hundert Jahre zurück. Dennoch, Würzburg ist voller schlummernder Gewalttätigkeit, deshalb müssen wir sehr darauf achten, niemanden misstrauisch zu machen oder gegen uns aufzubringen.«

Je näher sie der Brücke kamen, desto größer wurde der Betrieb auf den gepflasterten Zufahrtswegen. Menschen zu Fuß oder auf Pferden, handgezogene Karren und Fuhrwerke, alles wollte über die Brücke auf die andere Seite. Unter den weiten Bögen strömte das Wasser des mächtigen Stromes träge dahin. Was Kristinas Aufmerksamkeit am meisten fesselte, war die Kleidung der Leute. Sie sah Scharen von Menschen, die offenbar aus der ländlichen Umgebung der Stadt gekommen waren und ihre besten Sachen trugen, als wollten sie alle zu einem großen Fest. Viele wirkten angetrunken. Sie wankten und lachten, neckten einander und riefen sich Bemerkungen zu, die Kristina erröten ließen. Die Stimmung war beinahe enthemmt.

»Sie strömen zu den Festen, putzen sich heraus, leihen oder stehlen sich gute Sachen, stolzieren herum wie die Gockel und äffen für einen Tag die Reichen und Adligen nach«, bemerkte Berthold abfällig, als hätte er Kristinas Gedanken erraten. »Dann gehen sie wieder nach Hause, elend und verzweifelt von der Last ihrer Sünden.«

»Du scheinst viel über diese Dinge zu wissen.«

»Ich habe in großen Städten gelebt. Viele dieser Leute sind voller Unwissenheit. Sie kommen aus den umliegenden Dörfern. Sie sind Hörige, denen das Lesenlernen bei Strafe verboten ist. Sie führen ein Leben in Unwissenheit und sterben auch so. Und ihre Herren sorgen dafür, dass es so bleibt, damit sie nicht erkennen, wie schrecklich die Ungerechtigkeit ihrer lebenslangen Knechtschaft ist.«

»Umso mehr bete für unseren Erfolg im Kampf gegen die Unwissenheit.«

»Ja. Aber sieh dir diese Menschen an. Wirf einen Blick in ihre Gesichter, und du siehst ihre Gelüste und ihre Anzüglichkeit.« Bertholds Stimme klang bitter. »Die Verlockung auf schnelles Glück und die Schadenfreude gegenüber anderen machen sie dazu.«

Kristina wollte ihm widersprechen. Es war falsch, Fremden bösartige Motive zu unterstellen. Das würde bedeuten, nicht an das Gute im Menschen zu glauben, und daran hielt Kristina unerschütterlich fest.

»Es ist nicht an uns, ein Urteil über Leute zu fällen, die wir nicht kennen«, sagte sie.

Berthold ignorierte ihren Einwand und drückte ihre Hand fester. »Lass nicht los, hörst du?«

Sie erreichten die breite Steinbrücke. Kristina fühlte sich mit einem Mal nackt und wehrlos, völlig ungeschützt.

Neben einem gemauerten Wachhäuschen schlug ein Hund an und wollte sich auf sie stürzen, doch die Kette hielt ihn fest. Kristina zuckte zurück und wäre beinahe gestürzt. Wenn sie Hunde sah, musste sie immer an jene großen schwarzen Bestien denken, die die Magistrate auf ihre Familie gehetzt hatten, diese furchtbaren schwarzen Kreaturen aus ihren Albträumen.

Berthold spürte ihr Zögern und zog sie sanft am Arm. Langsam gingen sie weiter.

Die Türme der Stadt erhoben sich nun vor ihnen, und das Stadttor klaffte wie ein riesiges Maul, das alles verschlang, was ihm in den Weg geriet. Kristina fühlte sich wie ein schwaches, hilfloses Kind. Ihr Arm juckte, und sie zog den Ärmel ihres Umhangs zurück. Ein rosiger Ring hatte sich um die Stelle gebildet, wo Mahmed sie mit der Nadel gestochen hatte. Sie kratzte sich und dachte an den Türken, der jetzt irgendwo in der Stadt in einem Verlies gefangen war – oder Schlimmeres. Dann riss sie sich zusammen und konzentrierte sich wieder auf Berthold und die vor ihnen liegende Aufgabe.

Es war ein eigenartiges Gefühl, als ihr bewusst wurde, dass sie sich bei der marschierenden Armee sicher gefühlt hatte, auf dem Wagen von Giebelstadt, in der Nähe von Lud. Lud dem Mörder. Lud, dem pockennarbigen Krieger voller Zorn und Bitterkeit, dem sie bei seinem Duell die Daumen gedrückt hatte – zum Nachteil seines unterlegenen Gegners. Lud war ebenfalls irgendwo in dieser Stadt.

Wenn er doch nur bei ihnen wäre ...

Jetzt und hier, bei Berthold, fühlte Kristina sich ganz und gar nicht sicher. Es kam ihr so vor, als säßen sie beide in einer Falle, aus der es kein Entrinnen mehr gab.

»Wie fühlst du dich?«, hörte sie Berthold in diesem Moment fragen.

Kristina versuchte, ihre sorgenvollen Gedanken abzuschütteln. Es wollte ihr nicht gelingen. »Einigermaßen. Ich bin müde.«

»Wir müssen in Bewegung bleiben, damit wir nicht auffallen.«

Die Menschen waren jetzt rings um sie herum. Kristina konnte sie riechen. Und hören. Vorbeihuschende Gesichter starrten sie ebenso flüchtig wie verächtlich an, und Kristina wurde bewusst, dass sie und Berthold von Schmutz starrten. Sie schaute erst an Berthold, dann an sich selbst hinunter: abgerissene, schmuddelige Umhänge, an manchen Stellen mehr braun als schwarz, und ihr Gewand war steif von getrocknetem Blut. Wieder juckte ihr Arm, und wieder rieb sie die Stelle. Sie fühlte sich unrein.

»Wir haben ewig nicht mehr gebadet«, sagte sie.

»Was?« Berthold blickte sie von der Seite an, als hätte sie den Verstand verloren.

»Wir sind so voller Dreck von den Straßen und dem Blut der Verwundeten, dass wir uns selbst nicht mehr riechen. Aber ich gehe jede Wette ein, wir stinken fürchterlich.«

»Du zerbrichst dir über solche Dinge den Kopf, wo unser Leben und unsere Seelen auf dem Spiel stehen? Gib dich nicht mit eitlen Äußerlichkeiten ab«, tadelte Berthold sie. »Wir müssen uns unter die Menge mischen und uns von ihr treiben lassen.«

Kristina konnte kaum noch atmen, als sie sich an Bertholds Hand klammerte, während er sie weiter mit sich zog.

Gütiger Gott, betete Kristina stumm, *bitte mach, dass ich meine Angst zügeln kann. Bitte lass uns diesen Mann mit Namen Heck rasch finden, damit wir mit deinem Werk beginnen können.*

»Vielleicht sollten wir heute Nacht unter einem festen Dach schlafen«, sagte Berthold. »Verzeih mir, wenn ich manchmal schroff bin. Ich weiß, dass du seit Tagen nicht geschlafen hast. Wenn ich wach wurde auf diesem Wagen, warst du jedes Mal schon dabei, die Verwundeten zu versorgen, diese gewalttätigen Männer. Du warst ihnen so nah, dass es mich erschreckt hat. Ich bewundere deinen Mut, Kristina, erst recht wegen deiner Jugend.«

»Es musste getan werden, also habe ich es getan«, sagte sie und lächelte ihn an.

Berthold drückte ihre Hand. »Aber jetzt brauchst du Schlaf.«

»Ja. Und wenn es auf dem kalten Boden in irgendeinem Lagerraum ist. Und ich brauche eine Waschschüssel, meinetwegen auch einen klaren Bach, um mir den Dreck abzuwaschen.«

»Vorsicht!«, rief Berthold plötzlich und zerrte sie zu sich. Sie wurden angerempelt und gestoßen. Mehrere Reiter drängten sich unter lauten Rufen und Verwünschungen rücksichtslos durch die Menge, und ihre Tiere zwangen die Menschenmenge auseinander. Einmal wurden Berthold und Kristina gegen die steinerne Brüstung gedrückt. In dem Gedränge fiel Kristinas Blick zufällig nach unten auf das grüne Wasser. Sie sah einen Lastkahn voll ausgelassen feiernder Menschen und dachte sehnsüchtig an ihre Harfe und wie Lud sie ihr zurückgebracht hatte.

»Es ist viele Jahre her, dass ich zum letzten Mal in einer Stadt war«, sagte Berthold, als sie sich endlich dem Ende der Brücke näherten, wo sich das Stadttor erhob. »Nirgendwo findest du so viel Eitelkeit und Stolz.«

»Ich war noch nie in einer Stadt«, gestand Kristina.

Berthold blickte sie erstaunt an. »Noch nie?«

»Nicht mehr, seit ich mit zwölf Jahren meine Eltern und meine Schwester verloren habe.« Flüchtig dachte sie an das schreckliche Ereignis, das fünf Jahre zurücklag. Ihre Schwester Ruth war fünfzehn gewesen, als sie auf dem Scheiterhaufen verbrannt worden war. Heute war sie, Kristina, zwei Jahre älter als ihre Schwester zum Zeitpunkt ihres Todes.

»Komm weiter«, drängte Berthold und zog sie mit sich. »Wenn wir stehen bleiben, fallen wir auf.«

Kristina ließ sich von ihm mitziehen. Am Tor verteilten Hausierer kostenlose Flugblätter. Sie ließ sich eins geben und las die fette Überschrift ganz oben auf dem Blatt. *Die großen Taten der Würzburger Helden! Türkischer Edelmann als Geisel genommen! Gott der Herr hat seinen Soldaten den Sieg geschenkt!*

Über ihr erhoben sich die Wachtürme einer Burg. Soldaten blickten von den zinnenbewehrten Mauern herab. Kristina hatte das Gefühl, dass alle sie anstarrten; deshalb hielt sie den Kopf gesenkt, als sie weitergingen.

Schließlich warfen die Zwillingstürme des Doms ihre Schatten über die Straße, und sie gelangten auf einen großen Platz. Beide blieben stehen und ließen den Blick schweifen.

In diesem Moment setzte das Läuten der gewaltigen Glocken ein. Eine davon musste riesig sein, denn sie übertönte alle anderen. Die Menge war entzückt und jubelte.

»Das ist die Lobdeburg-Glocke«, sagte Berthold. »Sie läutet sonst nur freitags um drei Uhr, zu der Stunde, in der Christus gekreuzigt wurde.«

»Und warum jubeln die Leute?«

»Sie wissen nichts über die eigentliche Bedeutung des Geläuts. Für sie ist es bloß ein lautes Geräusch, das bis weit über die Grenzen der Stadt hinaus zu hören ist.«

Erst jetzt bemerkte Kristina, dass Berthold sehnsuchtsvoll nach oben blickte, als die Glocken läuteten.

»Ist alles in Ordnung?«, fragte sie.

»Verzeih«, sagte er und schüttelte den Kopf. »Manchmal vergesse ich, wie es für mich war, Teil von etwas so Großem zu sein. Etwas so Mächtigem.«

»So Großem?« Kristina war nicht sicher, was er meinte. »Was könnte größer sein als Gott der Herr?«

Berthold antwortete nicht. Stattdessen setzte er sich wieder in Bewegung. Sie kamen zu einer großen Taverne, vor deren

Eingang sich die Menschen drängten. Aus dem Innern drang ein derbes Lied mit einer eingängigen Melodie.

»Freibier!«, riefen die Höker. »Freibier für die Siegesparade! Seine Exzellenz der Fürstbischof bezahlt! Gott segne unsere glorreichen Helden! Freibier für alle!«

Eine Gruppe Nonnen kam vorbei. Kristina wandte den Kopf zur Seite und schlug die Augen nieder, denn wieder einmal schämte sie sich ihres heruntergekommenen Äußeren. Sie sah die schmucke Kleidung, die alle trugen, selbst Leute, die erkennbar nicht zu den Reichen gehörten. Sie alle hatten ihre besten Sachen hervorgeholt, zur Feier des Tages. Kristina sah schimmernden Samt, goldene Knöpfe, Plissee und breite Kragen, Bänder in den Haaren und prachtvolle Hüte.

Doch es war eine Welt voller Widersprüche. Hier ließ der Wohlgeruch nach Essen Kristinas leeren Magen knurren, dort weckte der Gestank nach Unrat ihren Brechreiz.

Kristina stolperte benommen weiter. Christus verlangte Nächstenliebe von ihr, die gleiche Liebe für *jeden* Menschen, und doch fühlte sie sich von vielen Leuten abgestoßen.

Das liebliche kleine Kunwald schien so fern wie der Mond. Wie einfach es dort gewesen war, jeden zu lieben, wo jeder den anderen liebte. Sie spürte Sehnsucht nach Kunwald, nach dem Frieden dort, der Sicherheit und der Idylle.

Der Rauch von gegrilltem Fleisch brannte in ihren Augen. Sie eilten vorbei an Marktständen mit geräuchertem Fleisch, Würsten, Backwaren und Süßigkeiten und gingen erst langsamer, als sie Stapel gedruckter Flugblätter an den Häusermauern liegen sahen. Ein Höker hielt Berthold eines der Blätter hin.

»Hier, eine Sternenkarte, die dein Schicksal verrät! Nein? Dann willst du vielleicht lernen, Gedanken zu lesen?«

Der Höker am nächsten Stand war noch schlimmer.

»Verbotene magische Rituale aufgedeckt! Die zehn furchtbarsten türkischen Foltern! Kleinkind mit vier Köpfen spricht vier verschiedene Sprachen! Ketzer opfern Jungfrauen!«

Kristina blieb stehen, las und widerstand Bertholds ziehender Hand. Sie spürte, wie sie errötete. Ihr Gesicht brannte vor Empörung wegen dieses himmelschreienden Unsinns. Sie wollte weiterlesen, doch Berthold zog sie entschlossen mit sich. »Lies das nicht. Du würdest den Mund nicht halten. Ich kenne dich«, sagte er. »Aber solche entsetzlichen Lügen dürfen nicht verbreitet werden!«, widersprach sie.

Wieder starrten die Menschen angewidert auf ihre verdreckte Kleidung, und Berthold zog Kristina mit sich fort, schneller jetzt, weg von den Hökern. »Sprich leise! Oder möchtest du, dass wir gefasst werden, bevor unsere Arbeit überhaupt begonnen hat?«

Sie kamen an einem burgähnlichen Gebäude vorbei, vor dessen Mauern sich Menschen versammelt hatten, um die angeschlagenen Bekanntmachungen zu lesen. Mehrere Vorleser erklärten den Analphabeten für ein paar Münzen, was die amtlichen Verlautbarungen besagten.

»Das ist genauso traurig wie ungerecht«, sagte Kristina.

»Ja«, pflichtete Berthold ihr bei. »Lesen bedeutet Herrschen, und wenn alle lesen könnten, gäbe es vielleicht mehr Gleichheit unter den Menschen. Aber da es in den meisten Dörfern und Gemeinden im Heiligen Reich verboten ist, lesen zu lernen – wie können wir da die Menschen unterrichten? Nur hier in der Stadt haben wir die Möglichkeit dazu, weil es nur hier den Schutz der Namenlosigkeit gibt.«

Voraus erblickte Kristina die Säulen der ehrwürdigen Akademie. Sie kämpften sich durch das Gewühl auf den Straßen darauf zu. Kristina rechnete damit, Professoren in Talaren zu erblicken – jene gelehrten Männer, die ihren Studenten Wissen und Erleuchtung brachten. So jedenfalls hatten manche daheim in Kunwald es ihr beschrieben.

Was sie stattdessen sah, waren herausgeputzte Studenten in geckenhafter Kleidung, die auf Treppen und Galerien herumlungerten und würfelten, Karten spielten oder grell geschminkte Frauen befummelten. Alle trugen ein Schwert oder einen Dolch, doch es waren andere Waffen, als Kristina bei Lud oder Ritter Dietrich gesehen hatte. Diese Waffen hier waren kunstvoll verziert mit Silber und Gold und mit Edelsteinen besetzt.

Auf dem Hof vor der Akademie teilte sich eine jubelnde Menge von Studenten, um zwei Kommilitonen Platz zu machen. Die beiden kämpften verbissen, aber unbeholfen mit Schwertern gegeneinander. Ohne Vorwarnung erschien vor Kristinas geistigem Auge das Bild von Lud, der wie ein wilder Wolf unter diesen beiden Welpen gewütet hätte.

Berthold eilte weiter, zog Kristina an der Hand mit sich. Ein paar Studenten pfiffen ihr hinterher. Andere warfen Essenshäppchen nach Passanten und riefen ihnen zotige Bemerkungen zu. Kristina konnte es kaum glauben. Diese Studenten schienen alles Mögliche im Kopf zu haben, aber den Wunsch, ihr Wissen zu mehren, hatten sie offenbar nicht.

Berthold beschleunigte seine Schritte.

Kristina hielt sich dichter bei ihm, als sie zwischen grinsenden Männern und Frauen hindurchmussten. Jemand packte Kristina und versuchte, sie zu küssen. Sie zuckte mit einem Schrei zurück und drängte sich stolpernd an Berthold.

»Jemand ... jemand hat versucht ...«, stammelte sie empört.

»Was?« Berthold drehte sich zu ihr um.

Kristina suchte nach Worten, beschämt und wütend. Sie wollte nur noch weg von diesem Mob, dieser Menschenmasse, die außer Rand und Band war. Die Stelle, wo der Unbekannte sie angefasst hatte, brannte wie Feuer.

»Was ist los?«, fragte Berthold noch einmal. »Was hast du?«

Sie musste es ihm sagen, und wenn es ihr noch so peinlich war. »Jemand hat mich angefasst.«

»Sei nicht kindisch«, entgegnete Berthold. Anscheinend begriff er nicht, was sie ihm sagen wollte, oder er schenkte ihr keinen Glauben. »Alle drücken und drängen. Keine Bange, bald sind wir aus der Menge heraus.«

Er zog sie weiter hinter sich her. Soldaten mit Tonkrügen – einige hatten sich gegenseitig untergehakt – taumelten durch

322

das Gedränge, verschütteten Bier, schwatzten, brüllten, sangen, rülpsten, torkelten gegen Fässer, Stände und Passanten, fielen über Tische und Bänke, erbrachen sich, grabschten nach Frauen oder sanken betrunken zu Boden und blieben schnarchend liegen.

Berthold und Kristina passierten einen Stand mit schlampig gestrickten Puppen, die offenbar Türken darstellen sollten, verziert mit Taubenfedern. Wer eine solche Puppe kaufte, misshandelte sie mit Hutnadeln und brennenden Spänen aus einer Feuerschale neben dem Stand.

»Teufelspuppen! Verbrennt eure eigene Teufelspuppe!«, rief der Verkäufer.

Tiefe Niedergeschlagenheit übermannte Kristina angesichts der widerwärtigen Menschenmassen ringsum. Sie hatte Angst, ohnmächtig zu werden. »Berthold, bitte, wir müssen weg von hier, fort von diesem furchtbaren Ort.«

»Gleich. Bestimmt gibt es Straßen, die von hier wegführen. Es muss welche geben.«

Kristinas schrecklichste Erinnerungen wurden geweckt; sie erlebte das Grauen der Vergangenheit noch einmal. Es war ein Platz wie dieser gewesen, auf dem ihre Familie verbrannt worden war. Sie sah, wie eine Türkenpuppe in Flammen aufging und fallen gelassen wurde. Schuhe trampelten unter dem Gegröle der Umstehenden auf der brennenden Puppe, stapften sie in den Dreck. Kristina spürte die alte Angst aus ihren Albträumen – und noch mehr. Das Gelächter ringsum verstärkte diese Furcht, sodass sie sich schwach und fiebrig fühlte.

»Mir ist nicht gut, Berthold«, sagte sie und stolperte. »Es ist zu viel … zu viele Eindrücke.«

Berthold blieb stehen und blickte ihr prüfend ins Gesicht. »In der Schlacht mit diesen Mördern warst du tapfer, und jetzt bist du so furchtsam? Ein Hund bellt, und du schreist auf vor Angst? Eine Stoffpuppe brennt, und du verlierst den Mut?«

»In einer Schlacht amüsieren sich die Menschen nicht so hemmungslos und schändlich wie diese Leute hier!«

»Aber die Soldaten morden und verlieren ihre Seelen dabei. Diese Menschen hier morden nicht.«

»Ich bekomme keine Luft mehr, Berthold. Ich muss weg von hier!«

»Hör auf, dich wie ein Kind aufzuführen. Komm jetzt, wir müssen weiter«, drängte Berthold, und sie erkannte, dass er selbst es mit der Angst bekam. Wieder zerrte er sie mit sich. Sie ließ es willenlos geschehen.

»Eis!«, brüllte ein Höker von einem großen Karren herunter. Auf der Pritsche lagen dicke Eisklötze, bedeckt mit Stroh. Ein Mann mit einem Hammer und einem Nagel schlug Brocken ab. Kristina beobachtete, wie Leute vortraten und Eis für ihren Wein kauften. »Eis! Kaltes Flusseis aus dem letzten Winter, frisch aus unserer Strohgrube!«

Dann ertönten von irgendwo voraus wirbelnde Trommelschläge. Die Menge wandte sich dem Geräusch zu, drängte in seine Richtung und riss Berthold und Kristina mit.

Sie kamen durch eine breite Straße, gesäumt von Läden, vor denen große Tische standen. Kristina blickte ungläubig auf die Angebote der Händler, auf die Möbel und die kostbaren Gegenstände aus Gold und Silber, auf die Kleidung aus edlen Materialien an lebensgroßen Puppen, auf Hüte, Stiefel, Gürtelschnallen, Schmuck und Lebensmittel, die sie noch nie gesehen hatte.

Berthold zog sie weiter. »Hör auf zu gaffen«, ermahnte er sie. »Das alles sind nichtige Dinge für Reiche. Dinge, die ohne Bedeutung sind.«

Jemand versetzte Kristina einen Stoß, und sie verlor Bertholds Hand und wurde von der Menge mitgerissen. Erschrocken rief sie nach ihm. »Berthold!«

»Ich bin hier«, rief er und kämpfte sich rasch wieder zu ihr vor.

Im ersten Stock der Häuser, bewacht von Magistratsleuten, saßen auf großen Balkonen die Stadtväter, Bürger und Herren der Gilden. Sie waren ausnahmslos wohlhabend, und viele hat-

ten Diener, die ihnen Sonnenschirme hielten und sie mit ge-
kühlten Getränken versorgten.

Ein Stück voraus über den Köpfen der Menge erblickte Kristina Banner, Spieße, Pferde und Wimpel, während der Trommelwirbel immer lauter wurde. Plötzlich erkannte sie, dass es
die geschlagene Armee war – der Heerwurm, in dem sie und
ihre Brüder und Schwestern als Gefangene im Wagen des Ritters Dietrich mitgezogen waren.

»Schau nur!«, sagte sie zu Berthold.

»Ja, ich sehe sie.«

Vor der Reiterei fuhren die Edelleute der Stadt in vergoldeten
Kutschen. Der Fürstbischof – denn niemand anders konnte der
ältere Mann mit dem freundlichen Gesicht in den strahlend weißen kirchlichen Gewändern sein – fuhr in der vordersten Kutsche.

Dann blieb Kristina abrupt stehen. Sie konnte nicht glauben, was sie sah. Berthold zerrte an ihrer Hand, aber diesmal
ging sie keinen Schritt weiter. Sie hatte Mahmed entdeckt, den
Türken. Er saß neben dem Bischof wie ein Ehrengast, nicht wie
eine Geisel, in einen neuen purpurnen Seidenumhang gehüllt.
Von seinen erst halb verheilten Wunden war nichts mehr zu
sehen.

Sie hatten Mahmed kostümiert wie für eine Komödie. Auf
seinem Kopf saß ein roter Turban mit Pfauenfedern, die bei jeder Bewegung der Kutsche wippten. Er sah lächerlich aus.

Kristina überkam tiefe Traurigkeit angesichts der schaden-
froh johlenden Menschen, die sich näher zu schieben versuchten. Sie schrien Mahmed ihren Hass und ihre Verachtung entgegen. Mahmed für seinen Teil blickte starr geradeaus und
zeigte keinerlei Regung.

Der Fürstbischof segnete die Menge. Zu beiden Seiten der
Kutsche ritten Edelleute auf ihren gepanzerten Rössern – Männer, die Kristina in der Schlacht nicht eine Sekunde lang gesehen hatte. Ihre Rüstungen glänzten wie neu. Auf den Dächern
wurden Körbe mit Blütenblättern ausgekippt, die wie bunter

Schnee herunterrieselten und den Heerwurm in tausend Farben leuchten ließen.

Berthold beugte sich zu Kristina. »So viel Eitelkeit«, flüsterte er ihr ins Ohr. »So viel Stolz. Nichts als Eitelkeit und Stolz. Hinter all dieser Kriegsverherrlichung steckt niemand anders als die Kirche. Welch ein niederträchtiger Verrat an Gott.«

Ob wahr oder nicht vermochte Kristina nicht zu sagen, doch Bertholds Worte klangen in ihren Ohren ebenfalls nach Eitelkeit. Es waren Worte, die andere verurteilten, Worte voller falschem Stolz.

Ihre Blicke hungerten nach einem vertrauten Gesicht, einem Gesicht voller Narben, und sie suchte die Reihe der Wagen ab. Endlich rumpelte der Karren von Giebelstadt langsam vorbei, gefolgt von den Jungen mit ihren Piken, unsicher wankend, vermutlich betrunken. Sie sahen aus wie geprügelte Kinder, die krampfhaft versuchten, die Köpfe hoch zu halten. Kristina empfand Mitleid für diese Jungen. Doch bald, sehr bald schon würden sie nach Hause zu ihren Müttern zurückkehren, wo sie umarmt, geliebt und willkommen geheißen würden, und dieser Gedanke tröstete sie ein wenig.

Dann sah sie den silbernen Widderkopf auf einem Banner.

Hinter dem Wagen von Giebelstadt kamen zwei Berittene – Dietrich und sein Reisiger Lud. Lud ritt auf einem mächtigen Ross und trug einen frischen Umhang mit dem Wappen von Giebelstadt. Auch er saß hoch aufgerichtet und anscheinend unverwundet im Sattel, trotz der Schnitte, die er im Duell mit dem Landsknecht erlitten hatte. Doch Kristina wusste, dass dieser harte Mann selbst dann noch aufrecht sitzen würde, wenn Schmerz und Schwäche ihn zu übermannen drohten. Dietrich war gleich neben ihm; anstatt vorne bei den anderen Edlen zu reiten, zog er es vor, bei seinen Männern zu bleiben. Keiner von beiden winkte der Menge zu.

Das sieht den beiden ähnlich, dachte Kristina und empfand eine so innige Zuneigung, dass es sie selbst überraschte.

»Sieh weg!«, zischte Berthold ihr zu. »Was, wenn diese Mörder uns entdecken?«

Doch sie wandte das Gesicht nicht ab, konnte nicht, wollte nicht, und für einen Moment hatte sie das sichere Gefühl, dass Lud sie erkannte, bevor er hastig wieder nach vorne sah.

Als die Parade vorübergezogen war, folgten Kristina und Berthold dem Verlauf der breiten Straße, die nun übersät war mit Unrat, Pferdemist, betrunkenen Nachzüglern und zechenden Kriegern – allesamt im Auge behalten von mit Knüppeln bewaffneten Magistratsgehilfen.

»Lass uns von dieser grässlichen Straße verschwinden«, sagte Berthold.

Sie bogen in eine nahezu verlassene Seitengasse ein und wanderten umher auf der Suche nach dem Haus des Druckers Werner Heck. Der Lärm der Parade wurde leiser, entfernte sich mehr und mehr. Kristina fühlte sich jetzt viel besser, wie ein Vogel, der aus einem Käfig freigekommen war. Sie tranken Wasser aus einem Brunnen an der Straße und zogen weiter auf der Suche nach dem Handwerksschild von Werner Heck.

»Wisst ihr, wo der Drucker Heck zu finden ist?«, wandte Berthold sich immer wieder an Passanten, erhielt als Antwort aber nur leere Blicke oder ein Kopfschütteln, stets begleitet mit dem Angebot irgendeiner Dienstleistung für die eine oder andere Münze.

Die Menschen, die Kristina jetzt sah, trugen normale Kleidung und arbeiteten in offenen Türen oder kleinen Werkstätten, wo sie schmiedeten, hämmerten, brauten, kochten, nähten, töpferten und dergleichen mehr. Dann kamen sie in ein Viertel, in dem eigenartig gekleidete Männer mit langen Haaren und Bärten herumliefen.

Nördlich vom Marktplatz gelangten sie in eine Nebenstraße. Über einem Portal war ein Davidsstern in den Stein gemeißelt. Auch hier waren bärtige und seltsam gewandete Männer mit langen Haaren unterwegs. Von irgendwo erklang Gesang – eine traurige, aber wunderschöne Melodie.

Berthold blieb stehen, und Kristina lehnte sich erschöpft an ihn. Eine Frau mit tiefschwarzen Augen musterte sie neugierig aus einem Hauseingang. Hinter ihr drängten sich Kinder mit den gleichen dunklen Augen und starrten offenen Mundes auf die beiden abgerissenen Gestalten. Berthold wich zurück. »Eine Synagoge. Wir sind im jüdischen Viertel«, sagte er. »Hier ist Heck bestimmt nicht. Nicht unter diesen Leuten, die Jesus Christus verraten haben.«

»Aber Christus war selbst Jude«, sagte Kristina.

»Er ist der Sohn Gottes. Die Juden leben aus gutem Grund in einem eigenen Viertel, abseits der anderen. Nürnberg, im Süden, hat die Juden sogar ausgewiesen. Sie verdrängen die andere Bevölkerung und brüten Krankheiten und Sünde aus.« Er zog an ihrer Hand.

Für einen Moment widerstand sie seinem Drängen und blickte ihm ungläubig ins Gesicht, während sie versuchte, seine Worte zu begreifen.

»Dann ist diese Stadt hier vielleicht ein gutes Zeichen für uns, ein Zeichen für die Freiheit der Gedanken?«, sagte sie schließlich. »Für die Freiheit unserer Seelen?«

»Die Freiheit des Glaubens bedeutet nicht die Freiheit zur Abweichlerei und Blasphemie. Was ist nur los mit dir? Komm schon, weiter! Gehorche mir!«

Berthold zerrte heftiger an Kristinas Hand, und seine schiere Kraft zwang sie zum Gehen. Sie spürte Schwäche in seiner Angst und seinen Vorurteilen. Schlimmer noch, das Gefühl, Berthold nicht wirklich zu kennen, verstärkte nicht nur ihre eigene Furcht vor dieser Stadt, sondern auch die Furcht vor Berthold, ihrem Mann.

Wen habe ich bloß geheiratet?

21.

Lud

*F*ür den einfachen Soldaten war es pure Langeweile, während einer Zeremonie in Habacht zu stehen. *Auf Befehl hinstellen. Auf die Reden warten. In der Sonne stehen, schwitzen, mit brennenden Füßen, wie eine lebendige Statue. Zuhören, wie ein Edelmann den anderen preist. So tun, als würde man alles verstehen. Jedes Mal jubeln, wenn die Banner geschwenkt werden, wenn das Signal erklingt. Zu Gott beten, dass es bald zu Ende ist. Und dann kommt die nächste lügenhafte Rede ...*

Der Triumphmarsch hatte auf dem Würzburger Domplatz geendet. Unter den Augen der Reichen und Edlen auf den Tribünen und im Antlitz der neu errichteten Monumente war Lud auf seinem neuen Schlachtross, einem großen Fuchswallach, langsam in der Linie vorgeritten. Waldo, der Stallmeister, hatte ihm ein Pferd aus der zweiten Garnitur Dietrichs gegeben, als Trost. Ohne Zweifel ein wertvolles Geschenk, doch Lud empfand nicht die Sicherheit, die Jax ihm vermittelt hatte, oder die Schnelligkeit. Stattdessen spürte er, dass das Pferd ihm ebenfalls noch immer misstraute. Es war ein mächtiges Pferd. Dietrich hatte es Ox genannt.

»Du kannst es nennen, wie du magst«, hatte der Ritter zu ihm gesagt.

»Ich lasse es bei Ox, Herr. Der Name erinnert mich an *Ochse*. Wir passen also gut zusammen«, hatte Lud geantwortet und dem Wallach den Hals getätschelt.

Luds untere Gesichtshälfte war unter einem Tuch verborgen, während er dastand und beobachtete, wie hungrige Kinder die Rinnsteine absuchten und um Essen kämpften, das die Händler und Priester in die Menge warfen. Dann lenkte er sein Tier in den Schatten der Zwillingstürme des Doms. Während er wartete, dachte er an sein gutes Pferd Jax, an die Schlacht, in deren Verlauf es gestorben war, an den Türken, an seine Jungen, an das Duell mit dem Landsknecht ... und an die junge hübsche Ketzerfrau, die ihm die Stirn geboten hatte.

Dann wurde ihm bewusst, dass er und die anderen das Zeichen zum Jubeln bekommen hatten. Er öffnete den Mund und tat so, als würde er in das Geschrei einstimmen, während der Fürstbischof die versammelten Truppen segnete, die jetzt Helden Jesu Christi waren.

Wann ist dieser schlechte Witz endlich vorbei?

Die Sonne stand hoch über dem Platz, als die Reden gehalten wurden. Lud beobachtete, wie der Schatten der Zwillingstürme langsam wie ein Stundenzeiger über die versammelte Menge kroch.

Als die Zeremonie zu Ende war, erlebte er eine Überraschung. Es hatte Essen und Trinken für alle gegeben. Dann, als die Männer satt, müde und benebelt vom Bier waren, hatten die Anführer des Marsches sie wissen lassen, dass die Armee ihr Lager am Flussufer aufschlagen werde, im Schatten der Festung Marienberg, damit die Dämpfe der Pestilenz in die frische Luft am Fluss entweichen konnten, um den Ausbruch einer Pockenepidemie zu verhindern. Lud war misstrauisch, und sein ungutes Gefühl wurde alsbald durch Dietrich bestätigt.

»In Wahrheit gibt es keine Pocken«, sagte der Ritter. »Unsere Leute sollen die Uferdämme ausbessern und die neuen Brückenpfeiler verstärken, bevor wir in unsere Dörfer und auf unsere Güter zurück dürfen.«

»Aber die Männer verlassen sich darauf, dass sie jetzt nach Hause können!« Lud hörte sie im Geiste schon aufstöhnen und schimpfen, wenn er ihnen die schlechte Neuigkeit überbrachte. Sie hatten vorerst genug vom Soldatenleben. Sie wollten nur noch zurück in die Heimat.

»Es ist nicht meine Entscheidung, Lud. Und wenn sie schon nicht gelernt haben, den Spieß zu führen, wissen sie zumindest, wie man mit Hacke und Schaufel umgeht.«

»Sie sind zum Kämpfen mitgezogen, Herr, nicht zum Graben.«

»Ja, aber die Feinde Christi zu töten ist nicht so einfach, wie es scheint, nicht wahr? Viele Männer sind gefallen, viel zu viele. Deshalb hat Christus seiner eigenen Leibwache verboten, ihn gegen seine Häscher zu verteidigen. Er wollte nicht, dass sie umsonst für ihn sterben. Schließlich wusste er, dass er bald am Kreuz sterben würde.«

»Ist das so, Herr? Woher wisst Ihr das?«

»Ich kann lesen, Lud. Genau wie du eines Tages.«

»Mir wäre lieber, Ihr würdet mir sagen, was ich wissen muss.«

»Und wenn ich einmal nicht mehr da bin? Dann solltest du lesen können. Lesen und Männer führen.«

»Nicht ich, Herr, niemals.«

»Für den Augenblick reicht es, wenn du die Männer zum Arbeiten bringst. Sag ihnen, sie sollen mit der Kraft und Entschlossenheit graben, die sie beim Kampf mit dem Spieß vermissen ließen.«

Lud widerstand der Versuchung, sich gegen den Spott seines Herrn zu wehren. Es ärgerte ihn, dass seine Jungen und die zahllosen anderen Soldaten weiterhin ausgebeutet werden sollten, statt sich über die versprochene und verdiente Heimkehr freuen zu dürfen.

»Ohne Lohn?«, fragte er. Sein Herz pochte heftig, weil er Dietrich so kühn entgegentrat, denn die Wertschätzung seines Ritters war ihm wichtiger als alles andere. Lud fürchtete Dietrichs Zorn mehr als das Messer irgendeines Mannes. Deshalb fügte er hastig hinzu: »Ich frage nur, weil die Jungen *mich* fragen werden.«

Dietrich blickte ihn freudlos an. »Der Fürstbischof sagt, die Kosten für den Feldzug waren immens.«

»Und doch baut der Fürstbischof ununterbrochen neue Denkmäler und Kirchen.«

»Sorge dafür, dass unsere Jungen begreifen, was ihre Pflicht ist. Es wird ihnen helfen, die schlechte Stimmung zu überwinden. Betrachte es als eine gute Sache. Es lässt sich ohnehin nicht vermeiden.«

»Das ist Diebstahl, Herr«, sagte Lud und schluckte mühsam. »Wo so viel Arbeit auf dem Gut und in Giebelstadt auf uns wartet.«

Dietrich trat so nah vor Lud heran, dass ihre Gesichter nur eine Handbreit voneinander entfernt waren. Lud sah die geplatzten Äderchen in Dietrichs Augen, als der Ritter leise und eindringlich zu sprechen begann, als vertraute er einem Kind ein Geheimnis an – oder einem Pferd.

»Lass sie schuften, bis sie nicht mehr können. So lange, bis ihr Zorn abgekühlt ist. Sie sollen ihre Wut an den Dämmen des Mains auslassen, bevor sie zu den Menschen zurückkehren, die zu Hause auf sie warten. Mach ihnen klar, dass du es ernst meinst. Entschlossenheit wird ihnen die Arbeit erleichtern – und dir ebenfalls. Die Arbeit zu Hause muss warten, tut mir leid.«

*

Lud kehrte mit den schlechten Nachrichten ins Lager zurück – gerade rechtzeitig, um einem bischöflichen Feldscher dabei zu helfen, Kaspars entzündetes Bein abzusägen.

Nachdem die Amputation vorgenommen war, wusch Lud sich an einem Brunnen das Blut ab und dachte mit Schaudern an die letzten Minuten zurück. Kaspar hatte schrecklich gelitten. Es gab aber auch gute Neuigkeiten. Jakob hatte sich erholt und sollte bald aus dem Pockenwagen entlassen werden.

Lud durchquerte das Lager und fand den Rest seiner Jungen bei einer wilden Rauferei. Schreiend und fluchend wälzten sie sich am Boden, ein Gewimmel aus wirbelnden Armen und tretenden Beinen.

»Aufhören!«, brüllte Lud. »Hört sofort auf! Los, alle hoch!«

Mit Tritten und Faustschlägen zwang er sie auseinander, bis sie ächzend und blutend am Boden lagen, ihn anstarrten und einander feindselige Blicke zuwarfen.

»Wie ist es zu der Balgerei gekommen?«, wollte Lud wissen. »Raus mit der Sprache!«

Keiner der Jungen antwortete. Stattdessen blickten sie finster drein. Lud starrte einen nach dem anderen an und versuchte es auf einem anderen Weg mit einem alten Kunstgriff, den erfahrene Soldaten in solchen Situationen benutzten.

»Konntet ihr nicht die Finger voneinander lassen? Wart ihr zu lange weg von den Mädchen, dass ihr es jetzt bei Jungen versucht?«

Luds Worte erschreckten und beschämten die Jungen, und sie rückten hastig voneinander ab.

Lud ging zwischen ihnen hindurch und musterte einen nach dem anderen.

»Jetzt hört mir gut zu, ihr Kriegshelden, ihr tapferen Sieger in der Schlacht, denn das, was ich jetzt sage, sage ich nur ein einziges Mal. Wir sind nicht mehr die Gleichen, die gemeinsam aus dem Dorf aufgebrochen und in den Krieg gezogen sind. Was immer dort draußen geschehen ist, bleibt dort. Wir kehren als Waffenbrüder aus dem Krieg zurück, genauso, wie wir aufgebrochen sind, aber wir alle haben uns verändert, besonders ihr.«

Tilo gab ein leises Stöhnen von sich und betastete sein blutendes Ohr. Es war zur Hälfte abgebissen.

»Hast du was zu sagen?«, fragte Lud.

»Nichts«, erwiderte Tilo. »Frag die anderen. Sie haben das Maul aufgerissen, nicht ich.«

Lud zerrte Stefan auf die Beine und sah ihm ins Gesicht. Seine Lippe war aufgeplatzt und ein Auge halb zugeschwollen.

»Du bist der Älteste dieser Bande, Stefan«, sagte Lud. »Von dir hätte ich mehr erwartet. Also, was ist passiert?«

»Zwei von uns sind vor dem Feind davongerannt, und das haben wir laut gesagt ...« Alle blickten zu Tilo und Ambrosius, die beschämt die Köpfe hängen ließen.

»Keiner von euch ist davongerannt«, entgegnete Lud. »Ihr alle habt tapfer gekämpft. Habt ihr das verstanden?«

»Aber ...«, wollte Stefan aufbegehren.

»Sei still und hör mich an. Ihr alle habt unseren Wagen

verteidigt bis zum Letzten, und drei von uns sind gestorben. Wir werden niemals erzählen, wie sie gestorben sind. Versteht ihr?«

»Lud hat recht«, sagte Max. »Lassen wir es dabei.«

Die anderen murmelten zustimmend und wechselten Blicke. Max schlug Tilo und Ambrosius auf die Schultern, und sie blickten zögernd zu ihm hoch. »Na also«, sagte Lud. »Und jetzt freut euch auf Jakob. Er ist gesund und kommt bald zu uns zurück. Kaspar hatte nicht so viel Glück. Er hat im Wagen des Feldschers das verwundete Bein verloren. Wir mussten es ihm abschneiden.«

Alle verstummten und starrten Lud schockiert an, als ihnen bewusst wurde, was er gerade berichtet hatte. Max kicherte hysterisch, wie immer, wenn er geschockt war. Tilo hielt sein blutendes Ohr und funkelte Max an, bis Stefan ihm einen Stoß mit dem Ellbogen versetzte.

»Nein«, stöhnte der Kleine Götz. »Nicht Kaspar. Nicht sein Bein.«

»Keine Tänze mehr für Kaspar«, sagte Frix traurig.

»Haben die Ketzer seine Wunde vergiftet?«, fragte Tilo.

»Red keinen Unsinn. Die Ketzer haben nichts damit zu tun«, sagte Lud. »Kaspar hat sich nicht an ihre Anweisungen gehalten und die Wunde immer wieder aufgekratzt. Aber er hat die Amputation tapfer über sich ergehen lassen.«

Das war eine Lüge: Kaspar hatte sich gewehrt, geschrien und sich vollgepinkelt, bis er gnädigerweise ohnmächtig geworden war. Aber warum sollte Lud den Jungen das alles erzählen? Eine Lüge war besser.

Lud stemmte die Hände in die Hüften und schüttelte den Kopf. »Keiner von euch hat das Recht, sich über die anderen zu stellen und auf jemanden hinabzuschauen, verstanden? Los, nehmt euch an den Händen und vertragt euch. Ihr habt in den letzten Wochen eure Milchzähne verloren und kommt mit dem ersten Flaum auf den Wangen nach Hause. Ihr seid keine raufsüchtigen Jünglinge mehr. Also gebt euch die Hand.«

Aber die Jungen wollten immer noch nicht, also bedrängte Lud sie härter, mit schmerzhafteren Wahrheiten.

»Hört mir gut zu. Wir kehren gemeinsam nach Hause zurück, und wenn alte Männer oder kleine Jungen euch fragen, was ihr erlebt habt, werdet ihr weder prahlerische Geschichten über eure Heldentaten erfinden, noch werdet ihr euch gegenseitig verraten. Ihr werdet sagen, es war die Hölle auf Erden und dass ihr nicht darüber reden wollt – niemals, solange ihr lebt. Denn das ist die nackte Wahrheit. Das ist alles an Wahrheit, was die anderen jemals erfahren müssen. Die zu Hause haben kein Recht, uns für das zu verurteilen, was wir im Krieg getan haben. Wenn ich höre, dass einer von euch erzählt hat, wie glorreich unser Feldzug gewesen sei, knöpfe ich ihn mir persönlich vor. Er wird glauben, eine Mauer wäre auf ihn gefallen. Das ist ein Versprechen!«

Lud war von den Jungen, die jetzt vor ihm saßen, oft gefragt worden, wie der Krieg eigentlich sei. Er hätte ihnen viele Geschichten erzählen können – Geschichten von Mut und Heldentum, männlicher Bewährung und Opferbereitschaft, aber das hatte er nie getan, und er war immer noch froh darüber. Die einzigen Geschichten, die er jemals einem anderen Menschen über den Krieg erzählt hatte, waren voller Trauer und Bitterkeit gewesen, voller Schmerz und Angst.

Einer nach dem anderen gaben die Jungen sich die Hände. Tilo und Ambrosius weinten vor Erleichterung und Dankbarkeit. Doch Lud war immer noch nicht sicher, ob die Jungen das Allerwichtigste begriffen hatten; deshalb musste er dafür sorgen, dass sie es nie wieder vergaßen.

»Jetzt seid wieder wie zu Beginn unseres Marsches, wie Brüder«, sagte er. »Nur dass ihr jetzt *Männer* seid. Also benehmt euch wie Männer.«

Einer nach dem anderen reichten die Jungen sich die Hände. Einige umarmten einander, nickten, schlugen sich auf die Schultern.

»Wann geht es nach Hause?«, fragte Stefan schließlich.

Lud verzog das Gesicht. Jetzt musste er den Jungen die schlechte Neuigkeit überbringen, ob er wollte oder nicht. »Ihr seid immer noch Soldaten. Ich habe euch noch etwas mitzuteilen, das euch nicht gefallen wird.« Die Jungen blickten ihn ängstlich an, als ahnten sie bereits, was kam. Lud sah die Furcht auf ihren Gesichtern, die sich in Enttäuschung verwandelte, als er ihnen von der Sklavenarbeit erzählte, die auf sie wartete. Sie sollten die Uferböschung neu befestigen, ohne Bezahlung, für die reichen Edelleute und Händler von Würzburg, die nichts für die harte Arbeit zahlen würden außer Brot und Bohnen.

Als Lud die enttäuschten Jungen allein ließ, dachte er an die einsamen Nächte, die vor ihm lagen, und an die Leere, die mit irgendetwas gefüllt werden musste. Es war ein Durst, der nicht durch Bier und Wein zu stillen war. Es war ein Durst, den nur eine Frau zu stillen vermochte, selbst wenn es nur für ein oder zwei Stunden war.

An diesem Abend würde Lud durch die Straßen von Würzburg ziehen, bis er sich satt getrunken hatte.

22.
Kristina

Nach Stunden bangen Suchens erreichten Berthold und Kristina eine Straße, an der sich Läden und Handwerksbetriebe reihten. Hier fanden sie schließlich auch Magister Werner Heck, den Druckermeister.

Es war Kristina, die das Schild entdeckte.

»Sieh nur, Berthold. Die Tafel dort!« Der Name Werner Heck stand in kleinen goldenen Buchstaben in einer Ecke der Tafel. Eine andere Ecke zeigte einen Eulenkopf.

Es hatte eine Weile gedauert, bis sie in die richtige Gegend gekommen waren. In den Seitengassen unten am Fluss und in den ärmeren Vierteln hatte niemand den Namen des Druckers gekannt. Doch Hecks Druckerei lag in Sichtweite der bischöflichen Festung, in einem gepflegten dreistöckigen Steinhaus.

»Was machen wir jetzt?«, fragte Berthold unsicher. »Sollen wir zurück über die Brücke und den anderen Bescheid sagen, dass wir ihn gefunden haben?«

An einem Stand vor dem Haus wurden Flugblätter mit schreierischen Schlagzeilen zum Verkauf angeboten: *Große Taten Würzburger Helden ... Magische Liebestränke ... Ich war Gefangener der Osmanen ... Fürstbischof Lorenz von Bibra gibt prächtige Siegesfeier ...*

»Ob es wirklich der richtige Werner Heck ist?«, fragte Kristina.

»Das frage ich mich auch«, sagte Berthold. »Ein Bruder würde kaum einen solchen Unsinn drucken.«

Ein Mann blickte durch ein Fenster nach draußen und bemerkte die beiden. Sein Gesicht war verzerrt von den Wellen im Glas, doch es war offensichtlich, dass er sie mit der Gründlichkeit eines Falken musterte, der eine Taube erspäht hat. Der Mann hatte wache Augen, ein kluges Gesicht und sah gut aus, wie Kristina fand, doch sie las auch Misstrauen in seiner Miene.

Schließlich verschwand das Gesicht aus dem Fenster. Augenblicke später kam der Mann aus der Tür und hielt geradewegs auf Berthold und Kristina zu.

Sie wichen erschrocken zurück.

»Sucht ihr jemanden?«, fragte der Mann in einem merkwürdigen Akzent, war aber deutlich zu verstehen. Er war groß und drahtig mit kurz geschnittenem, rabenschwarzem Haar. Seine städtische Kleidung war makellos.

»Verzeiht, ist das hier ...« Berthold stockte und räusperte sich. »Ist dies hier das Geschäft von Magister Werner Heck?«

»Das ist sein Geschäft, in der Tat, wie Ihr an dem Schild dort erkennen könnt. Allerdings ist er nicht hier. In welcher Angelegenheit seid Ihr gekommen?«

Die klugen, wachen Augen des Mannes fixierten Berthold. Kristina schätzte ihn auf Anfang dreißig. Er war so gepflegt, dass sie sich noch mehr als zuvor wegen ihrer schmutzigen Haare und der zerlumpten Kleidung schämte.

»Wie ist Euer Name?«, fragte Berthold.

»Sagt mir zuerst, wie Ihr heißt.«

Kristina sah, dass der Mann sich die Hände an einem schwarzen Lappen abwischte. Aus der Tür wehte der Geruch von Druckerschwärze. In einem Raum dahinter arbeiteten mehrere Leute an einer Presse.

»Ich heiße Hans«, log Berthold.

Kristina blinzelte überrascht.

»Hans. Sehr originell, Hans, ich muss schon sagen. Wisst Ihr, wie Ihr ausseht in diesen schwarzen Sachen, an einem Feiertag, nach einer Parade?«

»Wir haben keine andere Kleidung«, kam Kristina ihrem Mann zu Hilfe.

»Schwarz ist die Farbe der Demut«, sagte Berthold.

Der Mann umkreiste ihn und Kristina mit langsamen Schritten, die Augen im glatt rasierten Gesicht voller Misstrauen. Er sah aus wie jemand, der schon in so manchen Abgrund des Lebens geschaut hatte.

338

»Wisst ihr zwei, dass ihr erbärmlich stinkt?«, fragte er schließlich. »Ist das Blut an Euren Sachen, Frau? Woher kommt ihr beiden überhaupt?«

Kristina senkte den Blick. Das Schwindelgefühl kam zurück, und sie wankte leicht, sodass sie sich bei Berthold einhakte.

»Verzeiht, aber wir haben geschäftlich mit Herrn Heck zu tun, nicht mit Euch«, sagte Berthold.

»Meinetwegen«, brummte der andere, ohne Berthold aus den Augen zu lassen. »Übrigens, ich heiße Witter. Mein Vorname tut nichts zur Sache.«

Berthold sah sich rasch um, bevor er fortfuhr. »Im Osten gibt es eine Gemeinde mit Namen Kunwald, und dort lebt ein Mann mit Namen Johannes.«

»Und was soll ich mit dieser Information anfangen?«, fragte Witter und musterte das Paar.

»Wir möchten Herrn Heck sehen«, sagte Kristina.

»Wie ich bereits sagte. Er ist nicht da.«

»Wir kommen später noch einmal wieder«, entschied Berthold und zog an Kristinas Arm.

»Nein, nein, kommt mit«, sagte Witter plötzlich. »Ihr beide seht aus, als hättet ihr einen weiten Weg hinter euch.«

»Wie Ihr meint«, antwortete Berthold steif.

Der Mann setzte sich in Bewegung und trat auf die Straße hinaus. Ein paar Schritte später blieb er stehen und drehte sich zu ihnen um.

»Kommt Ihr jetzt, oder kommt Ihr nicht?«, fragte er ungeduldig.

Berthold zog Kristina mit sich, während Witter mit langen Schritten vorausging.

Unten am Fluss standen schier endlose Reihen schiefergedeckter Häuser mit offen liegendem Fachwerk. Witter führte sie durch ein Labyrinth schäbiger Lagerhäuser. Einige waren zugenagelt, andere heruntergekommen und dem Verfall preisgegeben. Sie wandten sich flussaufwärts. Schon bald wurde das Wasser des Mains klarer und war weniger verschmutzt von den Abwässern der Stadt. Der Strom floss grün und sauber dahin. Direkt am Ufer stand ein großes einzelnes Gebäude mit stabilen Mauern und eisenbeschlagenen Türen. Es roch nach Leim, Holz und warmem Wasser aus dem Fluss. Ein Schild informierte sie, dass dies Werner Hecks Papiermühle war.

»Die Mühle ist für die Dauer der Heeresparade geschlossen«, erklärte Witter. »Wir machen unser Papier selbst, wisst ihr. Dazu brauchen wir viel sauberes, frisches Wasser. Wartet hier, ich bin gleich wieder da. Wandert nicht umher, hört ihr?«

Er ging, und sie warteten. Eine Stunde verstrich, die ihnen vorkam wie ein ganzer Tag.

»Erstaunlich, wie viele Leute hier offenbar lesen können«, sagte Berthold.

»Ja, sie haben Wegweiser und verkaufen Flugblätter. Immer mehr Menschen lernen lesen und schreiben. Das wird Licht ins Dunkel der Unwissenheit bringen.«

»Dieser Heck muss ein wohlhabender Mann sein«, meinte Berthold. »Er hat sogar eine eigene Papiermühle. Ich verstehe nicht, wie er so viel besitzen und trotzdem einer von uns sein kann, der alles mit seinen Brüdern teilt.«

»Vielleicht gibt er alles zurück, Berthold. Lass uns nicht voreilig über ihn richten.«

Kristina blickte den Fluss entlang zu den Türmen der Kathedrale und der Festung dahinter – schwarze Silhouetten vor der Sonne. Dann setzte sie sich auf einen großen Stein, zog die Sandalen aus und genoss das Gefühl des weichen, kühlen Grases zwischen den nackten Zehen.

Berthold deutete zu den Türmen der Festung Marienberg hinauf. »Es ist furchteinflößend, nicht wahr? Wie soll eine Handvoll von uns einer solchen Macht widerstehen, einer so gewaltigen weltlichen Kraft?«

»Willst du mich auf die Probe stellen?«, fragte Kristina und sah zu ihrer Bestürzung, dass er es ernst meinte.

Berthold hatte Angst.

»Verzeih«, murmelte er und senkte die Augen.

Sie ergriff seine große Hand, wusste zuerst aber nicht, was sie erwidern sollte. »Schon gut, Berthold«, sagte sie schließlich. »Du weißt, dass ich dich liebe. Du brauchst mich nicht um Verzeihung zu bitten.«

Sie war dermaßen erschöpft, dass ihre Beine zitterten. Ihre Mutter hätte sie jetzt im Schoß gewiegt und mit ihr gesungen, und Schwester Hannah hätte sie in den Armen gehalten. *Hör auf zu jammern und von der Vergangenheit zu träumen*, ermahnte sie sich. *Du musst stark sein.*

Als sie Hufgeklapper hörte, drehte Kristina sich um. Eine Kutsche kam die Straße entlang, gezogen von zwei herrlichen braunen Pferden. Das Gefährt hielt, und ein Mann stieg aus und winkte dem Kutscher, weiterzufahren.

Kristina erhob sich.

Der Mann, der sich ihr und Berthold näherte, war offensichtlich ein betuchter Bürger – einer der Stadtväter, festlich gekleidet für die Parade in einen silbern gesäumten Samtrock mit goldenen Knöpfen und Pelzkragen. Kristina hatte noch nie solch vornehme Kleidung aus der Nähe gesehen. Die kniehohen schwarzen Stiefel des Mannes waren spiegelblank geputzt. Er war rotgesichtig und hatte einen Bauch, der gegen die goldenen Knöpfe drückte.

Kristina wollte zurückweichen, als der Mann seine dicken Arme um sie und Berthold legte.

»Bruder und Schwester«, begrüßte er sie. »Ich bin Werner Heck. Willkommen, im Namen Gottes, seid mir willkommen. Aber ihr müsst vorsichtiger sein.«

Er führte sie rasch von der Papiermühle weg in eine kleine Seitengasse, wobei er tadelnd mit der Zunge schnalzte. Berthold war sprachlos, und auch Kristina zutiefst erstaunt.

»Ja, ihr müsst wirklich vorsichtiger sein. Offensichtlicher als jetzt könnt ihr euch kaum zeigen«, fuhr Heck tadelnd fort. Er redete schnell und beinahe ohne Pause, und ein Gedanke folgte blitzschnell dem anderen. Kristina konnte ihm kaum folgen, und Berthold kam gar nicht erst zu Wort.

»Das war Bruder Witter, den ihr beim Druckhaus getroffen habt, mein Vorarbeiter. Er ist ein rätselhafter Mann. Niemand kennt seinen Vornamen, alle sprechen ihn nur mit dem Nachnamen an. Er ist ein hervorragender Künstler und guter Drucker. Vor allem ist er ein Glaubensgenosse und arbeitet seit drei Jahren bei mir. Sein Misstrauen mag euch unhöflich erscheinen, aber so ist er nun mal. Er meint es nicht böse.«

»Es war unsere Schuld«, sagte Berthold. »Wir wussten nicht, wie wir uns zu erkennen geben sollten, ohne uns gegenüber Leuten zu verraten, die nicht unserem Glauben anhängen. Wir haben die letzten beiden Wochen in Gefangenschaft verbracht.«

»In Gefangenschaft? In wessen Gefangenschaft?«, fragte Heck überrascht.

»Wir waren auf dem Weg von Kunwald nach Mainz«, berichtete Kristina. »Dabei gerieten wir in eine Schlacht und haben die Verwundeten versorgt. Dann wurden wir festgesetzt und gezwungen, mit der Armee hierher nach Würzburg zu ziehen.«

»Man hat euch freigelassen?«

»Durch Gottes Gnade«, sagte Berthold.

»Sie hatten uns ihr Wort gegeben«, fügte Kristina hinzu. »Sie wollten uns freilassen, wenn wir ihre Verwundeten pflegen.«

»Gott muss besondere Pläne mit euch haben«, murmelte Heck.

»Wie dem auch sei«, sagte Berthold. »Wir haben Angst, dass man uns erneut festsetzt. Beim nächsten Mal haben wir vielleicht nicht mehr so viel Glück.«

Heck lächelte und entblößte seine großen Schneidezähne. »Ich hätte euch überall erkannt. Euch muss doch klar sein, was für einen Anblick ihr bietet, oder etwa nicht? Ihr stinkt auf zehn Meilen gegen den Wind und seid von oben bis unten verdreckt. Ihr tragt immer die gleichen derben, selbstgewebten Kleider, wie eine Fahne, die ihr vor euch hertragt, damit jeder es sieht. Ihr gebt euch demütig, aber zu viel Demut ist ein Zeichen von

Verblendung. Nein, streitet es nicht ab, ich weiß, dass es so ist. Das müssen wir ändern, so viel steht fest.«

»Verblendung?«, fragte Berthold fassungslos. »Und was ist mit deiner vornehmen Kleidung, Bruder?«

Heck grinste und schaute Berthold so nachsichtig an wie ein argloses Kind.

»Wer von uns beiden ist auffälliger, Bruder? Der Pfau unter Pfauen oder die Krähe? Nur Wachsamkeit hält uns am Leben, sodass wir Gottes Werk tun können.«

»Wir sind bereit«, sagte Berthold.

»Alles zu seiner Zeit.« Heck schniefte. »Zuerst müsst ihr essen und ausruhen, und bei Gott, ihr müsst *baden*.«

»Das wissen wir nur zu gut, Bruder«, sagte Kristina.

»Wo sind eure Gefährten?«

»Sie warten auf der anderen Seite des Flusses«, antwortete Berthold. »Südlich der Brücke, unter Weiden an einer Stelle, wo drei Bäche in den Fluss münden.«

»Oh ja, ich kenne die Stelle. Sie ist ein beliebter Treffpunkt an heißen Tagen wie heute. Ich wünschte, ihr hättet einen besseren Platz ausgewählt. Geht jetzt mit Bruder Witter. Ich komme später nach. Mein Haus in der Stadt ist eine Fassade, zusammen mit den Druckerpressen im Erdgeschoss. Dort drucken wir für Kaufleute und Kirche, um Geld zu verdienen, und dort geben wir auch unsere eigenen Zeitungsblätter mit den neuesten Neuigkeiten heraus, für den Straßenverkauf. Ihr bleibt hier, bei der Mühle, wo ihr baden und euch satt essen könnt. Ihr müsst halb verhungert sein.«

»Das stimmt«, sagte Berthold, und Kristina spürte, wie ihr Magen knurrte.

Heck zwinkerte ihnen zu. »Ihr werdet Speisen kosten, wie ihr sie noch nie genossen habt. Ich hole unterdessen unsere Brüder und Schwestern von der anderen Seite des Flusses ab.«

Heck ging zur Kutsche, stieg ein und fuhr davon, während Witter Kristina und Berthold in ein langgestrecktes Gebäude hinter der Papiermühle führte.

»Das waren die Quartiere unserer Brüder und Schwestern, die nach Mainz gingen und dort gefangen und verbrannt wurden«, berichtete Witter.

Kristina spürte ein Frösteln. *Wie eigenartig, dass sie hier gewohnt haben, hier in diesem Haus.*

»Ihr findet das Bad unten, die Betten sind oben. Unsere Brüder und Schwestern aus der Druckerei werden euch nachher das Essen bringen. Sie geben sich als Arbeiter und Diener von Bruder Heck aus, aber das ist nur vorgeschoben.«

Witter sperrte eine große Tür auf, und sie traten ein. Kristina sah zwei alte Druckerpressen, abgenutzt von vielen Jahren des Gebrauchs. Alles war voller dunkler Flecken.

»Wie ihr seht, wurde hier fleißig gearbeitet«, sagte Witter. »Hier lagern Papier, Druckerschwärze und Lettern, mit denen ihr eure eigenen Bibeln und Flugblätter drucken könnt. Wenn ihr mögt, könnt ihr unsere Werkzeuge benutzen, um eure eigenen Illustrationen zu stechen und mit Tinte zu drucken.« Er zog die Luft durch die Nase ein. »Aber bevor ihr beginnt, müsst ihr baden.«

»Und wo ist das Bad?«, fragte Kristina.

»Esst zuerst. Ich mache inzwischen Feuer, um das Wasser aufzuheizen.«

»Heißes Wasser?«, fragte Berthold.

»Selbstverständlich«, antwortete Witter. »Wir haben eine Wanne für Brüder und eine für Schwestern, in getrennten Räumen. Aber zuerst müsst ihr essen. Die Speisen werden gleich aufgetragen. Betrachtet es als ein Fest der Liebe unter uns Gleichgesinnten, die wir immer damit rechnen müssen, ein rasches und schreckliches Ende zu finden. Deshalb wird Gott uns verzeihen, wenn auch wir bisweilen weltlichen Genüssen frönen.«

Zwei ältere Brüder und eine Schwester deckten eine lange Tafel im Hauptraum. Alle drei waren dick von Jahren zu reichhaltigen Essens. Ihre Bewegungen waren träge, dennoch aßen sie, als wären sie am Verhungern.

»Ich bin Magdalena«, sagte die füllige Frau. »Das dort sind

unsere Brüder Steiner und Bruno. Sie sind Druckermeister, ich bin Köchin. Wir sind damals nicht mit den anderen nach Mainz gegangen. Stattdessen haben wir beschlossen, hierzubleiben und den Brüdern Witter und Heck zu helfen.«

Magdalena, Steiner und Bruno hatten mehr Speisen aufgetragen, als Kristina je im Leben auf einem Tisch gesehen hatte. Berthold setzte sich und langte kräftig zu. Es gab Schinken, gegrillte Masthähnchen, dampfende Laibe Brot, süße Marmeladen und einen Kessel voll Gerstensuppe.

Kurze Zeit später kamen die anderen, die Heck vom Lagerplatz am Fluss geholt hatte, und machten sich nach einer Begrüßung Bertholds und Kristinas gierig über das Essen her.

»Das ist ein prächtiges Haus«, sagte Rudolf.

»Und ein üppiges Essen«, meinte Simon kauend. »Schinken und Hähnchen, Marmelade und frisches Brot!«

»Nur Wein könnte dieses Mahl noch besser machen«, sagte Grit.

Dann verstummten die Gespräche, und alle aßen schweigend. Kristina schlang so schnell und so viel herunter, dass ihr beinahe schlecht wurde.

»Das gibt frische Kraft«, sagte Rudolf und verdrehte vor Vergnügen das Milchauge. »Gott sorgt für die seinen.«

»Eher der Reichtum desjenigen, dem das alles gehört«, warf Grit ein.

»Bruder Heck teilt gern«, sagte Magdalena. »Wir teilen alles miteinander. Heck ist dank seiner Arbeit für das Fürstbistum und durch den Handel reich geworden, und wir mit ihm. Und ihr seid es von jetzt an auch, denn wir sind alle Brüder und Schwestern in Gottes Liebe. Wir erwarten, dass auch ihr alles mit uns teilt.«

»Bruder Heck wurde von Kunwald hierher gesandt, genau wie wir und ihr«, sagte Bruno und lutschte schlürfend zartes Fleisch von einem Knochen. »Er war nicht reich, als er herkam. Erst durch die Druckerei erwarb er den Wohlstand, den wir heute mit ihm teilen. Das Drucken ist ein sehr einträgliches Geschäft, ihr werdet sehen.«

Kristina kannte Völlerei und Maßlosigkeit nur aus den Berichten anderer; sie selbst war nie zuvor bei einer solchen Schlemmerei dabei gewesen. Genauso wenig kannte sie Reichtum und Exzess. Doch aus Dank und Höflichkeit verkniff sie sich einen Tadel, obwohl sie wusste, dass sie und die anderen gegen die Grundsätze ihres Glaubens verstießen.

»Wir sind Vielfraße«, sagte Grit, als hätte sie Kristinas Gedanken gelesen. »Wir haben unser Essen nicht segnen lassen, noch haben wir ein Dankgebet gesprochen.«

Alle starrten sie an, mit vollen Mündern kauend.

»Also sprecht im Stillen ein Gebet und vergesst nicht unsere Verwundeten«, fuhr Grit fort. »Und die vielen Gefallenen in der Schlacht.«

»Und denkt an Mahmed den Türken«, fügte Kristina hinzu. »Möge Gott ihm gnädig sein, wo immer er gefangen gehalten und gequält wird.«

Die anderen starrten sie verwundert an. Wie konnte dieses Mädchen für einen Muselmanen beten?, schienen ihre Blicke zu fragen. Nur Grit sagte: »Amen.«

Nach ein paar Augenblicken verlegenen Schweigens stopften alle wieder das Essen in sich hinein. Nur Kristina war der Appetit vergangen.

»Nicht so schüchtern, Kind, greif zu!«, sagte Magdalena, wobei sie ihr einen freundschaftlichen Stoß mit dem Ellbogen versetzte.

Kristina blickte auf und sah, wie die Gesichter der anderen verschwammen. Ihr Blick trübte sich, wurde unscharf. Sie rieb sich durchs Gesicht. In ihrem Kopf und hinter ihren Augen war ein schmerzhaftes Pochen.

Schließlich kam Witter zu ihnen an den Tisch.

»Das Wasser ist jetzt heiß«, verkündete er. »Männer baden links von der Treppe, Frauen rechts.«

*

Eine halbe Stunde später saß Kristina zusammen mit Grit und Frieda in einem großen Holzzuber voll heißen dampfenden Wassers. Sie hätte ertrinken können, so riesig war der Zuber. Hier war alles so anders als in Kunwald – üppiger und größer, teurer und schöner.

Immer wieder fielen Kristina die Augen zu. Noch immer schmerzte ihr Kopf, und sie hatte Mühe, sich gegen den Schlaf zu wehren.

»Mir tut alles weh von der langen Reise«, stöhnte Frieda. »Aber es war die Mühen wert, nicht wahr? Gott hat uns sicher zu unseren Brüdern und Schwestern geführt. Er hat unsere Gebete erhört.«

Schließlich stieg Kristina aus der Wanne, und Grit half ihr beim Abtrocknen. Das Handtuch war wundervoll weich. Anschließend wickelte Grit die junge Frau in ein weißes Leinentuch, wobei ihr Blick auf Kristinas Arm fiel. »Hast du dich verletzt? Die Wunde sieht aus, als hätte sie sich entzündet.«

»Ein Missgeschick«, sagte Kristina benommen. »Mit einer Nadel.«

»Lass mal sehen.«

Grit nahm Kristinas Arm und untersuchte ihn. Erst jetzt sah Kristina die Pusteln am Unterarm, genau an der Stelle, wo Mahmed sie gestochen hatte.

»Was ist das?«, wollte Frieda wissen, die ebenfalls aus dem Zuber gestiegen war und sich abtrocknete.

Grit stieß sie unsanft zurück. »Bleib weg von ihr.«

»Was ist denn los?« Frieda war völlig verwirrt.

»Hattest du schon die Pocken, Frieda?«, fragte Grit.

Kristina verfolgte dies alles wie durch einen Schleier. Fieber hatte sie gepackt und trug sie immer weiter von den anderen weg. Gleichzeitig war sie hellwach und bekam mit, was die beiden Frauen sagten. Sie spürte, wie sie zu Boden sackte.

»Ich? Nein!« Frieda wich entsetzt zurück. »Hat sie etwa die Pocken?«

»Ich weiß es nicht.« Grit zeigte zur Tür. »Geh zu den anderen und sag ihnen, sie sollen sich fernhalten. Niemand soll herkommen, hast du verstanden?«

»Ja ... ja, sicher«, stammelte Frieda, wich rückwärts bis zur Wand und flüchtete durch die Tür.

Kristina spürte Panik in sich aufsteigen.

Pocken?

Irgendwann wurde das Hämmern in ihrem Kopf von Stimmen übertönt, als Leute in die Badestube kamen, obwohl Grit den anderen befohlen hatte, sich fernzuhalten. Bald herrschte ein wirres Durcheinander aus den Stimmen von Brüdern und Schwestern, und Kristina hörte die Sorge und die Angst darin. Dann vernahm sie Grits Stimme, fest, stark und befehlend: »Geht endlich. Verschwindet! Ich hatte die Pocken, vor langer Zeit, ein leichter Fall nur, aber die Krankheit kann mir nichts anhaben, weil ich mich nicht mehr anstecken kann. Ich kümmere mich um Kristina. Ihr anderen verschwindet jetzt und lasst uns in Ruhe. Euch kann nichts geschehen, solange ihr euch von uns fernhaltet, verstanden? Betet für Kristina.«

Nachdem alle gegangen waren, half Grit ihr eine Treppe hinauf. Dann saß sie an Kristinas Bett und säuberte ihre Wunde.

»Ich habe Angst, Grit«, flüsterte Kristina, »schreckliche Angst.«

»Still, Kind. Ich bin bei dir. Vielleicht wird es nicht so schlimm, es sieht beinahe nach nichts aus, nur zwei Pusteln an der einen Stelle, hier an deinem Arm ...«

Doch Grit konnte sie nicht täuschen. Die Furcht ließ ihre Augen riesengroß werden. Nie zuvor hatte Kristina Angst in Grits Gesicht gesehen, nicht einmal in der Schlacht oder während ihrer Gefangenschaft in dem Wagen.

Ihr Kopf dröhnte, und sie zitterte wie Espenlaub. Irgendwann konnte sie nicht mehr unterscheiden, was Wirklichkeit war und was Traum. Sie hatte das Gefühl, von Ungeheuern gejagt zu werden und ergriff die Flucht, rannte durch einen nächtlichen Sturm, einsam und allein, während Grits Stimme wie aus weiter Ferne rief: »Ruhig, Kind, ganz ruhig. Lass mich dir helfen.«

In Kristinas Fieberträumen erhob sich inmitten von Schwaden schwarzen Regens eine schemenhafte Gestalt, und Kristina sah, wie sich Luds Gesicht aus dem Sturm schälte, dämonisch, wild und vertraut. Sie zuckte nicht zusammen, wich nicht zurück, doch es kostete sie beinahe übermenschliche Kraft, zu verharren und in Luds entstelltes, narbiges Antlitz zu blicken.

Schließlich trat sie vor, um sein Gesicht zu berühren. Er hielt inne, ließ es geschehen. Kristinas Finger ergriffen die Pockenmaske und zogen sie mit einem Ruck herunter, wobei sie zerbrach wie eine alte Kruste. Darunter kam das schöne Gesicht eines jungen Mannes zum Vorschein. Die Haut war rein und glatt, und er lächelte, doch in seinen Augen stand ein Schmerz, der Kristina erneut Angst machte. Es waren Augen, die bittere Geheimnisse enthielten, so schrecklich wie die Pocken selbst, so grausam wie der Tod.

»Hilf mir«, flüsterte Lud mit heiserer Stimme. »Um Gottes willen, hilf mir.«

Mit einem Mal verwandelte Lud sich in Mahmed den Türken. Er packte Kristinas Arm, eine Nadel in der Hand, und sie konnte sich nicht losreißen, als er sie stach ...

Sie schrie.

»Ich bin hier, Kind«, sagte Grits Stimme flehentlich. »Du darfst nicht gegen mich kämpfen, hörst du? Sei ganz ruhig ...«

Dann kam die Dunkelheit. Undurchdringliche, tiefe Dunkelheit, gefolgt von glühender Hitze. Zeitalter vergingen, eine Ewigkeit ...

Irgendwann fühlte Kristina, wie starke Arme sie packten und hielten.

Die Dunkelheit wich, die Gluthitze schwand.

»Kristina? Keine Angst, du wirst wieder gesund. Bald ist alles gut.«

Sie schwebte durch Schichten aus Nebel und Benommenheit, als sie langsam wieder zu sich kam. Schließlich öffnete sie die Augen, schmerzhaft langsam, und hatte Mühe, ihre Umgebung zu erkennen. Sie wusste nicht, ob sie wach war oder gefangen in einem weiteren Traum.

Dann spürte sie Hände und Arme, die sie hielten, als wollten sie verhindern, dass sie erneut davontrieb in eine fremde dunkle Welt.

Benommen fragte Kristina sich, ob sie auf Erden, im Himmel oder in der Hölle erwacht war.

23.
Lud

*B*ei Einbruch der Abenddämmerung verließ Lud das Lager der Armee. Allein.

Er ging hinunter zum Fluss, vorbei an den neuen Uferböschungen und den Erdarbeiten entlang der Brückensäulen und in Richtung der Stadt. Das Wasser des Mains glänzte dunkel wie Glas, und in der Ferne waren Gelächter und Musik zu hören. Die nächtlichen Vergnügungen hatten bereits ihren Anfang genommen für diejenigen, die es sich leisten konnten.

Am anderen Ufer des Flusses, wo die Festung lag, wurden die Straßenlaternen angezündet, und in den Häusern der Adligen brannten Kerzen und Öllampen. Lud stellte sich vor, wie die Reichen nun von silbernen oder goldenen Tellern aßen, während er einsam und allein den ausgetretenen Leinpfad entlangschlenderte. Das Wasser unter ihm trug die Abfälle der Menschen davon, der Reichen wie der Armen. Zumindest was das anging, gab es keinen Unterschied.

Voraus, auf dieser Uferseite des Flusses, gab es weniger Lichter in den armseligen Hütten und den dicht an dicht stehenden Schuppen.

Dort lag Luds Ziel.

Lud war auf der Suche. Er genoss die gespannte Erwartung, zwang sich aber, seine Wünsche nicht zu hoch anzusiedeln. Ja, er kam sich sogar ein wenig töricht vor. Wie konnte er hoffen, für Geld so etwas wie Wärme und Zuneigung zu finden? Wärme ja, aber Zuneigung?

Lud schüttelte den Kopf. Er trug seinen schlichten Waffenrock und einen Schal vor dem Gesicht, während er allein mit sich und seinen Gedanken am Ufer des Flusses entlangwanderte. Er hatte überlegt, welche der vielen Gasthäuser der Stadt ihm bieten konnte, wonach er suchte, hatte es sich dann aber anders überlegt. Vielleicht erkannte ihn jemand in diesen Tavernen, in denen die Landsknechte soffen und hurten. Abgesehen davon wollte er keine Frau aus einer dieser Kaschemmen. Also hatte er beschlossen, eine zu suchen, die sich auf den Straßen anbot und die seiner verstorbenen Frau vielleicht ein wenig ähnlich sah.

Möglicherweise wäre es sogar am besten, wenn die Frau keinen Mann hatte und verzweifelt war, weil sie hungrige Kinder ernähren musste. Eine Frau, die es sich nicht leisten konnte, sich von seinem Gesicht abzuwenden. Die behutsam war wegen seiner noch nicht verheilten Wunden. Eine Frau, die keine Wahl hatte, zugleich aber noch nicht völlig verzweifelt war wie so viele dieser Frauen. Eine Frau mit Herz, die ihn die ganze Nacht ertragen konnte – jede Nacht, solange sie hier waren, denn Lud wollte versuchen, eine bleibende Erinnerung an diese Frau mit nach Hause zu nehmen.

Er redete sich nicht ein, dass die Frau etwas empfinden würde; er erwartete nicht einmal, dass sie so tat. So etwas kostete immer extra, und nicht nur Geld. Doch er würde Befriedigung finden, und sie konnte ihn ein wenig trösten, konnte die Leere in seinem Innern vergessen machen, für kurze Zeit.

Eine wie Kristina würde es sowieso nicht geben, niemals, da machte Lud sich nichts vor. Kristina, mit dem Gewicht der Welt auf den schmalen Schultern und dem süßen traurigen Lächeln, das manchmal ihre Augen aufleuchten ließ. Kristina, die ihn zuweilen wie einen Bruder angesehen hatte, während sie seine Verletzungen behandelt hatte. Dabei wollte er alles andere für dieses Mädchen sein als ein Bruder.

Lud verjagte Kristinas Gesicht aus seinem Kopf. In Giebelstadt wartete niemand auf ihn. Das hier war seine letzte Gelegenheit. In den Armen einer gekauften Frau konnte er sich Liebe ersehnen – und manchmal, wenn der Wunsch nur stark genug war, fühlte es sich beinahe an wie echte Zuneigung. Er brauchte dieses Gefühl, geliebt zu werden, sehnte sich mehr danach als nach allem anderen.

Was aber nicht bedeutete, dass er seinen Dolch im Zelt zurückgelassen hatte.

24.
Kristina

*M*anchmal träumte sie von ihrer Mutter. Der Traum fing jedes Mal damit an, dass sie, Kristina, von reiner Wärme umfangen war, einem Gefühl bedingungsloser Liebe.

Aber das war eine Falle – die gleiche Falle, mit der all ihre Träume begannen. Denn immer dann, wenn sie sich am sichersten fühlte, war sie wieder zwölf Jahre alt, saß auf einer Bank, festgehalten von einer Nonne. Sie weinte, und eine knochige harte Hand war auf ihren Mund gepresst.

Immer der gleiche Traum.

Immer die gleiche, alles verzehrende Angst.

Immer das gleiche kalte Entsetzen.

Zusehen zu müssen, wie ihre Mutter die Fragen von Richtern in schwarzen Roben beantwortete, in einem fensterlosen Verlies, in dem die einzigen Lichtquellen große flackernde Wachskerzen in eisernen Haltern an den kahlen Wänden waren.

»Wie ist deine Einstellung zur Taufe, Weib?«

»Ich kenne nur eine Form der Taufe, die Christus und seine Jünger praktiziert und uns gelehrt haben.«

»Wie stehst du zur Kindstaufe?«

»Das ist eine menschliche Erfindung. Gott der Herr hat es nicht so befohlen.«

»Damit hast du dich selbst verdammt!«

»*Ihr* seid die Verdammten, meine Brüder. *Ihr* praktiziert grausame Gewalt, wo Gott Liebe verlangt. *Ihr* schwingt euch zu Richtern auf, doch der Tag wird kommen, an dem ihr euch wünscht, ihr wärt Schafhirten gewesen. Ich werde für euch beten in der wenigen Zeit, die mir noch bleibt auf dieser Erde. Ich flehe euch an, lasst ab von euren Grausamkeiten.«

»Schafft sie hinaus, zusammen mit ihrem Mann und ihrer älteren Tochter. Sie alle haben gestanden, diese Ketzer. Und das Mädchen bringt ihr zu unseren Nonnen, wo es Trost und Unterweisung erfahren wird. Doch vorher soll es um ihres Seelenheils willen dabei zuschauen, wie seinen Eltern Gerechtigkeit widerfährt.«

Kristina schrak hoch, verwirrt, verängstigt, atemlos. Sie setzte sich auf, und der Traum verflog.

Die Luft war frisch, und strahlendes Tageslicht fiel durch ein Fenster. Kristina saß in einem großen, prachtvollen Bett, und um sie her waren Weichheit und Schönheit. Sie trug ein kostbares Schlafgewand. Ihre Harfe lag auf einem Sessel in einer Ecke des Zimmers. Auf einem glänzend polierten Tisch neben dem Bett gab es reichlich Zuckerwerk und Wein. Die Bettdecke über ihren Beinen war glatt und seidig. Niemals hatte sie solchen Reichtum gesehen; er linderte ihre Angst und erschreckte sie zugleich.

Eine Frau saß auf der Bettkante und blickte sie freudig an. Es war Grit. Ihre Haare sahen nicht mehr aus wie Stroh, sondern waren glatt und nach hinten gebunden. Sie trug ein teures weißes Kleid mit Spitzenbesatz. Nun beugte sie sich über Kristina und wusch ihr mit einem kühlenden feuchten Tuch behutsam das Gesicht und den Hals. Kristina spürte, wie ihr Kopf wieder kühl und ihre Gedanken klar wurden.

»Du bist nicht meine Mutter ...«

Kristinas rechter Unterarm juckte, und sie blickte darauf. Er war weiß wie Wachs, bis auf die Stelle mit den roten, entzündeten Pusteln. Sie wollte sich dort kratzen, doch Grit packte ihre Hand und hielt sie fest.

»Ich wechsle deinen Verband. Halt still.« Grit wickelte den Arm in sauberes Leinen. »Und nein, ich bin nicht deine Mutter, auch wenn du es in deinen Fieberträumen gedacht hast. Ich habe dich nur in dem Glauben gelassen, um dir Trost zu geben.«

Dann kam die Erinnerung zurück, und mit ihr die Angst. Pocken. Sie hatte die Pocken!

Kristina stöhnte auf, wollte sich aus dem Bett schwingen, doch Grit drückte sie hinunter.

»Beruhige dich, kleine Schwester. Ich bin zu erschöpft, als dass ich allzu behutsam mit dir umgehen könnte. Wir sind seit

Tagen zusammen in ein Zimmer gesperrt, in einem von Hecks
großen Häusern.«

»Heck, der Drucker?«

»Ja. Nah beim Fluss. Du hast zwei Tage und zwei Nächte
durchgeschlafen. Heute ist der dritte Morgen. Du hattest die
Pocken, aber es war nicht schlimm. Nur die Stelle an deinem
Arm, mehr nicht. Kaum mehr als ein einzelner Punkt mit einem
Ring darum.«

»Hattest du denn keine Angst?«

»Nein. Ich habe dich versorgt, weil ich selbst vor langer Zeit
die Pocken hatte.«

»Wo ist Berthold?«

»In der Papiermühle.« Grits Stimme klang mit einem Mal
verlegen. Während sie sprach, drehte sie sich zur Seite, um den
Waschlappen in einer Messingschüssel auszuspülen und auszu-
wringen.

»Er war nicht da, als ich krank war?«

»Er sagte, es wäre besser, wenn er in der Papiermühle arbeiten und Gottes Werk verrichten würde. Mach ihm keine Vorwürfe, Kristina. Alle hatten Angst. Außerdem habe ich sie alle
weggeschickt. Du warst zu Tode erschöpft, noch bevor die
Krankheit dich übermannt hat. Du hast kaum geschlafen während der ganzen Zeit, als wir mit den Soldaten unterwegs waren. Du hast die Verwundeten versorgt und neben dem Türken
gewacht. Und dann stürzte alles auf einmal auf dich ein. Das
Fieber hat dich in eine andere Welt entführt.«

Allmählich kehrte die Erinnerung zurück.

»Der Türke ... Mahmed ...«

»Wir sind in Würzburg, Kristina. Erinnerst du dich denn
nicht?«

Die Bruchstücke fügten sich nach und nach zu einem Bild
zusammen. Das Pieksen der Nadel ... Mahmeds Worte, er hätte
sie ihr nur zurückgeben wollen ... es wäre sein Abschiedsgeschenk an sie ...

Hat Mahmed versucht, mich umzubringen?

Kristina erinnerte sich an die Kopfschmerzen. Das Fieber. Die wirren Träume. Die Krankheit.

Gestützt von Grit, war sie aus dem Badezimmer gestolpert und die Treppe hinaufgestiegen, war in dieses Zimmer mit dem großen Bett gewankt und irgendwann eingeschlafen. In ihrem Fieberwahn hatte sie von Berthold geträumt und dass sie sich liebten und dass er dieses Mal in ihr war. Sie war in einer Welt zwischen Traum und Wachsein gewesen, gefangen zwischen Tag und Nacht.

»Die Pocken ... Woher sind sie gekommen? Warum erst jetzt?«

»Im Krieg gibt es immer auch die Pestilenz. Pocken lieben den Krieg. Gott sei Dank warst du ein leichter Fall ... der leichteste, den ich je erlebt habe. Nur die eine Stelle an deinem Arm, und sie hat sich schnell geschlossen. Ich selbst hatte die Pocken, vor vielen Jahren. Auch ich war ein leichter Fall, aber es war längst nicht so harmlos wie bei dir.«

Sie öffnete die Knopfleiste ihres Kleides, und Kristina sah ein Band aus Narben, das sich über ihre Brüste hinzog. Erschrocken schnappte sie nach Luft.

»Das ist der Grund, weshalb ich mich nicht anstecken kann, Kind. Deine Narben sind viel kleiner und nur am Arm.«

»Habe ich andere angesteckt?«

»Nein. Dazu war es zu früh. Und deine Erkrankung war nicht schwer genug. Glaub mir, ich habe ganz andere Fälle gesehen.«

»Mahmed hat mich an dieser Stelle am Arm mit einer Nadel gestochen«

»Ich weiß. Von jetzt an bist auch du gegen die Pocken gefeit. Ich habe davon gehört, dass die Osmanen in ihrer Heimat die Leute mit Nadeln stechen, um sie vor den Pocken zu schützen. Wenn Mahmed dich gestochen hat, nachdem er jemand anderen, der an einem leichten Fall von Pocken erkrankt war, zuvor mit derselben Nadel gestochen hatte, war das vielleicht sein Geschenk an dich. Das einzige Geschenk, das er dir machen konnte. Du musst dich für den Rest deines Lebens nicht mehr vor dieser Krankheit fürchten. Dein hübsches Gesicht wird niemals von Narben entstellt sein.«

Kristina betete im Stillen für Mahmed. Sie hoffte, dass Gott ihm helfen und ihn schützen würde. Sie betete für ihn, weil er im Krieg getötet hatte, weil er an einen anderen Gott glaubte und weil sie nun wusste, dass er ihr geholfen hatte. Sie betete für ihn, weil sie beschämt war wegen ihres Misstrauens, als er sie mit der Nadel stach.

Mein Abschiedsgeschenk, hatte Mahmed gesagt.

Vorsichtig erhob sie sich, tastete umher und spürte duftige Laken und eine weiche Matratze unter sich. In einem hellen Gefäß standen Blumen, die das Zimmer mit ihrem süßen, schweren Duft erfüllten. Dann roch Kristina noch etwas anderes.

»Was ist das?«, fragte sie Grit, die mit sichtlichem Appetit von einem silbernen Teller aß.

»Oh, es schmeckt wundervoll«, antwortete Grit kauend. »Es sind süße Happen. Probier mal.«

Kristina steckte sich ein Stück in den Mund. Sie schmeckte Honig, Äpfel und noch etwas anderes, das sie nicht kannte. Sie kaute bedächtig und schluckte es herunter.

Eigenartig, ging es ihr durch den Kopf. *Alles ist kostbar, selten und wundervoll, und doch fühlt es sich irgendwie … falsch an.*

Kristina schlug das Bettlaken zurück und schwang die Beine behutsam aus dem Bett. Schwankend saß sie da und versuchte, einen klaren Kopf zu bekommen. Die Laken fühlten sich sinnlich an, wunderbar, erregend wie eine zärtliche Berührung oder ein Kuss.

Grit nahm ein Kissen und hob es an ihr Gesicht, als wäre es ein Kind, das sie verloren und endlich wiedergefunden hatte.

»So weich, so kühl, so wunderbar«, sagte sie und verdrehte die Augen.

»Wie kann das alles sein, Schwester?«, fragte Kristina verwirrt. »Das Bettzeug, die Kleidung, das Essen, die Köstlichkeiten. Was ist das für ein Reichtum?«

Grit warf das Kissen aufs Bett zurück und blickte Kristina vorwurfsvoll an. »Versuch nicht, Schuldgefühle in mir zu wecken. Unser Bruder Heck ist zu Wohlstand gelangt, indem er die Arbeit getan hat, die zu tun er hergeschickt worden ist. Also kann nichts Falsches oder Sündhaftes daran sein. Hast du so etwas denn noch nie gesehen?«

»Nein. Und ich weiß nicht, ob es gut ist oder böse.«

»Böse? Es sind nicht die Hände Satans, die dich liebkosen, es sind bloß ein Laken und ein Nachthemd. Kostspielig und wunderbar, zugegeben. Und es war ein üppiges Festmahl, auch das bestreite ich nicht. Ein Festmahl, das denen in meinen glorreichen Münchner Tagen als Schauspielerin und gefeierter Schönheit in nichts nachsteht ... alles, was recht ist.«

Grit sah aus, als sehnte sie sich nach München zurück. Irgendwie erschreckte es Kristina. Das war nicht die bescheidene, schlichte Grit, die sie kannte.

Nichts war richtig. Nichts war, wie es sein sollte.

Sie riss sich zusammen und versuchte, die letzten Nebelschwaden zu vertreiben, die ihre Gedanken umhüllten und unscharf machten. In ihrem Mund war ein bitterer Nachgeschmack von dem süßen Happen und dem langen Schlaf.

»Und wo ist unsere Arbeit?«, fragte sie. »Wo ist mein warmer Umhang?«

»Unsere Umhänge wurden für uns gewaschen, liebe Schwester. Sie starrten vor Dreck und Ungeziefer.«

»Und unser Arbeitsplatz?«

»Wir gehen nach unten in die Druckerei, sobald du wieder auf den Beinen bist.« Sie lachte auf. »Was schaust du so? Du siehst aus wie ein verzagtes Kind. Keine Angst, für dich wird es einfach sein, dem Reichtum zu entsagen, denn du hast ihn nie gekannt. Für mich ist es nicht so leicht. Ich habe so ein Leben schon einmal gelebt, und ich habe es geliebt, bevor es mir zum Verhängnis wurde. Aber du fragst nach unserer Arbeit. Ich glaube, Arbeit ist genau das, was wir jetzt brauchen.«

25.
Konrad

*D*as Leben in einer Stadt unterschied sich sehr vom Leben auf einem Landsitz, sei es in Dietrichs Burg im Süden, wo das reiche Ackerland lag, oder in Konrads eigener, viel größerer Burg im Nordosten. Doch seine Pflicht lag hier in Würzburg, jedenfalls für den Augenblick. Hier war die Leiter, auf der er den nächsten Schritt nach oben tun musste. Auf dem Land spielte sich der größte Teil des täglichen Lebens im Freien ab. Die Jagd in den Wäldern war ein Vorrecht der Adligen; ihre Wildhüter sorgten dafür, dass Bauern und gemeine Bürger sich fernhielten. Es gab Falken für die Hasenjagd, und es gab Hunde und Pferde für die Jagd nach Rotwild. Der Kriegskunst noch am nächsten kam die Jagd nach wehrhaften Tieren wie Wildschweinen oder Bären. Dies alles verblasste jedoch im Vergleich zu Turnieren mit anderen Rittern und den Übungen in der Kampfeskunst mit anderen Vasallen. Übungen mit Schwert und Schild, Speer und Dolch. Am aufregendsten aber waren die gelegentlichen Duelle – Zweikämpfe auf Leben und Tod.

Als hochrangiger Adliger war Fürst Konrad einigermaßen geschützt vor solchen Gefahren, doch in jüngeren Jahren hatte er mit ansehen müssen, wie Dietrich zwei Herausforderer getötet hatte. In beiden Fällen war es um die Ehre gegangen – einmal um seine persönliche Ehre, das andere Mal um den Namen seiner Familie.

Die Geyers mochten arm sein im Vergleich zu vielen anderen Adligen, doch sie waren ein sehr stolzes Geschlecht. Selbst ihre gewöhnlichen Hörigen besaßen diesen Stolz, beispielsweise dieser pockengesichtige Bastard namens Lud, der seinen überheblichen Herausforderer zwar verstümmelt, doch letztendlich am Leben gelassen hatte. Es war unschicklich, dass Dietrich sich diesem Mann so verbunden fühlte. Noch mehr aber wurmte es Konrad, dass seine eigensinnige Kusine Anna, seine erste Liebe, ausgerechnet Dietrich geheiratet hatte – wo Konrad ihr so viel mehr Reichtum zu bieten gehabt hätte. Doch Annas Vater und ihre Mutter hatten das Mädchen verzogen und sich geweigert, sie bereits im Kindesalter mit Konrad zu verloben.

In seiner eigenen Burg schlief Konrad allein in einem großen Bett, denn seine Frau war bei der Geburt ihres Kindes gestorben. Konrad hatte sie wegen ihres Geldes und ihrer breiten, gebärfreudigen Hüften geehelicht, und eine Zeit lang hatte er sie aufrichtig geliebt, während ihr Bauch immer runder wurde und die Frucht ihrer Liebe gereift war. Dann aber waren Mutter und Kind nach zwei langen Nächten voller Qualen gestorben. Die Ärzte hatten sich die Bärte gezupft und in Ausflüchten ergangen.

Viermal im Jahr verbrachte Konrad zwei Nächte auf seiner Burg. Die Erinnerungen waren kaum zu ertragen; sie waren wie Echos der Schmerzensschreie, die er noch immer in den Gängen und Sälen zu hören glaubte.

Hier in Würzburg war das Leben anders. Sein prachtvoller Herrschaftssitz mit seinen Türmen, Erkern und Balkonen, mit den vielen Lakaien und Wachen war Schauplatz einer schier endlosen Folge glanzvoller Feste und Empfänge, wie es sich für einen Fürsten des Schwäbischen Bundes geziemte – auch wenn Würzburg nicht Mitglied dieses Bundes war. Doch Konrad wusste, dass er diesen Zustand eines Tages ändern würde.

Dann gab es noch seine Gästezimmer im schönsten Turm der Feste Marienberg, dem Sitz des Fürstbischofs Lorenz von Bibra, seinem Mitregenten über diese Region. Ihre Zuständigkeiten überschnitten sich in vielen Bereichen, doch es gab keine Meinungsverschiedenheiten in der Durchsetzung der weltlichen und kirchlichen Macht. Es waren diese Überschneidungen, die Konrad zu seinen Gunsten auszuweiten versuchte, um seinen Einfluss zu vergrößern.

Konrads Alltag war wenig abwechslungsreich, und so suchte er nach Zerstreuung, wann immer möglich. Er konnte sich nicht leisten, in Bordellen zu verkehren, nicht einmal in den besten und teuersten – er musste auf der Hut sein vor Erpressung und übler Nachrede. So verbrachte er viel Zeit mit dem Fürstbischof, der Schach liebte, das arabische Brettspiel. Für Konrad aber wurde dieses Spiel mit der Zeit langweilig, weil Lorenz ihn in jeder Partie besiegte und immerzu versuchte, ihn zu verbessern, beispielsweise, wenn er seine Königin zu früh ins Spiel brachte, um möglichst viele gegnerische Steine zu schlagen, ohne mehrere Züge voraus zu denken.

In den meisten Palästen und Burgen war Völlerei der wichtigste Zeitvertreib – ausschweifende Gelage mit Geschichtenerzählern, Minnesängern, Akrobaten und dergleichen. Im Palast des Fürstbischofs, der regelmäßig fastete und sich als spirituellen Christen betrachtete, fanden keine solche Feiern statt.

An manchen Tagen ritt Konrad viele Meilen durch die Landschaft, um Sieger, sein Pferd, hinterher eigenhändig zu striegeln. Zuerst waren seine Stallburschen erschrocken darüber gewesen, doch Konrad liebte das Gefühl des samtigen Fells, unter dem die mächtigen Muskeln spielten. Er liebte es, wenn das große, nahezu perfekte Tier mit seiner seidigen Schnauze in seiner Hand nach Apfelscheiben suchte. Er hatte Lorenz erzählt, er ließe Sieger diese Aufmerksamkeit zuteilwerden, weil das Tier ein kaiserliches Geschenk sei. In Wahrheit jedoch hatte er sich in das vollkommene Geschöpf verliebt.

Wie so häufig begann Konrad auch diesen Tag mit einem Ausritt. Als er nach dem Ritt fertig war mit dem Striegeln und sich umgekleidet hatte, machte er sich ohne viel Hoffnung auf Abwechslung von der alltäglichen Monotonie auf den Weg zu seinem morgendlichen Treffen mit dem Bischof. Es gab einen Gerichtshof, an dem Beschwerdeführer das Wort erhielten und Verbrecher verurteilt wurden. Außerdem gab es ein bischöfliches Gericht, wo über Verbrechen gegen Gott und die Kirche entschieden wurde. Überdies erstatteten Minister ihren Bericht, Steuereintreiber legten Rechenschaft ab – all die vielen Dinge, die zur Wahrung der eigenen Macht und zur Verwaltung der Stadt und des umliegenden Landes notwendig waren, mussten getan werden. Lorenz handhabte diese Aufgabe mit Souveränität. Konrad wusste, wenn er jemals in die Fußstapfen des Fürstbischofs treten wollte, musste er noch viel lernen.

Am beschwerlichsten jedoch fand Konrad, seine Fassade aus Demut und Frömmigkeit aufrechtzuerhalten. Es war eine wertvolle Tarnung, die er unbedingt verbessern, ja vervollkommnen musste, und er übte täglich.

Er kleidete sich nicht zu prunkvoll, verzichtete auf seinen purpurroten Samtumhang mit der fünfzehn Meter langen Schleppe und zog eine schlichte graue Weste und hohe graue Stiefel vor. Dazu eine Ballonmütze, die seine Locken bändigte, um Kommentare bezüglich seiner Eitelkeit vonseiten des Fürstbischofs zu vermeiden, vor allem aber, um sein sorgsam gepflegtes Haar vor dem Schmutz und Staub in der Stadtluft zu schützen.

An diesem Morgen trafen sie sich in den Gemächern des Fürstbischofs, wo sie ein karges Morgenmahl aus Brot und Beeren einnahmen. Lorenz war nicht so hager und ausgemergelt wie ein wahrer Asket, was darauf hindeutete, dass er heimlich aß. Es mochte erheiternd sein, diesbezügliche Anmerkungen zu machen, zumal Lorenz und Konrad gleichrangige Fürsten waren, doch klug war es sicherlich nicht, also unterließ Konrad jeden dahingehenden Kommentar.

Nach dem Morgenmahl unternahmen sie einen kurzen Fußmarsch, flankiert von Wachen und gefolgt von einer Entourage aus Mönchen mit Körben voller Brot. Sie grüßten die Bürger, denen sie begegneten, während die Mönche das Brot an die Bettler verteilten. Sie überquerten die Brücke und näherten sich dem Dom, wo der Fürstbischof seine geistliche Robe überstreifte und sein gelehrtes Latein demonstrierte. Der Gesang der Priester wollte wieder einmal kein Ende nehmen.

Konrad wusste nicht, warum er eine Abneigung gegen Männergesang hatte, selbst wenn er von Priestern oder Mönchen kam. Doch er lächelte an den richtigen Stellen und ließ sich vom Fürstbischof die neuesten Heiligenbilder zeigen.

Anschließend ging es mehrere Stunden um rechtliche Dinge und die praktische Ausübung der Macht, was Konrad sehr viel mehr interessierte als die künstlerischen Auftragsarbeiten des Fürstbischofs. Lorenz von Bibra war nicht nur Bischof von Würzburg, sondern auch der Herzog von Franken, und seine Macht war immens, wenngleich nur in seinem Herrschaftsgebiet.

Nun beobachtete Konrad den Fürstbischof, wie dieser in seiner Amtsrobe auf seinem Podium saß und Recht sprach. Hauptsächlich handelte es sich um Streitigkeiten über Besitztümer. Die beiden interessantesten Fälle kamen ganz zum Schluss. Beim ersten Fall ersuchten zwei Männer, Mönche zu werden, und erbaten den Segen des Fürstbischofs.

»Geht es euch nicht eher darum, im Kloster dem Hunger und der Armut zu entrinnen?«, fragte Lorenz von Bibra. »Sagt mir, wer von euch hat ein sicheres Auskommen?«

Keiner der beiden konnte Vermögen oder Besitz vorweisen.

»Ihr solltet euch Frauen suchen«, erklärte der Fürstbischof. »Das Kloster ist nichts für euch. Ich gewähre jedem von euch ein Darlehen, damit ihr heiraten und ein Geschäft gründen könnt. Das Darlehen werdet ihr binnen vier Jahren mit Zinsen zurückzahlen.«

Die Männer blickten Lorenz dankbar an, und im Gerichtssaal erhob sich anerkennendes Gemurmel. Konrad wusste, dass es dem Fürstbischof nicht darum ging, sich beim gemeinen Volk beliebt zu machen; vielmehr strebte er nach Gerechtigkeit und Mildtätigkeit, als wollte er sich einen Platz im Himmelreich sichern.

Der Vogt rief den nächsten Fall auf, und der Schriftsatz wurde verlesen. Es hatte eine gewalttätige Auseinandersetzung auf der Straße gegeben, und der Magistrat hatte vier Schläger festgesetzt. Alle vier hatten verschorfte Wunden und blaue Flecken, und zwei humpelten. Bei der Auseinandersetzung war es um Spielschulden gegangen, räumten die Raufbolde demütig ein.

Es belustigte Konrad, wie eingeschüchtert die vier Männer vor dem Fürstbischof wirkten, der im Vergleich zu ihnen klein und gebrechlich war. »Von heute an werdet ihr in einem Kloster leben«, verkündete Lorenz. »So lautet mein Urteil.«

»In einem Kloster?«, ächzte einer der vier Halunken und fing sich einen unsanften Stoß vom Vogt ein. Die anderen blickten entgeistert drein, als wäre soeben ihre Hinrichtung befohlen worden. Die Höflinge lachten hinter vorgehaltenen Händen, was ihnen einen bösen Blick des Fürstbischofs einbrachte, sodass alle rasch wieder verstummten.

»Ihr werdet für den Rest eurer Tage zur Ehre und zum Lob unseres Herrn Jesus Christus arbeiten«, fuhr Lorenz fort. »Ihr werdet lesen und schreiben lernen und eure Zeit mit Arbeit verbringen, die eurer spirituellen Erleuchtung und der anderer Menschen dient.«

Der gesamte Hof spendete Applaus. Beifällige Rufe wurden laut.

Es waren Urteile wie diese, die Konrad so sehr an Lorenz von Bibra faszinierten. Was seine Urteile anging, war der Fürstbischof unberechenbar.

Damit endete die Gerichtssitzung für diesen Tag. Konrad half dem Fürstbischof, einem Dutzend Bittsteller zu entrinnen, die wegen anderer Streitfälle klagen wollten. Einige betrieben unverhohlen Interessensarbeit für sich selbst oder für Gilden und Zünfte, andere boten heimlich und verstohlen Bestechungsgelder an. Konrad prägte sich ihre Gesichter zwecks späterer Belohnung oder Bestrafung ein, je nach Rang und Reichtum.

»Lass uns ein wenig frische Luft schnappen und den Sonnenschein genießen«, sagte der Fürstbischof. »Es ist erdrückend, so viel Zeit damit zu verbringen, über andere zu richten.«

Die nächste Stunde verbrachten die beiden Männer in einer prächtigen Kutsche, in der sie das Flussufer entlangfuhren, um die Arbeiten an den Uferbefestigungen des Mains zu besichtigen.

Zufrieden betrachtete Konrad die ebenso planvolle wie stumpf-
sinnige Zurschaustellung der vereinten Macht von Kirche und
Reich. Eintausend Männer schaufelten Erdreich und verlegten
Steine, halbnackt in der heißen Sonne, während die Ritter missmutig im Schatten unter den großen Weiden zuschauten, sich
betranken, würfelten oder Fechtübungen machten. Einige waren in die Stadt gezogen, um jene fragwürdigen Ablenkungen
zu suchen, die Männer brauchen, wenn sie einsam sind.

»Gute Leute«, sagte Lorenz.

»Die Arbeit ist gut, Euer Gnaden, die Leute weniger«, entgegnete Konrad. »Sie sind gewöhnliche Hörige, ausgehoben zum
Kriegsdienst.«

Er musste daran denken, was Dietrich zu dieser Bemerkung
sagen würde, und beschloss, ihm aus dem Weg zu gehen, sollte
er ihn in der Stadt sehen. Es war eine Sache, auf dem Lande als
Gleicher unter Gleichen beim Wein zu sitzen, aber nicht hier
in Würzburg – und nichts anderes würde Dietrich von ihm
erwarten.

»Ja, die Männer sind nicht so sehr mit dem Herzen dabei,
wie man es sich wünscht«, pflichtete der Fürstbischof ihm bei.
»Dennoch muss die Arbeit getan werden.«

»Letzte Woche waren sie noch Soldaten«, sagte Konrad.
»Heute sind sie Arbeiter. Ihre Moral war bereits nach der Niederlage in der Schlacht am Boden, und ihr Glaube ist nicht allzu
stark. Wenigstens sind die Pocken ausgeheilt, wie unsere Spitzel berichten. Aber die Bauern haben Heimweh und sehnen sich
danach, in ihre Dörfer zurückzukehren. Die Stadtbevölkerung
verspottet sie, und sie haben nicht einmal Geld, um in den
Nächten ein wenig Ablenkung zu finden.«

»Du hast recht. Je eher wir sie zurück in ihre Dörfer schicken, desto besser«, entgegnete der Fürstbischof. »Sag den Vor-
arbeitern, sie sollen die Männer antreiben.«

»Ja, Euer Gnaden. Aber jetzt lasst uns zum Marktplatz fahren. Ich möchte Euch zeigen, was dort zum Verkauf angeboten
wird.«

»Zum Marktplatz? Das trifft sich gut. Wir werden dort jemandem einen Besuch abstatten.«

Die Ankunft der fürstbischöflichen Kutsche auf dem Marktplatz verursachte jedes Mal Verwunderung und Argwohn unter den Gemeinen, also hielt der Kutscher in einer Nebenstraße und schickte einen Fußsoldaten voraus, der ein paar Münzen unter das Volk bringen sollte.

»Sagt dem Mann, er soll Flugblätter mitbringen, Euer Gnaden«, bat Konrad. »Ein Exemplar von jedem, das verkauft wird.«

»Später«, erwiderte der Fürstbischof ungeduldig. »Ich wollte dir die Künstlerwerkstatt von Tilman Riemenschneider zeigen. Er wartet bereits.«

»Sehr wohl, Euer Gnaden. Wir können uns die Flugblätter später noch anschauen. Aber Ihr müsst versprechen, dass ich sie Euch zeigen darf.«

»Gewiss, gewiss. Später.«

Kurz darauf nahmen sie die neuen Arbeiten in Augenschein, die der Fürstbischof beim Stolz der Würzburger Künstlerzunft bestellt hatte. Tilman Riemenschneider hatte ein riesiges Atelier über dem Fluss, in dem vierzig Lehrlinge an Holzschnitzereien, Skulpturen und Wandteppichen arbeiteten. Riemenschneider selbst war ein großer, hagerer Mann und dank seiner überragenden Fähigkeiten und seines Arbeitseifers sehr wohlhabend. Sein Umhang hatte einen Kragen aus Luchsfell. Der Künstler war im ganzen Reich berühmt für seine Skulptur der Maria mit Kind, die in der Pfarrkirche St. Kilian in Haßfurt zu bewundern war. Konrad wusste, dass Lorenz verhindern wollte, dass Riemenschneider in eine größere Stadt zog, vielleicht sogar nach Rom, indem er ihn mit Aufträgen überschüttete. Für Konrads Geschmack jedoch war der Stil Riemenschneiders langweilig, beinahe trostlos. Auf Wunsch des Fürstbischofs hatte er sich Riemenschneiders berühmtestes Kunstwerk vor einigen Monaten angesehen. Marias Blick war traurig, als schaue sie in die Zukunft des Kindes auf ihrem Arm, das dreißig Jahre später am

Kreuz sterben sollte. In Konrads Augen waren Riemenschneiders Arbeiten eher für das Haus eines Händlers oder Handwerkers geeignet als für eine Kirche, doch er hütete sich davor, Lorenz zu beleidigen, indem er seine Meinung äußerte.

Man brachte ihnen Wein, während Lorenz sich über die halb fertigen Arbeiten ausließ. »Übrigens habe ich Euch als Ratsherrn für die Stadt vorgeschlagen, Tilman«, sagte er unvermittelt. »Ich wüsste nicht, wer besser für dieses Amt geeignet wäre.« Er hob den Weinbecher. »Auf dass Würzburg über die Grenzen der Stadt hinaus bekannt wird für seine wunderbaren Kunstwerke. Wahre Kunstwerke für unser heiliges Reich.«

Konrad tat, als bewunderte er die Gemälde und die neue Skulptur. Er nickte und lächelte an den richtigen Stellen, während er die Blicke Riemenschneiders auf sich spürte.

»Mein Fürst, Ihr erweist mir große Ehre durch Euren Besuch«, sagte Riemenschneider irgendwann leise zu Konrad. »Aber Ihr seid so still. Gefällt Euch meine Kunst denn nicht?«

Konrad erkannte die plumpe Falle. »Oh doch. In ferner Zukunft werden die Menschen auf Euer Werk blicken und sagen: *Seht nur, wie entrückt die heilige Maria in eine Welt jenseits der unseren schaut.*«

Riemenschneider errötete vor Stolz, doch Konrad empfand nichts als Verachtung. Künstler waren alle gleich – die primitivste Schmeichelei genügte, um sie für sich einzunehmen. Auf der anderen Seite wusste man nie, wer aufstieg und wer fiel, deshalb war es klüger, dick aufzutragen. Es kostete nichts und war bisweilen sogar amüsant.

»Gut gesprochen!«, rief der Fürstbischof und klatschte in die Hände.

Konrad war erleichtert, als sie die Stadt hinter sich ließen und über die Brücke in die Festung zurückkehrten.

»Ich wusste gar nicht, dass du ein so aufmerksamer Bewunderer der schönen Künste bist, Konrad«, sagte der Fürstbischof.

»Ich lerne von Euch, Euer Gnaden«, erwiderte Konrad. »Aber Riemenschneider als Ratsherr? Warum?«

»Weil es gut ist, einen Freund im Rat zu haben, wenn die anderen jeder Steuererhöhung ablehnend gegenüberstehen. Eines Tages werde ich ihn zum Bürgermeister machen. Wir müssen stets an das Wohl des Ganzen denken.« Nach einem bescheidenen Mahl überreichte Konrad dem Fürstbischof das Gastgeschenk. Mahmed wurde aus dem Turmverlies heraufgebracht und aufgefordert, seinen Lösegeldbrief zu verfassen. Der Fürstbischof war entzückt über den blumigen Stil und die sprachliche Ausdruckskraft der Geisel und stellte immer wieder Fragen bezüglich seiner Ausbildung und seiner vornehmen Herkunft.

Als Mahmed schließlich wieder nach unten geführt wurde, blieb ein erfreuter Fürstbischof zurück. Konrad war längst nicht so zuversichtlich.

»Dieser Mahmed ist ohne Zweifel von königlichem Blut«, sagte der Fürstbischof. »Er ist ein Mann von hoher Bildung, das merkt man gleich. Meine gelehrtesten Mönche haben mit ihm über Sternkunde, Philosophie, Medizin, die Künste und die Poeten der verschiedensten Länder diskutiert.«

»Dieser Türke scheint Euch verzaubert zu haben, Euer Gnaden.«

»Auch ein Türke ist ein Mensch mit einer Seele und einem Verstand wie wir. Können wir nicht von ihm lernen, Konrad? Er kennt sogar Wein, und sein Schachspiel ist erstaunlich.«

»Er erinnert mich eher an einen dressierten Affen«, sagte Konrad abfällig.

»Mein lieber Konrad, was gäbe ich darum, wenn meine ganze Stadt voll wäre mit dressierten Affen wie diesem! Bist du etwa eifersüchtig?«

»Er weicht unseren Fragen aus. Er hat weder den Lösegeldbrief fertiggestellt, noch hat er uns den Namen seiner Linie verraten.«

Der Fürstbischof wackelte mit dem Zeigefinger. »Wärst du an seiner Stelle nicht auch vorsichtig?«

»Es gibt Mittel und Wege, seine Bereitschaft zur Zusammenarbeit mit uns zu beschleunigen. Zeigt ihm die unteren Kammern des Turms.«

Der Fürstbischof furchte die Stirn.»Die Folterkammern? Jetzt enttäuschst du mich, Konrad. Drohungen sind stets das letzte Mittel, wie du weißt. Fliegen suchen den Honig, nicht den Essig.«

Sie schlenderten durch die große Bibliothek. Die Regale enthielten einen kostbaren Schatz an Büchern; die älteren waren allesamt handschriftlich kopiert, die neueren, die den größeren Teil ausmachten, waren gedruckt. Auf den Buchrücken las Konrad die Namen der Autoren: Demosthenes, Herodot, Platon, Thukydides, Aristoteles, Franz von Assisi, Marc Aurel, Maimonides ... gelehrte Männer aus allen Epochen der Geschichte.

»Die Gedanken längst Verstorbener«, sagte Konrad.»Römer, Griechen, Perser, sogar ein Jude ist darunter.«

Der Fürstbischof schaute ihn an.»Verstorbener? Sie sind nicht tot, solange Menschen lesen können. Jedes dieser Bücher ist eine Welt für sich. Jedes fügt den vorangegangenen Werken neues Wissen hinzu und baut auf ihnen auf. Lass uns hoffen und beten, dass die Menschen auf der Grundlage dieser ewigen Wahrheiten eines Tages lernen, in Liebe und Frieden miteinander zu leben.«

»Und doch werden weiterhin Armeen ausgesandt, um einander zu bekriegen.«

»Die Geschichte ist eine Aneinanderreihung von Fehlern, mein lieber Konrad. Aber wir dürfen nicht nachlassen, diese Irrtümer zu bekämpfen, jede Generation für sich. Wir müssen dem Plan Gottes folgen und von innen heraus für das Gute arbeiten. Wir müssen zusammenwachsen zu einem einzigen menschlichen Bewusstsein.«

Konrad verlor die Geduld mit seinem Fürstbischof, diesem weichherzigen Mann, der das Schicksal der Stadt Würzburg und ihrer Bewohner auf seinen schmalen Schultern trug. Er zwang sich, ruhig zu bleiben, als er antwortete:»Edle Gedanken füttern weder hungrige Mäuler, noch vernichten sie

Feinde, Euer Gnaden. Wir brauchen kraftvolles Denken. Viele sagen, Feuer muss mit Feuer bekämpft werden. Ich hingegen sage, lasst das Feuer die Fäulnis aus dem Leib der Menschheit brennen.«

»Grausame Worte«, tadelte der Fürstbischof. »In diesen Büchern findet sich unsere Hoffnung auf Erlösung für die Menschheit. Die Zuversicht, dass Gott neues Licht vom Himmel strahlen lässt, um die Unwissenheit zu vertreiben.«

»Bücher ...« Konrad spürte, wie sein Gesicht rot anlief.

Der Fürstbischof lächelte, als wäre die Welt ein Ort voller glücklicher Kinder. »Ja, Bücher. Wusstest du, dass Mahmed Griechisch und Latein beherrscht? Er hat viele Schriften unserer großen Dichter und Denker studiert. Würden wir uns besser kennen, könnten die ewigen Kriege vielleicht enden, sagt er. Meinst du nicht auch?«

Konrad glaubte, in den Augen des Bischofs ein Funkeln zu sehen, als wollte Lorenz ihn herausfordern.

»Ich habe bereits gesagt, was ich denke, Euer Gnaden«, antwortete er. »Der Türke weicht unseren Fragen aus. Nur zwei Absätze hat er geschrieben, nichts als Allgemeinplätze und Grußformeln. Dafür versucht er umso fleißiger, Euch für sich einzunehmen.«

»Alle Edelleute haben ihre besonderen Rituale, Konrad. Und vergiss nicht, er ist ein Fremder.«

»Trotzdem habe ich ein eigenartiges Gefühl. Wäre ich eine Geisel und würde mit halb verheilten Wunden auf einer öffentlichen Parade zur Schau gestellt wie ein Schoßtier, ich würde *alles* tun, so schnell wie möglich ausgelöst und freigelassen zu werden, damit ich nach Hause zurückkehren kann. Ihr etwa nicht?«

»Manchmal frage ich mich, wer du wirklich bist«, sagte der Fürstbischof. »Deine Gesinnung überrascht mich stets aufs Neue.«

Konrad hielt den Zeitpunkt für gekommen, auf das eigentliche Problem hinzuweisen.

»Euer Gnaden, das Leben in dieser Stadt hat seinen Preis, und Mahmed ist durchaus eine Bereicherung für unsere Schatzkammer ...«

Der Fürstbischof nickte. »In der Tat, es geht um ein beträchtliches Lösegeld, und der Anteil für Dietrich von Geyer und für dich selbst wäre nicht unbedeutend. Ist es das, worauf du anspielst?«

»Meine Familie bedrängt mich, Euer Gnaden, wie die Eure sicherlich auch. Lasst uns offen sprechen; schließlich habt Ihr das Thema angeschnitten. Das Bistum braucht Geld. Und die Menschen verlangen nach Jahrmärkten und anderen Attraktionen. Wir müssen jede Möglichkeit nutzen, die uns durch Gottes Gnade zuteilwird, um an neue Mittel zu gelangen.«

»Vorsicht, Konrad. Wie könnte der Glaube verhandelbar sein? Was steckt wirklich hinter deinen Geldnöten?«

»Wir müssen uns einträglichere Geschäftsfelder erschließen, Euer Gnaden.«

»Was für Geschäftsfelder meinst du? Den Handel mit Geiseln?«

»Das Druckereiwesen, Euer Gnaden.«

»Das Druckereiwesen?«

»Ja. Das Drucken ist nur Mittel zum Zweck. Der Zweck besteht darin, Meinungen zu verbreiten und Überzeugungen zu schaffen. Das bringt Macht, und Macht bringt Profit. Habt Ihr nicht gerade selbst gesagt, welch gewaltige Macht die neue Belesenheit der Menschen darstellt?«

»Das mag sein. Aber Würzburg hat bereits Druckereien, die wir für uns arbeiten lassen.«

»Sämtliche Gedanken sollten sich dem einen und wahren Glauben unterordnen, Euer Gnaden. Es sollte nur eine Meinung geben, ein Streben, ein Denken. Ich finde, dass es in Würzburg nur eine einzige Druckerei geben sollte. Wir brauchen eine bischöfliche Druckerei.«

Lorenz schüttelte den Kopf. »Nein. Deine Aufgabe hier besteht darin, mir bei der Verwaltung der Stadt und dem Erhalt der Ordnung zu helfen, den Übermut der Ritter zu zügeln und die Steuern einzutreiben.«

»Und wenn ich in der Stadt Ketzer antreffe?«

»Gesetz ist Gesetz, Konrad. Du hast genug Magistrate und Mönche zur Verfügung, um ihm Geltung zu verschaffen.«

»Aber wenn ich meine eigene Druckerei hätte, wäre es viel einfacher und wirkungsvoller. Würdet Ihr Einwände erheben?«

»Eine eigene Druckerei? Wie willst du das bezahlen?«

»Die Finanzierung wäre mein Problem, Euer Gnaden.«

»Solange du keine öffentlichen Mittel benutzt, magst du deine eigene Druckerei betreiben. Würzburg ist eine freie Stadt, und daran werde ich nichts ändern.«

Ja, Würzburg ist frei, dachte Konrad. *Viel zu frei.*

Konrads reger Verstand, ständig auf der Suche nach einer Möglichkeit, auf dem Weg zu seiner Bestimmung die nächste Sprosse der Leiter zu erklimmen, hatte eine Idee hervorgebracht. Sie in die Tat umzusetzen würde Geduld, Glück und die Wahl des richtigen Zeitpunkts erfordern.

Vor allem aber erforderte es eines: die richtigen Opfer.

26.
Kristina

$\mathcal{E}$s war kurz vor Einbruch der Morgendämmerung, als sie von Witter, dem Vorarbeiter Werner Hecks, abgeholt und ins Hauptgebäude der Druckerei gebracht wurden. Von Grit hatte Kristina erfahren, dass die Gruppe beschlossen hatte, erst einmal in Würzburg zu bleiben, um Heck und den anderen zur Hand zu gehen, da diese – laut eigener Aussage – Unterstützung dringend nötig hätten.

Kristina beobachtete Witter. Sein rasiertes Gesicht wirkte unruhig, und er wahrte Distanz. Auch Grit schien es zu bemerken.

»Sie ist wieder gesund«, sagte die ältere Frau. »Es ist vorbei. Es war ein leichter Fall von Pocken. Nicht mehr ansteckend.«

»Lob sei Gott dem Herrn«, sagte Witter.

»Ja, Lob sei Gott dem Herrn«, pflichtete Grit ihm bei.

»Heck ist in Frankfurt auf der Buchmesse«, sagte Witter, der die beiden Frauen durch einen langen, schmalen Flur führte. »Wenn er gute Geschäfte gemacht hat, ist er vielleicht schon bald zurück. Dein Ehemann wird sich freuen, dass du wieder ganz gesund bist.«

Kristina entging der zweifelnde Blick nicht, den Witter bei seinen Worten über die Schulter warf, doch sie meinte, in seinen klugen Augen noch etwas anderes zu erkennen.

Die beiden Frauen blieben ein Stück hinter Witter zurück.

»Dieser Mann hat einen scharfen Verstand«, flüsterte Grit Kristina zu. »Außerdem spricht er mit einem Akzent, den ich noch nie gehört habe. Sei vorsichtig, hörst du? Vielleicht ist er ein Spion. Es ist schwer, in seinem Gesicht zu lesen.«

Witter war bei der Tür am Ende des Flurs stehen geblieben. Nun drehte er sich um und schaute die beiden Frauen direkt an. Kristina fragte sich, ob er Grit gehört hatte. Falls ja, schienen ihre Worte ihm nichts auszumachen.

»Wir essen, während wir arbeiten«, erklärte er. »Es gibt viel zu tun. Wir liegen ein Dutzend Aufträge im Rückstand, seit die anderen nach Mainz aufgebrochen sind.«

Sie betraten den großen Saal.

»Unsere junge Schwester ist wieder gesund und wird arbeiten«, verkündete Witter den anderen.

Kristina erhielt einen schlichten Kittel von der gleichen Machart, wie Frieda und Grit ihn trugen. Rudolf und Simon trugen Druckerschürzen.

»Ich bringe euch Essen«, sagte Magdalena, die dicke Köchin. »Damit die Arbeit schneller von der Hand geht.«

»Ich helfe Magdalena in der Küche«, erklärte Frieda. »Die Arbeit an der Druckerpresse erinnert mich zu sehr an meinen armen Otti.« Weil niemand Widerspruch einlegte, war Frieda gleich darauf verschwunden.

Der dicke Steiner, an den Kristina sich gut von dem Fressgelage vor ihrer Erkrankung erinnerte, wurde ihr als der Vater von Werner Heck vorgestellt. Der nicht minder fette Bruno war Hecks Onkel. Beide waren Druckermeister und arbeiteten im Licht von Laternen daran, die beiden großen Pressen für das Tagwerk vorzubereiten.

Kristina und ihre Brüder standen ehrfürchtig daneben und schauten zu. Die großen Pressen beanspruchten den meisten Platz in der Druckerwerkstatt.

»Die linke ist unsere Buchpresse«, erklärte Witter. »An der werdet ihr heute arbeiten. Die rechts ist die Presse für Flugblätter. An der arbeiten Bruno und Steiner. Stellt euch um die Buchpresse herum auf. Ich habe die Lettern und die Holzschnitte bereits gesetzt. Die Presse druckt vier Bogen in der gleichen Zeit, die eine alte Presse für einen Bogen gebraucht hat.«

Während der nächsten zwei Stunden zeigte Witter ihnen geduldig, wie die große Presse bedient werden musste. Es gab eine Menge Unterschiede zwischen dieser modernen Maschine und der einfachen alten Presse in Kunwald. »Rahmen, Aufzugblech, Schablone … das sind wichtige neue Begriffe. Merkt sie euch, und lernt ihre Bedeutung. Und dieser Rahmen hier … achtet darauf, wie er den Wagen zusammenhält, auf dem die Lettern und das Papier in die Druckvorrichtung gleiten, die das Papier auf die frisch geschwärzten Lettern drückt.« Witter zeigte mit seinen geschwärzten Fingern auf die entsprechenden Stellen, während er redete. Kristina hatte Mühe, sich alles zu merken, denn Witter fasste sich kurz und knapp und wiederholte seine Worte nicht.

»Wir benutzen immer nur Papier aus ein und derselben Lieferung, sodass jedes Buch einheitlich erscheint. In der Nacht vor dem Drucken nässen wir die Papierstapel und lagern sie unter einem schweren Gewicht. Das sorgt dafür, dass das Papier die Druckerschwärze besser aufnehmen kann. Ihr ladet den Druckrahmen hier auf das Blech. Nachdem alles Papier auf der Oberseite bedruckt ist, drehen wir es um und drucken auf der Unterseite weiter, sodass alle Seiten direkt aufeinander zu liegen kommen.«

»Kleben die Seiten denn nicht zusammen?«, fragte Rudolf.

»Zu Hause in Kunwald mussten wir warten, bis die Bogen getrocknet waren, damit sie nicht verkleben.«

»Wir sind hier nicht in Kunwald, sondern in Würzburg. Wir benutzen eine spezielle Vorrichtung, um die zu bedruckenden Bogen in Position zu halten. Zunächst wird ein Blatt auf das Blech gespannt, als Führungshilfe, um dafür zu sorgen, dass die anderen Blätter richtig liegen. Dann wird das erste Blatt auf die Schablone gespannt, der erste Bogen wird gedruckt, und die Stellen werden ausgeschnitten, auf denen Text erscheint. Das schützt die weißen Bereiche jeder Seite vor Druckerschwärze und Schmutz. Die Lettern auf dem Druckrahmen werden mit diesen beiden Kugeln hier geschwärzt.«

Kristina schwirrte der Kopf von Witters Ausführungen und der Kompliziertheit der großen Presse. Sie sah in den Gesichtern der anderen, dass sie ebenfalls Mühe hatten, Witters Erklärungen zu folgen.

Endlich trat Witter von der Presse zurück und zog behutsam den bedruckten Bogen heraus. Kristina war fasziniert. Die anderen starrten sprachlos vor Staunen auf das fertige Ergebnis.

Witter blickte in die Runde.»Fragen?«

»Wieso kleben die Blätter nicht zusammen?«, wollte Rudolf wissen und schaute Witter mit seinem gesunden Auge an.

»Weil ihr es hier mit einer richtigen Druckerei zu tun habt. Weil wir die Seiten zwischen den Druckvorgängen trocknen.«

»Aber warum hast du das nicht gleich gesagt?«, protestierte Simon.

Witter blieb unbeeindruckt.»Noch irgendwelche Fragen?«

»Wie wird die Rückseite bedruckt?«, wollte Berthold wissen.

»Genauso. Der Bogen muss richtig eingespannt werden, wie bei der Vorderseite. Wir nennen diesen Vorgang Widerdruck. Wir drucken die Vorderseite am Morgen und lassen sie in einem Trockengestell bis zum Nachmittag liegen, bevor wir die Rückseite fertigstellen.«

»Ah, das Trockengestell, richtig«, sagte Rudolf zufrieden.

Es gab keine weiteren Fragen.

»Gut, fangen wir an«, sagte Witter und klatschte in die Hände.»Wir haben einen großen Auftrag zu erledigen, und die nächsten warten bereits.«

Berthold nahm Kristina bei der Hand, und sie schauten zu, wie Witter die große Wurmschraube in Bewegung setzte. Sie drehte sich, vom eigenen Gewicht angetrieben, mit einem seidigen Geräusch nach unten, wie Kristina es noch nie bei einer Presse gehört und gesehen hatte. Die Druckplatte bewegte sich schnell und scheinbar ohne jede Mühe hinunter auf das große Druckbett.

»Wundervoll«, sagte Berthold fasziniert.

Witter drehte die Platte beinahe genauso mühelos wieder nach oben.

»Die Spindel ist so genau gearbeitet, dass man kaum Kraft aufwenden muss«, erklärte er.»Wie ihr seht, arbeitet sie genauso wie die kleineren Spindeln, die ihr aus Kunwald kennt, nur schneller. Papier und Druckerschwärze sind genügend vorhanden. Es dauert keine Stunde, und ihr druckt die ersten Bogen. Wer von euch hat was gemacht?«

»Welches Buch drucken wir heute?«, fragte Kristina.

Witter ignorierte die Frage. »Ich möchte wissen, wer von euch was an der Presse gemacht hat«, wiederholte er.

»Hast du nicht gehört, Bruder? Unsere Schwester hat dir eine Frage gestellt«, sagte Grit.

»Ihr könnt alles lesen, was wir drucken, wenn genügend Zeit ist und ihr schnell genug gearbeitet habt. Es liegt auf den Trockengestellen«, sagte Witter, ohne auf Kristinas Frage und Grits Ermahnung einzugehen. »Und jetzt sagt mir bitte endlich, für welchen Arbeitsvorgang jeder Einzelne von euch verantwortlich gewesen ist. Schnell, wenn ich bitten darf.«

»Jeder von uns kennt sämtliche Stationen an der Presse«, antwortete Rudolf.

»Kristina und ich haben oft zusammengearbeitet«, erklärte Grit. »Aber an einer viel kleineren Presse. So wie die in dem Schuppen am Fluss.«

»Keiner ist auf eine Station spezialisiert?«, fragte Witter.

»Nein, und das hat seine Gründe«, erklärte Berthold.

»Was für Gründe?«, fragte Witter.

»Für den Fall, dass einer von uns festgenommen wird, sind die anderen imstande, die Arbeit auch ohne den Betreffenden fertigzustellen. Ganz egal, wer fehlt.«

Witter schüttelte den Kopf. »Genau wie bei denen, die nach Mainz gegangen sind und uns in diese Schwierigkeiten gebracht haben. Was für eine umständliche Arbeitsweise!«

»Wagen wir einen Versuch«, sagte Grit. »Dann werden wir ja sehen, wie schnell wir sind.«

Die nächsten Stunden vergingen wie im Flug. Zuerst verfielen Kristina und Grit in ihr altes Muster. Grit arbeitete an den Griffen der Spindelmutter, Kristina schwärzte die Lettern und zog das Papier ein. Dann trennte Witter die beiden und wies jedem eine spezielle Aufgabe zu. Berthold schwärzte die Lettern, Rudolf legte das Papier ein, Grit bediente die Spindel, Kristina nahm das bedruckte Blatt heraus und reichte es Simon, der es ins Trockengestell legte.

Witter hatte recht. Das Drucken ging auf diese Weise mit ungeahnter Geschwindigkeit vonstatten, und die Bogen waren wahre Kunstwerke – schneeweißes Papier mit tiefschwarzen Buchstaben und scharfen Rändern.

Hinter sich hörte Kristina die andere Presse arbeiten. Sie blickte sich um. Bruno und Steiner schienen mit der Maschine verschmolzen zu sein, so flüssig waren ihre Bewegungen. Die Trockengestelle an den beiden Wänden füllten sich rasch mit frisch bedruckten Bogen.

Verlockend duftendes Essen wurde hereingebracht, doch Kristina wollte nichts. Sie ging voll und ganz in ihrer Arbeit auf. Einige der anderen schnappten sich zwischendurch einen Bissen.

Dann blieb die Presse plötzlich stehen.

Simon hatte aufgehört, die bedruckten Bogen in das Trockengestell zu legen. Alle hielten inne und schauten zu Simon, der einen der Bogen las. Sein Gesicht war gerötet, die Augen waren weit aufgerissen, und sein Mund stand offen. Er humpelte im Kreis herum, während er las.

»Was tust du da?«, fragte Witter ungehalten.

»Kolumbus und die schamlosen Wilden?«, rief Simon fassungslos.

»Die schamlosen was?«, fragte Berthold.

»Kolumbus der Entdecker. Eine Geschichte über Wilde, Ungeheuer und tapfere Seeleute«, las Simon vor. »So lautet der Untertitel des Flugblattes, das unsere Brüder hier an der Nachbarpresse drucken. Es liegt im Trockengestell, gleich hier.«

»Kompassgeschichten«, sagte Witter von der anderen großen Presse her. »So nennen wir sie. Die Kolumbus-Geschichte ist der Renner. Sie verkauft sich wie Eis in der Hölle. Macht weiter mit eurer Arbeit, Brüder und Schwestern. Die Presse muss laufen, immerzu laufen.«

»Lass die Obszönitäten, ja?«, ermahnte Rudolf ihn.

»Was für Obszönitäten?«, entgegnete Witter. »Glaubst du nicht an die Hölle?«

378

»Du machst dich über Gott lustig!«, stieß Rudolf hervor.

Nun meldete sich auch Berthold zu Wort. »Das ist keine ehrenvolle Arbeit«, sagte er und hielt einen Holzschnitt in die Höhe, damit alle ihn sehen konnten. »Wilde Mädchen, die umherspringen wie nackte Meerjungfern! Verkleidete Dämonen, die die Seeleute in Versuchung führen!«

»Das sind doch nur unschuldige Albernheiten, weiter nichts«, entgegnete Bruno. »Und die Leute reißen sie dir aus den Händen. Bitte, setzt eure Arbeit fort.«

»Was ist das für ein Buch, das wir drucken?«, wollte Grit wissen.

Kristina schaute auf den Rahmen mit den Lettern, allesamt spiegelverkehrt, und versuchte die Worte zu lesen. Sie hob den Blick zu den Trockengestellen, wo die bedruckten Bogen zum Liegen gekommen waren. »Was haben wir gedruckt, Bruder Simon?«

»Ihr habt für Essen und Kleidung gearbeitet. Außerdem bezahlen wir von den Einnahmen all die anderen guten Werke, die wir drucken«, rief Bruno. »Es gibt nichts umsonst auf der Welt. Wir müssen uns alles verdienen. Und jetzt setzt die Presse endlich wieder in Bewegung.«

Kristina hatte die Hände von der Spindel genommen. Nun schaute sie Grit an; dann traten beide Frauen einen Schritt zurück. Sie würden nicht weiterarbeiten, solange sie nicht wussten, was sie gerade druckten.

Grit wischte sich die schwarzen Hände an einem Lappen ab und trat zu einem Trockengestell, gefolgt von Kristina. Die beiden Frauen zogen Bogen hervor. Es waren welche, die Bruno und Steiner gedruckt hatten.

Die Worte waren mit Holzschnitten untermalt. Es ging um Seeleute, die auf einer Insel landeten und von nackten wilden Jungfrauen mit einem großen Netz eingefangen wurden. Die Anatomie der wilden weiblichen Jungfern war maßlos übertrieben. Andere, offensichtlich von Lust übermannte Wilde hatten einen jungen Seemann unter einem Baum in die Enge getrieben und seiner Kleidung beraubt. Als Kristina diese Stelle erreichte, ließ sie den Bogen fallen, als hätte sie sich die Finger verbrannt.

Sie schaute zu Grit, aber die zeigte keine Empörung, nur Verachtung. Sie verzog das Gesicht wie von einem Gestank, den nur sie allein riechen konnte.

»Was für ein erbärmlicher Unsinn!«, rief sie und warf ihren Bogen zurück in das Trockengestell, wo er schief zu liegen kam. »Wir riskieren unser Leben für diesen Schund? Nicht zu fassen!«

»Schund?« Steiner eilte zu dem Gestell, um den Bogen wieder gerade zu legen. »Seid ihr euch zu schade für harte ehrliche Arbeit?«

»Ehrliche Arbeit?« Grit lachte auf. »Das sind Schweinereien!«

»Zumindest riskiert ihr damit nicht euer Leben«, sagte Bruno. »Die Menschen hungern nach Neuigkeiten, nach spannenden Geschichten, nach allem Möglichen, also erfinden wir sie, drucken sie und verkaufen sie. Vom Erlös finanzieren wir dann unsere Bemühungen im Dienste Gottes.«

»Und welche sind das?«, fragte Berthold.

»Bitte, liebe Brüder«, rief Steiner. »Bitte geht endlich zurück an die Arbeit.«

»Was haben wir auf unserer Presse gedruckt?«, fragte Kristina erneut und ahnte nichts Gutes.

»Hier sind die trocknenden Bogen«, sagte Simon.

Kristina und die anderen wandten sich ihm zu, um zu lesen.

»Ihr druckt eine Bibel«, erklärte Witter.

»Eine Bibel? Eine solche Bibel habe ich noch nie gesehen«, sagte Berthold.

»Es ist eine bebilderte Ausgabe der Bibel, sollte ich wohl hinzufügen. Also verzagt nicht und geht wieder an die Arbeit.«

Kristina spürte Erleichterung, und die anderen schienen genauso zu empfinden, jedenfalls den Blicken nach zu urteilen, die sie wechselten.

380

»Die Heilige Schrift. Das ist gut, sehr gut«, sagte Simon blin-
zelnd. Er nahm ein Blatt hoch. Kristina sah, dass er Schwierigkeiten hatte, den Text zu lesen.
»Was ist das für eine Bibel?«, fragte Grit. »Sie ist so groß!«
»Sie nennt sich Nürnberger Chronik«, sagte Bruno.
Alle versammelten sich aufgeregt um das Gestell. Jeder
nahm einen Bogen zur Hand und hielt ihn ins Licht. Kristina
sah ein Bild der Schöpfung, Gott in den Wolken, Adam und Eva
im Paradies ... nackt.
Sie spürte, wie ihr Gesicht rot anlief und ihre Ohren brannten. Noch nie in ihrem jungen Leben hatte sie *solche* Bilder von
nackten Menschen gesehen. Adam und Eva wirkten lüstern,
viel sinnlicher, als nötig gewesen wäre. Aber vielleicht sollte
dies die fleischliche Versuchung hervorheben, der sie ausgesetzt waren. Es war ein wunderschönes Kunstwerk, aber dass es
eine derart laszive Verwendung fand, erfüllte Kristina mit
Trauer und Abscheu. Dann aber fragte sie sich, ob ihre Reaktion
Prüderie war oder vielleicht sogar Eitelkeit. Hatte nicht Gott
selbst den Körper des Menschen erschaffen? Was also könnte
unanständig daran sein?
»Das Buch ist sehr üppig ausgestattet mit Illustrationen ...
es sieht sehr kostspielig aus. Können wir uns eine so aufwän-
dige Ausgabe überhaupt leisten?«, fragte Berthold.
»Diese Ausgabe ist für die wohlhabendsten Bürger gedacht«,
erklärte Steiner.
»Wir sind hergekommen, um Bibeln zu drucken und die
Menschen das Lesen zu lehren«, sagte Berthold. »Damit sie das
Wort Gottes selbst studieren und sich ihre eigene Meinung bil-
den können.«
»Immer schön eins nach dem anderen«, warf Witter ein.
»Sobald Heck aus Frankfurt zurück ist, könnt ihr ihn um Erklä-
rungen bitten.«
»Wir liegen dreihundert Bücher hinter den Bestellungen zu-
rück«, erklärte Bruno. »Die Einbände liegen bereits in der
Buchbinderei und warten. Jeder Band bringt uns ein kleines

Vermögen ein. Also zurück an die Arbeit, Brüder und Schwestern. Sofort, bitte.«

Kristinas Blick schweifte die Regale entlang, und mit Entsetzen stellte sie fest, dass das Flugblatt, das am Stadttor von Hausierern verteilt worden war, ebenfalls aus Hecks Druckerei stammte:

Die großen Taten der Würzburger Helden! Türkischer Edelmann als Geisel genommen! Gott der Herr hat seinen Soldaten den Sieg geschenkt!

Sie schaute Witter an, der ihren Blick schmunzelnd erwiderte. Kristina war sicher, dass der amüsierte Ausdruck auf seinem Gesicht eine Herausforderung enthielt, als wollte er sie zu einer Reaktion bewegen. »Ja, die sind von uns«, sagte er schließlich. »Wir haben eine neue Auflage gedruckt und mit Illustrationen von mir versehen, um sie zu verschönern.«

Kristina fehlten die Worte. Witter war ein hochbegabter Mann, ein wahrer Künstler. Gott hatte ihm die Gabe geschenkt, lebendige Bilder aus einem Holzblock zu schnitzen und eine Druckerpresse zu betreiben. Er wusste so vieles – und doch verschwendete er sein Talent und sein Wissen an niedrige Dinge.

Grit starrte auf die Holzschnitte, die Szenen der Schlacht darstellten.

»Sind deine Illustrationen ein Loblied auf den Krieg, Bruder?«, fragte Grit.

»Der Fürstbischof zahlt einen guten Preis für Würzburgs Ruhm«, entgegnete Witter.

»Ruhm? Das war kein ruhmreicher Sieg«, sagte Rudolf düster. »Es war eine verheerende Schlappe. Nur der Türke, den sie als Geisel nehmen konnten, hat die völlige Vernichtung der Truppe verhindert.«

»Dann verkaufen wir eben den Ruhm, den die Truppe sich *nicht* erworben hat«, erwiderte Witter spöttisch.

»Ihr druckt für den Fürstbischof?«, fragte Berthold.

»Für seine Bediensteten, ja. Normalerweise drucken wir Ankündigungen und Bekanntmachungen. Diese Geschichten von

Ruhm, Ehre und glorreichen Siegen wurden von einem Fürsten im Dienst des Fürstbischofs in Auftrag gegeben, einem gewissen Konrad von Thüngen, als Willkommensgruß für unsere Soldaten bei der Heimkehr. Viele unserer Kunden kommen aus den höchsten Kreisen. Würden wir ihre Aufträge nicht drucken, würden andere mit dem größten Vergnügen in die Bresche springen. Versteht ihr?«

Kristinas Haare stellten sich auf, und das Blut rauschte in ihren Ohren. Sie sah die Schlacht vor ihrem geistigen Auge, die blutigen Wunden, die sterbenden Männer im Dreck, Beine, die verheddert waren in Eingeweiden, zerschmetterte Gesichter, Ott, der mit toten Augen ins Nichts starrte, den wütenden Sturm, all das Grauen und die Obszönitäten ...

»Ihr ... ihr ...«, stammelte sie, als sie nach Worten suchte, die ihrer Empörung Ausdruck verleihen konnten und nicht nach heißer Wut klangen, sondern nach kühler Vernunft. »Ihr habt nicht gesehen, was wir gesehen haben, Brüder. Christus befiehlt uns, unseren Nächsten zu lieben. Ich weiß, dass ihr euch nicht zu solch schrecklichen Lobpreisungen des Krieges hinreißen lassen würdet, wärt ihr mit uns dort draußen gewesen ...«

»Ich bin fertig hier«, sagte Berthold und ließ den Bogen, den er in der Hand hielt, fallen.

»Ich ebenfalls«, erklärte Grit.

»Aber so hört doch!«, rief Bruno. »Ihr versteht das alles falsch. Ihr wisst nicht, wie das Leben hier in der Stadt abläuft! Geld ist der Antrieb von allem!«

»Ihr druckt und verscherbelt verlogene Kriegsgeschichten, die junge Männer in den Untergang locken!«, sagte Kristina aufgebracht.

In diesem Augenblick kam Frieda durch die Tür am anderen Ende des Saals. Sie trug ein großes Tablett vor sich her, beladen mit dampfenden süßen Brötchen. »Wer möchte frische Brötchen?«, fragte sie kauend. »Es sind genug für alle da.«

Kristina beachtete sie gar nicht. Plötzlich wusste sie, was sie zu tun hatte.

»Wir müssen die alte Druckerpresse in der Werkstatt am Fluss in Betrieb nehmen und dort unsere Flugblätter und Bibeln drucken. Schließlich haben wir deshalb Kunwald verlassen.«

»Das tun wir immer freitags«, sagte Bruno. »Das können wir aber erst wieder, wenn wir die ausstehenden Aufträge erledigt haben.«

»Nur freitags? Nur wenn ihr Zeit findet?«, fragte Kristina. Fassungslos blickte sie in die Runde.

»Hört zu. Wir waren genau wie ihr, als wir hergekommen sind«, sagte Steiner. »Aber wir haben gelernt, wie wir zurechtkommen und überleben können. Und wenn wir obendrein erfolgreich sind, ist es zum Ruhme Gottes.«

»Lasst uns alle gehen, jetzt sofort«, stieß Berthold hervor. »Bevor wir vom Überfluss verweichlicht und verdorben werden wie diese Leute hier.«

»Was für ein selbstgerechter Narr du bist«, meldete Witter sich zu Wort, und seine Augen funkelten. »Aber fett genug, um auf dem Domplatz ein hübsches Feuer abzugeben.«

Kristina und die anderen starrten Witter an. Der stand grinsend da, die Arme vor der Brust verschränkt, und schüttelte langsam den Kopf wie ein Lehrer, der seine begriffsstutzigen Kinder tadelt.

»Heck hat uns die alte Presse am Fluss versprochen«, sagte Berthold. »Kurz nach unserer Ankunft. Wir nehmen sein Angebot dankbar an und benutzen sie zum Ruhme Gottes.«

»Ich gehe jedenfalls nicht!«, rief Frieda. »Ich bleibe hier.« Sie stellte das Tablett mit den Brötchen ab und trat von den anderen weg. »Gott hat in einem Traum zu mir gesprochen und gesagt, dass dies der Ort ist, an dem sein Werk verrichtet werden soll.«

»Kind«, sagte Grit nachsichtig und streckte die Hand nach Frieda aus. »Bleib bei uns. Du kennst diese Leute nicht.«

»Ich bin nicht dein Kind!«, rief Frieda, setzte sich auf einen Hocker und brach in Tränen aus.

Als Kristina und die anderen ihre Umhänge und Habseligkeiten einsammelten und sich zum Gehen wandten, vertrat Witter ihnen den Weg zur Tür.

»Nehmt Vernunft an. Würzburg ist voller Fallen. Ihr seid hier so verloren wie blinde Kinder«, sagte er eindringlich und starrte Kristina an. Sie hatte das eigenartige Gefühl, dass er mehr sie meinte als die anderen.

»Willst du uns drohen?«, fragte Grit.

»Ganz im Gegenteil«, antwortete Witter. »Aber ihr habt all euer Glück verbraucht, indem ihr uns gefunden habt. Ihr solltet es jetzt nicht mehr herausfordern.«

»Sieh dich selbst an, bevor du uns kritisierst«, sagte Berthold abfällig.

Rudolf trat drohend vor. »Aus dem Weg, Bruder Witter. Du bist nicht der Einzige, der diese Stadt kennt.«

Witter trat beiseite und gab die Tür frei. Spöttisch hob er die Hände. »Du solltest mit deinem gesunden Auge nach den Männern des Magistrats Ausschau halten, Bruder. Sei auf der Hut, das rate ich dir und den anderen.«

Rudolf hob den Querbalken an und stieß die beiden Türflügel auf. Sonnenlicht strömte in den Saal. Kristina schloss sich den anderen an, als diese nach draußen traten. Als sie an Witter vorüberging, trafen sich ihre Blicke erneut, obwohl sie es zu vermeiden versuchte.

Was ist mit diesem Mann?

Auf der Straße herrschte reger Betrieb. Die Sonne brannte heiß vom Himmel.

»Wir werden für euch beten!«, rief Bruno ihnen hinterher. »Ich hoffe, dass Gott Geduld hat mit eurem Stolz und eurer Überheblichkeit und dass er Gnade walten lässt angesichts der Unbekümmertheit, mit der ihr seinem Richterspruch entgegeneilt.«

Damit fielen die schweren Türen krachend hinter ihnen zu.

27.
Lud

*H*ier ist es«, sagte Dietrich.

Lud war mit seinem Ritter durch die Stadt geschlendert, vorbei an den zahllosen Läden und Ständen bis zum Hauptplatz. Dort hatte Dietrich bei einem Schneider ein grünes Samtwams und einen grauen Schal für Lud erstanden. Der Schneider war von Luds Anblick sichtlich eingeschüchtert und vermied es, ihm ins Gesicht zu schauen. Das Wams besaß einen Leibgurt, den Lud so eng geschnallt hatte, wie es nur ging, bevor sie ihren Weg fortgesetzt hatten.

»Schau mal. Siehst du das?«, fragte Dietrich schließlich.

Lud hob den Blick. Über einem Ladeneingang hing ein vergoldetes Schild, das wie ein aufgeschlagenes Buch gestaltet war. Er konnte die Worte auf dem Schild nicht lesen, aber ein Blick ins Innere des Ladens verriet ihm, dass hier mit Büchern gehandelt werden musste. Der Laden war voll davon. Lud schlang den Schal um seine untere Gesichtshälfte. Mit dem neuen Wams und dem Schal sah er bestimmt ein wenig albern aus, doch er ließ sich seine Verlegenheit nicht anmerken, um nicht undankbar zu erscheinen.

»Komm«, forderte Dietrich ihn auf. »Komm mit hinein. Wir werden jetzt eine Welt betreten, in der sich die Gedanken bedeutender Menschen aus den verschiedensten Zeiten zusammenfinden. Hier kannst du deinen Verstand beackern und fruchtbar machen, damit er reiche Ernte bringt wie die Felder zu Hause.«

»Wir machen die Felder mit Dung fruchtbar«, sagte Lud leise, während er seinem Ritter in das Gebäude folgte.

»Ich weiß. Aber hab Geduld. Nur dieses eine Mal.«

In dem Laden hielten sich bereits andere Kunden auf. Einige blätterten behutsam in aufgeschlagenen Büchern, andere lasen an Pulten, wieder andere unterhielten sich über Dinge, die Lud nicht einmal ansatzweise verstand. Er bemerkte, wie sie die Augen vor seinem Anblick niederschlugen, aber daran war er gewöhnt. Hier in diesem Laden musste er den Leuten erscheinen wie ein Wolf an der Leine, der seinem Herrn überallhin folgte. Sie hatten Angst vor ihm. Es war ermüdend, und es war immer das Gleiche.

»Mach dir nichts aus ihnen«, sagte Dietrich, als hätte er Luds Gedanken gelesen, wie so oft.

Der Laden hatte eine hohe Decke, und vor den mit Büchern vollgestellten Regalen an den Wänden erhoben sich Holzleitern. Es roch nach frischem Papier, nach Leim und öliger Tinte. Unwillkürlich dachte Lud an Kristina und ihre geschwärzten Finger.

»Hier findest du die ganze Welt, siehst du?«, sagte Dietrich. »In diesen Zeichen, den Buchstaben. Du musst nur lernen, sie zu entziffern, und alles steht dir offen. Früher wurden Bücher nur von Hand kopiert, und nur die vornehmsten Reichen, hohe Kirchenfürsten und Klöster besaßen solche Werke, aber die Zeiten haben sich geändert. Heute ist das Wissen jedermann zugänglich.«

»Was steht denn in diesen Büchern?«

»Ganze Welten. Geschichten aus fremden Ländern, aus China oder dem neu entdeckten Land jenseits des Meeres. Hier findest du auch Talhoffers Werke über die Kampfkunst. Viele Bücher sind religiöser Natur und handeln von der Bibel, von den Sieben Todsünden und den Sieben Tugenden. Und da drüben siehst du die Klassiker des Altertums ... Platon, Aristoteles, Herodot und Ptolemäus. Dann die Werke des Albertus Magnus, des Thomas von Aquin und des Dante Alighieri ... du kennst diese Namen wahrscheinlich nicht, aber du wirst sie kennenlernen, wenn du willst. Und es gibt Dichtungen. Zum Beispiel über die zum Scheitern verurteilte Liebe zwischen Tristan und Isolde, über Troilus und Cressida und viele andere. Jedes Buch beschreibt seine ganz eigene Welt, erzählt seine ganz eigene Geschichte.«

Lud schüttelte den Kopf. »Mir brummt der Schädel von so vielen Worten ...«

»Oh, hier ist ein Buch, das dir besonders gefallen wird«, rief Dietrich aus, als hätte er ihn gar nicht gehört, und deutete auf einen aufgeschlagenen Kodex, der auf einem Lesepult lag. »Sieh nur! Zyklopen und Zentauren und Meerjungfrauen. Solche Wesen sind derzeit sehr beliebt.«

Lud warf einen Blick auf die Seiten und sah eine farbige Zeichnung von einem wunderschönen Mädchen mit langen goldenen Haaren über den vollen Brüsten, das im Wasser schwamm. Unterhalb des Bauchnabels ging der sinnliche Leib in den Schwanz eines großen Fisches über. Das Mädchen lockte Seeleute in die Tiefen des Ozeans.

Lud wich vor Abscheu zurück und zeigte mit einem vernarbten Finger auf das Bild. »Aber ... wie kann man ihr ein Kind machen, so bedeckt von Schuppen, wie sie überall ist?«

Zwei Männer in teurer Kleidung, die in der Nähe saßen, begannen zu kichern, und Lud bedachte sie mit einem flammenden Blick. Hastig steckten sie ihre Nasen wieder in ihre Bücher.

»Du musst lesen lernen, um dir selbst ein Urteil bilden zu können über Meerjungfrauen und andere, sehr viel wichtigere Dinge, Lud. Über die Philosophie zum Beispiel, über Geschichte und über Fragen des Glaubens. Es gibt viele Unwahrheiten. Lesen zu lernen ist nur ein erster Schritt auf einer langen Reise.«

»Werdet Ihr ein Buch kaufen, Herr?«

»Oh ja, mehr als eins, Lud. Lesen ist ein wundervolles Abenteuer und eine unerschöpfliche Freude. Und ich muss meinen Verstand dringend auffrischen.«

»Sind Bücher teuer?«

»Ein gutes Buch kostet so viel wie ein guter Dolch.«

Lud blickte seinen Ritter überrascht an. »Nur dass ein Dolch ein Leben wert sein kann.«

»Oh, ein Buch kann viel mehr wert sein als ein Leben. Es kann ein Königreich wert sein. Oder eine neue Welt.«

»Ich verstehe Euch nicht, Herr. Ich glaube, ich werde Euch nie verstehen.«

Dietrich musterte ihn mit einem wissenden Lächeln, wie ein Vater seinen Sohn. »Sag mir das noch einmal, wenn du lesen kannst.«

»Welches Buch wollt Ihr denn kaufen?«

»Ich möchte meiner Gemahlin ein Geschenk mitbringen. Es nennt sich Nürnberger Chronik. Anna ist gläubige Katholikin, und mit diesem Kodex wäre sie zum ersten Mal imstande, die Bibel selbst zu lesen – nicht auf Latein, sondern auf Deutsch. Das Buch ist mit wunderschönen Holzschnitten bebildert. Zuerst aber muss ich Anna das Lesen beibringen.«

Lud sah Dietrich überrascht an.

»Ja, sie kann nicht lesen«, sagte Dietrich. »Genau wie du. Viele adlige Familien glauben, das Lesen verdirbt die Reinheit des weiblichen Geistes. Was für ein Unsinn! Es ist die Unwissenheit, die alles verdirbt. Wir leben in einer neuen Welt, die für alle Menschen da ist, gleich welchen Standes. Wenn du erst die Bücher in meiner Bibliothek zu Hause gelesen hast, dann frag nur, und ich werde dir ein Buch deiner Wahl kaufen.«

Lud konnte es kaum glauben. Zugang zum Studierzimmer der Geyersburg zu erhalten, hätte er sich nie zu erträumen gewagt. Es war eine Ehre, aber auch eine große Verantwortung.

»Und welches Buch kauft Ihr für Euch selbst?«, fragte er.

»Den *Goldesel*, von einem Italiener mit Namen Machiavelli.«

»Goldesel? Um was geht es in dem Buch?«

»Wenn du möchtest, lese ich dir ein paar Zeilen vor.«

»Oh ja, gerne, Herr.«

Dietrich nahm einen Band mit einem blau gefärbten Ledereinband und schlug ihn auf. Lud bemerkte, dass andere im Laden innehielten und sich umwandten, um Dietrich zuzuhören, als dieser mit seiner klaren, kräftigen Stimme las:

»In Deutschland, wie es derzeit vorgefunden wird, lebt eine jede Stadt frei von Unbill und Leid und bedeckt kaum mehr als sechs Meilen Grund und Boden ...«

Dietrich klappte das Buch zu und musterte Lud aufmerksam. »Welches dieser Worte ist das wichtigste?«, fragte er mit einem warmen Lächeln. »Deutschland? Unbill? Grund und Boden?«

Lud musste nicht lange nachdenken.

»Frei«, sagte er ohne zu zögern.

»Ja«, bestätigte Dietrich erfreut. »Frei.«

Nachdem er seine Einkäufe getätigt hatte und sie wieder draußen auf der Straße standen, wandte er sich an Lud. »Das ist für dich.« Er drückte ihm ein Paket in die Hand, eingewickelt in Leinen und verschnürt mit einer Kordel.

Überrascht blickte Lud auf das Paket, dann schaute er seinen Ritter an. Dietrichs Gesicht strahlte vor Freude.

»Das ... das ist ein viel zu wertvolles Geschenk, Herr«, stammelte Lud.

»Du wirst in den nächsten Jahren lernen, darin zu lesen.«

»Ich bin zu dumm, Herr. Ich bin kein Denker.«

»Rede keinen Unsinn!« Dietrichs Tonfall war entschlossen.

Lud spürte das Gewicht des Buches und die gerundeten Ecken des Einbands. *Es muss in Leder gebunden sein,* dachte er. Noch nie hatte er etwas so Kostbares besessen.

»Was ist es?«, fragte er und strich fast andächtig über das eingewickelte Buch.

»Wenn du zu Hause bist, fern vom Schmutz der Straße, pack es aus und schau es dir in Ruhe an. Vater Michael wird dich lehren, das Buch zu studieren, und ich helfe ihm dabei. Sobald du lesen kannst, wirst du erfahren, wovon dieses Buch handelt. Für dich wird es das erste von vielen Büchern sein, und dein Leben wird sich von Grund auf verändern, das verspreche ich dir, Lud.«

28.
Witter

*D*rei Tage zuvor hatte Witter Geburtstag gehabt, aber die Woche war nicht fröhlich, sondern bitter gewesen, denn Geburtstage erinnerten ihn stets an die glückliche Zeit, als seine Familie noch mit ihm gefeiert hatte. Aber die Familie gab es nicht mehr. Witter liebte sie noch immer, obwohl sie seit langer Zeit tot war. Seitdem lebte er allein im Gefängnis seines Körpers.

Wenn seine Stimmung düster wurde, wenn Schmerz und Trauer ihn übermannten und seine Seele mit in die Tiefe rissen wie an diesem Tag, überlegte er sich irgendeinen Vorwand, verließ seine Arbeitsstelle früher als üblich und begab sich zu dem kleinen gemieteten Zimmer in der Seitengasse gegenüber dem jüdischen Viertel.

Er achtete darauf, dass ihm niemand aus Hecks Druckerei folgte, sodass er allein war, wenn er über den Wert oder Unwert des Lebens sinnierte.

Und darüber, ob er weiterleben wollte oder nicht.

Er hatte alles versucht, um die Neuankömmlinge zum Bleiben zu bewegen. Doch alles Zureden war vergeblich gewesen. Er hatte Angst, was die Zukunft dieser Leute betraf. Sie würden ihre Schriften drucken und unters Volk bringen. Früher oder später würde man sie dabei schnappen, würde sie grausam foltern und dann auf dem Platz vor dem Dom verbrennen ...

Zwei von ihnen mochte er sehr: die ältere Frau mit Namen Grit und das Mädchen Kristina, dessen schöne Augen so voller Leben waren. Die Männer hingegen waren ernst und zornig wie Gestalten aus dem Alten Testament. Ständig beteten sie, um ihre Angst zu überdecken – genau wie die Gruppe, die nach Mainz aufgebrochen, verhaftet und auf dem Scheiterhaufen verbrannt worden war.

Abgesehen davon erinnerte Kristina ihn an seine Bianca, seine spanische Braut, die sein Vater für ihn erwählt hatte.

Bianca, wunderschön und mit einem scharfen Verstand gesegnet. Witter seufzte. Sie hatte sich von ihm losgesagt, als er konvertiert war, um sich vor dem Feuer zu retten. Sie selbst war an jenem schicksalhaften Tag mit ihrer Mutter und ihrem Vater in die Synagoge gegangen, um sich dort zusammen mit seinen Eltern und all den anderen zu verbarrikadieren, während der Mob draußen Feuer legte ...

Denk nicht über die Vergangenheit nach, rief Witter sich zur Ordnung. *Blick nach vorn, immer nur nach vorn, vergiss das nie!*

Ja, es war in der Tat besser, jetzt nicht an Bianca zu denken. Selbst Fürstbischof Lorenz, so tolerant er auch sein mochte, zog eine Grenze, wenn die geistliche und weltliche Ordnung offen herausgefordert wurden. Abgesehen davon war da noch Konrad von Thüngen, Lorenz' designierter Nachfolger, der mit seinen Magistraten und Mönchen immer härter gegen jede Gefahr für die katholische Kirche vorging. Solange Heck von Wert für ihn war, blieben kleinere Auseinandersetzungen mit der Kirche ohne Folgen für ihn. Schließlich war Heck für das Bistum äußerst wertvoll mit seiner Druckerei.

Das alles wusste Witter, der ein Künstler war auf dem Gebiet des Überlebens. Der in einem Dutzend Städte gelebt hatte, ein Dutzend Sprachen beherrschte und mehrere Male der Inquisition entkommen war.

Die gemietete Kammer mit dem gestampften Lehmboden war vollkommen leer. Es gab keine Fenster, nur ein winziges Loch in der Wand zur Straße, das sich in Blickhöhe befand, wenn er auf dem Boden saß. Daher gab es hier auch so gut wie kein Licht.

Während seine Augen sich an die Dunkelheit gewöhnten, bildeten sich Farben und Umrisse heraus. In der Dunkelheit entstand ein staubiger Kegel aus Lichtstrahlen, die durch das Loch auf die gegenüberliegende Wand fielen. Witter saß neben dem Loch und beobachtete das Abbild der Straße auf der Wand gegenüber. Es war ein optisches Phänomen; er hatte diesen Kniff als junger Mann von Künstlern gelernt, in jenen glücklichen Tagen, als er noch wohlhabend gewesen war und reiche, gebildete Freunde gehabt hatte.

Das Abbild der Straße veränderte sich ununterbrochen, und die leere Kammer schien erfüllt mit Leben. Gestalten tauchten auf der einen Seite auf und verschwanden auf der anderen wieder aus dem Bild. Alles war in ständiger, unablässiger Bewegung.

Als Witter sich allmählich entspannte, fielen alle Fassaden von ihm ab. Er fühlte sich jünger, zuversichtlicher, fast so glücklich wie der Mann, der er einst gewesen war. Er fühlte sich beinahe wie ein Teil des jüdischen Viertels.

Würzburgs Juden. Sie waren Deutsche, jiddisch sprechende Aschkenasen, so fremd und vollkommen anders als die Sepharden seiner spanischen Heimat.

Wieder richtete er den Blick auf das Bild an der Wand gegenüber und beobachtete die Menschen, die wie lebende Geister kamen und gingen – orthodoxe Juden, ältere Frauen mit Waren für den Markt, junge Frauen mit Kindern, liebliche Mädchen, raue Viehtreiber, gut gekleidete Händler, drei junge Rabbis, die mit einem älteren Rabbiner stritten und den vorgeschriebenen gelben Davidsstern deutlich sichtbar auf ihrer Kleidung trugen.

Witter begann leise den Aschrej zu singen, ein jüdisches Gebet, das dreimal täglich gesprochen wurde. Witter sang es in gebrochenem Hebräisch, bis seine Augen brannten und tränten: »Stützend ist Gott für alle Fallenden und aufrichtend für alle Gebeugten. Aller Augen blicken harrend zu Dir hin, und Du gibst ihnen ihre Nahrung in ihrer Zeit, ja, öffnest Deine Hand und sättigst allem, was lebt, sein Verlangen ...«

Doch Davids Weisheit war in Witters Augen Wehklagen, nicht Antwort. Im Lauf vieler Jahre des Leidens hatte er seinen Unglauben und seine feige Nachgiebigkeit zu verachten gelernt. Und doch klammerte er sich an das Wenige, das ihm geblieben war. Er hatte diese kleine spartanische Kammer als Zufluchtsort gemietet, um seiner geistigen Gesundheit willen.

In Würzburg hatte es bereits im elften Jahrhundert eine

jüdische Gemeinde gegeben. Doch der Kreuzzug von 1147 hatte schreckliches Leid über die Juden gebracht, wie Witter wusste. Seit jener Zeit hatte es immer wieder Verfolgungen gegeben, 1298 und 1349 beispielsweise, als die Männer zusammen mit ihren Frauen und Kindern in der Synagoge freiwillig in den Flammentod gegangen waren.

Solche grausamen Verbrennungen hatte es auch in anderen Städten und zu anderen Zeiten gegeben, einige erst in jüngster Vergangenheit. Das Unaussprechliche wurde oft zum Normalen, das wusste Witter nur zu gut aus eigenem Erleben. Das Leben hing an einem seidenen Faden, genau wie der Glaube, und dieser Faden konnte jederzeit mit einem einzigen Hieb oder von lodernden Flammen durchtrennt werden.

Witter sprach weiter das Aschrej: »Gerecht ist Gott in allen seinen Wegen und voll hingebender Liebe in allen seinen Taten. Nahe ist Gott allen, die ihn rufen, allen, die ihn in Wahrheit rufen. Das Verlangen derer, die ihn fürchten, erfüllt er, ihr Flehen hört er und gibt ihnen Heil ...«

Hier in diesem kleinen Zimmer war er frei. Hier trug er nicht die Tarnung des gläubigen Christen, des Atheisten oder des Täufers – Verkleidungen, die ihn bisher am Leben gehalten hatten. Hier war Witter er selbst.

Diese kleine Kammer war sein Klageraum.

Er war nicht hier, um sich zu verstecken, sondern weil er Heimweh hatte.

Witter war hier, weil er Jude war.

29.
Kristina

*A*n diesem Abend, in Hecks alter Druckerei am Flussufer, fühlte Kristina sich wie damals an dem Abend in der Scheune in Kunwald, ehe sie alle zu ihrer großen Reise aufgebrochen waren. Es kam ihr vor, als läge dieser Abend schon Jahre zurück. Kristina, Berthold und die anderen knieten im Kerzenschein im Kreis und beteten und debattierten viele Stunden lang. Es ging um die Frage, wie sie weiter vorgehen sollten. Schließlich waren sie hier mitten in der Stadt, und was immer sie unternahmen, konnte sie den Folterknechten ausliefern und auf den Scheiterhaufen bringen.

»Es wird Zeit, eine Entscheidung zu treffen«, sagte Berthold schließlich, als es bereits dämmerte. »Sind wir uns einig, hier zu bleiben und zu tun, was wir tun müssen? Unsere Flugblätter zu drucken und sie an die Bevölkerung zu verteilen?«

»Was das angeht, waren wir uns immer einig«, sagte Grit. »Aber nicht in der Frage, *was* wir eigentlich drucken und verteilen sollen.«

»Ich stelle die Texte zusammen«, erklärte Berthold. »Das habe ich doch schon gesagt.«

»Auch ich kann schreiben, Bruder«, meinte Rudolf.

»Ich ebenfalls«, warf Simon ein. »Wir alle können schreiben, und wir alle sind gleich.«

»Sollte nicht der Gebildetste von uns mit dieser Arbeit betraut werden?«, entgegnete Berthold. »Ich sage das ohne Dünkel, Brüder und Schwestern, aber ...«

»Du meinst, was ich schreibe, könnte dumm aussehen?«, fiel Rudolf ihm ins Wort.

»Überheblichkeit ist eine Sünde, Bruder Berthold«, sagte Grit.

Alle blickten Berthold an.

Berthold wand sich. »Lasst uns friedlich zu einem Ergebnis kommen. Also, wer wird schreiben? Wer wird drucken? Wer wird auf den Markt gehen, die Flugblätter verteilen und dabei seine Verhaftung und sein Leben riskieren?«

Kristina schüttelte den Kopf. »Das alles geht nur gemeinsam. Ich schlage vor, jeder von uns zieht sich zurück und schreibt einen eigenen Text. Dann drucken wir alle zusammen die Flugblätter. Anschließend verteilen wir die Blätter, ebenfalls gemeinsam. Ist es nicht unser erwählter Weg, alles gemeinsam zu tun? Gemeinsam zu arbeiten, zu leben, schlimmstenfalls auch zu sterben?«

Berthold hob die Hände und wollte widersprechen, doch alle anderen erklärten sich mit Kristinas Idee einverstanden. Es kam zur Abstimmung. Bis auf Berthold sprachen sich alle für Kristinas Vorschlag aus.

Am nächsten Tag, zwischen Schlaf und einem Bissen Brot, einem Schluck Wasser und einem Apfel, saß Kristina mit einer Feder und einem Blatt Papier in einer Ecke. Zuerst hatte sie keine Vorstellung, was sie eigentlich schreiben wollte, und schaute zu den anderen, die munter vor sich hinkritzelten.

Dann dachte sie an einen Vers aus dem Ersten Brief des Johannes und schrieb ihn nieder:

»So jemand spricht: ›Ich liebe Gott‹, und hasst seinen Bruder, der ist ein Lügner. Denn wer seinen Bruder nicht liebt, den er sieht, wie kann er Gott lieben, den er nicht sieht?«

So steht es geschrieben im ersten Brief des Johannes, Kapitel vier, Vers zwanzig.

Jeder in dieser Stadt sucht Liebe. Denn wir alle sind voller Liebe und sehnen uns danach, diese Liebe mit den Nächsten zu teilen.

Wenn ihr heute eure Arbeit verlasst, um nach Hause zu gehen oder zum Essen – was, wenn ihr von Räubern überfallen und ermordet würdet? Wenn euch ein Unfall zustoßen würde? Wäre euer Herz noch immer voller Liebe zu Gott und den Nächsten? Oder wäre es dunkel und erfüllt vom Gestank nach Hass und Furcht, von Gier, Neid und Misstrauen?

Das ist die Frage: Wäre euer Herz bereit, bei unserem Herrn zu sein, wenn eure Zeit abläuft, plötzlich und unerwartet? Denn genauso wird es kommen.

Denkt immer daran, Brüder und Schwestern: Christus hat im Namen der Liebe sein Leben gegeben. Und ihr? Werdet ihr eure Kinder auffordern, in Christi Namen zu töten, zum Ruhme Gottes? Würdet ihr euer eigen Fleisch und Blut dazu anhalten, zu sündigen? Und behaupten, es wäre gut und rechtens?

Könnt ihr andere verletzen, ohne Christi Gebot der Nächstenliebe zu beachten?

Könnt ihr Christus gehorchen und dennoch Krieg führen?

Als Kristina fertig war, legte sie den Kopf in den Nacken, erschöpft und innerlich verausgabt.

Erst in diesem Augenblick wurde ihr bewusst, dass Grit neben ihr kniete.

»Würdest du meinen Text lesen, Kristina?«, fragte sie schüchtern. »Du kannst dich von uns allen am besten ausdrücken. Würdest du mir helfen, meinen Text fertigzustellen?«

Kristina fühlte sich geschmeichelt, zögerte aber. Doch Grits flehentliche Blicke ließen sie schließlich nachgeben.

»Also gut, zeig mal her«, sagte sie und konzentrierte sich auf Grits unbeholfen gekritzelten Text. Einige Stellen waren durchgestrichen, wo sie ihre Meinung geändert und einen anderen Weg eingeschlagen hatte. Kristina hatte Mühe, die einzelnen Worte zu lesen. Dabei spürte sie, dass Grit sie beobachtete, als hätte sie Angst, Kristina könnte jeden Moment in Gelächter ausbrechen oder ihr sagen, dass es zwecklos sei.

Kristina achtete sorgfältig darauf, sich nichts anmerken zu lassen. Wie ungeschickt Grits Wortwahl manchmal auch sein mochte, die Gedanken dahinter waren ehrlich und klar:

*Die friedlichen unschuldigen Menschen zu schlagen und zu
foltern und zu verbrennen, die nur Gutes für alle wollen und
Liebe (durchgestrichen)
   Das ist so böse, und die Bastarde gehören ins ewige Feuer mit
ihren Foltern und ihren Armeen. Sie können keine Minute Leben
erkaufen, wenn Gott die Nase voll hat von ihren Unverschämtheiten und (durchgestrichen) ihrer Verschlagenheit.
   Sie schmähen und verhöhnen die, die das heilige Kreuz der
Liebe in sich tragen. Lieber tragen sie ihre eigenen Kreuze auf
ihren Fahnen in den Krieg.
   Entscheidet euch für Christus. Denn was ist besser – ein
paar Minuten voller Qualen auf dem Scheiterhaufen zu
brennen, oder immer und ewig in der Hölle zu schmoren, bis die
Sonne am Ende der Zeit erlischt, und selbst dann immer noch
weiter zu brennen?
   Hört auf die wenigen Tapferen, die versuchen, euch mit ihrer
Liebe zu retten, denn was wäre das Leben ohne Liebe und ohne
die Menschen, die diese Liebe leben? Lasst euch nicht zu Werkzeugen des Bösen machen.*

Kristina beendete den letzten Satz und schaute Grit an. Sie
liebte Grit in diesem Moment mehr, als sie es für möglich gehalten hätte, für ihre wundervollen, ein wenig unbeholfenen, aber
aufrichtigen Worte. In vieler Hinsicht verkündeten sie die gleiche Botschaft, die gleichen Überzeugungen wie das, was Kristina geschrieben hatte, doch es steckte eine schlichte Ernsthaf-
tigkeit dahinter, die Kristinas Text bei Weitem überstrahlte.
   »Kannst du mir helfen, damit es besser klingt?« fragte Grit.
   »Ich würde kein einziges Wort daran ändern«, antwortete
Kristina.
   »Ehrlich?«
   »Ganz ehrlich. Die Worte kommen direkt aus deinem Herzen. Wir drucken deinen Text genau so, wie du ihn geschrieben
hast. Er ist ehrlich und wahrhaftig.«
   »Darf ich deinen Text mal lesen?«

Kristina reichte Grit ihr Blatt.

Grit las langsam, sorgfältig, und schwieg, bis sie fertig war. Dann blickte sie Kristina an.

»Jetzt verstehe ich dich viel besser als vorher«, sagte sie leise. »Ich meine alles genau so, wie ich es geschrieben habe. Ich wollte zu den Menschen in dieser Stadt reden. Ich wollte über all das Hässliche reden, über den Mutwillen und die Schamlosigkeit. Ich wollte sie mit Liebe reinwaschen.«

»Hast du denn so viel Liebe in dir? Genug, um eine ganze Stadt reinzuwaschen?«

»Es ist … nur eine Botschaft«, antwortete Kristina, erschrocken über die Wahrheit in Grits Frage. Denn war es nicht vermessen, sich als einzelner Mensch die Fähigkeit zuzusprechen, eine ganze Stadt durch Liebe zu heilen? Konnte das nicht Gott allein?

Grit nahm Kristinas Hände in die ihren. »Ist es nicht vielmehr so, Kind, dass du dich selbst reinwaschen willst von der Wut, die du manchmal in dir spürst?«

»Meine Wut?« Woher konnte Grit davon wissen? War es so offensichtlich?

»Du wünschst dir, dass Gott die vernichtet, die andere verfolgen, deren einziges Verbrechen der Wunsch ist, den Kriegen, Morden, Foltern und Leiden Einhalt zu gebieten. Im Stillen gibst du Gott die Schuld daran, weil er die Grausamen und Bösen erschaffen hat … diese elende Welt, in der wir leben. Ist es nicht so?«

Kristina nickte stumm.

»Ich denke genauso«, fuhr Grit fort. »Wäre eine Stadt wie diese ein Ameisenhaufen, würde ich sie zerstampfen. Ich fürchte, ich bin keine gute Christin.«

»Ich auch nicht«, sagte Kristina leise. »Ich würde zu gerne sehen, wie Gott diese Leute bestraft. Warum verfolgen sie uns, nur weil wir versuchen, den Menschen Frieden und Nächstenliebe zu bringen?«

»Ach, mein liebes Kind …« Grit legte die knochigen Arme

um Kristina und drückte sie fest an sich. »Ich würde es nicht überleben, wenn dir etwas geschieht. Vielleicht sollten wir gar nicht hinausgehen in die Stadt und die Flugblätter verteilen. Ich habe Angst um dich, um mich und um die anderen.«

»Diese Angst ist unsere Prüfung«, sagte Kristina.

»Wird es die Bösen denn aufhalten? Wird es auch nur das Geringste ändern?«

»Wir müssen es versuchen, ehe dieser Wahnsinn die ganze Welt verschlingt.«

»Ja, ich weiß.« Grit atmete tief ein. »Wenn sie uns verhaften, wenn sie uns foltern, nur weil wir aussprechen, was in unseren Herzen ist, um sie vor dem eigenen Untergang zu retten, dann sollen sie uns gemeinsam auf den Scheiterhaufen stellen. Dann gehen wir zusammen, Seite an Seite in den Tod.«

30.
Konrad

$\mathcal{E}$s gab keinen Zweifel mehr. Eine eigene Druckerei war die Antwort auf all seine Probleme, sowohl moralischer wie auch finanzieller Natur. Die brennende Demütigung der Niederlage war eine andere Sache. Konrad war sicher, sie hätten die Schlacht gewinnen können, wären die Streitkräfte der Würzburger und des Schwäbischen Bundes kampfbereiter gewesen, und hätten sie mit mehr Mut gekämpft.

Mit einer Druckerpresse konnte er das Heer formen und zu einer schlagkräftigen Kampfmaschine schmieden.

Doch eine Druckerei kostete ein Vermögen.

Es sei denn, Lorenz spielte mit. Konrad wusste, dass das Bistum in Geldnot steckte, genau wie er selbst. Die Kosten für den Erhalt der Paläste und Schlösser waren ruinös, die Verwandten sogar noch teurer. Draußen auf dem Land waren die Ernten der vergangenen beiden Jahre mager gewesen, und alle Güter darbten. Konrad beneidete Dietrich nicht, wenn der Ritter auf sein Gut heimkehrte.

Die Gilden der Stadt beschwerten sich wegen der Steuern, und die umliegenden kirchlichen Güter hatten weniger Geld für Kleidung, Mobiliar, Schuhwerk, Waffen und dergleichen mehr – Dinge, die von den Würzburger Handwerkern angeboten wurden. Die Kriege um die Handelsrouten hatten nichts eingebracht außer zusätzlichen Kosten und Schulden.

Die Kirche hingegen war ein Bollwerk spiritueller Erleuchtung und der Unantastbarkeit des christlichen Glaubens. Seit eintausendfünfhundert Jahren kämpfte sie für das Gute, für Gnade, Gerechtigkeit und Licht im Dunkel der tierhaften Seele eines Wesens, das sich Mensch nannte. Konrad wusste, dass es seine Bestimmung war, die Kirche nach besten Kräften zu schützen, auf jede Weise, die seine Blutlinie und seine Herkunft ihm ermöglichten.

Doch die Kosten zur Erhaltung der Kirche waren immens. Die

Nonnen- und Mönchsklöster, die Waisenhäuser, die Propsteien, die Kirchen, der Dom, die Kosten für kirchliche Rituale, die Löhne der Magistrate, die Almosen, die Kosten für Nahrung, Kleidung und Unterkunft für Kranke, Obdachlose, Geistesschwache, für die ledigen Mütter, für die streunenden Kinder auf den Straßen ...

Wer sollte sich um all diese Dinge kümmern wenn nicht die Kirche?

Konrad wusste, dass der Fürstbischof sich als Quell der Erleuchtung sah, der jedermann für mehr Toleranz einzunehmen versuchte – für die alarmierende Vorstellung, dass dank der weltlichen Wissenschaften und der Erforschung des Geistes ein neues Verständnis von Gott entstand. Es war der Albtraum der alten Ordnung, der althergebrachten Welt des Adels, in der Konrad aufgewachsen war und an die er glaubte. Es musste einen Weg geben, dies zum Wohl der Kirche zu nutzen.

Und so war nach und nach ein Plan in ihm gereift, den er dem Fürstbischof schließlich dargelegt hatte. Dieser Plan bot nicht nur die Möglichkeit, an neue Geldmittel zu kommen, er bot zugleich die Gelegenheit, eine Druckerpresse zu übernehmen. Doch es würde viel Überredungskunst erfordern, die weit über das gewöhnliche Maß hinausging. Lorenz war schlau und schwer zu durchschauen.

Konrad brachte das Thema erneut bei einem späten Frühstück in der Justizkammer zur Sprache, kurz nach der morgendlichen Gerichtssitzung. Es war ein schöner, sonniger Tag, und der Fluss funkelte im strahlenden Licht. Sie tranken verdünnten Wein und aßen Kapaunenbrust, dazu den einfachen Zwieback, den Lorenz bevorzugte. Der Fürstbischof strebte stets danach, als Mann der Schlichtheit und Tugend zu erscheinen. Konrad hingegen fand den Zwieback zu trocken und rührte ihn nicht an.

»Meine erste Sorge gilt stets der Bevölkerung«, begann Konrad vorsichtig. »Deshalb sollten wir bemüht sein, Euer Gnaden, das Volk schneller und direkter zu erreichen als bisher, um dafür zu sorgen, dass es die Wahrheit kennt. *Unsere* Wahrheit.«

»Schneller und direkter?« Der Fürstbischof klang misstrauisch.

»In der Tat, Euer Gnaden. Aber das könnt Ihr selbst am besten beurteilen. Wir haben reichlich Zeit, die Flugschriften zu studieren, die derzeit in Umlauf sind. Ich bitte Bruder Basil, uns welche zu holen.«

»Nicht Bruder Basil«, sagte der Fürstbischof kauend.

»Er ist ein guter Mann, und sehr klug noch dazu. Ihr haltet doch selbst große Stücke auf ihn.«

Dabei wusste Konrad, wie sehr der kleine Mönch mit dem kindlichen Gesicht das Missfallen des Fürstbischofs erregte. Seine freundliche, nachgiebige Art war trügerisch.

»Ich habe dir Bruder Basil zur Seite gestellt, damit er dich in den Zeremonien der Kirche unterweist«, sagte Lorenz.

»Ihr habt mir Bruder Basil geschickt, damit er Euch aus den Augen ist, Euer Gnaden, wie wir beide sehr wohl wissen.«

»Ja, zugegeben, auch das.« Der Fürstbischof erschauerte. »Diese selbstgerechte, verachtenswerte Kreatur. Wenn man sein Kindergesicht aus der Nähe betrachtet, sieht man seine alten Augen, hart und kalt wie Eis.«

Konrad lächelte. Er war froh, ein Werkzeug wie Bruder Basil zu haben. Dieser Mönch erwies sich als zunehmend nützlich.

»Euer Gnaden, Basil ist ein gottesfürchtiger Mann. Er steht für den Erhalt der Kirche, so wie sie ist, und für die überlieferten Gesetze. Er ist zuverlässig und berechenbar.«

In der Tat war Basil ein Mann, auf den Konrad sich jederzeit verlassen konnte. Er tat immer das, was von ihm erwartet wurde.

»Basil ist ewiggestrig«, entgegnete der Fürstbischof. »Er hasst neue Ideen und Vorstellungen, und er verabscheut neue Lehren.«

»Das ist richtig, Euer Gnaden. Basil verachtet alles Neue, was die althergebrachten Traditionen der Kirche bedroht – Rituale, Sitten und Bräuche, die die Christenheit in den vergangenen fünfzehnhundert Jahren getragen haben. Und er ist nicht von Ehrgeiz getrieben.«

»Zugegeben, aber das heißt noch lange nicht, dass er harmlos ist. Also gut, bringen wir es hinter uns. Lass die Flugschriften kommen.«

Konrad schickte einen Diener los, der Basil und seine Mönche beauftragen sollte, auf dem Marktplatz die Flugschriften dieses Tages zu kaufen.

Einige Zeit später erschien Basil, die Arme voller bedruckter Blätter. Er verneigte sich demütig und elegant vor seinen Fürsten.

Konrad ließ ihn die Blätter auf einem großen Bibliothekstisch auslegen. Es waren so viele, dass sie den Tisch von einem Ende bis zum anderen bedeckten.

»Die heutigen Schriften«, verkündete Basil.

»Wir danken dir, Bruder Basil«, sagte Konrad.

»Ihr seid stets in unseren Gebeten«, erwiderte Basil.

Der Fürstbischof nickte und schwieg.

Basil verneigte sich und verließ den Saal rückwärtsgehend und so gleichmütig, wie er gekommen war. Nur seine Augen verrieten seine Gefühle, und Konrad sah, dass sie voller Verachtung für den Fürstbischof waren.

»Ich weiß nicht, warum er mich so verabscheut«, sagte Lorenz, nachdem Basil gegangen war. »Ich habe ihn aus einer Abtei auf dem Lande hierhergebracht und ihm jeden nur erdenklichen Vorteil gewährt, aber er ist und bleibt missmutig.«

»Er ist mürrisch, Euer Gnaden, weil er sieht, wie die Welt sich verändert, und er fürchtet sich davor. Aber er ist ein guter Mönch und tut gewissenhaft seine Pflicht.«

Konrad sah, wie der Bischof weiße Leinenhandschuhe überstreifte und die Flugblätter flüchtig durchsah, als hätte er kaum Interesse daran. Schließlich aber hob er eines in die Höhe und lächelte. Seine Fingerspitzen waren schwarz von Tinte. Laut las er vor:

»Die großen Taten der Würzburger Helden ... magische Liebestränke ... Ich war Gefangener der Türken ... Fürstbischof Lorenz von Bibra feiert überwältigenden Sieg ...« Er hielt inne und wandte sich Konrad zu. »Einige davon haben wir selbst drucken lassen. Die anderen habe ich ebenfalls gesehen. Ich bin begeisterter Leser der Flugblätter für das gemeine Volk. Dadurch bleibe ich auf dem neuesten Stand, was die Stimmung und die Meinungen der Bevölkerung angeht.«

»In der Tat, ja«, sagte Konrad und lächelte in sich hinein, als er die Verlegenheit des Fürstbischofs bemerkte.

Lorenz saugte die Luft durch die Zähne. »Einige dieser Blätter sind ein wenig ... wie soll ich sagen ... fragwürdig. Aber die Stimmung der Bevölkerung steht an oberster Stelle. Sicherlich pflichtest du mir darin bei.«

Konrad nahm einen neuen Kelch mit verdünntem Wein von einem Tablett. Ein Diener stand in einer Ecke des Zimmers und versuchte, so unsichtbar wie möglich zu sein.

»Wir sollten irgendwann einmal Tee versuchen«, sagte Lorenz. »Ich habe gehört, er reinigt den Gaumen und sorgt für einen klaren Verstand.«

»Er riecht zu stark«, meinte Konrad. »Ein scheußliches Gebräu, dieser Tee. Ich bleibe bei gutem deutschem Wein.«

Er bewegte sich den Tisch entlang zu den übrigen Flugblättern.

»Diese Pamphlete hier möchte ich der Aufmerksamkeit Euer Gnaden nahelegen, wenn auch ungern. Es sind reißerische Geschichten – Geschichten über gefährliche Ungeheuer, Sagen über fantastische Fabelwesen und lügenhafte Berichte über ferne Länder. Dann wären da noch die Kräuterrezepte gegen alles Mögliche, angefangen bei Kopfschmerzen über die Pest bis hin zu Liebestränken. Billig, anschaulich, blutig und vor allem wollüstig. Diese Blätter sind allesamt Verkaufserfolge und rasch vergriffen. Die Würzburger Drucker werden reich. Aber auf Kosten des sittlichen Verfalls, Euer Gnaden, unter dem Deckmantel moralischer Belehrung.«

»Abscheulichkeiten und Nichtigkeiten.« Der Fürstbischof ging von einem Flugblatt zum nächsten. »Lesen zu können ist offenbar kein Garant für guten Geschmack.«

»Schaut Euch nur diese Schriften hier an, Euer Gnaden.«
Die Flugblätter am Ende des Tisches waren ausnahmslos
religiöser Natur, viele mit Holzschnitten bebildert, lebendige
Illustrationen von Geschichten aus der Bibel.
Konrad las die Überschriften vor. »Hier ist eine mit dem
Titel: *Finde deine eigene Erlösung.*«
Der Fürstbischof weigerte sich, das Flugblatt auch nur zu
berühren. »Ich weiß, die Menschen suchen in den seltsamsten
Ecken und Winkeln nach Gott.«
»Und hier eine weitere: *»Lies die Bibel selbst.«* Konrad
reichte das Blatt dem Fürstbischof. »Und dieses hier: *Können
wir den Worten der Priester trauen?*«
Der Fürstbischof lief rot an und machte eine abwehrende
Geste.
»Und hier, noch eins«, fuhr Konrad fort. *»Der neue freie
Mensch* ...«
»Genug jetzt, Konrad!«
»Ihr müsst wissen, Euer Gnaden, die Menschen lesen diese
Dinge tagtäglich. Wie kann jemand schreiben: *Finde deine
eigene Erlösung?* Erlösung gibt es nur durch die Kirche.«
Der Fürstbischof blickte Konrad schweigend an, dann tätschelte er seine Hand. »Die Welt ist im Wandel. Wenn jemand
das Lesen lernt, muss er zugleich das Denken neu lernen, um
die vielen neuen Ideen begreifen zu können. Wir müssen Geduld haben. Wir müssen die Menschen sogar ermutigen, eigen-
ständig zu denken.«
»Aber das ist Blasphemie, Euer Gnaden! Für unser Volk
führt dieser Weg geradewegs in die Hölle!«
»Wann bist du so fromm geworden?«, stichelte Lorenz,
wurde dann aber wieder ernst. »Komm zur Sache. Geht es wieder um das Drucken?«
»Zum Teil, Euer Gnaden. Warum sollten wir Drucker bezahlen, deren Glaube bestenfalls fragwürdig ist, damit sie unsere
Werke drucken? Männer wie Werner Heck? Ihr wisst so gut wie
ich, dass er heimlich noch andere Schriften druckt. Pamphlete,

in denen es um neue Ideen geht, die das Gebäude der Kirche zum Einsturz bringen könnten. Ich rede von gefährlichen Gedanken, von ketzerischen Lehren!«

Der Fürstbischof musterte ihn nachdenklich. Als er schließlich antwortete, klang es ausweichend, was Konrad nicht entging und was er als gutes Zeichen wertete. Der Fürstbischof hatte seine Spione, genau wie er, und manchmal war es ein und derselbe Mann. Deshalb gab es nur wenig, was dem einen oder anderen entging.

»Vergiss nicht, Konrad, wir machen Geschäfte mit den Druckern. Wir wollen die beste Arbeit zum günstigsten Preis, zumindest meine Mönche. Sie sagen, Heck liefert einen guten Gegenwert. Natürlich weiß ich von seinen heimlichen Neigungen, was bestimmte Dinge abseits der Kirche und des Glaubens angeht, aber das ist der Preis der *Studia humanitatis.*«

Konrad wusste, dass Lorenz ihn mit diesem neumodischen Begriff zu ködern versuchte. *Studia humanitatis.* Studien der Humanität mit dem Ziel, das Wesen des Menschen, vor allem seine Sprache, die ihn besonders vom Tier unterschied, in den Mittelpunkt allen Forschens und Strebens zu stellen. Diese Leute wollten mehr über sich selbst herausfinden, wollten ohne göttliche Führung in ihren eigenen dunklen Mysterien forschen.

»Würden wir alle nach den Grundsätzen und Zielen der *Studia humanitatis* leben und handeln, selbst die Ketzer, die Türken, die Juden, vielleicht sogar die Frauen, welchen Sinn hätte das?«, fragte Konrad. »Wenn wir in einer Welt leben, die so führungslos ist wie die der Tiere, käme einst der Tag, an dem die Menschen an nichts mehr glauben außer an sich selbst. Dann brauchen sie keinen Gott mehr!«

»Du irrst dich, Konrad. Sich selbst zu erkennen bedeutet, Gott näher zu rücken, denn Gott hat unseren Verstand und unsere Natur erschaffen. Und mir sind inbrünstige Gläubige lieber als jene, die nur leere Floskeln von sich geben. Solange Heck mit seinen Flugblättern kein Gift in der Öffentlichkeit verspritzt, fürchte ich ihn nicht mehr als einen der Juden, mit denen wir so einträglichen Handel treiben.«

»Juden sind falsch und niederträchtig!«, stieß Konrad hervor. »Sie verleihen Geld zu Wucherzinsen. Sie lügen und betrügen. Sie verleugnen den Heiland. Deshalb haben so viele andere Städte und Länder sie ausgemerzt wie ein brandiges Geschwür.«

»Lass mir meine Würzburger Juden in Ruhe.« Der Fürstbischof drohte ihm mit dem Finger. »Sie bringen Geld und Wohlstand, wo immer sie sich niederlassen.«

»Euer Gnaden, ich habe nur die Nöte und das Seelenheil unserer Bevölkerung im Blick«, beteuerte Konrad.

»Unsere Juden *gehören* zur Bevölkerung.«

»Jawohl, Euer Gnaden«, gab Konrad nach, als ihm klar wurde, dass er auf Granit biss, zumindest an diesem Tag. Aber es würden andere Tage kommen, an denen sich Gelegenheit bot, mit den Juden und Ketzern abzurechnen.

Konrad bemerkte, dass der Fürstbischof ihn mit bohrendem Blick musterte. »Hör mir zu, Konrad«, sagte er schließlich. »Als ich noch Ratgeber unseres Kaisers Maximilian am Habsburger Hof war – ganz ähnlich, wie du nun mir als Ratgeber dienst –, war es ein unerschütterlicher Grundsatz, die Juden zu tolerieren. Sieh dir das Beispiel der Juden an, die aus Spanien fliehen mussten. Unter ihnen waren viele bedeutende Gelehrte und Erfinder. Ihr Verlust hat zur Verarmung des Landes beigetragen – zum Vorteil der Osmanen, die mit offenen Armen empfangen wurden. Erst gestern habe ich mit Mahmed darüber gesprochen.«

Konrad spürte, wie er errötete. »Dieser Mahmed soll verdammt sein, genau wie alle Türken und Ausländer! Hat Nürnberg nicht erst vor Kurzem alle Juden ausgewiesen und ihre Besitztümer in den Säckel des Kämmerers überführt, wie sie es auch in Spanien getan haben?«

»Zur großen Schande Nürnbergs, ja«, antwortete der Fürstbischof. »Und gegen den ausdrücklichen Wunsch des Kaisers

Maximilian. Er ist kein Despot. Die Städte werden von Fürsten und Bischöfen regiert, wie es ihnen gefällt. Was mich betrifft, bin ich der gleichen Meinung wie der Kaiser. Und ich vertraue darauf, dass auch du einsichtig wirst, was die Judenfrage angeht.«
»Warum so bitter, Euer Gnaden? Nürnberg hat seine Juden schließlich nicht verbrannt.«
»Warum bist *du* so bitter, Konrad?«
»Weil ich mein Land liebe, Euer Gnaden. Diese Veränderungen tun mir weh. Die alten Grundsätze gehen verloren. Die alten Überzeugungen, der alte Glaube, die alte Ordnung von Herr und Untertan. Heutzutage streben viele Christen danach, sich mit Ketzern und Juden und Händlern von niederem Stand zu verbrüdern, weil sie zu großem Reichtum gelangt sind. Und schlimmer noch, jetzt, wo immer mehr Bürger lesen lernen, studieren sie die Bibel, alte Schriften und ketzerische Pamphlete und stellen die Kirche und den Glauben infrage. Sie fordern uns heraus, ja, sie widersetzen sich der kirchlichen Autorität. Wie lange wird es noch dauern, bis sie sich zusammenrotten, um uns die Hälse durchzuschneiden?«
Lorenz lächelte geduldig – jenes väterliche Lächeln, das Konrad zu hassen gelernt hatte. »Gott gab dem Menschen den Verstand, auf dass er ihn benutzt, mein lieber Konrad. Sogar ein Tilman Riemenschneider beschäftigt sich mit neuen Ideen, wie er mir sagte. Alle Ratsmitglieder und die meisten Händler und die Gilden – sie alle lesen und lernen.«
»Der heilige Riemenschneider liest ketzerische Schriften?«, spottete Konrad.
»Sei vorsichtig, mein junger Freund.«
»Euer Gnaden, niemand weiß besser als Ihr, dass man Ideen nur durch Ideen begegnen kann.«
»Ganz recht. Aber Ideen bringen auch Ideen hervor.« Der Fürstbischof seufzte. »Lass uns nach draußen gehen und noch einen Schluck Wein trinken. Mir wird ganz schwindlig von deiner Besorgnis.«
Also traten sie hinaus in die frische Brise hoch über dem

Fluss und den Stadtmauern. Die Diener brachten frischen Wein, einen süßen Roten aus Italien, nicht den herben einheimischen Weißwein.

»Also, mein lieber Konrad. Was macht dir wirklich zu schaffen?«

»Ich möchte eine Antwort.«

»Eine Antwort worauf? Sag schon. Du bist doch sonst nicht so ermüdend wie jetzt.«

»Es geht mir darum, dass die Bevölkerung an den alten, bewährten Dingen festhält, Euer Gnaden. Im Glauben wie im Handeln. Deshalb benötige ich Geld, denn ich muss eine wichtige Anschaffung machen.«

»Was für eine Anschaffung? Waffen? Diese neuen Kanonen, die noch größere Kugeln verschießen?«

»Keine Waffen, Euer Gnaden. Ich möchte, dass wir die Zukunft kaufen. Wenn wir den Verstand der Menschen beherrschen, ihren Glauben, ihre Wünsche und ihr Streben, braucht es keine Waffen.«

»Wie, um alles in der Welt, sollen wir das anfangen? Willst du die Zukunft kaufen? Die Zukunft kennt nur Gott allein. Hat er sie vielleicht zum Verkauf angeboten?«

Konrad ignorierte die spöttische Antwort und blieb beim Thema. »In gewisser Hinsicht ja. Die Zukunft steht in der Tat zum Verkauf. Bisher haben wir nur einheimische Drucker bezahlt, um unsere Flugschriften unters Volk zu bringen. Aber wir drucken nicht annähernd genug.«

»Diese Geschichte schon wieder? Du willst eine eigene Druckerei? Hatten wir das nicht schon vor Tagen besprochen? Waren wir nicht übereingekommen, dass es eine schlechte Idee ist?«

»Nein, Euer Gnaden, das waren wir nicht. Und ich habe eine neue Möglichkeit gefunden, eine bischöfliche Druckerei ...«

»Eine *bischöfliche* Druckerei?«, fiel Lorenz ihm ins Wort. »Wir brauchen keine bischöfliche Druckerei. Wir haben gute Druckereien an der Hand, die unsere Aufträge erledigen.«

»Ich rede von einer Druckerei, Euer Gnaden, die größer, besser und preiswerter ist als alle anderen.«

»Eine Druckerei, um deine eigenen Ideen voranzubringen, wie ich annehme.«

»Ideen, die das Reich, die Kirche und den Glauben stärken, so wie es mir vorschwebt.«

»So wie es *dir* vorschwebt? Du willst *deine* Ideen in meinem Namen verbreiten? Nein. Du, Konrad von Thüngen, bist ein Adliger, der mir, Fürstbischof Lorenz von Bibra, als Berater zugeteilt wurde. Überspanne den Bogen nicht.«

»Euer Gnaden, auch ich bin Fürst.«

»Und ich bin der Fürstbischof von Würzburg.«

»Ja, unbesiegt in der Schlacht«, entgegnete Konrad respektlos. Es fiel ihm immer wieder schwer, unbedachte Antworten zu vermeiden, auch wenn er sie gleich darauf bereute. Diese Bemerkung jedenfalls war sehr dumm gewesen.

»Spott ist nicht angebracht, Konrad!«, fuhr Lorenz ihn ungewohnt heftig an. »Warum forderst du mich heraus? Wie du weißt, bin ich oft in kaiserlichem Auftrag auf diplomatischer Mission, und immer dann handelst du in meinem Namen. Ist das nicht genug? Hab Geduld, und die Macht kommt von allein zu dir.«

»Ihr versteht mich nicht, verehrter Fürstbischof. Ihr seid zu rücksichtsvoll gegenüber Abweichlern und Andersgläubigen. Wir befinden uns im Krieg. Einem Krieg des Glaubens und der Gedanken.«

»Spielst du auf die Türken an?«

»Wir müssen darauf achten, dass die Gedanken des gemeinen Volkes nicht den Grundsätzen von Kirche und Reich zuwiderlaufen. Wenn wir das Volk verlieren, wenn diese Menschen nicht mehr hinter uns stehen, sind sie weitaus gefährlicher als die Türken. Denn sie sind hier, in dieser Stadt, und sie sind zahlreich. Sie sind eine tödliche Gefahr, wenn wir sie ohne Führung lassen. Ihr Fleisch und Blut, ihre Gedanken und Seelen sind in unserer Verantwortung.«

Der Fürstbischof blickte Konrad forschend an. »Wie lange brütest du schon über diesem Plan? Über dieser Idee von einer eigenen Druckerei?«

»Seit ich zum ersten Mal gesehen habe, wie das gemeine Volk lesen lernt.«

Ein Bediensteter brachte eine Schale mit Weintrauben. Der Fürstbischof nahm sie entgegen, suchte sich die schönsten Früchte heraus und aß sie schmatzend. Er bot auch Konrad davon an, aber der lehnte ab. Lorenz beim Herunterschlingen der Trauben zu beobachten hatte ihm den Appetit verdorben.

»Und was treibt dich dabei an, Konrad? Was ist dein persönliches Interesse?«, fragte der Fürstbischof ernst.

Konrad hatte lange darüber nachgedacht. Er wusste, dass er ein oberflächlicher Mensch war und dass sein Lebensziel darin bestehen musste, ein wahrhaft gläubiger Mann zu werden – wären da nicht die vielen anderen Sorgen gewesen: Die Ehe mit seiner verstorbenen Frau war kinderlos geblieben, die Mitgift war nahezu aufgebraucht. Außerdem musste er Jahr für Jahr fast die Hälfte seiner Einkünfte an notleidende Familienangehörige abgeben.

Doch er war Fürst, genau wie Lorenz, wenngleich viel jünger. Er musste einen gewissen Schein wahren. Er hatte sich viel Geld geliehen und keine Ahnung, wie er seine Gläubiger, darunter mehrere Juden, jemals auszahlen sollte. Dies alles sorgte dafür, dass er sich besudelt fühlte, unrein. Und er war kein Bischof; er hatte kein Geld für eine eigene Druckerei. Die Mittel dafür mussten von Lorenz kommen, oder es würde keine Druckerei geben. Doch Lorenz war kein Narr.

»Ihr fragt nach meinen persönlichen Interessen, Euer Gnaden? Ich wünsche mir aus tiefster Seele, dass Güte und Vernunft, nicht Zwang und Gewalt die Menschen überzeugen. Eine Druckerei, die den Gläubigen täglich neue Botschaften und Leitsprüche auf der Grundlage des christlichen Glaubens verkündet, könnte wieder Ordnung in die vom Lesen wirren Gedanken des gemeinen Volkes bringen.«

Der Fürstbischof überlegte, saugte Luft durch die Zähne und nickte schließlich. »Zuallererst aber müssen wir die Ritter im Griff behalten. Ihre Feindseligkeit in diesen Zeiten schlechter Ernten ist gefährlich. Sie begehren gegen die bestehende Ordnung auf. Du selbst bist einer der Fürsten des Schwäbischen Bundes. Du weißt, wie sie sind.«

»Ja. Und es ist nicht gerade hilfreich, Euer Gnaden, dass Würzburg sich dem Schwäbischen Bund nicht angeschlossen hat.«

»Ich stehe für die Kirche. Du handelst in weltlichen Dingen. So lautet unsere Vereinbarung, und sie gilt noch immer.«

Lorenz drehte die goldene Schale in der Hand, sodass Konrad sein Spiegelbild und das des Fürstbischofs wie verzerrte Faschingsmasken sehen konnte.

»Verrate mir eins, Konrad, und sei ehrlich. Dann werde ich dich als noch aufrichtigeren Menschen schätzen als ohnehin schon.«

»Bitte fragt, Euer Gnaden.«

»Strebst du nach persönlicher Macht?«

»Nur zum Besten von Kirche und Reich, Euer Gnaden«, antwortete Konrad.

»So eine einfache Frage, und doch weichst du aus?«

Im Westen zog eine dunkle Wolkenbank heran, und heftiger Wind kam auf, kräuselte das Wasser des Mains und zerrte in den Ästen und Zweigen der Bäume. Konrad sah das Lager der Soldaten, die unten am Ufer bis vor Kurzem ihrer stumpfsinnigen Arbeit nachgegangen waren. *Hätten sie Verstand*, überlegte Konrad, *hätten sie sich widersetzt.*

Der Fürstbischof blickte Konrad fragend an, als dieser stumm blieb. Dann erhob er sich.

»Mir ist kalt. Lass uns hineingehen.«

Sie kehrten in den Lesesaal zurück, wo die Flugblätter immer noch auf dem großen Tisch ausgebreitet lagen. Ein Windstoß hatte einige Blätter zu Boden gewirbelt, wo sie nun lagen wie kleine weiße Tücher.

»Lass uns unsere Beschwerden bei einem gemeinsamen Bad lindern«, sagte der Fürstbischof. »Auf dass wieder Harmonie zwischen uns herrscht.«

Zwischen uns wird es nie harmonisch zugehen, dachte Konrad. *Wir waren niemals eins.*

Er folgte dem Fürstbischof eine gewundene Steintreppe hinunter zu einem großen Raum mit einer im Boden eingelassenen Steinwanne voll dampfenden Wassers. Bedienstete halfen ihnen beim Entkleiden, dann stiegen sie in das Bad und wurden von jungen Männern gewaschen und gepflegt.

Sie unterhielten sich weiter, als wären die Bediensteten gar nicht anwesend. Konrad genoss diesen Aspekt seines hohen Ranges: die Tatsache, dass manche Menschen keine Rolle spielten, dass sie vollkommen bedeutungslos waren, abgesehen von der ihnen zugewiesenen Aufgabe. Lediglich in großer Zahl konnten diese Namenlosen, Unbedeutenden zu einem Problem werden.

Lorenz seufzte. »Manchmal stellt Gott mich vor so schwierige Aufgaben, dass ich nicht weiter weiß.«

»Ihr kommt mit allen Problemen zurande, Euer Gnaden. Ihr werdet nicht umsonst als weiser und aufrichtiger Mann verehrt.«

»Schmeicheleien sind unter deiner Würde, Konrad.«

»Wie Ihr meint, Euer Gnaden. Aber mein Schicksal ist genau wie das Eure an das Wohlergehen von Kirche und Staat und die Aufrechterhaltung der Ordnung geknüpft. Die Ritter – die meisten von ihnen – können lesen. Sie besitzen eigene Bücher, und viele von ihnen beschäftigen sich nicht nur mit den Klassikern, sondern auch mit den neuen, gefährlichen Ideen. Doch es gibt auch welche, die der Meinung sind, die neue Belesenheit unter den Gemeinen wäre schlimmer als die Pest. Sie sagen, die schlichten Leute haben einen schlichten Verstand und brauchen Inspiration und Erbauung von oben ... den Dom, die Baudenkmäler, die Heiligenbilder, die die Geschichte der Kirche in einfachen, aber schönen Bildern erzählen. Doch ich war draußen bei meinem Vetter im Feld, und ich denke jetzt anders darüber. Ich weiß, dass wir das Feuer nicht beherrschen können, wenn wir nicht ein viel größeres Gegenfeuer entfachen.«

»Ein Feuer, in dem Juden und Ketzer brennen. Genau wie jeder andere, der anderer Meinung ist als du. Habe ich recht?«

»So wird es kommen, Euer Gnaden, mit oder ohne Euch, solange wir keine eigene Druckerei haben.«

Der Fürstbischof warf die Hände in die Luft. »Dann beschaff dir die erforderlichen Mittel, Konrad, und lege dir deine eigene Druckerei zu, in Gottes Namen. Als Bürger dieser Stadt bist du frei, zu drucken, was immer du möchtest. Nenn deine Druckerei, wie es dir gefällt, aber nenne sie nicht *Bischöfliche Druckerei*, hast du verstanden?«

Warum begreift dieser Mann nichts?, dachte Konrad.

»Euer Gnaden, es muss ein Name mit Autorität sein! Die bischöfliche Druckerei kostet weniger als eins Eurer Baudenkmäler. Gebt mir eine Handvoll belesener Mönche und ein Gebäude, dazu Mittel für Papier und Tinte und eine Presse. Ich werde Texte verfassen, die in der Bevölkerung die Liebe zu Gott und dem Reich wiedererwecken. Ein einiges Volk mit einheitlicher Meinung.«

»Du meinst, mit beschränkter Meinung«, entgegnete der Fürstbischof und tat unvermittelt etwas, das Konrad in Erstaunen versetzte.

Er tauchte beide Hände ins Wasser und schleuderte Konrad einen Schwall ins Gesicht. Konrad blinzelte, prustete und rieb sich die von Seife brennenden Augen. Der Fürstbischof schüttelte sich vor Lachen. »Du nimmst dich einfach zu ernst, Konrad. Das kann ein schlimmer Fehler sein. Du verbringst zu viel Zeit mit Rittern und Mönchen und zu wenig Zeit mit dem Volk.«

»Das Volk ist eine Herde, die geführt werden will«, erwiderte Konrad, der wie ein begossener Pudel dasaß. »Die Druckerei kann dabei helfen. Das Werk Gottes hat vielerlei Gestalt.«

»Wie dein glorreicher Marsch der heiligen Befreiung?«, entgegnete Lorenz, und Konrad spürte, wie er rot anlief. Er bewahrte nur mit Mühe die Beherrschung.

»Wir alle sind Geschöpfe Gottes, mein Freund«, fuhr der Fürstbischof fort. »Wenn du erst die Macht besitzt, wird sich dein wahres Wesen zeigen, und dann wird sich erweisen, ob du den Menschen mehr Kummer oder größeres Wohl bringst.« Konrad sagte nichts. Die Kränkung war versteckt, doch sie brannte. Hätte Lorenz in diesem Augenblick am Rand eines offenen Grabes gestanden, Konrad hätte ihn ohne zu zögern hineingestoßen.

*

Eingehüllt in einen Umhang zum Schutz gegen die nächtliche Kühle stand Konrad an einem Fenster und blickte hinaus auf die Lichter der Stadt tief unter ihm. Er hatte seine Diener fortgeschickt und war allein. Hinter ihm, in dem großen Kamin, sank das Feuer allmählich in sich zusammen. Das flackernde Licht der Flammen tanzte über sein riesiges Bett, dessen vier Pfosten wie Türme bis hinauf zur hohen Decke reichten.

Er hoffte, dass das Vergessen des Schlafes die Rachsucht verdrängte, die ihn an diesem Abend plagte. Keine der Frauen, über die er verfügen konnte, wäre dazu imstande gewesen. Abgesehen davon gab es nur Anna, und sie war mit seinem Vetter Dietrich verheiratet. Doch seine Träume von Anna gehörten ihm. Der Umhang, den er trug, hatte einen Besatz aus Hermelin und war bereits an manchen Stellen abgenutzt, doch er war ein Geschenk Annas, und es tröstete Konrad und beruhigte ihn, sich in den weichen Pelz zu schmiegen wie in die weichen liebkosenden Arme einer Frau. Annas Vater hatte seine Tochter verzogen, hatte sie einen Mann heiraten lassen, den sie liebte, einen einfachen Ritter, wo sie ihr Blut mit dem eines Fürsten wie ihm, Konrad, hätte vereinigen können.

Solange Dietrich lebte, würde dieser Umhang Konrad die Berührungen und Zärtlichkeiten Annas ersetzen, und er schlief niemals wirklich allein.

Bevor er sich ins Bett legte, warf Konrad einen letzten langen Blick hinunter auf die Lichter der großen Stadt. Der Fluss schimmerte schwarz, und Laternen erhellten den Weg über die Brücke. Dunst stieg vom Wasser auf und ließ die harten Konturen weicher erscheinen.

Von hier oben sah alles so friedvoll aus. Trotzdem erschauerte Konrad – er wusste, dass die Straßen, Häuser und Hütten voll waren mit niederen, ungezügelten Kreaturen. Er konnte spüren, wie sie sich paarten wie Ratten, wie sie tranken, kämpften, starben – eine Horde wilder Tiere ohne wirklichen Herrn.

Gewiss, trotz ihrer geistigen Beschränktheit würden sie lesen lernen, daran konnte niemand sie hindern, doch sie würden lesen, was *er* wollte, und glauben, was *er* sie glauben machte.

Die Presse war der Wille Gottes, der sich durch ihn, Konrad, manifestieren würde. Sie war das Werkzeug, um all die wertlosen und selbstsüchtigen Gedanken des gemeinen Volkes zu einem vereinten Willen zu verschweißen ... und dann würde er, Konrad, so mächtig sein wie ein Schwert in der Faust des Herrn.

31.
Kristina

Im Schuppen am Fluss, wo die alte Presse stand, schliefen sie auf kalten, harten Dielen und aßen mageren Gerstenbrei. Niemand beschwerte sich, doch an ihren Mienen war ihre Unzufriedenheit abzulesen.

Berthold hatte die Gebete vorgesprochen und Gott gedankt, dass Kristinas Krankheit so glimpflich abgelaufen und dass sie nun wieder bei Kräften war.

Am dritten Abend regnete es. Nebel stieg schwer vom Fluss auf und stahl sich durch die Risse und Schlitze im Mauerwerk. Berthold lag neben Kristina auf einem kalten, feuchten Lager. Die anderen schliefen nicht weit entfernt. In der Dunkelheit drängten Berthold und sie sich aneinander, um sich zu wärmen. Plötzlich spürte Kristina eine eigenartige Veränderung bei ihrem Ehemann.

Sie war verwirrt, lag ganz still, rührte sich nicht. Behutsam tasteten seine Hände über ihren Körper, fanden den Weg unter ihr Kleid und schoben sanft den Stoff von ihren Brüsten. Sie wandte ihm das Gesicht für einen Kuss zu, auf den sie jedoch vergeblich wartete. Stattdessen wanderten seine Hände tiefer, suchten, tasteten unter ihrem Gewand, fanden geheime Stellen, die Kristinas Lust erregten, wie sie es nie zuvor erlebt hatte. Seine Finger streichelten und liebkosten sie mit ungewohnter Zärtlichkeit, bis sie sich leise stöhnend wand und ihn ungeduldig auf sich zog. Sie spürte, wie groß und hart er war, doch ihre Begierde war stärker als alle Furcht, und so biss sie die Zähne zusammen und stöhnte dumpf, als er in sie stieß.

Es war nicht, was sie erwartet hatte, kein Akt göttlicher Liebe, sondern pure fleischliche Lust, aber es war erregend, rauschhaft und wundervoll, und bald wich der Schmerz glühender Leidenschaft. Ihr Atem ging schneller, sie stöhnte, drängte sich ihm voller Gier entgegen und erreichte einen Höhepunkt der Lust, an dem ihr für einen Moment die Sinne schwanden – und dann spürte sie, wie er sich in sie ergoss.

Später, als Berthold schlief, nachdem er wortlos ohne weitere Zärtlichkeiten von ihr abgelassen hatte, bemerkte Kristina eine eigenartige Veränderung in ihrem Körper. Sie spürte eine süße, wohlige Wärme im Unterleib, die auf angenehme Weise pulsierte. Sie war ganz ruhig, ganz entspannt, wie sie es nie zuvor erlebt hatte. Endlich war Berthold in ihr gewesen – so, wie ein Mann eine Frau nimmt.

Behutsam strich sie mit den Händen über ihren noch immer warmen, pulsierenden Leib, als wollte sie sich auf diese Weise vergewissern, dass Berthold wahrhaftig bei ihr gewesen war.

Am Morgen, als Kristina erwachte und die Hand nach ihm ausstreckte, lag er nicht mehr neben ihr. Stattdessen hörte sie das Knarren der Presse.

Also erhob sie sich ebenfalls und machte sich an die Arbeit. Keiner von beiden verlor ein Wort über die Nacht. Als sie seinen Blick suchte und ihm verstohlen zulächelte, nickte er nur knapp und arbeitete weiter.

War er verlegen?

Er hat so viele Worte, aber keines für mich, dachte Kristina betrübt.

Also versenkte sie sich ganz in die Arbeit.

Alle waren voller Eifer bei der Sache, und die Flugblätter wurden genau so, wie sie sie entworfen hatten. Lediglich Frieda hielt sich heraus. Seit sie hergekommen waren, hatte sie die meiste Zeit auf einem Lager in der Ecke gelegen und sich immer weniger für die Dinge interessiert, die um sie herum vorgingen. Anfangs hatten die anderen versucht, sie aufzumuntern, ja, sie bedrängt, mittlerweile aber ließen sie Frieda in Ruhe. Die Arbeit verlangte ihre ganze Aufmerksamkeit.

Berthold hatte die Lettern gesetzt, und nun warf die alte knarrende Presse, die geradezu winzig war im Vergleich zu den beiden großen Pressen in Werner Hecks Druckhaus, gemächlich einen Bogen nach dem anderen aus.

Der Text auf Rudolfs Flugblatt war plumper und derber als der von Grit, und Simons Text war beinahe zusammenhanglos. Doch sie waren von tiefem Glauben erfüllt und verkündeten die gleiche Botschaft: Liebe ist die einzige Antwort auf Hass. Bertholds Text war blumig und geschraubt und sollte mehr beeindrucken als überzeugen. Kristina fand ihn bedeutungsloser als alle anderen.

»Sollen wir nicht Bruder Berthold bitten, unsere Texte zu verbessern?«, fragte Rudolf. Er hatte die gleiche Frage bereits zweimal gestellt.

»Wenn ihr es wünscht«, sagte Berthold sichtlich geschmeichelt.

»Ich finde, jeder Text sollte bleiben, wie er ist. Die Wahrheit fließt auf geheimnisvolle Weise zwischen Fremden hin und her«, warf Grit ein. »Vielleicht hat Gott jeden von uns auf seine eigene Weise inspiriert, also lasst uns nicht in sein Werk eingreifen.«

»Grit hat recht«, sagte Kristina. »Wir sollten uns nicht anmaßen, die Gedanken unserer Brüder und Schwestern zu verbessern, geschweige denn zulassen, dass Stolz und Eigensucht die Wahrheiten verwässern, die wir verkünden wollen.«

Damit war die Frage nach einer Verbesserung der Formulierungen aus der Welt.

Am dritten Morgen, nachdem sie die Texte geschrieben hatten, waren sie mit dem Drucken der Flugblätter fertig.

»Es ist Zeit«, verkündete Berthold.

»Beten wir um Gottes Schutz«, schlug Rudolf vor.

»Nur Mut, liebe Gefährten. Wenn sie uns fassen und auf den Scheiterhaufen stellen, werden unsere Seelen geradewegs zum Himmel steigen«, sagte Berthold.

»Sag nicht so etwas«, widersprach Grit. »Wir müssen alles tun, um nicht gefasst zu werden. Lasst uns lieber beten, dass Gott uns Erfolg schenkt.« Sie faltete die Hände, senkte den Kopf, schloss die Augen und sprach: »Herr, gib uns die Weisheit, einen Weg zu finden, wie wir den Menschen, mit de-

nen wir deine Liebe teilen möchten, unsere Gedanken über-
mitteln können.«

Als die Gefährten ihre Umhänge geholt und die Flugblätter
zu Bündeln gepackt hatten, war Kristina einen Moment mit
Berthold allein. Sie küsste ihn auf die Wange, doch er wich vor
ihr zurück.

»Wenn ich gefasst werde, habe ich meine Pflicht als Ehemann erfüllt«, sagte er.

»Pflicht? Gehört für dich denn keine Freude dazu? Keine
Lust? Keine Liebe?«

Er starrte sie an. »Lust? Du denkst an fleischliche Genüsse?
Ausgerechnet jetzt, wo wir hinausgehen und unser Leben aufs
Spiel setzen? Wo wir an nichts anderes denken dürfen als an
unser Seelenheil?«

Kristina wusste nicht, was sie darauf antworten sollte. Hatte
Berthold denn gar nichts empfunden? Wie konnte das sein?
Waren nicht auch die Lust und das Verlangen Werkzeuge, die
Gott den Menschen an die Hand gegeben hatte? Stand nicht in
der Heiligen Schrift, seid fruchtbar und mehret euch?

Kristina fühlte sich leer, und wo zuvor Wärme gewesen
war, hatte sich eisige Kälte ausgebreitet. Berthold hatte sie in
der Nacht genommen, doch ohne Liebe, bloß als eine Pflicht-
übung ... Tränen schossen ihr in die Augen. So konnte, so durfte es nicht bleiben. Das musste sie ihm irgendwie verständlich
machen. Aber sie wurden gestört, denn die anderen kamen zurück, in einen heftigen Wortwechsel verstrickt.

Berthold wandte sich von Kristina ab. »Was ist denn nun
schon wieder?«, fragte er unwillig. »Was soll dieser Streit?«

»Marktplatz oder Domplatz?«, fragte Rudolf.

»Die Flugblätter auf dem Domplatz zu verteilen ist Selbst-
mord«, sagte Grit. »Dort sind wir zwischen hohen Mauern gefangen. Der offene Marktplatz ist besser geeignet, mit den niedrigen Häusern ringsum.«

»Ja, der Marktplatz«, sagte Simon.

»Nein«, widersprach Berthold. »Wir gehen auf den Domplatz. Ist es nicht unser Ziel, unsere Gegner auf ihrem eigenen Grund und Boden herauszufordern? Ihnen dort ihre Lügen vor Augen zu führen, wo sie glauben, am stärksten zu sein?«

»Aber wir müssen nicht blind in den sicheren Tod gehen!«, erklärte Grit. »Ich sage, wir gehen auf den Marktplatz. Von dort können wir fliehen, wenn es gefährlich wird, und an einem anderen Tag weitermachen.«

»Jeder soll dahin gehen, wo er glaubt, hingehen zu müssen«, sagte Berthold und wollte schon Kristinas Hand nehmen.

»Nein«, widersprach Grit. »Wir sollten zusammenbleiben und aufeinander aufpassen. Vereint sind wir sicherer.«

»Lasst uns abstimmen«, schlug Rudolf vor.

So geschah es. Nur Berthold stimmte für den Domplatz.

Ein jeder nahm seine Flugblätter, schweigend und mit gesenktem Blick. Kristina spürte, wie Furcht und Unruhe zunahmen, wie die Anspannung wegen dem, was sie als Nächstes tun mussten.

Wäre Lud bei mir, hätte ich keine Angst, dachte sie. Wo er jetzt wohl gerade sein mochte?

32.
Lud

Endlich war die Knochenarbeit mit Picke und Schaufel getan und die Uferbefestigung erneuert. Am nächsten Tag würden sie den Rückmarsch antreten, nach Hause, nach Giebelstadt, und er, Lud, würde sich vor den Müttern der gefallenen Jungen verantworten müssen. Dieser Abend war die letzte Gelegenheit für ihn, sich für kurze Zeit von dieser schrecklichen Aussicht abzulenken.

Doch Luds Hoffnungen, eine alleinstehende Frau zu finden, die bereit war, die Nacht mit ihm zu verbringen, zerschlugen sich. Sein Pech verfolgte ihn weiter. Weil die Armee das Lager vor der Stadt aufgeschlagen hatte, waren nur wenige Frauen auf den Straßen unterwegs, und die meisten von ihnen waren bereits vergeben.

Zuerst war Lud bei Einbruch der Dämmerung an den Flusswerften entlanggestreift, doch die wenigen Frauen dort waren nicht nach seinem Geschmack gewesen, entweder ihr Aussehen oder das falsche Lächeln, mit dem sie ihn bedachten. Und die Tavernen waren voller zorniger, einsamer Männer, die nur darauf warteten, ihre aufgestaute Bitterkeit und Enttäuschung in einem gewalttätigen Kampf zu entladen. Schließlich versuchte Lud sein Glück bei der Akademie, doch hier waren die Magistrate unterwegs und kassierten Schweigegeld von reichen jungen Narren, die dumm genug gewesen waren, sich zu betrinken und unangenehm aufzufallen.

Auf dem großen, von Laternen erleuchteten Marktplatz wurden an Verkaufsständen Flugschriften mit aufgeblähten Schlagzeilen feilgeboten:

Glorreicher Sieg der Armee unseres Fürsten Konrad über die Türken an der südlichen Reichsgrenze! – Muselmanen in die Flucht geschlagen! – Ein neuer Triumph für Würzburgs unbesiegtes Heer!

Lud drehte sich der Magen um angesichts dieser dreisten Lügen, und er machte einen weiten Bogen um diese Zeitungsstände.

An einem anderen Stand jedoch blieb er stehen. Verschiedene Flugblätter zeigten Holzschnitte mit verlockenden Frauenzimmern; es schien sich um schlüpfrige Lektionen in Sittlichkeit zu handeln. Lud schaute sich die Buchstaben genauer an. Wie sauber die Schriftzeichen gedruckt waren. Sie bildeten Worte, und diese Worte ergaben Gedanken.

Lud dachte an Dietrichs Versprechen, ihn lesen zu lehren.

Lesen ...

Diese Fähigkeit erschien Lud wie Zauberei, wie etwas aus einer anderen Welt. Und Dietrich hatte sein Versprechen wahrscheinlich längst vergessen.

»Könnt Ihr lesen, Herr?«, rief ein Höker Lud zu und hielt ein Flugblatt in die Höhe. Ein Holzschnitt zeigte eine gerüstete Gestalt, die auf einem Schlachtross durch eine Schar fliehender Türken galoppierte.

»Was steht da?«, fragte Lud.

»Fürst Konrad vernichtet die Osmanen!«

Lud lachte bitter auf und hätte am liebsten ausgespuckt, hielt sich aber zurück.

»Vielleicht habt Ihr Interesse an einer anderen Ausgabe?«, fragte der Höker, ein wenig verwirrt über Luds Reaktion. Er hielt Lud einen Holzschnitt hin, der eine halbnackte Eva im Paradies zeigte. Lud hatte dieses Motiv bereits Dutzende Male gesehen. Die nackte Eva war ein beliebtes Motiv bei vielen gemeinen Bürgern, ob sie nun lesen konnten oder nicht.

»Könnt Ihr lesen, Herr?«, fragte der Höker noch einmal.

»Was ist das da?«, fragte Lud und deutete auf eine Illustration, die eine gewaltige Schlange zeigte, die sich um eine üppige nackte Frau mit großen Brüsten wand.

»Soll ich es euch vorlesen, Herr? Kostet nur einen halben Gulden!«

»Und was würde ich dafür erfahren?«, fragte Lud.

»Oh, dann würdet Ihr viel mehr begreifen, als das Bild zu zeigen vermag«, antwortete der Höker. »All die heimlichen Schliche der wollüstigen Schlange, mit der sie Eva zu verführen

trachtete, als sie die einzige und schönste Frau auf Erden war.«
Er beugte sich vor und raunte verschwörerisch:»Es würde Eure
Lust erregen.«
   Lud lachte über das leere Versprechen.»Redest du von Geil-
heit? Ist das der Sinn der ganzen Geschichte? Dann überlasse
ich das Lesen gerne den Adligen und Mönchen.«
   Lud ging weiter, konnte aber nicht leugnen, dass aus seinem
vagen Wunsch nach einer Frau ein dumpfes, pulsierendes Verlangen geworden war. Er betrat eine lärmende Taverne und versuchte, dieses Verlangen in Bier zu ertränken, aber es wurde
eher noch schlimmer.
   Mitternacht war längst vorbei, und er wollte schon aufgeben, als er auf eine angetrunkene Frau traf, die bereit war, mit
ihm zum Fluss hinunterzugehen. Als er unter den Bäumen seinen Schal vom Gesicht nahm, kam der Mond hinter den Wolken hervor und tauchte die Welt in silbernes Licht. Als die Frau
Luds Gesicht sah, schrie sie auf, stieß ihn von sich und rannte
davon.
   Lud seufzte, war aber nicht allzu enttäuscht. Diese Frau
hätte das Loch in seinem Innern ohnehin nur mit Stroh füllen
können, nicht mit etwas Gutem und Bleibendem.
   Es war sein Pech. Er war dazu verdammt, unbefriedigt zu
bleiben.
   Schuld war das Ketzermädchen. Es hatte seine Welt auf den
Kopf gestellt. Zuvor hatte Lud immer nur das Gesicht seiner
Frau Lotte gesehen, die an den Pocken gestorben war. Die
Frauen, die er später gehabt hatte, waren fremdartige Geschöpfe
gewesen, die süße Erleichterung verkauften und keine eigenen
Gesichter besaßen.
   Dann aber hatte dieses Ketzermädchen seinen Weg ge-
kreuzt, und Luds Verlangen war stärker geworden als je zuvor.
Schon der Gedanke an Kristina erregte ihn.
   Zur Hölle mit allen Frauen, fluchte er in sich hinein. *Zur Hölle
mit dem teuflischen Gott, dem ich diese unersättliche Begierde ver-
danke!*

Bei Anbruch der Morgendämmerung machte Lud sich müde auf den Weg zurück ins Lager. Er hatte keine Frau mehr gefunden, und er war zornig und einsam.

Als er um eine Hausecke bog, erblickte er zwei Männer und ein weinendes Mädchen in einer dunklen Gasse.

Als er sah, was die Kerle mit der Kleinen machten, stürzte er sich in blinder Wut auf sie. Einer trug eine Ballonmütze und einen Schal und sah aus wie ein Geck, der andere hatte eine Lederschürze umgebunden und schien ein Handwerksbursche zu sein.

Lud packte den Handwerksburschen und rammte seinen Schädel gegen die Mauer, sodass er halb betäubt war. Dem Geck gab er links und rechts ein paar Ohrfeigen und kugelte ihm dann die Schulter aus. Beide trugen Dolche, doch Lud brach dem Handwerksburschen das Handgelenk, als der die Klinge zückte, und der Dolch landete klappernd auf dem Pflaster. Dann riss er den Geck hoch und fesselte ihn mit seinem eigenen Schal die Hände auf dem Rücken. Er warf sich den Kerl über die Schulter und trug ihn zum Kai, wo er ihn mit Schwung in das schwarze Wasser des Flusses warf. Der Geck flehte, schrie und strampelte und wirbelte Blasen und weißen Schaum auf, doch nur für einen kurzen Moment. Dann war nichts mehr von ihm zu sehen bis auf einen kleiner werdenden Ring, der rasch stromabwärts trieb.

Das Mädchen lag in Lumpen zusammengekrümmt am Boden und stöhnte leise. Der verletzte Handwerksbursche hatte sich davongemacht, wie Lud enttäuscht bemerkte. Er beugte sich über die Kleine. Als er sie behutsam an den Armen hochzog, sah sie sein furchtbar entstelltes Gesicht. Wie ein kleiner wütender Hund biss sie ihm in die Hand, fast bis auf den Knochen, sprang auf und rannte zeternd davon.

Lud sah ihr hinterher. Dann hob er einen der Dolche auf und wedelte damit in der Luft.

»Beim nächsten Mal erledigst du die Bastarde selbst!«, rief er ihr hinterher. »Komm zurück, nimm ein Messer.«

Doch das Mädchen war verschwunden wie ein flüchtiges Kaninchen.

Lud musste lächeln. Es war das erste Mal, dass er an seinen eigenen Dolch gedacht hatte – wie leicht hätte er die feigen Kinderschänder mit dem Messer erledigen können. Aber das hätte seinen Wutausbruch verkürzt und ihm weniger Erleichterung verschafft, als die Halunken mit bloßen Händen zu bestrafen. Er wickelte den Schal um seine untere Gesichtshälfte und saugte an der Bisswunde, bis diese zu bluten aufhörte.

Noch immer so einsam wie zuvor, doch ein wenig ruhiger dank des Gewaltausbruchs, setzte er sich in Bewegung. Er überquerte die Wiese am Fluss und ging die Uferböschung entlang, die nach frischer Erde duftete. Die Lagerfeuer brannten bereits wieder, und der Frühstücksbrei kochte in den Kesseln. Er hörte Gesang aus Dutzenden rauer Kehlen, während das Lager abgebrochen wurde.

Die Jungen aus Giebelstadt beluden ihren Wagen und sangen dabei. Als sie Lud erblickten, verstummten sie, doch er zuckte nur die Schultern, und sie nahmen ihr Lied wieder auf und machten weiter.

Lud war froh, sie zur Abwechslung einmal fröhlich zu erleben. Sie alle hatten sich Bärte stehen lassen; sie waren im Kampf gewesen und hatten überlebt. In der Heimat warteten gutes Essen und Mädchen auf sie, und heute würden sie nach Hause aufbrechen. Für sie war es ein Freudentag.

Ritter Dietrich kam herbei und hob die Hände. Die Jungen verstummten und blickten ihn an.

»Ich habe euch etwas zu sagen, bevor wir nach Hause marschieren. Wir kehren nach Giebelstadt zurück, Männer, in ein Leben, das Sinn für uns ergibt. Zu unseren Höfen und Herden, zu Mühle und Webstuhl, zu Essen und Trinken, Müttern und Vätern, Frauen und Kindern. Betrachtet diesen Feldzug als einen schlechten Traum, der endlich vorbei ist.«

Dietrich kniete sich mitten unter sie, als wäre er einer von ihnen, ehe er fortfuhr: »Ihr seid jetzt Brüder, keine Hörige. Diejenigen unter euch, die Geschichten über die anderen erzählen, werden sich vor mir verantworten, und die Strafe wird hart sein. Geschichten über irgendwelche Ruhmestaten könnt ihr von mir aus erfinden, aber merkt euch: Wenn jemand von euch schlecht über einen anderen redet, wird Lud euren Müttern und Großmüttern vom Freudenwagen erzählen und von all den unglückseligen Mädchen darin. Und er wird euch in den Hintern treten, dass euch Hören und Sehen vergeht. Eure Schwestern und Frauen und Mädchen werden nie wieder ein Wort mit euch reden. Habt ihr verstanden? Alles Schlimme, Schlechte und Böse bleibt hier zurück. Ihr seid jetzt Brüder, die zusammen nach Hause zurückkehren.«

Dietrich schlug ihnen auf Schultern und Knie und erhob sich. Die Jungen blickten ihn voller Respekt und Liebe an. Es war eine ähnliche Ansprache, wie Lud sie ihnen gehalten hatte, als er dachte, sie alle würden nach Hause marschieren, ehe sie mit Hacken und Schaufeln die Uferbefestigung hatten erneuern müssen.

»Eure Gesichter verraten mir, dass ihr mich genau verstanden habt«, sagte Dietrich, nickte zur Bekräftigung und stapfte davon.

»Unser Ritter Dietrich«, sagte Stefan ehrfurchtsvoll.

»Ein großer Mann«, murmelte Jakob.

Sie alle blickten Dietrich hinterher, als dieser sich durch das Lager entfernte.

Lud konnte sich erinnern, wie er selbst das erste Mal eine solche Ansprache gehört hatte. Es war sein allererster Kriegszug gewesen, ähnlich diesem hier, und er war so alt gewesen wie die Jungen heute. Damals hatte ein jüngerer Dietrich ihm, Lud, und den anderen Jungen die gleichen Dinge gesagt, um sie auf die Rückkehr in die Heimat vorzubereiten. Diese anderen Jungen waren inzwischen tot oder saßen verkrüppelt zu Hause und konnten nicht mehr marschieren oder gar kämpfen.

Alle, bis auf Lud.

Alles Schlimme, Schlechte, Böse bleibt hier zurück ...

Dann geschah etwas Bemerkenswertes. Die Jungen traten

verlegen vor Lud, und einer nach dem anderen dankte ihm.
»Ohne dich wären wir tot«, sagte Frix.

»Drei von euch *sind* tot«, erwiderte Lud düster.

Jetzt blieb nur noch eine letzte Sache zu tun. Lud trat zum
Wagen und hob die Plane, um einen Blick auf Kaspar und den
Kleinen Götz zu werfen. Götz lag lang ausgestreckt auf den
Schlafsäcken und schnarchte leise. Kaspar war wach, saß auf-
recht und starrte ins Leere.

»Geh weg«, sagte er kalt. Sein Bein war ausgestreckt, der
Stummel des anderen steckte in einem Verband.

»Wir brechen bald nach Hause auf«, erwiderte Lud. »Nach
Hause, hörst du?«

Kaspar drehte langsam den Kopf und starrte ihn an, die Augen immer noch ausdruckslos im blassen Gesicht. Lud wusste,
dass sein Bein höllisch schmerzte. Der Junge hatte schrecklich
gelitten und litt immer noch, und die Fahrt im Wagen bedeutete eine zusätzliche Folter. Am schlimmsten aber war, dass
Kaspar sich selbst bemitleidete.

»Wenn wir anhalten sollen, ruf laut«, sagte Lud.

»Verschwinde, Pockenfresse.«

»Wie hast du mich genannt?«

»Du hast mich verstanden, Ketzerfreund. Hau ab.«

Normalerweise hätte Lud ihm für diese Unverschämtheiten
ein paar Ohrfeigen verpasst, doch er wusste, dass die nichts bewirken würden, und ließ ihn in Ruhe.

Einige Zeit später wurde endlich der Befehl zum Aufbruch
erteilt, und die Wagen setzten sich in Bewegung und fuhren in
sämtliche Himmelsrichtungen. Der Heerwurm zerfiel in immer
kleinere Teile, jeder für sich auf dem Weg nach Hause. Diesmal
gab kein Trommelwirbel die Marschgeschwindigkeit vor.

Lud ritt neben Dietrich und sprach leise, sodass die Jungen
ihn nicht hören konnten. »Ich bin ratlos, Herr. Wie immer.«

»Ratlos?«, fragte Dietrich.

»Ja. Was erzählen wir zu Hause, wenn jemand fragt, worum
es bei unserem Kriegszug eigentlich ging?«

»Der Krieg des reichen Mannes, der Kampf des armen Mannes. Das Gleiche wie immer.« Er versetzte Lud einen freundschaftlichen Klaps auf die Schulter. »Wenn wir zurück sind, werde ich mein Versprechen einlösen, Lud. Du wirst lesen lernen.«

Lud antwortete nicht darauf. Die Aussicht, dass Dietrich ihm das Lesen beibringen würde, machte ihm genauso viel Angst, wie es ihm schmeichelte. Doch am größten war seine Freude darüber, dass er Dietrich etwas bedeutete – dem einzigen Menschen auf Erden, den Lud schätzte und achtete.

»Ist das Pferd gut genug?«, fragte Dietrich.

»Prächtig, Herr. Ganz ausgezeichnet. Ich danke Euch.«

Ox war nicht annähernd so gut, wie Jax gewesen war, doch er war kein schlechtes Pferd – bis auf sein Interesse an einem der Maultiere, was Lud immer wieder zum Lachen brachte.

»Ich bin nur selbstsüchtig«, sagte Dietrich. »Wie könnte ich meinen besen Mann mit den gemeinen Fußsoldaten marschieren lassen?«

Lud lächelte, wie es von ihm erwartet wurde, doch die Schmeichelei prallte an ihm ab. Er dachte an Kaspar im Wagen und an die Flüche, die wahrscheinlich niemals enden würden. Er dachte an die Jungen, die nicht mehr bei ihnen waren. Er dachte an das unbekannte Buch, das er in seiner Satteltasche vergraben hatte, unter der Regenplane. Er dachte daran, wie sehr sein Leben sich immer wieder änderte. Und er fürchtete sich, wusste er doch, dass Dietrich von ihm erwartete, dass er lesen lernte. Zugleich wusste er, dass er es niemals schaffen würde, weil sein Verstand wie verkrusteter Schlamm war, hart und nicht mehr formbar.

Lud ritt auf dem großen Pferd gleich hinter Dietrich, als sie die große Brücke überquerten. Die Jungen folgten mit ihren Spießen; der Wagen mit den Verwundeten bildete den Abschluss. Bald hatten sie die Stadt mit ihrem Reichtum, ihren Türmen und ihrer Festung hinter sich gelassen und waren allein auf der alten Straße, die durch die tiefen grünen Schatten des Waldes in die Heimat führte.

Lud dachte an das Ketzermädchen und drehte sich ein letztes Mal im Sattel um, bevor die Straße um eine Biegung führte. Die Sonne glänzte und funkelte auf den Türmen und Wällen Würzburgs. Lud fragte sich nicht zum ersten Mal, weshalb es so einfach war, an die ewige Verdammnis zu glauben, und so schwer, an den Himmel. In Augenblicken wie diesem wusste er nicht, ob er tot war und bereits in der Hölle schmorte, ohne Erinnerung an sein irdisches Leben. Vielleicht war er ein Teufel, erschaffen, um andere zu quälen. Vielleicht waren sie alle Teufel und quälten sich gegenseitig. Warum aber sollte Gott unschuldige kleine Kinder in diese Hölle geworfen haben?

Die Priester predigten auf Latein und sagten weise Dinge, zum Beispiel, dass Gott ein Geheimnis sei, dessen Sinn nur sie verstünden. Doch in Luds Augen war Gott weder ein Geheimnis, noch hatte er einen Sinn. Nach Luds Erfahrung war das Leben ein schlechter Scherz, ein Streich, den ein grausamer Gott den Menschen spielte, zu seiner eigenen Erheiterung. Aber diesen Gedanken durfte er auf keinen Fall laut aussprechen, deshalb war es besser, wenn er ihn nicht einmal dachte.

Wenn er überhaupt nichts dachte.

Es gab nur Hoffnung, sonst nichts.

Lud hoffte, dass das Mädchen ein Messer gefunden hatte.

Er hoffte, dass die junge Ketzerin ihre Mission aufgab und nicht auf dem Scheiterhaufen brennen musste.

Er hoffte, dass die Mütter von Giebelstadt ihm verziehen.

Er hoffte, dass seine Gier nach Leben erlosch.

Er hoffte, dass es nie wieder Krieg gab.

Er hoffte, dass sein Leben kurz war.

Vor allem aber hoffte er, dass das Hier und Jetzt vielleicht doch nicht die Hölle war.

33.
Witter

*E*r saß an die Wand seiner Kammer gelehnt. An der Hüfte trug er einen alten Dolch, eine kleine Waffe, die er einst einem Betrunkenen abgenommen hatte. Schmal, kurz und leicht im Bauchbund zu verbergen. Sein Gürtel hielt den Dolch sicher an Ort und Stelle.

Nach den vielen Jahren spürte Witter ihn gar nicht mehr, denn er trug ihn seither immer bei sich – ein letztes Mittel zur Flucht, durch Mord, wenn es sein musste, entweder begangen an einem anderen oder an sich selbst. Sogar im Schlaf trug er den kleinen Dolch am Körper. Die Waffe war beruhigend – vielleicht, weil sie nur einem einzigen Zweck diente. Zu töten. Sie fühlte sich in seiner Hand an wie ein alter Freund.

Doch letztlich war das alles Illusion, die dazu diente, sich selbst zu beruhigen. Es hatte viele Gelegenheiten gegeben, wo Witter den Dolch hätte benutzen können, aber es gab eine Grenze, die er nie überschritten hatte. Er hatte in seinem Leben viele fragwürdige Dinge getan, aber er hatte nie einem anderen Menschen gegenüber Gewalt angewendet. Trotz allem, was er erlitten hatte, besaß er weder die Rücksichtslosigkeit noch den Mut, gegen das Gebot *Du sollst nicht töten* zu verstoßen.

Trage niemals Hass im Herzen, mein Sohn, hörte Witter die Stimme seines Vaters. *Die Rache ist mein, spricht der Herr.*

In Gedanken antwortete er: *Ich warte immer noch, Vater, aber Gott unternimmt nichts.*

Sein leiblicher Vater, Judah, war Rabbi gewesen und hatte im spanischen Toledo den Talmud gelehrt. Judah hatte seinen Sohn geliebt und ihn auf Knien angefleht, nicht seinem Glauben abzuschwören.

Vergeblich.

Witters Erinnerungen an seinen Vater waren die an einen Mann, der im Tallit demütig auf den Knien gebetet hatte.

Lange Zeit hatte Witters Verstand an einem seidenen Faden

gehangen, und nur die im Geiste geführten Gespräche mit seinem längst verstorbenen Vater hatten verhindert, dass er wahnsinnig geworden war. Es waren häufige Gespräche, manche erbauend, andere nicht.

Wenn deine rechte Hand dich zum Bösen verführt, so hack sie ab. Wenn du Zweifel hast am rechten Glauben, bekämpfe sie.

Manchmal, wenn Witter in den Spiegel schaute, sah er ein verzerrtes Lächeln, das wie eingemeißelt wirkte.

Ich kann mir zwar die Hand abhacken, nicht aber das Gesicht abschneiden. Meine Feigheit bringt mich zum Lächeln, deshalb ist es kein fröhliches Lächeln, sondern ein bitteres, dümmliches Grinsen der Schmach. Aber es ist zu meiner ständigen Tarnung geworden, denn das Lächeln des Einfältigen bleibt unbemerkt ...

Das Lächeln war stets da; es war Witters Bollwerk gegen das Gefühl der Scham und Schande. Dieses dümmlich lächelnde Gesicht hatte Witter sich selbst erschaffen, als nichts anderes mehr da gewesen war – nichts in seinem Innern, das er nach außen hin hätte zeigen können, weder in seiner Haltung, noch im Gesicht, noch in seinen Taten. Kein Gefühl, dem er irgendwie hätte Ausdruck verleihen können. Und ein Lächeln erregte niemals Anstoß, wenn es nicht zu aufdringlich war, zu selbstsicher oder zu stolz.

Dein Name ist Samuel. Warum erzählst du aller Welt, du hießest Witter?, hörte er seinen Vater fragen.

Zum Schutz, Vater, antwortete er. *Mein richtiger Name klingt zu sehr jüdisch. Außerdem begegnete ich einst einem Gaukler namens Witter, der verrückte Dinge tat, um zu überleben. Manchmal spiele auch ich den Narren, um zu überleben, und manchmal komme ich mir vor wie einer. Der Name erschien mir passend.*

Der Tag seiner Taufe, als er vom Juden zum Christen geworden war, hatte sich unauslöschlich in sein Gedächtnis eingebrannt, genauso wie die kirchlichen Tribunale von Torquemada, dem Großinquisitor, der ganz Spanien mit Tod und Verwüstung überzogen hatte. Überall hatten die Scheiterhaufen gelodert wie Fackeln des Grauens.

Es war ein sehr einfacher Plan gewesen, wenngleich nicht sonderlich ausgeklügelt, um die Juden zu ermorden, zu vertreiben und die Herrschenden zu bereichern. Jegliches Besitztum der Vertriebenen oder Verurteilten verfiel an die Krone, und Torquemada hatte sich bei seinem König beliebt gemacht, indem er die jüdischen Friedhöfe hatte umgraben und die Knochen der Toten verbrennen lassen. Nach dem Gesetz fielen ganze Güter in den Besitz des Reiches und halfen, die Kriege zu führen, die der christliche König so heldenhaft auszufechten verlangte. Kriege um des Profits und der eigenen Befriedigung willen. Dazu gehörten auch Schiffsexpeditionen in unbekannte Gefilde, deren Zusammenstellung bislang zu teuer gewesen war.

Selbst das neue Gewerbe des Buch- und Schriftendrucks profitierte davon.

Witters Vater hatte ein Buch über Kolumbus geschrieben – der Seefahrer, Entdecker und Forscher war überaus beliebt gewesen, und jüdisches Geld hatte seine vier Expeditionen finanziert. Die neuen Länder und alle Menschen dort wurden nun von der Krone Kastiliens beansprucht.

Witter erinnerte sich, wie sehr sein Vater in der Arbeit an diesem Buch aufgegangen war. Es sollte den Menschen den Wert von Toleranz begreiflich machen.

Was für ein tragischer Irrtum.

Sämtliche Karten und alle nautischen Instrumente, die Kolumbus benutzt hatte, stammten von Juden. Die Berechnungen des Abraham Zacuto, des berühmten Astronomen und Mathematikers aus dem Judenviertel von Saragossa, hatten die Reise überhaupt erst ermöglicht. Zwei jüdische Ärzte, Bernal und Marco, beide *conversos*, waren mit Kolumbus gereist. Und es war ein Jude gewesen, Luis de Torres, ebenfalls Konvertit, der als Erster den Fuß auf das neue Land gesetzt hatte. Torres war außerdem der erste Europäer, der dort geblieben war und sich niedergelassen hatte – er wollte nie wieder nach Europa zurückkehren.

Das alles war heimlich geschehen. Juden war es verboten, den Fuß in die Neue Welt zu setzen – obwohl Kolumbus diese Welt ohne die Hilfe der Juden niemals erreicht hätte.

Witters Mutter hatte ihren Mann auf den Knien angefleht, das Buch nicht zu veröffentlichen, doch Judah war überzeugt gewesen, dass die Wahrheit darin ihrer aller Leben retten würde. Er hatte fest daran geglaubt, dass es seine Pflicht sei, für das Gute zu kämpfen.

Gott schenkt uns die Wahrheit, auf dass wir anderen Menschen helfen.

Wie nicht anders zu erwarten, war Judahs Buch sofort verdammt worden – nichts als jüdische Lügen. Es wurde von der Druckerpresse weg beschlagnahmt, noch ehe es auf die Straßen gelangen konnte, und wurde als Beweis seiner Schuld verwendet.

Doch Witter kannte die Wahrheit.

Sämtliche Schulden, die Christen gegenüber Juden hatten, wurden auf solche Weise getilgt. Es war so einfach. Wenn man das Leben anderer nicht achtete und schätzte, war das Herrschen sehr viel leichter. Jüdischer Reichtum wartete nur darauf, seinen Besitzern weggenommen zu werden.

Witter war froh, dass sein Vater nicht mehr erfahren hatte, dass Kolumbus nur ein weiterer Sklavenfänger gewesen war. Dass seine Reisen in die Neue Welt das Gemetzel erst ermöglicht hatten. Dass Kolumbus und seine Leute die Pocken in die Neue Welt gebracht hatten und dass Millionen daran gestorben waren.

Witter dachte an die guten Taten seiner Mutter, an ihre Mildtätigkeit und daran, wie sie und ihre Freundinnen die Armen gespeist und ein Zuhause sowie eine Schule für Waisenkinder aufgebaut hatten. Das Waisenhaus war mittlerweile beschlagnahmt worden; die Kinder hatte man zur Umerziehung in Klöster geschickt.

Mehr als ein römischer Papst war entsetzt vom Ausmaß der Judenverfolgung, und einige mutige Männer versuchten gegen die Inquisition Einspruch zu erheben, doch Spanien, Portugal und die anderen Länder waren unabhängige Reiche und ihre Königshäuser brauchten Geld, viel Geld.

Die Armen und Ungebildeten jubelten, wenn die ehemals reichen, unbeugsamen Juden mit ihren langen Bärten, Seidenwesten und Pelzmänteln an die Pfähle gebunden und angezündet wurden. Weder Reichtum noch Bildung, weder ihr Stolz noch ihr Glaube hatten sie gerettet. Wenn die Todgeweihten unaussprechliche Qualen litten und sich in den Flammen wanden, verspotteten die Zuschauer sie obendrein und äfften sie lachend nach.

Diese abscheulichen Schauspiele hatten Witter das Hassen gelehrt. Wären seine Gebete tödlich gewesen – die Inquisitoren, Richter und Spötter hätten bis in alle Ewigkeit in den heißesten Ecken der Hölle geschmort.

Wie paradox das ist, überlegte Witter. *Würden von Hass inspirierte Gebete erhört, gäbe es mehr Gerechtigkeit auf der Welt.*

Wieder vernahm er die Stimme seine Vaters: *Trage niemals Hass im Herzen, mein Sohn. Vergebung ist der Weg in den Himmel, Hass aber ist der Pfad in die Hölle. Die Rache ist mein, spricht der Herr. Es ist ein Krieg der Intoleranten gegen die Toleranten, nicht ein Krieg von Christen gegen Juden.*

Doch der alte Glaube hatte Witter nicht mehr satt gemacht, und er musste in dieser Welt nun einmal weiterleben – irgendwie. Und als auch seine Seele von Hunger geplagt wurde, hatte er sie mit Hass gefüttert: Hass auf seine Angst. Hass auf jene, die sein Herz mit Furcht erfüllten.

Diesen Hass hatte er in seinen Gebeten zu Gott geschickt. Dem Gott, der alles erschaffen hatte. Diesem Gott gegenüber war er aufrichtig. Menschen gegenüber nicht. Hass war ein reichhaltiges Mahl, das ein rauchendes Loch voll Säure zurückließ. Säure, die sich tiefer und tiefer in ihn fraß. Doch dieser Hass hielt ihn zugleich am Leben.

Wie bei vielen anderen spanischen Juden war Witters Überlebensstrategie die der Konversion gewesen, des Übertritts zum Christentum.

Er war getaufter Jude.

Taufe. Schon das Wort ließ ihn frösteln. Ließ das tränenüberströmte Gesicht seines Vaters vor seinem geistigen Auge erscheinen.

Ich flehe dich an, mein Sohn, tu das nicht, sonst wirst du bei lebendigem Leib verfaulen!

Er hatte es trotzdem getan. War in der Kathedrale auf die Knie gefallen und hatte den Boden geküsst. Hatte vorgegeben, Jahwe zu entsagen und Christus als seinen Herrn zu akzeptieren. Hatte die christlichen Eide mit den Lippen geformt. Hatte sich von einem Priester mit Latein besprechen und mit Wasser bespritzen lassen. Nach einer langen, demütigenden Messe, während er innerlich vor Qualen geschrien hatte, war es endlich vorbei gewesen.

Warum hätte er sein Leben denn nicht retten sollen? War nicht Jahwe auch der Vater von Jesus Christus gewesen? Der Vater aller?

Wie kommt es dann, dass mein Fleisch lebt, während ich mich im Innern kalt und tot wie ein Grab fühle?, fragte Witter.

Worauf Judah antwortete: *Weil deine spirituelle Reinheit dir wichtiger hätte sein müssen als dein körperliches Überleben.*

Überleben …

Judah war in der jüdischen Gemeinde für seine hebräischen Kommentare über das Buch Josuas, das Buch Samuels und das Buch der Richter bekannt gewesen. Alle diese Bücher waren von Soldaten draußen auf dem Platz vor der Synagoge zusammengetragen und verbrannt worden.

Die letzten Worte, die sein Vater an Witter gerichtet hatte, waren voller Verzweiflung gewesen.

Und was folgt als Nächstes, Samuel? Wirst du deinen Namen ändern? Sie werden bald kommen, um deine Mutter und mich zu holen. Was wirst du dann tun?

Witter wollte nicht daran denken, nie wieder. Er hatte in einer Menschenmenge gestanden, allesamt Christen, und zugeschaut, als es geschehen war. An einem wunderschönen Früh-

437

lingstag, an dem es nach Blumen duftete und die Vögel sangen.
Sein Vater Judah hatte der Aufforderung des Magistrats gehorcht
und alle Gläubigen in die Synagoge gerufen – seine Mutter, seine
Verlobte Bianca, ihre Familie, viele seiner Freunde, seine Tanten,
Onkel, Vettern, Basen ... alle. Dann waren die schweren bronze-
beschlagenen Türen von den Magistraten und Soldaten des Königs verschlossen worden. Zweitausendzweihundert Juden hatten sich in der Synagoge zusammengedrängt und lauter und
lauter geschrien in ihrer Angst vor den Flammen, die nun an den
Fachwerkmauern des Bauwerks emporleckten.

Die ganze Nacht darauf hatte Witter mit sich gekämpft, ein
Seil in den zuckenden Händen, das sich gewunden hatte wie
eine verführerische Schlange.

Dann war aus dem Nichts die Stimme seines Vaters erklun-
gen, hatte ihn getröstet, ermahnt und ermutigt.

*Mein Sohn, du darfst niemals, niemals über diese furchtbare
Sünde nachdenken, nicht einmal in den schlimmsten Zeiten, nicht
einmal, um dich selbst zu bestrafen.*

Witter hatte das Seil zur Seite geschleudert und war davongerannt. Doch wenn jemand erst einmal anfängt, vor sich selbst
davonzulaufen, hört er nie wieder auf. Ständig musste er sich
daran erinnern, wer er früher einmal gewesen war. Als seine
Flucht begonnen hatte, war er Samuel gewesen, das einzige
Kind seiner Eltern. Er hatte die Kunst geliebt und war bei einem
berühmten Porträtmaler in die Lehre gegangen.

Und wer war er heute?

Sei das, was du am meisten liebst, und liebe die Wahrheit.

Die Wahrheit? Er hatte keine Wahrheit, und er war keine
Wahrheit. Er war eine einzige Lüge, durch und durch.

Nur die Taufe hatte ihn überleben lassen.

Der Tod für den Glauben besaß keinen Stolz für ihn, den
Schmerz fürchtete er, und sich selbst hasste er dafür, dass Tod
und Schmerz ihm Angst gemacht hatten.

Getauft in Hass und Angst.

Doch Gott war noch nicht fertig mit seinen Prüfungen.

Die Taufe erwies sich als schlechte Überlebensstrategie, jedenfalls in Spanien. Bald schon wurden die ersten *conversos* verhaftet – unter dem lächerlichen Vorwand des Verdachts, Menschenopfer darzubringen. Das war die reinste Ironie: Nur Christen, einschließlich Konvertiten, konnten überhaupt der Ketzerei beschuldigt werden. Juden waren schließlich von Natur aus Ungläubige.

Dann wurde das Alhambra-Edikt erlassen, nach dem sämtliche Juden ausgewiesen wurden. Mehr als eine Million Menschen verließen ihr Heimatland – jenes Land, in dem ihre Vorfahren Jahrhunderte gelebt hatten – und rannten um ihr nacktes Leben.

Witter rannte mit ihnen. Er nahm seinen Hass und sein weniges Geld und rannte. Er flüchtete über Portugal, wo man ebenfalls niemandem trauen konnte, durch den Norden Spaniens und durch Frankreich und Flandern bis nach Antwerpen. In Antwerpen lernte er zu stehlen, um seinen Hunger zu stillen.

Als er Holland erreichte, hatte er den Namen Samuel längst abgelegt. Von nun an war er Witter. Witter war ein passender Name für das Spiel des Lebens, das er spielte, von Land zu Land, ständig in Bewegung, immer auf der Flucht. Genau wie das Lächeln, das er ständig trug und das nichts bedeutete.

Die Inquisition hatte ihre Spitzel auch in Antwerpen, also zog er weiter, ohne ein bestimmtes Ziel. Er wollte nach Süden, vielleicht in eine der größeren Städte an Rhein oder Main. Seine Begabung für fremde Sprachen rettete ihm manches Mal den Hals. Er verdiente sein Brot mit seinem Geschick in den Künsten, indem er unterwegs schnell und preisgünstig Holzschnitte für Druckereien anfertigte. Stehlen war zu riskant, auch wenn er mittlerweile ziemlich geschickt darin geworden war.

Witter, sagte die Stimme seines Vaters. *Ein passender Name für einen Schwindler.*

Jahre später hatte er den Namen so sehr verinnerlicht, dass er nur noch selten an den Samuel dachte, der er einst gewesen war. Oder daran, *was* er gewesen war.

Trotz seiner Begabung für Sprachen verlor er nie seinen Akzent. Er hatte versucht, als Einsiedler zu leben, fernab der Menschen, aber das erwies sich als unmöglich. Er brauchte Unterkunft und Nahrung. Außerdem war es in der Stadt einfacher, sich unsichtbar zu machen. Auf dem Land war es vollkommen unmöglich. Im Dorf kannte jeder jeden, und Fremde, denen man unterwegs begegnete, waren gefährlich.

Wann immer er Jägern oder anderen Reisenden über den Weg lief, spielte er den Idioten. Die Leute verbrannten die Geistesschwachen und Verrückten, weil sie von Dämonen besessen waren, deshalb achtete Witter sorgfältig darauf, nicht als Irrer zu erscheinen, sondern bloß als Einfaltspinsel, der niemandem etwas zuleide tun konnte. Er hüpfte umher, heulte, sabberte, und versteckte sich.

Doch auch Sentimentalität war gefährlich. Manchmal wurde er völlig unerwartet von Heimweh befallen, von Sehnsucht nach seiner Familie, seinem früheren Leben. Dieses Sehnen, dieses Verlangen raubte ihm den Schlaf.

Inzwischen war es viele Jahre her, dass er eine Nacht durchgeschlafen hatte. Zu Anfang, in Antwerpen, hatte er es mit Branntwein versucht, dann mit Opium, schließlich mit beidem, aber das wurde rasch zu kostspielig, und stehlen konnte man es nicht, denn die Benutzer selbst waren oft Diebe. Außerdem hielt die Wirkung nie an, und hinterher musste der Preis bezahlt werden, der schreckliche Kater, der ihn am nächsten Tag aufs Bett warf, bis alles wieder von Neuem begann. Nichts im Leben war umsonst. Und manchmal war der einzige Weg, Schlaf zu finden, sich das Seil vorzustellen und die Stille, wenn seine Leiche im Wind schwang, frei, endlich frei ...

Aber auf ewig verdammt.

Dann geschah ein kleines Wunder.

Er war inzwischen über Umwege im Elsass gelandet. In einer dunklen Seitengasse in Straßburg raubte er einen gut gekleideten Betrunkenen aus, der eine Umhängetasche bei sich trug. In dieser Tasche entdeckte er Holzschnitte, die er an einen Drucker verhökerte und als eigene Arbeiten ausgab. Als der Drucker ihn fragte, ob er weitere Holzschnitte liefern könne, setzte Witter sich an einen Tisch und zeigte dem Mann, dass er bessere Schnitte anfertigen konnte, hübschere Zeichnungen, zum halben üblichen Preis.

Von da an arbeitete er an einer Flut von Büchern mit, illustriert mit Holzschnitten, geschaffen für ein sensationshungriges Publikum, das rasch größer wurde, je mehr Menschen lesen lernten. Schlüpfrige Nacktheit verkaufte sich am besten – Intrigen in türkischen Harems, Adam und Eva im Paradies, Susannah und die Ältesten –, häufig getarnt als Warnung für die Väter von Jungfrauen.

Es waren gute Jahre mit viel Geld und Trost in den Büchern. Witter las oft und lernte eine Menge. Kostenloser Zugang zu wertvollen neuen Büchern in den Druckereien waren ihm Zuspruch und Trostpflaster. Die Gedanken, die in diesen Büchern zum Ausdruck gebracht wurden, waren eine wundervolle Ablenkung, wenngleich nur für wenige Stunden.

Er wurde immer schneller im Illustrieren anspruchsvoller Werke, beispielsweise den Ausgaben von Platons *Dialog*, die unter den Aufsteigern dieser Zeit sehr begehrt waren, denn sie prahlten gerne mit berühmten Namen oder Zitaten. Außerdem wurde wegen Platon niemand verbrannt. Was das anging, waren die Klassiker sicherer Boden. Auch der berühmte Erasmus von Rotterdam gelangte zu enormer Popularität, vor allem seine Satire *Lob der Torheit* war in höheren Kreisen äußerst beliebt. Sie pries Aufrichtigkeit und verdammte Einbildung und Dünkel. Witter hatte sie illustriert. Gelesen hatte er sie ohnehin.

Auch in Straßburg fühlte er sich irgendwann nicht mehr sicher, da er durch seine wundervollen Arbeiten die Aufmerksamkeit einiger hochrangiger Herren auf sich gezogen hatte. Als ihm ein bekannter Papierhändler anbot, ihn auf seinem Wagen mit nach Würzburg zu nehmen, zögerte Witter deshalb keinen Augenblick. Er gab vor, dort Verwandte zu haben, die er besuchen wollte. Mit dieser Erklärung gab der Händler sich zufrieden und schien keinen Verdacht zu schöpfen.

In Würzburg tauchte Witter erst einmal ab und übernachtete jede Nacht an einem anderen Ort. Dann mietete er sich ein winziges Zimmer im Judenviertel der Stadt. Sein gespartes Geld hortete er in einem Tonkrug, den er in einem Loch in der Wand seiner Kammer versteckte.

Hier schmiedete Witter einen Plan für die Zukunft.

Er traute keiner europäischen Stadt mehr. Ein paarmal war er nur mit dem nackten Leben davongekommen. Jetzt hoffte er, einen Weg ins Reich der Osmanen zu finden, wo Juden, wie es hieß, toleriert und nicht auf dem Scheiterhaufen verbrannt wurden. Der Zutritt nach Istanbul war Juden zwar verwehrt, aber das galt nicht für die anderen, kleineren Städte. Andererseits gab es Gerüchte von islamischen Fanatikern, die gelegentlich Synagogen niederbrannten und Juden angriffen, trotz des Widerstands ihrer eigenen weltlichen Herrscher.

Um das Reich der Osmanen zu erreichen, blieb ihm nichts anderes übrig, als Mitteleuropa und das umkämpfte Grenzgebiet im Südosten zu durchqueren. Diese Reise würde ihn weit mehr kosten als alles, was er bisher an Ersparnissen besaß. Und sie war ein gewaltiges Risiko.

Also hatte er hier in Würzburg einen gerissenen Plan ausgeheckt. Anstatt den gläubigen Christen zu spielen, würde er sich unter den Reformern verstecken, den Täufern, wenn er sie aufspüren konnte. Er wusste, dass sie irgendwo in der Stadt waren. Sie lebten im Verborgenen, doch wenn er sie erst aufgestöbert hatte, würden sie ihn gerne bei sich aufnehmen – vorausgesetzt, seine Geschichte war gut genug. Sie würden ihn verstecken und schützen, bis sie entdeckt und verbrannt wurden. Es war kein fehlerfreier Plan, ganz und gar nicht, doch wenn dieser Plan aufging ...

Witter lächelte müde bei der Erinnerung an seine Anfangszeit in Würzburg. Auch die lag nun schon einige Jahre zurück, und inzwischen hatte er die Täufer gefunden und sich ihnen angeschlossen. Sie erinnerten ihn sehr an seine Eltern, an ihren Glauben an die Macht der Liebe und der Wahrheit.

Die Herzlichkeit und Klugheit seines Vaters. Die Schönheit und Güte seiner Mutter. Ihre bedingungslose Liebe – alles vorbei, vergangen, tot.

Die Falle war offensichtlich. Auf der einen Seite tröstete es ihn, in der Nähe dieser Leute zu sein, erinnerten sie ihn doch an die geliebten Menschen, die er verloren hatte. Zugleich aber wusste er, dass die Täufer zum Sterben verurteilt waren. Er konnte den Gedanken nicht ertragen an das, was mit ihnen geschehen würde. Er hatte es so viele Male gesehen ...

Wieder einmal kämpfte er gegen seine innere Leere, doch je mehr er sich dagegen wehrte, desto stärker zog sie ihn hinunter in Dunkelheit und Schmerz. Gefühle für diese Täufer zu haben war gefährlich. Seine neuerliche Schwäche ängstigte Witter. Wo er zuvor kalt und entschlossen gewesen war, zauderte er nun.

Sei stets bereit, die Flucht zu ergreifen. Immer und überall.

Und doch sehnte er sich danach, bei ihnen zu sein.

Nein, nicht bei ihnen allen. Nur bei einer.

Kristina ...

34.
Kristina

*E*s war Morgen, und alles war bereit.

»Wir sollten noch einmal beten«, sagte Berthold.

»Nein. Wir hatten abgestimmt, uns heute Morgen auf den Weg zu machen«, widersprach Grit. »Also lasst uns aufbrechen, bevor ich den Mut verliere.«

Eine Stunde später bewegte Kristina sich langsam durch die Menschenmassen auf dem Marktplatz, angespannt, die Blicke überall, denn zwischen den Händlern und Handwerkern, Hökern und Käufern waren auch Mönche in der Menge. Kristina wich ihnen aus, so gut es ging, während sie den Leuten heimlich ihre Flugblätter zusteckte. Sie direkt anzusprechen traute sie sich nicht.

Dann entdeckte sie Witter. Sie erhaschte nur einen flüchtigen Blick auf ihn; er befand sich auf der anderen Seite des Platzes, schien sie aber durch die Menge hindurch zu beobachten. Als er Kristinas Blick bemerkte, war er von einer Sekunde zur anderen verschwunden, als hätte er sich in Luft aufgelöst.

Ist er ein Spitzel?, fragte Kristina sich erschrocken. *Schleicht er uns hinterher?*

Sie schüttelte diesen Gedanken ab und machte weiter, brachte aber immer noch nicht den Mut auf, die Leute anzusprechen und ihnen das Flugblatt direkt in die Hand zu drücken. Stattdessen verteilte sie die Blätter weiterhin unauffällig, steckte sie in Körbe und Taschen, Türritzen und Marktkarren. Sie sah, dass die anderen das Gleiche taten. Selbst Rudolf und Grit, die Tapfersten in der Gruppe.

Kristina bekam ein schlechtes Gewissen. Wo waren ihr Mut und ihre Entschlossenheit geblieben, dass sie wie eine Diebin durch die Menge schlich? Würden die Leute die Flugblätter überhaupt lesen? Oder wurden sie achtlos zerrissen oder voller Hass verbrannt?

Dann hörte sie das Trommeln und sah, wie die Armee sich in

Bewegung setzte und das Flussufer entlang in Richtung Brücke zog. Die Marktleute eilten herbei, um das Spektakel zu beobachten. Kristina schloss sich ihnen an, als die Menschenmasse zur Brücke strömte.

Die Armee verließ Würzburg.

Lud und seine Jungen müssen auch dabei sein, dachte Kristina und reckte den Hals, um nach ihnen Ausschau zu halten. Sie empfand Mitleid mit diesen Männern, mit allen. Sie waren Opfer. Die Schlacht war eine Pflicht für sie. Die gleiche Pflicht wie für sie selbst das Austeilen der Flugblätter, nur dass sie diese Bürde freiwillig auf sich genommen hatte. Die Soldaten hingegen hatten sich nicht für den Krieg entschieden. Sie waren ausgehoben worden, zwangsverpflichtet.

Genau wie wir von Jesus verpflichtet wurden. Deshalb darf ich nicht mehr feige sein, sondern muss zu dem stehen, was ich tue.

Kristina entdeckte den Wagen von Giebelstadt in der langen Kolonne, die rumpelnd und klirrend vorüberzog, sah Lud und Dietrich, wie sie nach Süden zogen und schließlich im tiefen Schatten des Waldes verschwanden. Erst dann wurde ihr bewusst, dass sie für Lud betete.

Möge Gott mit dir sein auf deinen Wegen und dir Frieden geben.

Sie schüttelte die aufkeimende Traurigkeit ab, wandte sich um und kehrte zurück auf den geschäftigen Markt, zurück zu ihrer Aufgabe. Dort steckte sie die letzten Flugblätter in einen Mauerspalt, sodass nur noch ein Zipfel herausschaute wie der Flügel eines gefangenen Vogels. Dann machte sie sich auf die Suche nach Berthold.

Wieder meinte sie, im Gewimmel der feilschenden, lachenden und schimpfenden Menschen Witter zu entdecken, verlor ihn aber sofort wieder aus den Augen, wie schon beim ersten Mal.

Doch jetzt war sie sicher, dass er tatsächlich da war. Witter folgte ihnen. Er beobachtete sie.

Sie musste Berthold und die anderen warnen.

In diesem Augenblick geschah es. Von hinten legte sich eine

Hand auf ihre Schulter und riss sie herum. Kristina blickte erschrocken in das Gesicht eines Mönchs. Er war ein alter Mann, doch sein Gesicht wirkte seltsam kindlich und traurig zugleich, als wüsste er jetzt schon, welches grausame Schicksal Kristina erwartete. Mit einer Hand hielt er sie an der Schulter gepackt, mit der anderen hielt er eins ihrer Flugblätter in die Höhe. Die Adern auf seiner knochigen Stirn pulsierten, und sein Blick schien sich in Kristinas Inneres zu bohren.

Sie schluckte schwer, kämpfte gegen das aufsteigende Entsetzen an, das sie zu lähmen drohte.

»Weib«, sagte der Mönch streng. »Ich habe gesehen, wie du das hier in die Mauer gesteckt hast. Das ist Häresie!«

Kristina schlug das Herz bis zum Hals. Hastig hielt sie in der Menge nach den anderen Ausschau, konnte aber keinen von ihnen entdecken.

Sie war allein.

Und sie war gefasst worden.

»Ich … ich … nein, das war ich nicht«, stammelte sie.

Der Mönch fuchtelte mit dem Blatt vor ihrem Gesicht herum. »Du streitest ab, was ich mit eigenen Augen gesehen habe?«

»Ich kann doch gar nicht lesen, Vater!«, hörte sie sich lügen. »Ein Mann … er hat mir Geld gegeben, damit ich die Blätter verteile. Er sagte, es wären Angebote.«

Jetzt entdeckte sie Berthold, ein paar Schritte hinter dem Mönch. An seiner entsetzten Miene war abzulesen, dass er ihre Lage begriffen hatte. Kristina konnte sehen, dass er hin- und hergerissen war zwischen dem Wunsch, ihr zu helfen, und der Angst um sein Leben. Er stand wie erstarrt da, mit dümmlichem Ausdruck, den Mund weit aufgerissen.

Der Mönch schüttelte sie heftig. »Weißt du, wer dieses Teufelszeug gedruckt hat?«, herrschte er sie an. »Welcher Mann hat dir Geld gegeben? Zeig ihn mir, Weib!«

»Er sagte, es wären Angebote«, log Kristina erneut.

Die klauenartige Hand des Mönchs war erstaunlich kräftig.

Er ließ Kristinas Schulter los, packte ihre rechte Hand und riss sie triumphierend hoch.

»Druckerschwärze!«, rief er. »Du hast gelogen! Das hier ist Druckerschwärze!«

Die ersten Marktplatzbesucher waren aufmerksam geworden und schauten jetzt zu ihnen herüber. Kristina kam sich nackt und hilflos vor.

»Nein, ich ... ich ...«, stammelte sie.

»Verdammnis! Du kommst mit mir! Wo ist ein Magistrat?« Die letzten Worte rief der Mönch laut in die Menge.

»Nein, bitte, lasst mich gehen, Herr ...«

»Ist hier ein Magistrat? Ich brauche einen Magistraten!«

Berthold duckte sich zurück in die Menge und war verschwunden.

Kristina war allein. Gefasst. Zum Untergang verurteilt. Sie hatte geleugnet, hatte sich selbst verleugnet, ihren Glauben, ihren Herrn Jesus Christus.

Mittlerweile hatte die Menge sich ihr zugewandt, starrte auf sie und den zeternden Mönch. Mehr aus Scham als aus Angst versuchte Kristina sich loszureißen, aber der Mann war zu kräftig. Tränen schossen ihr in die Augen.

»Ich brauche einen Magistraten!«

»Hier!«, rief ein Mann. »Ich bin Magistrat!«

Voller Schrecken sah Kristina, wer sich da rücksichtslos durch die Menge wühlte und näher kam.

Das kann nicht sein, schoss es ihr durch den Kopf.

Doch es gab keinen Zweifel.

Es war Witter.

Das Gefühl von Untergang und Verderben hüllte Kristina ein wie ein dunkle, erstickende Wolke. Witter war Magistrat. Er hatte sie und die anderen die ganze Zeit ausspioniert.

Ihr Leben war vorbei.

Jetzt kam, was sie auf Erden mehr fürchtete als alles andere. Folter und Flammentod.

»Ich bin Bruder Basil, in Diensten des Fürsten Konrad von

447

Thüngen«, sagte der Mönch. »Diese Frau hier ist eine Ketzerin.«

»Nein!«, hörte Kristina sich leugnen.

Der Mönch schlug ihr so heftig ins Gesicht, dass ihr Kopf nach hinten flog.

»Eine Ketzerin?« Witter musterte Kristina mit leerem Blick, als hätte er sie nie zuvor gesehen.

Die Gaffer wichen zurück, als sie das Wort vernahmen.

Der Mönch hielt Kristina am Handgelenk gepackt wie eine Beute. Mit der anderen Hand hielt er das Flugblatt vor Witters Gesicht und fuchtelte wild damit herum. »Ganz recht, du Esel! Eine Feindin der heiligen Mutter Kirche und des Fürsten. Du hast mich gehört. Sieh her! Schau auf ihre Hände ... sie sind schwarz, voller Tinte! Und hier ist der Beweis, dieses ketzerische Flugblatt. Ich bin diesem Weib gefolgt, als sie diesen Schund, dieses Gift verteilt hat. Wenn du Verstand hättest, wüsstest du das alles. Aber wie immer liegt es an uns, den Dienern Gottes, den schwachen Verstand von Eseln wie dir vor Satan und seinen Dämonen zu beschützen!«

Noch einmal schlug der Mönch Kristina mit aller Kraft ins Gesicht. Und noch einmal. Dann packte er sie bei den Haaren und riss ihren Kopf zu sich herum. »Wer außer dir ist sonst noch hier von deiner Teufelsbande?«, fuhr er sie an. »Sprich, Frau! Du bist doch nicht allein?«

»Wer sonst hier ist? Niemand ...«

Die Augen des Mönchs waren blutunterlaufen. Hass loderte darin wie ein unheiliges Feuer. Seine Schläge waren so schmerzhaft gewesen, dass Kristinas Augen tränten. Sie zitterte am ganzen Körper, während sie fieberhaft nach Ausflüchten und Entschuldigungen suchte.

Sie spürte, wie sie von anderer Seite gepackt und aus den Klauen des Mönchs gerissen wurde. Der Mönch starrte Witter an, der Kristina jetzt an beiden Armen festhielt.

»Was soll ich mit ihr tun, ehrenwerter Vater?«, fragte Witter.

Selbst in ihrer Todesangst wurde Kristina bewusst, dass Witters Worte eigenartig waren, flehend, als meinte er gar nicht den Mönch. Ganz kurz traf sie ein sorgenvoller Blick aus seinen tief liegenden Augen.

»Wo eine Ratte ist, finden sich stets noch mehr«, sagte der Mönch verächtlich. »Bring sie zum Hof, damit sie verhört werden kann.«

»In die Zellen auf der Festung Marienberg?«, fragte Witter.

»Ich sagte zum Verhör, Dummkopf!«, fuhr der Mönch ihn an. »Wir werden sie hochnotpeinlich befragen, noch in dieser Stunde.«

35.
Witter

In der Ferne krähten die Hähne und warnten ihn, dass die Sonne aufging, sonst hätte er es nicht gewusst. Sein Fenster war verschlossen, und wenn man nicht nach draußen schauen konnte, konnte auch niemand hineinsehen.

Bei Werner Heck hatte er damals, als er sich den Täufern angeschlossen hatte, ein Zimmer bekommen, klein und sauber, aber er schlief nur selten dort. Es befand sich oben im Haus und hatte kein Fenster, doch von dort gelangte man durch den Dachboden rasch aufs Dach, falls man in Bedrängnis geriet. Zum Schein ließ Witter einen Kittel an einem Haken an der Wand hängen und zerraufte das schmale Bett und die Daunendecke.

Vor langer Zeit hatte er sich angewöhnt, heimlich unter das Dach zu schleichen und sich einen dunklen, stillen Platz zu suchen, an dem er ungestört schlafen konnte, wo keiner ihn fand und von dem niemand wusste, dass er sich dort aufhielt. Das Versteck musste Schutz bieten vor dem Wetter und zugleich einen raschen Fluchtweg über die Dächer ermöglichen.

Manchmal saß er auch auf dem Dach und beobachtete Lebewesen, die von anderen gejagt wurden, Vögel und Eichhörnchen, und staunte, dass viele von ihnen davonkamen und überlebten. Dann war ihm bewusst geworden, wie schlau diese Tiere waren, wie klug sie ihre Verstecke wählten und wo sie ihre Nester bauten, in denen sie schliefen.

Keine Universität, keine Synagoge, nichts und niemand auf der Welt lehrten solches Wissen, solche Fähigkeiten. Entkommen und ein gutes Versteck bedeuteten Leben, Entdeckung bedeutete Tod. Um sich frei zu fühlen, musste man vorbereitet sein, immerzu, jeden Augenblick. Entweder man lernte diese Lektion, oder man ging unter.

Witter schlief in seiner Kleidung, stets bereit zur Flucht. Außerdem hatte er sich angewöhnt, zuerst minutenlang still dazuliegen, wenn er wach wurde, und aufmerksam zu lauschen. Er musste hellwach sein und brauchte all seine Fähigkeiten, bevor er sich rührte. Witter war kein starker Mann, war es nie gewesen. Deshalb musste er sich auf seine scharfen Sinne und seinen Verstand verlassen.

Manchmal, im Schlaf, kamen süße Visionen, erotische Bilder aus dem Hohelied des Salomo:

Deine Augen sind wie die Teiche zu Heschbon, wie Purpur sind deine Haare, ein König liegt in den Ringeln gefangen. Wie schön du bist und wie reizend, du Liebe voller Wonnen. Wie eine Palme ist dein Wuchs, deine Brüste sind wie Trauben am Weinstock, Apfelduft sei der Duft deines Atems, dein Mund köstlicher Wein, der glatt in mich eingeht, der Lippen und Zähne mir netzt ...

Da war eine Frau. Sie hatte kein Gesicht, aber sie war schön, unbeschreiblich schön. Doch sobald Witter erwachte, war sie verschwunden. Die Vision hatte sich verflüchtigt wie Nebel an der Sonne, und nichts war geblieben außer Trauer und einem unbestimmten Gefühl der Sehnsucht.

Wer war diese Frau? Sie war nicht Bianca, seine Verlobte, die er an das Feuer verloren hatte.

Mehr als einmal hatte Witter nach einem dieser süßen Träume die Augen aufgeschlagen, im ersten Licht des Morgens, und war hochgeschreckt, weil ihm eine Ratte übers Gesicht gekrochen war. Doch ein leises Zischen genügte, und sie ergriff die Flucht.

Sicher, Ratten waren hässlich, aber sie waren auch beruhigend, denn sie versteckten sich nur dort, wo Menschen nicht hinkamen. Witter wusste, dass Ratten die Flöhe trugen, die die Pest verbreiteten, doch wie alle Kinder der Reichen und Gebildeten in Spanien war er in seiner Kindheit geimpft worden, von einem Mohren. Es war eines der vielen nützlichen Geheimnisse aus einem anderen Leben – ein Leben, das er mit niemandem teilte.

Hier in Würzburg hatte Witter zum ersten Mal Hoffnung verspürt, sein Leben könnte anders werden.

Der Grund dafür war Werner Heck. Bei ihrem ersten Zusammentreffen hatte er Witter zuerst misstrauisch beäugt, dann aber nicht schlecht gestaunt, als er dessen wunderschöne Kunstwerke sah. Es war nur eine Frage der Zeit gewesen, bis Heck seinen Argwohn abgelegt und ihn als Illustrator eingestellt hatte. Inzwischen schätzte er Witter und seine Arbeit sehr.

Heck erwies sich als ein Mann, der gern in die Zukunft schaute und der es liebte, darüber zu reden.

»Ist es nicht erstaunlich, Witter?«, sagte er einmal. »Es ist noch keine siebzig Jahre her, dass Konstantinopel gefallen ist, und doch wurden seither Millionen Bücher gedruckt – manche sagen fünf Millionen, andere reden sogar von zehn Millionen. Das sind mehr Bücher, als alle Schreiber zusammen in der Geschichte des Menschen kopiert haben.«

»Aber nur wenige Leute können lesen«, hatte Witter erwidert. »Und die meisten von ihnen sind reich.«

Er erinnerte sich an Hecks Lächeln. »Tag für Tag lernen mehr Menschen das Lesen. Nicht nur die Reichen. Uns erwarten bedeutende Veränderungen, mein Freund. Die Welt wird größer, bunter und schöner für jeden, der dazukommt, und jeder, der dazukommt, macht seinerseits die Welt größer, bunter und schöner.«

Witter hatte versucht, den Mund zu halten, denn Schweigen bedeutete Sicherheit. Er konnte nicht wissen, wie Heck reagierte, wenn er ihm verriet, was sein Vater ihn alles gelehrt hatte.

Schließlich aber hatte er doch geredet. »Trotzdem verstößt es in den Augen des Papstes und seiner Kirche gegen das Gesetz, dass jemand die Bibel liest, der nicht von der Kirche ausgebildet und zum Priester geweiht wurde.«

Heck lächelte. »Sicher, sicher! Was für eine Tragödie, wenn jeder lesen und die Heilige Schrift selbst auslegen könnte. Wenn jeder sich sein eigenes Bild von Gott machen könnte. Derartige Freiheiten würden die Autorität unserer göttlichen Herrscher zutiefst infrage stellen. Welch ein Übel!« Heck lachte, denn er liebte geistreichen Spott.

»Herr, was, wenn ich ein Spitzel bin, der ausgesandt wurde, um Euch zu enttarnen?«

»Unser Fürstbischof in Würzburg ist ein Freund der Künste, der Gelehrsamkeit und der Bildung«, hatte Heck darauf erwidert und ihm zugezwinkert. Es war ein offenes Geheimnis, dass er ein Vermögen damit machte, Bibeln für den Schwarzmarkt zu drucken.

In der Folgezeit fertigte Witter schlichte Holzschnitte an, die die Schöpfungsgeschichte und die dramatischen Geschehnisse der Genesis illustrierten – Adam und Eva, Kain und Abel, Noahs Arche, dazu zahllose fantastische Tiere und andere Kreaturen. Dabei dachte er an die legendären jüdischen Akademien von Jawne und Tiberias, Lydda und Sepphoris, an die großen Denker und ihre Werke, und lachte voller Bitterkeit über die albernen Karikaturen, die er schuf. Es fiel ihm leicht, die Darstellungen so zu übertreiben, wie Heck es wollte, damit er mehr Bücher verkaufen konnte. Nicht lange, und sein Tonkrug war halb voll mit Goldmünzen, hauptsächlich Florins und Gulden.

Witter arbeitete Tag für Tag neben Magdalena, Steiner und Bruno und wurde dabei zunehmend in Diskussionen über die wahre Bedeutung der Heiligen Schrift verwickelt, über das Gebot der Nächstenliebe, das Jesus den Menschen auferlegt hatte. Auch sie waren Reformatoren. Ketzer. Täufer, die die Kindstaufe ablehnten. Wie konnte, so argumentierten sie, ein Kind für sich selbst herausfinden, welchen Glauben es annehmen wollte?

Es erschien Witter lächerlich, ja närrisch, dass sie wegen solcher Kleinigkeiten derartige Risiken für Leib und Leben einzugehen bereit waren.

Doch die Reformatoren konnten allesamt lesen und schreiben und waren häufig im Druckergewerbe tätig. Und was immer Witter von ihren Lehren halten mochte – diese Leute boten ihm ein perfektes Versteck; schließlich mussten auch sie sich verbergen. Und alles, was sie zum Leben und Arbeiten brauchten, war an Ort und Stelle.

Und niemand würde hier einen Juden erwarten, nicht außerhalb des Würzburger Aschkenasenviertels, in dem Jiddisch gesprochen wurde, eine Sprache, die Witter zwar beherrschte, aber niemals sprach. Denn ganz gleich, wie sehr er sich nach seinen Glaubensbrüdern sehnte, nach seinem Blut – seine Angst vor der Inquisition und dem unausweichlichen Tod war größer.

Und was Werner Heck betraf – er war nicht nur ein tüchtiger Kaufmann, sondern auch ein Gelehrter, aufgeschlossen gegenüber aufregenden neuen Ideen. Er besaß Geld und Einfluss und hatte mächtige Freunde. Selbst das Bistum ließ bei Heck seine Schriften drucken.

Also gab Witter vor zu sein, was sie von ihm erwarteten, und wurde willkommen geheißen und aufgenommen. Es fiel ihm leicht, seine Rolle zu spielen, denn Worte bedeuteten ihm nichts. Aber hier war er sicher und behütet.

Und erst die Bequemlichkeiten, die es hier gab! Heck liebte gutes Essen und warme, saubere Quartiere. Und alle arbeiteten zusammen, um ihre unglaublichen Gewinne zu erwirtschaften, die sie untereinander teilten, sodass sie ihr Leben im Überfluss weiterführen konnten. Es gab Daunenbetten, Zuckerwerk, Honig, Gewürze, gebrannte Mandeln, Wein, heiße Bäder. Es war nicht das asketische Leben seines Elternhauses, in dem Witter aufgewachsen war. Es war ein Leben wie ein Fürst.

Um zu unterstreichen, dass er kein Spitzel war, sprach er all ihre Gebete, was ein gläubiger Jude niemals getan hätte. Innerlich blieb er für sich und auf Abstand. Die jüngere Gruppe, die im Schuppen am Fluss arbeitete, würde nach Mainz gehen, deshalb schloss Witter keine Freundschaften mit ihnen, insbesondere nicht mit den Frauen. Er war sicher, dass sie geradewegs in den Untergang zogen, und er hatte seinen eigenen Glaubensbrüdern nicht den Rücken zugewandt, um nun für diese hier einzustehen.

Außerdem ärgerte es ihn, dass diese Eiferer sein neues, behagliches Leben gefährdeten. Wenn sie hier in Würzburg gefasst wurden, war alles vorbei. Er wäre wieder auf der Flucht.

Das Gebet zu seinem Gott war Witters einziger wirklicher Trost. Er betete dreimal am Tag. Denn wenn Jahwe ihm verzieh, dass er ein so schwacher Mensch war, und wenn er den Rest seines Lebens verbrachte, ohne seinen Gott erneut zu verleugnen, gab es vielleicht einen Weg, wieder eins mit sich selbst zu werden und im Reinen zu sein mit seinem Gott.

Vielleicht, überlegte er, *legt mein Vater ein Wort für mich ein.*

Gott spielte mit ihm wie mit einer Marionette. Ließ ihn zu seiner Belustigung tanzen. Witter erinnerte sich noch gut daran, wie er in Müllhaufen nach halb verrottetem Essen gesucht hatte. Wie er mit Steinen Hunde getötet und unter Brücken oder in überwucherten Gräben geschlafen hatte. Wie er Hühner gestohlen und den Narren gespielt hatte, um zu überleben.

Er wollte nicht zurück in dieses Leben, nie wieder. Und jetzt war diese Gruppe von Täufern aus Kunwald aufgetaucht, und irgendetwas war geschehen. Etwas, das er nicht erwartet, nicht gewollt hatte, das er aber nicht aufhalten konnte, so sehr er es auch wünschte. Es machte ihm Angst.

Witter hatte sich bisher stets an die eine einzige unumstößliche Überlebensregel gehalten – eine fundamentale Regel, die ihn jedes Mal hatte davonkommen lassen: *Entwickle keine tiefen Gefühle für deine Mitmenschen.* Er ließ nicht zu, dass Fremde weiter in sein Leben traten, als unumgänglich war. Er erlaubte sich nicht, irgendjemanden zu sehr zu mögen. Er gab seiner Einsamkeit nicht nach, und auch nicht seinem Hunger nach einem anderen Menschen, dem er sich anvertrauen konnte.

Intimität war verboten, denn der Preis war Entdeckung. Kein Mensch konnte wirklich den Mund halten. Was immer die Leute erzählten – Witter schenkte ihnen ein Lächeln und die zu den jeweiligen Umständen passenden Worte. Er verriet nichts, was anderen auch nur den kleinsten Hinweis hätte geben können, wer oder was er war, was er fühlte, woran er glaubte.

Doch irgendetwas in seinem Innern entwickelte sich in eine andere Richtung. Er hatte keine Erklärung dafür, weshalb sich mit einem Mal all seine Vorsätze zu verändern schienen, warum er sich orientierungslos fühlte. Doch was immer es war, er musste dagegen ankämpfen, musste es zurückdrängen, unter Kontrolle halten. Es fühlte sich an, als stünde er auf einer hohen Klippe. *Dir gefällt es zu gut bei Heck*, überlegte er. *Das ist gefährlich.* Ja. Es war gefährlich. Auf der anderen Seite war er zu erschöpft, zu müde im Herzen, um irgendwo anders noch einmal neu anzufangen und sich dabei einzureden, dass diesmal alles besser würde. Hier hatte er sein Klagezimmer, seine Gebete und seinen Blick auf die Juden und ihr buntes Treiben.

Und das war der Grund dafür, dass Witter sich umso mehr über die Täufer aus Kunwald ärgerte. Sie führten etwas Verrücktes im Schilde, er wusste es genau. Er arbeitete mit ihnen zusammen; er lauschte, wie sie beteten, horchte auf Hinweise, was sie vorhatten. Waren sie wirklich bereit, ihr Leben wegzuwerfen?

Doch als er dann einer von ihnen, Kristina, beim Beten lauschte, klangen ihre Worte so ernsthaft und aufrichtig wie die inbrünstigen Gebete seines Vaters. Sie betete um Vergebung für alle, sogar für jene, von denen sie verfolgt wurden und die keine Hilfe verdienten.

In der Folgezeit war Witter dieser neuen Gruppe von Täufern aus Kunwald immer näher gerückt. Er hörte ihnen zu, wenn sie davon träumten, die Welt zu bekehren und sie durch Liebe zu erretten.

Irgendwann wurde Witter bewusst, dass Frieda, die blonde Frau, die ihren Mann in der Schlacht verloren hatte, ihn beobachtete.

Einmal, als er ihr allein im Flur begegnete, blickte sie ihm in die Augen und sprach ihn an. »Du bist nicht wie die anderen.«

»Nein?«, erwiderte er angespannt. Er wusste nicht, was sie meinte.

»Nein. Du bist klüger. Das sehe ich. Und ich weiß, dass du mich beobachtest, wenn du glaubst, ich sehe es nicht.«

»Wenn ich dir zu nahe getreten bin, verzeih mir.«

»Wenn du mich fragen würdest, ob ich dich heiraten möchte, ob du mich zur Frau nehmen und für mich sorgen darfst, dann könntest du mich haben. Ist es nicht das, was du willst?«

»Ich … aber …«, stammelte er. »Bist du denn nicht in Trauer?«

»Ott ist tot. Und du weißt so gut wie ich, dass die anderen nicht mehr lange leben. Sie stürzen sich in den Tod wie Motten in Kerzenflammen. Du aber bist zu klug dafür. Du schützt dich und tust trotzdem Gutes.«

Er blickte Frieda erstaunt an. Er hatte sie für eine prüde und verängstigte junge Frau gehalten, und nun stand sie vor ihm und bot sich ihm mit geradezu atemberaubender Kühnheit an. Er musste sie loswerden, koste es, was es wolle. Witter erkannte, dass sie ihre Schönheit ihr Leben lang als Werkzeug benutzt hatte, als Waffe – sie gehörte zu den Frauen, die sich auf die Schwächen der Männer stürzten. Frauen wie sie wandten sich gegen jeden, der sie abwies.

Witter suchte fieberhaft nach einer Ausrede, einer Entschuldigung, die sie verstehen konnte, während er vor ihr zurückwich.

»Bin ich denn nicht hübsch? Hast du Angst vor mir?«, fragte sie.

»Du bist sehr hübsch und sehr gescheit, Frieda, aber ich habe mein Leben Christus geschenkt.« Und mit dieser Lüge drängte er sich hastig an ihr vorbei.

Er wusste, dass er gehen sollte, bevor etwas geschah, von dem es kein Zurück mehr gab. Dass er diese Stadt und dieses reiche Leben hinter sich lassen sollte, weil es ohnehin bald zu Ende war. Denn es gab nicht den geringsten Zweifel: Kristina und die anderen Täufer würden schon bald eine Dummheit begehen, irgendetwas Törichtes …

Und genau das taten sie nun.

Witter hatte sie belauscht, in ihrem Schuppen unten am Fluss, den halben Morgen hindurch, hatte ihrem Gebet zugehört. Dann sah er, wie sie aufbrachen, und folgte ihnen in sicherem Abstand. Ihm war übel vor Angst und Aufregung, doch er grinste sein leeres, dümmliches Grinsen, sein öffentliches Grinsen, während die Gruppe der Täufer den Marktplatz erreichte und in sämtliche Richtungen ausschwärmte, um ihre Flugblätter zu verteilen und zu verstecken.

Er beobachtete sie, mitten auf dem betriebsamen Würzburger Marktplatz, und kämpfte mit sich. Er konnte nicht allen gleichzeitig folgen, musste sich für einen entscheiden. Seine Wahl fiel auf die junge Frau, Kristina. Das war einfach, denn ihre Gebete hatten ihn beeindruckt, und er mochte sie. Mochte sie sehr.

Warum nur? Warum ausgerechnet Kristina? Er hatte in den vergangenen Jahren viele Frauen gesehen, hatte es aber nie gewagt, sich mit einer von ihnen einzulassen. Warum also konnte sie ihn in Versuchung bringen? Weil es ihm Freude bereitete, sie zu beobachten? Weil er Angst hatte vor ihr, obwohl er sich zur gleichen Zeit über sie ärgerte? War sie so sehr wie Bianca, seine Verlobte, die er vor so vielen Jahren in Spanien verloren hatte?

Nein, irgendwie spürte er, dass mehr dahintersteckte.

Das alles verwirrte ihn, machte ihn wütend und jagte ihm Angst ein.

Und sorgte dafür, dass er seine alte, zuverlässige Feigheit vergaß.

»Ist hier ein Magistrat?«, rief der kleine Mönch mit dem Kindergesicht und der hohen, durchdringenden Stimme. »Ich brauche einen Magistraten!«

Witter zögerte einen Moment. Er war wütend. Dieses Mädchen hatte sich von einem Mönch schnappen lassen! Der Kerl konnte sie foltern, konnte alles über ihn, Witter, über Werner Heck und die anderen aus ihr herausholen. Witter hatte Angst, der Mönch könnte ihn wiedererkennen, war hin- und hergerissen zwischen Zorn und Furcht. Der christliche und der jüdische Fluch mischten sich zu einem leisen Ausruf: »Verdammt. *Nim'as li.* Gottverdammt.«

Einen Augenblick überlegte er, den Narren zu spielen, herumzuhüpfen, zu kichern und Kapriolen zu schlagen, um den Mönch abzulenken. Doch ihm wurde rasch klar, dass das nicht reichte, nicht in diesem Fall.

Also setzte er sich in Bewegung, rempelte und stieß sich einen Weg durch die Menge. Die Leute hatten sich abgewandt, starrten auf den Mönch und das Mädchen, deshalb war es einfach, sich Bahn zu brechen wie die rücksichtslosen Schläger, die alle Magistrate letztendlich waren.

»Hier!«, rief Witter, wobei er die Leute beiseitestieß und prahlerisch auf den kleinen Mönch und Kristina zu stolzierte. »Ich bin Magistrat!«

36.
Kristina

$\mathcal{N}$achdem der Mönch verlangt hatte, sie zum Hof zu bringen, um sie dort unter der Folter zu befragen, verkündete Witter: »Nein. Ich selbst nehme sie kraft meines Amtes als Magistrat in Gewahrsam. Ihr könnt sie in der Kirche nicht mit den erforderlichen Druckmitteln befragen, weil einige Foltern verboten sind.«

Der Mönch wirkte unentschlossen, während Kristina der Atem stockte. Sie zitterte am ganzen Körper angesichts der Aussicht auf unvorstellbare Qualen noch in der nächsten Stunde.

In diesem Moment näherte sich ein weiterer Mann.

»Wer hat hier nach einem Magistraten gerufen?«, fragte er lautstark.

Alles drehte sich nach ihm um.

Er kam heran, kettenrasselnd, hager, mit dichtem schwarzem Bart. Über seinen breiten Schultern baumelte eine Kette mit Hand- und Fußeisen.

»Das war ich, im Namen der Kirche und Fürst Konrads von Thüngen«, antwortete der Mönch. »Ich bin Bruder Basil.«

Der große, düstere Mann mit der Kette starrte Witter an. »Und wer bist du?«

»Er ist ebenfalls Magistrat«, sagte der Mönch. »Oder nicht?«

Der Riese mit den Ketten rieb sich das rote Gesicht. »Nicht, dass ich wüsste, Vater. Wie heißt du, Mann, und von welcher Wache kommst du?«

»Welcher Wache?«, fragte Witter und schaute verwirrt drein.

»Deine Stadtwache, Mann! Dein Posten! Spuck's schon aus!«

»Er ist kein Magistrat«, sagte der Mönch plötzlich. »Er lügt!«

Er hatte kaum ausgesprochen, als Witter Kristinas Hand losließ und sie in die gaffende Menge stieß.

»Lauf!«, rief er. »Lauf so schnell du kannst!«

»Ketzer!«, kreischte der alte Mönch. »*Ketzer!*«

Die Hölle brach los.

Witter stürmte durch die Menge davon, und Kristina folgte ihm. Hastig drehte er sich zu ihr um, versuchte sie bei der Hand zu nehmen, doch irgendjemand schlug nach ihm, und er ließ Kristina los und flüchtete weiter.

»Halt!« Der Mönch und der bärtige Magistrat mit den Ketten nahmen die Verfolgung auf. »Haltet sie fest!«, keifte der Mönch.

Kristina rannte zwischen den wie betäubt dastehenden Menschen hindurch. Hände streckten sich nach ihr aus, wollten sie packen. Jemand bekam ihren Umhang zu fassen, zerriss ihn, wirbelte sie herum, doch sie duckte sich weg. Ein Korb fiel um, Äpfel rollten über den Boden. Kristina trat auf eine der Früchte, verlor das Gleichgewicht und stolperte gegen die Wand aus Leibern.

Dann spürte sie, wie jemand ihre Hand packte und sie mit sich zog. Wieder war es Witter. Ein Stück voraus erblickte Kristina den fliehenden Rudolf, der den Kopf verdrehte, um mit dem gesunden Auge nach hinten zu blicken.

Dann sah sie Grit und Simon. Grit bewegte sich schnell wie ein Reh, doch Simon war steif, hielt sich das Bein und humpelte schlimmer als je zuvor. Er ächzte, stöhnte und bewegte sich ruckartig. Erst jetzt entdeckte Kristina eine frische Wunde an seinem gesunden Bein.

»Lauft!«, schrie sie den anderen zu.

»Verfluchte Ketzerbande! Bleibt stehen!«, brüllte der bärtige Magistrat.

Berthold war nirgendwo zu sehen.

Bei einem gehetzten Blick nach hinten sah Kristina, wie Rudolf plötzlich stehen blieb, sich umdrehte und den kleinen Mönch mit einem gezielten Hieb ins Gesicht zu Boden schickte. Dann rannte er zusammen mit Grit und Simon weiter. Auch Berthold tauchte plötzlich auf. Er kam aus einer Gasse hervor, in der er sich versteckt hatte, und schloss sich ihnen an.

Hinter ihnen waren Rufe und Schreie zu hören, als die Marktbesucher aus ihrer Starre erwachten.

Sie rannten nun alle in dieselbe Richtung. Witter zog Kristina hinter sich her in eine schmale Gasse, dann durch drei weitere Seitengassen, wobei es jedes Mal um eine scharfe Biegung ging, und schließlich hinter eine Steinmauer und hinunter zu einem der wenigen Abwasserkanäle der Stadt.

Die anderen folgten ihnen in das Halbdunkel. Es stank bestialisch, und ihr Keuchen und Ächzen waren die einzigen Geräusche, als sie in der widerlichen Brühe verharrten.

Kristina sah, dass nur noch Grit ihren Korb mit den Flugblättern bei sich trug. Alle anderen hatten ihre Körbe auf der Flucht fallen lassen.

Von der Straße über ihnen erklangen Rufe, doch sie waren nicht mehr so bedrohlich nah wie zuvor.

»Mein Gott«, stieß Rudolf gedämpft hervor, während er keuchend nach Luft rang.

»O Herr, erleuchte jene, die uns Übel wollen. Sind wir denn nicht guten Glaubens?«, betete Berthold schluchzend. »Sind wir nicht …«

»Still!«, zischte Witter.

Sie kauerten sich stumm aneinander und starrten in die Dunkelheit, Kristina halb in Rudolfs Armen, schwer atmend, die Füße im Abwasser.

Berthold übergab sich, während die Geräusche oben sich weiter und weiter entfernten.

Sie waren noch einmal davongekommen.

37.
Witter

ᴅie unbefestigten Straßen um die Druckerei herum waren nachts leer und verlassen. Nur wenige Menschen wohnten hier, abgesehen von Stadtstreichern, die versuchten, unsichtbar zu bleiben.

Witter kauerte auf dem niedrigen Dach und beobachtete, wie unten auf der Straße eine hellbraune, bis auf die Knochen abgemagerte Hündin entlang der Abwasserrinne schnüffelte. Hinter ihr hoppelten ihre unbeholfenen Welpen. Witter nahm den Blick von den Tieren, schaute hinaus über die anderen Dächer und lauschte, wobei er jedes Geräusch einzuordnen versuchte, ständig bereit zur Flucht.

Wo immer er sich befand, Witter hatte stets ein genaues Bild seiner Umgebung im Kopf, eine geistige Karte mit möglichen Fluchtwegen. Es war jedes Mal das Gleiche, in jeder neuen Stadt, jedem Dorf, selbst beim Lagern auf dem Lande oder beim Durchqueren eines Flusses. Immer hatte er den schnellsten Fluchtweg oder die beste Möglichkeit im Auge, sich zu verstecken.

Manchmal reichte es schon, wenn er Kinder beim Spielen beobachtete, oder Ratten, oder Eichhörnchen. Diese Angewohnheit hatte ihn viele Male gerettet. Nun beobachtete er die Hündin und ihre hungrigen Welpen, wie sie durch eine Lücke in der Mauer verschwanden, sah das Gestrüpp, das dort wucherte, und prägte sich die Stelle ein.

Witter fühlte sich einsam. Irgendwo dort unten in der Stadt war Kristina, und ganz gleich, wie sehr er gegen das Gefühl ankämpfte oder es zu unterdrücken versuchte – sie war ihm nicht gleichgültig.

Die nächtlichen Schatten wurden tiefer. Weiter unten am Fluss sah alles aus wie immer. Handwerker, Händler und Tagelöhner kamen von der Arbeit, und in der Luft hing der Geruch von kochendem Gemüse und bratendem Fleisch. Hier und da waren die schrillen Schreie von Tieren zu hören, die geschlachtet wurden, das Bellen von Hunden, das fröhliche Kreischen von Kindern, das Lachen und Fluchen von Männern, die eine lange Nacht beim Bier verbringen würden.

Es gab nichts, weswegen man sich ängstigen musste. Niemand war ihnen gefolgt, als sie bei Einbruch der Dunkelheit aus dem Abwasserkanal hinauf zur Gasse geklettert waren. Sie hatten den Pöbel abgehängt, schon auf der anderen Seite des Marktplatzes.

Witter stieg zur Dachkante hinunter, sprang von dort auf die Straße und huschte in Richtung des Flusses. Er war ein Meister, wenn es darum ging, zu klettern, zu schleichen, zu kriechen und sich nahezu geräuschlos zu bewegen, doch die anderen konnten ihm kaum folgen. Für Witter war es eine Qual, ja unerträglich, sich so langsam zu bewegen wie die unbeholfenen Täufer.

Und wenn sie gefasst werden?

Wenn sie gefasst wurden, würde er fliehen. An jeder Biegung, jeder Abzweigung ließ Witter den Blick über die Mauern, die Hausfassaden und in die Seitengassen schweifen, bevor er seinen Weg fortsetzte.

*

Alle, ohne Ausnahme, waren zum Schuppen am Fluss zurückgekommen. Verängstigt, atemlos, erschöpft. Witter spürte Erleichterung. Dann jedoch begannen sie zu streiten – wer trug die Schuld an dem Fehlschlag? Wer hatte nicht aufgepasst? –, und seine Erleichterung wich Unglauben. *Warum geraten diese Leute ständig aneinander, wo sie sich doch so sehr der Nächstenliebe verschrieben haben?*, dachte er und schüttelte den Kopf. Nur Kristina beteiligte sich nicht. Stattdessen dankte sie Witter, dass er ihr das Leben gerettet hatte.

»Verzeih mir«, fügte sie hinzu.

»Für was? *Ich* war der Narr, der versucht hat, eine von euch zu retten, und der dabei das Leben aller aufs Spiel gesetzt hat.«

»Nein. Verzeih mir, dass ich geglaubt habe, du wärst ein Spitzel, ein Magistrat.«

Witter lächelte. »Das verzeihe ich dir gern.«

Kristina erwiderte das Lächeln. »Gott segne dich für deinen Mut.«

Witter schaute in ihr junges Gesicht, das gerötet war von den Ohrfeigen des Mönchs und vom Weinen. Ihre Kleidung und ihr dunkles Haar starrten vor Schmutz. Witter ließ den Blick über die anderen schweifen. die in einem genauso erbärmlichen Zustand waren wie Kristina und sich stritten, während andere sich in mürrisches Schweigen hüllten.

Witter wandte sich wieder Kristina zu. »Ich hoffe, das war dir eine Lehre.«

»Ja«, antwortete sie leise. »Wir müssen einen besseren Weg finden.«

»Ihr habt es versucht. Lasst es gut sein. Gebt auf.«

Kristina schüttelte den Kopf. »Niemals. Wir haben gerade erst angefangen.«

An ihrer Miene und ihrem Tonfall erkannte Witter, dass sie es ernst meinte. Er spürte, wie sich kalte Angst in ihm regte. Er sollte zusehen, dass er von hier wegkam, so schnell es ging. Weg von der Katastrophe, die früher oder später über sie alle kommen würde.

Wieder ließ er den Blick über die Täufer schweifen. Er fragte sich, weshalb er überhaupt noch hier war. Warum tat er das alles? Wollte er sich selbst beweisen, dass er noch Gefühle hatte? Dass er noch lebte? Hatte die Einsamkeit ihn eingeholt und schickte sich nun an, ihn zu verrichten?

Er bedachte Kristina mit einem mitleidigen Blick.

»Was schaust du mich so an?«, fragte sie.

»Warum seid ihr alle so fest entschlossen, in den Tod zu gehen?«

Berthold trat hinzu und zog Kristina von ihm weg. »Bruder Witter, wir danken dir für deine Hilfe, aber versuche nicht, uns von unserer gerechten und notwendigen Mission abzubringen.«

465

»Habt ihr eine Ahnung, wie viele Menschen in wie vielen Ländern sich nach dem sehnen, was ihr habt?«, entgegnete Witter mit aufkeimendem Zorn.

»Wir haben nichts außer Jesus Christus«, antwortete Berthold. »In seinem Namen nehmen wir die Gefahren von Folter und Tod auf uns. Um seines Gebotes der Nächstenliebe willen. Bist du mit uns oder gegen uns, Bruder Witter?«

»Alle Menschen fliehen den Tod, ihr aber lauft ihm entgegen, heißt ihn sogar willkommen!«, stieß Witter hervor und spuckte vor ihm aus.

Berthold wich einen Schritt zurück und starrte ihn verwirrt an. Die anderen schwiegen schockiert.

»So«, sagte Witter. »Jetzt wisst ihr, was ich von eurer Gleichgültigkeit gegenüber dem Tod halte!«

Er stand zitternd da. Sein Verhalten, seine Worte waren untypisch für sein gesamtes bisheriges Leben, für alles, was er je getan und gesagt hatte. Zugleich war ihm bewusst, dass die Täufer bloß harmlose Ziele für seinen aufgestauten Zorn waren. Witter verspürte die altbekannte Selbstverachtung und das vertraute Gefühl, ein Narr zu sein, mit dümmlichem Lächeln und verzagtem Herzen.

»Das war sehr unhöflich, Bruder«, sagte Rudolf. »Entschuldige dich.« Er blickte Witter herausfordernd an. Böse. Kampfbereit.

Witter machte einen Schritt zurück. Das Herz schlug ihm bis zum Hals.

»Lass ihn«, ging Kristina dazwischen. »Bitte, Rudolf.«

Sie ergriff Witters Hand. Er wusste warum: aus Mitgefühl. Er sah es in ihren Augen. Die Berührung ihrer warmen Finger ließ Witter die Hand zurückziehen, als hätte er sich verbrannt. Er spürte, wie das leere Grinsen sich auf sein Gesicht legte wie eine Maske.

Plötzlich wollte er nur noch eins: davonrennen.

»Wir sind Brüder und Schwestern«, sagte Kristina. »Sollten wir unsere Ängste nicht genauso teilen wie unsere Liebe und

Barmherzigkeit? Was ist unser Glaube wert, wenn wir nicht *alles* teilen, auch Leid, Zorn und Furcht?«

»Hört zu«, sagte Witter drängend. »Nehmt Vernunft an! Ihr könnt nicht länger hierbleiben!«

»Aber hier ist unser Zuhause«, widersprach Berthold. »Wir haben kein anderes.«

»Sollten wir nicht lieber fliehen und an einem anderen Tag, an einem anderen Ort kämpfen?«, schlug Rudolf vor.

»Ja, hört auf ihn!«, sagte Witter und blickte die anderen eindringlich an. »Geht hinunter zum Fluss, schlaft am Ufer, dort gibt es viel schützendes Gestrüpp. Seid bereit, jederzeit zu fliehen. Ich kenne diese Leute. Sie vergessen nicht. Es mag eine Weile dauern, aber sie werden euch finden, wenn ihr bleibt.«

»Und wohin sollen wir gehen?«, fragte Berthold. »Es ist offensichtlich, dass wir *hier* gebraucht werden.«

»Lasst uns abstimmen«, sagte Kristina.

»Nein! Hör mir zu, Kristina«, widersprach Witter, blickte in ihre Augen und entdeckte darin, was er suchte und brauchte: Leben, Liebe, Kraft und eine Güte, die er nicht mit Worten zu beschreiben vermochte. Doch weil er wusste, dass dieses Mädchen todgeweiht war, zwang er sich, den Blick abzuwenden.

»Wenn ihr hier bleibt, werdet ihr sterben«, sagte er leise. »Doch bevor ihr sterbt, werdet ihr unvorstellbare Grausamkeiten erleiden und euren Tod herbeisehnen.«

Er ließ den Blick ein letztes Mal über die kleine Gruppe schweifen, die ihn schweigend anstarrte.

Zur Hölle mit euch allen.

Und mit diesem Gedanken wandte er sich um, verließ den Schuppen und verschwand in der Nacht. Er trug sein dümmliches Grinsen zur Schau, als er die Stadt durchquerte, über Rinnsteine sprang, einer Schlägerei auswich und im Dreck ausrutschte.

Er war müde, unendlich müde, und er war es leid, davonzulaufen.

Schließlich gelangte er in die Gegend von Werner Hecks

Stadthaus. Als er die Schreie hörte und Steiner, Bruno und Magdalena erblickte, die auf der Straße knieten, von Magistraten umzingelt, verflog seine Müdigkeit schlagartig. Die Magistrate hielten Fackeln in Händen, deren flackerndes Licht auf den Gesichtern der Gefangenen tanzte und ihr ganzes Elend und Unglück offenbarte.

Dann sah Witter den kleinen Mönch vom Marktplatz und einen weiteren Mann in vornehmer Kleidung, mit einem Schwert und einem Dolch in einer roten Samtschärpe. Er sah aus wie ein Ritter, doch sein Umhang war viel kostbarer, als ein Ritter sich jemals hätte leisten können. Der Mann war offensichtlich zu Pferde hergekommen, denn neben ihm stand ein edler Schimmel mit kostbarem Sattel und Zaumzeug.

In diesem Moment erkannte Witter den Mann. Es war Fürst Konrad von Thüngen, Berater des Fürstbischofs Lorenz. Konrad beobachtete die Szene mit verzerrtem, beinahe angewidertem Lächeln, als wäre er Zeuge eines geschmacklosen Scherzes. Als er sich an den kleinen Mönch wandte, verneigte der sich tief. Dabei hielt Konrad sich ein weißes Tuch vor die Nase, denn der alte Bruno hatte sich offenbar vor Angst eingenässt.

Dann sah Witter, wie Werner Heck an einer Kette auf die Straße gezerrt wurde. Die Kette endete in einer eisernen Manschette um Hecks Hals. Verzweifelt versuchte er, sie mit beiden Händen von seiner Kehle fernzuhalten, damit sie ihn nicht strangulierte. Hecks rotes Samtwams war zerrissen. Er schluchzte und flehte Konrad an, der in sichtlichem Abscheu einen Schritt zurücktrat und verneinend den Kopf schüttelte. Aus Hecks gebrochener Nase strömte dunkles Blut.

Durch die Fenster von Hecks Haus flogen Bücher auf die Straße, flatternd wie Vögel mit gebrochenen Flügeln, und bildeten einen immer größeren Haufen.

Witter verspürte nur noch Angst, panische Angst. Sie brandete in ihm hoch wie eine gewaltige Flutwelle, die alles andere erstickte.

Wirst du schon wieder davonrennen, Sohn? Wirst du bis ans

Ende deiner Tage die Flucht ergreifen?, fragte ihn die Stimme seines toten Vaters.

Witter wich zurück in die Schatten der Gasse, an deren Ende er gestanden hatte, huschte davon wie eine Eidechse, bewegte sich schnell und lautlos wie ein Schemen an der Mauer entlang.

Und dann rannte er.

38.
Konrad

$\mathcal{A}$m Morgen dieses Tages war Konrad in den Stallungen gewesen und hatte seinem Hengst Sieger beim Besteigen einer edlen Stute geholfen. Es war eine besondere Belohnung für sein Reittier gewesen und ein wunderbares Beispiel für Gottes majestätisches Geschenk des Lebens. Die Stallburschen hatten die Stute angeschirrt, um sicherzustellen, dass sie Sieger bei ihren verängstigten Versuchen, sich zu wehren, nicht verletzte. Sie war in der Rosse, doch sie hatte noch kein Fohlen gehabt. Konrad hatte Siegers Flanken gestreichelt, dann seine inneren Oberschenkel, um den Hengst zu ermutigen. Schließlich war Sieger aufgestiegen, und Konrad war zurückgetreten und hatte voll verzückter Bewunderung zugeschaut, wie der Hengst seine sinnliche Kraft entfaltete.

Jetzt war er an einem ganz anderen Ort. Kein Ort der Schönheit, sondern der Abscheulichkeit.

Er ging auf und ab, Flugblätter in den Händen.

»Euer Gnaden«, sagte Basil, der Mönch. »Eure Anwesenheit ist nicht erforderlich. Dies ist ein hässlicher Ort, und wir tun, was getan werden muss.«

»Ich bin stark genug, um meinem Gott zu dienen«, entgegnete Konrad.

»Ich ... verzeiht, Herr. Ich wollte Euch nicht zu nahe treten.«

»Dann fahre fort.«

Wieder und wieder, wie um sich selbst abzuhärten, las er die primitiv gedruckten Flugblätter, welche die Kirche anprangerten. Hässliches, halb ausgegorenes Gerede von halb gebildeten Leuten, die nichts wussten vom Gewicht der heiligen Pflichten. Sie waren der lebende und schockierende Beweis dafür, dass man längst nicht jedem erlauben durfte, lesen zu lernen, geschweige denn zu schreiben.

Von Zeit zu Zeit wurde Konrad durch einen wilden Ausbruch von Schmerzensschreien aus seinen Gedanken gerissen.

»Er ist schon wieder bewusstlos geworden, Euer Gnaden.«

»Offensichtlich hilft ihm der Teufel dabei, uns auszuweichen. Nimm das ins Vernehmungsprotokoll auf. Und dann schüttet ihm Essig in die Nase. Weckt ihn auf!«

Hier unten, im Verlies tief unter dem Gerichtsgebäude, war es kühl und dunkel bis auf die Kerzen auf dem Tisch, an dem die Mönche saßen und pflichtgemäß das Geständnis des Werner Heck niederschrieben.

Bruder Basils kleines, jungenhaftes Gesicht war auf einer Seite verbunden, wo der Faustschlag des Ketzers ihn getroffen hatte. Nuschelnd von der Schwellung hatte der Mönch brav die Werkzeuge der Wahrheitsfindung gesegnet und dafür gebetet, dass die Tatsachen ans Licht kamen, damit Werner Hecks Seele von der ewigen Verdammnis errettet werden konnte.

»Werner Heck, wir wissen seit einiger Zeit, dass du selbst gedruckte Bibeln an gewisse Individuen verkauft hast. Nun ist uns zu Ohren gekommen, dass du Umgang mit Ketzern hast. Es ist tragisch, dass du uns zu diesen drastischen Maßnahmen zwingst und uns der Bürde unserer heiligen Pflicht gegenüber dem Glauben unterwirfst. Es ist deine Schuld, dass wir uns selbst beflecken, indem wir das tun, was du durch dein sündhaftes Handeln unumgänglich gemacht hast. Dies geschieht, um deine Seele zu retten. Wir tragen diese Bürde trotz unserer sanftmütigen Natur.«

»Mach schneller«, sagte Konrad.

»Werner Heck«, fuhr Bruder Basil fort. »Nur die Wahrheit kann zu einem raschen Abschluss dieses Verhörs führen. Wir beten zu Gott, dass er dir vergeben möge. Wir müssen dich mit den Qualen bekannt machen, die du für alle Ewigkeit erleiden wirst, solltest du nicht hier und jetzt auf den rechten Weg zu Gott unserem Herrn zurückkehren.«

Zu beiden Seiten Basils saßen zwei jüngere Diener der Kirche, Männer, die ihr Leben der Aufgabe verschrieben hatten, den Glauben zu bewahren. Sie verhörten Heck, und wenn Hecks Antworten ausweichend waren, ungenau oder unzureichend, ergriffen die vier Magistrate die erforderlichen Maßnahmen der Überredung und Aufmunterung.

Heck lag in Ketten am Boden, nackt und mit ausgestreckten Gliedmaßen. Er erzitterte jedes Mal, wenn die Eisen zur Anwendung kamen. Eine Zeit lang ertrug er die Qualen tapfer. Dann verlangte er, dass der Fürstbischof über seine Verhaftung in Kenntnis gesetzt wurde.

»Spenden an die Kirche und einträgliche Druckaufträge vonseiten der Kirche entschuldigen in keiner Weise deine Verfehlungen«, erwiderte Konrad. »Dies ist eine Anklage, Werner Heck, und wenn die Beweise gesichert sind, wirst du in der Tat vor den Fürstbischof treten – wenn es Zeit ist, das Urteil über dich zu sprechen.«

Danach kamen nacheinander in der vielversprechendsten Reihenfolge die anderen Instrumente zum Einsatz.

Heck stellte keine Forderungen mehr. Stattdessen zappelte er mit den Füßen, heulte, schrie, weinte. Als er schließlich zerbrach, wie alle irgendwann unter der Folter zerbrachen, sprudelten die Antworten so schnell aus ihm hervor, dass die Schreiber kaum mithalten konnten.

Einige Zeit später gab es nichts mehr, das niederzuschreiben sich gelohnt hätte.

»Dann lasst uns einmal sehen, was wir haben«, sagte Bruder Basil. »Erstens, Verbrechen gegen die Kirche. Du sagst, du lehrst die Menschen das Lesen, Heck, und du ermutigst den Pöbel, sogar die Heilige Schrift zu lesen ... das sind sehr ernste Vergehen. Du sagst, es wäre eure feste Überzeugung, dass jeder Mensch sein eigener Priester sein könne, der die Bibel für sich auslegen kann. Das ist eine sträfliche Gotteslästerung! Du sagst, deine so genannte Unitas Fratrum, die Böhmischen Brüder, wäre die erste Kirche des Friedens. Des *Friedens?* Obwohl einer deiner Ketzer mich auf brutalste Weise angegriffen hat?«

Bruder Basil hielt inne und leckte sich die aufgeplatzte Lippe. Konrad beobachtete ihn und jubelte innerlich, dass der Mönch einen Schlag ins Gesicht bekommen hatte.

»Eure so genannte Kirche wurde vor ungefähr sechzig Jahren gegründet«, fuhr Bruder Basil fort. »Von einem eigennützigen Prediger mit Namen Peter von Cheltschitz. Wir wissen Bescheid über ihn. Dieser selbstgefällige Ketzer und seine törichten Anhänger verleugneten Kirche und Obrigkeit, indem sie behaupteten, wir hätten zwar wunderbare Rituale und wohldurchdachte Glaubensgrundsätze, aber darüber hätten wir die Wahrheit in Jesu Lehren vergessen. Das wagst nun auch du auf hinterlistige Weise zu behaupten! Das sind die Verbrechen gegen die Kirche, Heck, für welche du zweifellos als abtrünnig erklärt und exkommuniziert werden wirst.«

Heck gurgelte, gab aber kein verständliches Wort mehr von sich, also wurde mehr Druck angewendet, und er schrie. Es war kein Wort, sondern ein Geräusch – und genauso wurde es in seinem Geständnis vermerkt.

Der üble Gestank von Blut, Exkrementen und verbranntem Fleisch verursachte Konrad Übelkeit, und er versuchte, nicht tief einzuatmen. Seine Gedanken kehrten zurück zu Sieger und der Beschälung der Stute. Als er sich die Schönheit dieses Vorgangs noch einmal vor Augen führte, erfrischte es ihn wie ein Bad in kühlendem Wasser.

»Lies das Flugblatt«, befahl er dann dem Mönch. »Lies die Ketzereien.«

»*Brüder und Schwestern, denkt nach und besinnt euch*«, las Bruder Basil vor. »*Was hat Jesus Christus im Namen der Liebe gegeben?*«

Heck hustete, würgte, und der Mönch hielt inne.

»Werner Heck«, fuhr er dann fort. »Das hier wurde auf einer Presse gedruckt, die dir gehört. Die Druckplatten waren noch da.«

Bruder Basil wischte sich Blut von den Lippen, das aus seiner geschwollenen Nase sickerte, und blinzelte schmerzerfüllt. Seine Augen waren von roten Adern durchzogen und wirkten alt in dem trüben Licht. Er war bei Weitem nicht mehr so jung, wie viele irrtümlich glaubten, wenn sie ihm zum ersten Mal be-

473

gegneten. In Wahrheit war Basil alt genug, dass er Konrads Vater hätte sein können. Er war bereits ein berühmter Gelehrter gewesen, als Lorenz, der jetzige Fürstbischof, ins Amt eingeführt worden war. Basil selbst hatte die Zeremonie geleitet.

Ohne das abstoßende Etwas anzuschauen, das Werner Heck war, sagte Konrad mit dem Rücken zu ihm: »Du und deinesgleichen, ihr glaubt offenbar, dass wir den Teufel anbeten. Aber so ist es nicht. Wir schützen das Kreuz, die Kirche und die Schar der Gläubigen.«

Basil beugte sich über das Geständnis und kniff im schummrigen Kerzenlicht die Augen zusammen, als er weiterlas.

»Kommen wir zu den Verbrechen gegen die Obrigkeit. Du gestehst also, dass es in einer kleinen Stadt namens Kunwald im fernen Fürstentum Böhmen eine Gemeinde von Ketzern gibt, die von sich behauptet, im Geiste Christi zu handeln, und die sich dabei auf die Bergpredigt beruft. Aber dieser Häretiker Peter von Cheltschitz, der Gründer eurer Organisation, hat das Gebot Christi, deinen Nachbarn genauso zu lieben wie deine Feinde, so sehr verdreht, bis es im Widerspruch zu den Pflichten des Einzelnen gegenüber der weltlichen Macht stand!«

Heck schwieg.

»Er hat das Bewusstsein verloren«, sagte Bruder Basil.

Konrad roch Essig, als man Heck gewaltsam wieder zu sich brachte. Wieder erklangen Stöhnen, Ächzen, Röcheln.

»Er ist wieder wach«, sagte Basil.

»Dann mach weiter«, befahl Konrad.

»Ihr Ketzer verspottet uns«, fuhr Basil fort. »Einer von euch sagt, sogar der heilige Petrus habe darauf hingewiesen, dass es unmöglich sei, andere zu lieben, während man sie tötet. Dass die Kriege des Alten Testaments keine Rechtfertigung für unsere Kriege zum Erhalt des Christentums sein können. Ihr drängt die Bürger, unsere weltlichen Herrscher nicht zu verteidigen. Das ist Hochverrat, ein schweres Verbrechen! Gestehst du das alles?«

Als Antwort kam nur ein Stöhnen.

»Wie war das?«, fragte Basil.

Heck schrie. Oder machte zumindest ein Geräusch, das ein Schreien sein sollte.

»Das ist von größter Bedeutung«, sagte Konrad. »Wenn ich das hier beim Fürstbischof durchsetzen will, müssen wir diesen Punkt zweifelsfrei erörtern. Lorenz von Bibra ist sehr nachsichtig gegenüber religiösen Freidenkern. Doch was Verrat gegen die weltliche Macht angeht, ist er unnachsichtig.«

»Ich kann mich an seine Worte erinnern«, meldete sich einer der jungen Mönche zu Wort. *»Auch wenn die alten Israeliten in den Krieg gezogen sind, heißt das nicht, dass Christen die Gebote Jesu missachten dürfen. Das Leben eines jeden Christen sollte durch das Neue Testament bestimmt werden, nicht durch das Alte.«*

Konrad lauschte dem Röcheln des Gefolterten, in das sich Schluchzen und Wimmern mischten. *Erstaunlich*, überlegte er, *wie stark die Überlebenskraft eines menschlichen Körpers ist. Der Geist ist darin gefangen wie ein Vogel in einem Käfig, doch der Körper macht immer weiter und weiter.*

»In der Tat«, sagte Bruder Basil. »Die Beweise zeigen, dass es den Mitgliedern eurer ketzerischen Unitas Fratrum untersagt ist, Kriegsdienst zu leisten, für das Gesetz zu arbeiten oder einem anderen Menschen ein Leid zuzufügen. Du gestehst, dass die Weigerung, für die kirchliche und weltliche Macht zu kämpfen, eine Bedrohung für die Herrscher Europas darstellt. Du behauptest, dass wegen dieser Weigerung Hunderte Einwohner Böhmens verfolgt, verhaftet, gefoltert, verbannt oder getötet worden sind. Und doch räumst du gleichzeitig ein, dass kein Reich und kein Fürstentum überleben kann, wenn es seinen Herrschern nicht gelingt, die Untertanen zum Kämpfen zu bewegen.« Er hob die Stimme. »Das sind todeswürdige Verbrechen, in denen das ganze Ausmaß deines Verrats deutlich wird. Dafür wirst du am Pfahl brennen!«

»Trifft das alles zu, Werner Heck?«, fragte Konrad.

Das blutige Bündel, das einst Werner Heck gewesen war, gab einen Laut von sich, der sich wie »Ijaaaah« anhörte.

Offenbar heißt das Ja, sagte sich Konrad.

Hecks Mund gehorchte ihm nicht mehr richtig. Genauso wenig wie sein Verstand. Nach vier Stunden hatte er nur noch unverständliches, wirres Zeug von sich gegeben. Nach dem Bitten, dem Fluchen, dem Schimpfen, dem Drohen, den Lügen und den Ausflüchten war er nur noch eine geschundene, nackte Kreatur.

Für die Folterknechte waren Erregung und Eifer verflogen, und die Magistrate, die Heck mit ihren Fragen und Drohungen traktiert hatten, tranken müde und gähnend Wasser aus einem Krug und wischten sich das Blut und andere Körperflüssigkeiten mit Lappen aus den Gesichtern.

Konrad vermied es, zu ihnen zu schauen, wenn es nicht unbedingt sein musste. Der Gestank war kaum noch auszuhalten, und er wollte diese Abscheulichkeit hinter sich bringen, so schnell es nur ging. Vorher aber musste die Beweislage unumstößlich sein.

»Ist das alles?«, fragte Bruder Basil. »Und stimmt das alles? Schwörst du es bei deiner unsterblichen Seele? Dein Leib ist verdammt, aber du hast noch diese eine und einzige Gelegenheit, dem ewigen Feuer der Hölle zu entgehen. Wir bitten dich, lass dich erretten, Werner Heck.«

Heck gab keinen Laut von sich.

»Gestehe«, sagte Konrad, »und ich werde mich persönlich dafür einsetzen, dass dir und den anderen die Gnade der Enthauptung durch das Schwert widerfährt. Was sagst du?«

Heck ächzte, und es sah so aus, als versuchte er, etwas zu antworten. Doch was aus seinem Mund kam, klang wie das leise Quaken eines Frosches.

»War das ein Ja?«, erkundigte sich Bruder Basil.

»Er hat Ja gesagt«, bestätigte Konrad. »Werner Heck hat gestanden, ketzerische Lehren verbreitet und die weltliche Macht untergraben zu haben. Wir werden die erforderlichen Dokumente verfassen, um die Druckerei und die anderen Besitztümer zu beschlagnahmen, denn wir haben Gutes und Gott

Wohlgefälliges damit im Sinn. Zuerst aber treiben wir das Ungeziefer zusammen, das diesen Unflat unters Volk gebracht hat. Sie führen die Menschen in die Irre und bringen uns alle in Gefahr. Was hat er gleich gesagt, wo sie sind?«

»In einem Schuppen am Flussufer, nördlich der Stadt«, antwortete Bruder Basil. »Dort steht eine alte Presse, sagt er. Sie ist die Quelle des ganzen Übels.«

Konrad spürte, dass ein großer Augenblick bevorstand. Sobald seine Beweise erst abgesichert waren, blieb dem Fürstbischof nichts anderes mehr übrig, als Konrads Vorgehen zu billigen. Und dann konnte Konrad mit seinem großartigen Plan weitermachen: eine eigene Druckerei gründen, seine eigenen Nachrichten herausgeben, seine eigenen Weisheiten und seinen eigenen Glauben verbreiten und die Menschen auf diese Weise mit neuer Kraft erfüllen.

»Wirst du uns helfen, nach den anderen zu suchen?«, fragte Basil. »Um dem Scheiterhaufen zu entgehen?«

»Oerrrr …«, machte Heck.

Konrads Übelkeit wurde beinahe unerträglich.

»Es soll niedergeschrieben werden, dass Werner Heck gestanden hat«, sagte er hastig. »Sendet Magistrate aus, um die Ketzer zu suchen. Und nehmt den verdammten Heck mit, damit er uns bestätigen kann, dass es sich um seine teuflische Bande handelt.«

Konrad eilte nach draußen, stieg die Treppen hinauf und schritt durch die kalten Gänge mit ihren kahlen Steinwänden dem Licht und der Wärme des Tages entgegen. Es war eine gute und wichtige Arbeit, die getan werden musste, doch er hätte sie keine Minute länger ertragen. Er war begierig, seinen prachtvollen Hengst Sieger zu sehen und all die schrecklichen Bilder aus dem Bewusstsein zu tilgen, wenigstens eine Zeit lang.

Die Pflicht war abscheulich, dreckig und zermürbend gewesen, doch er wusste, dass Gott ihn, Konrad von Thüngen, dafür liebte, dass er für seinen Glauben solche Unannehmlichkeiten auf sich nahm.

39.
Kristina

Witter war gegangen, und draußen war es dunkel geworden. Seine Worte hingen unheilvoll in dem Schuppen.

Wenn ihr hier bleibt, werdet ihr sterben, doch bevor ihr sterbt, werdet ihr unvorstellbare Grausamkeiten erleiden und euren Tod herbeisehnen.

Mittlerweile war Kristina überzeugt, dass Witter recht hatte. Wenn sie blieben, bedeutete es ihren Tod.

Sie stimmten ab. Nur Berthold sprach sich dafür aus, zu bleiben. »Ich gehe nicht ohne die Presse«. verkündete er. »Wir brauchen sie für die Arbeit, die man uns vertrauensvoll übertragen hat.«

»Dann nehmen wir sie eben mit«, sagte Grit.

»Ja«, sagte Simon. »Auf dem Papierkarren.« Er deutete auf einen großen Karren in einer Ecke, der normalerweise dazu diente, Papier von der Papiermühle zur Druckerei zu transportieren. Er war zweirädrig mit zwei langen Stangen, ähnlich dem, den sie am Ort der Schlacht verloren hatten, als er zusammen mit ihren Büchern verbrannt worden war.

»Die Presse ist zu groß für den Karren«, erklärte Rudolf.

»Dann zerlegen wir sie«, sagte Kristina. »Dann passt sie auf den Karren.«

»Und die Kiste mit den Lettern dürfen wir auch nicht vergessen«, warf Simon ein.

»Was ist mit Frieda?«, fragte Kristina.

Sie blickten in die dunkle Ecke, wo Frieda lag. Sie schlief mittlerweile fast die ganze Zeit, erhob sich nur noch, um zu essen und zu trinken oder sich zu erleichtern.

»Zwecklos«, murmelte Simon. »Sieh sie dir an.«

»Wir können sie nicht hier lassen«, sagte Kristina.

Rudolf meinte: »Sie kann auch auf den Karren.«

»Beeilung«, drängte Grit.

Sie machten sich daran, die Presse zu zerlegen. Es war eine

schweißtreibende, schmutzige Arbeit, die durch ihre Hast zusätzlich erschwert wurde. Der Schlitten löste sich ziemlich leicht, der Stempel aber steckte im Rahmen fest. Gemeinsam hebelten Rudolf und Simon ihn frei. Er löste sich mit einem Knall.

»Das Papier«, sagte Berthold. »Druckerschwärze können wir selbst herstellen, aber Papier ist kostbar.«

»Du hast recht.« Rudolf nickte. »Ich hole es.«

»Was ist mit dir, Frieda?«, sprach Grit die junge Frau an.

»Ich bleibe hier«, verkündete Frieda. »Geht nur. Es ist mir egal.«

»Wir können dich nicht zurücklassen, Kind«, sagte Grit.

»Ich bin nicht dein Kind! Und ich rühre mich nicht von der Stelle.«

Sie verstauten alles auf dem Karren – bis auf Frieda. Kristina ging zu ihr und wollte ihr von dem Lager hochhelfen, doch Frieda schlug ihre Hand weg.

»Grit?«, fragte Kristina und drehte sich zu ihr um.

Grit schüttelte den Kopf. »Wir sollten sie nicht zwingen.«

»Ihr Schicksal liegt in Gottes Hand«, erklärte Simon. »Wie wir alle.«

»Und wohin gehen wir?«, fragte Berthold.

»Nach Giebelstadt?«, schlug Kristina vor. »Das Dorf. *Ihr* Dorf.«

»Giebelstadt?«, wiederholte Berthold, als hätte sie den Verstand verloren.

»Es muss in südlicher Richtung liegen, durch den Wald«, sagte Grit. »Sie haben diesen Weg eingeschlagen, als sie nach Hause aufgebrochen sind.«

»Nur durch Gottes Gnade haben diese Landsknechte euch nicht vergewaltigt und uns gleich bei der ersten Begegnung ermordet!«, stieß Berthold wütend hervor. »Trotz allem habt ihr euch mit diesen Mördern angefreundet! Vor allem mit diesem Narbengesicht!«

Kristina spürte, wie ihre Ohren heiß wurden. Berthold starrte sie an. Seine Augen funkelten vor Zorn, als hätte sie sich auf ein Abenteuer mit Lud eingelassen.

»Sie haben uns nur für ihre Verwundeten gebraucht«, sagte Rudolf. »Diesmal haben sie keine Verwendung für uns. Wir sollten es nicht wagen, ihnen unter die Augen zu kommen.«

»Das können wir immer noch entscheiden, wenn wir ein gutes Stück weit weg sind von hier«, sagte Simon.

»Falls wir überhaupt wegkommen«, murmelte Rudolf.

»Es liegt in Gottes Hand«, erklärte Grit.

»Dann helft Gott, indem ihr auf mich hört«, sagte hinter ihnen eine Männerstimme.

Kristina drehte sich um.

In der Tür stand Witter.

40.
Witter

Witter hatte in einer stillen Gasse innegehalten und fieberhaft nachgedacht. Sollte er fliehen und die Täufer ihrem Schicksal überlassen? Schließlich hatten sie es sich selbst eingebrockt.

Aber sein Vater ließ ihn nicht so leicht davonkommen

Ist denn kein Mitgefühl mehr in dir? Nur noch Angst? Nur noch der tierhafte Trieb zu überleben?

Witter war furchtsam, und seine Einsamkeit war wie ein dunkles Loch in seinem Innern. Zum ersten Mal seit langer Zeit zog er seinen kleinen Dolch hervor und betrachtete ihn. Dann drückte er die Klinge auf seine Handfläche und zog sie langsam darüber, während er zusah, wie das Blut aus dem Schnitt sickerte. Er spürte den Schmerz und zog die Klinge weg.

Ja, ich fühle noch etwas. So wie jedes Tier.

Witter dachte an seine Beobachtungen der Natur, aus denen er so viel gelernt hatte. Seine Aussichten, zu überleben, waren in einer Gruppe besser, als wenn er sich allein auf den Weg machte.

Ein Vogelschwarm verwirrt den Falken durch seine schiere Zahl, genau wie eine Herde Rotwild den Wolf.

Außerdem waren die Täufer ohne ihn und seine Hilfe verloren. Sie hatten keinerlei Erfahrung, wenn es darum ging, Verfolgern zu entkommen oder sichere Verstecke zu suchen, und die Vorstellung, Kristina brennen zu sehen, war ihm unerträglich.

Er setzte sich in Bewegung, vorsichtig, damit ihn niemand sah. Bis zum Judenviertel schlich er, nutzte jede Möglichkeit zur Deckung. Dort huschte er in seinen Klageraum, holte die gesparten Goldmünzen aus dem Versteck in der Wand und ließ die Münzen in den Saum seines Umhangs gleiten, wobei er sie gleichmäßig verteilte, sodass sie keine Aufmerksamkeit erregten.

Dann machte er sich auf den Weg zum Schuppen. Es dämmerte bereits, und in den ersten Häusern regte sich Leben.

Wenn er ehrlich zu sich selbst war, ging es ihm nur um Kristina. Er wünschte sich, sie wäre allein, sodass er sich nur um sie und sich selbst kümmern müsste. Doch er wusste, dass die Täufer eine verschworene Gemeinschaft waren, deshalb wunderte es ihn nicht, dass sie alle noch immer zusammensteckten, als er das kleine Gebäude betrat.

»Ich muss fliehen«, sagte Witter nun, während ihre erstaunten Blicke auf ihm ruhten. »Ich nehme euch mit, aber nur bis vor die Stadt, danach seid ihr auf euch allein gestellt. Habt ihr verstanden?«

Sie hatten verstanden, doch sie weigerten sich immer noch, die Stadt zu verlassen. Nicht ohne ihre alte Presse auf dem holprigen Karren. Es war zum Aus-der-Haut-fahren.

»Ihr begreift offenbar nicht, in welcher Gefahr ihr schwebt«, versuchte Witter sie zu überzeugen. »Die Wachen an der Brücke werden inzwischen informiert sein, und man würde euch sofort entdecken. Wir müssen über den Main, aber wir können nicht die Brücke nehmen.«

»Ich kann nicht schwimmen«, jammerte Frieda. Sie war von ihrem Lager aufgestanden und erweckte nun den Eindruck, als hätte sie sich die ganze Zeit am Gespräch beteiligt.

»Ich auch nicht«, erklärte Simon.

»Keine Angst, wir müssen nicht schwimmen«, sagte Witter. »Wir stehlen ein Boot. Aber den Karren mit der alten Presse müssen wir zurücklassen.«

»Stehlen ist eine Sünde«, sagte Berthold. »Und den Karren lassen wir auf keinen Fall zurück. Entweder wir nehmen ihn mit, oder du lässt uns in Ruhe.«

»Witter, wir brauchen deine Hilfe«, bat Kristina eindringlich.

Er schaute sie an. Dann ließ er den Blick über die Gesichter der anderen schweifen – Gesichter, die ihn erwartungsvoll anschauten. Zum ersten Mal erkannte Witter, dass er diesen Leuten helfen wollte. Er wusste, dass dieser Wunsch Gefahren mit sich brachte, doch er wusste auch, dass er jetzt in gewisser Weise Teil dieser Gruppe war.

Wieder richtete Witter den Blick auf Kristina, die ihm mehr bedeutete als alle anderen. Sie brauchte ihn – und er brauchte das Gefühl, dass sie ihn brauchte. Außerdem war er seine ewige Angst leid, seine ewige Feigheit.

»Witter«, sagte Kristina erneut. »Bitte ...«

Witter fluchte in sich hinein. Er hatte bereits ein halbes Dutzend verschiedener Fluchtwege im Kopf, doch wenn der vermaledeite Karren unbedingt mit musste, blieb nur noch eine Möglichkeit.

»Also schön, meinetwegen«, lenkte er ein. »Nehmt euren kostbaren Karren mit. Und wir stehlen kein Boot. Ich weiß einen besseren Weg.«

»Und was für ein Weg wäre das?«, fragte Berthold.

Witter nahm einen tintenschwarzen Lappen, drehte ihn zu einer Spitze und malte damit eine einfache Karte an die gekalkte Wand.

»Der Main fließt in einem weiten Bogen um Würzburg herum. Unterhalb beschreibt er zwei Biegungen, und dort gibt es eine Fähre«, erklärte er. »Sie wird von Händlern und Kaufleuten benutzt und ist unbewacht. Mit dieser Fähre werden wir den Main überqueren. Sobald wir am anderen Ufer sind, dringen wir in den schützenden Wald vor. Danach müsst ihr alleine weiter. Ich mache mich unsichtbar.«

Die anderen wechselten Blicke. Kristina ergriff Witters Hand, warm, fest und suchend. Er blickte auf ihre geschwärzten Finger und die stumpfen, von der Arbeit kurzen Nägel.

»Witter«, sagte sie leise. »Bitte hilf Berthold, uns anzuführen.«

Witter sah sie überrascht an, schaute in ihre klaren, aufrichtigen Augen und spürte den Wunsch, so zu verweilen. Bei diesem Gedanken schlug er hastig den Blick nieder und löste seine Hand aus ihrer.

»Bringt den Karren«, befahl er mit belegter Stimme. »Es dämmert bereits, und wir werden die Fähre nicht nehmen können, solange es hell ist, denn dort treiben sich viel zu viele Men-

483

schen herum. Hier, im Schuppen, dürfen wir aber auch nicht bleiben, bis die Nacht anbricht. Sie würden uns finden. Wir verstecken uns im dichten Ufergestrüpp in der Nähe der Anlegestelle und warten dort auf die Dunkelheit.«

»Wir können Frieda nicht zurücklassen«, sagte Kristina.

»Geht nur, sterbt nur, lasst euch verbrennen«, meldete Frieda sich zu Wort. »Ich ertrage die Angst und den Schmerz nicht mehr … nicht wie ihr. Geht. Lasst mich hier zurück.«

Witter beobachtete, wie Rudolf zu ihr trat. Frieda starrte ihn erschrocken an. Mit einer raschen Bewegung bückte Rudolf sich und warf sie sich schwungvoll über die Schulter.

»Los jetzt. Wir haben schon viel zu viel Zeit verloren«, rief Witter und verließ als Erster den Schuppen.

41.

Kristina

*D*ie Seilfähre lag am Ufer vertäut hinter den letzten Hütten am nördlichen Rand der Stadt. In der Hütte des Fährmanns brannte noch Licht.

Witter und die anderen warteten. Sie hatten den Karren mit der zerlegten Presse und den Papiervorräten hinter sich her gezogen und die widerstrebende Frieda mitgeschleift, bis ins dichte Ufergestrüpp oberhalb der Anlegestelle. Ein langer, banger Tag lag hinter ihnen. Jetzt kauerten sie in der Dunkelheit und beobachteten, wie das schwarze Wasser des Mains an ihnen vorüberströmte. Die Fähre dümpelte leicht auf der spiegelglatten Oberfläche, auf der sich das Licht der Sterne und des Monds spiegelte. Die Fähre war nichts anderes als ein großes Floß: mehrere dicke Baumstämme waren aneinanderbefestigt worden, über denen sich Holzplanken befanden, sodass man auf geradem Grund stehen konnte, wenn man den Fluss überquerte. In der Mitte des Floßes war ein Mast, an dem eine dicke Eisenöse prangte, durch die ein Seil verlief, das den Fluss überspannte.

»Ich kann nicht schwimmen«, murmelte Berthold.

Witter seufzte und verdrehte die Augen. »Das sagtest du bereits.«

»Und wenn die Fähre kentert? Wir könnten ertrinken.«

»Such es dir aus. Ertrinken oder bei lebendigem Leib verbrennen. Die Entscheidung liegt bei dir – bei euch allen.«

Kristina sah in den Augen der anderen nur zu deutlich, wie diese Entscheidung ausfiel.

»Aufgepasst!«, flüsterte Rudolf. »Das Licht ist aus.«

Witter nickte. »Gut. Lasst uns noch kurze Zeit warten, damit wir sicher sein können, dass der Fährmann schläft.«

Die Hütte lag still und dunkel da. Witter und die anderen beobachteten sie eine Zeit lang, doch nichts rührte sich. Schließlich raunte Witter: »Versuchen wir's. Los, kommt!«

Sie setzten sich in Bewegung. Der Karren rumpelte über das

Gras und rollte klappernd und knarrend auf die verbogenen Holzplanken der Fähre. In der Hütte blieb es still. Rudolf und Simon lösten die Festmacherleine, die um einen in die Uferböschung getriebenen Pfosten geschlungen war.

Kurz darauf waren alle an Bord. Das schwankende Floß erweckte in Kristina das Gefühl, als stünde sie auf der Brust eines riesigen, atmenden Tieres. Leichte Übelkeit erfasste sie.

Witter bückte sich, um sich gegen das Floß zu stemmen, doch es bewegte sich erst, als Rudolf hinzukam. Langsam glitt die Fähre hinaus auf den Main, und Simon ließ das eine Ende des Festmacherseils ins Wasser fallen.

Dann geschah etwas Unerwartetes.

Im letzten Moment sprang Frieda von Bord, stapfte durch das seichte Wasser im Uferbereich zurück an Land und rannte davon in die Finsternis.

»Frieda!«, rief Rudolf ihr unbedacht hinterher. Sein Schrei hallte durch die Dunkelheit.

Augenblicke später kam auch schon der aufgeschreckte Fährmann aus seiner Hütte. Er rannte zum Fluss hinunter, doch das Floß hatte bereits an Geschwindigkeit aufgenommen und sich ein gutes Stück vom Ufer entfernt, sodass der Fährmann schimpfend und fluchend stehen blieb.

»Diebe!«, rief er. »Gesindel!«

Kristina empfand Mitleid mit ihm, doch ihre Angst wegen seines lauten Geschreis war noch viel größer. Sie blickte flussabwärts, wo nicht weit entfernt die Lichter der Würzburger Brücke schimmerten.

»Seht nur!« Simon zeigte auf mehrere Männer mit Fackeln, die am gegenüberliegenden Ufer erschienen waren. Sie erweckten den Anschein, als warteten sie auf die Fähre.

»Sie sind bestimmt gekommen, um uns festzunehmen!«, jammerte Berthold.

»Gott hilf uns«, rief Grit. »Wir müssen umkehren!«

»Es gibt kein Zurück«, sagte Witter. »Wir müssen das Seil durchschneiden und den Fluss hinunter, weg von der Stadt.«

Dann hörte Kristina das Gebell von Hunden.

»Das sind Magistrate auf der anderen Seite! Und sie haben Hunde!«, entfuhr es Rudolf.

Jetzt sah auch Kristina die massigen Männer mit ihren Ketten, Laternen und Hunden genauer. Sie klammerte sich an den Wagen, als sie merkte, dass ihre Beine zu versagen drohten.

»Schneidet das Seil durch«, rief Witter erneut.

»Was?«, fragte Berthold, der wie zu Stein erstarrt neben Kristina stand.

Plötzlich hielt Witter einen kleinen Dolch in der Hand und schnitt an dem dicken Seil, das das Floß hielt. Es war straff gespannt und surrte bösartig, doch so sehr Witter sich auch mühte, sein Dolch war zu stumpf.

Rudolf trat neben ihn. »Aus dem Weg. Los, mach schon!«

Er schob Witter beiseite und zog ein schweres Messer aus dem Stiefel, das Kristina noch nie bei ihm gesehen hatte. Die Klinge blitzte. Mit drei mächtigen Hieben war das Seil durchtrennt. Die Enden sirrten peitschend davon und verschwanden in der Dunkelheit.

»Du hast doch gesagt, du hättest das Messer aufgegeben«, sagte Simon verwirrt.

»Ich habe gesagt, dass ich das Kämpfen mit dem Messer aufgegeben habe«, erwiderte Rudolf gelassen.

Die Fähre begann in der Strömung zu schwanken und trieb dann langsam flussabwärts, wobei sie sich träge um die eigene Achse drehte.

Kristina wurde schwindlig. Die Lichter der Stadtbrücke kamen näher, und allmählich wurden Gestalten auf ihr erkennbar. Magistrate, wie Kristina zu ihrem Schrecken erkannte. Magistrate, die heftig gestikulierend auf das Floß zeigten.

»Himmel!«, stieß Witter plötzlich hervor. »Seht nur!«

Kristina überlief es eiskalt, als sie Werner Heck bei den Magistraten auf der Brücke entdeckte. Sein Gesicht war dermaßen entstellt und geschwollen, dass sie ihn nur an seiner roten Samtjacke mit dem Luchskragen erkannte. Um den Hals trug er einen eisernen Kragen, der an einer Kette befestigt war. Kristina sah, wie einer der Magistrate die Kette um einen Laternenpfahl wickelte. Heck konnte sich kaum noch auf den Beinen halten. Er lehnte an dem Pfahl, doch Kristina wusste, dass er sie und die anderen erkannt hatte. Kalte Angst erfasste sie, und in ihrem Mund bildete sich ein bitterer Geschmack.

»Werner ... o Herr, hilf ihm«, betete sie. »Gütiger Gott im Himmel.«

»Gebt Acht, wenn wir unter der Brücke durchfahren«, rief Witter. »Vielleicht haben sie Armbrüste. Am besten, ihr legt euch unter den Karren. Na los!«

Kristina gehorchte, duckte sich unter den schützenden Karren. Wenig später wagte sie einen Blick nach oben und sah Heck, der ihnen mit blutigem, zahnlosen Mund verzerrt zulächelte. Dann verneigte er sich zitternd und rief ihnen einen Abschiedsgruß zu.

»Möge Gott ... mit euch ... sein ...«

Die Magistrate schrien wütend durcheinander, doch ehe sie ihn daran hindern konnten, stieg Heck auf die niedrige Brüstung und sprang in die schwarze Tiefe. Die Kette straffte sich mit einem Ruck, und Heck krachte in den Eisenkragen. Ein lautes Knacken war zu hören, und Heck rührte sich nicht mehr. Sein Leichnam pendelte langsam hin und her, und aus seinen Wunden tropfte Blut.

Über ihm brüllten und fluchten die Magistrate, als die Fähre unter der Brücke hindurchglitt und weiter flussabwärts trieb. Doch die Gefahr war noch nicht gebannt. Als sie auf der anderen Seite hervorkamen, sah Kristina, wie die Magistrate ihre Armbrüste spannten, und zog den Kopf wieder unter den Karren.

Rudolf jedoch stand mit dem blinden Auge den Magistraten zugewandt und ahnte nicht, in welcher Gefahr er schwebte.

»Runter!«, brüllte Simon und sprang auf, um Rudolf zu sich zu ziehen.

Ein Armbrustbolzen zischte an Kristinas Gesicht vorbei und

bohrte sich in die Planken zu ihren Füßen. Hastig zog sie die Beine an und duckte sich noch tiefer unter den Karren. Ein weiterer Bolzen durchschlug das Holz neben ihrem Kopf und sirrte an ihr vorbei in den Fluss. Holzsplitter regneten auf sie herab.

Dann endlich war die Fähre außer Schussweite.

Simon wälzte sich auf den Holzbohlen und hielt sein linkes Bein umklammert. Kristina sah, wie sich zuerst Rudolf über ihn kniete, dann Grit.

Ein Armbrustbolzen hatte den Oberschenkel getroffen und komplett durchbohrt, sodass beide Enden herausragten. »Gütiger Himmel, hilf mir ...«, stöhnte Simon.

»Wir müssen die Blutung aufhalten«, sagte Grit und machte sich unverzüglich an die Arbeit, zog ihren Schal vom Hals und band ihn oberhalb der Wunde um Simons Oberschenkel.

Kristina kroch unter dem Karren hervor, und ihr Blick fiel auf die Brücke, unter der Werner Hecks Leichnam im Schatten des flackernden Laternenlichts baumelte, schlaff wie eine Stoffpuppe. Doch der schaurige Anblick verschwamm immer mehr im nächtlichen Dunst über den Wassern.

»Ich habe schon öfters den Narren Gottes gespielt«, sagte Witter. »Aber noch nie so vollkommen. Offenbar bin ich tatsächlich verflucht.«

»Noch eine Gotteslästerung, und ich werfe dich vom Floß, Kerl«, drohte Rudolf. »Simon ist verwundet, siehst du das dann nicht?«

»Doch, ich sehe es. Ich sehe zu viel.«

»Helft mir ...«, stöhnte Simon.

»Er wird sterben, wenn wir die Blutung nicht aufhalten!«, drängte Grit.

Simon packte den Armbrustbolzen am Schaft hinter der Spitze.

Grit fiel ihm in den Arm. »Nicht! Wenn du ihn herausziehst, blutet die Wunde noch stärker. Wir müssen warten, bis das Blut geronnen ist.«

Doch sie konnte Simon nicht aufhalten. Mit einem festen,

entschlossenen Ruck zog er den Bolzen aus seinem Oberschenkel. Er schrie auf; dann sank er bewusstlos in sich zusammen.

Grit nahm den blutigen Bolzen, schob ihn unter den verknoteten Schal und drehte ihn, sodass die Schlinge um Simons Bein immer enger wurde. Kristina sah, wie der Blutfluss allmählich verebbte.

»Sie nehmen die Verfolgung auf!«, erklang plötzlich Rudolfs Stimme.

»Herr, erlöse uns ...«, betete Berthold.

Laternen und Fackeln tanzten in der Dunkelheit, als ihre Verfolger über die Brücke zum anderen Flussufer rannten. Hunde bellten und zerrten an ihren Ketten, als sie der anderen Gruppe von Magistraten folgten. Dann trafen beide Trupps aufeinander, und das Licht ihrer Laternen und Fackeln verschmolz zu einem gelben Leuchtfeuer in der sternenklaren Nacht.

Das Floß gewann an Geschwindigkeit, als der Main durch die weite Biegung unterhalb der Stadt strömte, vorbei an den Hütten der Armen und Ärmsten, an den Höhlen in der Uferböschung, in denen die Aussätzigen und Verkrüppelten, die Kranken und Verrückten wie Tiere hausten.

Das wütende Gekläff der Hunde war angsteinflößend. In Zeiten höchster Anspannung dachte Kristina oft an ihre Mutter und daran, was sie in ihren letzten Tagen zu ihr gesagt hatte: »Gott wird dich prüfen, meine Tochter, und deinen Glauben immer wieder auf die Probe stellen. Doch er wird nur ein einziges Mal über dich richten – am Tag deines Todes.«

Kristina blickte nach hinten, flussaufwärts, wo die Stadt immer weiter hinter dem Floß zurückblieb. Das Licht der Laternen ihrer Verfolger wurde blasser und verschwand schließlich ganz. Kristina schaute hinauf zur Festung, die sich vor dem sternenklaren Himmel drohend über der Stadt erhob, und dachte an Mahmed, der gefangen war im Bauch dieses Ungeheuers.

Dann dachte sie an Lud und ihre schreckliche Angst, als sie ihn zum ersten Mal erblickt hatte, sein hartes, entstelltes Gesicht und den Dolch in seiner Hand, und sie wünschte sich, er wäre jetzt bei ihr. Sie staunte, wie sehr sie ihn herbeisehnte, seine Wildheit, seine Rohheit, seine Kraft, um sie vor ihren Häschern zu retten.

So darfst du nicht denken, ermahnte sie sich. *Nur der Glaube kann die Angst besiegen. Mehr Vertrauen in einen Mörder wie Lud zu setzen als in Gott ist sündhaft.*

Trotzdem ...

Kristina kauerte sich auf die harten Planken der Fähre, biss die Zähne aufeinander und schloss die Augen. Ihr Glaube war nicht stark genug. Wie hieß es im Buch Hiob? *Wer bereitet den Raben die Speise, wenn seine Jungen zu Gott rufen und irre fliegen, weil sie nicht zu essen haben?*

Im Hintergrund hörte sie Berthold schluchzend beten. »Herr, erlöse uns von dem Übel ...«

Dann Witters Stimme, zornig und scharf: »Hör auf mit dem verdammten Flehen, du Narr!«

»Ich habe gesagt, dass ich dich über Bord werfe, Witter«, stieß Rudolf wütend hervor. »Jetzt ist es so weit!«

»Nein, bitte!« Kristina öffnete die Augen. »Vielleicht ist Witter ja die Antwort auf unsere Gebete. Vielleicht hat Gott ihn gesandt.«

Rudolf verharrte, stand unsicher da, die Arme zur Seite ausgestreckt, um das Gleichgewicht zu halten.

»Worauf wartest du?« Witter lachte auf und streckte Rudolf herausfordernd die Arme entgegen. »Na los, komm doch! Nur zu, ihr Heiligen, werft mich über Bord! Ihr glorreichen Apostel der Nächstenliebe! Werft mich über Bord, und dann finden sie euch. Wenn nicht morgen, dann übermorgen. Sie werden euch jagen, bis sie euch haben, und dann werdet ihr brennen, ihr alle.«

Rudolf zögerte.

Wieder lachte Witter. »Was ist? Hast du auf einmal den Mut verloren?«

»Sag uns, was wir tun sollen«, verlangte Grit.

Witter deutete nach vorn. »Seht ihr dort die Flussbiegung, die Untiefen?«

Kristina schaute nach vorn. Mond und Sterne spendeten so viel Licht, dass sie das schäumende Wasser auf der nach innen gelegenen Seite der Biegung des Mains sehen konnte. Es waren Sandbänke, wo sich der Strom brach und Wirbel entstanden. Hinter den Sandbänken erhob sich eine schwarze, undurchdringliche Wand aus Bäumen. Sie hörte die anderen beten, ein leises Murmeln und Weinen und Flehen ...

»Es gibt nur eine Hoffnung für uns«, sagte Witter mit fester, klarer Stimme.

Kristina bemerkte, wie scharf Witters Blick war. In seinen klugen, wachen Augen schien ein Feuer zu lodern. »Beten hilft uns nicht, nur Kühnheit«, fuhr er fort. »Vielleicht werden wir alle ertrinken. Aber besser ertrinken, als gefasst zu werden. Also los. Steht auf!«

42.
Witter

*E*r war ein Meister des Ausweichens, des Täuschens, des Versteckens und der Flucht, und diese Träumer hier würden wahrscheinlich immer noch auf dem Boden knien und beten, während er in den Tiefen des Waldes verschwand. Es war erstaunlich, dass es ihn überhaupt berührte, was mit ihnen geschah. Andere waren ihm viel wichtiger gewesen, hatten ihm mehr bedeutet als diese hier, und trotzdem hatte er nichts für sie getan. Die Einsicht, dass er sich irgendwie verändert haben musste, war beunruhigend.

Alles hing nun davon ab, ob sein Plan aufging. Wenn er die Fähre auf die Untiefen steuern konnte, wo der Fluss breiter wurde und einen Bogen machte, bot der Uferstreifen auf dieser Seite des Mains einen Weg zu den Bäumen und in die Sicherheit des tiefen Waldes.

An arbeitsfreien Sonntagen war Witter den weiten Weg bis hierher spaziert und hatte sich die Umgebung eingeprägt, genau wie die Gegend auf der anderen Seite der Brücke. Er hatte so getan, als würde er die Schönheit der Landschaft genießen, während er sich sämtliche Fluchtwege gemerkt hatte für den Fall, dass er sie eines Tages brauchte. Viele Jahre der Erfahrung hatten ihn gelehrt, dass es sich auszahlte, wenn man auf alles vorbereitet war.

»Die Magistrate werden uns zu Pferd verfolgen, und ihre Hunde werden uns hetzen«, sagte er zu Kristina und den anderen und wies mit ausgestrecktem Arm flussabwärts. »Könnt ihr die Landspitze da vorn erkennen? Zwei von uns müssen dort mit dem Seil an Land springen. Entweder reißt die Fähre die beiden mit, oder sie wird einschwenken und auf der Sandbank am Ufer auflaufen.«

»Nein, nein!«, rief Berthold erschrocken. »Warum bleiben wir nicht einfach auf der Fähre und lassen uns weiter den Fluss hinuntertreiben?«

»Weil nur noch freies Feld kommt, sobald wir an den Wäldern vorbei sind. Die einzige Gelegenheit, schnell in den Wald zu entkommen, ist hier an der Biegung. Bleiben wir auf dem Floß, holen sie uns ein.«

Die Landspitze kam näher. Das schwarze Wasser begann zu schäumen. Die Fähre machte ein saugendes Geräusch, stand einen Moment still und drehte sich dann unvermittelt in die andere Richtung.

Witter blickte die Täufer an, die auf den Planken um ihr Gleichgewicht kämpften und darauf warteten, dass er ihnen sagte, was zu tun war. Er fluchte in sich hinein, als er auf Simon schaute, den der Armbrustbolzen in den Oberschenkel getroffen hatte. Der Mann würde es nicht schaffen, aber die anderen würden ihn niemals aufgeben.

»Macht das Seil bereit«, sagte Witter schließlich.

Rudolf, Grit und Kristina zogen das nasse Seil ein und rollten es ordentlich auf.

Witter schaute auf Kristina, dann auf Grit. Er mochte die beiden, aber hier ging es um Tod oder Leben, auch für ihn; ihm blieb nicht genug Zeit, auf andere Rücksicht zu nehmen. Und dass er Kristina besonders mochte, war der Grund dafür, dass er jetzt in diesem Schlamassel steckte. Er hatte gegen eine seiner grundlegendsten Regeln verstoßen.

Nie wieder, schwor er sich. *Nie wieder.*

»Das Seil ist bereit«, sagte Rudolf und hielt das tropfende Ende hoch. »Ich springe an Land. Wer kommt mit mir?«

Die Flussbiegung war jetzt fast erreicht; die Untiefen kamen rasch näher. Die Fähre drehte sich erneut, und das Wasser gurgelte immer lauter.

»Wer kommt mit mir?«, fragte Rudolf erneut.

Berthold starrte auf den Boden des Floßes. Simon stöhnte. Kristina und Grit schwiegen, doch beide machten Anstalten, das Seil zu ergreifen. In diesem Augenblick wusste Witter, was er zu tun hatte. Die Frauen würden es nicht schaffen. Sie alle hatten nur eine Chance, wenn ein zweiter Mann sich Rudolf anschloss.

»Nein, ihr nicht«, sagte Witter, schob die beiden Frauen zur Seite, packte das Seil und blickte Rudolf an. »Wir beide springen.«

»Gut.« Rudolf nickte und blinzelte mit dem Milchauge.

Eins muss man ihnen lassen, ging es Witter durch den Kopf. *Mut haben sie. Bis auf diesen Schwächling Berthold.*

Augenblicke später hatten sie die Landspitze fast erreicht. Erst jetzt sah Witter, dass die Fähre sich in der reißenden Strömung sehr viel schneller bewegte, als er bisher angenommen hatte. Je näher die Landspitze kam, desto schneller wurden sie.

Wir können es unmöglich schaffen, ging es Witter durch den Kopf, und mit einem Mal verlor er den Mut.

»Gib das Zeichen, und wir springen zusammen!«, rief Rudolf in diesem Augenblick.

Die Landspitze kam viel zu rasch heran.

»Jetzt!«, rief Rudolf und setzte zum Sprung an.

Witter zögerte, spürte dann aber, wie Rudolf ihn mit der freien Hand packte. Mit einem Schrei, in dem sich Angst und Schrecken mischten, flog Witter zusammen mit dem älteren Mann durch die Luft und stürzte in den tosenden Main.

Das Wasser war kalt, dunkel und erfüllt von einer gewaltigen, furchterregenden Kraft. Witter trieb prustend und spuckend durch die Dunkelheit davon, weiter und weiter, ließ das Seil aber nicht los.

Wasser schoss ihm durch die Nase in den Hals. Verzweifelt rang er nach Atem und versuchte, sich an der Oberfläche zu halten, denn die Münzen in seinem Umhang zogen ihn nach unten wie ein Gewicht aus Blei, aber er wollte die Münzen nicht aufgeben. Sie waren wie das Leben selbst. Sie waren seine Zukunft. Sie bedeuteten Freiheit, Sicherheit. Zugleich zog ihr Gewicht ihn unbarmherzig in die Tiefe. Vor Luftmangel wurde ihm schwarz vor Augen.

Plötzlich straffte sich das Seil. Der Ruck war so heftig, dass er Witter beinahe die Arme ausgekugelt hätte. Die Strömung zerrte ihm den Umhang vom Körper, als das Seil ihn nach oben

riss, an die Oberfläche, die er hustend und spuckend durch-
stieß.

Mein Umhang!, schoss es ihm durch den Kopf. *Mein Geld!*

Doch der Umhang war verschwunden. Und mit ihm Witters
Ersparnisse.

Der Mond stand direkt über ihm und erstrahlte in kaltem
weißem Licht. Witter sah, wie Rudolf in der Gischt um Halt
kämpfte, während die Fähre an ihnen vorüberschoss. Die an
Deck gebliebenen Täufer winkten hektisch, riefen und gestiku-
lierten.

Augenblicke später wurde Rudolf von einem Gewirr aus toten Ästen und Zweigen erfasst, die sich an einem Baumstamm
verfangen hatten. Das Seil straffte sich bis zum Zerreißen und
gab ein ohrenbetäubendes Knarzen von sich.

Witter zog sich an dem gespannten Seil entlang und kämpfte
sich durch das Gewirr der Äste und Zweige bis zum Baumstamm in der Mitte durch, wo Rudolf verbissen versuchte, das
Seil festzuhalten, das ihm immer weiter durch die Finger glitt.

»Ich kann es nicht halten!«, rief Rudolf. »Hilf mir!«

Witter packte zu, doch auch ihm rutschte das Seil so schnell
durch die Hände, dass es ihm die Handflächen verbrannte.

Was tun?, schrie es in seinem Innern. *Was tun?*

In diesem Moment drehte sich der Baumstamm genau in
seine Richtung. Witter nahm alle Kraft zusammen und schlang
das Seil mit einer raschen Bewegung um das eine Ende des
Stammes. Wieder gab es einen Ruck, heftiger noch als beim ersten Mal. Der schwere Baumstamm erzitterte, ächzte, knarrte.
Äste und Zweige barsten und wirbelten durch die Luft.

Witter hustete, spuckte Wasser, als er am Stamm nach oben
kletterte und durch seine brennenden, halb blinden Augen hindurch das Mondlicht erblickte. Die Fähre schwang am Ende des
Seils herum wie ein riesiges Pendel, wurde schneller und
schneller und machte eine scharfe Kurve über die schlammigen
Untiefen hinweg in Richtung Ufer.

Dann krachte sie mit Wucht auf den Sand.

Witter hörte Schreie, als die an Bord Gebliebenen an Land geschleudert wurden. Er sah die Körper durch die Luft fliegen, inmitten von Trümmern des Karrens und Teilen der Druckerpresse. Alles verschwand im Schatten des hohen Grases am Ufer des Mains wie in einem unersättlichen schwarzen Schlund.

Kristina!, dachte Witter.

Und weit entfernt, flussaufwärts, vernahm er das Bellen von Hunden.

43.

Kristina

*D*ie ganze Nacht hindurch wurden sie gejagt. Im tiefen Wald herrschte pechschwarze Dunkelheit, die nur hier und da mit bleichen Flecken aus Mondlicht durchsetzt war, die im Dunkeln gespenstisch schimmerten und auf dem bemoosten Boden ein Muster wie Trittsteine bildeten. Kristinas Augen gewöhnten sich allmählich an die Finsternis, sodass die Schatten von Leben erfüllt zu sein schienen, als würden geisterhafte Kreaturen lautlos durch die Nacht huschen.

Lange Zeit sagte niemand ein Wort; die einzigen Geräusche waren das Bellen der Hunde in der Ferne hinter ihnen und das Rumpeln des Karrens, den sie notdürftig instand gesetzt hatten und der nun wieder die Teile der verschmutzten, mit getrocknetem Schlamm bedeckten Druckerpresse trug.

Sie hatten großes Glück gehabt, dass beim Aufprall der Fähre auf die Sandbank niemand ums Leben gekommen war. Wäre der weiche Uferschlamm nicht gewesen, wäre es nicht so glimpflich abgegangen, weder für die Täufer noch für ihre kostbare Presse.

Bevor sie weitergezogen waren, hatten sie sich beraten, ob sie die Straße durch den Wald nehmen sollten, die nach Süden führte, in Richtung der Geyerschen Ländereien.

»Die offene Straße bedeutet unseren Tod«, hatte Witter gewarnt. »Dann holen sie uns mit ihren Hunden und zu Pferd schnell ein. Keine Stunde, und sie haben uns. Wir müssen nach Süden, aber wir müssen im dichten Wald bleiben und die Bachläufe nutzen, um unsere Fährte zu verwischen und den Hunden zu entgehen.«

»Seit wann führst *du* uns an?«, fragte Berthold gereizt. »Außerdem ist es zu schwer, den Karren durch den Wald zu schieben. Wir müssen die Straße nehmen.«

»Verdammt! Dann nehmt den Weg, den ihr wollt!«, schimpfte Witter. »Ich gehe durch den Wald, mit oder ohne euch. Die Entscheidung liegt bei euch.«

»Witter hat recht«, sagte Grit. »Wir müssen im Schutz des Waldes bleiben.«

Nachdem auch die anderen auf ihn eingeredet hatten, gab Berthold schließlich nach, und so schoben und zerrten sie den Karren über Stock und Stein, über knorrige Wurzeln, durch seichte Tümpel und durch die schützenden Schatten des Waldes. Simon lag auf der Pritsche neben der Presse und stöhnte bei jeder Unebenheit, doch es waren vor allem der Karren und das Gewicht der Druckerpresse, die das Weiterkommen so schwierig machten.

Berthold zog vorne an den Stangen, während Kristina, Rudolf und Grit von hinten schoben. Witter ging voraus und suchte den leichtesten Weg. Immer wieder drehte er sich zu den anderen um. »Sobald wir auf einen Bach stoßen, werden wir ein gutes Stück weit in seinem Bett gehen, um die Hunde zu verwirren«, sagte er. »Nur so können wir unseren Vorsprung einigermaßen halten. Aber solange der verdammte Karren uns aufhält ...«

»Wir brauchen den Karren!«, sagte Rudolf entschieden. »Schon wegen Simon. Er kann nicht laufen.«

»Und wir brauchen die Presse«, erklärte Grit.

»Wenn sie uns erwischen, nutzt die Presse euch nichts mehr«, widersprach Witter.

Störrisch entgegnete Berthold: »Wenn es sein muss, ziehe ich sie alleine!«

Wieder hallte das Gebell der Hunde durch den Wald. Die Verfolger schienen näher gekommen zu sein. Kristina glaubte, Männer rufen zu hören. Stimmen wehten aus der Ferne zwischen den mächtigen Bäumen hindurch.

Witter blieb stehen und drehte sich zu den anderen um. »*Belfagor arcidiavolo*«, stieß er wütend hervor. »Ihr seid unbelehrbar!«

»Was ist *das* denn für ein Fluch?«, fragte Grit.

»Es ist kein Fluch. Es ist der Titel eines Buches von Machiavelli, ein Dichter aus Italien. Der Erzteufel wurde einmal auf die Erde geschickt, um sich ein Weib zu nehmen, aber er kehrte lieber in die Hölle zurück, als ihre Dickköpfigkeit zu ertragen.«

»Du bist verrückt geworden«, bemerkte Berthold abfällig.

»Das fällt dir jetzt erst auf?«, lachte Witter. »Ja, ich bin verrückt, weil ich bei euch bleibe. Und wenn ihr schon nicht auf die Vernunft hören wollt, dann hört auf die Hunde. Sie kommen näher. Lasst den Karren zurück, und tragt euren Freund!«

Doch sie hörten nicht auf ihn, zogen und schoben den schweren Karren weiter. Schließlich gelangten sie auf eine Böschung, an deren Fuß ein breiter Bach an einem großen Teich vorbeifloss. Das Mondlicht spiegelte sich auf dem schwarzen Wasser.

Wieder hörten sie das Hundegebell, lauter diesmal, gefolgt vom Ruf eines Mannes.

»Das ist einer der Hundeführer«, sagte Rudolf. »Sie kommen näher!«

Kristinas Angst vor den Hunden wurde übermächtig, sodass aller Glaube und alle Hoffnung schwanden. Sie zitterte am ganzen Körper. »Die Hunde …«, hörte sie sich sagen. »Herr im Himmel, hilf uns.«

»Schnell! Wir müssen eine Weile durch den Bachlauf gehen«, drängte Witter. »Das ist die einzige Möglichkeit, die verfluchten Köter zu verwirren und unseren Vorsprung zu halten.«

»Unmöglich«, sagte Berthold. »Die Druckerpresse …«

Bevor jemand ihn aufhalten konnte, hob Witter den verletzten Simon vom Karren und drückte ihn Rudolf in die Arme.

»Hier«, sagte er. »Halte deinen Freund.«

»Was hast du vor?«, fragte Rudolf.

»Das wirst du gleich sehen!« Witter packte die Schubstangen des Karrens und versetzte dem Gefährt einen harten Stoß, sodass es die Böschung hinunterrollte, in den Teich kippte und mitsamt der Presse versank.

Alle starrten Witter fassungslos an.

»Na los, wir müssen durch den Bachlauf. Beeilung!«, drängte er und stapfte los. Als niemand ihm folgte, drehte er sich um, schaute zu Kristina und winkte ihr. »Komm schon! Nimm wenigstens du Vernunft an!«

Sie zögerte, schaute die anderen ratsuchend an. In diesem Moment hörten sie wieder das Hundegebell und die Rufe von Männern, noch näher diesmal, und jeder Gedanke an den Karren und die Presse war vergessen.

Kristina lief Witter hinterher, die Böschung hinunter, und stieg ins kalte Wasser des Baches.

*

Witter behielt recht. Nachdem sie dem Bachlauf eine Zeitlang gefolgt waren, fielen die Jäger zurück. Bald war das Gebell der Hunde nicht mehr zu hören.

Simon hatte sich die ganze Zeit auf seinem gesunden Bein dahingeschleppt, gestützt von Rudolf. Doch er verlor immer noch Blut, und nach und nach schwanden seine letzten Kräfte. Erst als Kristina Rudolf zu Hilfe kam und Simon ebenfalls stützte, ging es quälend langsam weiter.

Kurz vor Anbruch der Morgendämmerung erreichten sie einen weiteren Bach und sanken erschöpft zu Boden. Kristina blickte auf Witter, der am Ufer kniete und sich die Hände rieb. Auch die anderen beobachteten ihn erstaunt.

»Er muss von Sinnen sein«, sagte Berthold.

»Allerdings«, erwiderte Witter. »Ich bin nicht mehr ganz richtig im Kopf, sonst wäre ich nicht bei euch geblieben. Aber ich hätte meinen Kopf gerne noch eine Zeit lang auf den Schultern.«

»Was tust du denn da?«, fragte Kristina.

»Seht euch eure Hände an. Sie sind schwarz.«

Kristina und die anderen blickten auf ihre Hände. Die Finger waren schwarz von Tinte. Sofort musste Kristina an den Mönch auf dem Marktplatz denken, der ihre verräterischen Hände angeschaut und augenblicklich die richtigen Schlussfolgerungen gezogen hatte.

»Nehmt Sand«, sagte Witter, »und schrubbt euch damit die Hände sauber. Wenn sie uns jetzt einholen, können sie nicht mehr ganz sicher sein, dass wir die sind, die sie suchen. Wir sind schon zu weit von Würzburg entfernt. Aber wenn sie Druckerschwärze an unseren Händen sehen, wissen sie, wen sie vor sich haben.«

Also knieten sich alle neben Witter, um sich die schwarzen Finger zu schrubben.

»Wir sollten aus diesem verfluchten Land verschwinden«, sagte Simon mit schwacher Stimme. »Auch wenn ich nicht weiß, wohin wir uns wenden könnten.«

»Es gibt keinen Ort, an dem es nicht genauso ist wie hier«, entgegnete Witter. »Überall gibt es Folter, Verbrennungen und Krieg. Was habt ihr euch überhaupt dabei gedacht, nach Würzburg zu kommen?«

»Warum warst du in Würzburg?«, stellte Berthold eine Gegenfrage.

»Um das Drucken zu lernen, damit ich eines Tages ein eigenes Buch herausgeben kann. Ein Buch, das all die Grausamkeiten und das Entsetzen beschreibt, die der menschliche Verstand ersonnen hat, diese edle Schöpfung Gottes.«

Kristina spürte Witters Zorn, seine Ablehnung des Glaubens, seine Verachtung.

»Du strebst nach Klugheit, Bruder Witter«, sagte Berthold. »Gib acht, dass es am Ende nicht Satan ist, der dich erwartet.«

»Für Witter ist das ganze Leben nur ein Witz«, sagte Rudolf.

»Aber es steckt Wahrheit in seinen Worten«, bemerkte Grit.

»Glaubst du an Gott, Witter?«, fragte Berthold. »Wie kommt es überhaupt, dass du einer von uns geworden bist?«

»Weil ich ein Narr bin«, antwortete Witter. »Genau wie ihr. Wir passen großartig zusammen.«

Kristina hörte nur mit halbem Ohr zu. Noch immer wütete die Angst vor den Hunden und den Häschern in ihr. Sie wünschte sich, sie könnte den anderen den Mut zusprechen, den sie selbst nicht empfand. Sie fühlte sich jeglicher Kraft beraubt. War dies das Ende? Es fühlte sich so an.

»Ich kann nicht mehr«, sagte sie und legte sich auf den weichen Waldboden. »Ich kann keinen Schritt weiter, bevor ich mich nicht ein wenig ausgeruht habe.«

Doch Grit zog sie hoch. »Nichts da. Wir müssen in Bewegung bleiben.«

Alle kämpften sich auf die Beine und stolperten weiter. Kristina half Rudolf weiterhin, Simon zu stützen. Irgendwann löste Witter sie ab und ließ sie ohne Bürde gehen.

»Lasst uns beten«, schlug Berthold vor. »Lasst uns beten für die armen verwirrten Seelen derer, die uns jagen.«

Witter seufzte vernehmlich. »Vergib ihnen, Herr, denn sie wissen nicht, was sie tun«, sagte er spöttisch. »Vielleicht fällt Gott ja auf die Täuschung herein und verschont uns, weil wir so freundlich darum bitten. Andererseits hat er nicht mal seinen eigenen Sohn verschont. Ich würde lieber keine Wette eingehen. Am besten, ihr setzt weiter einen Fuß vor den anderen, das hilft uns mehr als jedes Gebet.«

»Du lästerst selbst jetzt noch gegen Gott?«, stieß Berthold empört hervor. »Glaubst du denn nicht an die Wahrheit?«

»Die Wahrheit sieht so aus, dass wir beinahe auf dem Scheiterhaufen gelandet wären. Und diese wenig erbauliche Aussicht haben wir noch immer.«

Niemand sagte etwas dazu, nicht einmal Grit. Sie waren zu müde.

Ein sonniger Tag brach an, und bald wurde es einfacher, den Weg zu finden. Dann lichtete sich der Wald. Ein gelber Schmetterling flatterte vor ihnen her, wunderschön, beinahe unwirklich in dieser schrecklichen Zeit und an diesem Ort.

»Seht nur den Falter«, schwärmte Berthold. Ein Lächeln lag auf seinem schmutzigen Gesicht. »Vielleicht hat Gott ihn uns gesandt, auf dass wir nicht den Mut verlieren.«

Witter stöhnte leise auf. »Ganz bestimmt«, murmelte er.

Sie erreichten den Waldrand. Dahinter breiteten sich bestellte Felder aus.

»Hier trennen sich unsere Wege«, verkündete Witter. »Hier werde ich euch verlassen.«

»Wo sind wir?«, fragte Grit.

»Vielleicht sollten wir lieber fragen, wessen Land das ist«, meinte Rudolf.

»Die Felder gehören zu den Gütern von Giebelstadt, wem immer Giebelstadt gehört«, sagte Witter. »Die Straße verzweigt sich da drüben, seht ihr? Links geht es nach Fuchsstadt, rechts nach Albertshausen. Zwei bis drei Stunden weiter geradeaus im Süden liegt Giebelstadt.«

Rudolf starrte Witter misstrauisch an. »Woher weißt du das alles?«

»Jeder sollte seine Umgebung kennen, zu jeder Zeit, damit er weiß, wohin er fliehen kann, falls nötig. Die Straße aus Würzburg ist irgendwo da drüben im Westen.« Er ließ den Blick über das Land schweifen. »Aber die Felder müssen noch bearbeitet werden«, fuhr er dann nachdenklich fort. »Das ist ungewöhnlich ...«

»Vielleicht liegen sie zu weit abseits«, vermutete Grit.

»Vielleicht. Die Ernten waren nicht gut in den letzten vier Jahren«, sagte Witter. »Die Preise für Getreide und Gemüse steigen in Würzburg in schwindelnde Höhen, und die Qualität ist von Jahr zu Jahr schlechter geworden.«

»Ja«, sagte Simon und stöhnte auf. »Zu viel Regen, dann wieder zu wenig. Es ist ein Fluch, Bauer zu sein. Von dem, was man erntet, nimmt der Grundbesitzer die Hälfte, und vom Rest nimmt wiederum die Kirche die Hälfte. Wenn man einen Sohn hat, der bei der Arbeit helfen könnte, heben sie ihn aus und schicken ihn in einen ihrer endlosen Kriege. Und wenn man eine Tochter hat, und sie wird bei der Arbeit auf den Feldern überrascht, verschleppen sie das Mädchen in die Wälder.«

Kristina hatte vergessen, dass Simon einst Bauer gewesen war. Sie setzten ihn an einen Baum, an dessen Stamm er sich lehnen konnte. Sein Gesicht war bleich, die Hände weiß, und die Wunde in seinem Oberschenkel blutete wieder.

Grit blickte besorgt drein. »Ich kann das Bein nicht die ganze Zeit abbinden, oder er verliert es«, sagte sie.

»Gerste ...«, murmelte Simon mit einem verträumten Blick hinaus auf die Felder. »Im frühen Reifestadium. Der Boden muss gegrubbert werden. Bestimmt kommen bald Feldarbeiter mit Hacken.«

»Wir müssen Hilfe für ihn holen«, meinte Rudolf besorgt.

»In Giebelstadt gibt es Nahrung und Unterkunft«, sagte Berthold. »Ihr seht, Gott sorgt für die, die an ihn glauben.«

»In Giebelstadt ist es genauso wie in jedem anderen Dorf«, entgegnete Witter. »Eine oder zwei Familien, denen alles gehört, einschließlich der Menschen, die sie Hörige nennen. Sie werden auch von euch Besitz ergreifen, wenn ihr euch dort blicken lasst.«

»Ritter Dietrich Geyer war freundlich zu uns«, sagte Kristina. »Und er ist Herr von Giebelstadt.«

Witter spürte wachsende Verärgerung. Es war, als versuchte er, einen Welpen daran zu hindern, ins Feuer zu springen, um mit glühenden Kohlen zu spielen. Hatten diese Täufer in Würzburg denn überhaupt nichts gelernt?

»Und dieser Ritter, dieser Dietrich, heißt Ketzer in seiner Burg willkommen?«, fragte er spöttisch. »Nein. Ihr müsst das Dorf umgehen. Ihr dürft niemandem trauen.«

»Du kannst gehen, wohin du willst«, sagte Berthold. »Wir haben keine andere Wahl. Gott hat uns fraglos aus einem bestimmten Grund hierher geführt.«

»Kristina ...«, sagte Witter.

Sie schaute ihn traurig an.

Witter griff unter seinen Gürtel und zog einen kleinen Dolch hervor. »Hier, nimm diese Waffe.«

»Nein.« Sie schüttelte den Kopf. »Nein, ich kann nicht.«

»Verschwinde endlich, Witter«, rief Rudolf drohend. »Du bist keiner von uns.«

505

Witter wandte sich zum Gehen.

»Warte!«, sagte Kristina.

Witter blieb stehen, drehte sich um. Sein Blick begegnete dem ihren, einen kurzen Moment nur, doch Kristina sah den Ausdruck in seinen Augen, sah die Gefühle darin, die er nicht verbergen konnte. Hastig schlug er die Augen nieder, als hätte er ihre Gedanken erraten.

»Lasst ihn gehen«, sagte Berthold und trat unter den Bäumen hervor ins Freie, aus dem Schatten des Waldes hinaus ins Morgenlicht am Rand des Gerstenfeldes.

»Möge Gott mit dir sein, Kristina«, sagte Witter leise und lächelte. Dann ging er langsam davon.

Sie blickte ihm verzweifelt hinterher, suchte nach Worten – irgendetwas, das ihn zum Bleiben bewegte.

Dann hörte sie Bertholds Stimme im Rücken. »Kristina, komm herüber zu uns.«

Sie drehte sich um und sah, wie Berthold auf dem Gerstenfeld stand, die Hände der Sonne entgegenhob und sich mit einem Lächeln an die anderen wandte, um sie zu ermutigen. »Die Sonne ist wundervoll«, sagte er, den Kopf in den Nacken gelegt, während er sich um die eigene Achse drehte.

Kristina machte Anstalten, zu ihm zu gehen, als eine Hand sich auf ihre Schulter legte und sie zurückhielt.

Es war Witter. Er war zurück.

»Nein«, flüsterte er. »Warte.«

Kristina blickte ihn verwirrt an. Sie sah, wie er die Augen zusammenkniff und an Berthold vorbei über das Feld schaute, als versuchte er, irgendetwas zu erkennen.

»Was ist denn?«, fragte Grit.

Kristina befreite sich aus Witters Griff und wollte zu Berthold, vor dessen Gesicht der Falter flatterte, in dem er ein Zeichen Gottes erkannt zu haben glaubte. Entzückt betrachtete er das Farbenspiel der Schmetterlingsflügel in der Morgensonne.

Es war der Augenblick seines Todes.

44.

Lud

Nichts war je so, wie er es sich ausmalte, dass es sein würde. Mit der Heimkehr nach Giebelstadt war es nicht anders.

Dietrich hatte Waldo, seinen stummen Stallmeister, vorausgesandt, um den Dorfpriester Vater Michael zu informieren, dass sie bald in Giebelstadt eintreffen würden. Also war Waldo davongeritten, während sie langsam weiterzogen.

»Waldo kann ihnen nicht erzählen, welche von den Jungen gestorben sind und welche noch leben«, erklärte Dietrich Lud. »Es ist besser, wenn ich selbst mit den Müttern rede. Der Priester kann die Glocke läuten und die anderen zur Messe rufen, um sie zu beruhigen.«

Die Männer waren müde von den Wochen des Marschierens, von der Angst, der Schlacht und dem mühseligen Hacken und Graben am Uferdamm des Mains. Doch auf dem Marsch durch den dichten Wald war wieder Leben in ihre geschundenen Leiber gekommen, und sie hatten sogar gesungen. Einige humpelten auf kranken Füßen, doch alle lächelten. Sie stritten nicht mehr miteinander; alle Zwietracht war vergessen. Endlich kehrten sie heim.

»Denkt nur, klares, sauberes Brunnenwasser!«, sagte Linhoff.

»Ja. Kaltes frisches Wasser, das nicht vorher abgekocht werden muss«, jauchzte Stefan.

»Bier!«, rief der Kleine Götz. »Frisches Bier!«

»Und die Mädchen«, fiel Ambrosius ein.

Alle seufzten glückselig.

»Ihr sollt auch Wein aus der Burg haben«, sagte Dietrich. »Wir werden ein Fest feiern, das so schnell keiner vergisst.«

Die Männer strahlten. Wein aus der Burg zu bekommen war eine große Ehre, und der Herr Dietrich scheute keine Kosten. Doch den edlen Wein gab es selten, nur an Ostern und Weihnachten und ähnlichen hohen Feiertagen.

»Der Wein des Lernens, Lud, der Wein des Begreifens, das ist der süßeste Wein von allen«, sagte Dietrich, wobei er sich im Sattel zu Lud beugte.

Lud erinnerte sich an das Duell und an Dietrichs Versprechen.

Ich werde dich lesen lehren.

Und jetzt waren sie bald wieder zu Hause, doch bei aller Freude kam der Gedanke an das Lesen Lud unwirklich vor, beinahe unmöglich. Er spürte eine schleichende Angst. Was, wenn sich herausstellte, dass er nicht lesen lernen konnte, weil sein derber Verstand zu träge war, zu schwach, zu simpel?

In der letzten Stunde des Marsches waren sie aus dem Wald hervorgekommen und auf die Weizen- und Gerstenfelder gelangt, die zu Giebelstadt gehörten.

Lud dachte an Almuth, die Weberin und Hebamme, die so vielen Kindern auf die Welt geholfen hatte, die Mutter von Hermo und Fridel, den Zwillingen, beide tot. Hermo, der so empfindsam, so voller Liebe gewesen war, dass er um einen Vogel in der Schlinge geweint hatte, und der von den anderen seiner Sanftheit und seiner vorstehenden Zähne wegen gehänselt worden war. Und Fridel, der so beliebt war bei den Mädchen, so klug und stets fröhlich. Nun war er ausgelöscht wie ein Feuer.

Lud dachte mit Schaudern daran, Almuth die Nachricht vom Tod der Jungen zu überbringen. Voller Schrecken stellte er sich vor, wie sie ihn verzweifelt, unter bitteren Tränen anschreien würde, wie sie mit Ochsendung nach ihm werfen würde oder noch viel schlimmere Dinge tat.

Und dann Ruth, die Mutter von Matthes, die Lud nur freundlich und gütig erlebt hatte, schon als kleiner Junge. »Du hässlicher Bastard!«, würde sie ihn beschimpfen. »Du hast versprochen, meinen Jungen zu beschützen! Du hast es versprochen! Verdammt sollst du sein für den Rest deiner Tage, du erbärmlicher Versager!«

Wie sollte er jetzt noch eine Frau finden?

Aber es *musste* im Dorf eine Frau für ihn geben. Irgendeine einsame Frau, so bedürftig, dass sie selbst einen Kerl wie ihn, Lud, in ihr Bett nehmen würde.

Vielleicht gab der Priester ihm einen Fingerzeig. Schließlich hörte er regelmäßig die Beichte der anderen.

Lud verscheuchte den Gedanken an eine Frau, als der kleine Zug die ersten Felder durchquerte. Er hatte damit gerechnet, Arbeiter zu sehen, die ihnen zuwinkten, zuriefen oder herbeigerannt kamen, um Wasser und Äpfel zu bringen und um Geschichten über den Feldzug zu betteln. Arbeiter, die ihre Jungen begrüßten und umarmten.

Aber da war niemand.

Die Felder lagen leer und verwaist. Und sie waren trocken, zu trocken. Auf einem Feld weidete eine Schafherde, gehütet von Hunden, doch weit und breit war kein Schäfer zu sehen. Nichts außer den guten, zuverlässigen Hunden, die die Schafe beisammen hielten. Als hätten die Schäfer sich in Luft aufgelöst.

Als sie dem Dorf näher kamen, stürzten sich Fliegen auf sie. Riesige schwarze Fliegenschwärme, die ihnen folgten.

»Woher kommt das verdammte Ungeziefer?«, fragte Linhoff.

»Wisch dir beim nächsten Mal den Hintern besser ab«, sagte Max, und ein paar der Jungen lachten.

Dann bemerkte Lud einen kleinen Karren, der sich aus Richtung Giebelstadt näherte, gezogen von einem störrischen Maultier.

»Ist das der alte Klaus?«, fragte Dietrich.

Klaus war einer der ältesten fahrenden Händler. Er kam mehrere Male im Jahr nach Giebelstadt, um Bänder, Fäden und Garn feilzubieten, in jüngster Zeit auch Bilderbücher mit Abenteuergeschichten oder Zaubersprüchen und dergleichen, auch wenn kaum jemand im Dorf lesen konnte außer Dietrich und dem Priester.

Als Klaus die kleine Gruppe entdeckte, grüßte er nicht und hielt auch nicht, um seine Waren an den Mann zu bringen. Stattdessen trieb er das Maultier an, lenkte den Karren von der

Straße und geradewegs unter die Bäume, wo das Gefährt klappernd und rasselnd im tiefen Schatten des Waldes verschwand.

»Was ist denn mit dem los?«, fragte Dietrich verblüfft. »Er muss doch wissen, dass wir Geld bei uns haben von der Einberufung. Zumindest das, was noch übrig ist.«

»Ja. Wovor hat er Angst?«, pflichtete Lud seinem Herrn bei. »Zu Hause muss irgendetwas passiert sein.«

Jetzt erst bemerkte Lud, dass die Bewässerungsgräben trocken lagen, verstopft durch Erde und verdorrtes Gestrüpp, das regelmäßig ausgerissen werden musste, was hier aber nicht geschehen war. Da sie kein Wasser hatten, vertrockneten die Grünpflanzen bereits und wurden gelb, anstatt die üppigen Ähren auszubilden, wie es hätte sein müssen. Dann wurde Lud bewusst, dass es die Felder des Geyerschen Landgutes waren – Felder, deren Ertrag Dietrich brauchte, um seine Steuern zu begleichen und vom Rest den Betrieb des übrigen Gutes zu bezahlen.

»Niemand arbeitet auf den Feldern«, rief Dietrich. »Ich lasse Huber die Haut abziehen! Kaum bin ich weg, fällt alles auseinander!«

Huber war der Verwalter, der Vogt, und Lud hasste ihn. Der Mann nutzte seine Stellung, um die Mädchen zu belästigen, wo immer er sie fand. Wenn sie nicht willig waren – und das war kaum eine –, fand er Mittel und Wege, ihre Familien zu bestrafen. Niemand wagte es, sich Huber zu widersetzen oder sich gar bei ihrem Herrn Dietrich zu beschweren. Huber war für das geistliche Amt vorgesehen gewesen und von dem alten Priester unterrichtet worden, der mittlerweile gestorben war, hatte dann aber beschlossen, kein Geistlicher zu werden. Weil Huber dank seiner Ausbildung lesen und schreiben konnte, machte Dietrich ihn zum Verwalter, als der alte Vogt starb.

Da Huber aus einer bitterarmen Familie stammte, benutzte er seine Stellung, um es jedem heimzuzahlen, der ihm je einen Streich gespielt oder ihn irgendwie hatte leiden lassen. Er kommandierte jeden herum, schikanierte jeden, machte jedem das Leben schwer.

Lud musste innerlich grinsen bei dem Gedanken, dass Dietrich den Vogt bestrafen würde. Die Felder hatten noch nie so schlimm ausgesehen. Auf der anderen Seite war es eigenartig, ja unerklärlich, denn so mies Huber als Mensch auch sein mochte, er trieb die Arbeiter hart an und holte üblicherweise alles an Erträgen aus dem Boden, was das Wetter zuließ. Das war der einzige Grund, weshalb Dietrich ihn im Amt behielt.

Abgesehen davon war es schändlich von ihm, Lud, sich über etwas zu freuen, das von Nachteil für Dietrich, seine Ländereien und seine Leute war. Schlechte Ernten bedeuteten Knappheit und Probleme für alle. Dietrichs Wahl des Verwalters zu beanstanden hieß mehr oder weniger, Dietrich selbst zu kritisieren.

Trotz allem gelang es Lud wie immer nicht, den Mund zu halten. »Huber hätte sich um die Felder kümmern müssen«, sagte er. »Er musste schließlich nicht in die Schlacht. Er wurde nicht verpflichtet.«

»Verdammt noch mal, ja«, fluchte Dietrich. »Die Gerste reift nicht. Die Unkräuter erdrücken sie. Dieser verfluchte Huber. Er kann seine Haut behalten, ich nehme mir seinen fetten Arsch!«

Sie ließen die vertrocknenden Felder hinter sich und zogen an den viel kleineren Parzellen vorbei, auf denen die Dorfbewohner ihre eigene Nahrung anbauen durften. Sie waren in makellosem Zustand, der Boden gehackt, die Pflanzen satt und grün.

Wieder hielt Dietrich an, und alle anderen mit ihm. Lud sah, wie Dietrichs Gesicht dunkelrot anlief. Seine Kiefer mahlten. Auch die Jungen im Wagen blickten bestürzt drein.

»Die Felder der Hörigen sind bestellt, aber meine nicht? Was hat das zu bedeuten? Ist hier ein Aufstand im Gange?«

Sie ritten eine Zeit lang in bedrücktem Schweigen weiter und kamen an zahlreichen weiteren gut gepflegten Parzellen vorbei. Dietrich sagte kein Wort mehr, und Lud wagte nicht, ihn anzusprechen. Dann schlug Dietrich ein forscheres Tempo an, und der Wagen hatte Mühe, mitzuhalten.

Aufstand oder Schlendrian, dachte Lud. *Was von beidem ist schlimmer? Beides endet in Kummer und Sorgen.*

Dann bemerkten sie Waldo, der tief über den Hals seines Pferdes gebeugt in wildem Galopp über die Straße zu ihnen geritten kam. Er fuchtelte wild mit dem Arm und bedeutete ihnen, dass sie anhalten sollten.

»Stehen bleiben!«, befahl Dietrich seinen Leuten. »Sie sollen Halt machen.«

Lud hob die rechte Hand und gab das Zeichen.

Die Maultiere schnaubten, und der Wagen blieb klirrend und rasselnd stehen. Die Jungen murmelten protestierend und verwirrt. Lud bedeutete ihnen mit einem ungehaltenen Wink, still zu sein.

Waldo kam herangeritten. Staub wirbelte auf, als er vor Dietrich sein Pferd zügelte und sich bekreuzigte. Sein Gesicht war blass, die Augen weit aufgerissen, und er nagte mit den gelben Zähnen an der Unterlippe. Dann, als hätte er vergessen, dass er stumm war, bewegte er den Mund, doch kein Laut kam über seine Lippen.

»Was ist denn, Mann?«, fragte Dietrich ungehalten. »Gib mir ein Zeichen!«

Lud schlug nach einer Fliege und blickte Waldo voll banger Erwartung an.

Dem alten Mann liefen Tränen aus den geröteten Augen, die Spuren im Staub auf seinen Wangen hinterließen, bevor sie im grauen Bart versickerten.

Noch einmal bekreuzigte er sich. Diesmal aber mit drei krummen Fingern.

Lud schluckte, denn er hatte es erkannt, das Zeichen des Todes – das Zeichen der Pocken.

45.
Witter

$\mathcal{E}$r steckte seinen Dolch ein, setzte sich in Bewegung. Nach wenigen Schritten drehte er sich ein letztes Mal um und sah, wie Berthold Kristina zu sich auf das Feld winkte.

Im nächsten Moment glaubte Witter, einer Täuschung des Lichts aufgesessen zu sein. Denn in dem Feld oberhalb der Täufer bewegte sich etwas, keine dreihundert Schritte von ihnen entfernt. Ihm schwante Böses, und er eilte zu Kristina.

»Nein«, flüsterte er ihr zu und hielt sie zurück. »Warte.« Sein Blick suchte schon wieder die Stelle, wo er die Bewegungen gesehen hatte.

Dann brach die Hölle los. Witter hörte Kristina schreien. Als er ihrem Blick folgte, glaubte er für einen Augenblick, einem albtraumhaften Trugbild aufgesessen zu sein: Berthold, der eben noch verzückt getanzt hatte, umklammerte mit beiden Händen einen Bolzen, der in seinem Hals steckte. Er taumelte seitwärts und versuchte, sich auf den Beinen zu halten.

Kristina lief los, ihre gellenden Schreie drangen Witter bis ins Mark.

In diesem Moment sah Witter die Hunde. Mit wildem Gebell hetzten die Tiere über das Getreidefeld.

Witter rannte zu Kristina und packte sie an den Handgelenken. Sie versuchte, sich aus seinem Griff zu winden, wollte auf das Feld, wollte zu Berthold. Währenddessen zerrten Rudolf und Grit den entkräfteten Simon auf die Beine, doch auch sie konnten sich nicht von dem furchterregenden Anblick der heranhetzenden Hunde losreißen.

»Nein!«, schrie Kristina. »Nein, nein, nein!«

Witter starrte mit einer Mischung aus Entsetzen und Faszination auf Berthold, der mit beiden Händen den Bolzen umklammerte. Das Ende des Schafts zeigte nach oben, die Spitze nach unten. Blut strömte ihm aus der Wunde über den Rücken. Er röchelte, die Augen weit aufgerissen, wie aus fassungsloser Enttäuschung über einen niederträchtigen Verrat. Er drehte sich im Kreis, blinzelte und krampfte die Hände um den Bolzen, der in seinem Hals steckte, als wollte er sich daran festhalten.

So verharrte er noch einen Augenblick, dann sank er langsam auf die Knie und verschwand im Gerstenfeld.

Kristina schrie, wand sich in Witters Griff und kam frei. Als sie losrennen wollte, stieß er sie um, drückte sie zu Boden und hielt sie fest.

Auf der anderen Seite des Feldes kamen bewaffnete Männer aus dem Wald. Sie riefen und luden ihre Armbrüste nach. Witter sah, dass es Magistrate in Stadtkleidung waren.

Die Hunde hatten inzwischen Berthold erreicht und zerrten wütend an seinem Leichnam.

»Gütiger Jesus«, betete Kristina und kniete sich hin. »Ich flehe dich an, errette uns ...«

Witter packte sie beim Arm und zog sie mit aller Kraft hoch. Derweil schleppten Rudolf und Grit den verletzten Simon zurück in den Schatten der Bäume. Witter zog Kristina in die entgegengesetzte Richtung, auf ein Dickicht zu, hinter dem möglicherweise ein Bach floss. Kristina war wie ein totes Gewicht, gelähmt vor Angst. Sie war wie die Münzen in Witters Umhang im Fluss, die ihn in die Tiefe gezogen hatten.

Lass sie zurück, schrie es in ihm. *Lauf! Lauf um dein Leben!*

Witter dachte an den Fluss, an die Fähre, wie er all seine Goldmünzen verloren hatte und daran, wie ihm vor Angst, das Mädchen könnte ertrinken, die Münzen mit einem Mal egal gewesen waren. Jetzt war es wieder genauso.

Einen Moment lang kämpfte Witter mit sich. Er wusste, dass diese Frau alles verkörperte, was ihn behinderte, verwundbar machte und ihn dazu brachte, seine Überlebensregeln zu vergessen, und doch konnte er sie nicht loslassen. Er hatte die Frische des Lebens gekostet und hungerte nun danach, wie er im kalten schwarzen Herzen des Flusses nach Atem gehungert hatte.

Der Augenblick des Zweifels verging, und mit plötzlicher Klarheit sah Witter, was er tun musste.

Draußen auf dem Feld kamen die Magistrate wegen der hohen Gerste nur langsam voran. Die Hunde hingegen – Witter sah jetzt, dass es drei waren – hatten ihre Wut und Angriffslust an Berthold ausgelassen. Zwei von ihnen jagten nun Rudolf, Grit und Simon hinterher.

Witter zerrte Kristina mit sich auf das Dickicht zu. Wenn sie es bis zu einem Bach schafften, hatten sie eine Chance.

Aber die Zeit reichte nicht.

Der dritte Hund hetzte mit erstaunlicher Geschwindigkeit um Büsche und Bäume herum. Witter sah die straffe, sehnige Muskulatur unter dem schwarzen Fell des riesigen Tieres, das direkt auf sie zukam.

In diesem Moment riss Kristina sich los und rannte. Der Hund setzte ihr nach, und sie kreischte vor Angst.

Nein! Nein!, hallte es in Witters Innerem wider.

Mit einem Mal schien er ein ganz Anderer zu sein. Hätte er Zeit zum Nachdenken gehabt, zum nüchternen Überlegen, hätte er Angst bekommen und sich nicht von der Stelle gerührt. So aber hielt er mit einem Mal den Dolch in der Faust, sprang dem großen schwarzen Hund in den Weg und nahm die Wucht des Angriffs auf sich.

46.
Kristina

*K*ristinas Verstand war wie betäubt.

Sie stolperte über eine Wurzel, fiel hin und fuhr herum, gerade rechtzeitig, um zu sehen, wie Witter dem Hund in den Weg sprang. Das kläffende Tier prallte mit Witter zusammen und schleuderte ihn zu Boden. Dann war der Hund über ihm.

Der kleine Dolch flog Witter aus der Hand. Er schrie auf und versuchte, den massigen Kopf des großen schwarzen Tieres nach hinten zu drücken, doch der Hund hatte Witters linken Unterarm zwischen den Zähnen und schüttelte wild den Kopf. Witter ächzte und trat mit den Beinen.

»Kristina!«, stöhnte er. »Kristina! Hilf mir!«

Was sie dann tat, war jenseits ihrer Vorstellungskraft. Sie sah den Dolch im Schmutz liegen und packte ihn mit beiden Händen. Dann sprang sie vor und stach zu, trieb die dünne Klinge tief in den massigen Hals des Hundes, bis sie auf etwas Hartes traf. Heißes Blut spritzte ihr über die Hände. Die Bestie ließ jaulend Witters Arm los, versuchte nach Kristina zu schnappen und krümmte sich dann.

Im nächsten Moment lag das schwere Tier lang ausgestreckt auf Witter, mit zuckendem Schwanz und zitternden Hinterbeinen. Die sicher geglaubte Beute war vergessen. Witter schob und stieß den sterbenden Hund von sich und blieb dann schwer atmend liegen. Die Zunge des Tieres hing kraftlos aus dem Maul, Speichel troff von den Lefzen.

Kristina wurde schwindlig. Sie stolperte umher, konnte nicht ruhig stehen. Übelkeit stieg in ihr auf, und sie glaubte, sich übergeben zu müssen. Dann sah sie, wie Witter sich aufsetzte und auf seinen linken Arm starrte, als könnte er nicht begreifen, dass es seiner war. Er hielt ihn mit der rechten Hand. Aus zahlreichen tiefen Wunden sickerte Blut.

Allmählich fing Kristina sich wieder – bis die Erinnerung auf sie einstürmte …

Berthold, dachte sie. *Berthold!*

Drei Gedanken durchzuckten sie.

Berthold ist tot.

Wir müssen fliehen.

Ich darf ihn nicht auf dem Feld liegen lassen.

Kristina wollte hinaus auf den Acker, in die helle Morgensonne, zu ihrem toten Mann. Sie machte drei Schritte, als zu ihrer Linken ein Schrei gellte, gefolgt von Gebrüll und den Rufen von Männern.

Dann das Bellen und Jaulen eines Hundes.

Kristina erstarrte vor Angst. Die Beine versagten ihr den Dienst. Sie konnte sich nicht mehr bewegen.

»Kristina!«, zischte Witter.

Sie spürte, wie er sie mit der gesunden Hand am Arm packte, drehte sich zu ihm um und schüttelte verwirrt den Kopf. Wieder erklangen Rufe hinter ihr, und ein weiterer Hund fiel in das Bellen ein.

»Komm endlich, Kristina!«

Der drängende Ruf riss sie aus ihrer Erstarrung, und sie rannte, zusammen mit Witter.

»Das Dickicht ...«, stieß Witter keuchend hervor. »Vielleicht ist da ein Bach ...«

Sein linker Arm hing schlaff herab. Mit der Rechten zerrte er Kristina hinter sich her, tiefer ins Dickicht hinein. Immer wieder stöhnte er dumpf vor Schmerz.

»Dein Arm ...«, sagte sie.

»Nicht jetzt. Beeil dich!«

Sie schoben sich durch das dichte Unterholz und stießen tatsächlich auf einen Bach. Witter schob seinen verwundeten Arm in das klare Wasser. Er zitterte vor Schmerz.

Jetzt erst bemerkte Kristina, dass sie den Dolch immer noch in der Hand hielt. Ihre Hände waren rot vom Blut des Hundes und schwarz von den letzten Resten der Druckerschwärze, die sie nicht hatte abschrubben können.

Sie kam Witter zu Hilfe, wusch die Bisswunde aus, so gut es

ging. Kaum war sie fertig, zog er den Arm aus dem Wasser und drängte: »Komm! Wir müssen weiter.«

Dann ergriff er ihre Hand und rannte mit ihr durch das Bachbett, weg von den Stimmen und dem Hundegebell.

Was immer ihn angetrieben hatte, es hatte wieder die Herrschaft übernommen. Doch Kristina wusste, dass er wegen ihr zurückgekommen war und sich dem Hund entgegengestellt hatte.

Berthold wäre davongelaufen ...

Sofort verscheuchte sie diesen Gedanken. Berthold zu verurteilen, obwohl er gerade erst gestorben war, erfüllte sie mit Scham.

Lieber Gott, nimm Berthold bei dir auf. Trotz seiner Fehler war er ein guter, frommer Mann.

Sie versuchte sich vorzustellen, wie er auf Straßen voller Gold zwischen Engeln wandelte, während die Luft erfüllt war von himmlischer Musik. Doch das schreckliche Bild, wie er mit dem Bolzen im Hals blutüberströmt zusammengebrochen war, ließ sich nicht verjagen.

Dann rissen Hundegebell und Männerstimmen sie zurück in die raue Wirklichkeit.

Nachdem sie und Witter den Bachlauf verlassen hatten und aus einem Waldstück hervorkamen, gelangten sie auf ein weiteres Getreidefeld. Keuchend blieben sie stehen, um wieder zu Atem zu kommen. In diesem Augenblick entdeckte Kristina ein Schild auf einem Pfosten. Es war ein grob gezimmertes Warnschild, auf das jemand mit roter Farbe unbeholfen einen Totenschädel und darunter drei dicke Punkte gemalt hatte.

Der Schädel, schoss es ihr durch den Kopf. *Golgatha.*

»Das Zeichen für Pocken«, sagte Witter, der das Schild ebenfalls bemerkt hatte. »*Deswegen* ist niemand auf den Feldern. In dem Dorf hier sind die Pocken ausgebrochen. Das ist gut. Das ist sehr gut!«

Gut?, dachte Kristina. Hatte Witter den Verstand verloren?

Doch ehe sie etwas sagen konnte, waren bereits wieder die Verfolger zu hören. Witter ergriff ihre Hand und zog sie weiter mit sich, vorbei an dem Warnschild und hinaus auf das Feld. Als sie Männer hinter sich rufen hörten, zog Witter sie hinunter in den Weizen, und sie krochen auf allen vieren weiter.

Neben ihr drehte Witter sich zur Seite und schob die gelben Weizenhalme auseinander, um hindurchzuspähen. Er blickte auf das Schild, das vor den Pocken warnte und die Verfolger so abrupt zum Stehen gebracht hatte, als wären sie vor eine Steinmauer gelaufen. Die beiden Hunde zerrten an ihren Ketten.

»Was ist mit Grit, Rudolf und Simon?«, fragte Kristina flüsternd.

»Ich weiß es nicht, ich kann sie nicht sehen«, gab Witter ebenso leise zurück. »Aber die Jagd ist unterbrochen.«

Das Schild hatte die Jäger nicht nur aufgehalten, sie wichen jetzt sogar zurück, wobei sie aufgeregt miteinander redeten.

Witter lachte leise in sich hinein. *Die Pocken verjagen die Häscher*, dachte er. *Der Teufel wird von Beelzebub vertrieben.*

»Sie fürchten die Pocken und überlegen, ob sie die Hunde von der Leine lassen sollen, damit sie nach uns suchen«, sagte er leise. »Andererseits sind die Tiere zu kostbar, und sie selbst wagen sich nicht weiter vor.«

So lagen sie nebeneinander im hohen Weizen und warteten, bis die Geräusche der Männer und Hunde schwächer wurden und schließlich ganz verstummten.

»Hat der Hund dich nur am Arm erwischt?«, fragte Kristina nach einer Weile. »Du bist voller Blut, und wir müssen die Wunden reinigen.«

»Das Vieh hat mich überall gebissen, aber den Arm hat es am schlimmsten erwischt.« Witter blickte in die andere Richtung. »Giebelstadt liegt irgendwo dort. Es kann nicht weiter als eine Stunde sein. Vielleicht liefern sie dich ja nicht aus ...«

»Ganz bestimmt nicht!«, sagte sie. »Lass uns zusammen gehen.«

»Nein, es ist besser, ich ziehe allein weiter. Ich muss mich irgendwo verstecken, bevor ich vom Blutverlust das Bewusstsein verliere. Wenn ich schon sterben muss, dann als freier Mann. Ich will nicht, dass mich irgendein dahergelaufener Mistkerl schnappt und gegen ein Kopfgeld ausliefert.«

Kristina wollte ihm den Dolch zurückgeben.

»Nein«, sagte er. »Du kannst besser damit umgehen als ich. Geh jetzt.«

»Bitte bleib … Ich weiß nicht, was ich ohne dich tun soll.«

Als er nicht antwortete, drehte Kristina sich zu ihm um und sah, dass sein Körper zur Seite gesunken war. Sie kniete sich neben ihn. »Steh auf«, flehte sie. »Bitte, steh auf.«

Doch Witter hatte das Bewusstsein verloren. Er lag reglos da, die Arme ausgebreitet, während die Hitze über dem Feld flimmerte.

Kristinas Angst war überwältigend, erstickend. Sie flehte zu den himmlischen Mächten, ihr und Witter beizustehen.

Und dann glaubte sie, die Stimme Gottes zu hören.

Ich habe dir Witter geschickt, auf dass er dir den Weg weist, und du ihm.

Giebelstadt

47.

Lud

Im Dorf sind die Pocken ausgebrochen.
Lud ritt neben Dietrich und Waldo nach Giebelstadt. Hinter ihnen rumpelte der Wagen und schritten die Jungen. Niemand sagte ein Wort.

Näher beim Dorf lagen weitere Felder und Obsthaine des Ritters, und alle waren in schlechtem Zustand. Es war eine Katastrophe, doch die viel größere Katastrophe ließ Lud die Felder vergessen.

Die Pocken. In Giebelstadt.

Er dachte daran, wie sehr er sich davor gefürchtet hatte, den Müttern der gefallenen Jungen die Todesnachricht zu überbringen. Jetzt hatte sich mit einem Mal alles geändert.

Am Rand der Felder, vor den niedrigen Mauern des Dorfes, sah Lud, wie Dietrich die Hand hob. Das Zeichen zum Anhalten. Er lenkte Ox zurück zum Wagen und ließ die Jungen in einer geraden Linie antreten.

Sie tragen Bärte und haben in der Schlacht gekämpft, ging es Lud durch den Kopf. *Aber Männer sind sie deshalb noch lange nicht.*

Wieder einmal empfand er tiefes Mitleid mit ihnen, denn er kannte nur zu gut die Schrecken in einem Dorf, in dem die Pocken wüteten. Doch was immer sie dort erwartete, es würde klares Denken und entschlossenes Handeln erfordern. Und ein Herz, das nicht so leicht zerbrach.

Die Sonne schien plötzlich heißer vom Himmel, dabei war es noch nicht einmal Mittag. Goldener Dunst hing in der stillen Luft: Staub, den sie bei ihrem Marsch aufgewirbelt hatten. Die Fliegenschwärme schwirrten um sie her. Dietrich kam langsam herbeigeritten und hielt neben Lud. Waldo blieb zurück, wartete im Sattel. Dietrich schaute Lud schweigend an, dann ließ er den Blick über die Jungen schweifen.

Auch Lud musterte sie von oben bis unten, diese kläglichen

Überreste des einstigen Stolzes von Giebelstadt. Die Jungen, die seiner Fürsorge anvertraut waren.

Da war Kaspar, der Sohn des Müllers. Er war vom Wagen gestiegen und stand nun auf seinem einen Bein da, gestützt auf den Kleinen Götz, der den verbundener. Arm in der Schlinge trug. Der Kleine Götz, der den abgetrennten Kopf Hermos, seines besten Freundes, im Schoß gehalten hatte. Dessen Verstand in der Schlacht zerbrochen war und von dem Lud inständig hoffte, dass er wieder zu sich fand, nachdem er nach Hause zurückgekehrt war.

Nach Hause.

Zu den Pocken.

Und da war Max, der Spaßvogel, der schon eine ganze Weile nicht mehr gelacht hatte. Da war Linhoff, der das Gesicht in den Händen verbarg, damit niemand seine Tränen sah. Und Jakob, der Bauernsohn, der leicht an Pocken erkrankt gewesen war und der die blonde Ketzerin mit nach Hause hatte nehmen wollen. Jakob stand bei Stefan, dem Ältesten der Jungen, bärtig, mit schütterem Haar.

Tilo, der Bauernjunge, und Ambrosius, der Enkel des Schusters und Zeugmachers, die beide vor dem Kampf ausgebüchst waren, standen am Ende der Linie nebeneinander.

Lud musterte jeden von ihnen. Dann drehte er sich um und schaute Dietrich an.

Der Ritter blickte streng auf seine Truppe. Dann wurde sein Gesicht weicher, väterlicher.

»In den letzten Monaten habt ihr Befehle ausgeführt und euch daran gewöhnt, nicht selbst zu denken«, begann er schließlich. »Jetzt aber seid ihr wieder zu Hause, und neue Pflichten erwarten euch. Ihr müsst euch um eure Familien kümmern, wie auch immer es ihnen in der Zwischenzeit ergangen sein mag. Vergesst nicht, wer wir sind. Giebelstadt existiert seit siebenhundert Jahren, und unsere Ahnenreihen reichen zurück bis in die ältesten Zeiten. Unsere Vorfahren haben schon Hunderte von Jahren hier gelebt, gejagt und gekämpft, bevor wir geboren wurden. Wir stehen auf ihrem Vermächtnis. Es war ihr Mut, der unsere Welt erschuf.«

Lud beobachtete, wie die Jungen voller Unruhe dastanden und lauschten. Er dachte daran, wie sie stärker werden würden, während seine Kraft mit den Jahren erlahmte, und wie sie zum Rückgrat des Dorfes heranwachsen würden, während er und ihre Väter alt und schwach wurden. Dann würde das Wohlwollen dieser Jungen über Leben und Tod für ihn und ihre Familien entscheiden.

Doch ihr Wohlwollen in ferner Zukunft war derzeit nicht so wichtig wie ihr Pflichtgefühl und ihre Disziplin, hier und jetzt. Vielleicht würde er noch ein paar von ihnen an die Pocken verlieren.

Aber seine Pflicht ihnen gegenüber war getan. Sie waren nicht mehr seine Jungen.

»Ich werde euch nicht von eurem Zuhause fernhalten«, fuhr Dietrich fort. »Ich weiß, dass ihr euren Familien helfen wollt, so wie ich meiner eigenen Familie helfen möchte. Doch wenn ihr feststellt, dass sie an den Pocken erkrankt sind, dann vergesst nicht, dass nur Lud und Jakob gegen diese Krankheit gefeit sind. Also fragt sie um Hilfe. Fasst eure kranken Angehörigen auf keinen Fall an! Verstanden?«

Die Jungen nickten.

»Und wenn ihr die Kirchenglocke läuten hört, meldet euch auf dem Dorfplatz zur Arbeit auf den Feldern. Bringt jeden mit, der kräftig genug ist. Was immer die Gründe dafür sein mögen, dass meine Äcker vernachlässigt wurden, während einige Leute ihre eigenen Felder bestellt haben – sagt ihnen, wir sind zurück und dass die Ordnung wiederhergestellt wird, notfalls mit Gewalt. Falls es Beschwerden gibt, werde ich sie mir zu gegebener Zeit anhören. Doch im Augenblick muss die Ernte gerettet werden, so gut es geht.«

Die Gesichter der Jungen wurden dunkel, denn ihre Gedanken und Sorgen galten allein ihren Verwandten, nicht den Feldern des Ritterguts.

Dietrich schaute Lud an und nickte ihm zu.

»Der Feldzug ist zu Ende. Ich entlasse euch hiermit aus dem Kriegsdienst. Gott sei mit euch.«

»Männer von Giebelstadt, wegtreten!«, rief Lud.

Ein Ruck ging durch die wartenden Jungen. Dann löste die kleine Formation sich in Windeseile auf, und sie eilten ins Dorf und zu den Häusern ihrer Familien.

Lud blickte ihnen hinterher, dieser zerlumpten, armseligen Schar, die vorzeitig von einem langen Tag voll lästiger Pflichten entlassen worden war.

Nur einer stand noch da: Kaspar. »Ihr Hunde!«, brüllte er den anderen hinterher. »Helft mir gefälligst!«

Auf seinem einen Bein stehend, hielt er sich am Wagen fest, während er wütend und verzweifelt nach den anderen rief. Schließlich erbarmte sich der Kleine Götz, kam zurück, packte Kaspar unter dem Arm und half ihm ins Dorf.

»Lud«, sagte Dietrich.

»Herr?«

Lud drehte sich zu seinem Ritter um. Dietrich lenkte sein Pferd neben ihn, gefolgt von Waldo. Die Tiere berührten einander mit den Nüstern.

Dietrich legte Lud eine Hand auf den Arm.

»Hör zu. Ich brauche dich. Das Dorf braucht Recht und Ordnung. Gott weiß, was wir dort vorfinden. Du hast das alles schon einmal durchgemacht.«

»Ja, Herr«, sagte Lud. »Die Kranken brauchen Wasser, aber viel mehr werden wir nicht für sie tun können.«

Erst jetzt bemerkte er etwas in Dietrichs Augen, was er bei seinem Ritter noch nie zuvor gesehen hatte: Angst. Es war seltsam und furchteinflößend. Das harte, bärtige Gesicht Dietrichs wirkte mit einem Mal weich und schwach.

»Lud, meine Familie ist vielleicht erkrankt, und es bricht mir das Herz, aber wir können die Pocken nicht aufhalten. Sie werden sich austoben. Wie schlimm es wird, liegt in Gottes Hand. Du musst Huber finden. Er ist der Vogt, und auf ihn müssen die Leute hören. Die Felder warten nicht, bis wir Zeit haben. Sie wollen bestellt werden. Wer dazu in der Lage ist, muss arbeiten. Weizen und Gerste verdorren. Die Bewässerungsgräben sind voller Unkraut und Dreck. Wir haben nur noch wenige Vorräte in der Kornkammer wegen der schlechten Ernte im vergangenen Jahr, und ohne gute Ernte wird das Dorf hungern. Verstehst du?«

»Ja, Herr. Wir müssen jeden zum Arbeiten bringen, der dazu imstande ist.«

So viel war klar. Doch Lud hatte keine Macht im Dorf.

»Jeder, der nicht an den Pocken erkrankt ist, muss Unkraut jäten und den Boden aufhacken, sodass er jeden Tropfen Regen aufnehmen kann, den Gott uns schickt. Der Töpfer, der Müller, der Weber – sie alle müssen auf die Felder, nicht nur die Bauern. Und es spielt keine Rolle, wie alt oder jung sie sind.«

»Ja, Herr. Aber ich bin kein Ältester. Ich habe keine Gewalt über sie.«

»Wenn der Vogt tot ist, handelst du in meinem Namen.«

»Aber viele verstecken sich.«

Dietrich spuckte in den Dreck. »Nein. Sie schleichen sich aus dem Dorf, um ihre eigenen Parzellen zu bestellen!«

»Und wenn ich Huber nicht finden kann? Oder wenn er sich mir widersetzt?«

»Ich weiß, dass du Huber nicht ausstehen kannst. Aber stich ihn nicht nieder. Lass ihn am Leben. Wenn du ihn nicht finden kannst, ist er vielleicht schon tot. Dann suchst du Vater Michael. Er wird sich in seiner Kirche verstecken.«

»Wenn er nüchtern ist«, bemerkte Lud.

»Nüchtern oder nicht – wenn er nicht die Pocken hat, kann er uns zumindest sagen, warum die Ordnung verloren gegangen ist und wer dafür zur Verantwortung gezogen werden muss.«

»Und wenn er nicht gegen das Beichtgeheimnis verstoßen will?«

»Wenn er betrunken ist, wird er es tun. Und wenn er nüchtern ist, packst du ihn am Kragen und schüttelst ihn so lange, bis er uns sagt, was wir wissen müssen. Wenn du auf eine verrammelte Tür stößt, brich sie auf. Auch die Kirchentür, wenn es sein muss. Hol dir Männer, die dir helfen. Du hast jetzt die gleiche Befehlsgewalt wie auf dem Schlachtfeld. Betrachte es als eine andere Art von Krieg. Läute die Kirchenglocke, sobald du weißt, was passiert ist, und schaff die Leute auf die Felder.«

»Ich tue mein Bestes, Herr«, sagte Lud.

»Ich weiß. Das tust du immer. Jetzt muss ich mich um meine Leute kümmern. Möge Gott sich unser aller erbarmen.«

Dietrich gab seinem schwarzen Pferd die Sporen. Waldo bekreuzigte sich und folgte dem Ritter in wildem Galopp.

Lud blickte ihnen hinterher, als sie sich dem kleinen Schloss auf der anderen Seite von Giebelstadt näherten, inmitten der luftigen Obsthaine. Die Burg beherrschte den Süden des Dorfes; das dreiflügelige Haupthaus mit der Mauer und dem flachen Burggraben zog sich über die gesamte Breite des Dorfes hin. Nicht viele Adlige lebten ständig auf ihren Ländereien, sondern zogen es vor, in der Stadt zu residieren.

Lud war Dietrich stets dankbar dafür gewesen, dass die Geyers Giebelstadt zu ihrem Heimatort gemacht hatten. Nun saß er auf seinem großen Pferd und beobachtete, wie Dietrich und Waldo die Jungen überholten. Sie erreichten das Dorf und umrundeten es entlang der Mauer über den ausgetretenen Fußweg, der über das Feld dahinter zu den Gebäuden der Burg führte.

Die Jungen erreichten das Dorf und verschwanden durch das offene Tor. Hunde bellten und jaulten. Schwärme grüner Fliegen stoben auf.

Lud saß da und dachte mit Schrecken an die Befehle, die er soeben von seinem Herrn erhalten hatte.

Du kannst nicht den ganzen Tag hier sitzen, ermahnte er sich schließlich. *Du hast deine Anweisungen.*

Er gab Ox die Sporen und ritt los. Vor der Mauer aus roten Ziegeln, die das Dorf umschloss, zügelte er Ox, stieg ab und band das Pferd unter einem Apfelbaum fest, sodass es die herabgefallenen Früchte fressen konnte.

Die Dorfköter – die kleinen Tölen, nicht die kräftigen Hüte-
hunde, die auf den Feldern bei den Schafen waren – jaulten und
winselten, wackelten mit den Schwänzen und bettelten um Futter.

Aus dem Dorf erklang ein schriller Schrei. Offenbar hatte einer der Jungen einen Angehörigen gefunden. Lud lauschte. Nirgendwo waren spielende Kinder zu hören. Kein Lachen, kein
Streiten, niemand, der einem anderen etwas zurief. Stattdessen
erklang ein weiterer Schrei aus einer anderen Richtung.

Lud straffte sich, versuchte sich vorzubereiten auf das, was
ihn erwartete.

Dann aber stürmten die Erinnerungen mit Macht auf ihn
ein. Inzwischen war es sieben Jahre her, dass die Pocken seine
Familie dahingerafft hatten wie in einem Fiebertraum, während
er selbst Todesqualen litt und am Ende überlebte. Die Hälfte
aller Leute, die er gekannt hatte, war damals gestorben und ...

Nicht jetzt, rief er sich zur Ordnung. *Jetzt ist keine Zeit, sich in
Selbstmitleid zu ergehen.*

Lud ging durch das Tor. An einem Mast darüber hing ein
Banner mit silbernem Widderkopf, dem Wappen von Giebelstadt, verdreckt und in Fetzen.

Die schmalen Straßen und Gassen des Dorfes umschlossen
in konzentrischen Kreisen, wie die Schichten einer Zwiebel,
den Dorfplatz, der den Mittelpunkt bildete. Mitten auf dem
Platz stand eine mächtige alte Linde. Die Krone des Baumes war
beinahe so hoch wie der Kirchturm; die Zweige waren so ausla-
dend, dass sie das gesamte Zentrum des Platzes in ihren Schatten tauchten. Der Stamm war alt und knorrig. Die Rinde steckte
voller Glücksbringer von Dorfbewohnern, die für die eine oder
andere Sache um ein gütiges Geschick flehten. Mütter baten um
den Schutz ihrer Söhne, junge Bräute hofften auf gesunde Kinder. Nun aber war der Stamm übersät mit Dutzenden anderer
Dinge: Perlen, Münzen, Federn und ähnliche Talismane, um
die Pocken abzuwehren.

Lud wusste, dass der Baum älter war als das Dorf selbst. Die

Alten erzählten, dass er schon seit mehr als tausend Jahren stand, bevor Mönche die Lehren Christi in diesen Landstrich gebracht hatten.

Lud blieb stehen, nahm den vertrauten Anblick des Dorfes in sich auf. Alles sah so aus wie eh und ja, wie schon zu der Zeit, als er ein kleiner Junge gewesen war, seit seinen frühesten Erinnerungen. Er kannte jeden Namen, jeden Stein, jeden Weg und Steg, jedes Gebäude, jeden Baum und jeden Zaun.

Rings um den mächtigen Baum befanden sich Werkstätten und Läden: die Töpferei, die Zimmerei, der Metzger, der Schmied, der Bäcker, die Weberei. Alle waren geschlossen, alles war verlassen. Ein Hund jagte ein knochiges Huhn über die Straße, und irgendwo weinte ein Kind. Sonst war alles still und leblos.

Die Geyersburg war von hier aus nicht zu sehen; sie lag auf der entgegengesetzten Seite des Dorfes, wo der Bach verlief und die hohen Bäume standen. Auf der anderen Seite des Platzes stand die Dorfkirche, errichtet aus grob behauenem Kalkstein. Die hohen Kirchentüren waren fest verschlossen. Hinter der Kirche befanden sich die Häuser der wohlhabenderen Einwohner, des Müllers, des Schmieds. Das Dorf lag da wie tot. Die Pocken brachten alles zum Erliegen.

Lud ließ den Blick in die Runde schweifen.

Meine Heimat, dachte er.

Hier wurden Menschen geboren, wuchsen auf, heirateten, hatten Kinder, wurden alt und starben. Hier arbeiteten sie, bestellten das Land, taten Böses, taten Gutes, schlossen Freundschaften, stritten, spielten, tranken, feilschten, schwatzten, beteten, zogen in den Krieg, sündigten, beichteten, wurden verkrüppelt, wahnsinnig, verloren Gott und fanden ihn wieder und umgekehrt, verfluchten einander am einen Tag und weinten am nächsten an der Schulter des anderen.

Das Dorf war wie ein einziges Lebewesen, wie eine große Familie, treu gegenüber dem Herrn, dem Land, den Verwandten und Freunden. So war es seit Hunderten von Jahren an diesem

Ort, der aus dem Staub war, aus dem Gott die Menschen geformt hatte und zu dem sie wieder wurden, wenn Gott mit ihnen fertig war. Nur die, die in den Krieg zogen, wussten etwas über die weite Welt.

Doch das Dorf war viel mehr als ein Ort gemeinsamer Unternehmungen. Es war ein Zuhause, ein Hort der Beständigkeit, wo Erfolg oder Fehlschlag davon abhingen, dass jeder arbeitete und fest daran glaubte, hierher zu gehören. Ein Dorfbewohner mochte seinen Herrn am einen Tag verfluchen – am nächsten Tag brachte er einen Außenstehenden um, weil der sich gegenüber demselben Herrn respektlos gezeigt hatte. Die Menschen hier waren ehrlich und loyal, wo sie es sich leisten konnten. Und sie liebten ihr Dorf.

Das alles ging Lud durch den Kopf, als er den Blick über den verlassenen Platz schweifen ließ. Er hatte die Rückkehr gefürchtet, die Begegnung mit den Müttern der toten Jungen. Wie anders jetzt alles gekommen war. Lud fühlte sich wie in einem schlechten Traum.

Sein Blick glitt an den Häusern entlang. Er sah die verschlossenen Türen und dachte an die Zeit zurück, als er sich von den Pocken erholt hatte, krank und schwach, das Gesicht entstellt. Seit damals hatte er als Außenseiter in der Dorfgemeinschaft gelebt. Niemand hatte ihn bei sich auf dem Feld haben wollen; im Dorf war er zwar anerkannt und stets gegrüßt worden, doch niemand hatte ihn jemals in sein Haus eingeladen, oder auf einen Krug Bier in die Taverne.

Sieben Jahre lang war er gemieden worden. Er hatte es selbst so gewollt, und es war ihm recht gewesen. Dietrich hatte ihn als Wildhüter beschäftigt und in Kriegszeiten als Soldat, als Reisiger.

Und jetzt soll ich die Leute dazu bringen, auf den Feldern zu schuften? Soll die Türen öffnen, zur Not mit Gewalt, das Grauen im Innern sehen und die Gesunden nach draußen auf die Straße zerren und auf die Felder treiben?

Er versuchte, sich von diesem Gedanken loszureißen.

Er musste Huber finden und zur Rede stellen.

Huber konnte lesen, schreiben und zählen; das war sein persönlicher Schatz und der Grund dafür, dass er Vogt war und sich jedem anderen im Dorf überlegen fühlte.

Als Lud sich in Bewegung setzte, herrschte die gleiche lastende Stille wie zuvor, nur hin und wieder durchbrochen von einem Schrei aus der Ferne.

Dann verharrte er abrupt.

Da lag etwas auf dem Platz.

Ein Toter. Lud erblickte grüne Fliegen, die schimmernd auf dem Leichnam wimmelten. An der Kleidung des Toten erkannte Lud, dass es sich um einen Mann gehandelt haben musste.

Dann entdeckte er die Überreste eines Wagens an einer Mauer. Er war nur noch ein Haufen Holzkohle, fast bis zur Unkenntlichkeit verbrannt und zerfallen. Der Wagen war vor wenigstens einer Woche verbrannt worden, denn es gab kein Schwelen mehr, keinen Qualm, und die Asche war längst vom Wind verweht. Nach den verrotteten Überresten zu urteilen, war es der Wagen eines Plünderers gewesen. Merkwürdig, diesen Wagen hier zu sehen. Üblicherweise waren Plünderer im Gefolge von Armeen zu finden, wo sie zusammenrafften, was auf dem Schlachtfeld zurückblieb.

Lud näherte sich dem Toten langsam. Der Leichnam schien zu zittern – er war über und über bedeckt von Ungeziefer. Lud konnte keine Spuren von Pocken auf den entblößten Unterarmen entdecken, auch nicht aus der Nähe. Dann sah er, dass der Schädel des Toten eingeschlagen war. Ein großer, von getrocknetem Blut bedeckter Stein lag in der Nähe.

Lud konnte nicht erkennen, wer der Tote war – er hatte den Mann noch nie gesehen. Er rollte ihn mit der Spitze seines Bundschuhs herum; der Bauch des Toten war weiß wie Kreide. Auch hier keine Pocken. Er trug eine lederne Hose, wie sie von gewöhnlichem Fußvolk getragen wurde.

Die Fliegen stoben vom aufgedunsenen Leichnam hoch und

landeten dann wieder, um sich hungrig an dem verfaulenden Festschmaus zu laben.

Was war hier geschehen?

Lud zog weiter, verließ den Platz und bog in eine Gasse ein, vorbei an Scheunen, Ställen und Verschlägen, alle unbewacht und verwahrlost. In einem Pferch lagen tote Schafe. Gänse rannten Lud schnatternd vor die Füße und schnappten nach seinen Beinen. Ein Hahn flatterte auf einem Dachbalken hin und her. *Das bringt nichts,* dachte Lud. *Hier ist niemand.*

Lud änderte die Richtung und schritt nach Osten, zu dem Teil des Dorfes, wo die armseligen Hütten der Ackerbauern und Tagelöhner standen. Auch dort war jede Tür verschlossen, und das war sehr ungewöhnlich. Die Bauern verbrachten den größten Teil ihres Lebens im Freien, bei jedem Wetter, und ihre Türen standen fast immer offen. Und heute war das Wetter ausgesprochen schön; es war ein heißer, klarer Tag, und die Sonne stand hoch am Himmel.

Lud schüttelte den Kopf und ging weiter. Seine Hand fuhr gewohnheitsmäßig zu seinem Dolch an der Hüfte, ohne dass er einen greifbaren Grund dafür gehabt hätte außer einer namenlosen Angst, die sich wie ein Dieb unsichtbar an ihn heranschlich. Schließlich kehrte er zum Dorfplatz zurück, um den Brunnen zu untersuchen, der sich ganz in der Nähe der alten Linde befand.

Lud warf den Eimer hinein. Er fiel nicht tief, bis er aufs Wasser aufschlug. Das war gut. Der Wasserspiegel war ausreichend hoch. Sie mussten also nichts weiter tun als die alten Bewässerungsgräben freiräumen, wo sie unterhalb der Burg in den Bach mündeten.

Plötzlich vernahm Lud schwache Geräusche, unterdrückte Schreie, wie von einem weit entfernten Vogelschwarm.

Er drehte sich um, lauschte und erkannte, dass die Geräusche aus den kleinen Häusern im Osten des Dorfes kommen mussten, vom Wind hergetragen.

Lud wäre am liebsten davongelaufen.

Stattdessen rief er, so laut er konnte. »He da, aufgepasst! Euer Herr Dietrich Geyer ist zurückgekehrt. Erweist ihm die Ehre und begrüßt ihn!«

Es musste schlimm stehen, sehr schlimm. Niemand kam nach draußen, niemand zeigte sich. Die unterdrückten Schreie waren verstummt.

Lud spürte einen plötzlichen Stich der Furcht um Dietrich, seinen Herrn, den er liebte. Er fragte sich, was der Ritter wohl in seiner Burg vorgefunden hatte. Edelfrauen und Kinder von Adligen waren nicht gefeit gegen die Pocken. Ihre Diener ebenfalls nicht. Die Pocken befielen wahllos jeden, den sie finden konnten.

Lud musste an den alten Imam in der Moschee denken, kurz bevor die Kriegspfaffen ihn lebendig verbrannt hatten, und an die warnenden Worte des alten Mannes: *Nach dem Krieg kommt die Pestilenz. Der Teufel ist mächtig geworden. Kannst du ihn nicht spüren, hier an diesem Ort?*

Widerwillig verließ Lud den Dorfplatz. Er wusste, was er tun musste, auch wenn er sich fürchtete.

Mit Mühe brach er die verschlossenen Türen der kleinen Häuser auf. Manche waren leer. In anderen versteckten sich Menschen. Lud blickte in schmutzige, hagere Gesichter, die kaum wiedererkannte und die vor dem Licht zurückwichen, voller Angst wegen der Pocken. Viele waren noch gesund, aber halb verrückt vor Furcht.

In einem halben Dutzend Häuser jedoch lagen jämmerliche Gestalten, die übersät waren von Pusteln und eitrigen, triefenden Wunden. Einige röchelten, andere stöhnten, wieder andere waren bereits tot. Die Leichen verströmten einen Gestank, den Lud bereits erkannte, bevor er die Türen öffnete. Bei manchen Türen wusste er, dass es besser war, sie geschlossen zu lassen. Übelkeit und Schwindel erfassten ihn. Er schwankte.

Dann aber zwang er sich, weiterzugehen und die Befehle seines Herrn Dietrich zu befolgen.

Dietrich hatte ihm befohlen, die Lage im Dorf zu erkunden.

Und die Lage, die er vorfand, war so erschreckend wie der Anblick eines Schlachtfeldes. Verzweiflung erfasste ihn. Waren am Ende alle des Todes?

Niemand bringt den Kranken Wasser. Und ohne das Getreide werden wir den Winter nicht überstehen. Alle werden verhungern.

Endlich erreichte er Hubers Haus. Es hatte ein festes Fundament, Mauern aus gebrannten Ziegeln und ein Schieferdach. Neben dem Haus war ein Pferch, aus dem verdurstende Schafe blökten. Die Hälfte von ihnen lag verendet oder sterbend am Boden.

Wo war Huber? Was hatte er unternommen gegen dieses Elend? War er davongelaufen? Versteckte er sich in seinem Haus, zitternd vor Angst?

Im Innern hörte Lud ein Geräusch. Er versuchte die Tür zu öffnen, doch sie war verbarrikadiert.

»Huber?«, rief er.

Niemand antwortete.

In Lud stieg heiße Wut auf.

»Huber, du verdammter Hund!«, brüllte er und hämmerte mit den Fäusten gegen die massive Holztür.

Doch alles, was Lud aus dem Innern antwortete, war kaltes Schweigen.

48.
Kristina

Es war Stunden her, seit sie den Bachlauf durchfurtet hatten. Kristina wusste, dass sie bald sauberes Trinkwasser finden musste. Sie stützte den entkräfteten Witter, als sie sich an den Feldern vorüberschleppten, stets in der Deckung hoher Gräser und Sträucher.

Mitten durch eines der Felder verlief ein ausgetrockneter Bewässerungsgraben bis zur Schutzmauer des Dorfes. Hinter der Mauer erblickte Kristina Hausdächer, die meisten strohgedeckt, und den befestigten Turm einer Kirche.

Witter wollte nicht ins Dorf, das hatte er ihr deutlich zu verstehen gegeben, nachdem er wieder zu sich gekommen war. Er wollte weiterflüchten, sich verstecken. Doch seine Verletzung ließ ihnen keine Wahl. Sein Arm, zerfetzt vom Angriff des Hundes, hing schlaff herab.

Als Kristina einen Obsthain erreichte, hielt sie im Schatten eines Zwetschgenbaumes, lehnte Witter an den Stamm und blickte, von Hunger geplagt, sehnsüchtig hinauf zu den grünen, unreifen Früchten.

Sie musste Witter zum Zuhören bringen. Sein Kopf hing reglos nach vorn, seine Augen waren geschlossen. Kristina hatte seinen Arm mit ihrem Kopftuch verbunden; das war mittlerweile dunkelrot und durchnässt von seinem Blut.

»Witter«, sagte sie und ergriff seine Hände.

Er reagierte nicht.

»Witter? Kannst du mich hören?«

»Ja ... ja, ich höre dich.«

»Wir sind vor dem Dorf, aber hier sind die Pocken ausgebrochen. Ich weiß nicht, ob es eine gute Idee ist, in das Dorf zu gehen. Mein Mann ist tot, und ich weiß nicht, was Rudolf, Grit und Simon zugestoßen ist. Aber ich muss Wasser für dich finden, und du musst dich ausruhen. Dein Arm ist schlimm verletzt. Ich wollte mit dir darüber reden, weil ich nicht weiß, was ich tun soll. Kannst du mich überhaupt verstehen?«

»Ja ... ich höre dich«, antwortete Witter, das Kinn auf der Brust.

»Sollen wir nicht doch ins Dorf? Was meinst du?«

Stille.

»Witter? Bitte, sag etwas. Was sollen wir tun?«

Jetzt hob er langsam den Kopf, und seine Augen suchten die ihren. »Ich habe nachgedacht. Die Häscher kommen nicht hierher. Sie werden umkehren. Ich fürchte sie und die Magistrate mehr als die Pocken, denn ich bin immun, genau wie du. Ich fürchte die Häscher mehr als die Dorfbewohner und Soldaten, die du bereits kennst.«

»Jesus würde den Kranken helfen«, sagte Kristina leise.

Ein spöttisches Lächeln erschien auf Witters Gesicht, und er schüttelte langsam den Kopf.

»Wunder bewirken, vielleicht? Ich bin nicht Jesus, und du auch nicht. Hier draußen, ohne Nahrung und Wasser, werden wir sterben. Was immer uns in diesem Dorf erwartet, es kann nicht schlimmer sein, als bei lebendigem Leib verbrannt zu werden.«

»Also bist du dafür, dass wir ins Dorf gehen, was auch geschieht? Vielleicht hat Gott uns hierher geschickt. Die Bewohner werden uns brauchen. Wir müssen ihnen helfen, so gut wir können.«

»Wenn es keine Wahl gibt«, sagte Witter, »hat Gott bereits für uns entschieden.«

49.
Lud

Irgendwann trat er Hubers Tür ein – es war eine Tür mit Eisenbändern und Angeln, die ihm einigen Widerstand entgegensetzte –, in der Erwartung, den Gestank von Krankheit und Tod vorzufinden.

Stattdessen schlug ihm der Gestank des Exzesses entgegen.

Im Halbdunkel sah er Huber in einer Ecke auf seinem Strohbett liegen, bewusstlos, volltrunken, in seinem eigenen Erbrochenen. Ein nacktes Mädchen versuchte sich hinter ihm zu verstecken, doch Lud zerrte es an den Füßen hervor. Sie war ebenfalls betrunken, und überall auf dem Boden lagen leere Bierkrüge. Erleichtert stellte Lud fest, dass beide von den Pocken verschont geblieben waren.

Das Mädchen war sehr jung, mit knospenden Brüsten und einem runden Gesicht. Lud erkannte sie als Waldos jüngste Tochter Kella, die Kleine mit den schwarzen Haaren, die mit Jungen in die Büsche schlich. Lud wusste, dass Waldo nach seiner Tochter suchen würde, und er war mit dem Messer mindestens genauso gut wie mit der Peitsche.

Lud staunte, dass ein Mann wie Huber, der lesen und schreiben und sogar mit Zahlen rechnen konnte, sich so unklug verhielt.

»Du weißt, dass dein Vater euch beide umbringen wird?«, fragte Lud Kella, wobei er sie voller Abscheu auf Huber stieß.

»Rühr mich nicht an!«, kreischte Kella und rieb sich den Knöchel, wo er sie angefasst hatte. »Überall sind die Pocken!«

»Wie lange schließen die Leute sich schon in ihren Häusern ein? Wie viele haben die Pocken? Wie hat es angefangen? Antworte mir.«

»Geh weg! Geh weg, Narbenfresse!«

Kella verbarg ihr Gesicht in den wirren schwarzen Haaren. Wenigstens war sie nicht mit Pocken infiziert. Noch nicht jedenfalls.

Lud packte Huber bei den Füßen und zerrte ihn vom Bett. Hubers Kopf krachte auf den gestampften Lehmboden, aber er rührte sich nicht.

»Du bist hier der Vogt, Mann!«, fuhr Lud ihn an. »Die Felder unseres Herrn vertrocknen, du fettes Schwein! Versteckst du dich etwa hier?«

Lud zerrte ihn nach draußen ins Sonnenlicht. Sofort warf das Mädchen hinter ihnen krachend die Tür zu.

Lud zog Huber wie einen Toten hinter sich her bis zum Brunnen und schüttete Wasser über ihn, aber der Mann lag nur lallend da, stockbetrunken.

»Das Dorf steht vor dem Ende, die Leute sind verzweifelt, und du besäufst dich!«

Lud konnte sich gerade noch zügeln, denn beinahe hätte er Huber gegen den Kopf getreten. Ein einziger wuchtiger Tritt gegen die Schläfe, um alle Probleme zu beseitigen und einen neuen Vogt zu bestellen. Wenn Dietrich bestimmte Dinge nicht aus der Welt schaffte, fanden die Dorfbewohner Mittel und Wege, eine Veränderung herbeizuführen: Sie arbeiteten langsamer, ließen die Ochsen umhertrotten, hielten die Mühle an – uralte Kniffe, um ihre stille Ablehnung zu demonstrieren.

Ja, Hörige waren an den Grund und Boden gebunden, fast wie Sklaven, durch das Gesetz des Landes. Doch sie waren Männer und Frauen mit eigenem Willen. Und wenn er, Lud, Huber umbrachte, würde man einen Schuldigen suchen.

Nein, das hier war nicht Würzburg, wo er ungestraft einen Kinderschänder töten konnte, ohne dass es irgendjemanden kümmerte. Außerdem war er nicht verantwortlich für Kella. Was das Mädchen tat, ging ihn nichts an, nur Waldo, ihren Vater.

Lud blickte hinunter auf das Häufchen Elend, das Huber war. Huber, ein Teil des Dorfes. Viele mochten ihn hassen, doch es gab auch viele, die ihm etwas schuldeten. Also riss Lud sich zusammen und verzichtete darauf, dem Mann den Schädel einzutreten.

Huber ist ein Nichts. Überlass ihn Waldo.

Er musste sich auf seine Pflicht konzentrieren. Dietrich hatte gesagt, falls Huber nicht zu finden sei, solle er Vater Michael suchen.

Lud wandte sich vom Brunnen und dem lebenden Kadaver Hubers ab und überquerte den Platz in Richtung Kirche. Als er in den Schatten des Kirchturms gelangte, musste er an die Zeremonie auf dem Domplatz von Würzburg denken, als der Schatten des Doms während der endlosen Ansprachen langsam auf ihn zugekrochen war.

»Macht auf, Vater!«, rief er und hämmerte gegen die schwere Doppeltür, zuerst mit den Fäusten, dann mit dem Eisenknauf seines Dolches. »Vater Michael? Ich bin es, Lud. Ritter Dietrich hat mich zu Euch geschickt! Macht auf!«

Nichts. Die dröhnenden Schläge gegen das Holz hallten über den Platz, und niemand antwortete bis auf einen Vogel, der aus dem Kirchturm geflattert kam, aus einem der winzigen Fenster hoch oben, hinter denen die Glocke hing, unter dem spitzen Dach.

»Verflucht!«, stieß Lud hervor und legte den Kopf in den Nacken. Es war ein weiter Weg nach oben. Doch die Mauer hatte viele Risse, Vorsprünge und Vertiefungen.

Lud steckte den Dolch ein und packte die Kanten der ersten Kalksteinblöcke. Mit einer fließenden Bewegung zog er sich hoch, bis die Zehen eine andere Vertiefung in einem anderen Stein gefunden hatten. Dann begann er zu klettern.

Fast oben sah er, dass die Fenster zu klein für ihn waren. »Gottverdammter Mist!«, fluchte er und blickte nach unten. Dann fragte er sich, ob es sein konnte, dass man bei jedem Fluch, den man ausstieß, einen Handel mit dem Teufel einging und etwas für den Fluch von ihm zurückbekam, etwas Hilfreiches. Bei Lud war es jedenfalls oft so. Auch jetzt wieder, denn kaum hatte er die Verwünschung ausgesprochen, entdeckte er einen besseren Weg ins Innere der Kirche: Ein Sims führte um den Turm herum, und auf dem Dach daneben befand sich ein Mansardenfenster.

Ein paar Minuten später, nachdem er mehrmals auf den alten Schiefertafeln abgerutscht war und sich immer wieder in letzter Sekunde gefangen hatte, trat Lud das Mansardenfenster ein und stieg in den Raum dahinter. Es war zweifellos das Zimmer des Priesters. Es gab kein Bett. Lud sah den kahlen Fußboden, blank geputzt an der Stelle, wo Vater Michael und ein Dutzend Priester vor ihm im vergangenen Jahrhundert geschlafen hatten.

Lud ging durch die Tür, durchquerte den Flur und stieg die schmale Treppe hinunter in den Altarraum im dämmrigen hinteren Teil der Kirche. Durch ein kleines bleiverglastes Rosettenfenster fiel ein Schaft aus Licht und zeichnete einen hellen Fleck auf den Boden.

Irgendjemand murmelte leise vor sich hin. Lud entdeckte die Gestalt von Vater Michael, die vor dem Altar kniete und betete. Über dem Priester hing der wertvollste Gegenstand in der Gemeinde, Jesus am Kreuz.

Es war eine schlichte Dorfkirche, und die lebensgroße Gestalt am Kreuz war aus Holz geschnitzt. Zweifellos von einem unbekannten Genie, denn das Kunstwerk war mit großem Geschick ausgeführt, und die Gesichtszüge wirkten auf geradezu unheimliche Weise lebendig im Ausdruck der Qual.

Eine Qual, die man nur kannte, wenn man sie selbst erlebt hatte.

Lud hielt inne, wie jedes Mal, wenn er die geschnitzte Christusfigur in ihrer schattigen Nische über dem Altar erblickte, mit ihrem rätselhaften Blick voller Mitleid oder Abscheu – was genau, war schwer zu sagen, doch es war ein menschliches Antlitz, nicht das eines Engels. Keine himmlische Weichheit, kein einfacher Tod. Das Gesicht hatte scharf geschnittene Züge voller Todesqualen. Lud hatte solche Gesichter bei Menschen mit grauenhaften Verletzungen gesehen. Eisennägel waren durch die geschnitzten Handgelenke und Knöchel getrieben und hielten die Gestalt am Kreuz. Der ganze Leib war schmerzhaft verdreht, doch was man am wenigsten vergaß, das waren die Glasaugen, von denen manche Kirchenbesucher glaubten, sie wären lebendig. Sie schienen den Betrachter durch das Gotteshaus hindurch zu verfolgen, egal, in welche Richtung man sich bewegte. Dietrich hatte Lud erzählt, dass die Augen von Glaskünstlern aus Wien kämen, gekauft von einem seit langer Zeit toten Herrn als Buße für ein längst vergessenes Verbrechen.

Als kleiner Junge hatte Lud sich vor diesen Augen geängstigt. Seit damals hatte er Schwierigkeiten gehabt, Trost in Jesus Christus zu finden. Wer imstande war, für die Fehler und Sünden fremder Leute so viel Leid auf sich zu nehmen, war nicht menschlich, und nicht menschlich zu sein war etwas, das Lud nicht begreifen konnte. Aber wenn er sich in der Messe umgedreht hatte, hatte er die Erwachsenen gesehen, die so tief berührt schienen, manche mit feuchten Augen; manche, die sich bekreuzigten; manche, die niederknieten, beteten, murmelten. Nur ganz wenige hatten geschlafen.

Oftmals dachte Lud während der Messe an den Armbrustbolzen, der seine linke Hand durchbohrt hatte. Er war jung gewesen, und es war seine erste ernste Verwundung. Die Nägel in den Händen und Füßen Christi riefen jedes Mal die Erinnerung an den Schmerz wach, den er damals verspürt hatte. Und jedes Mal fragte er sich, was Jesus gedacht haben mochte, als er so viel Schmerz erduldet hatte, um so selbstsüchtige Geschöpfe wie die Menschen zu erretten. Ob er in seinen letzten qualvollen Augenblicken am Kreuz sein Opfer als vergeblich empfunden hatte, weil die Menschen sich all dieser Schmerzen und des Erbarmens nicht als würdig erwiesen hatten? All der Lehren über Liebe und Vergebung? Er fragte sich, ob Jesus Christus bei seiner Rückkehr in den Himmel zornig gewesen war und auf Rache gesonnen hatte. Aber das würde bedeuten, dass Gott seinen eigenen Sohn betrogen hatte bei dem Versuch, eine fehlerhafte Schöpfung zu retten.

Und jetzt war er aus dem Krieg nach Hause zurückgekehrt in sein von Pocken heimgesuchtes Dorf und fand diesen Priester vor dem Altar. Diesen Parasiten, der vom Schweiß der Dorfbewohner lebte. Hier war er und versteckte sich in seiner Kirche, genau wie Lud es erwartet hatte. Allein mit der Holzfigur mit ihren starren Glasaugen.

Dieser so genannte Gottesmann hatte niemandem geholfen, niemandem Trost zugesprochen.

»Vater«, sagte Lud, indem er den Innenraum mit seinem kahlen, kalten Steinboden durchquerte. Lichtschäfte fielen durch die hohen Fenster in den Seitenschiffen.

Vater Michael gab ein unverständliches Murmeln von sich, doch er blieb, wo er war.

»Vater Michael«, sagte Lud lauter.

Er erreichte die kniende Gestalt in ihrem grauen Priestergewand, und der Kopf mit der Tonsur wandte sich zu ihm um. Vater Michaels Augen weiteten sich bei Luds Anblick. Seinen Kopf zierte ein Kranz brauner Haare, den er normalerweise bis fast über die Augen trug, um mit gebeugtem Haupt durch den Haarvorhang auf die Welt zu spähen. Jetzt aber waren seine Augen rot und glasig vom Wein.

»Lud? Bist du das? Du lebst?«

»Steht auf, Vater.«

»Bist das wirklich du, Sohn?«

»Ich bin nicht Euer Sohn. Steht auf. Seid Ihr etwa betrunken?«

Lud packte den Priester am Gewand und zerrte daran. Beinahe hätte er es Vater Michael von der knochigen weißen Brust und dem kleinen Schmerbauch darunter gerissen, als er ihn unsanft auf die Füße zog.

»Ich bin nicht betrunken«, protestierte der Priester.

Lud ließ ihn los. Vater Michael sank zusammen, als wäre nichts als Luft im Innern des Gewands. Lud roch die Weinfahne. Er zog ihn erneut auf die Beine und zerrte ihn weg vom Altar.

Von irgendwo erklangen schwache Schreie.

»Hörst du das?«, fragte Vater Michael.

»Ja.«

»Das Schlimmste ist, dass es nichts gibt, um es aufzuhalten.«

543

»Die Ernte muss gerettet werden.«

»Oh, richtig, die Ernte. Das habe ich ihnen auch gesagt. Ich habe es ihnen gesagt, aber sie hatten Angst und wollten meinen Rat nicht befolgen. Wie kleine Kinder. Was mich betrifft, ich hatte als Novize einen leichten Fall von Pocken, aber Gott hatte mir Schutz verliehen für zukünftige Dienste. Jedenfalls hat man mir das damals so gesagt.«

»Sagt mir, Vater, was ist passiert?«

»Ich brauche Wein … nur einen Becher«, entgegnete der Priester.

»Jetzt ist nicht die Zeit!«

»Wein. In der Sakristei. Bitte.«

Nach kurzem Zögern nickte Lud. Doch wenn der Priester Wein trank, wollte er auch welchen. Die Arbeit auf den Feldern würde sich tagelang hinziehen, selbst wenn er genügend Leute fand, um die Bewässerungsgräben frei zu machen und den Boden zu hacken. Falls die Ernte überhaupt noch zu retten war.

Vater Michael brachte Zinnkelche und den Weinkrug. »Trink mit mir«, sagte er. »Es dauert nicht länger, wenn zwei trinken, als wenn nur einer trinkt. Setz dich und hör mir zu.«

Während der nächsten halben Stunde tranken sie auf der großen Bank in der Sakristei vom Messwein, während draußen die Schreie und das Weinen ihren Fortgang nahmen. Vater Michael erzählte Lud die ganze Geschichte – und noch mehr.

»Lud, wer hört meine Beichte an?«, fragte er dann. »Ich bin hier zu nichts nutze. In den Städten lernen die Menschen lesen und schreiben, und wenn sie die Bibel allein lesen können, warum sollten sie dann noch einen Priester bezahlen, der bei Gott Fürsprache für sie einlegt? Es gibt Pocken und Pest, und die Menschen leiden. Ich …«

»Genug geklagt über Euch und Gott, Vater«, unterbrach ihn Lud. »Warum werden die Felder unseres Herrn Dietrich nicht bestellt? Was ist mit Huber?«

Der Priester verdrehte die Augen und rieb sich übers Gesicht. »Was mit Huber ist, fragst du. Was soll mit ihm sein?

Macht, so scheint es, bringt die wahre Natur eines Menschen zum Vorschein. Der hart arbeitende Verwalter der Geyers ... er wurde noch schlimmer, nachdem Dietrich dich und die besten unserer jungen Männer mit in den Krieg genommen hatte. Die Herrin Anna befahl Huber, die Bauern härter anzutreiben, um neue Steuern an die Kirche zu bezahlen. Sie brachten mehr Weizen von außerhalb, und die Mühle lief rund um die Uhr.«

»Aaah«, machte Lud. Der Wein war vollmundig und dunkel, und der Alkohol dämpfte seinen Zorn und seine Angst ein wenig.

»Die Hörigen wurden eingespannt wie die Ochsen«, fuhr Vater Michael fort. »Einem Bauern wurden die Hände abgehackt, weil er auf den Feldern des Ritters einen Hasen erlegt hatte. Ein Mädchen wurde an den Pranger gestellt, weil es wilde Erdbeeren in der Nähe des Geyerschlosses gepflückt hatte, und zwei ... nein, drei Hörige wurden ausgepeitscht, weil sie Getreide unterschlagen hatten, um nicht zu verhungern. Also gingen sie nicht mehr auf die Felder vom Ritter Dietrich. Und dann kamen die Pocken.«

Lud bedauerte zutiefst, dass er Huber nicht den Schädel eingetreten hatte, als die Gelegenheit dazu dagewesen war. Vielleicht lag der Kerl ja noch draußen beim Brunnen. Vielleicht war es noch nicht zu spät.

»Auf dem Dorfplatz liegt ein Toter mit eingeschlagenem Schädel, neben einem verbrannten Wagen«, sagte er. »Wer ist der Mann?«

Der Priester verdrehte die Augen himmelwärts. »Es war nicht Huber, nein. Zumindest nicht nur. Eine schreckliche Geschichte. Lud, ich glaube, das Ende aller Tage ist gekommen. Das sage ich aber nur dir, weil ich weiß, dass ich dir trauen kann.«

Lud konnte nichts mit alledem anfangen. Das einzige Ende aller Tage war der Tag, an dem der Tod kam, und er kam zu jedem.

»Gib mir noch Wein«, lallte der Priester.

Lud beachtete ihn nicht. »Was ist dem Mann zugestoßen? Und was kannst du mir über die Pocken sagen?«, fragte er.

»Ein fahrender Händler kam durch Giebelstadt. Hab ihn nie vorher gesehen. Ein Fledderer, du kennst die Sorte. Aber dieser Händler hatte gute Decken, Geräte und Felle zu so niedrigen Preisen, dass die Leute ihn leergekauft haben. Er blieb ein paar Tage, bis alles weg war ... das war sein Pech. Als die ersten Leute krank wurden, prügelten sie die Wahrheit aus dem Händler heraus. Er hatte ein Schlachtfeld im Osten und mehrere überfallene Dörfer geplündert.«

»Verdammter Krieg, verdammte Pocken«, sagte Lud bitter.

»Sie gehen Hand in Hand. Die Pocken sind uns bis nach Würzburg gefolgt.«

»Wie dem auch sei, sie packten diesen Händler und hielten seinen Kopf unter den Mühlstein. Was hat er geschrien und mit den Beinen gestrampelt!«

»Ihr wart dabei?«

»Nur um die letzte Ölung zu geben.«

»Und zuzuschauen.«

»Um die Seelen meiner Schäfchen zu behüten. Als sie mit ihm fertig waren, haben sie seinen Leichnam auf den Platz geworfen und seinen verseuchten Karren in Brand gesteckt. Aus Gründen der Gesundheit versteht sich, nicht aus Rache. Dann erkrankten weitere Bewohner an den Pocken, und andere flüchteten in ihre Häuser, um sich vor der Seuche und voreinander zu verstecken.«

»Wer ist alles erkrankt?«

»Ich weiß es nicht genau. Der Erste war, glaube ich, ein Diener aus der Burg von Ritter Dietrich. Die Mägde haben viele Waren gekauft.«

»Warum seid Ihr dann nicht in der Burg, Vater?«

»Ich bin hierher gekommen, um für alle zu beten.«

»Und um Euch zu besaufen und zu verstecken, wollt Ihr sagen.«

»Es gibt viele Wege, Gott zu ehren. Wein ist ein Geschenk des Herrn. Wusstest du, Lud, dass ich als Junge gerne Kapellmeister geworden wäre? Um herrliche Musik für die große heilige Kirche zu schreiben? Doch meine Familie war arm, so arm wie die Hörigen, weshalb ich als Junge zur Priesterschaft kam. All mein Wissen und meine Belesenheit verdanke ich der Kirche. Ich bin ein Mensch, der leicht verzagt, nicht sehr mutig, und diese Hörigen ... sie sind schrecklich! Würde Jesus Christus das gutheißen? Niemals! Und deshalb trinke ich.«

»Während wir tagelang in Würzburg die Uferbefestigung erneuern mussten, haben sich die Bewässerungsgräben hier mit Unrat und Kraut gefüllt, und unser Getreide verdorrt auf den Feldern. Und der Krieg, in dem wir gekämpft haben, hat die Pocken zu uns nach Hause gebracht.«

»Das Leben erscheint oftmals ungerecht«, sagte Vater Michael. »Aber nur, weil unser Geist schwach ist und wir die glorreichen Wege unseres Schöpfers nicht zu begreifen vermögen.«

»Und trinken hilft Euch dabei, alles zu verstehen.«

Lud erhob sich. Er wollte den Priester schlagen, aber das wäre zu billig gewesen, um seine Wut zu entladen. Besser, er steckte seinen Zorn in die harte Arbeit, die vor ihnen lag. Der Nebel des Weins war verflogen. Seine Wut hatte ihn weggebrannt.

Die Felder warteten. Nichts von alledem, was er hier erfahren hatte, half ihm weiter. Die Schufterei musste getan werden. Die Menschen mussten aus den Häusern geholt werden und mit der Arbeit anfangen.

»Wenn ich ordentlich betrunken bin, Lud, dann verschwindet die ganze Hässlichkeit, und ich höre die Engel singen«, sagte Vater Michael.

»Steht auf und läutet die Glocke, Vater«, befahl Lud.

Plötzlich hämmerte jemand von draußen an die Kirchentür. Lud hörte ein angsterfülltes Heulen wie von einem verletzten Tier, aber er wusste, das Geräusch stammte von einem Menschen, deshalb hielt er den Blick unverwandt auf Vater Michael gerichtet.

Der Priester starrte auf die Tür, als stünde Satan persönlich draußen.

»Habt Ihr nicht gehört, Vater?«, fragte Lud. »Läutet die Glocke, wir müssen die Hörigen auf die Felder schaffen. So lautet der Befehl von Ritter Dietrich.«

Vater Michael rührte sich nicht. Er schien in sich zusammenzusinken und schüttelte den Kopf.

Lud verließ die Sakristei und ging am Altar und dem Kruzifix vorbei durch den Mittelgang zur Kirchentür.

»Bitte!«, rief Vater Michael hinter ihm her. »Nicht, Lud. Mach ihnen nicht auf!«

Lud hob den schweren Eichenbalken aus den Eisenhaken, die wie flehende Hände geformt waren.

»Mach die Tür nicht auf!«, rief der Priester erneut aus der Sakristei. »Das ist meine Kirche, nicht deine!«

»Es ist die Kirche der Menschen«, schrie Lud. »Steht auf und läutet die Glocke, Vater, oder ich ziehe Euch nackt aus und werfe Euch auf die Straße.«

»Das würdest du nicht wagen!«

»Handelt wie ein Priester, oder lasst Euch behandeln wie ein Narr.«

»Ich bin ein Diener Gottes!«

»Dann helft Euren Anbefohlenen, verdammter Kerl! Läutet die Glocke, und dann kommt mit uns anderen auf die Felder und helft beim Hacken und Graben.«

Lud trat zurück und zog die Türflügel auseinander, öffnete sie dem hereinflutenden Sonnenlicht.

Vor ihm standen zwei Gestalten, scharf umrissene Silhouetten im Gegenlicht. Er sah sie erst deutlicher, als seine Augen sich an die Helligkeit gewöhnt hatten. Es waren eine junge Frau und ein Mann, der sich auf die Frau stützte.

Den Mann hatte Lud nie zuvor gesehen. Er trug den linken Arm in einem blutigen Verband und erweckte den Eindruck, als würde er jeden Moment das Bewusstsein verlieren.

Die Frau kannte er. Es war Kristina.

50.
Witter

Guten Tag, Lud«, sagte Kristina.

Witter beobachtete mit trübem Blick, wie sie den Pockennarbigen begrüßte. Er starrte sie an mit seinem hässlichen Gesicht,
das aussah wie ein Holzschnitt von einem Dämon.

Witter dachte an die *Tore der Hölle*, eine Serie von Holzschnitten, die er selbst für ein Buch über die Apokalypse ange-
fertigt hatte, und fragte sich, ob er im Fieberwahn schon Trug-
bilder sah.

»Kristina?«, fragte der Dämon, als traue er seinen Augen
nicht. Doch Witter hörte mehr als nur Erstaunen in seiner
Stimme.

»Ja, Lud. Ich bin es, Kristina.«

In der Stimme des Narbengesichtigen lag Misstrauen, aber
auch stille Freude. »Weißt du denn nicht, dass in unserem Dorf
die Pocken ausgebrochen sind?«

»Doch, wir haben die Tafeln gesehen, aber für uns bedeuten
die Pocken Sicherheit«, erwiderte Kristina und fuhr mit ihrer
sanften, aufrichtigen Stimme fort: »Lud, ich muss meinem Bruder helfen. Wie du siehst, ist er verletzt.«

»Seid ihr hierher geflohen? Hat man euch verfolgt?«

»Ja, von Würzburg aus. Wir sind hergekommen, weil wir
nirgendwo anders hin konnten.«

»Was ist mit den anderen? Mit deinem Mann?«

»Berthold ist tot. Von den anderen weiß ich nichts.«

»Dein Mann ist tot?«

»Wir wurden von Magistraten gehetzt, mit Armbrüsten und
Hunden. Mein Bruder hier hat mich gegen einen angreifenden
Hund verteidigt. Er hat mir das Leben gerettet. Bitte, Lud, lass
uns bleiben. Gib uns eine Ecke in einer Hütte … irgendeinen
ruhigen Flecken.«

»Wer ist das?«, rief eine Stimme aus dem Innern der Kirche.

»Hör zu«, sagte der Pockennarbige. »Ihr sucht nach einer

Zuflucht, aber es steht mir nicht zu, sie euch zu gewähren. Um deinen Mann tut es mir leid, auch wenn ich ihn nicht mochte. Aber wir haben hier selbst viele Angehörige verloren, und ich habe keine Zeit für euch. Und wenn die Magistrate herkommen, könnte ich euch nicht beschützen.«

Jetzt kam ein Priester aus der Kirche; sein Gesicht war blass und ängstlich. Er blieb hinter Lud stehen und blickte über dessen Schulter.

»Wir haben die Pocken in unserem Dorf!«, rief der Priester. »Geht weg!«

»Die Pocken können mir nichts anhaben«, antwortete Kristina. »Wenn ich meinem Bruder hier geholfen habe, kann ich Euch mit den Kranken helfen. Ist dies nicht eine Kirche unseres Herrn Jesus Christus? Ein Ort der Barmherzigkeit?«

Witter meinte Kristinas Stimme anzuhören, dass sie hin und her gerissen war zwischen Angst vor dem Pockennarbigen und Erleichterung, dass sie ihn kannte. Er spürte aber auch ihre Unsicherheit, weil sie nicht wusste, was als Nächstes geschehen würde.

Die Stimme des Pockennarbigen wurde weicher, nahm einen fast bedauernden Tonfall an. »Ihr seid hier nicht sicher. Aber sucht euch, was ihr braucht. Ich muss unsere Leute auf die Felder bringen und kann mich nicht auch noch um euch kümmern. Ihr seid auf eigene Gefahr hier, verstanden?«

Witter wusste, dass er Angst hätte verspüren sollen, aber das war nicht der Fall. Angst erforderte Kraft. Doch wie es schien, hatte er kein bisschen Kraft mehr in sich. Sein Kopf pochte und glühte in der Sonne. Er stützte sich auf Kristina und spürte mit einem Mal, wie er entkräftet an ihr nach unten rutschte. Die festgetrampelte Erde draußen vor dem gepflasterten Zugang zur Kirche war steinhart. Witter sank auf die Knie, lehnte an Kristinas schlanken Beinen.

Von irgendwo im Innern der Kirche ertönte die Stimme des Priesters. »Ich läute jetzt die Glocke!«

»Und dann werden alle kommen, die noch gesund sind«,

sagte der Pockennarbige. »Verschwindet, solange ihr könnt, Kristina.«

»Ich kann meinen Bruder nicht im Stich lassen.«

Witter legte den Kopf in den Nacken. Beim Anblick des Wehrturms mit dem Spitzdach und dem Kreuz wurde ihm bewusst, dass Kristina ihn zu einer befestigten Kirche geführt hatte. Ketzer, die in einer Kirche um Asyl baten! Verrückter ging es nicht. Doch so war diese Welt, egal wo, egal wann. Und es schien, je näher man dem Zentrum des Wahnsinns kam, desto näher war man bei Gott und seinen unendlichen Späßen.

Mit einem Mal begann die Kirchenglocke zu läuten.

Das also ist das Ende, dachte Witter.

Ein letzter Witz, ein letzter übler Streich, den Jehova ihm spielte. Er würde hier sterben, in einem Dorf voller Höriger.

Ausgerechnet …

Wie oft hatte er die Rufe von Glocken wie dieser vernommen. Meist waren sie viel größer gewesen, wie in Würzburg, wenn sie Menschenmengen auf dem Platz hatten zusammenströmen lassen, manchmal für ein Fest, manchmal bei einer Hochzeit, manchmal, um Truppen auszuheben oder um eine Todesstrafe zu vollstrecken, sei es am Richtklotz, am Galgen oder auf dem Scheiterhaufen. Und dann fand die Menge sich jedes Mal in einer durch Freibier ausgelassenen, manchmal gereizten Stimmung wieder.

Jetzt sah Witter, dass die ersten Leute aus ihren Häusern kamen. Die Glocke läutete weiter.

Wirst du wieder davonlaufen, mein Junge?, hörte er die Stimme seines Vaters. *Wirst du für den Rest deines Lebens wegrennen?*

Nein. Diesmal nicht. Diesmal konnte er nicht wegrennen.

Witters Sinne schwanden, während die Glocke weiter läutete und der Dämon mit dem Pockengesicht die Leute anbrüllte.

Witter hatte sich oft auf sein letztes Stündlein vorbereitet. Jetzt war es offenbar so weit. Der Augenblick des Todes schien gekommen.

Dann wurde die Welt um ihn her schwarz.

51.

Lud

*E*in Fremder lag zu Kristinas Füßen im Staub, draußen vor dem Eingang der Kirche, und klammerte sich an ihre Beine. Sie kniete nieder, um ihm zu helfen, um sein Gesicht aus dem Staub zu heben und seinen Kopf in ihren Schoß zu betten. Sie sah zu Tode erschöpft aus, und jede Bewegung schien ihr schwerzufallen. Ihr Haar war schmutzverkrustet, ihr Umhang zerfetzt und durchnässt.

Der Fremde in ihrer Begleitung war ein Mann um die vierzig. Er trug keinen Umhang, und sein linker Arm steckte in einem blutigen Verband.

Lud riss sich von ihrem Anblick los.

Die Glocke hatte eine kleine Schar von Dorfbewohnern auf den Platz gerufen. Zuerst nur wenige, dann immer mehr. Die alte Tradition, dem Ruf der Glocke zu gehorchen, war zu sehr in Fleisch und Blut übergegangen, als dass die Leute ihn hätten unbeachtet lassen können.

Und dann kamen sie, all die Dörfler, die vielen Gesichter, die Lud schon sein Leben lang kannte, und versammelten sich um die uralte Linde. Die Stärkeren drängten nach vorn, die Schwächeren hielten sich im Hintergrund. Viele schluchzten, manche fielen vor Angst oder Verzweiflung auf die Knie.

Als sie Lud erblickten, wirkten viele überrascht, aber nicht erfreut – im Gegenteil. Lud wusste, warum: Die Glocke hatte falsche Hoffnungen in ihnen geweckt.

»Lud? Ist das nur Lud allein? Niemand sonst?«, riefen ein paar Stimmen.

Er musste ihnen begreiflich machen, um was es ging. Sie alle wussten, dass der Grundbesitz der Geyers in zwei Hälften aufgeteilt war. Eine Hälfte gehörte dem Landgut, die andere war unter den Hörigen zur Eigenbewirtschaftung aufgeteilt. Doch ganz gleich, welche Arbeiten die Leute sonst noch zu erledigen hatten – zuerst mussten sie auf den Feldern des Gutes schuften, erst dann durften sie die eigenen Parzellen bewirtschaften. Sie wussten das; trotzdem musste man sie des Öfteren daran erinnern. Schließlich hatten sie zugelassen, dass die Felder des Gutes verwahrlosten und die Ernte vor dem Ruin stand.

Lud fuchtelte mit den Armen und fuhr die Leute lautstark an, still zu sein.

Die Menge verstummte.

»Wer von euch bereits die Pocken hatte und sich nicht mehr anstecken kann, kümmert sich um die Kranken«, begann Lud schließlich. »Alle anderen – jeder, der eine Schaufel halten kann – müssen arbeiten. Merkt euch: Wenn ihr nicht auf den Feldern von Herrn Dietrich arbeitet, werdet ihr nichts von euren eigenen Früchten behalten. Sämtliches Land und sämtliche Felder gehören Ritter Dietrich.«

Die Leute schwiegen, und Lud sah die Wut in ihren Blicken. Doch niemand widersprach ihm offen.

»Wenn jemand einen stichhaltigen Grund hat, warum die Felder des Landguts vernachlässigt wurden, soll er jetzt sprechen«, fuhr Lud fort.

Er hatte noch nie in diesem Tonfall zu den Leuten geredet – Menschen, in deren Mitte er aufgewachsen war und unter denen er sein ganzes bisheriges Leben verbracht hatte, als einer von ihnen. Einzig den Soldaten, seinen Jungen, hatte er Befehle erteilt. Lud wusste nicht genau, wie viel Autorität er in seine Stimme legen und wie laut er schreien musste, deshalb versuchte er sich ins Gedächtnis zu rufen, wie Dietrich zu der Menge gesprochen hatte, um ihn nachzuahmen, so gut es ging.

Sobald die Worte heraus waren, wusste Lud, dass er zu herrisch geklungen hatte. Die Gesichter der Leute in den vorderen Reihen, der Stärkeren im Dorf, wurden mürrisch, ja, aufgebracht. Mehr als einer spuckte vor sich in den Dreck.

Einer von ihnen war Merkel, der große, kräftige Schmied. Er stand mit eingezogenem Kopf da, übersät von Brandnarben. Es war der einzige Mann in Giebelstadt, der fast genauso viele Narben trug wie Lud – und noch gefürchteter war, denn er konnte in jedem Arm einen Amboss halten und war einflussreich und wohlhabend für einen Hörigen.

»Wer hat dich denn zum Vogt ernannt, Lud?«, fragte er angriffslustig. »Wir haben dich schon gekannt, als du noch ein kleiner Hosenscheißer von einem Waisenjungen warst, der Brot gestohlen hat. Wir haben keine Angst vor dir.«

Der Gedanke, dass jemand hier, in seinem Heimatdorf, Angst vor ihm haben könnte, überraschte Lud. *Wir haben keine Angst vor dir.* Lud wusste, dass diese Verleugnung ein Geständnis bedeutete. Sie fürchteten ihn. Sie fanden ihn unwürdig, und sie *hatten* Angst vor ihm. Doch wenn es half, dann war es eben so.

»Der Ritter Dietrich hat mich beauftragt«, sagte Lud mit gelassener Stimme. »Wenn du das infrage stellen willst, dann tu es jetzt.«

Luds Verstand arbeitete fieberhaft, um die Gesichter den Namen zuzuordnen und die Namen den Erinnerungen aus der Zeit, als er unter diesen Leuten aufgewachsen war.

Merkel hatte er nie gemocht, denn der hatte ihn stets verhöhnt und auf ihn herabgeschaut. Für Merkel war er Abschaum gewesen, ein elternloses Balg. Trotzdem sah Lud jetzt die Augenlider des Schmieds zucken. Merkel wich seiner Herausforderung aus.

Statt seiner trat Sigmund vor, der Müller. Er war mit Merkel befreundet und wahrscheinlich noch wohlhabender. Nun legte er den Kopf zurück und musterte Lud von oben herab. »Bist du jetzt der große Mann, der uns Befehle gibt?«

»Braucht Merkel neuerdings Hilfe, um sich durchzusetzen?«, fragte Lud spöttisch zurück.

Die anderen Männer wechselten Blicke. Keiner von ihnen wollte vortreten. Sie suchten nach einem Anführer, der dieses Wagnis für sie einging.

Lud musterte die Gesichter reihum, versuchte die Namen den Berufen zuzuordnen, den jeweiligen Freunden und Feinden, und alles mit seinem früheren Leben im Dorf in Verbindung zu bringen. Er wusste, dass Merkel und Sigmund und ein halbes Dutzend andere Männer, mit denen die beiden oft zusammen waren, den fahrenden Händler auf dem Gewissen hatten, auf dessen Leiche er gestoßen war. Sie waren es gewesen, die seinen Kopf unter den Mühlstein gelegt oder mit ihren Hämmern eingeschlagen hatten. In jedem Dorf gab es solche Männergruppen, die sich irgendwo trafen, um sich zu betrinken und mit ihren Taten zu prahlen, und die sich selbst und nicht ihren Ritter für diejenigen hielten, die das Sagen hatten.

Linhoff war der Erste von Luds Spießgesellen, der ihm die Anhängerschaft aufkündigte. »Ich stehe hinter Merkel dem Schmied!«, verkündete er lauthals.

Lud hatte irgendwie damit gerechnet. Er wusste, dass Linhoff ein Tüftler war, der bei Merkel in die Lehre gehen wollte; nun stellte er sich öffentlich auf dessen Seite, um sich bei ihm einzuschmeicheln.

»Bist ein guter Mann, Linhoff«, sagte Merkel und bedachte den Jungen mit einem beifälligen Blick. »Wenigstens einer von euch hat in der Schlacht etwas gelernt.«

Lud bedachte Linhoff mit einem Blick, der besagte: Das hast du nicht umsonst getan!

Thomas, Linhoffs Vater, missfiel ebenfalls, dass sein Sohn sich auf die Seite des Schmieds geschlagen hatte. Lud sah, wie Thomas, ein kleiner Mann mit großen, schwieligen Händen vom lebenslangen Pflügen, Graben und Sensen, den Arm ausstreckte und Linhoff zu sich zog.

»Du bist mein Sohn, und du bist willkommen unter meinem Dach, aber jetzt hältst du das Maul, ist das klar?«, sagte er.

Linhoff schien vor Verlegenheit zu schrumpfen, wagte aber nicht, seinem Vater zu widersprechen.

»Wer widersetzt sich sonst noch dem Wort unseres Ritters Dietrich?«, fragte Lud in die Runde.

»Niemand widersetzt sich unserem Grundherrn«, sagte Merkel. Er wirkte mit einem Mal unruhig, ja ängstlich, und seine kleinen Schweinsäuglein blickten Hilfe suchend zu seinen

Freunden. »Aber wir müssen sicher sein, was richtig ist und was falsch.«

»Richtig und falsch?«, fragte Lud.

Er suchte die Menge nach den Jungen ab, mit denen er auf dem Kriegszug gewesen war, und stellte mit jedem Einzelnen Blickkontakt her.

»Nicht zu verhungern in diesem Winter, *das* ist richtig«, sagte er dann. »Wenn das Bistum nach der Ernte seinen Anteil einfordert, und das Gut unseres Herrn Dietrich hat nichts zu bieten, wird es von *euch* genommen, euch allen.«

Ambrosius, einer der beiden Jungen, die vor der Schlacht davongelaufen waren, wich erschrocken zurück, als Lud ihn anschaute. Ambrosius stand bei Gerhard, seinem Großvater, bei dem er aufgewachsen war.

»Ich vertraue meinem Großvater Gerhard«, erklärte der Junge jetzt.

Gerhard, der Schuster und Zeugmacher des Dorfes, besaß ebenfalls eine gewichtige Stimme. »Ohne unser eigenes Getreide werden wir hungern«, sagte er. »Sollten wir nicht zuerst unsere eigenen Parzellen bestellen?«

»Nein!«, antwortete Lud. »Du hast mich gehört. Das, was am Ende fehlt, wird euch genommen. So oder so.«

Dann fiel Luds Blick auf Max, als der sich wütend zu Wort meldete. Dem Spaßvogel war ausnahmsweise nicht nach Späßen zumute. »Aber es sind unsere eigenen Felder, die uns Nahrung liefern, nicht die des Ritters. Meine Mutter Brigitta liegt krank in unserem Haus und kann keinen Käse machen. Ich muss mich um sie kümmern.«

Viele der anwesenden Dörfler hatten kranke Angehörige, und nun bekundeten sie laut ihre Zustimmung zu Max' Worten.

Lud gab die einzige Antwort, die ihm einfallen wollte: »Wir bezahlen mit unserer Arbeitskraft auf den Feldern der Geyers für das Land, das wir bestellen. Unsere Vorväter haben Eide geschworen, diese Arbeit zu leisten. An diese Eide müssen wir uns halten. Die Arbeit muss getan werden.«

Lud bemerkte Tilos Blick – Tilo, der Begriffsstutzige, der sich ständig im Schatten von Matthes gehalten hatte, bis der im Kampf gefallen war.

Tilo suchte nach Worten. »Wo ist Huber, der Vogt?«, fragte er schließlich.

»Er liegt sturzbetrunken beim Brunnen«, sagte Sigmund, der Müller. »Ich stelle dir noch einmal die Frage, Lud: Warum spielst du dich als Vogt auf? Gibt es niemanden sonst im Dorf, der besser geeignet wäre? Der es mehr verdient hätte?«

Das also war es. Sigmund wollte selbst Vogt werden. Genau wie Merkel, der Schmied.

»Ja, ganz recht!«, erklang Kaspars Stimme aus der Menge. Er stand in der Nähe von Merkel, auf eine Krücke gestützt. »Die Zeit, als Lud uns herumkommandieren konnte, ist vorbei!«

Lud trat näher an die versammelten Dörfler heran. Viele wichen vor ihm zurück. Dicht vor Merkel, Sigmund und ihren Anhängern blieb er stehen.

Kaspar grinste anzüglich.

»Ich habe keine Angst vor dir, Lud«, sagte Merkel.

Da war es wieder. Sie fürchteten ihn. Lud blieb keine andere Wahl, als diese Angst zu nutzen. Vielleicht würden sie ihn später dafür umbringen, ihm im Schlaf die Kehle durchschneiden oder sein Brot vergiften, aber er hatte keine andere Wahl – er musste die Leute dazu bringen, ihre Pflicht gegenüber dem Ritter zu tun. Er wusste, dass seine von den Pocken wimpernlosen Augen ihm einen merkwürdig harten, erbarmungslosen Blick verliehen, und so starrte er nun Merkel in die Augen, bis der Schmied den Blick niederschlug.

»Ich habe es schon einmal gesagt, und ich wiederhole es jetzt zum letzten Mal. Ich handle auf Befehl von Ritter Dietrich. Ich habe nicht darum gebeten, noch habe ich es mir gewünscht. Ich bin nur ein einfacher Soldat, das wisst ihr alle so gut wie ich.«

Die Menge um Merkel zog sich zurück, sodass er plötzlich allein vor Lud stand.

»Unser Herr Dietrich sagt, wir sollen zuerst die Bewässerungsgräben freiräumen«, wandte Lud sich an alle. »Anschließend sollen wir die Felder hacken, das Unkraut ziehen und zuletzt den Wein in den Wingerten zurückschneiden. Sobald wir damit fertig sind, dürft ihr auf eure eigenen Parzellen. Wir schulden dem Ritter und dem Landgut, das uns alle versorgt, unsere Arbeitskraft. So lauten Dietrichs Worte.«

Merkel blinzelte und räusperte sich verlegen. »Wenn das tatsächlich Dietrichs Worte sind, müssen wir tun, was er verlangt.«

Die Männer blickten einander an.

»Was ist mit denen, die an Pocken erkrankt sind?«, fragte der Kleine Götz.

»Wer von euch gegen die Pocken gefeit ist, kann gehen und den Kranken helfen. Wer auf dem Feld arbeiten kann, kommt mit mir.«

»Warum ist *sie* hier?«, fragte Kaspar und zeigte über Luds Schulter.

Lud drehte sich um. Alle starrten auf Kristina, die vor der Kirche stand und ihrem Begleiter beim Aufstehen zu helfen versuchte.

»Wer sind die beiden?«, wollte Ruth wissen, die Kerzenmacherin, und schaute Lud fragend an.

Lud überlegte, was er antworten sollte. Ruth war eine kleine Frau mit hellen Augen, die stets freundlich und großzügig zu jenen gewesen war, die nicht genügend Geld besaßen, um mit Kerzenlicht die Dunkelheit aus ihren Häusern zu vertreiben. Sie war die Mutter von Matthes und eine der Frauen, die wiederzusehen Lud sich gefürchtet hatte.

»Kristina?«, fragte der Kleine Götz. »Bist du das? Wie bist du hergekommen?« Auf seinem hageren Gesicht lag ein sanftes Lächeln.

Jetzt erkannten auch die anderen Spießgesellen aus Giebelstadt die junge Frau wieder. Einige blickten düster drein, andere erfreut, doch alle waren überrascht. Die Dorfbewohner, die nicht auf dem Kriegszug gewesen waren, wechselten misstrauische Blicke.

»Sie ist eine Ketzerin!«, sagte Kaspar zur versammelten Menge.

Lud erstarrte. Er musste an die unfassbare Torheit brüderlicher Liebe denken – Kristina glaubte allen Ernstes, sie könnte durch Gebete erreichen, dass jemand wie Kaspar zu christlicher Nächstenliebe und christlichem Verständnis fand und seine Verbitterung fallen ließ. Das Mädchen war wie ein Welpe, der lieben und geliebt werden wollte – und das in einer Welt, die Welpen zuerst hätschelte und sie dann fraß.

Lud kämpfte gegen das Verlangen an, Kaspar auf der Stelle mit seinem Dolch den Garaus zu machen. Stattdessen stand er hilflos da, ohnmächtig, und wartete auf die nächste Wendung dieses unberechenbaren Lebens, die nächste verrückte Laune des Schicksals.

Auch unter den Dörflern herrschte für einen Moment ungläubige Stille.

»Eine Ketzerin?«, fragte Sigmund schließlich.

Alle starrten Kristina an. Einige von denen, die bis jetzt schluchzend oder still dagestanden hatten, hoben beim Klang dieses Wortes den Kopf.

»Sie hat niemandem etwas getan«, erklärte Jakob.

»Ach nein? Sie hat einen Türken gerettet und gepflegt!«, stieß Kaspar hervor.

Gemurmel erhob sich in der Menge.

»Der Türke war ein Edelmann, den wir unserem Bischof übergeben haben!«, rief Lud. »Er wird ein hohes Lösegeld einbringen und unserem Dorf Ruhm und Ehre!«

»Sie hat einen *Türken* angefasst?«, fragte Sigmund der Müller.

»Alle, die in der Schlacht gekämpft haben, haben Türken angefasst«, sagte der Kleine Götz.

»Sie spricht zu Gott!«, rief Kaspar. »Als wäre sie ihre eigene Priesterin. Außerdem habe ich wegen ihr mein Bein verloren.«

Kristina rührte sich nicht. Sie stand da mit gesenktem Kopf, als rechnete sie damit, im nächsten Moment ergriffen zu werden. Andererseits wusste Lud, dass in diesem Dorf, so wie in jedem anderen, die Bedrohung durch Pocken und Hungersnot und die Verpflichtung gegenüber der Familie schwerer wogen als Angelegenheiten des Glaubens und der Kirche.

»Wir haben keine Zeit für diesen Unsinn«, rief er. »Wir müssen an die Arbeit. Denkt an unseren Herrn Dietrich und an unsere Dorfgemeinschaft. Wir kennen diese Frau. Sie und ihre Begleiter haben nicht gekämpft, sondern unsere Verwundeten versorgt. Sie ist gefeit gegen die Pocken, genau wie Jakob und ein paar andere von euch. Geht, holt Wasser für die Kranken. Und helft dem Mann auf. Lasst ihn und die Frau durch.«

Niemand machte Anstalten, Luds Aufforderung nachzukommen. Die Leute stritten weiter, als hätten sie ihn gar nicht gehört, bis endlich wieder jemand das Wort für ihn ergriff.

»Mein Hermo und mein Fridel sind tot, und mein Herz blutet«, rief Almuth, die Weberin und Hebamme, die Lud aufgezogen hatte. Sie war eine dunkeläugige Frau, einst eine Schönheit, doch jetzt, nach dem Verlust ihrer Zwillinge, war ihr Gesicht hart geworden. Niemand wusste genau, wer der Vater der Jungen gewesen war; Almuth hatte in ihrer Jugend an vielen Orten nach Liebe gesucht. Doch sie war wie eine Mutter zu Lud gewesen, sie wurde geachtet, und ihr Wort hatte Gewicht.

»Lud ist ein guter Mann«, sagte sie nun, als die anderen wieder ruhig waren. »Ich habe ihn großgezogen, und ich bin glücklich, dass er noch am Leben ist. Er hat meine Zwillinge nicht getötet. Und ich werde mich nicht versündigen, indem ich ihm die Schuld gebe.«

Irgendwie schmerzte Lud ihre Versöhnlichkeit noch mehr, ließ ihn noch schlimmer unter Schuldgefühlen leiden, als wenn sie ihn verflucht und gehasst hätte bis ans Ende seiner Tage.

Almuth schlug die Hände vors Gesicht, als könnte sie so die Tränen aufhalten, die plötzlich in ihren Augen standen. Mehrere Frauen eilten herbei, um sie zu halten und zu trösten.

Andere jedoch starrten Lud feindselig an. Sie verziehen nicht so leicht.

»Was ist mit unseren Toten?«, fragte Merkel der Schmied in

die Runde. »Warum sollten wir auf diesen Pockennarbigen hören, der unsere Jungen mitgenommen und nicht wieder nach Hause gebracht hat?«

Viele murmelten zustimmend.

Lud trat einen weiteren Schritt vor. »Unser Herr Dietrich hat mir diese Aufgabe übertragen«, wiederholte er. »Ich habe mich nicht darum gerissen. Ich bin kein geborener Anführer, wie ihr alle wisst. Oder wäre einer von euch lieber an meiner Stelle ins Feld gezogen?«

Als Lud in die Runde blickte, konnte ihm niemand in die Augen sehen.

Almuth reckte die kleine Faust in die Höhe. »In dieser Hand halte ich die zwei Münzen, die meine Jungen mir zur Verwahrung dagelassen haben, als sie in den Krieg gezogen sind. Zwei Goldmünzen für zwei Leben. Hat Lud mir diese Münzen gegeben, oder waren es die Mönche? Hat Lud meinen Hermo und meinen Fridel bedrängt, sich zu melden? Nein, das hat er nicht. Und doch ist er mit ihnen gezogen und hat getan, was in seiner Macht stand.«

Der Kleine Götz stand bei seinem Vater und seiner Mutter. Sein Vater Franz war dünn wie eine Bohnenstange, genau wie der Sohn. Beide Eltern waren gute Töpfer, fleißig, ehrlich und beliebt im Dorf. In jedem Haus, selbst in der Burg wurden ihre Becher und Krüge benutzt.

»Almuth hat recht«, meldete der Kleine Götz sich zu Wort. »Ich habe das Geld genommen und bin stolz hinaus in den Krieg gezogen wie alle meine Kameraden. Niemand hat uns gezwungen. Und ihr alle habt uns gesagt, ihr wärt stolz auf uns, wenn wir gehen.«

»Lud hat alles versucht, um uns zu beschützen und zu retten«, fügte Jakob hinzu.

Einige der anderen Jungen nickten beipflichtend.

»Hier«, sagte Almuth. »Die Kirche kann ihr Geld wiederhaben!«

Sie warf die beiden Goldmünzen gegen die Kirchenmauer.

Sie prallten von den Steinen ab und rollten in den Staub. Niemand rührte sie an.

Lud dachte daran, wie viele der anderen Jungen ihr Geld mit auf den Kriegszug genommen und verprasst hatten – nicht wenige bei den armen Mädchen, die ihnen im Freudenwagen zu Diensten sein mussten, aber darüber würde er niemals reden. Die Jungen wussten, dass Lud nichts verborgen geblieben war. Und sein Schweigen war ein Band zwischen ihnen und ihm.

»Hört auch mich«, rief Frix, der einst so hübsche, von allen Mädchen begehrte Junge. Heute sah sein Gesicht aus wie das eines alten Mannes. »Ihr könnt euch nicht vorstellen, wie es war. Lud hat für uns gekämpft wie ein Wolf. Wir hätten nicht gedacht, dass auch nur einer von uns lebend nach Hause zurückkehrt!«

»Lud ist ein guter Mann, aber er ist nicht Gott«, sagte Franz der Töpfer. »Er hat getan, was er konnte. Jetzt ist es an uns zu tun, was *wir* tun müssen.«

Ruth, Matthes' Mutter, meldete sich zu Wort. »Ich habe meinen Matthes an den Krieg verloren, nicht an Lud. Er hatte einen hellen Verstand, aber jetzt ist sein Licht erloschen, und er ist bei seinem Schöpfer. Wir haben keine Zeit zum Streiten. Der Winter kommt, ob die Ernte gut ist oder schlecht. Wenn sie schlecht ist, werden wir hungern.«

»Die Ernte ist alles, was jetzt zählt!«, rief Lud der Menge zu. »Wir müssen gemeinsam arbeiten, schnell, hart und gründlich.«

»Ich bin nur ein einfacher Müller«, sagte Sigmund in gespielter Bescheidenheit. »Aber ich sage, es ist nicht Lud, der uns zurück auf die Felder des Gutes befiehlt, sondern unser gütiger Ritter Dietrich selbst, der nach Hause zurückgekehrt ist.«

»Dann gehorcht! Die von euch, die helfen wollen, die Ernte zu retten, müssen auf die Felder«, drängte Lud. »Und diejenigen, die gegen Pocken gefeit sind, sollen den Kranken helfen, wenn es ihr Wunsch ist.«

Er bedachte die Menge mit einem letzten bitterbösen Blick,

nickte Kristina zu und ging dann zur nächstgelegenen Hütte. Aus den dort gelagerten Werkzeugen wählte er eine Schaufel aus, legte sie sich über die Schulter und marschierte aus dem Dorf, vorbei an der Kirche und durch die Obsthaine in Richtung der Felder.

Er hatte keine Lust mehr zu streiten. Wenn sie ihm folgten, dann folgten sie. Wenn nicht, dann nicht.

Er drehte sich nicht um, doch er hörte, dass viele ihm hinterherkamen.

52.
Kristina

Kristina kniete bei Witter im Staub und mühte sich ab, ihn auf die Beine zu ziehen. Doch er war vollkommen kraftlos, und auch sie selbst war zu schwach. Als sie aufblickte, um zu sehen, ob jemand ihr helfen konnte, war da niemand mehr.

Sie hörte ein leises Quietschen von Holz; der Priester zog soeben die Türen seiner Kirche zu. Er warf einen letzten Blick hinaus, dann war er verschwunden, die Türen verschlossen.

Also kein Obdach, kein Unterschlupf. Nichts außer dem riesigen Baum in der Mitte des Dorfplatzes. Kristina beschloss, den Versuch zu machen, Witter in den Schatten des Baumes zu bringen.

In diesem Moment hörte sie Stimmen auf der anderen Seite des Platzes. Dann sah sie, wie Lud davonmarschierte, gefolgt von gut der Hälfte der Leute, die sich zuvor dort versammelt hatten.

Andere Dörfler jedoch folgten ihm nicht, sondern strebten zu den Häusern rings um den Platz oder verschwanden in den Gassen dazwischen.

Obwohl Kristina schwach und verzweifelt war, hatte sie Mitleid mit diesen Menschen. Sie wusste, dass die Zurückgebliebenen diejenigen waren, die bereits die Pocken gehabt und überlebt hatten, einige mit sichtbaren Narben. Nun teilten sie sich auf; einige gingen zum Brunnen, um Wasser zu holen, andere kümmerten sich um die Kranken in den Häusern.

Und Witter war zu schwach, um aufzustehen.

Lieber Gott, gib mir Kraft, ihm zu helfen.

Witter stöhnte in Kristinas Armen.

»Lauf weg«, sagte er. Es war kaum mehr als ein heiseres Flüstern. »Du darfst diesen Leuten nicht vertrauen, hörst du? Einer von ihnen wird dich verkaufen. Lauf weg, jetzt sofort. Lass mich zurück und lauf ...«

Dann – als Kristina keinen Rat mehr wusste, als sie in Tränen ausbrach und die Leute anschreien wollte, die ihnen den Rücken zugekehrt hatten – kniete sich eine Frau neben sie.

»Kristina? So heißt du doch?«

Sie hob den Blick, schaute die Frau an. Sie war klein, mit hellen Augen, die zu jung aussahen für die tiefen Furchen in ihrem Gesicht. Sie trug ein fadenscheiniges Schultertuch, das an manchen Stellen versengt aussah. Ihre Haare waren zurückgebunden, und Härchen sprossen aus ihren Nasenlöchern. Es war ein Gesicht, das offenbar noch nie in einen Spiegel geblickt hatte.

»Ja«, antwortete Kristina, dann versagte ihr die Stimme.

Sie erwartete einen Ansturm von Fragen, hatte aber keine Zeit dafür, denn Witter stöhnte und keuchte. Er brauchte dringend Wasser.

Doch die Frau hatte keine Fragen. »Lass mich dir helfen, ihn auf die Beine zu stellen«, sagte sie stattdessen.

Kristina stemmte sich hoch, schaffte es aber immer noch nicht, Witter auf die Beine zu ziehen, bis die Frau ihn um die Hüften packte. Witter stöhnte, öffnete aber nicht die Augen. Mit vereinten Kräften zogen sie ihn hoch.

»Gott segne dich«, sagte Kristina zu der Frau. »Wie heißt du?«

»Ich bin Ruth, die Kerzenmacherin.«

Sie nahmen Witter zwischen sich und schleppten ihn zu den kleinen Steinhäusern, die sich entlang der Mauer jenseits des Platzes reihten. Die Sonne brannte heiß vom Himmel, und Kristina fühlte sich unendlich müde. Witters Kopf baumelte schlaff von seinen Schultern, und die langen schwarzen Haare hingen ihm ins Gesicht.

»Du darfst die anderen nicht verurteilen«, sagte Ruth. »Sie haben Angst.«

»Ich verurteile sie nicht«, erwiderte Kristina. »Ich verurteile niemanden außer mir selbst.«

Sie empfand eine so tiefe Dankbarkeit, dass sie beinahe wieder in Tränen ausgebrochen wäre, auch wegen ihrer Erschöpfung und dem Hunger.

»Was ist mit deinem Freund?«, fragte Ruth.

»Er ist ... mein Bruder. Wir wurden die ganze Nacht hindurch gejagt und von Hunden angegriffen. Sein Arm ... er wurde in den Arm gebissen. Gibt es einen Platz, wo ich ihn hinlegen kann, damit er sich ausruht?«

»Das Haus dort bei der Mauer, im Schatten des Baumes«, antwortete Ruth und deutete in die Richtung.

Kristina sah eine kleine gemauerte Hütte mit Strohdach.

»Es ist das Haus meines Sohnes Matthes. Dort sollte er mit seiner Frau einziehen«, fügte Ruth leise hinzu. »Er ist im Krieg gefallen.«

»Wir haben für deinen Sohn und die anderen Gefallenen gebetet, nachdem wir ihre Namen erfahren hatten«, sagte Kristina. »Wir haben sie begraben.«

»Gott segne dich dafür. Matthes war ein guter Junge.«

Kristina versuchte, nicht an die Schlacht zurückzudenken – oder an die Hunde im Wald und auf den Feldern. Sie zwang sich, den Blick nach vorn auf den Weg zu richten und auf die Hütte, die ihr Ziel war.

»Wir bringen ihn hinein, dann kannst du ihn hinlegen und seine Wunden säubern«, sagte Ruth.

Es war angenehm kühl und dunkel im Innern der Hütte. In einer Ecke gab es ein Strohlager und einen Eimer mit Wasser.

Witter stöhnte, als die Frauen ihn behutsam hinlegten. Ruth schälte das zerrissene Gewebe seines Ärmels herunter und legte die Bisswunden am Unterarm frei. Ein Dutzend entzündete Löcher mit hellroten Rändern kamen zum Vorschein.

»Der Ärmste«, murmelte Ruth. »Er hat viel Blut und dadurch viel Kraft verloren. Ich hasse Hunde.«

»Ich habe Angst vor Hunden«, sagte Kristina. Sie hasste Hunde ebenfalls, sprach es aber nicht aus.

»Angst und Hass sind oft nah beieinander. Wie lange ist es her, dass du geschlafen oder etwas gegessen hast?«

»Ich weiß es nicht.«

Das Stroh auf dem Dach und am Boden roch frisch, und mit einem Mal überfiel Kristina eine bleierne Müdigkeit. Sie wollte sich nur noch hinlegen. Das Verlangen nach Schlaf, der Wunsch, eine Zeit lang alles zu vergessen und an nichts mehr zu denken, machte sie beinahe schwindlig.

»Du bist noch so jung, kaum mehr als ein Mädchen«, sagte Ruth. »Du hältst nicht mehr lange durch, wenn du dich nicht ausruhst und etwas isst.«

»Aber wir müssen den Kranken helfen.«

»Ein Eimer Wasser steht da in der Ecke. Ich hole dir inzwischen etwas zu essen.« Ruth erhob sich. »Aber erst musst du die Wunden deines Bruders waschen. Dann isst du und schläfst. Ich werde den Kranken helfen. Mir können die Pocken nichts mehr anhaben.«

»Mir auch nicht. Ich helfe dir, sobald ich kann.«

»Solange du nicht ausgeruht bist, kannst du mir keine Hilfe sein. Danach arbeiten wir zusammen, wenn du möchtest. Danke, dass du für meinen Sohn Matthes bei seinem Begräbnis gebetet hast, auch wenn du einen anderen Glauben hast als ich. Aber solange du keine ketzerischen Dinge sagst, werden wir miteinander auskommen.«

Mit diesen Worten ging sie, und Kristina war allein mit Witter.

Das Wasser im Eimer war kühl und klar. Durch das Rauchloch im Dach fiel ein kreisrunder Lichtstrahl auf Witters Gesicht, das so bleich wirkte, als hätte er keinen Tropfen Blut mehr im Körper.

Als Erstes stillte Kristina ihren Durst, indem sie den Kopf in den Eimer hielt und trank. Dann wandte sie sich Witters verletztem Arm zu. Sie hielt die Wunden über den Eimer und wusch sie aus, so gut es ging. Mit der Zeit färbte das Wasser sich rot, doch die Wunden wurden sauber. Es waren Bisswunden; Kristina wusste, dass man sie so tief reinigen musste, wie es nur ging, sonst entzündeten sie sich.

Der verletzte Arm fühlte sich heiß an. Das war kein gutes

Zeichen. Doch als sie ihre Hand auf sein schmutziges Hemd legte und nach seinem Herzschlag tastete, fühlte sie den langsamen, beständigen Pulsschlag. *Sein Herz schlägt gleichmäßig und kräftig,* dachte sie. Das war beruhigend. Außerdem war seine Haut unter dem Hemd viel kühler, ebenfalls ein gutes Zeichen.

Dann bemerkte sie einen Riss im Stoff seines Hosenbunds über der linken Hüfte, umgeben von einem großen dunklen Fleck getrockneten Blutes.

»Witter, ich muss deine Hüfte versorgen«, sagte sie, doch er antwortete nicht.

Seine halb geöffneten Augen waren schimmernde Schlitze, doch er war offensichtlich nicht bei Bewusstsein.

Kristina machte sich daran, ihn behutsam auszuziehen. Ihre müden Finger zogen und zerrten, und schließlich waren Hemd und Gürtel fort. Witters Brust war weiß wie Kalkstein, ein Eindruck, der von den schwarzen Haaren noch verstärkt wurde.

Der Hundebiss an der linken Hüfte, ein Halbkreis aus rotschwarzen Löchern, musste am dringendsten gesäubert werden. Die Breite des Bisses war erschreckend; der Hund war riesig gewesen.

Kristina erkannte, dass sie Witter völlig entkleiden musste, um ihn richtig zu waschen und seinen Körper nach weiteren Bissen abzusuchen. Sie zögerte einen Moment, kam sich dann aber töricht und prüde vor und machte sich entschlossen an die Arbeit.

Im Halbdunkel, hager, das wirre Haar unter einem Schaft aus Licht, lag Witter da wie ein Wüstenheiliger aus dem Alten Testament. Kristina zog ihm vorsichtig die blutigen Sachen über die Hüfte. Das getrocknete Blut hatte das Gewebe an vielen Stellen mit seiner Haut verklebt, deshalb benutzte sie einen Lappen und Wasser aus dem Eimer, um die verkrustete Kleidung erst aufzuweichen und dann behutsam abzulösen.

Was sie dann sah, ließ sie innehalten.

Sie hatte andere nackte Männer gesehen, schon damals, als junges Mädchen, im Frauenkloster, als sie gemeinsam mit

Schwester Hannah die Armen, Kranken und Sterbenden gepflegt hatte.

Aber Witter …

Sie hatte davon gehört, hatte es aber noch nie gesehen. Witter war beschnitten.

Und jetzt, allein mit ihm in dieser Hütte – mit einem Mann, den sie als Bruder in Christus akzeptiert hatte –, dämmerte ihr, dass Witter nicht der war, für den sie ihn die ganze Zeit gehalten hatte.

In diesem Moment schlug er die Augen auf.

»Jetzt weißt du es«, sagte er leise und bewegte die gesunde Hand nach unten, um seine Blöße zu bedecken.

Kristina wandte sich verlegen ab. Als sie wieder hinschaute, hatte Witter sich bedeckt. Er lächelte schwach, ein bitteres Lächeln. Doch seine Augen blickten sie mit dieser Intensität an, die ihr schon früher aufgefallen war. Als ob er Kristina durch sie seine Seele zeigen wollte.

»Willst du nicht meine Wunden reinigen?«

Mehr sagte er nicht.

Sie stemmte sich auf die Beine, ging zu der kleinen Tür aus Holz und schloss sie, sodass kein Licht mehr von draußen hereinfiel, nur noch durch das Rauchloch im Hüttendach. Mit einem bereitliegenden Stück Schnur band sie die Tür zu.

Sie drehte sich um, ging zu Witter zurück und kniete neben ihm nieder. Als sie das Tuch in den Eimer tauchte und die Bisswunde auswusch, blickte sie ihn nicht an, so gut es ging.

Als sie fertig war, half sie Witter beim Anziehen, stülpte ihm das Hemd über, bevor er mühsam in seine Hose stieg und sie ihm den Gürtel umlegen konnte.

»Wer bist du?«, fragte sie schließlich.

»Ein Mann, dessen Leben in deiner Hand liegt. Ich gehöre jetzt dir, Kristina.«

Sie schüttelte den Kopf. »Niemand kann jemand anderen besitzen.«

»Dein Glaube an die Liebe wird jetzt einer ernsten Prüfung unterzogen, nicht wahr? Jetzt, wo du Bescheid weißt.«

Ja, nun wusste sie Bescheid.

Witter war Jude.

Sie wusste jedoch nicht, was sie empfinden sollte.

53.
Witter

*M*anchmal träumte er die süßesten Träume und fühlte sich warm, sicher und geliebt in einer herrlichen Welt, umgeben von Sabbatkerzen und Zärtlichkeit, unter den Blicken aus den wunderschönen Augen seiner Mutter, begleitet von den herzlichen Umarmungen seines Vaters, seinen derben Küssen und seinen Worten:

Möge Gott dich segnen. Möge Gottes Gesicht dir immer scheinen und dir Gunst erweisen. Möge Gott dir Frieden bescheren.

Und dann kam der schreckliche Moment des Erwachens.

Nicht nur, weil die wunderschönen Träume durch die grausame Wirklichkeit verdrängt wurden. Nein – im Schlaf war er gefangen, verletzlich, wehrlos und gefährdet durch jeden, der ihn schlafend vorfand.

Es war ein solcher Traum, aus dem er nun zitternd erwachte. Nach den süßen Erinnerungen schmerzte sein Arm, seine Hüfte pochte, seine linke Hand war taub.

Dann spürte er kühle Luft auf der Haut. Als er die Augen aufschlug, sah er, wie Kristina ihn anschaute. Er lag auf dem Rücken, nackt, über sich das Strohdach einer Hütte mit einem einzelnen Rauchabzugsloch in der Mitte.

Das Licht ließ Kristinas schlanke Silhouette erstrahlen. In diesem Moment erkannte sie, dass Witter ihre Blicke bemerkt hatte, und drehte verschämt den Kopf zur Seite.

Jetzt weiß sie Bescheid, dachte er.

Früher oder später hatte es so kommen müssen.

Kristina wusch schweigend seine Wunden, verband sie und half ihm dann, sich anzuziehen.

»Dein Glaube an die Liebe wird jetzt einer ernsten Prüfung unterzogen, nicht wahr? Jetzt, wo du Bescheid weißt«, sagte Witter schließlich, nachdem er angezogen war.

Kristina schüttelte den Kopf und blickte ihn wortlos an. In ihren Augen aber las er, dass sie ihn nicht verraten würde.

Plötzlich rief draußen jemand nach Kristina. Es war Ruth, die Frau, die ihnen geholfen hatte. Kristina öffnete, und Witter roch Essen. Wider Erwarten verspürte er Appetit.

Ruth kam mit einer dampfenden Schale voll heißer Gerstensuppe zu ihnen herein. Kristina aß mit Bedacht, doch Witter schlang die Suppe so gierig herunter, dass er sich beinahe schämte.

»Mach langsam. Sonst wirst du Bauchschmerzen bekommen«, sagte Ruth, die bald darauf die Hütte wieder verließ, um sich weiter um die Erkrankten zu kümmern.

Kristina hielt Witter die Holzschale mit der Suppe hin, aber er konnte nicht mehr. Außerdem kehrte der Schmerz zurück, quälte ihn mit aller Macht, und er legte sich stöhnend zurück. Jede Faser seines Körpers drängte ihn zur Flucht, aber das war unmöglich. Er war noch viel zu schwach.

Außerdem war er des ewigen Weglaufens müde.

Vertrau auf den, der dich erschaffen hat, hätte sein Vater gesagt.

Aber das Vertrauen hatte seinen Vater vernichtet – und mit ihm jeden, den Witter jemals geliebt hatte.

Ich kann auf diesen Unsinn verzichten, dachte er voller Bitterkeit. *Ich brauche kein Vertrauen.*

Dennoch – er wollte glauben, dass Kristina ihn nicht verraten würde. Dass es auf Erden jemanden gab, dem er nicht gleichgültig war, der sich um ihn kümmerte und ihm Freundschaft, ja Liebe entgegenbrachte – und dass er diese Gefühle erwiderte.

Dass noch irgendetwas in ihm war, das lieben konnte.

Wenn es ihm den Tod brachte, dass er Jude war, sollte es eben so sein. Witter hatte immer gewusst, dass es eines Tages sein Schicksal sein würde.

Es lag in Kristinas Hand.

Jetzt gehöre ich dir, hatte er zu ihr gesagt.

Ja, dachte er. *Mit Leib und Seele, Haut und Haar.*

54.
Lud

*A*uf der Burgseite des Dorfes waren die Probleme nicht zu übersehen. Der Bach, der den flachen Burggraben speiste, floss am Bewässerungskanal vorüber; kein Tropfen Wasser kam hindurch.

Lud brauchte niemandem zu sagen, wo er graben sollte. Drei Dutzend Dörfler waren mit Schaufeln, Forken und Hacken mit ihm gekommen und machten sich nun in mürrischem Schweigen an die Arbeit. Normalerweise rissen sie Witze, scherzten und lachten, bis jemand ein Lied anstimmte, in das einer nach dem anderen einfiel und das gesungen wurde, bis die Stunden der Arbeit zu Ende waren.

Nicht an diesem Tag. Nicht heute.

Zu viele dieser Leute kamen aus ihren Häusern, wo sie sich vor den Pocken versteckt hatten, und sie fürchteten sich davor, im Freien zu sein. Andere hatten ihre kranken Angehörigen zurückgelassen, um nun die Felder und die Ernte zu retten.

Hinter ihnen ragte die Burg mit ihren fünf Meter hohen Mauern auf. Die Burg Geyer, deren Besitzer ihre Ahnenreihe bis in die Zeit der Kreuzzüge zurückverfolgen konnten. Ihr Schatten wanderte langsam über den Bachlauf und die Felder, den Graben und die Arbeitenden. Es war eine kleine Burg, nicht viel mehr als ein befestigter Adelssitz, doch von so imposanter Art, dass man sie im Dorf auch stolz *Schloss* nannte – das Geyerschloss.

Lud hatte bisher keine Nachricht aus der Burg erhalten. Keine Rufe, kein Gewieher von Pferden drangen bis auf das Feld herunter, denn die Mauern waren zu dick. Diener aus dem Dorf arbeiteten in der Burg – drei Mägde, zwei Köche, Waldo und ein Stalljunge sowie zwei ältere Männer, die zu betagt waren, um in den Krieg zu ziehen, und die sich mit der Wache am Eingangstor des Dorfes und auf dem niedrigen Wall abwechselten.

Die Burg gab Lud ein Gefühl von Sicherheit. Umso mehr hoffte er, dass ihre Bewohner von den Pocken verschont blieben.

Manchmal schaute er verstohlen in die Runde, als rechnete er damit, dass einer seiner Helfer an den Pocken erkrankt war, ohne dass jemand davon wusste, und entkräftet zu Boden sank, doch bis jetzt ging alles gut.

Den kleinen Bewässerungsgraben auszuheben, der die mit Steinen eingefassten Kanäle zu den Feldern speiste, war harte Arbeit. Kräuter und Gestrüpp verstopften die Gräben. Tiere hatten in den Böschungen gewühlt und Baue angelegt. Wind und Wetter hatte den Rest besorgt mit dem Ergebnis, dass kein Wasser aus dem Bach mehr die Felder erreichte. Man konnte beinahe zuschauen, wie die Ähren der Gerste von Stunde zu Stunde mehr verwelkten.

Lud erinnerte sich, wie sie nach der Schlacht mühselig Gräber für ihre Gefallenen im felsigen Boden ausgehoben hatten. Aber das war in der Nacht gewesen, nach einem Gewitter, in der kühlen Luft, nicht in der Hitze wie hier und jetzt.

Lud und die Arbeiter entfernten sich immer weiter von der Burg, durch die Obsthaine, hinaus auf die Felder und in die pralle Sonne.

Lud zog sein Hemd aus, als die Hitze schier unerträglich wurde, und arbeitete verbissen weiter, während die Sonne über das Firmament wanderte, bis sie am späten Nachmittag so am Himmel stand, dass der gesenkte Kopf die Augen nicht mehr abzuschirmen vermochte. Schweiß drang Lud aus allen Poren, doch die warme Luft fühlte sich gut an auf seinen Narben, und die Arbeit tat seinem Herzen wohl.

Almuth, die Mutter der gefallenen Zwillinge, kam mit einem Joch und zwei tropfenden Eimern frischen Wassers zu ihm. Ihr dunkles Gesicht, eingerahmt von einem Schopf wirrer grauer Haare, war voller stiller Trauer.

Sie reichte Lud einen Becher Wasser, und er hielt mit der Arbeit inne, um zu trinken. Almuth sagte nichts, blickte ihn nur an, während er trank. Lud schwieg ebenfalls, zumal er ihren Schmerz spürte.

Als er leer getrunken hatte, gab er ihr den Becher zurück.

»Wir haben deine Söhne wie gute Christen begraben«, sagte er.

»Die anderen haben mir erzählt, du hättest darauf bestanden.«

»Hermo und Fridel haben sich wacker geschlagen, Almuth. Sie waren tapfere Jungen.«

»Das ist eine Lüge. Aber ich danke dir trotzdem. Es ist nicht deine Schuld, dass sie dachten, sie könnten Helden werden. Das lastet jetzt auf *meiner* Seele. Es war *mein* Stolz, der sie ausgeschickt hat, die Söhne anderer Mütter zu töten, die genauso große Närrinnen waren wie ich und den Krieg guthießen.«

»Wir alle haben deine Jungs geliebt.«

»Ich bin froh, dass wenigstens du lebend nach Hause gekommen bist.«

»Und ich war froh, als du mich vor den Leuten in unserem Dorf verteidigt hast, trotz deiner Trauer.«

Lud blickte ihr in die schmerzerfüllten Augen und nahm sie in die Arme, um sie zu halten. Doch er wusste, dass es mehr zu seinem eigenen Trost geschah als zu ihrem.

Almuth hob eine Hand und berührte sein Gesicht. Er zuckte zurück, doch sie streichelte seine Wange noch einmal.

»Ich weiß noch, wie du geboren wurdest. Ich hielt dich in den Händen, blutig und nass. Du hast mehr gekämpft als geweint, schon damals. Deine Haut war so weich und glatt … Ich wünschte, ich könnte dein Gesicht wieder so machen wie früher, bevor du die Pocken bekommen hast. Es sind nur Narben, Lud. Es ist nicht das Gesicht eines schlechten Menschen.«

»Danke«, brachte Lud hervor und wandte den Blick zur Seite.

Almuth ging zum nächsten Mann und schenkte ihm Wasser ein.

Lud arbeitete weiter, erfrischt und beflügelt von der Aufrichtigkeit Almuths, deren Zwillinge er in einem Krieg verloren hatte, der nicht seiner war. Beflügelt von ihrer Vergebung und noch mehr davon, dass Almuth durch die Maske aus Narben sein wahres Gesicht gesehen hatte.

»Lud«, sagte in diesem Moment eine Stimme hinter ihm.

Er drehte sich um. Die anderen Arbeiter aus dem Dorf blickten ebenfalls auf den Sprecher, doch ohne das Graben einzustellen.

Er war kein Dorfbewohner, aber Lud erkannte ihn wieder. Der Mann sah aus, als wäre er aus der Hölle geflohen.

»Ich bin Rudolf. Der, der die Maultiere gelenkt hat. Einer der unseren ist verletzt. Ich muss Hilfe für ihn holen.«

Lud stützte sich auf seine Schaufel und blickte den milchäugigen Täufer an. Rudolf war ein Mann, dem man nicht trauen durfte. Er hatte eingeräumt, in seinem früheren Leben Magistratsgehilfe gewesen zu sein. Sein Umhang hing in Fetzen, und er sah aus, als wäre er durch ein Schlammloch gezerrt worden. Er war sichtlich zu erschöpft für weitere Erklärungen.

»Wir haben die Pocken im Dorf«, sagte Lud kühl.

»Ich weiß. Wir haben die Schilder gesehen.« Rudolfs Tonfall war flehend. »Wir sind in großer Not. Hab Erbarmen.«

»Wer ist sonst noch bei dir? Wer ist verletzt?«

»Simon hat einen Armbrustbolzen in den Oberschenkel bekommen. Grit ist bei ihm.«

»Die ältere Frau, die Kaspar versorgt hat?«

»Ja. Du kennst sie. Sie ist gegen die Pocken gefeit. Bei mir und Simon bin ich nicht sicher. Hast du noch andere von uns gesehen?«

»Eure Kristina ist im Dorf. Mit noch einem von euch.«

»Noch einem? Ein Mann mit schwarzen Haaren?«

»Ja, und übel zugerichtetem Arm. Von einem Hundebiss.«

»Es war pures Glück, dass die Verfolger nicht noch mehr Hunde hatten. Wir konnten mit Simon durch den Wald fliehen.«

»Hol Simon und Grit und bring sie ins Dorf. Und wenn du Hilfe willst, musst du uns ebenfalls helfen, hier, beim Graben.

Unser Getreide vertrocknet wegen diesem verdammten Kriegszug. Wenn Grit gegen die Pocken gefeit ist, kann sie den anderen bei der Pflege der Kranken helfen.«

Rudolf nickte, beugte sich vor und sagte leise: »Versprich mir, dass du uns nicht auslieferst.«

»Ich verspreche überhaupt nichts. Mein Herr verspricht. Ich gehorche. Jetzt muss ich weitergraben. Entscheide dich, ob du das Wagnis eingehen willst oder nicht.«

»Einverstanden. Ich helfe beim Graben.«

»*Einverstanden?*« Lud spuckte auf den von der Sonne gebrannten Boden. Die Spucke verdampfte zischend. Auf die ganze Welt wütend zu sein machte ihn noch müder, als er ohnehin schon war. Er brachte sein furchteinflößendes Gesicht dicht vor Rudolfs, worauf der hastig den Kopf zur Seite drehte und verängstigt blinzelte.

»Hör zu, Kerl. Das hier ist nicht Würzburg. Niemand gibt hier einen Dreck auf deinen Glauben oder dein Einverständnis. Hier draußen auf dem Land hängt das Leben an einem Faden. Entweder wir fahren die Ernte ein, oder wir verhungern. Auf uns wartet harte Arbeit. Mach, was du willst.«

Rudolf stapfte davon, und Lud stellte den Fuß auf seine Schaufel und rammte das Blatt in den Boden der von Unkraut überwucherten Böschung. Während er schaufelte, sah er Rudolf hinterher.

Einige der anderen Feldarbeiter blickten auf, als Rudolf an ihnen vorbei in Richtung des alten Friedhofs ging. Er entfernte sich ohne ein Wort.

»Los, Leute, weitergraben«, rief Lud den Dorfbewohnern zu.

In diesem Moment hört er Hufgetrappel und drehte sich um. Ein Reiter kam von der Burg herangeprescht. Es war Waldo.

Alle blickten erschrocken auf, als Waldo in wildem Galopp an ihnen vorbeisprengte und geradewegs auf Lud zuritt.

Lud ließ die Schaufel fallen und rannte ihm entgegen.

Er ahnte Schreckliches.

55.
Kristina

*R*uth kam erneut zur Tür.

»Hier sind zwei Leute, die nach euch fragen, Kristina«, sagte sie. »Ein Dritter war bei Lud auf den Feldern und ist ebenfalls unterwegs.« Sie trat beiseite, und eine Frau streckte den Kopf herein.

Kristina konnte es nicht fassen.

Grit. Da stand Grit!

Ihre Blicke begegneten sich. Kristina sah die gleichen Gefühle in Grits Augen, die sie selbst empfand: Freude, Erleichterung, Dankbarkeit, Liebe.

»Gelobt sei der Herr«, rief Grit. »Du lebst.«

»Und du auch, Grit!«

»Ich habe Simon bei mir.« Grit half ihm in die Hütte. Er war bei Bewusstsein und zog sein verwundetes Bein hinter sich her. Doch sein Atem ging schwer, und sein eingefallenes Gesicht glänzte vor Schweiß.

Kristina half ihm auf die andere Seite des Strohlagers. Beide waren verdreckt von oben bis unten. Grit sah in ihrer Erschöpfung so fremd aus, dass Kristina sie kaum wiedererkannte.

Als Simon ruhig lag, fielen Kristina und Grit einander in die Arme und hielten sich umschlungen. Kristina spürte, wie die Liebe ihrer Schwester in sie strömte, während sie ihre eigene Liebe zu ihr schickte und sich nach Halt suchend an sie klammerte. Sie waren mehr als Schwestern, die sich wiedergefunden hatten. Sie waren wie Mutter und Tochter.

Und dann war Grits Stimme in Kristinas Ohr: »Wir haben uns auf einem Friedhof versteckt. Simons Wunde muss gesäubert werden. Er braucht Ruhe. Hör zu, ich kann ihn und Witter alleine versorgen. Du kannst den erkrankten Dorfbewohnern helfen.«

»Ich bleibe hier bei dir.«

»Hilf lieber den Kranken«, drängte Grit. »Ich reinige Simons Wunde, dann komme ich nach.«

»Aber Witter geht es nicht gut«, sagte Kristina. »Ich kann hier nicht weg.«

Sie hatte Angst, Grit könnte sehen, was sie an Witter entdeckt hatte. Sie wollte gar nicht erst darüber nachdenken, was Grit in diesem Fall tun würde. Sie wusste schließlich selbst noch nicht, was sie denken oder tun sollte. Doch sie fühlte sich für Witter verantwortlich wie für einen Schutzbefohlenen. Egal, wer er in Wirklichkeit war oder woran er glaubte – er war Witter, der Mann, der ihnen bei der Flucht aus Würzburg geholfen hatte, der sie zur Fähre geführt hatte, über den Fluss, durch die Wälder. Witter, der für sie, Kristina, den Kampf gegen den großen schwarzen Hund gewagt hatte.

Nun lag er schlafend da, neben ihm Simon, dessen gleichmäßiges Atmen verriet, dass er ebenfalls schlief.

»Geh du nur, ich kümmere mich um die beiden«, sagte Grit leise, um die Männer nicht zu wecken. »Witter ist ein guter Kerl, ich weiß. Wir brauchen ihn. Ich …«

Ein Klopfen an der Tür ließ sie innehalten.

Als Kristina öffnete, stand Lud vor ihr. Verdreckt, verschwitzt, verloren.

»Kristina«, sagte er mit zittriger Stimme. »Ritter Dietrich hat mich geschickt, dich zu holen.«

Erstaunt bemerkte sie, dass Luds Augen feucht waren. Sie hatte nie Tränen bei ihm gesehen, nicht einmal nach der Schlacht mit den zahllosen Toten.

»Was ist denn?«, fragte sie.

»Komm«, sagte er mit plötzlich rauer Stimme. Mehr nicht.

Grit packte die zögernde Kristina am Arm. »Geh mit ihm«, drängte sie. »Ich kümmere mich um die beiden.«

Kristina trat hinaus aus der Hütte. Der Tag ging bereits zu Ende. Sie folgte Lud. Sein Oberkörper war nackt, und er war von oben bis unten voller Schmutz und Schlamm.

Sie liefen unter den ausladenden Ästen der mächtigen alten Linde hindurch. Kristinas Blick fiel auf die zahllosen Talismane.

Als sie und Witter hergekommen waren, war ihr der Baum kaum aufgefallen, jetzt starrte sie ihn an.

Die Pocken bringen all die alten Schrecken zurück, ging es ihr durch den Kopf. In Kunwald hatte sie gelernt, dass die Volksstämme, die vor langer Zeit in diesem Land gelebt hatten, Bäume als Gottheiten verehrten.

Sie sah einen der Jungen aus dem Heer beim Brunnen, wo er Wasser hochzog und Eimer füllte. Andere kamen zu ihm, um Wasser für ihre Häuser zu holen. Einige weinten. Andere bewegten sich wie im Schock, wie Schlafwandler.

»Was ist denn los?«, fragte Kristina noch einmal, doch Lud antwortete nicht.

Sie eilte ihm hinterher über den Platz, an der Kirche vorbei und durch eine schmale Gasse zwischen vielen kleinen Häusern. Hier und da drang Stöhnen nach draußen.

Sie begegneten dem Kleinen Götz, der einen Eimer Wasser in ein Haus schleppte. Als er die Tür öffnete, drang der typische Gestank der Pocken nach draußen. Im Innern jammerte jemand, und Kristina erhaschte einen flüchtigen Blick auf eine verkrümmte Gestalt am Boden, die am ganzen Leib mit eitrigen Pocken bedeckt war.

»Schneller«, sagte Lud.

»Wohin gehen wir, Lud? Da sind Kranke in den Häusern. Sie brauchen mich hier. Ich muss ihnen helfen.«

»Nichts kann ihnen helfen außer Wasser, kaltes Wasser, um ihr inneres Feuer zu lindern.«

»Dann lass mich ihnen wenigstens helfen, ihre Angst zu bekämpfen.«

»Dietrich möchte dich sehen. Die Herrin Anna ist krank, seine Gemahlin. Sie hatte drei Mägde, aber zwei sind tot.«

»Ich bin keine Magd. Ich weiß nichts über edle Damen und Bedienstete. Und ich bin nicht hergekommen, um nur einer einzigen vornehmen Dame zu helfen.«

»Nein. Du bist nach Giebelstadt gekommen, um die eigene Haut zu retten.«

Seine Worte saßen, und Kristina biss sich auf die Unterlippe.
Sie erreichten die Schutzmauer des Dorfes und folgten ihr in
südlicher Richtung bis zur Burg. Kristina war überrascht, wie
klein sie war. Nicht zu vergleichen mit der riesigen, bedrohli-
chen Festung Marienberg in Würzburg.

»Das ist die Burg Geyer, auch *Geyerschloss* genannt«, sagte
Lud.

Eine Bohlenbrücke von der Größe der Fähre, mit der sie geflohen waren, spannte sich über einen schmalen, von Unkraut
überwucherten Graben voller grünlichem Wasser. Kristina
folgte Lud über diese Brücke. Die Bohlen wackelten unter ihren
Schritten. Der Torbau besaß ein Eisengitter, das hochgezogen
an rostigen Ketten über ihren Köpfen hing.

Schließlich passierten sie zwei mächtige Torflügel aus eisen-
beschlagenem Holz. Zwei alte Männer in Kettenhemden und
mit Topfhelmen begrüßten Lud. Sie blickten traurig und verängstigt drein, als wären sie des Lebens müde.

In dem kleinen Burghof liefen Schafe, Ziegen und Enten frei
umher. Rechts erhob sich ein runder Turm mit einem kegelför-
migen Spitzdach und einer schlichten Brustwehr darunter. Auf
einmal regte sich in Kristina die Angst, sie könnte in Arrest genommen und ins Verlies gesteckt werden.

»Bitte, lass mich gehen, Lud! Musst du das wirklich tun?«

»Niemand will dir etwas Böses. Du wirst gebraucht.«

»Aber der Turm … die Wachen … ich dachte …«

»Das ist der Bergfried, der letzte Zufluchtsort für die Bewohner, falls Angreifer die Schutzmauern überwinden. Und
die Wachen, wie du sie nennst, sind alte Veteranen, die ohne
Dietrichs Barmherzigkeit verhungern würden.« Er schüttelte
den Kopf. »Manchmal bist du schrecklich klug, in anderen
Dingen bist du wie ein Kind. Es gibt ein Verlies, das gebe ich
zu, aber niemand war mehr da unten, seit der Metzger seine
Frau aufgeschlitzt und sich die Augen herausgerissen hat, und
das auch nur, weil wir nicht wussten, wo wir ihn sonst festhalten sollten. Du sollst nicht ins Verlies, auch nicht in die Ka-

pelle, die Küche oder zu den Pferden. Ritter Dietrich hat dich zu sich rufen lassen.«

»Um was zu tun?«

»Ich weiß es nicht. Aber ein Dorf bedeutet Arbeit, sehr viel Arbeit. Mit einer Burg ist es genauso.«

Kristina war noch nie in einer Ritterburg gewesen, und die hohen Mauern ringsum schienen sie zu erdrücken. Es war eng und dunkel, und es gab viele Stellen, die in tiefem Schatten lagen. Es war kühl und feucht, und es gab eigenartige Gerüche.

»Ich bin zurück!«, rief Lud.

Eine junge Frau, nicht viel älter als Kristina, in einem Überwurf aus gutem blauem Stoff, die Haare unter einem dazu passenden Kopftuch, erschien in der Tür, auf die Lud und Kristina zuhielten. Die Frau, offenbar eine Magd, hielt blutige Lappen in den Händen. Ihre Miene war ernst.

»Leise, du verdammter Kerl«, ermahnte sie Lud.

»Ich habe einen Auftrag zu erfüllen.« Er wies mit dem Kopf auf Kristina. »Das hier ist die junge Frau, nach der Dietrich geschickt hat.«

Die Magd hatte ein verquollenes Gesicht, doch es war frei von Narben. Ihre Augen waren rot gerändert vom Schlafmangel. Sie wirkte stolz, unberührt von den vielen Entbehrungen und Härten ihres Lebens.

»Ihr seid die Herrin Anna?«, fragte Kristina.

»Sehe ich so aus?«, entgegnete die Magd mit einem müden Lächeln. »Ich bin Lura.«

»Lura die Magd«, fügte Lud hinzu.

»Wir brauchen frisches Wasser, Lud«, sagte Lura.

»Keine Zeit«, erwiderte er. »Ich muss zurück auf die Felder, solange noch etwas Tageslicht da ist.«

»Geh zuerst Wasser holen oder schick jemanden!« Lura funkelte ihn zornig an. »Jemanden, den wir entbehren können, keinen Ackerbauern und keinen von den Jungen, die im Krieg waren. In der Küche ist auch niemand mehr. Alle sind davongelaufen, um sich zu verstecken. Und wir brauchen etwas zu essen.« Sie hielt die Lappen in die Höhe. »Und die hier müssen ausgekocht werden.«

»Dann müssen die Wachleute dir helfen«, erklärte Lud.

»Die Wachleute? Die können kaum laufen, die armen alten Kerle. Sie stehen nur zur Zierde da. Dabei sind sie alles andere als eine Zierde.« Sie musterte Kristina. »Das ist die Frau, nach der unser Herr hat rufen lassen, sagst du?«

Lud wandte sich zum Gehen. »Ja. Sie kommt aus Würzburg. Sie hat auf unserem Marsch diesen Türken gepflegt. Ich muss jetzt zurück auf die Felder. Ich kümmere mich darum, dass ihr Wasser bekommt.«

Lura nickte nur. Dann wandte sie sich an Kristina. »Deine Kleidung ist verdreckt.« Sie rümpfte die Nase. »Und du riechst. Kannst du wenigstens arbeiten?«

»Ja.«

»Kennst du dich aus mit Pocken? Hast du überhaupt schon mal Kranke gesehen?«

Unter Luras zweifelndem Blick schlug Kristina die Augen nieder.

»Ich habe schon viele Kranke gepflegt«, sagte sie leise. »Und gegen die Pocken bin ich gefeit.«

»Vielleicht gegen die Pocken, aber bestimmt nicht gegen Angst und Ekel. Was dich da oben erwartet ... man braucht eine ganze Weile, um sich daran zu gewöhnen.«

»Wurde nach einem Heiler geschickt?«, fragte Kristina.

»Der ist tot. Er kam vor einer Woche aus Ingolstadt. Gestern ist er gestorben. Aber er war von Anfang an nutzlos. Hat mehr Umstände und Ärger gemacht, als die Sache wert war. Komm jetzt mit.«

Kristina folgte Lura durch einen düsteren, kalten Gang und eine schmale Treppe hinauf, an deren Ende trübes Licht zu sehen war.

»Du bist also eine Ketzerin?«, fragte Lura. »Und trotzdem schützt Gott dich vor den Pocken?«

Kristina schaute die Magd an. *Woher weiß sie das alles?*,

fragte sie sich beklommen. Nichts war jemals so, wie sie es erwartete. Die Prüfungen folgten zu schnell aufeinander; sie fand keine Zeit, ihr inneres Gleichgewicht zu finden. Es war, als würde das Fundament der Welt unter ihren Füßen aufreißen.

»Lud hat mir erzählt, dass du lesen kannst«, sagte Lura.

»Man hat mich gewarnt, nicht darüber zu sprechen.«

»Also gut. Dann reden wir als Erstes über ein Bad, ja? Dein Umhang starrt vor Dreck und hängt in Fetzen. So kannst du uns hier nicht dienen. Nicht heute, nicht morgen, nie.«

»Ich muss zuerst ...« Plötzlich wankte Kristina, stolperte und streckte eine Hand aus, um sich an der Wand abzustützen.

»Du kannst ja kaum noch gehen!«, rief Lura. »Wann hast du zum letzten Mal geschlafen? Du ...« Abrupt hielt sie inne. »Oh, verzeiht, Herr!«, sagte sie und zog sich dann in die entgegengesetzte Richtung zurück.

Kristina bemerkte einen Mann am Ende des Gangs. Erst auf den zweiten Blick erkannte sie, dass es Dietrich war. Im letzten Tageslicht, das seitlich durch ein Fenster schien, und ohne seinen Umhang sah er ganz anders aus. Seine Schultern hingen vor Erschöpfung herab. Ihn so zu sehen, ohne Rüstung und ohne das Wappen mit dem Widderkopf auf der Brust, war ungewohnt. Sein müdes bärtiges Gesicht verlieh ihm eine Aura der Verwundbarkeit. In seinem schlichten grauen Leinenmantel mit dem hohen Kragen, dem wirren Haar und dem ungestutzten Bart erinnerte er an einen Wanderer, einen Pilger, der lange von zu Hause weg gewesen war. Was in gewisser Weise ja auch stimmte.

»Du bist es«, sagte Dietrich, als er vor Kristina stehen blieb. Sein Blick wurde warm und freundlich, jetzt, da er sie erkannt hatte.

»Gott segne Euch und Euer Haus, Herr.«

»Ich fürchte, Gott hat heute anders entschieden. Es gibt keinen Segen in diesem Haus. Wie hast du erfahren, dass bei uns die Pocken ausgebrochen sind?«

»Ich habe es nicht erfahren, Herr. Wir sind nicht hergekommen, um zu helfen. Wir waren auf der Flucht.«

»Flucht?«

Kristina nickte und erschauerte bei der Erinnerung an die letzten Tage. »Wir wurden gejagt«, sagte sie leise. »Wie wilde Tiere. Von Würzburg über den Fluss und durch den Wald ...« Sie verstummte, holte zitternd Luft und zwang sich, deutlicher zu sprechen. »Magistrate mit Hunden. Sie haben uns gehetzt.« Sie blickte zur Seite. »Mein Mann ist tot.«

Die letzten Worte fielen ihr unendlich schwer.

Dietrich legte ihr eine Hand aufs Haar, schaute sie an und schüttelte traurig den Kopf. »Diese Feiglinge. Es tut mir leid. Wir leben in einer Welt, in der die Starken die Schwachen auffressen. Auch in unserem Dorf werden wir gejagt, von den Pocken und bald auch vom Hunger. Vielleicht sogar von Satan persönlich. Ich wünschte, es wären Magistrate und ihre Hunde, gegen die könnten wir uns wehren. Wir brauchen dein Geschick und deine Güte, Kristina, die du schon auf dem Feldzug gezeigt hast. Du stehst wieder unter meinem Schutz. Niemand wird dir etwas tun.«

»Bertholds Leichnam liegt auf einem Gerstenacker im Norden, am Waldrand. Wenn man ihn begraben könnte ...«

»Du bittest um solche Gefälligkeiten? Trotz unserer Nöte hier?«

»Ich erbitte nur diesen einen Gefallen, Herr. Ich werde Euch dienen, ganz wie Ihr es wünscht.«

»Wir haben selbst zu viele Tote, die wir begraben müssen. Du wurdest nicht hierher gebracht, um zu putzen oder die Kranken zu versorgen. Du wurdest auch nicht hergebracht, um zu beten oder zu predigen. Meine Frau Anna ist eine fromme Gläubige. Sie weiß nicht, dass du eine Täuferin bist. Du darfst sie nicht erschrecken, indem du ihr deinen Glauben offenbarst.«

»Was soll ich für Euch tun, Herr?«

»Du warst gut zu unseren Verwundeten und geschickt bei ihrer Versorgung. Güte und Barmherzigkeit sind das Wichtigste, was wir hier benötigen. Aber mehr noch brauchen wir dich, weil du lesen kannst.«

»Lesen?« Kristina war nicht sicher, ob sie richtig verstanden hatte.

»Ja, lesen. Ich weiß, dass du lesen kannst. Ich bedaure, dass wir eure Bücher verbrannt haben, aber es musste geschehen, um euch vor unseren Kriegspfaffen zu schützen. Du *kannst* doch lesen?«

»Ja, Herr. Lesen und schreiben. Aber das kann Euer Priester doch sicherlich auch.«

»Er ist schwach und zu nichts nutze. Ich will ihn hier auf der Burg nicht haben, mit seiner Angst und dem Entsetzen in den Augen. Du aber, Kristina, bist stark. Du wirst bei meiner Gemahlin sitzen und ihr vorlesen, denn das ist ihr größter Wunsch. Anna hat nie lesen gelernt. Ihr Vater hielt es für unschicklich für eine Frau – es böte zu viele Verlockungen. Ich für meinen Teil glaube, dass Gott uns den Verstand gab, damit wir ihn nutzen und nicht verschwenden. Ich habe Anna versprochen, ihr nach meiner Rückkehr das Lesen beizubringen. Aber es ist zu spät, fürchte ich ...«

Kristina blickte in seine traurigen, geröteten Augen und erschrak, als dieser so starke Mann plötzlich die Hand ausstreckte, um sich an der Steinmauer abzustützen. Sie empfand Mitleid für ihn, ertrank geradezu in einem Brunnen aus Traurigkeit – eine Trauer, die erschreckenderweise größer war als bei dem Gedanken an Berthold. Aber dieser Schmerz würde später kommen, dass wusste Kristina. Wenn sie endlich Zeit hatte, über alles nachzudenken – falls sie lange genug lebte.

Sie schaute Dietrich an. Sie wusste, dass ihr Schicksal und das ihrer Brüder und Schwestern in seinen Händen lag, mochte er noch so geschwächt sein. Er war immer noch Herr über Giebelstadt.

»Verzeih, ich bin müde«, sagte Dietrich, als er ihren Blick bemerkte, und richtete sich auf. »Ich schicke jemanden, der deinen Ehemann begräbt, draußen auf dem Feld, unter einem

Baum. Er wird die Stelle kennzeichnen, damit du sie später finden kannst.«

»Gott segne Euch für Eure Barmherzigkeit und Güte. Ich werde für Eure Gemahlin tun, was in meiner Macht steht.«

»Sie ist in den Gemächern über uns. Lura wird dich zu ihr führen. Du wirst zuerst baden, essen und dich ausruhen, dann setzt du dich zu ihr und liest ihr vor. Ganz gleich, wie Anna aussieht, hörst du? Tu es aus Liebe für deine Mitmenschen. Und vergiss nicht – wer immer dir begegnet, jeder von uns kämpft seinen eigenen Kampf gegen Krankheit und Tod.«

Kristina blickte zu ihm auf. Er war klug, gebildet und ein guter Mensch – und zugleich ein Mörder.

»Ich habe meinen Krieg«, sagte er, als hätte er ihre Gedanken gelesen. »Du hast deinen, und Anna hat ihren.«

Damit wandte er sich um, stieg die Treppe hinunter und war verschwunden.

Kristina fühlte sich schwindlig und schwach. Ihre Gedanken überschlugen sich. Berthold war tot, Simon und Witter verwundet, und Grit war allein mit den beiden. Und Witter war Jude – eine Enthüllung, die sie noch nicht an sich herangelassen hatte. Und nun musste sie sich um Dietrichs schwerkranke Gemahlin kümmern.

Sie hatte das Gefühl, als würden ihre Beine unter dem Gewicht ihrer Verantwortung nachgeben.

»Kannst du wirklich lesen, oder war das eine Lüge, um deine Haut zu retten?«, riss Luras Stimme sie aus ihren Gedanken. Die Dienstmagd hatte gewartet, bis der Ritter fortgegangen war, bevor sie sich wieder blicken ließ.

»Nein, ich kann wirklich lesen.«

Lura lächelte verschwörerisch, was sie gleich viel hübscher machte. »Wenn du gelogen hast – keine Angst, ich erzähle es nicht weiter. Und die Herrin ist zu krank, als dass es sie kümmern würde. Ich brauche deine Hilfe, um *ihr* zu helfen.«

Müde erwiderte Kristina das Lächeln. »Ich werde tun, was ich kann.«

»Gut. Aber erst musst du baden, einen Happen zu dir nehmen und ein bisschen schlafen. Ich besorge dir etwas zu essen und frische Sachen zum Anziehen. Komm mit.«

Sie liefen durch zahlreiche Gänge, die ein Labyrinth bildeten, das Lura offenbar in- und auswendig kannte. Hier und da hingen Lappen an den Wänden, die unangenehm nach Essig rochen.

»Warum riechen die Lampen so scheußlich?«, fragte Kristina.

»Essig. Es hilft, die Fliegen fernzuhalten«, erklärte Lura.

Die Burg war mehr Festung als Heim; der Stein war verwittert, und die Mauern hatten Risse. Kristina sah winzige Kammern mit schmalen Fenstern. Es war zu kalt hier auf dem Gang, zu zugig, während es in anderen Teilen der Burg heiß und stickig war – eine sehr ungesunde Umgebung. In manchen Räumen gab es nichts außer Stroh und einer Bank.

Die Burg war nicht zu vergleichen mit dem Nonnenkloster, aus dem Kristina damals mit Schwester Hannah geflohen war. Diese Burg war kalt, massig, wuchtig – eine karge, strenge Anordnung von Räumen, neben- und übereinander, mit Brustwehren, die zur Abwehr von Angreifern dienten. Die Wohnräume wirkten wie nachträglich angebaut.

Schließlich stiegen sie eine kurze Treppe hinunter und gelangten in ein Kellergewölbe. Im flackernden Licht von Luras Kerze wurden ein Bett und ein Waschzuber voll Wasser sichtbar. Kristina konnte es gar nicht erwarten, sich des Schmutzes der Flucht zu entledigen. Als sie in den Zuber stieg, blieb ihr kurz die Luft weg: Das Wasser darin war eiskalt. Sie biss die Zähne zusammen, wusch ihre Haare und schrubbte ihren Körper mit einer duftenden Seife ab, bis sie sich wieder rein fühlte. Dann beeilte sie sich, aus dem kalten Wasser zu kommen. Ihre Haut war rot vor Kälte, als sie sich mit sauberem Stroh abtrocknete. Dann schlüpfte sie in eine weiße Leinenunterhose und zog einen blauen Kittel und ein Kopftuch an, die Lura auf das Bett gelegt hatte.

Die Magd gab ihr etwas Schwarzbrot und ein Stück Käse. Sie

aß beides, obwohl sie noch immer satt von der Gerstensuppe am Nachmittag war, und trank dazu Rotwein aus einem Tonkelch. Sie fürchtete sich ein wenig davor, den Wein zu trinken – sie kannte seine Wirkung nicht, doch der Duft war verlockend und der erste Schluck himmlisch, schwer und süß. Sie spürte, wie sich wohlige Müdigkeit in ihr ausbreitete.

»Schlaf jetzt«, sagte Lura, nachdem Kristina gegessen und getrunken hatte.

Kristina, todmüde, wie sie war, gehorchte nur zu gern, legte sich auf das Lager und war gleich darauf eingeschlafen.

*

»Kristina? Aufwachen.«

Die Frauenstimme, die sie aus traumlosem Schlaf riss, gehörte Lura.

»Es ist früher Morgen. Meine Herrin liegt oben in ihrer Kammer. Wir müssen jetzt zu ihr.«

Lura sah abgekämpft aus, Jahre älter als am Tag zuvor. Sie zupfte Stroh aus Kristinas Haaren und klopfte es aus ihrem Kittel. Dann kämmte sie Kristinas Haar mit einem Holzkamm.

»Wie lange habe ich geschlafen?« Kristina mühte sich auf die Beine.

»Viele Stunden. Dietrich hat eben nach dir gefragt. Ohne deine Hilfe schaffe ich es keine weitere Nacht mehr. Ich bin auch nur ein Mensch und brauche den Schlaf. Komm jetzt, lass uns nach oben gehen.«

Kristina folgte Lura eine schmale Steintreppe hinauf. Sie erreichten den obersten Absatz. Die Magd legte die Hand auf den Eisenring eines Türschlosses. Mit der anderen Hand bekreuzigte sie sich, dann schaute sie Kristina an. »Du musst jetzt stark sein.«

Hinter der Tür weinte jemand kläglich. Dann erklangen leises Stöhnen und Husten.

Lura atmete tief durch und öffnete die Tür.

Kristina schrak zurück. Ein unfassbarer Gestank schlug ihr

entgegen. Unwillkürlich hielt sie den Atem an. Das Zimmer hinter der Tür lag im Halbdunkel. Sie konnte ein breites Strohlager sehen mit Laken auf dem Stroh und einer kleinen Gestalt, die zusammengerollt in der Mitte lag. Kristina hustete und hielt den Atem an.

Lura nahm sie beim Arm.

»Am besten, du atmest ein paar Mal tief durch, dann riechst du es bald nicht mehr. Tue es meiner Herrin Anna zuliebe. Sie ist eine wundervolle Frau und hat ein gütiges Wesen. Sie hat vielen Menschen Gutes getan. Vergiss das nicht.«

Sie betraten die Kammer. Der Gestank wurde so stark, dass er in Kristinas Kehle brannte wie Rauch. Die nackte Frau auf dem Strohlager sah aus, als hätte sie im Feuer gebrannt, nur dass sie noch ihre Haare hatte. Sie wimmerte und zitterte. Ihr schlanker Leib war verkrümmt, ihre Haare von getrocknetem Schleim und Eiter verklebt.

Kristina starrte in betäubtem Entsetzen auf die Elendsgestalt, doch ihr Mitgefühl war stärker als ihre Abscheu. Sie dachte an ihre eigene Pockenerkrankung und die Stelle an ihrem Handgelenk, wo Mahmed sie gestochen hatte.

Das hier war unvergleichlich schlimmer.

Sie selbst hatte kaum gelitten. Nun aber sah sie die unfassbaren Qualen, die Mahmed ihr mit seinem Abschiedsgeschenk erspart hatte. Sein Geschenk kam noch vielen weiteren Menschen zugute, denen Kristina helfen konnte, weil sie nun gegen die Pocken gefeit war.

Und der Mann, dem sie das alles verdankten, war nun Gefangener des Fürstbischofs von Würzburg und saß in einem finsteren Verlies.

Lieber Gott, hilf mir. Lass mich keine Angst haben, hilf mir, dieser armen Frau zu helfen.

Der Ausschlag hatte Annas Gesicht so anschwellen lassen und dermaßen entstellt, dass es aussah wie das eines Ungeheuers. Ihre Augen waren nur noch schmale Schlitze, die Wimpern und Augenbrauen verschwunden.

So viel Leid ...
Kristina brach in Tränen aus.

»Weinen hilft nichts«, sagte Lura streng. »Die Kräuter müssen erneuert werden.«

Sie ging in eine Ecke der Kammer, wo sie niederkauerte und getrocknete Kräuter in eine kleine Kohlepfanne bröselte. Dann schlug sie Feuer und wedelte Luft, bis duftender Rauch aufstieg und sich im Zimmer ausbreitete. Schließlich kam sie zurück zum Strohlager und betrachtete Anna voller Mitleid, während sie zu Kristina sprach.

»Kaum zu glauben, dass sie eine edle Dame ist, nicht wahr? Sie leidet tapfer. Ich habe ebenfalls geweint, aber nur am ersten Tag. Jetzt bete ich, dass Gott der Herr sie schnell zu sich nimmt. Er hat sie so wunderschön gemacht, an Körper und Geist, und nun muss sie so furchtbar leiden, als wenn sie innerlich brennt. Sobald sich große Pusteln bilden, soll ich sie aufstechen, nicht aber die kleinen. Die reibe ich mit Essig ein.« Sie streckte den Arm aus. »Dieser Eimer dort ist voll Essig. Die anderen enthalten frisches Wasser. Das gebrauchte Wasser schütten wir durchs Fenster nach draußen in den Burggraben.«

Kristina trat an das einzige Fenster des Zimmers und blickte nach draußen, über den Burggraben und die Obsthaine hinweg zu den Feldern, wo der Bach von einem kleinen Damm gestaut wurde. Noch weiter draußen waren die Dörfler damit beschäftigt, die Bewässerungskanäle freizugraben. Die Luft am Fenster war frisch und sauber, doch Kristina wandte sich um und stellte sich wieder dem feuchten, warmen Gestank in der Kammer.

»Fließt das Wasser denn nicht in die Kanäle, wo die Leute graben?«, fragte sie.

»Ja. Alles ist eins. Alles wird geteilt. Es gibt kein anderes Wasser als das im Bach. Die Daunenmatratze meiner Herrin war mit widerlichen Flüssigkeiten getränkt. Wir mussten sie durchs Fenster werfen und draußen verbrennen. Jetzt benutzen wir Stroh, als wäre dies das Haus eines einfachen Hörigen. Wir wechseln das Stroh, sobald es schmutzig ist.«

Anna stöhnte, und Lura gab ihr Wasser zu trinken. Es rann von ihren geschwollenen Lippen ins Stroh.

Dann lag sie schnaufend und keuchend da. Kristina sah, dass sie versuchte, mit den Fingern Stroh aufzusammeln, um ihre Blöße zu bedecken. In ihren Augen schimmerten Bewusstsein und ein stummes Sehnen, das nach Kristina zu greifen schien wie eine tastende Hand.

»Lies ihr vor«, sagte Lura leise. »Sorg dafür, dass sie an etwas anderes denkt.«

»Wo sind die Bücher, aus denen ich vorlesen soll?«, fragte Kristina.

»Die Bibliothek des Herrn ist hinter der Tür dort.« Lura deutete mit dem Kopf in die Richtung. »Sei nur vorsichtig mit seinen Büchern, hörst du? Er hängt sehr daran. Und fass nichts anderes an. Wenn sie dich beim Stehlen erwischen, würde ich eigenhändig dafür sorgen, dass du es nie wieder tun kannst, verlass dich drauf.«

»Ich stehle nicht!«, sagte Kristina empört.

»Umso besser. Die Geyers sind gute Herren. Sie sind gerecht, aber nicht grausam wie die anderen.«

»Ich werde ein Buch aussuchen, das die Herrin ablenkt«, sagte Kristina.

»Suche ein Buch heraus, das uns erklärt, warum Gott ihr ein solches Schicksal aufgebürdet hat und warum sie so leiden muss. Finde ein kluges Buch, das eine Antwort auf diese Fragen gibt.«

Hinter der Tür befand sich ein Zimmer mit einem Sessel in der Mitte und Eichenregalen an den Wänden. Der Raum war fensterlos und geschützt vor den Elementen. Das einzige Licht kam aus dem Gang. Ein Laternenhaken verriet Kristina, dass Dietrich sein Licht selbst mitbrachte, wenn er seine Bibliothek aufsuchte. Doch er wählte die Bücher offensichtlich nur aus, um sie dann mitzunehmen und anderswo zu lesen – der Ruß der Kerzen hätte den Bänden geschadet.

In einer Ecke erblickte Kristina die geschwungene Form einer Harfe. Es war ein hübsches altes Instrument mit reich verzierten Schnitzereien und einem umrankten Pferdekopf als Abschluss. Dem Aussehen nach war es oft gespielt worden. Es stand auf einem eigenen kleinen Hocker. Liebevolle Erinnerungen an Schwester Hannah stiegen in Kristina auf. Sie berührte die Harfe vorsichtig, ließ die Finger beinahe liebkosend über den kühlen glatten Bogen streichen und zählte sechsundzwanzig Saiten. Sie zupfte eine harmonische Tonfolge. Der Klang erfüllte den kleinen Raum.

»Kristina?«, rief Lura aus dem benachbarten Zimmer.

Kristina schrak zusammen und dämpfte die Saiten mit den flachen Händen. Dann riss sie sich von dem Instrument los und wandte sich den Büchern zu.

Es war ein Vermögen, das Dietrich in den Regalen stehen hatte. Gut und gerne hundert Bände, schätzte sie: ein Dutzend verschiedene Bibeln, dazu Bücher über die Fahrten von Entdeckern und Forschern, über die Erkenntnisse von Wissenschaftlern, über die Lehren und Gedanken von Philosophen, über die Berechnungen von Astronomen und Mathematikern. Dazu Dramen und Komödien der alten Griechen und Römer, Werke über Medizin und zahlreiche Bücher über das Kriegshandwerk und den Zweikampf.

Dieser Ritter war ein Denker, ein Gelehrter. Das erklärte zu einem großen Teil, dass er sie, Kristina, und ihre Brüder und Schwestern so nachsichtig behandelt hatte.

Ein Denker, der zugleich ein Mörder war.

Vielleicht war der einzige Unterschied zwischen Dietrich und Lud, dass Dietrich lesen konnte und von dieser Fähigkeit Gebrauch machte.

Kristina wandte sich wieder der Aufgabe zu, ein Buch auszuwählen, aus dem sie Anna vorlesen konnte. Dietrichs sterbenskranke Frau brauchte Ablenkung und Trost. Es war nicht der Augenblick, um zu predigen oder Zweifel und Ängste zu wecken. Anna war eine fromme Katholikin, und Kristina durfte sie nicht noch mehr aus der Fassung bringen. Deshalb musste sie das richtige Buch mit Bedacht auswählen.

Viele Titel kannte sie bereits aus der Bibliothek von Kunwald und von Werner Heck in Würzburg. Sie hatte ein bestimmtes Werk im Sinn und fuhr nun mit der Spitze des Zeigefingers über die Buchrücken, fand aber nicht, wonach sie suchte. Sie wollte schon aufgeben, als sie auf einem kleinen Tischchen einen kleinen Band entdeckte. Offenbar hatte Dietrich darin geblättert und ihn dann hier liegen lassen.

Als Kristina den Titel sah, musste sie lächeln.

Behutsam ging sie mit dem kleinen Buch in Annas Zimmer zurück, wo Lura neben der Kranken kniete und sie vorsichtig mit einem Lappen wusch. Der scharfe Geruch von Apfelessig dämpfte den widerlichen Gestank von Eiter und anderen Körperflüssigkeiten.

»Ich glaube, ich habe das Richtige«, sagte Kristina leise.

»Herrin? Liebste Herrin … Euer Gemahl hat jemanden gefunden, der lesen kann«, sagte Lura sanft wie zu einem fiebernden Kind. »Ihr Name ist Kristina, und sie wird Euch vorlesen, um Euch ein wenig zu unterhalten. Sie wird mir auch bei Eurer Pflege helfen.«

Anna stöhnte unter den Berührungen des Essiglappens.

Lura nickte Kristina auffordernd zu.

Kristina setzte sich vor das Lager aus Stroh, das Buch aufgeschlagen im Schoß.

»*Moriae encomium*«, las sie Anna den Titel vor. »*Lob der Torheit*. Es ist von Erasmus, einem gelehrten Theologen aus Holland. Das Buch ist ein großer Erfolg unter den Gelehrten in Europa, wie man hört. Ich übersetze es beim Vorlesen ins Deutsche, so gut ich kann.«

Bedächtig schlug sie das kostbare kleine Buch auf. Sie hörte den ledernen Rücken knirschen, wo der Leim am dicksten war. Das Papier war golden gesäumt, die Karten des Einbands vergoldet.

»Ich lese von der Stelle an, wo die Rolle des Tors von einer ebenso hübschen wie eitlen jungen Dame eingenommen wird, einer kapriziösen Seele, die sich einbildet, eine Göttin zu sein …«

Und so las und übersetzte sie laut. Dann und wann sah sie ein Aufflackern des Begreifens, sogar der Belustigung in Annas Augen. Einige Male lächelte sie sogar, auch wenn es in ihrem verwüsteten Gesicht kaum zu erkennen war.

Kristina las weiter vor: »Kurz gesagt, ohne mich kann keine Vereinigung und keine Allianz stabil oder erfreulich sein. Die Menschen ertragen keinen Herrscher, ein Meister keinen Diener, eine Maid nicht ihre Herrin, ein Lehrer nicht seine Schüler, ein Freund nicht den Freund, ein Weib nicht seinen Mann, ein Wirt nicht seinen Mieter, ein Soldat nicht seinen Kameraden, ein Feiernder nicht seine Begleitung, solange sie sich nicht gelegentlich um einander willen etwas über sich vormachen, sich gegenseitig schmeicheln und genug Verstand besitzen, ein Auge zuzukneifen und sich das Leben mit dem Honig der Torheit zu versüßen ...«

Kristina hob den Blick vom Buch und sah, dass Anna die Augen geschlossen hatte. Sie war eingeschlafen. Lura hingegen hatte auf der Holzbank gesessen und ihr gelauscht. Wie lange, wusste Kristina nicht.

»Du hast ein schönes Buch ausgewählt«, sagte Lura. »Es hat ihr gefallen, und mir auch.«

»Es lag bereits auf dem Tisch in der Bibliothek«, erwiderte Kristina. »Aber ich kannte es. Es ist von Desiderius Erasmus von Rotterdam, einem Philosophen und Theologen.« Das Buch war berühmt wegen seiner Kritik an den Ausschweifungen der Geistlichkeit, doch das sagte Kristina nicht. »Vielleicht hat Dietrich es ausgewählt.«

»Du bist die erste Frau, die ich kenne, die lesen kann«, meinte Lura bewundernd. »Du kannst sogar aus dem Lateinischen übersetzen, wie manche Priester. Und dabei bist du kaum mehr als ein Mädchen.«

»Ich lese nicht besonders gut.«

»Du liest sogar sehr gut! Genug, um ein Lächeln auf die Lippen meiner Herrin zu zaubern, so schwach es auch gewesen sein mag.«

»Das war Erasmus, nicht ich.«

»Ohne den Leser, wie gut ist da der Schreiber?«

»Danke«, sagte Kristina, wobei sie sich gleichzeitig geschmeichelt und unwohl fühlte. »Dann lese ich ihr weiter vor, sobald sie wach ist.«

*

Es dauerte den ganzen Tag, bis sie das Buch zu Ende vorgelesen hatte, denn Anna war immer wieder weggedämmert. Auch Lura hatte zwischenzeitlich ihr Lager aufgesucht, um sich auszuruhen. Kristina bewunderte die junge Frau für ihre Stärke.

Lura entzündete die Kerzen in den Wandnischen, und kühle Nachtluft zog über den Boden. Anna lag zusammengerollt wie ein Kind auf ihrem Lager und schlief.

»Sie wehrt sich, wenn ich versuche, sie zuzudecken«, sagte Lura. »Ich weiß nicht, wie ich sie am besten warm halten kann in der Nacht.«

In diesem Moment wurde die Tür der Kammer geöffnet, und Dietrich trat ein. Unter dem Arm trug er die kleine Harfe, die Kristina bereits gesehen hatte. Sie sah den Pferdekopf auf dem geschwungenen Hals und das Glänzen des Kerzenlichts auf den Saiten, und ihr Herz schlug schneller. Die Schönheit des Instruments war Freude und Linderung zugleich.

»Ich habe meine Harfe mitgebracht, um Anna vorzuspielen«, sagte Dietrich mit matter Stimme. »Ist meine Gemahlin noch …«

»Sie lebt, Herr«, sagte Lura und knickste vor ihm. »Mehr noch, sie hat sogar Schlaf gefunden.«

»Dann hat das Vorlesen geholfen?«

»Oh ja, Herr. Es schien ihre Schmerzen zu lindern. In dem Buch waren viele Weisheiten, wenn ein unwissendes Mädchen wie ich sich eine solche Bemerkung erlauben darf.«

Dietrich wandte sich an Kristina. »Was hast du ihr denn vorgelesen?«

Kristina deutete auf das Buch neben dem Kerzenständer.

»Ihr habt viele schöne Werke in Eurer Bibliothek. Ich habe religiöse Bücher vermieden, wie Ihr mich angewiesen hattet. Stattdessen habe ich einen Band voller kluger Beobachtungen über das Leben gewählt, voller Ironie und Heiterkeit.«

Sie reichte Dietrich den kleinen ledergebundenen Band. Ein mattes Lächeln legte sich auf sein erschöpftes Gesicht.

»Erasmus. *Lob der Torheit.* Eins meiner Lieblingswerke. Ich hätte es für zu spöttisch gehalten, zu verschroben. Es hat Anna gefallen?«

»Oh ja. Ein paar Mal hat sie sogar zu lächeln versucht, trotz ihrer Schmerzen.«

Dietrich stellte die Harfe auf einer Holzbank neben der Tür ab, kniete vor dem Strohlager nieder und streichelte das matte Haar seiner Frau. Tränen strömten über sein bärtiges, wettergegerbtes Gesicht.

»Lasst uns Gott danken, dass unser Sohn Florian so weit weg ist von all diesem Leid. Ich werde ihm beizeiten schreiben, wie es uns ergangen ist. Die Pestilenz ist wie ein Dolch in meinem Herzen. Du warst so lieblich, Anna, so wunderschön. Aber ich habe dich lieber weiterhin so als gar nicht mehr. Bitte, bleib am Leben, für mich und unseren Sohn.«

Ächzend erhob er sich und drehte sich um. Für einen Moment sah er wie ein Mann aus, der alle Hoffnung verloren hatte.

»Gott im Himmel, hör mich an«, sagt er. »Ich möchte, dass du meine Anna am Leben lässt. Erhöre mich, und ich tue alles für deine Kirche, alles für unser Volk, wenn du sie nur am Leben lässt ...«

Lura schluchzte und barg das Gesicht in den Händen.

Dietrich trat wankend vom Strohlager zurück, stolperte und setzte sich hart auf die Holzbank. Die Harfe fiel klimpernd und scheppernd zu Boden.

»Herr?«, fragte Kristina. Für einen Moment wollte sie Dietrich trösten, verlor dann aber den Mut und rührte sich nicht vom Fleck. Stattdessen beobachtete sie, wie er sich an der Bank festhielt und den Kopf zu der Harfe drehte. Langsam hob er sie hoch. Dann schien er wieder ein wenig zu sich zu kommen, stellte das Instrument behutsam zwischen seine Beine und schlug einen Akkord an. Dann spielte er eine alte Volksweise, begleitet vom rasselnden Geräusch seines Atmens. Als der letzte Ton verklungen war, stellte er die Harfe zur Seite und holte tief und mühsam Luft.

»Ich bin müde«, sagte er. Sein Gesicht war blass und teigig, die Augen gelb und rot gerändert.

»Ruht Euch aus, Herr, bitte«, sagte Lura.

»Noch nicht. Wir haben die Kanäle endlich frei, das Wasser fließt wieder auf die Felder. Jetzt müssen wir noch das Vieh suchen, die Rinder, Schafe und Ziegen. Und die Kranken im Dorf versorgen ...«

Dietrich rieb sich die linke Hand mit der rechten. Kristina sah, wie er den Blick zu ihr hob, sodass er sie dabei überraschte, wie sie ihn beobachtete. Als er sich ächzend erhob, wankte er und stützte sich mit einer Schulter an der Wand ab.

»Herr?«, fragte Kristina besorgt. »Was ist denn, Herr?«

»Nein ...«, flüsterte er. »Das kann nicht sein. O Gott, das darf nicht sein. Ich habe doch noch so viel zu tun!«

Er griff nach einer Kerze an der Wand. Sie flackerte rußend in ihrer Tonhalterung, als er sie dicht an seine freie Hand brachte. Eine grüne Fliege landete auf seinem Bart, funkelnd wie ein Smaragd.

»Was ist das? Habe ich die Pocken?«, fragte er und starrte auf seine Hand im Licht der Kerzenflamme.

Nun sah auch Kristina die Pocke – eine rote, geschwollene Pustel in der Daumenbeuge.

Dietrichs Gesicht wurde noch weißer.

Dann stürzte er um wie ein gefällter Baum und schlug schwer zu Boden.

56.
Lud

Lud kniete auf dem Steinboden vor Dietrichs Strohlager und betrachtete den Mann, der ihm mehr bedeutete als alles andere auf der Welt.

Lud sah hilflos zu, wie Dietrich starb.

Selbst in der kurzen Zeit, seit er bei ihm war, schien der Ritter zu verwelken wie ein Grashalm bei Dürre. Das Leben wich vor Luds Augen aus dem einst so mächtigen Körper. Doch viel schlimmer war, wie Dietrichs scharfer Verstand verblasste und mit ihm starb. Er murmelte zusammenhanglose Worte, während er qualvoll um Luft rang und jeden Atemzug mühselig in den geschundenen Leib sog.

Lud wagte nicht, die Hände zum Gebet zu falten – es wäre ihm wie Spott vorgekommen, denn es gab keinen Glauben, der stark genug gewesen wäre, kein Fundament für das Gebet, von dem aus es zu Gott hätte aufsteigen können. Lud hatte nur hilflose Wut und Verzweiflung anzubieten, also verzichtete er auf das Beten.

Der Duft von Luras glimmenden Kräutern überlagerte den in der Luft hängenden Gestank von Fäulnis und Tod nur unzureichend. Im ersten Moment hatte Lud versucht, den Atem anzuhalten, damit der Gestank nicht in seine Lunge gelangte. Aber jeder Versuch, sich Dietrichs Krankheit zu entziehen, auf welche Weise und wie lange auch immer, wäre ihm wie ein Verrat an dem Mann vorgekommen, den er mehr liebte als sein eigenes Leben.

Aus dem Freischaufeln der Bewässerungskanäle war mittlerweile das Schaufeln von Gräbern für die Toten geworden. Acht Gräber hatten sie inzwischen ausgehoben auf dem alten Friedhof hinter den Obsthainen.

Zuerst hatte Lud den Priester an der Hand, dann am Kragen aus der Kirche gezerrt, um die Sterbesakramente zu erteilen. Inzwischen war Vater Michael nirgendwo mehr zu finden.

Dann, vor ein paar Stunden, war der stumme Waldo auf dem Friedhof erschienen, wo Lud neue Gräber ausheben ließ, für die nächsten Toten. Lura hatte Waldo nach Lud geschickt und ihm ausrichten lassen, er solle rasch auf die Burg kommen.

Lud hatte sich auf sein Pferd geschwungen und war so schnell geritten, wie er konnte. Das letzte Mal hatte er die Burg vor zwei Tagen aufgesucht, mit Kristina im Schlepptau, die Dietrich zur Hand gehen sollte.

Und nun kniete er, verschwitzt und verdreckt von der Arbeit, schon seit Stunden zu Füßen seines sterbenden Ritters. Draußen vor dem Fenster ging der Mond auf, und Lura entzündete die Kerzen in den gemauerten Nischen. Die Kammer und alles, was darin war, flackerte und tanzte in goldenem Lichtschein.

Dietrich, der einzige Mensch, der je an Lud geglaubt hatte und der ein edler und tapferer Mann war, lag in Todesqualen auf seiner Strohmatratze, nackt bis auf ein Tuch über den Lenden – ein Tuch, vollgesogen mit blutigem Eiter.

Lud zwang sich hinzusehen. Dietrich verdiente diesen Respekt, dass man nicht den Blick abwandte vor seinem Leiden. Sein Körper war übersät mit nässenden Pocken. Sein Bart und sein Haupthaar klebten auf der fieberglühenden Haut. Seine Augen waren verquollene, blinde Schlitze, und seine Hände öffneten und schlossen sich zuckend.

»Warum … ausgerechnet jetzt?«, brachte Dietrich leise hervor.

Ja, warum jetzt?, dachte Lud. *Immer die gleiche Frage. Warum jetzt?*

»Es gibt noch so viel zu tun …«, murmelte Dietrich.

Eine spanische Wand aus Leinen, gerahmt in Weidenholz, trennte Dietrichs Lager von dem seiner Frau. Anna erwachte immer wieder für kurze Zeit aus ihren Fieberträumen und schaute hinüber zu ihrem sterbenden Mann, doch das Leinen sorgte dafür, dass sie sein Elend nicht sehen konnte.

Lura hatte Lud gesagt, dass ihre Herrin überleben würde. Zumindest hatte sie Hoffnung. Lud jedoch erkannte Anna kaum wieder. Das Gesicht der einst so schönen Frau war entstellt. Doch seine eigene pockennarbige Maske war eine bleibende Erinnerung daran, was diese Krankheit aus denen machte, die sie überlebten.

Kristina stand in einer Zimmerecke und wusch in zwei Eimern Verbände aus, die sie anschließend auswrang. Ihr blauer Kittel starrte vor Blut und Schmutz.

»Wo ist der Priester?«, fragte Anna leise, nuschelnd.

»Ich war bei der Kirche, Herrin, wie Ihr es mir aufgetragen hattet«, antwortete Lura. »Die Türen waren verschlossen. Auch die umliegenden Häuser. Ich habe auf dem Dorfplatz nach ihm gefragt, aber niemand hat ihn gesehen. Bestimmt erteilt er irgendwo die Sterbesakramente.«

Dietrichs fleckige Hand kroch wie eine knochige Riesenspinne auf Lud zu, hielt dann aber inne, ohne ihn zu erreichen.

»Wir werden hier keine Sterbesakramente in Empfang nehmen«, sagte Dietrich. Jedes Wort war ein mühsames Rasseln. »Hör mich an, Lud ...«

Lud beugte sich vor.

Auf dem Strohlager hinter dem Schirm versuchte Anna sich aufzurichten. Lura half ihr, und Anna hob das entstellte Gesicht über den Wandschirm.

»Hör mich an«, sagte Dietrich noch einmal.

»Ich höre Euch, Herr«, antwortete Lud.

»Anna, Lud, ihr alle ...« Dietrich erlitt einen Hustenanfall und krümmte sich vor Schmerz, würgte Blut und Schleim und erstickte beinahe daran, bevor der Krampf endete. Kristina eilte mit den frisch gewaschenen Tüchern herbei, säuberte sein Gesicht und kühlte es.

Dietrich ließ sich ächzend auf sein Lager zurücksinken. Nach einer Weile konnte er weitersprechen. Seine Augen brannten in einem Feuer, das Lud früher schon gesehen hatte, bei anderen Sterbenden: Es war ein strahlendes Licht des Lebens, in dem die allerletzten Kräfte vor Eintritt des Todes verglühten. Wenn der Körper wusste, dass das Ende kam und sich ein letztes Mal dagegen aufbäumte.

In den vergangenen Stunden hatte Lud den Körper seines Ritters mit Essig gesäubert. Lura und Kristina hatten ihn darum gebeten, denn Lud war ein Mann, und um Dietrichs Würde willen konnten und wollten die Frauen ihn nicht am ganzen Körper waschen.

Lud hatte hastig mit dem Essig über Dietrichs Leib gewischt, wobei er damit gerechnet hatte, dass der Ritter sich wand wie unter dem Angriff eines Hornissenschwarms. Aber Dietrich hatte still dagelegen und war nur leicht erschauert bei jeder Berührung des Lappens. Dann hatte Lud ihn umgedreht und aus einer Lache übel riechender Flüssigkeiten gehoben. Dabei hatte er alte Narben entdeckt, von denen er zuvor nichts gewusst hatte – Narben von verheilten Wunden und Schwielen an Hüften und Schultern, die von der schweren Rüstung stammten.

Lud bemühte sich, Dietrich vorsichtig zu waschen, doch sein Inneres war in hellem Aufruhr, und der Anblick des Kranken schmerzte ihn bis in die Seele, deshalb konnte es für ihn nicht schnell genug vorbei sein.

Schließlich hatte Dietrich zu zittern aufgehört und eine Zeit lang unruhig geschlafen. Lud musste ebenfalls eingedöst sein, denn als er erwachte, saß er immer noch vor dem Strohlager, doch sein Kopf war nach vorn gesunken.

Dietrichs Stimme riss Lud aus seinen Erinnerungen.

»Anna ...«, flüsterte Dietrich und versuchte, den Kopf zu heben, brachte aber nicht die Kraft auf. »Anna ... hörst du mich?«

»Liegt still, Herr«, bat Lud. »Bitte.«

»Anna ...« Diesmal war Dietrichs Stimme lauter.

Jetzt hörte sie ihn. »Ja, Dietrich, mein geliebter Mann.« Ihre Stimme klang, als würde man ein Tuch zerreißen.

Die Worte, die Dietrich sprach, kosteten ihn ungeheure Kraft. Lud kniete an seinem Strohlager und lauschte, Tränen in den Augen.

»Die Zeit der Ritter ... ist vorbei. Die Zeit der Vernunft steht bevor ... die Zeit der Ideen. Hört meinen letzten Willen, mein Testament, meine Anweisungen für diese Zeit danach.«

»Wir hören dich«, sagte Anna mit bebender Stimme.

»Und du wirst gehorchen?«, flüsterte Dietrich.

»Ich werde gehorchen.«

»Du wirst lesen lernen, Anna. Kristina, das Mädchen, wird es dich lehren, und Vater Michael wird Lud im Lesen unterrichten ...«

»Kristina?«, fragte Anna. »Warum kann nicht der Priester mir das Lesen beibringen?«

»Er ist kein wahrer Mann Gottes. Er ist ein Steuereintreiber der Kirche ... eine schwache Kreatur des Bischofs und ein Trunkenbold noch dazu.«

»Und Lud?«, fragte Anna.

»Auch er wird lesen können. Der Bann gegen das Lesen auf diesem Gutsbesitz ist hiermit aufgehoben. Wer immer es möchte, darf lernen ... so Gott ihn dazu bewegt.«

»Jeder, Herr?«, fragte Lura. »Selbst die Niedrigsten? Was, wenn ihr Verstand verwirrt wird von Ideen, die sie nicht begreifen können?«

Dietrich fuhr fort, als hätte er sie gar nicht gehört. Er sprach schnell, abgehackt, wie jemand, der keine Zeit mehr zu verschwenden hat. »Wenn Florian alt genug ist, soll er nach Hause zurückkehren ... und die Akademie in Würzburg besuchen.«

»Aber England ist voller Ketzer«, warf Anna ein. »Können wir ihn nicht jetzt gleich nach Hause holen?«

»Verwechsle nicht Verstand mit Ketzerei.« Lud bemerkte etwas in Dietrichs Gesicht, das aussah wie ein Lächeln. Die blutigen Lippen verzogen sich, das dünne Fleisch riss, und die Zähne bissen knirschend aufeinander. »Und Lud wird der neue Vogt ...«

»Nein, Herr!«, rief Lud. »Ich werde nicht geachtet im Dorf. Ich verstehe nichts von Verwaltung, von Konten und all diesen

Dingen. Ich kenne die Regeln und Gesetze nicht, die eingehalten werden müssen.«

»Du wirst alles lernen«, sagte Dietrich. »Und die Regeln kennst du sehr wohl, denn du hast gegen jede einzelne verstoßen. Du bist der neue Verwalter. Noch etwas … in meiner Satteltasche sind fünfzig Goldmünzen für dich. Ich habe das Geld bei einer Wette gewonnen. Ich habe mit Konrad gewettet und auf dich gesetzt, bei dem Duell mit diesem Landsknecht. Das Geld gehört dir. Und mein Name. Sobald du lesen gelernt hast, wirst du den Namen Geyer als deinen annehmen, Lud.«

Lud ließ den Kopf hängen wie ein Verurteilter. Sein Schicksal lag vor ihm ausgebreitet wie ein Weg, der direkt in eine Bärenhöhle führt.

»Lud …«, sagte Dietrich.

»Ja, Herr.«

»Versprich mir. Eines Tages, wenn Florians Ausbildung abgeschlossen ist, wenn er nach Giebelstadt zurückkehrt, wird er der Erbe sein. Wappne ihn. Bereite ihn vor. Gib ihm all die guten Dinge, die England ihm nicht geben konnte. Lehre Florian, ein Mann zu sein. Sei stets an seiner Seite.«

Dietrich schien die letzte Energie verbraucht zu haben und war nun jenseits aller Schmerzen. Während Lud ihn beobachtete, schien der Mann, den er liebte wie einen Vater, immer tiefer in sein Strohbett zu sinken, als würde er schrumpfen. Seine blutige Haut glänzte im Lichtschein der Kerzen.

Lud sehnte sich danach, ihn zu küssen. Die blutigen, geschwollenen Lippen mit seiner eigenen narbigen Maske von einem Gesicht zu berühren. Er beugte sich vor, doch dann verließ ihn der Mut. Die blutunterlaufenen Augen Dietrichs sahen ihn, und Lud spürte, wie der Sterbende ihn mit seinem Herzen umfing. Das Leben floh aus Dietrich von Giebelstadt. Er keuchte, kämpfte um jeden Atemzug.

Lud, erfüllt von hilfloser Verzweiflung, hätte am liebsten um sich geschlagen. Er war außer sich vor Zorn und richtete seine Wut gegen Gott, der verantwortlich war für alle Ungerechtig-

keit, allen Schmerz und alles Leid, alle Rätsel und alle Mysterien dieser Welt.

Und zugleich für alles Schöne und Gute.

*

Die Nacht war zum größten Teil verstrichen, als Lud bewusst
wurde, wie weit die Kerzen bereits heruntergebrannt waren. Ihr
Schein verblasste im ersten Licht des Morgens. Draußen vor
dem Fenster war der Himmel glühend rot mit rosafarbenen
Streifen.

Lud betrachtete den verwüsteten Leib seines geliebten Ritters und sah, wie sehr er noch immer litt. Sein Körper sah aus
wie gehäutet, wie ein abgezogener Kadaver. Die Pocken verfärb-
ten sich von Rot zu einem dunklen Purpur, während sie sich
mit Blut füllten.

Das war der Tod, wie Lud wusste, denn er hatte ihn schon
mehr als einmal gesehen. Das waren nicht die Pocken, an denen
er selbst erkrankt gewesen war und an denen Anna nun litt.
Dietrich war an der schlimmsten Art der Pocken erkrankt, die
es gab – die Blutpocken, die noch niemand überlebt hatte.

Mit gesenktem Kopf versuchte Lud einen letzten verzweifelten Handel abzuschließen.

Gott, betete er stumm, *wenn du mich hören kannst, dann bitte
ich um Vergebung für meine Morde, meine Sünden, meinen Jäh-
zorn, meine Zweifel. Wenn du Dietrich am Leben lässt, tue ich alles, was du von mir verlangst.*

Dietrich rang nach Atem, kämpfte noch immer um sein Leben und streckte die Hand nach Lud aus. Der ergriff sie, doch
sie war glitschig von Blut und Schweiß und entglitt ihm.

Der sterbende Ritter stöhnte vor Schmerz, hob den Kopf,
kämpfte um Worte.

Höre mich an, Gott, flehte Lud. *Lass ihn am Leben, und ich
gehe zum Dank in ein Kloster und diene dir mit Leib und Seele für
den Rest meines Lebens.*

Dietrich riss die Augen auf und schaute Lud an, als hätte er dessen Gebet gehört. Seine Stimme war ein heiseres Flüstern, so leise und brüchig, dass Lud nicht sicher war, ob er richtig verstand.

»Lerne ... finde die Wahrheit ... deine eigene Wahrheit ...«

Dann erschlaffte Dietrichs mächtiger Körper, und er lag still.

Das Zittern endete. Das Stöhnen erstarb.

Dietrich Geyer von Giebelstadt war tot.

Doch Lud würde seine Worte niemals vergessen – die letzten Worte, die dieser große Mann je gesagt hatte.

Worte, die Luds Welt, so ahnte er, für immer verändern würden.

ANMERKUNG DES VERFASSERS

DIETRICH GEYER VON GIEBELSTADT

Möge Dietrich mir vergeben, dass ich seine Zeit auf Erden um eine ganze Reihe von Jahren verlängert habe. Dieser Roman soll durch Dietrichs Figur den erwachenden Geist Deutschlands zu jener Zeit verdeutlichen – den Geist der Befreiung und Selbsterkenntnis, der sich einen Weg aus der Dunkelheit von Aberglauben und Tyrannei zum Licht bahnte. Zweifellos hat Dietrich sich gewünscht, sein Sohn Florian möge frei sein, um neue Ideen willkommen zu heißen – ein altes Sprichwort besagt, dass der Apfel nicht weit vom Stamm fällt.

Und weil ich glaube, dass Deutschland heute auf dem besten Weg ist, zu einer politischen und moralischen Führungsmacht heranzuwachsen, mit weltweitem positivem Einfluss, habe ich Dietrich als Symbol für den befreiten Menschen gewählt – eine zentrale Gestalt, die zu jenen gehörte, die die Welt vom Abgrund des Aberglaubens, der Intoleranz und der Unwissenheit zu einer neuen Universalität, einer umfassenden Gerechtigkeit für alle Menschen geführt hat.

Dieser Roman mag Fiktion sein, aber ich hoffe aufrichtig, dass Dietrich als authentisch wahrgenommen wird, als wahrhaftig im umfassendsten und besten Sinne.

Jeremiah Pearson im September 2014